国家社会科学基金重大项目“中国古代音乐文学通史”

（项目号：17ZDA241）阶段性成果之一

教育部人文社科重点基地四川大学中国俗文化研究所资助出版

樂府的歷史性研究

兴無

〔日〕增田清秀 著

樊昕 译

海外音乐文学研究译丛

孙尚勇 主编

巴蜀书社

图书在版编目(CIP)数据

乐府的历史性研究/(日)增田清秀著;樊昕译.
—成都:巴蜀书社,2022.7
(海外音乐文学研究译丛/孙尚勇主编)
ISBN 978-7-5531-1700-3

Ⅰ.①乐… Ⅱ.①增… ②樊… Ⅲ.①乐府诗-诗歌研究-中国-古代 Ⅳ.①I207.22

中国版本图书馆 CIP 数据核字(2022)第 061022 号

乐府的历史性研究

YUEFU DE LISHIXING YANJIU

(日)增田清秀　著
樊　昕　译

策划编辑	张照华
责任编辑	童际鹏　张红义
封面设计	徐　慧
出　　版	巴蜀书社 (成都市锦江区三色路 238 号新华之星 A 座 36 楼 邮编区号 610023) 总编室电话:(028)86361843
网　　址	http://www.bsbook.com 发行科电话:(028)86361856
经　　销	新华书店
照　　排	成都木之雨文化传播有限公司
印　　刷	成都蜀通印务有限责任公司
成品尺寸	155mm×230mm
印　　张	30.5
字　　数	550 千
版　　次	2022 年 12 月第 1 版
印　　次	2022 年 12 月第 1 次印刷
书　　号	ISBN 978-7-5531-1700-3
定　　价	98.00 元

目　次

自序　/1

论文篇

第一章　乐府的定义　/3
第二章　上林乐府的所在地与功能　/12
一、上林苑与上林乐府在地理上的关系　/13
二、上林乐府及平乐观的功能　/17
三、功能停止后的乐章、歌辞　/21
第三章　汉代的郐子乐与五帝歌　/24
一、郐子乐及其名称的由来　/24
二、郐子乐与东汉五帝歌的关联　/29
三、南北朝五帝歌的形制　/32
第四章　汉魏及晋初鼓吹曲的演奏　/36
一、鼓吹的语义和乐器　/36
二、汉武帝采用鼓吹的意图　/38
三、新声二十八解与横吹曲　/40
四、大驾鼓吹的列队情况　/43
五、东汉宫廷的黄门鼓吹　/47
六、短箫铙歌及其遗声的演奏　/50
七、汉魏之际赏赐鼓吹的功臣与私有者　/54
八、晋初鼓吹曲的特殊性　/56
第五章　魏晋宫廷演奏的歌曲　/59
一、相和歌的涵义　/60
二、属于相和歌的歌曲　/63

三、晋大曲 /68
1. 作为棹歌的《王者布大化》和《白头吟》之曲 /69
2. 复叠唱法和《西门》《东门》之曲 /70
3. 艳、趋相伴的歌曲 /71
四、清、平、瑟三调的演奏顺序 /74
五、三调在音律上的差别 /77
六、三调在歌咏上的差别 /80
七、关于清商署 /85
第六章 清商曲的源流与南朝的吴歌西曲 /87
一、清商曲的源流 /88
二、吴歌西曲的歌唱 /95
三、与吴歌有关的传说 /99
1. 基于传说产生的歌辞 /100
2. 著名人物的女性关系 /101
3. 判臣的行为 /103
4. 王室的传闻 /105
5. 民间的情死事件 /107
四、西曲与宋、齐的宫廷人 /108
1. 舞曲化的时代 /109
2. 使用乐器的新奇性 /110
3. 宫廷人歌唱的商人主题的歌辞 /110
4.《寿阳乐》和宫廷诗人 /112
5. 齐王室的权威和舞曲 /113
6. 劳动主题歌曲的采择 /114
五、吴歌西曲与《古今乐录》 /115
第七章 汉魏南北朝游侠主题的歌曲 /118
一、汉魏及晋游侠主题的歌曲 /120
二、北朝的《东平刘生歌》和南朝的《刘生》之曲 /126
第八章 批判前秦苻坚施政的歌谣 /131
并记 正史所见批判施政的歌谣 /140

第九章 北朝乐府的实态与歌曲 /144
一、五胡乐府的实态与歌曲 /145
二、北魏乐府的实态与歌曲 /148
三、北齐乐府的实态与歌曲 /156
四、北周乐府的实态与歌曲 /159
第十章 南朝人所作的横吹曲辞 /163
一、总论 /163
1. 曲辞的制作年代 /165
2. 曲辞的歌曲性格 /167
3. 曲辞作家的横吹观 /168
二、分论 /171
1. 陇头水 /171
2. 关山月 /176
3. 折杨柳 /180
4. 梅花落 /185
5. 长安道、洛阳道 /189
6. 紫骝马、骢马 /202
7. 雨雪 /208
第十一章 南北朝赏赐鼓吹的实态 /212
一、南朝人的鼓吹观 /212
二、宋齐两朝鼓吹上的特殊事件 /216
三、前部鼓吹和后部鼓吹的比重 /222
四、北朝赏赐鼓吹的实态 /224
第十二章 南北朝及隋的鼓吹曲 /228
一、谢朓的鼓吹曲和沈约的鼓吹曲 /228
二、北朝汉鼓吹铙歌的遗声 /234
三、隋炀帝时代的鼓吹曲 /236
第十三章 宋梁及唐的大堤与《大堤曲》 /241
附录 大堤主题歌诗集(南北朝、唐) 二十五首 /250

第十四章　隋唐的古曲演奏　/255
一、隋代的古曲演奏　/255
二、唐代的古曲演奏　/263
第十五章　唐人的乐府观与中唐诗人的乐府　/269
一、唐人的乐府观　/269
二、中唐的乐府作家　/272
三、李贺与李益　/273
四、白居易与元稹　/278
五、柳宗元与韩愈　/282
六、张籍与王建　/287
第十六章　唐代皮日休的"正乐府"与时事批判　/291
一、"正乐府"制作的时代背景　/291
二、关于皮日休的操行　/294
三、正乐府与时事批判　/297

资料篇

第一章　郭茂倩《乐府诗集》的编纂　/311
第二章　《乐府诗集》未收录乐府(汉魏晋南北朝)　/323
《乐府诗集》增补　/324
附录　乐府作品编辑上存在的问题　/359
第三章　吴兢的《乐府古题要解》(原文与考证)　/362
并记　唐人的古乐府解题之书　/374
第四章　《文选》李善注的古乐府与《乐府诗集》　/381
一、《步出夏门行》与《陇西行》　/383
二、《长安城西行》　/386
三、《上留田行》　/387
四、《悲歌行》与《塘上行》　/388
五、《饮马长城窟行》　/390
六、《歌录》　/391

第五章 刘次庄《乐府集》《乐府集序解》批判 /394
一、刘次庄的传记 /394
二、《乐府集》与《乐府集序解》 /398
附录 刘次庄《乐府集》《乐府集序解》辑佚 /404
附记 《乐府诗集》与《全唐诗》收录的乐府 /412

再版致谢 /417
附录一 索引 /419
附录二 增田清秀年谱简编 /467
附录三 增田清秀学会活动 /469
附录四 增田清秀著作目录 /471
译后记 /475

自 序

最初在《东方学》第三辑上发表的论文《郭茂倩的〈乐府诗集〉编纂》，是昭和二十七年一月，本书总结了这些年来笔者乐府研究的成果。本书的出版得到昭和四十九年文部省研究成果刊行经费的资助，出版之时则端赖创文社编辑部的支持。

本书的出版对我来说有两个意义。其一是乐府的研究。笔者常年师事入矢义高教授，入矢义高教授在历任名古屋大学、京都大学教授后，于昭和四十九年三月卸职退休。本书就成为我赠予教授的“退休纪念之书”；其二是资料的搜集。同年同月，我成为了由京都大学人文科学研究所平冈武夫教授担任班长的“古典的校注与索引编纂班”中的一员，在会读《白氏文集》之时，我利用业余时间搜集乐府的资料。本书所征引的大部分资料，都是那时所得。平冈武夫教授已在昭和四十八年三月退休。本书虽然迟了点，也算是我向当时的编纂班交上的一份“研究报告书”。

书名《乐府的历史性研究》的“乐府”，兼有“がくふ”——宫中的御用音乐机构，和“がふ”——音乐上的某类乐章、歌辞之义。因此表面上是很暧昧的。然若通读本书各章，从文章的前后便能容易辨识其指的是哪一个吧。再想断言一句，对于论文篇第一章“乐府的定义”，也许会被指摘有矛盾抵触的地方。第三章“汉代邹子乐与五帝歌”、第八章“批判前秦苻坚施政的歌谣”两章也有。但因为十分渴望表达我的见解，所以这两章，是站在近世总集编纂者的立场上，才特意收录于本书中的。

那么，这个“自序”还要介绍一下那个时代无名的人们，即曾与西晋王室相关的，经一世纪流浪于五胡领土的太乐署的伶人们。他们并不是南朝刘宋之世使乐府得以流行的幕后功臣，演奏宫廷的乐府，是来自伴有独特的唱法，学习并口授给下一时代的伶人。可是，伶人也不仅仅就是他们这些人。一度因西晋覆灭而至东晋版图避难的伶人，与委身于胡土的伶人，大概达到了各半之数。东晋一代，乐府“がふ”处于断绝的状态之下，由于东晋的宫廷连雅乐也没有整备，演奏乐府“がふ”的机会就更没有了吧。穆帝永和九年（353）三月三日，王羲之等诗人于会稽山阴的兰亭雅集赋诗，也没有采用乐府的主题。不久后的公元417年，流浪于胡土的伶人为宋武帝刘裕所拯救，虽然能歌唱的乐府不多，但他们的歌声进入到了宋初宫廷乐人的耳中，这才促成了以乐府为创作主题的作家辈出的局面。北宋的胡三省在《资治通鉴》卷一百三十四《宋顺帝纪》的注中援引《唐会要》“自晋播迁，古乐遂分散不存。苻坚灭凉，始得汉、魏清商之乐，传于前、后二秦；及宋武定关中，收之入于江南”的记述，“之”即指汉、魏清商乐也就是乐府，这些伶人也包含在内。当时被拯救的乐人大概有一百二十人。这也就是我在第一章“乐府的定义”中，所说的417年，“确实是乐府史上应该被纪念的一年”。

值本书出版之际，依次向创文社编辑部的久保井理津男氏、大洞正典氏致谢。在校正的过程中，不知多少次地劳烦小山光夫氏，亦深致谢忱。

著　者

昭和四十九年（1974）十月

论文篇

第一章　乐府的定义

什么是乐府？本来是指称西汉时代司理音乐的官署，也可以说是宫中的御用音乐机构。前汉以后，经过漫长的岁月，其被称为音乐上的某种乐章、歌辞，又或是文学上不同于一般诗的个别的以诗形式出现的作品。然而，某种乐章、歌辞，在不同的时代是不一样的。换言之，其范畴有广、狭之别。如果不认识到这种差别的话，就很难给乐府下定义。所以，我想从历史的观点来探究这种差别，给乐府下一定义。

前汉之世，宫中的御用音乐机构设置始于高祖时代。但是，其是否称为乐府还是有疑问的。自汉武帝元狩年间(前 122—117)创立上林乐府始，便可判断产生了乐府这一术语。那是因为，这个上林乐府在音乐史上取得了革新的业绩，给后世的宫廷音乐方面以极大的垂示。所以，从后世来看，一说起乐府，便立刻想起了汉武帝时的乐府。可是，作为乐府这一术语的生母，上林乐府所产生之物——郊庙、鼓吹、俗乐所用的乐章、歌辞中的某一种类，也被后世称作乐府。现在，从历史的观点出发，为了认清乐府的范畴，先从乐府所产生的乐章、歌辞说起。

郊庙乐章是司马相如等数十位文人所作的诗赋，由于将其分解并缀合，非五经的专家会读不能理解，它们由难解的语句所构成，到了后世反因其难解的词语而受到器重，被作为了郊庙乐章的范例。但是，作为范例的乐章和所谓改朝换代后制作的新乐章，是传统的乐府作家所称的乐府以及这个范畴以外的，便都通称为“郊庙歌”。郊祀与宗庙所用之歌，是需要皇帝裁决的，而绝非乐府作家出于个人的意图随意创作的乐章吧。例如梁昭明太子编纂《文选》时，便没有把“郊庙歌”作为乐府而收入。

鼓吹乐章有李延年制作的“新声二十八解”和汉鼓吹铙歌十八曲中的《战城南》《远如期》等。又，对于俗乐的歌辞来说，《汉书·艺文志》中著录有吴、楚、汝南、燕、代等地的民歌并宫廷乐人所作之歌大致三百篇，这其中有胡曲，也有用于散乐的“黄门倡车忠等歌诗十五篇”。其中除了散乐所用之外，鼓吹乐章与俗乐歌辞（散佚殆尽）就被后世的乐府作家称为乐府。然而，从上林乐府当初设立以来，是不可能被这样称呼的。和训读作“がくふ”的乐府（YUEN－FU）是指宫中的御用音乐机构，若读作“がふ”的乐府（Lē－fu）的话，可指某类乐章、歌辞，也可指不同于一般的诗的个别诗的一种形式。但是，在被读作本义的“がくふ”及其派生出的“がふ”之前，实则必然经过了漫长的岁月。

《文选》卷二张衡的《西京赋》和卷三十四曹植的《七启》的注中，都援引了枚乘所作乐府的相同诗句。但是，我不认为与汉武帝同时代的枚乘，会把自己所作的诗称作“がふ”。这明显是南朝人的假托。

> 枚乘乐府曰：美人在云端，天路隔无期。

后汉之世，比汉武帝的上林乐府规模更小的，是明帝永平三年(60)设立的太予乐府。其司理有雅乐、太予乐以及周颂雅乐之两种、鼓吹乐、短箫铙歌与骑吹曲之两种。但是，对于这些乐章、歌辞，当时并没有将其称呼为“乐府”。魏时的宫廷音乐也同样。魏时的俗乐，是被称为相和歌及清调、平调、瑟调的，所属于明帝时的歌曲相和歌十三曲、清调九曲、平调十二曲、瑟调十五曲。然而在文献上，都还无法确证将魏时的这些歌曲称为“乐府”。

时代渐至于西晋，武帝当时宫廷，在继承了魏乐的相和歌及清、平、瑟三调的同时，将汉魏时的古曲特别挑选出十五曲来，将其命名为“大曲”，编入宫廷音乐。随着这些古曲渐渐被传唱，出入宫廷的诗人傅玄首先以他们为主题创作诗歌，其后，入洛都的诗人陆机也有所创作。于是，在音乐上，以古曲及其主题创作出来的诗歌作品，便被称为

Lē－fu(がふ)。换言之，到了“以古(汉、魏)曲为主题”的时代，史上才第一次(也仅是文献上)有了“乐府”(がふ)的称呼。这个称呼所具有的意义，音乐上自不用说，在文学上，与一般的诗歌相对的，是一种个别的诗的形式，也就是乐府体的诞生。能够确认乐府“がふ”这一称呼的时代，是挚虞著《文章流别论》的惠帝之世。为了证明，下引《文章流别论》之文如次：

> 诗言志，歌永言。古有采诗之官，王者以知得失。古诗之四言者，“振鹭于飞”是也，汉郊庙歌多用之。五言者，“谁谓雀无角，何以穿我屋”是也，乐府亦用之。六言者，“我姑酌彼金罍”是也，乐府亦用之。七言者，“交交黄鸟止于桑”是也，于俳谐倡乐世用之。古诗之九言者，“泂酌彼行潦，挹此注兹”是也，不入歌谣之章，故世希为之。夫诗虽以情志为本，而以声成为节。(《太平御览》卷五百八十六“文部·诗”)

上文描述了诗体的乐章性格的功效。即汉代郊庙歌多用四言体，乐府多用五言与六言体，俳谐倡乐用七言体[①]，歌谣则不用九言体。如果这样的话，文中的“乐府”一词，挚虞所言就不是指宫中的御用音乐机构，而指的是与郊庙歌、俳谐倡乐相同的乐章作品。那么，这个“乐府”指的也就是郊庙歌、俳谐倡乐的个别的乐章之物。又，文中所云六言体也多为乐府所用，在挚虞的时代以前，其佳例有魏文帝的《上留田行》、曹植的《妾薄命》等作品，全文大致由六言体构成。

“以古(汉、魏)曲为主题”的时代，即到了西晋之世才开始被称呼为“乐府”。然而，这一名称只存在了短暂的年间，“乐府”一度成为了相当于“死去的语言”。永嘉之乱爆发，一方面，歌唱古曲的伶人们流浪于五胡占据之地，另一方面，傅玄、陆机等后续作家尚未现世，此后，实际上持续了一世纪，称呼“乐府”的人们都没有出现。据现存资料而

---

① 汉代的情况虽不清楚，据说原有八曲，但南齐宫廷所唱仅有一曲，且歌体有变。《南齐书·乐志》：“侏儒导舞人自歌之。古辞俳歌八曲，此是前一篇二十二句。今侏儒所歌，摘取之也。‘俳不言不語，呼俳噏所。俳适一起，狼率不止。生拔牛角，摩断肤耳。马无悬蹄，牛无上齿。骆駼(驼)无角，奋迅两耳。’”

言，东晋一代，制作“乐府”的作家皆近于无①。不如说，改为没有作家出现比较好，确实是“乐府”断绝的时代。

回溯到东晋灭亡之前的三年，即安帝义羲十三年(417)，确实是乐府史上应该被纪念的一年。宋武帝刘裕攻陷了胡人支配下的长安，拯救出委身于胡土的伶人们。作为开端，宋初的宫廷传唱了汉、魏的古曲，又同在宋初，以这些古曲为创作主题的作家辈出，此时，乐府“がふ”这一称呼开始普遍化了。作为此一事实的证明，兹引证沈约《宋书》卷一百“自序传”之纪事如次：

> (1)(沈)林子，字敬士。……永初三年薨。时年四十六。……元嘉二十五年谥曰怀伯。……所著诗、赋、赞、三言、箴、祭文、乐府、表、笺、书、记、白事、启事、论、老子一百二十一首。
>
> (2)(沈)亮，字道明。清操好学，善属文。……(元嘉)二十七年卒官。时年四十七。所著诗、赋、颂、赞、三言、诔、哀辞、祭告请雨文、乐府、挽歌、连珠、教记、白事、笺、表、签、议一百八十九首。

引文(1)中的沈林子死于武帝永初三年(422)，引文(2)中的沈亮于文帝元嘉二十七年(450)四十七岁时死去，此二人创作的繁多文体中就包含有乐府。如此看来，可知“乐府”一词在宋初已被普遍称呼。又，宋初另外还有“古乐府”这一称呼。《宋书》卷五十一《临川烈武王道规传》有“鲍照字明远，文辞赡逸，尝为古乐府，文甚遒丽”和鲍照所作“古乐府”的记载。从宋初的“乐府”也就是汉、魏的歌曲是约二世纪以前的东西，确实是相当于“古”了。在宋初可能人人竞相创作乐府的风潮波及下，谢灵运的《新撰录乐府集》十一卷(《旧唐志》著录于“总集类”，《新唐志》著录于“乐府类”。且《新唐志》脱“撰”字。)便应运而生了。

宋人所称呼的乐府，与西晋人的没有什么变化，指的是汉魏古曲

---

① 东晋初期——只有成帝时代的人梅陶所作的《怨诗行》一首。张骏虽有《薤露行》《东门行》的作品，但被认为是在其自立的凉州之地所作(参照第九章“北朝乐府的实态与歌曲”)。此外，北宋的郭茂倩将陶渊明的《怨诗楚调示庞主簿邓治中》诗改题为《怨诗》，作为乐府作品而收录(《乐府诗集》卷四十一)。但是，由于制作年代被认为是安帝义熙十四年(418)，年代性方面，是在刘裕拯救伶人们之后。

及以其为主题创作的作品。那么此处则改为使用宫廷用语，表示具体的乐府的范畴。宋宫廷音乐中出现了称为“正声伎”的歌曲。据《宋书》卷九十三《隐逸传》，文帝赏赐给了隐者戴颙一部“正声伎”，戴颙挑选其中的《何尝》《白鹄》二曲（都是属于晋大曲的歌曲），将其曲调合并，创作出名为《清旷》的组曲。文帝之世，张永所撰的《元嘉正声技录》也使用了这一宫廷用语。这个“正声技（伎）”大概是在宴会上供君臣宴乐的歌曲，孝武帝之时，王僧虔就撰有《大明三年宴乐技录》。那么，所谓宫廷用语的“正声伎”（正史中则为演奏正声伎）抑或“宴乐技（伎）”都是乐府之属。即宫廷所歌唱的歌曲——有魏之相和歌及清、平、瑟三调所属的歌曲、西晋的大曲、汉以来的鼓吹曲与舞歌，以及琴曲之类。这只是一方面，从乐府作家的立场来说，不用说，如果宫廷用的古曲是乐府的话，像魏曹植的作品大概不在宫廷歌唱的汉魏古曲，当然也都是乐府。然而，还有更为重要的乐府，就是作家自己创作的古曲主题的作品。这是因为到了以古曲及以其为主题的创作来称呼乐府的时代，如果排除这些作品，也就没有意义了。当时，文帝敕令模拟魏曹植的《苦寒行》（清调曲）而作《北上篇》，颜延之先谢灵运一步而作成[①]。在这种场合下，颜延之展示了他作为乐府作家的卓越才能，他的这一作品确实也是乐府。以上，从宫廷与乐府作家的立场，揭示了乐府的具体范畴。一言以蔽之，即使是乐府作家，也不是只创作古曲主题的作品，他们也亲自创作新命名的新曲。但在他们的意识中，似乎也还是有一明确界限的。虽然没有直接的证据，但在后陈徐陵所编的《玉台新咏》中，少数宋人的古曲主题的作品，被冠之以“乐府”一词。

齐、梁作家称呼的乐府，与宋人所称相同。于是乐府的范畴没有变化。不过，在梁代仅有一个人，把乐府的范畴作了极为扩大的解释，他就是《文心雕龙》的作者刘勰。相对于一般的诗，刘勰有着“歌即乐府”的见解。因此，有了《明诗篇》与《乐府篇》的二分，这个《乐府篇》，从上古的乐歌说起，接着以汉代到晋代的郊庙乐章及俗乐、鼓吹乐、挽歌为对象进行评论。其中，对魏曹操的《北上篇》（《苦寒行》，清调曲），其子文帝的《秋风篇》（《燕歌行》，平调曲）等，即对所谓的清、平、瑟三

① 见《南史》卷三十四《颜延之传》。

调，“志不出于淫荡，辞不离于哀思，虽三调之正声，实《韶》《夏》(《韶》《夏》，周代九乐之一。)之郑曲”，尖锐地批判曹氏父子的作品为周代乐歌中的“郑声”。而此“《韶》《夏》之正曲”，实际上就是梁代作家所称呼的乐府，并且是应当重视的乐歌。如前述宋文帝敕令拟作《北上篇》，而与刘勰同时代的元帝与朝臣则竞相创作《燕歌行》①。又，昭明太子在编纂《文选》时，设立了“乐府”一项，始于魏曹操父子的《苦寒行》《燕歌行》，也采录了汉、魏的古曲，以及晋陆机，宋谢灵运、鲍照，齐谢朓的乐府作品。这位昭明太子也是一位乐府作家，创作有古曲主题的《饮马长城窟行》《相逢狭路间》《将进酒》等作品。如此看来，作为文学评论家的刘勰和作为像昭明太子这样的乐府作家兼总集编纂家之间，是有见解上的差异的，对于乐府的范畴，他们有着明显的广义、狭义之差。但是我们不打算论及这种差异，当然，因为歌也不一定就是乐府。

陈徐陵的《玉台新咏》——在被认为是编纂于梁代的该书中，就有歌题为“乐府”的南朝人的作品。如荀昶的《乐府》二首、鲍照的《拟乐府白头吟》、吴迈远的《拟乐府》四首、皇太子简文的《圣制乐府》三首和《代乐府》三首、张率的《拟乐府长相思》二首等，全都是以汉、魏古曲为主题的歌曲。但是，由于该书的编撰者对一般的诗与歌辞并不作严格的区分，把某些作品汇总在名为“杂诗”之中，包含了乐府题的作品，其中极少数的，是从今天来看无法明确歌题所本，也被冠以“乐府”之名。然而，该书所采录的近代吴歌、近代西曲歌之类，不用说撰者徐陵，恐怕南朝人也普遍没有把这些称为“乐府”。毋庸待言，比起古典的乐府歌曲，吴歌、西曲歌则是南朝流行的新声。

宋、齐、梁、陈，包括隋，从南朝人的立场来给乐府下定义的话，如前已具体揭示乐府的范畴，这里可直接定义为宫廷的“正声伎”与鼓吹曲、舞歌、琴曲之类，以及不在宫廷传唱的汉、魏古曲及作家以其为主题创作的作品。但是，根据作家的嗜好，采用何种古曲作为主题是不定的。有的是以歌题为主题，或者像《双桐生空井》以某句歌词为主题，更为少见的是《罗敷行》那样以古曲的主人公作为主题的。这种不定的情况不仅在南朝，宫廷的“正声伎”的盛衰给作家及其作品数量以

① 见《周书》卷四十一《王褒传》。

直接的影响，像齐、梁那样歌唱繁盛的时代，不但创作了很多以“正声伎”为主题的作品，也附带创作了很多与其主题无关的作品，即创作了很多所谓的杂曲。因此，在今日看来，想要严格判定是乐府题的作品还是杂曲是比较困难的。

比起南朝作家，唐代作家的乐府观有了明显的不同。南朝作家大部分都具备宫廷身份，君臣一起直接聆听“正声伎”的机会很多，因此，将乐府视为音乐的一种。即将“正声伎”与其他汉、魏古曲作为主题时，会顾虑到音乐性，创作出有作曲家腔调的歌辞。然而，唐代的作家多是辗转各地的役人，而且由于古曲在玄宗开元年间已消失殆尽，他们将乐府和一般诗同一视之。换言之，唐代的作家在诗坛上挑选的是与音乐绝缘的乐府，转而追求的是诗的题材这样的乐府。因此，在他们的意识中，乐府和一般的诗并无特殊的区别，将乐府视为诗的一种体裁，从和一般的诗同样的立场来创作乐府。

唐人之中，有像吴兢那样的乐府解题家，所撰《乐府古题要解》一卷(《新唐书·艺文志》“乐类”著录)。大致撰于宫廷古曲消亡的开元年间或稍后。在该书中，歌曲被分为乐府相和歌、乐府拂舞歌、乐府白纻歌、乐府铙歌、乐府横吹曲、乐府清商曲、乐府(杂题)、乐府琴曲、古题及后代杂题九大类。其中，带有“乐府”字样的八种当然是古乐府，而未被南朝人称作“乐府”的吴歌、西曲则被列入清商曲名下。那么，吴兢的这种分类，为我们理解唐人所谓的乐府也就是何谓古乐府，展示了具体的范畴。但是，解题家和作家的立场是不同的。从把古乐府视作诗之一体的作家来看，追求诗的题材的古乐府，原本在音乐上属于哪一种歌曲，对此他们可能是没有想到的。

如上所述，唐代作家从和一般诗的相同立场来创作乐府，同样的，在诗坛上，史上第一次创作出了不用于歌唱的、新的诗歌形式的乐府。相对于古乐府，此被称为新乐府。但是，不管是新乐府还是被冠之以乐府之名的，这些作家并没有忘记音乐上的考量。可是现实中，古乐府同样是与音乐绝缘的。这个新乐府，作者选择何种主题，自然是要受到制约的。所以，从初创期的元结、杜甫，到终末期的皮日休，作家的意识，也包括歌题甚至是歌辞，都带有类似性与共同性。即主题全都是作者直接见闻的“时事”——主要的社会性政治事件。将这些事作为主题的作者，比起自我创作欲望的满足，在以歌辞上批判时事，博取广大世人共鸣的意识增强了。另外，由于歌题是由与主题相关的时事来命名的，原则上仅限于原作者一个人用，他人袭用的情况是没有的。而且，歌辞也是一边施加批判一边具陈时事，新乐府必然就成了注重感情的叙事诗。

从唐人的立场来定义乐府的话，乐府可以说就是一种二分：即与音乐界绝缘的、包容在一般诗的范畴中，其中又分为或多或少怀有汉、魏或者南朝时代乡愁古典而作成的古乐府和直视现实、尖锐批判的新乐府两类吧。

到了北宋，郭茂倩编撰《乐府诗集》一百卷——后世视为乐府研究的权威之书——之际，由于加入了历代的郊庙歌、近代曲并隋、唐新曲，以及上古以来的杂歌谣辞，宛如乐章、歌辞这样的泛称，“乐府”的范畴被扩大且暧昧化了。可以说，这就与梁代刘勰“歌即乐府”的见解复归且合一了。姑且不论唐人对乐府和一般的诗不做区分，必须要注意到的是，南朝作家所称的乐府与近世总集编纂者所处理的乐府，有着很大的不同。编纂上的问题是另一回事，其对乐府的定义则相当混乱。那么，倘若存在有乐章、歌辞，并被认为是乐府的话，则始于郭茂倩，元代的左克明(《古乐府》十卷)、明代的梅鼎祚(《古乐苑》五十二卷、前一卷、《衍录》四卷)等乐府总集编纂者们，各自都在其总集中采录了上古尧舜之世的诸如《康衢童谣》《击壤歌》《卿云歌》等，这些必须一直作为乐府来处理，那么，不管哪个时代的乐章、歌辞，也不得不包容于乐府的范畴吧。如果从这些近世的总集编纂者的立场来看，必须下一定义，即唐五代以前的歌全都应该是乐府。

近世的一部分人用犹如乐章、歌辞这样的泛称来解释乐府。其显著的实例便是起于唐末五代及宋代流行的诗余也就是填词、元代以元大都为中心所大肆流行的元曲，这些都被指称为乐府。明末的诗人冯班在其《钝吟杂录》的“古今乐府论”中言“唐末有长短句，宋有词，金有北曲，元有南曲，今则有北人之小曲，南人之吴歌，皆乐府之余也”，词曲之类就包容在乐府的范畴。我国江户时代的江村北海也在所撰《乐府类解》的凡例中亦有“古乐府始于黄、虞，迄于隋末”之论，认为古乐府的最初形态，就是黄帝、虞舜时代的歌谣。接着，凡例还说“唐有填词，宋有词，元有曲，皆是古乐府之流别。非称乐府不可，然称之为古乐府则不可”，也就是说古乐府并不是唐的填词、宋词、元曲这些所谓的乐府。根据北海的说法，以词曲来指称乐府的好例，见于词的别集和曲的总集，词的别集即《东坡乐府》（北宋苏轼）、《东山寓声乐府》（北宋贺铸）、《松隐乐府》（南宋曹勋）、《顺庵乐府》（南宋康与之）等；曲的总集如《乐府新编阳春白雪》《朝野新声太平乐府》等，都被冠以“乐府”之词。如上所述，至于将词曲称之为乐府，将其别集或总集冠以“乐府”，不能不说是种过于权宜之计。

作为结论，必须要给“乐府”下一定义。但是，由于时代的不同被称作乐府的乐章、歌辞也各有所异，另外其范畴也有广义、狭义之差别。因此，从历史的观点，即从南朝人的立场，还有唐人的立场，甚至近世总集编纂家的立场来看，已经在前文中，用适合各自的观点来给乐府下了定义。当然，言人人殊，定义的歧异是肯定的。然正因为存在这些歧异，那不也是符合史实的乐府的定义吗？

第二章　上林乐府的所在地与功能

有汉两百年间，努力复兴周、秦传统的古乐即雅乐的人们不少。高祖开国之初任用的鲁人制氏，原先便是出自世袭了周秦两朝的大乐官之家，与叔孙通等一同确定了适应周、秦古例的乐制。其次是武帝时代，河间献王刘德向武帝献纳雅乐，以求雅乐的复兴。再有赵定与龚德两人，善雅琴，在宣帝时代被召入宫中，同时代王褒所作的《中和乐职宣布诗》，让当时的人们用周代的遗曲《鹿鸣》的乐调协和歌唱。还有，早就习得了河间献王刘德时雅乐的王定，将此雅乐传给了常山王禹，王禹及其弟子宋晔与博士平当一起，在成帝时代提出了再次复兴雅乐的建议。然而，这些人的努力却付之徒劳，与复兴传统雅乐相悖，汉代的宫廷音乐反而转向于对传统的轻视，集中在对乐府、乐章、乐器三种新生事物的开拓上。其结果就是产生了与周秦古乐全然相异的新乐，对此新乐贡献最大者是武帝，其次是宣帝。与传统雅乐相比，具有新生意义的汉乐，对后世宫廷音乐的各个方面都给予了垂示范例，因此在音乐史上被给予很高的评价。然而，乐府、乐章、乐器三者中，为新乐的产生贡献最大者是乐府，因为造作郊庙、飨宴中演奏的乐章、北狄、西戎等地新乐器的输入，都是在乐府中进行的。虽然如此，乐府这一机构的沿革，自设置伊始，即使轻视传统古乐，也不是为了新乐的开拓而初露头脚的。因为乐府就是所谓的宫中的御用音乐机构，乃当初高祖任用制氏所设置的。但是，自设置当初便称呼为“乐府”，多少是有一些疑问的。然据若干资料，如司马相如《上林赋》的郭璞注，据说高祖曾在乐府教习“巴渝舞”；又据《史记》《汉书》及贾谊《新书》的“匈奴”篇，惠帝、文帝、景帝三个时代据说也有乐府的存在。然而这些时代，即便有被称为“乐府”的情况，这些大异于周太师、太乐的乐官们，也没有想要开拓新乐局面的意思。“武德文始四时五行之舞”“昭德之舞”是到了景帝之世才创立的宗庙乐舞，仅仅是遵循着周、秦的古例，而到了武帝之世，乐府才有了极大的改变。因此，被称为上林乐府的，确定无疑不是在乐府之外所成立的新乐机构。所以，自班固开始，历代史家都认为乐府存在于景帝以前是没有问题的，到了武帝的时代，则明确记载了乐府的创立。这从音乐史上看，因为判断乐府的存在价值，就有着很大的差别。但是，“上林乐府”这一术语，仅见于《汉书·礼乐志》这单一文献的记载，班固以后的史家、注释家、乐府研究家均没有言及，然而上林乐府作为在上林苑中的乐府这一意思，则是不言而喻的。我试图解释说明这个上林乐府的功能，并认为，若想要弄清上林苑与乐府及其地理的关系，确定乐府的所在地是解决这一问题的先决条件。

一、上林苑与上林乐府在地理上的关系

到了武帝的时代，乐府的面貌有了很大的改变，同时，后于乐府设置的上林苑也发生了改变，相对于宫廷，他也变成了重要的存在场所。因此，先要从上林苑的沿革说起。

上林苑始于秦王朝的营造。其名见于正史，即秦始皇统一天下的二十六年（前222）。始皇帝在这一年里，将十二万户天下富豪迁往咸阳居住，着手首都的建设，作为其中的一环，上林苑也是禁苑规划的一部分而完成。然而，秦代禁苑的边界很难界定。在《史记·始皇本纪》中，二十七年（前220），于渭水以南建造的长信宫的所在地是不明确的，三十五年（前212），据说同样在渭水以南着手营建的阿房殿便在上林苑。如果根据此记载为线索推测的话，秦时的上林苑，大概东以长信宫和阿房殿的中间地带为界限，北达渭水，南及南山，西边的界限可能则为始皇营造且成为汉代离宫的盩厔的长杨宫。但是，秦代上林苑自营造之初，作为扩张的前提，其界限就是不固定的，随着逐渐扩张，

其可能被汉王朝所移管。宋代的程大昌《雍录》卷九有“上林疆境”一文，其言“秦之上林，其边际所抵，难以详究”，则后世难以详细了解秦代的苑的边界，是因为早先营造者始皇帝自己便缺乏固定上林苑疆界的意志与想法。

到了汉武帝的时代，上林苑成为了实施极其重要仪式活动的地域。也就是说，不仅仅是像在武帝以前，是天子狩猎的场域，或是建造离宫的用地，而且是署理宫廷音乐的新机构即“上林乐府”的所在地；还是支配着汉帝国金融界的机关，更是汉帝国所指定的宗教神圣领域。这在上林苑的沿革上，是值得注意的事实。与汉代的乐府在开国之初，是为了顺应周、秦古例而在渐进的体制下设置的一样，在苑的管理上又是消极的、甘于保存秦旧苑的传统[①]。但是到了武帝之世，乐府和苑突然结合在了一起，提高了存在的价值，乐府的长官协律都尉和苑的长官水衡都尉都被给予二千石的同等待遇，一同升为能够亲近天子的要职[②]。

武帝扩张上林苑、对其强化管理是在即位后的第三年，即建元三年(前138)。据《汉书》卷六十五《东方朔传》，武帝拒绝了东方朔恳切的谏言，对苑进行扩张，疆域从秦故宫的阿房以南，盩厔以东，达宜春以西，并委属吾丘寿王任太中大夫一职来管理此地。但是，苑的实际疆域，似以汉代扬雄《羽猎赋》的序中所述为正确。其序曰“武帝广开上林，南至宜春、鼎湖、御宿、昆吾，旁南山而西，至长杨、五柞。北绕黄山，濒渭而东，周袤数百里”，相比《汉书》记载的疆域更为广大。也就是说，此苑乃是以长安城东南的宜春宫为起点，按鼎湖宫、御宿苑、昆吾亭的顺序，沿秦岭山脉西南而进，至于长杨宫、五柞宫所在的西边的盩厔，再由此地北上渡渭水，进西北到达黄山宫，东向与渭水平行的在史上稀见的广大疆域[③]。至于苑的地形，则是挟渭水包围住长安斗城

① 文帝时代的上林苑，由令一人，丞八人，尉十二人管理。

② 《汉书》卷八十九《龚遂传》：“水衡典上林禁苑共张宫馆，为宗庙取牲，官职亲近。”

③ 上林苑周袤的范围，据《汉旧仪》(《太平御览》卷一百九十六)记为三百里(185.7公里)，《汉宫殿疏》(《三辅黄图》引)记为三百四十里(179.86公里)，《三辅故事》(班固《西都赋》李善注)、班固《西都赋》及张衡《西京赋》均记为四百余里(211.6公里以上)。

的三面,宛如一口气吞下了斗城的蛇首之形。

那么,在史上稀有的广阔的上林苑,便不仅仅限于包围了长安斗城,实际上则更往东延伸,进入到了斗城的内侧。总之,上林苑就处于城内所在。这个位置,从史料上看,最初探知的人是清代的姚鼐,他在《惜抱轩笔记》卷四中,据《汉书·外戚传》所载的"便时上林延寿门,入未央宫前殿"——以王莽之女入内时的记事为证据,提出了以下的主张,即"汉上林有两处:一在城内,一在城外。城外之上林,武帝时所起,所包广远,在南山之下。若城内上林,高帝时即有之。萧何所请,令民入田者也。盖景、武以后,不以为豫游之所,而属大农以铸钱藏币。《平准书》'杨可告缗钱,上林财物重'(按:"众"之误)是也。平后自王莽第入宫(按:未央宫),皆在城内,无行至南山下上林之理。盖在城内上林,去宫甚近,故可便时耳",则不仅见于《汉书》所载,而且还引用了《史记·平准书》关于铸钱的证据,明快地提出了上林苑位于城内所在的事实。现在,暂且把上林苑即城内"铸钱藏币"场所这一说法放一边去,仅取王莽之女有关的说法。王莽之女即平帝的皇后,在进入未央宫之时,断没有出南山——横跨秦岭山脉之麓的上林苑的道理,苑作为王莽的宅邸,由于一并在城内,与未央宫的距离非常之近——这正好贴合此说。那么,可以确定姚鼐所说上林苑在城内这一点了吧。更不用说,皇后进入天子正殿的未央宫,是绝对不可能特意从城外的上林苑迂回至此的。

据上述姚鼐的说法,可以确定上林苑是在城内的,那么就自然可以得出上林乐府所在地就离上林苑很近的结论。这是因为作为御用音乐机构的乐府,是不可能在远离宫中的城外的上林苑——即像上述的分布于南山、黄山、渭水等广大地域中,孤立地被设置,这显然是没有道理的。与"城内设置说"相反的是《汉书·礼乐志》,其有"内有掖庭材人,外有上林乐府,皆有郑声,施于朝廷"的记载,此中的"内"和"外"是指未央宫的内外,"掖庭"也就是未央宫的后宫,其地点较为贴近"外"。如此看来,在城内的上林苑中设置乐府,就没有疑问了。那么,苑内所建之门,《汉书·外戚传》中作"延寿门"。王莽之女进入之门,因平帝元始三年就已存在,早在其出入之前,也因武帝元狩年间(前122—前117)也就创立了上林乐府,到哀帝之世所废止的一百余年之间，就有大量的伶官出入于延寿门，在上林苑内的乐府任职吧。

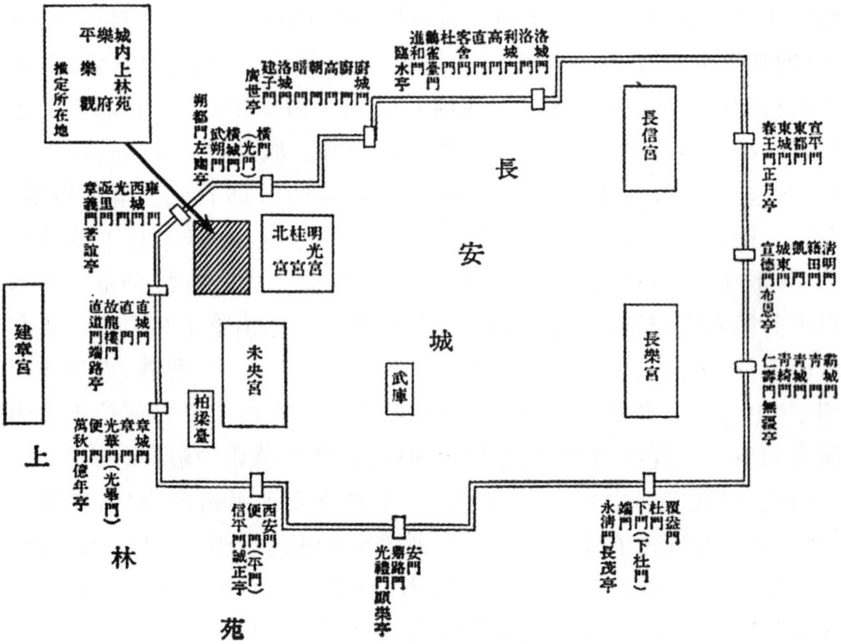

上林乐府所在地推测图

“故龙楼门”之称，乃据《汉书·成帝纪》，别的城内也可能有龙楼门。

汉代两百年间，长安斗城的十二个门，有各种极易混淆的名称（参照图示），但是，延寿门并不是围绕着斗城外围十二门中的一个。因宋敏求在《长安志》中引《关中记》“上林苑门十二，中有苑三十六，宫十二，观二十五”的记载，上林苑则有十二[①]门，延寿门为其中一门。那么，这个“延寿门”在音乐史上就有着重要的意义。在史料中所见此门之名，仅限于《汉书·外戚传》。但是，经清人姚鼐始留意于此门，作出了上林苑在城内的正确判断，现在我也因此能对上林乐府在城内的设置做出判定。

---

① 《汉书》卷九十《咸宣传》有“蚕室门”之名，这也是上林苑十二门中的一门。

二、上林乐府及平乐观的功能

据《汉书》的《礼乐志》《郊祀志》及《佞幸传》,武帝是为了制作祭祀太一、后土之神的歌辞才创设了乐府。但实际上,这批歌辞即《郊祀歌》十九章的制作,始于元狩元年(前 122),迄于太始三年(前 94),实际耗费了二十九年的漫长岁月,超过武帝在位五十四年之半。而且,唯一的制作者司马相如早已于元狩六年(前 117)故去,协律都尉李延年也于天汉元年(前 100)被诛杀。因此,如果从这漫长的岁月和这些歌辞的实际创作者去世的情况,才渐渐达到十九章之数的事实这个角度考虑,武帝设立乐府的直接目的,也就是为了郊祀歌辞的制作。实际上,乐府功能的发挥,就体现在对广阔国土内外的歌舞与乐器的采择、多国色彩与地方色彩丰富并存的宫廷音乐的演奏上。换言之,无论对雅乐还是俗乐,都投注了心力。这个证据,已见前揭《汉书·礼乐志》"内有掖庭材人,外有上林乐府,皆有郑声,施于朝廷"的记载,说明除了如郊祀这样的国家大典外,在宫廷内的演奏"郑声"也就是俗乐的机会也有很多。

在城内上林苑里的上林乐府,从距离上看,与宫女起居的未央宫的后宫很近。武帝时的后宫,如昭阳、飞翔、增成、合欢、兰林、披香、凤凰、鸳鸯、安处、常宁、茝若、椒风、蕙草、发越这十四殿中,都在未央宫内,比屋连甍[①]。在这些后宫中,有专门司掌女乐的官员[②],另一方面,在以司乐为本务的上林乐府中,长官为协律都尉,其出入未央宫内外的属下如倡优及乐人的数量也是很大的。现在,或可从人数方面来窥探武帝当初乐府的盛况。作为有力的线索,乃是成帝去世那年,即绥和二年(前 7)六月,到哀帝封闭上林乐府之前的"人员定额"。封闭的原因是成帝之时偏重俗乐,丙彊、景武等伶官过度显耀,再加上据说哀帝生来就不喜好音乐的性格所致。总之,哀帝罢免乐府之时司理郊祀的乐人,仅留下了大乐鼓员、嘉至鼓员、邯郸鼓员、骑吹鼓员、巴渝鼓员等,以及原来演奏武乐的乐人等三百八十八人,再加上剩下的音乐见

---

① 十四殿之名,见班固《西都赋》、张衡《西京赋》。《三辅黄图》言均为武帝时建造。

② 《汉书》卷九十八《元后传》:"掖庭女乐五官殷严、王飞君等。"注:"如淳曰:'五官,官名也。《外戚传》曰:五官,视三百石。'"

习生三百八十人，将其转往其他官署，而司理秦、楚、蔡、齐、巴等带有地方音乐也就是俗乐的乐人，以及担任演奏“安世乐”的鼓员，都以不合于宫中的仪典为理由，共计四百四十一人被罢免出了乐人的队伍。如此看来，封闭乐府前的人数、转往他署以及被清理者，一共有八百二十九人。然而这个人数，根据《资治通鉴》卷二十四《昭帝纪》胡三省的注，是从武帝开始时就定下的。但这就有疑问了，从武帝到哀帝的八十多年间，进行过多次的人员调整，宣帝本始四年（前70），即清理乐人使之从事农业，又元帝初元元年（前48）和竟宁元年（前33）也有清整。根据清整乐人这一事实来推测，武帝当初上林乐府乐人的定员，优大概就要超过一千人了。武帝之前，朝廷将惠帝安葬在安陵时，将五千户关东的乐人倡优强制移往陵邑居住[①]。武帝之后，宣帝也将倡优杂伎一千人移往奉仕宣帝皇后的陵墓，世有“千人乡”之称[②]。又到了再度实施清整乐人的元帝时代，遇有宗庙祭祀，据说参加的乐人和祝宰的人数实际上达到了一万二千一百四十七人之多[③]。顺便说一下，在超过一千人的武帝当时的乐府的乐人中，最有人气的要数张仲春。他与协律都尉李延年一同作为武帝的近侍，以善歌新曲而广受赞誉：

> 张仲春，武帝时人也。善雅歌，与李延年并侍。每奏新歌，莫不称善。（《太平御览》卷五百七十二引《风俗通》）

武帝以后，所知上林乐府的伶官乐人动向的实例，有昌邑王冒渎乐府事件和张放袭击乐府事件。下面就略述两个事件的经过。昌邑王是武帝之子，昭帝时代成为太子。昭帝于元平元年（前74）四月在未央宫驾崩，昌邑王被直接授以帝位，然其人轻率鲁莽，在昭帝丧礼中表现狂暴，因此，被目睹这一切的重臣霍光、张敞谋议，废其帝位。其狂暴的表现，是在先王的灵柩前大不敬，从乐府中取出乐器，命乐人击鼓歌吹：

---

① 见《太平御览》卷五百六十九引《汉书》。

② 见潘岳《西征赋》李善注引《关中记》。

③ 见《汉书》卷七十三《玄成传》。

大行在前殿，发乐府乐器，引内昌邑乐人，击鼓歌吹，作俳倡。会下还上前殿，击钟磬，召内泰壹宗庙乐人，辇道牟首，鼓吹歌舞，悉奏众乐。(《汉书》卷六十八《霍光传》)

昌邑王的命令一下，司掌泰壹和宗庙的乐人便开始演奏“众乐”即《郊祀歌》十九章，《武德》(《昭德》)、《文始》《四时》《五行》之舞，《嘉至》《永至》《登歌》《休成》之乐，《房中祠乐》《安世乐》《昭容乐》《礼容乐》等，也悉数演奏。这样一来，就不是在祭祀太壹(太一)和宗庙时奏郊庙诸乐，而是在先帝的丧礼中粗暴地演奏，这就不仅仅亵渎乐神灵和祖宗之灵，对上林乐府功能，也是罕见的狂暴冒渎的行为。该王的情况是从乐府拿出乐器，并导引乐人。张放的行为则是强行闯入乐府，破坏其中所藏乐器，并对乐人施加暴力。张放是成帝的宠臣，鸿嘉年间(前20—17)，他仰仗权势，沉湎于暴虐，因对之前任乐府的游徼[①]之职的叫莽的官员怀有私怨，武装奴辈四十余人，光天化日之下就闯入乐府之中，捕缚长吏子弟，破坏所藏器物。莽不得已剔去头发，钳束手足，身穿赭衣，自称罪人，与同僚一起脱去鞋子，叩头谢罪：

(放)以县官事怨乐府游徼莽，而使大奴骏等四十余人群党盛兵弩，白昼入乐府，攻射官寺，缚束长吏子弟，斫破器物，宫中皆奔走伏匿。莽自髡钳，衣赭衣，及守令史调等皆徒跣叩头谢放，放乃止。(《汉书》卷五十九《张放传》)

张放袭击事件之时，乐府的音监是景武。音监乃是乐人的监督官，可能是临时设置的职位。上林乐府的长官是协律都尉自不待言，但此官职与管理上林苑的水衡都尉大异其趣，其可能也是一临时官职，正史所见，除了武帝时代李延年曾担任此职外，就完全没有其他人名的记载了。从《汉书·百官公卿表》中来看，有武帝太初元年(前104)乐府丞三人的记载，还有通常、令、丞、尉等十人以上的乐府管理人员，我认为他们之下也配备了大量的乐人倡优。

---

① 不是以管理盗贼为职志的乐官。

由伶官乐人们公演宫廷音乐时，充当会场的建筑，便是上林苑里的平乐观。上林苑里大概散布有很多宫观，据司马相如的《上林赋》及《汉旧仪》[①]记载有七十个，班固《西都赋》有三十六个，又前揭宋敏求的《长安志》所引《关中记》"宫十二，观二十五"，因列举各名时，则漏掉了见于《汉书》的磃氏馆、云林馆，所以很难确定宫馆的实际数量。但是，在多数的宫观中，极受重视又多次使用的，就要数平乐观了。张衡《西京赋》薛综注"平乐馆[②]，大作乐处"，可知此观不仅演奏音乐来聚集大批观众，在观前的广场上，还举行斗鸡、竞马、竞犬、蹴鞠等活动，又有盛大的角抵之戏，更上演有吞刀、吞火、鱼龙漫衍等所谓的百戏来吸引观众，有时候还充当近卫军的练武场，武帝的宠臣董偃时常随皇帝游览观赏。这番情状，《资治通鉴》卷十八《武帝纪》有"游戏北宫，驰逐平乐，观鸡鞠之会，角狗马之足，上大欢乐之"的记载。历代天子之中，为取乐而多次使用观前的广场，武帝恐怕要居首位吧。

前揭《资治通鉴·武帝纪》宋胡三省注，平乐观在未央宫以北，周围十五里(7.935公里)。如此看来，此观虽达不到未央宫的周围二十八里(14.812公里)、长乐宫与建章宫的周围二十里(10.580公里)，但可知比北宫要大，与桂宫的占地面积大体相当。其广大的占地面积，武帝元封三年(前108)春，观前上演角抵之戏，就能够完全容纳从畿内三百里蜂拥而至的朝野观众。此观原为高祖创建，经武帝改修，至王莽时与建章宫等建筑一同破坏前，都在存续。故平乐观与汉朝的国祚相等长，约有二百年，成为兼音乐堂、游戏场、竞技场、练武场为一体的大型中心，因此要有特别监管的必要，其官员有平乐监，正史中有傅介子、张放等在其时代被任命的记录。那么，平乐观在哪里呢？虽然无法准确判定，但可推测其在城内的上林苑中，与北宫接甍相望，与上林乐府的位置相接近。

武帝在世时演奏的歌曲确实是非常多的。从《文成颠歌》《狄鞮乐》《砀极乐》等西戎的音乐，到楚地的《激楚曲》《结风曲》，淮南地区的《干遮曲》，以至宋、蔡、荆、吴、郑、卫、鄢、郢等地，基本遍及中国全境的歌曲都有演奏。这种情况被司马相如赋咏到了《上林赋》里，还被记载

① 见《太平御览》卷一百九十六。

② "馆"与"观"同义。

到了《汉书·西域传》的赞中。所以,同样在《汉书·艺文志》中著录的《吴楚汝南歌诗》十五篇、《燕代讴雁门云中陇西歌诗》九篇、《邯郸河间歌诗》四篇等各地的民歌,以及《李夫人及幸贵人歌诗》三篇这样的宫中制作的歌曲,总共三百四十篇,其中大半一定都在武帝之世演唱过。一度曾公开上演这些歌曲也就是俗乐的时候,其会场,也就是上面说道的平乐观。因武帝之诏,枚皋所作的《平乐馆赋》[1]已亡佚,今已不可知其内容。恐怕赋中就描写了各种各样的演技,赋咏了当时奏乐的场面吧。到了东汉,把平乐观建在了洛阳的上西门之外,也追随了西汉武帝之世,举办着各种盛会[2]。

上林乐府的创立,尽管在音乐史上有着极其重要的意义,但其创立的年代,以及所在的地点尚不明确,其名也仅见于《汉书·礼乐志》这一种文献的记载。即便没有定论,但利用关键性的史料,还是有探究余地的。即关于上林乐府创立的年代,基于正史的记载,乃是武帝为了祭祀太一、后土诸神而制作歌辞才设置了乐府;检讨《郊祀歌》十九章这样的歌辞,以及更早的于元狩元年(前 122)制作的《朝陇首》,因实际的创作者司马相如死于元狩六年(前 117),那么就可以推定,上林乐府是在这六年间的某一年设立的。在正史、司马光《资治通鉴》等中,元狩三年设置的记载,是以“天马”的制作年代为基准的。那么,乐府创立的年代、所在位置等,就毋庸赘言了吧。

三、功能停止后的乐章、歌辞

成帝死后,哀帝于绥和二年(前 7)关闭了上林乐府。与之相伴随的,是雅乐的乐章以及俗乐的歌辞,究竟经历了怎样的存亡断续呢?

在封闭上林乐府的同时,雅乐的乐章中,有不在宫廷歌唱的《安世房中歌》十七章。这个从“大孝备矣,休德昭清”开始,伴随着楚歌的音调来演唱的乐章,相传是高祖唐山夫人所作,惠帝二年(前 193),夏侯宽作曲,名为《安世乐》。但是,随着乐府的关闭,就以与宫中的仪典不相适合为理由,《安世乐》鼓员二十人中,有十九人被清整了出去,实际

① 《汉书》卷五十一《枚皋传》:“皋因赋殿中,诏使赋平乐馆,善之,拜为郎。”
② 东汉时代平乐观中的盛会如何,见东汉李尤在《平乐观赋》中的书写。

上，该乐章便与鼓员一道，从宫廷演奏的场合中消失了。但据《宋书·乐志》载，到了魏文帝黄初二年(221)被改题为《正世乐》，再度在宫廷歌唱了。

《郊祀歌》十九章，在封闭乐府后，据说在郊祀之时还是歌唱的。但是，这十九章的各章的制作动机，自然要受到制约。一方面，促进上林乐府创设的，这个乐章的歌语、歌体、旋律以及伴奏的乐器，大凡作为乐章所具备的条件都是创新性的，唯独有一点，即他们在素材方面，自然要受到制约。只有在等到天马、宝鼎、白麟、赤雁等祥瑞出现后才可取材制歌，而主动想求的素材往往是不可得的。因为要受到这样自然的制约之故，即便司马相如聚集了文人们的集体智慧，将太一信仰与武帝的执念相缩合，这十九章的制作——从结果来看，同全章一样，实际上必须要耗费二十九年的岁月。如此之长的岁月意味着什么呢？这证明了一个事实，即在郊祀之时，这十九章是没必要全部演奏的。到了东汉光武帝的时代，根据人为的淘汰，可将乐章分为应该留下的和应该舍弃的两类，而早在西汉的郊祀之时，选取的是哪段乐章，我认为是任由司乐官来选择，而不用演奏整部乐章的吧。

西汉的王室和俗乐的联系很深，因其出身楚地，在开国之初，就有将楚歌《采菱》《阳阿》二曲在雅乐之前演奏的习俗。又创立的上林乐府，如前所述，得以充分发挥乐府的功能的，也有俗乐。因为俗乐，上林乐府呈现出了颇为繁盛的状况。也是因为俗乐，上林乐府还没等到王朝的更迭，便遭到了被罢黜的惨痛经历。虽然如此，俗乐也关乎着史上的不可理解的事件。遍及中国全土的各地民歌和宫廷制作的歌曲，总共有三百四十篇之多，而传存至后世则几近于无。与俗乐隆盛的时代相比，难道不是过于孤寂的历史现象吗？《汉书·艺文志》中，著录的全都是“……歌诗”，各地的民歌，也都有其歌的语言，也不是仅有“但曲”即旋律的歌曲。然而，今天所谓的西汉的歌辞，是晋代崔豹《古今注》里采录的《薤露歌》《蒿里曲》《平陵东》等，加上正史所采录的有名人之作，其数量还是很少。《陌上桑》《江南曲》《鸡鸣》《白头吟》等可能是西汉的歌曲，但传存的歌辞有问题。如此一来，不是有一个应该亡佚的决定性的年代吗？由于从乐府的封闭到王莽对其进行的新的毁灭，经过了二十余年的时间，这依然有在野的伶人继续歌唱相当数量民歌的可能性。旁言之，即使远古周代的《诗经》，也有一些《雅》《颂》在东汉的宫廷里演唱。又，对用于鼓吹的乐章，清代王先谦推测，《宋书・乐志》中采录的《汉鼓吹饶歌》十八曲，全部都是西汉之世的作品。那么，我就勉力尝试探讨史上这些不可理解的事件：东汉明帝永平三年(60)设置的太予乐府，其宫廷音乐构成之时，俗乐就没有被编入进去。在这个年代皇帝官方性质的处置，不就或许决定了俗乐的亡佚吗？

第三章　汉代的邹子乐与五帝歌

班固《汉书·礼乐志》中有武帝时代造作的《郊祀歌》十九章，即《练时日》《帝临》《青阳》《朱明》《西颢》《玄冥》《惟泰元》《天地》《日出入》《天马》《天门》《景星》《齐房》《后皇》《华烨烨》《五神》《朝陇首》《象载瑜》《赤蛟》中，仅有《青阳》《朱明》《西颢》《玄冥》标注为"邹子乐"。然而《青阳》这四章，与其他郊祀乐章相比，在两汉之际，是被特殊对待并且视为最重要的乐章。也就是说，只有这四章被特意标上了"邹子乐"之名。另外，其他十五章，除了《帝临》外，并没有经过东汉天子的采择，在郊祀之时也没有被歌唱，而仅这四章与《帝临》一起，用于五郊的祀事，在五帝的祀坛上奉奏，演唱如"五帝歌"这样的乐章。从这两点判断，我在本章分为：一、邹子乐及其名称的由来，二、邹子乐与东汉五帝歌的关联，三、南北朝五帝歌的形制三个部分，来尝试论述意见。

一、邹子乐及其名称的由来

《青阳》《朱明》《西颢》《玄冥》这四章邹子乐是什么年代制作的呢？虽然无法判定其年代，但可能是《郊祀歌》十九章中较早的，即汉武帝之初的元鼎五年（前 112）在甘泉祭祀太一时所作。甘泉祭祀之时，上奏邹子乐的情况，在《史记·乐书》中有明确记载：

> 汉家常以正月上辛，祠太一甘泉，以昏时夜祠，到明而终。常

有流星经于祠坛上。使僮男僮女七十人俱歌。春歌《青阳》,夏歌《朱明》,秋歌《西暤》①,冬歌《玄冥》。

上文"汉家常……"句中有"常"字,因武帝接受太史令谈和祠官宽舒的进言,制定了三岁一郊的制度,应该作三年来理解。又,文中武帝于正月的上辛②之日,在甘泉祭祀太一的夜里,让七十名幼小的男女们合唱的乐章中,仅举出《青阳》等四章,而并未言及其他的郊祀乐章。同样在元鼎五年制作的乐章,不过仅记《朝陇首》《天马》《景星》等四章,大概也因为它们是当时宫廷最为重视的乐章吧。

甘泉之祭不仅仅限于太一,武帝祀有天帝及多位神灵。除了主祭太一之外,还计有从在雍的五畤祭祀白帝、青帝、黄帝、炎帝、黑帝,到汾阴及河东的后土,泰山祀天,或其山下的五帝,巡幸泰山道中的八神,桥山的黄帝,明堂的太一,还有高祖、景帝的祖先的神灵等。因此,祭祀这些天神的祀事如此之多,是从周、秦一直到高祖以来所继承的崇敬祖先的遗习,虽不能断言武帝本来就是多神教信者,但对于太一的祠事,乃创始于武帝,他把太一当作至上绝对之存在来尊信,并举行盛大的仪式。据《史记·封禅书》,尊信太一的动机,据称是采纳了亳人谬忌的进言,即采信了其"天神贵者太一,太一佐曰五帝。古者,天子以春秋祭太一东南郊"的上奏,武帝于是仿效古代的事例,在长安东南郊外建立了太一祠。然而,立太一为五帝之上位,并使之成为最至上高贵的天神,实际上完全是方士谬忌的捏造。武帝所尊信的太一,与古代所谓的太一,例如屈原《九歌》中的"东皇太一"的太一、宋玉《高唐赋》中"礼太一"的太一,并不是一回事。这是因为,谬忌所谓的五帝,与雍五畤时所祭祀的五帝,大概是指同一天神③,又因将这五帝合祀是从汉高祖以来才开始的,所以,周人所谓的太一,与谬忌捏造的

① "西暤",《汉书·礼乐志》作"西颢",《后汉书·祭祀志》作"西皓"。史书字各不一,实为同一乐章。

② 《汉书·礼乐志》:"颜师古曰:'用上辛,用《周礼》郊天日也。辛,取齐戒自新之义也。'"

③ 《资治通鉴》卷十八,胡三省注:"五帝谓东方青帝灵威仰,南方赤帝赤熛怒,西方白帝白招矩,北方黑帝叶光纪,中央黄帝含枢纽也。一说苍帝名灵符,赤帝名文祖,白帝名显记,黑帝名玄矩,黄帝名神斗。"

太一，从概念上不应同一视之。

我怀疑武帝采信方士的进言尊信太一之事，与为太一上奏乐章中《青阳》《朱明》《西颢》《玄冥》四章特别附注标名为“邹子乐”这二事之间，是不是有什么关系。但是，可供探究此间关系的史料则付之阙如。历代史书的《乐志》中，标注《青阳》等四章为“邹子乐”的，也只有班固的《汉书》。但是，此书的注释家们对于“邹子乐”到底是什么意思，均未能言及。不用说史学家们，就是尝试对乐府进行解题的人们，似乎也都没有言及，对汉《郊祀歌》十九章，如对其详加施注的清人陈本礼的《汉诗统笺》，也仅说“《青阳》以下四首，《汉书》注作邹子乐”而置之不问。虽然不会注意到，但自己还是无法下判断吧。然而，诗文的评论家就有人注意到了这个问题，如明代的胡应麟，在其《诗薮·内编一》中言及：

> 汉《郊祀歌》十九章，以为司马相如等作。而《青阳》《朱明》四章，史题邹子乐名。按四章体气如一，皆四字为句。辞虽淳古，而意极典明。当出一人之手，是为邹作无疑。前有《帝临》一章，与四篇绝类，章法长短正同，盖五篇共序五帝，亦邹作无疑，史缺文耳。

胡应麟从《青阳》《朱明》等四章的句型、用语以及歌意上判断，明确指出邹子乐的作者之名，即邹子乐是与司马相如同时代的人，制作诗赋的数十人中的一个。与胡应麟同时代的徐师曾在《文体明辨》卷六中也指出作者之名[①]。如果胡、徐之说可通的话，那么这个人，在《郊祀歌》十九章的制作者中，单独作了《青阳》等四章及《帝临》章，而且在数十人的作者中，仅有他一个人的名字在正史之中有明确的记载，这实在是幸运之人啊。与胡、徐一样，冈田正之氏也采取了人名说，引用清代张玉榖所撰的《古诗赏析》中的解释“《青阳》以下四章，乃四时神祭时乐歌也，皆邹阳所作”[②]，认为乃是与司马相如同时代的文人邹阳所

① “《青阳》等四章，并注云邹子乐，疑是作者名，盖与相如同事者，所谓数十人中之一也。”

② 《汉文大系》本卷十八所收，《古诗赏析》卷四《汉诗》。

作。又，中国的丘琼荪氏也取人名说，在1946年出版的《历代乐志律志校释》的第一分册中，也举出与冈田氏同样的人名：

> 《史记·司马相如传》：齐人邹阳、淮阴枚乘、吴庄忌夫子之徒，相如见而说之。阳与相如为同时人，俱以文学著。《汉志》谓多举司马相如等数十人造为诗赋，疑阳亦在其列。邹子乐者，邹阳所撰之乐章也。

不过，上述丘琼荪氏以及冈田所言都不妥当。冈田之说，虽指出邹子乐的“邹”乃是邹阳的姓氏，但并没有明确“子乐”是什么意思。由于邹阳字什么，《史记》及《汉书》在他的传记中并没有明确的记载，所以冈田的说法不免暧昧。丘琼荪氏明言“邹子乐是邹阳所撰的乐章”则更是很大的误解。大凡每一个王朝，包括汉代，在奉敕造作郊庙乐章的时候，都不可能把作者个人的名字冠在歌题之上，这是绝对没有的。因此，冈田、丘氏两说应该被否定。我则倾向于赞同胡应麟、徐师曾的说法。理由之一是，据《汉书·礼乐志》所说，司马相如等数十人制作了十九章，又考虑到在他死后，到了较早的元鼎五年，《青阳》等四章被制作出来这一点，那么仅这四章，可以判断出乃是以“邹子乐”为名，由与其他人没有关系的一个人制作出来的。理由之二是，据《史记·乐书》，由于通一经之士不能理解十九章歌辞之意，所以会集了五经的各位专家，一起讲习读解，才得以理解其意。如此则一章必定不是出于一人之手，而是作者们聚集在一起，一边搜集探讨五经的文句，一边揣摩歌辞。我认为，邹子乐是乐歌的歌名，在其命名的背后，可能是由方士进言，以武帝时尊信太一之事为发端，并和两汉之际人们信奉神仙、阴阳五行、谶纬等学说有关系。这虽是一个颇为大胆的想法，但我还是想要提出这一臆说：邹子乐就是“邹子的乐歌”之意，这个邹子指的是周至战国末期的邹衍、出入汉王室掌管太一祠事的方士[①]，或者是一个阴阳五行家，其身份在信奉谶纬的王侯与伶官之间，不知从哪个时代开始，不就被习惯称之为邹子乐了吗？关于我提出的这个假说，理

① 《汉书·郊祀志》：“候神方士使者，副佐本草待昭七十余人，皆归家。”此为成帝建始元年，临时废止甘泉之祀的事件，则平时似有很多出入宫中掌管祀事的方士。

由陈述如次。

《青阳》《朱明》《西颢》《玄冥》四章，是将春、夏、秋、冬四神神格化，称赞他们德业的乐歌。概括一下四章的歌意的话，《青阳》是说春神的慈爱促使万物发育，他的德化被及人间的幼胎；《朱明》是说夏神之德遍及万物，以至农地里的五谷成熟；《西颢》是说秋神的威光接续着夏，一同养育五谷，灭除灾害，并且征服四夷；《玄冥》是说因冬神的感化，虫类穴藏，草木零落，庶民得以返回素朴的风习。称扬赞美四神支配着自然与人间两界，维持其秩序的德业。然而，作为有堪与这四神相匹敌能力的人，并传承给汉人的就是邹衍。在汉人中，邹衍是有着怎样的才能作为四神能力的持有者传承下来的呢？可知道的资料非常之少，仅有刘安的《淮南子》和刘向的《七略别录》：

> 《淮南子》曰：邹衍尽忠于燕惠王，惠王信谮而系之。邹子仰天而哭，正夏而天为之降霜也[①]。（《文选》卷三十七曹植《求通亲亲表》李善注）
>
> 刘向《别录》曰：邹衍在燕，有谷，地美而寒，不生五谷。邹子居之，吹律而温至黍生，今名黍谷。（《文选》卷六左思《魏都赋》刘逵注）

上举之文外，刘向《七略别录》有"方士传言，邹子在燕，其游，诸侯畏之，皆郊迎而拥彗"之说，可知邹衍不仅在周至战国末在世，被诸侯所敬畏，而且具有感应天神的神通之力。《淮南子》中有名的邹衍一哭，天神便有感应，盛夏降霜的传说，被唐代李翰在《蒙求》中题作"邹衍感五月之霜"。邹衍还展示过在寒冷不毛之谷，吹奏音律招来了温暖之气，使五谷中的黍得以生育的神技。当然，这些传说出自把邹衍视作偶像的方士之辈，可能由武帝、宣帝开始，在狂热信仰神仙的汉代上层阶级中，把邹衍当作神一样的人来崇信。然而，邹衍更是作为思想家，对从西汉末到东汉所流行的阴阳五行思想、谶纬思想贡献尤巨。也就是说，邹衍的五德始终说，不仅对阴阳五行说的体系，如纬书《易坤灵图》《尚

① 见于《太平御览》卷二十三，今本《淮南子》无此文，或为佚文。

书帝命验》《春秋元命苞》《春秋命历序》《礼斗威仪》被引及，他的天地广大说还被如《易坤凿度》《尚书考灵耀》《诗含神雾》《河图括地象》等书征引，对这些纬书作者的思想影响是巨大的①。再加上他具有的神秘才能、前揭汉高祖崇信其思想所发挥的作用，便足以说明他被汉人所尊崇了吧。所以，我继续提出我的假说，即频繁出入西汉宫廷侍奉神灵的方士们，由于《青阳》等四章是把四时神格化并赞美神的德业的乐歌，同时又赞扬了具有与四时之神相同的繁衍五谷能力的邹衍，于是不就把这四章称为"邹子乐"了吗？又，"邹子乐"一名必定不起于西汉，而恰恰基于东汉明帝的纬书《尚书璇玑钤》中之说，就像特意把郊庙乐改称作太予乐②，东汉之初的阴阳五行家，或者是狂热崇信谶纬之说的王侯伶官们，把邹衍当作是他们思想的开祖人物而过于尊崇，就把从《郊祀歌》十九章中采择出的这四章，和邹衍联系在了一起。

二、邹子乐与东汉五帝歌的关联

在甘泉的太一祠坛上奏《郊祀歌》十九章——并不需要演奏全章，也不仅限于武帝一代，到了尊信太一的哀帝之世，也同样可能被演奏。同时，成帝建始元年(前 32)，经丞相匡衡之手，《惟泰元》《天地》二章有了些许改动。可是，由于甘泉的祀事多少经过了些改变，这一点当谈及。宣帝对于祀事的热衷并不亚于武帝，然而在成帝即位之初，便采纳了匡衡、张谭的进言，不再行幸甘泉，而是把太一神灵的祭祀从甘泉移往了长安的南郊，并解除了祀神方士们的职务。在这之后，由于刮起了预想不到的大风，导致甘泉的竹宫被破坏，害怕被神灵惩罚的成帝便转而征求刘向的意见，又复兴了甘泉祭祀太一的祀事。此后，太一又被再度移往长安，哀帝之世则又返回了甘泉，这种形式上的反复祀事，一直持续到西汉末年。平帝之世，在三度把太一之祀移往长安

① 参铃木由次郎氏著《汉易研究》第二部，第四章"谶纬学与易纬"，331 页。

② 《文选》卷一班固《东都赋》李善注引《东观汉记》："《璇玑钤》曰：有帝汉出，德洽作乐，名雅会。明帝改其名，郊庙乐曰太予乐，正乐官曰太予乐官，以应图谶。"另外，乐府的名称，也基于谶纬之说，如《北堂书钞》卷九十六《谶篇》引蔡邕的《叙乐》："世祖追修前业，采谶纬之文，曰太予乐府。"

南郊之时，相对于太一，把青帝、赤帝、黄帝这三位提升到了五帝之中至高最上的尊贵地位，淡薄了武帝当时的观念。而且，相对于五帝，也并不限于仅指雍五畤的青帝、赤帝、黄帝等，还包含了如周代的太昊、祝融、少皞、颛顼等诸帝在内，祭祀的神体开始变得不甚明晰。我根据《汉书·郊祀志》的记载推测，平帝之世，因权臣王莽一并废止了在甘泉祭祀太一与汾阴后土的祀事，将甘泉移往长安的南北郊，又废止了雍五畤，把根基于《周官》的五帝也移往了长安的四郊，这一祀事的改变，因伴随着对太一观念的薄弱，目光便转向对《郊祀歌》的批判，其结果就是除了一部乐章外，其他的乐章都没有被演奏吧。

诛杀了新莽、开启东汉之世的光武帝，与平帝之世不同，将青帝、赤帝、黄帝等都称为五帝，从《郊祀歌》十九章中选取《青阳》等四章即“邹子乐”，在祀坛上演奏。平定陇蜀的建武十二年(36)后，当时合祀五帝，这四章被同时演奏。然而，到了明帝永平二年(59)，又分祀五帝于五郊，每一郊祭祀一帝，与此同时，在这四章之外，加入了新的《帝临》一章，一郊对应一帝，每一乐章的上奏也被固定下来，至此，这五章，也就是所谓带有五帝性格的“五帝歌”。我推测，《帝临》章的制作年代，是比创作《青阳》等四章更迟的汉武帝太初元年(前 104)。在由四言十二句组成的歌章中，存有“制数以五”“嘉服尚黄”等语句，由于崇尚黄色，制数用五的规定大约起始于太初元年夏五月。可能是武帝在河东祭祀后土之时，制作了这章乐歌。然而，此《帝临》之章是否与其他四章在明帝之世一起演奏呢？据《后汉书·祭祀志》，明帝在立春之日，迎春于东郊，祭祀青帝句芒，车旗与服饰皆用青色，上奏《青阳》之乐章。立夏之日，迎夏于南郊，祭祀赤帝祝融，车旗与服饰皆用赤色，上奏《朱明》之乐章。先于立秋之前的十八日，于中兆迎黄灵，祭祀黄帝后土，车旗与服饰皆用黄色，上奏《朱明》之乐章。立秋之日，于西郊迎秋，祭祀白帝蓐收，车旗与服饰皆用白色，上奏《西皓(颢)》之乐章。立冬之日，迎冬于北郊，祭祀黑帝玄冥，车旗与服饰皆用黑色，上奏《玄冥》之乐章。然据此《郊祀志》的记载，《朱明》在立夏日和立秋前的十八日曾两度被演奏，因该书《礼仪志》云“先立秋十八日，郊黄帝。是日，夜漏未尽五刻，京都百官皆衣黄。至立秋迎气于黄郊，乐奏黄钟之宫，歌《帝临》”，在祭祀黄帝后土之日，《帝临》乐章的演奏有被变更的可能。那么,由于明帝时一郊对应一帝,因上奏某一乐章是固定的,五个乐章分别为"青帝歌""赤帝歌""黄帝歌""白帝歌""黑帝歌",即使被修改歌题也没有问题,这五乐章本身要与"五帝歌"相般配,需具备以下两个条件。

第一,其歌辞,从结果上来说,要为奉祀五帝而制作的内容。本来,《青阳》等四章,是将春夏秋冬四时神格化后,称扬各神德业之作。一方面,明帝祭祀的五帝,与汉武帝及光武帝所祀的雍五畤的五帝稍有不同,他祭祀的五帝,指的是见于《礼记·月令》的句芒、祝融、后土、蓐收、玄冥五神所配属之神。所以,这五帝实质上无非就是四时神,将五帝的德业与乐章的内容相一致。我推测,明帝没有把五帝和五神视为不同的神,"青帝即句芒",即有着将其视为司春的同一神体的意识。此外,由于《帝临》原是祭祀后土的乐章,也就理所当然在祭祀黄帝后土之日被演奏了。

第二,不能无视五章作为"五帝歌"的条件,就是其歌辞的形式。即五章与《周颂》相同,由庄重的四言旋律构成,并且由于每章都有十二句的长度,作为一郊一帝所演奏的乐章,句数与字数也是齐整的,这点恐怕迎合了明帝的嗜好。为例证歌辞的形式,在五章中选取《青阳》一章来看:

> 青阳开动,根荄以遂,膏润并爱,跂行毕逮。霆声发荣,壛处顷听,枯槁复产,乃成厥命。众庶熙熙,施及夭胎。群生啿啿,惟春之祺。

上例和《周颂》同为四言体,与歌词的内容相辅相成,在西汉《郊祀歌》十九章中,只有这《青阳》五章,在东汉的宫廷有了被采择的机会,同时充作了祭祀五帝的乐歌之用。而曾经十九章的大半乐章,为了迎合汉武帝的嗜好,都用到从三言到八言的多样的句法,因此在奏乐上,遭致了《汉书·礼乐志》"八音调均,又不协于钟律"的非难。另外,由此句法构成的乐章,在形制上全部回避了明帝和前代光武帝的式样。顺便说一下,明帝永平三年(60)八月,东平王苍制作的《武德舞歌诗》,作为在光武帝的庙前奉上的所谓宗庙歌,也是与《周颂》相同的四言体。《南齐书·乐志》曰"祠五帝。汉郊祀歌皆四言",确实就是指包含有《青阳》的四言体的五乐章。那么,祭神对象是被固定化了的五帝,并且袭用了一郊一帝一乐制,歌题也就自然相对于邹子乐,更习惯称之为"五帝歌"了。

三、南北朝五帝歌的形制

本来,不光是五帝歌,大多数的郊庙歌都取材于像天帝及祖宗的神灵这样超感觉的东西,而且因为必须要有大量的能让人感受到的祷词,歌辞的新作就不那么容易了。因此,后世的作家大多以往昔的《周颂》或汉代的《郊祀歌》为范例,因袭相同的内容,模仿其用语,并沿袭其形制,出现了较为懈怠的创作态度,其结果就是后世每个王朝的郊祀歌辞都变得类型化、程式化。例如,刘宋郊庙歌辞的一部分,就被南齐照搬袭用。总体来看,歌辞没有表现出体现王朝独自性、特殊性的内容。又,汉《郊祀歌》的情况,是五经专家聚集在一起,不讲读就难以理解其内容,虽然是由难解的语句构成,这一难解的特色反而被后世作家所欣赏,在歌辞的创作上喜好罗列难以理解的词语。因此,郊庙歌辞在实际演奏之时,以天子为首,到参列祭祀的文武百官,都不懂得歌辞的意义,只要听到庄重的旋律就行了。当然五帝歌也不例外,南北朝的五帝歌,在内容及用语上,大体也是类型化、格式化的,就无需特别说明了。

然而没想到的是,之后的王朝,出现了在歌辞的形制上凝练新创意的作家,这个作家创作了新形制为范例的歌辞,还创作了以东汉五帝歌为范例的歌辞,新旧两种歌辞交相制作,他就是刘宋时代的谢庄。下表即表示了新旧各种形制为范例的南北朝时的五帝歌。

A. 以东汉五帝歌的旧形制为范例的歌曲

东汉	梁(沈约)	隋
青阳(青帝歌)四言十二句	青帝歌四言十二句,四句一转韵	青帝歌角音四言十二句,四句一转韵
朱明(赤帝歌)四言十二句	赤帝歌四言十二句,四句一转韵	赤帝歌徵音四言十二句,四句一转韵

续表

东汉	梁(沈约)	隋
帝临(黄帝歌)四言十二句	黄帝歌四言十二句,四句一转韵	黄帝歌宫音四言十二句,四句一转韵
西颢(白帝歌)四言十二句	白帝歌四言十二句,四句一转韵	白帝歌商音四言十二句,四句一转韵
玄冥(黑帝歌)四言十二句	黑帝歌四言十二句,四句一转韵	黑帝歌羽音四言十二句,四句一转韵

B. 以刘宋五帝歌的新形制为范例的歌曲

刘宋(谢庄)	南齐(谢朓)	北齐	北周(庾信)
青帝歌三言十二句	青帝歌三言十二句	青帝歌高明乐三言十二句	青帝云门舞三言十六句
赤帝歌七言六句	赤帝歌七言六句	赤帝歌高明乐七言六句	赤帝云门舞七言七句
黄帝歌五言十二句	黄帝歌五言十二句	黄帝歌高明乐五言八句	黄帝云门舞五言十二句
白帝歌九言六句	白帝歌九言六句	白帝歌高明乐九言四句	白帝云门舞四言十二句
黑帝歌六言十二句	黑帝歌六言十二句	黑帝歌高明乐六言八句	黑帝云门舞六言十句

上表所列除了东晋,西晋也同样合祀五帝,像其他王朝一样,并没有制作对应每一帝神的乐章。即西晋武帝泰始二年(266),营建南郊的祠事,皇帝与群臣协议后,除去了五帝之座,废除五帝的称号,是因为群臣主张没有必要将五帝和昊天一同祭祀。但是第二年,又再度在南郊和明堂设五帝之座,傅玄受命制作了新的歌辞,诸如《祠天地五郊夕牲歌》《祠天地五郊迎送神歌》《飨天地五郊歌》之类。可是,这些歌词并没有清楚地记载五帝的德业,而成为像改作《周颂》的作品,毋宁说是五帝歌的一种异化。

刘宋时期谢庄制作的五帝歌,乃是受孝武帝之命,凝结了新创意成分的歌体,即此歌体被认为是以五行之数为基础的。五行之数自不待言,一为水,二为火,三为木,四为金,五为土,这些是生数。又六为水,七为火,八为木,九为金,十为土,这些是成数。确定歌体以五行之数为基础,谢庄是历史上的第一人,在歌曲史上,也是只有在五帝歌才看得到的稀有现象。但是,谢庄基于五行之数的做法也有值得怀疑之处,梁萧士显在《南齐书·乐志》中即指出了这一点,其言如次:

宋孝武帝使谢庄造辞,庄依五行数,木数用三,火数用七,土

> 数用五，金数用九，水数用六。案《鸿范》五行，一曰水，二曰火，三曰木，四曰金，五曰土。《月令》，木数八，火数七，土数五，金数九，水数六。蔡邕云："东方有木三土五，故数八；南方有火二土五，故数七；西方有金四土五，故数九；北方有水一土五，故数六。"又纳音数，一言得土，三言得火，五言得水，七言得金，九言得木。若依《鸿范》，木数用三，则应水一火二金四也。若依《月令》，金九水六，则应木八火七也。当以《鸿范》一二之数，言不成文，故有取舍，而使两义并违，未详以数立言为何依据也。

萧子显认为谢庄所基于的五行之数，与《鸿(洪)范》《礼记·月令》记载的五行均不符。如果以《鸿(洪)范》为准，木数用三，则必须是用水一火二金四之数。若据《月令》，因是金九水六之数，则必须用木八火七之数。由于《鸿(洪)范》所谓的一、二之数，作为一言、二言之句，是构不成乐章的歌句的，所以可能和《月令》一样，谢庄是有所取舍的。但是于两者之数都有违背，不知当以何者为据。以上就是萧子显对此的理解。

关于谢庄的五帝歌的歌体，实际是混合了五行的生数与成数的产物。即如前所述，青帝木德数三，其歌句为三言；黄帝土德数五，其歌句为五言。这是五行的生数的产物。又赤帝火德数七，其歌句为七言；白帝金德数九，其歌句为九言，黑帝水德数六，其歌句为六言。以上每一个都是五行成数的产物。那么，谢庄为何故意采用了混用的方法呢？即如萧子显认为，一、二之数难以成歌句，然而这个理由难以通用。白帝属金德，因生数为四，必当得出所作歌句为四言，但其歌句为九言。如果谢庄在此情况下作了四言，并说明了据《鸿(洪)范》《月令》的取舍理由，那么萧子显认为的疑惑之处就不存在了。事实上，此后北周的庾信在制作《白帝》的歌辞时，并没有仿效谢庄的九言体，而是改作了四言。谢庄在制作歌辞时，并没有用四言歌句的作法，这应该就是其制作九言的理由。大概东汉时代的五帝歌都是由四言构成的旧体，而从制作新歌的立场来看，为了一新歌体，才刻意回避了四言体吧。

明代徐师曾在《文体明辨》六中对谢庄的五帝歌和隋代的五帝歌

作了比较与评价，“隋五帝歌则各从其方之音，今考其词，与前代不相上下，独五帝歌用其方音，似胜于谢庄之用字数”，即隋代五帝歌的旨趣乃是与五帝的方位相应，并配合宫、商、角、徵、羽的五音[①]，要优于谢庄以五行为基础用三言、五言所制作的歌辞，确认了隋代歌辞的优越性。但是，徐师曾的这个评价是不妥当的。隋代的五帝歌，由于每一章都由单调的四言句式构成，就必须得依赖于不同的音阶，才能展示出各歌的个性差异。但是，像谢庄的五帝歌，采用每歌变换旋律的方法，不一定非要依赖音阶，就能显示出强烈的个性，因此在充分发挥各歌的特性方面，倒不如说谢庄的五帝歌是胜过隋代的五帝歌的。

---

① 隋代没有新的趣向，可能还是模仿东汉明帝的祀事。《后汉书·礼仪志》载“先立秋十八日，郊黄帝。……乐奏黄钟之宫，歌《帝临》”，因述及祭祀黄帝演奏的是黄钟之宫，明帝根据《月令》的记载，祭祀黄帝用角音，赤帝用徵音，故推测每帝用不同的音阶演奏。

第四章　汉魏及晋初鼓吹曲的演奏

自历史上首次被宫廷采用以来，在魏晋以后的朝廷中，鼓吹曲始终被当做是重要性仅次于郊庙乐的宫廷音乐。本章拟探讨汉、魏及晋初鼓吹曲演奏的实际情况，分一、鼓吹的语义和乐器，二、汉武帝采用鼓吹的意图，三、新声二十八解与横吹曲，四、大驾鼓吹的列队情况，五、东汉宫廷的黄门鼓吹，六、短箫铙歌及其遗声的演奏，七、汉魏之际赏赐鼓吹的功臣与私有者，八、晋初鼓吹曲的特殊性等八个方面详细论述之。

一、鼓吹的语义和乐器

“鼓吹”作为在汉初产生的术语，以胡狄传来的笳、角或箫为主要乐器，配以特制的歌曲，并含有专职的伶人。一般来说，“鼓”可理解为打击乐器，“吹”意为吹奏管乐器，合奏之时，不论怎样使用哪类乐器都不应该存在障碍。例如据《宋书·乐志》所载战国时代的事件，雍门周曾对孟尝君说，鼓吹于不测之渊时，除了鼓之外，还从管乐器中选择了竽和籁。又《三辅故事》(清张澍辑)记载，汉武帝曾泛龙舟于昆明池，使宫女齐唱櫂歌，上奏鼓吹。不用说，这里所谓的鼓吹，有为了舟游欢乐而击鼓吹管之意。但是，除了此处所举的例子外，在文献中似尚未能见到能够一般解释鼓吹之意的例证。

鼓吹所使用的笳，虽然是传自胡狄之物，但也不是原产的器物。

关于笳，魏杜挚《笳赋》[①]所云李伯阳(老子)避难入西戎，为驱遣乡愁而创作，自不足信。又李陵《答苏武书》[②]有“凉秋九月，塞外草衰，夜不能寐，侧耳远听，胡笳互动，牧马悲鸣”的记述，李陵听到的笳，是胡人用芦或者葭的叶子卷起来所吹奏的乐器，大概就是晋傅玄《笳赋》[③]之序所指的“吹叶为声”。但是，被汉代宫廷采纳，使用于鼓吹的笳，就不同于这种卷叶吹奏的原始乐器，无论从形制还是凝聚的创意都是一种别名叫篍的乐器。《宋书・乐志》曾引用东汉应劭的汉《卤簿图》“有骑执篍”之句，此句中的“篍”据说就是“笳”。然而，尽管篍是笳的别名，但在器物形制上还是有很大差别的，这由该书所引“汉旧注曰：篍号曰吹鞭。晋《先蚕仪注》：车驾住吹小篍，发吹大篍”之文，就可辨明。总之篍可理解为大概因其形状类似马鞭而被称作吹鞭，改良后有大篍、小篍之别，两者的使用，相应于车驾的行进和停止。而且，它们又被称作大胡笳、小胡笳。可是，尽管将笳用作鼓吹始自汉武帝时代，但在汉初，先于宫廷的采择，民间已经有使用笳的迹象了。据《汉书・叙传》，班固的始祖班壹，避难边境的楼烦之地，放养马、牛、羊数千匹，营建牧业，值汉初兴，到了惠帝、吕后之世，拥有了丰厚的财产，每次出猎道中，旌旗披靡，鼓吹演奏。北宋郭茂倩《乐府诗集》卷十六“鼓吹曲辞”的解题引刘瓛[④]的《定军礼》，认为班壹所用的鼓吹，用笳和箫合奏，不是中国自古以来的八音。在《汉书》的注释家中，也没有人指出见于《叙传》的鼓吹究竟是什么乐器。我虽然也不是很清楚，但是根据刘瓛所言是笳和箫的合奏来推测，笳并非原始的乐器，而后来汉代宫廷使用的篍，是否已经班壹之手制作，亦未可知。

关于与笳合奏的箫，文献中也没有记载鼓吹时使用的是否就是产自胡狄的箫。因据一些引文，大体可判断箫是自周代传下来的言(大箫)和筊(小箫)的系统。但是，不甘因袭周代的旧器，汉王朝同样也对胡地制作的箫作了改良，将旧器型的箫的长度、形状、音调等都花了若

---

① 《文选》卷二《西京赋》薛综注、《宋书・乐志》。

② 《文选》卷四十一。

③ 《文选》卷四十一《李少卿答苏武书》李善注。

④ 南齐人，《南齐书》卷三十九本传云其“所著文集，皆是礼义，行于世”。但《定军礼》，正史经籍志中无载。

干工夫的改造，使其变为用于鼓吹的新乐器。蔡邕就说汉代的箫有大、小两种，大的二十三管，小的十六管，每个都是竹制有底之物。蔡邕此说，魏张揖在《广雅》中说大箫也分有底和无底的差别，故可大体了解汉、魏两代箫的实际体制。

蔡邕曰：箫编竹有底。大者二十三管，小者十六管。长则浊，短则清。以蜜蜡实其底，而增减之则和。（《通典》卷一百四十四引《月令章句》）

《广雅》曰：箫大者二十三管[①]无底，小者十六管有底。（《太平御览》卷五百八十一）

东汉宫廷音乐有短箫铙歌一种，这个"短箫"，蔡邕、张揖认为指的是十六管的小箫，又若据《宋书·乐志》，由于魏代的鼓吹用的是长箫，可知这个长箫，就是由二十三管构成的大箫。

角，也是汉武帝时进入宫廷的乐器，《晋书》说最初传来时有双角。角的形状像牛角，根部较细，末端渐大，经时代更迭，有竹制、皮制、铜制等，双角有长鸣角、中鸣角、大角、警角等各器之分，长度各不相同，从二尺到五尺都有。但是，这些角的使用纯任偏好，各朝代不尽相同。如五胡十六国之世，十分看重中鸣角，当时流行的"簸逻回歌"《簸逻回》中，就有中鸣角这个胡狄的乐器名[②]。角还对应了使用者的身份，各时代也有色彩的区别。北齐王室，赐给统辖所分封州郡的王室以赤角，上州刺史以青角，中州刺史以下以黑角。

二、汉武帝采用鼓吹的意图

汉武帝首度在宫廷音乐中加入鼓吹，是因为出于充分利用国家政策的考虑。即作为对异民族的怀柔政策，乃是利用胡人之器反过来达到制御胡人的目的。就如《后汉书》卷八十五《东夷传》"先人武帝灭朝

---

① 今本《广雅》"释乐"作二十四管。

② 见宋陈旸《乐书》卷一百三十《乐图论》。

鲜,以高句骊为县,使属玄菟,赐鼓吹伎人”[①]。又如《太平御览》卷五百六十七引《晋中兴书》“汉武时,南平百越,始置交阯、九贞、日南、合浦、南海、郁林、苍梧,凡七郡,立交阯刺史。以州边远,山越不宾,宜加威重,故刺史辄假节,七郡皆加鼓吹”所记的那样。本来是北狄所产的笳,反而化作了加重汉家威光的道具,在东边的高句丽,或南边的百越原著民的头上鸣响。确立了利用鼓吹发挥怀柔政策效能的汉王室,在武帝死后也一直延续着这一政策,对前来朝贡的异民族的使者特赐鼓吹。据《汉书·西域传》,宣帝元康元年(前65),龟兹王与夫人乌孙公主相伴入朝,赐以车骑旗鼓歌吹数十人。在这些人中,应该包含了鼓吹的伶人。又《后汉书·南匈奴传》载,光武帝建武二十六年(50)秋,南匈奴单于的儿子来朝,奉昭授予其乐器和鼓车。鼓车当然就是指载有鼓吹乐团的车子。

除国家政策之外,汉武帝在军事上也使用鼓吹。即与周代的凯乐或凯歌相同,军队的指挥者为鼓舞士气时,或者在赢得战争的胜利奉献捕虏时所吹奏。晋代孙毓《东宫鼓吹议》有“鼓吹者,盖古之军声,振旅献捷之乐也”[②]的记载。班固《汉书·艺文志》著录有《汉兴以来兵所诛灭歌诗》十四篇,乃西汉之世为赞颂战争取得胜利之作。那些用笳、鼓等乐器吹奏的乐曲就相当于所谓的鼓吹曲。清代的王先谦怀疑这十四篇中,就包括《宋书·乐志》所著录的《汉鼓吹铙歌》十八曲之《战城南》《远如期》两种。我也有同感,但要对王先谦的意见稍作修改后提出。

汉武帝采用鼓吹的另外意图,是要在卤簿中汲取鼓吹音乐的美听之感,并赋予其庄严感。因此,为附和武帝的意图,作为卤簿所用的鼓吹曲,就有了李延年的“新声二十八解”。但是,西汉宫廷与东汉以后的宫廷情况不同,其鼓吹的使用者仅限于天子本人,似乎并没有赏赐给功臣以作朝会道路之用。《文选》卷六十任彦昇的《齐竟陵文宣王行

---

① 此记事又见《三国志》卷三十《高句丽传》、《梁书》卷五十四《高句骊传》。

② 《通典》卷七十九、《北堂书钞》卷一百三十。

状》李善注引《汉书》[1]，因文中有“韩延寿给羽葆鼓吹歌车”句，韩延寿因功绩被授予鼓吹，颇怀疑西汉是否已有将鼓吹赏赐给功臣的例子。然而《汉书》此文中的“给”字，胡克家《文选考异》指出当为“植”字之误，不仅不能理解为延寿被授予之义，从《汉书》其本传的行状来判断，实际上他并没有经昭帝的敕许而私有鼓吹，实是僭上之徒，所以此文所说的西汉时赏赐功臣以鼓吹是不能作为例证的。但有一点，昭帝之父的武帝之世，所谓在卤簿时植入羽葆，乘车出行时有鼓吹乐团的随从被定为一种制度，这算是一个例证吧。

三、新声二十八解与横吹曲

晋曹豹的《古今注》中说，李延年的“新声二十八解”，是以张骞从西域传来的“摩诃兜勒曲”为基础制作的。又《黄鹤》《陇头》《出关》《入关》《出塞》《入塞》《折杨柳》《黄覃子》《赤之阳》《望行人》等横吹曲，在崔豹的时代据说都是可以歌唱的。大略而言，在能够试图解说“新声二十八解”和横吹曲之间关系的成于汉魏及六朝时的文献资料中，仅有崔豹一书，即使是陈代释智匠的《古今乐录》，也不过引用了此书[2]。但是，《古今注》所解说之事颇有疑问，因此下面的解说取其全文，指出其疑点的同时，陈述我对“新声二十八解”与横吹曲的意见。

> 横吹，胡乐也。博望侯张骞入西域，传其法于西京，惟得《摩诃兜勒》〔一〕(二)曲。李延年因胡曲，更造新声二十八解，乘舆以为武乐。后汉以给边将，和帝时，万人将军得用之。魏晋以来，二十八解不复俱存，世用者《黄鹤》《陇头》《出关》《入关》《出塞》《入塞》《折杨柳》《黄覃子》《赤之阳》《望行人》等十曲。[3]

---

① 李善注引《汉书》之文作“鼓吹”，然今本《汉书》作“鼓车”。“鼓吹”与“鼓车”在语义上没有太大的差别，此处李善注引《汉书》原文作“鼓吹”，是因为这一语汇为武帝、昭帝之世宫廷内的习惯称呼，此处即引李善注。

② 正史中仅《晋书·乐志》引用了《古今注》之文。

③ 此从民国张元济的校勘。

《古今注》之文，在传达从西域输入异邦之曲的事实这一点上颇为重要。但是，汉人习惯把《摩诃兜勒曲》和李延年的新曲都称为“横吹”是有疑问的。又文中说东汉把新声赏赐给边将，和帝时万人将军得而用之云云，赏赐给将军职位以乐团的乐器，果真就只限于横吹曲吗？兹举例之。《后汉书》卷四十七《班超传》载和帝即位之前的六年，也就是章帝建初八年(83)，当班超作为将兵长史派往西域时，被赏赐了鼓吹；又该书卷五十《梁节王畅传》，畅任万人将军之职，从很早以前就被赐予了鼓吹，至和帝永元五年(93)，自愿将鼓吹等赏赐之物返还给上署。如此，是否应该把这些正史中的鼓吹和《古今注》中的横吹同一视之呢？而后世则把用笳、鼓吹奏之乐称为鼓吹，用角吹奏之乐特别称为“横吹”，以示两者的区别。我在后面推测，称呼为“横吹”这一术语大概发生在崔豹在世的较近的时代，即魏末晋初。因此，后世用崔豹之说来解释两汉往昔的实况，恐怕是不妥当的。北宋郭茂倩在《乐府诗集》卷二十一“横吹曲辞”的解题中说“横吹曲，其始亦谓之鼓吹，马上奏之，盖军中之乐也。北狄诸国皆马上作乐，故自汉已来，北狄乐总归鼓吹署。其后分为二部，有箫笳者为鼓吹，用之朝会道路……有鼓角者为横吹，用之军中马上所奏者是也”。此说较崔豹所言更符合事实且更稳当。但是，也没有明确说出鼓吹、横吹二部分立的时代。

《古今注》文的第二个不可靠之处在于，其暧昧的记述方式引起了后世的误解。崔氏说李延年的“新声二十八解”是据张骞传来的《摩诃兜勒曲》所作的，“曲”和“解”在语义上应该是有认识上的差异的吧。大体在歌曲的层面上，“曲”和“解”不是同义词。今天可以判断，历史上尝试对歌曲进行节解的最初之人，是大约与崔豹同时代的荀勖。荀勖将传自曹魏宫廷的清、平、瑟三调予以加工，因每曲都分为若干解，不言而喻，是不能将“曲”和“解”视为同一语义的[①]。但是，荀勖所为和崔豹同样不能断定。崔豹的本意不是很明白，加上《古今注》文中“不复俱存”因为有了一部分否定的句法，将“解”和“曲”同一视之，只能理解为《黄鹤》以下十曲是“新声二十八解”的遗曲。如宋代胡三省《资治通鉴》卷四十九后汉安帝记事注云“宋白曰：鼓吹，据崔豹《古今注》：张

① 参第五章“魏晋宫廷演奏的歌曲”。

骞使西域，得《摩诃兜勒》一曲，李延年增之，分为二十八曲”，引用宋白的说法，宋白将“解”改作“曲”字。又，先于宋白持同样看法的还有唐代人，李林甫即是，在《大唐六典》卷十四的注中，引用崔豹的《古今注》，明确指出《陇头》以下的十曲，乃是“新声二十八解”的遗曲：

> 崔豹《古今注》云：汉代鼓角横吹者，始张骞使西域，得《摩诃兜勒》一曲。其后李延年因之，立为二十八解，若《陇头》《折杨柳》《赤之阳》《黄鹄》[①]《覃子》《望行人》《出关》《入关》《出塞》[②]《入塞》之曲是也。

继李林甫之后，唐代的乐府解题家吴兢也在《乐府古题要解》解释云“魏晋以来，二十八解不复具在也。在者，止有《出关》《出塞》《入塞》《黄覃子》《赤之阳》《黄鹤吟》《陇头吟》《折杨柳》《望行人》等十曲”，“解”“曲”未作区分，如《出关》等十曲原本是汉曲，它们就传到了魏晋以后。因此，后世从吴兢之说的乐府研究者不在少数[③]，都把“解”和“曲”视同一物，推算出汉代有十八曲已经亡佚了。然而，李林甫、吴兢所举的十曲，果真就是“新声二十八解”的遗曲吗？如果这十曲是汉代所产，而且“黄鹄”之曲、“陇头”之曲等，每一曲名都是汉代所习见的话，那么从东汉末的献帝之世，到曹魏文帝的黄初年间的诗人们，在以汉代遗曲为主题竞相创作之时，这些名曲中为什么没有一个能够被选入歌诗之中呢？现在所知仅曹植一人就创作了超过七十曲之多，但也没有一部作品是以上述十曲作为主题的[④]。这个曹植，由于认识曾在东汉灵帝时代的西园鼓吹做过伶人的李坚，故从他那里也没有听过上述十曲的名目吧？我在上文对横吹这一术语产生于魏末晋初有过考述，如果在当时产生的横吹曲中，即三百年以上的往日的“新声二十八

---

① 《古今注》一本“鹄”作“鹤”，李林甫或以此本为底本。又《赤之阳》之“阳”字，吴兢《乐府古题要解》作“杨”。

② 十曲中的“出塞”“入塞”之曲名，见于《西京杂记》，或为同题异曲。

③ 小林太市郎氏虽没用到吴兢的解题书，但据《古今乐录》和《晋书·乐志》所引《古今注》之文，同样理解为《黄鹄》以下十曲乃“新声二十八解”的遗曲。参氏著《汉唐古俗与明器土偶》，281 页。

④ 参第五章“魏晋宫廷演奏的歌曲”。

解”的旋律，有一部分是有编排的，以上“黄鹄”之曲、“陇头”之曲等的命名，每首的旋律都凝聚了新的想法，作为“新制之曲”来吹奏。其新制的时代，崔豹所谓“世用者”之“世”，即大约推测在魏末晋初。

以上我指出了《古今注》之文的疑惑之处。这里对于文中所见的“新声二十八解”为何早早亡佚，拟提出我的见解。李延年制作的新曲，是从西域传来的《摩诃兜勒曲》，本军中的乐调，这大概能鼓舞人的心志。此曲虽原产地不明，但它是军用乐调。之所以如此，是因为大约同一时代，琵琶、箜篌等伊朗系的弦乐器也从西域传来，可知唯独吹奏产自北狄的双角这一事实。又李延年制作的新曲，崔说以“乘舆以为武乐”，当是进行曲风格的军歌。但是其流行也就止于有汉一代，班固的《汉书・艺文志》中也没有著录。这是为什么呢？我在上文中论述歌曲上“曲”和“解”的语义有所不同，李延年制作的“新声二十八解”是由长篇的一曲构成，我认为是被节解为二十八曲的“但曲”。所谓“但曲”，可以说是仅有乐调而无歌辞之曲。自汉代的《广陵散》这一名曲始，《大胡笳鸣》《小胡笳鸣》《鹍鸡》《游弦》《流楚窈窕》等都是但曲。如此，因这一时代的赋家的作品中写到的歌曲中，都包含了但曲，实际上多数都被当作为但曲吧。“新声二十八解”我认为还有一点，即伴随着天子乘舆的行进，从第一解开始，旋律依次作二十八次变转吹奏。但是，与配有歌辞的歌曲相比，但曲欠缺的是持久性和普及性。“新声二十八解”之所以早亡，大概由但曲自身的情况，以及相关的政变之事、伶人间传授乐调缺乏灵活性等原因所导致的吧。

四、大驾鼓吹的列队情况

汉代天子的卤簿有大驾、法驾、小驾三种。据《太平御览》卷六百八十一引东汉应劭的《汉官仪》和《宋书・礼志》所引应劭的《汉官卤簿图》，大驾，据说是天子以凤凰车为正御，以金根车为副车，随从有五色安车和同色立车，这些车被八十一种属车包围随行，由公卿及大将军参乘。此大驾的仪则，是以所谓巡幸甘泉及汾阴的名为甘泉卤簿开始，南北郊祀之时，又自东汉明帝之世，适用于上陵之际。那么，卤簿之中，规模最大且有千乘万骑随行的大驾，其与鼓吹有关系者是如何编成列队的呢？今天能见到的记载其实际情况的资料有《西京杂记》卷五和《晋书·舆服志》。比照两书文字，尚有记载的详略之别，然因队列次序大体相似，汉代不用说，西晋之际的情况也可判明。也就是说，西晋武帝由于因袭了汉王室的旧制，可判断《晋志》之文传达了汉代的实际状况。据《晋志》，立于大驾的最前线的是起先导作用的象车[①]，有鼓吹伶人十三人同乘。关于象车，《西京杂记》云"象车鼓吹十三人中道"，然《晋志》记载稍详：

> 象车，汉卤簿最在前。武帝太康中，平吴后，南越献训象，诏作大车驾之，以载黄门鼓吹数十人，使越人骑之。元正大会，驾象入庭。中朝大卤簿，先象车鼓吹一部十三人中道。

上文中的"大卤簿"，不用说就是大驾，象车则是指由南越产的大象牵行之车，象由原产地的南越人持鞭乘坐，大车上搭载着鼓吹伶人十三人。这种象车在南朝的使用，服务于大驾之先导，可由《宋书·礼志》"象车在最前，试桥道[②]。晋江左驾犹有之"的叙述知见。这个象车鼓吹后接续的鼓吹各乐团的列队顺序，下（页）表中拟将汉代与西晋分开表示。

大驾鼓吹列队顺序表

汉（《西京杂记》）			西晋（《晋书·舆服志》）		
道左	中道	道右	道左	中道	道右
	↑ （象车　鼓吹十三人） ↑ （太尉　鼓吹一部） ↑ （司徒　鼓吹一部）			↑ （象车　鼓吹十三人） ↑ （太尉　鼓吹一部七人） ↑ （司徒　鼓吹一部七人）	

① 《西京杂记》文中，相比于象车，最前端还有先导司马、辟恶、记道、靖室等各车。但是，《晋志》则云"象车，汉卤簿最在前"，若从西晋袭用汉制这一事实来看，象车一定是为卤簿的先导服务的。

② "桥"大概是测试承载凤凰车的重量之意。

续表

汉(《西京杂记》)			西晋(《晋书·舆服志》)		
↑ (射声校尉鼓吹一部七人) ↑ (骁骑将军鼓吹一部七人) ↑ (黄门前部鼓吹一部十三人)	↑ (中护军 鼓吹各[1]一部) ↑ (前军将军鼓吹一部七人) ↑ (凤凰车) (《西京杂记以下阙文》[2])	↑ (翊军校尉鼓吹一部七人) ↑ (游击将军鼓吹一部七人) ↑ (黄门前 鼓吹 一部十三人)	↑ (步兵校尉鼓吹一部七人) ↑ (射声校尉鼓吹一部七人) ↑ (骁骑将军鼓吹一部七人) ↑ (左将军 鼓吹一部七人) ↑ (黄门前部鼓吹 一部十三人) ↑ (黄门后部鼓吹 一部十三人) ↑ (后军将军鼓吹一部七人) ↑ (越骑校尉鼓吹一部七人)	↑ (司空 鼓吹一部七人) ↑ (中护军 鼓吹一部七人) ↑ (凤凰车) ↑ (领军将军鼓吹一部七人) ↑ (鼓吹一部七人)	↑ (长水校尉鼓吹一部七人) ↑ (翊军校尉鼓吹一部七人) ↑ (游击将军鼓吹一部七人) ↑ (前将军[3]鼓吹一部七人) ↑ (黄门前部鼓吹 一部十三人) ↑ (黄门后部鼓吹 一部十三人) ↑ (右将军 鼓吹一部七人) (屯骑校尉鼓吹一部七人)

《西京杂记》和《晋志》相比较，由于前者有阙文及脱落，对于了解汉代的大驾鼓吹队列的全貌，应该要靠后者。即上表中，汉代的“前军将军鼓吹一部七人”，我将其配列在中道的位置，《西京杂记》由于没有明确

① “各”系衍文。

② 《汉魏丛书》《津逮秘书》等所收各为六卷本。

③ “前军”之“军”字脱。

标记其位置，故对其的处置是不正确的。此处当然只能从《晋志》，应该与左将军的位置左右并列吧。然而，这个“左将军鼓吹一部七人”之文，《西京杂记》也缺漏了。又“司徒鼓吹一部”后无“司空鼓吹一部”的记载，也是脱文。而且，《后汉书》卷一百十七《百官志》注补“大驾卤簿，五校在前，各有鼓吹一部”，五校[①]就是屯骑、越骑、步兵、射声、长水校尉，他们都配属于鼓吹，那么《西京杂记》就没有采用步兵、长水两校尉及其鼓吹。这样疏漏的记载说明不能依赖《西京杂记》，而应从《晋志》，统计汉代鼓吹人员之数，凤凰车的前列有一百二十三人，后列有六十八人随从。但是，从将军开始，三公、五校各有一部七人的鼓吹班，这个鼓吹班是仅用于卤簿而被编成的临时之职。以上所述，便是大驾的情况。另外，据《隋书·礼仪志》，汉代相对于大驾的八十一乘，没有公卿参乘的法驾有三十六乘，小驾则只有十二乘，车数又缩小了三分之一。如此看来，可得出鼓吹人员也大幅减少的队列的判断。

大驾随从的鼓吹各部，千乘万骑一同随行，全员若都吹奏笳、箫，这一壮观的场景，想必一定很吸引沿途的民众吧。汉代的实际情况不清楚，魏时曹植的《圣皇篇》记其“乘舆服御物，锦罗与金银。龙旗垂九旒，羽盖参班轮……武骑卫前后，鼓吹箫笳声”，描写了卤簿出行时吹奏笳、箫的场面。然而，这壮观的场景若一瞬间的吹奏失误，队伍就会忽然混乱而暴露出丑态。虽然这不是在汉代，下面还有一个这样的佳例。据《晋书》卷九十四《夏统传》，权臣贾充模拟天子的卤簿，文武诸官随从，在队伍肃然行进，向沿道的人民夸耀权势之时，其鼓吹团突然吹奏失误，胡笳发出了既长且怪异的尾音，车队顿时陷入了混乱，以至于最后纵横四散。

《西京杂记》关于大驾的记载，记录的是汉代哪朝天子的情况呢？鼓吹各部之中，有常备的正员又是任务最重的“黄门鼓吹”，这一名称起源于东汉的明帝时代。因此，《西京杂记》即便是记录了东汉之事的书，但也不能认为就记录了明帝以前的情况。

> 世祖追修前业，采谶纬之文，曰太予乐府，曰黄门鼓吹。（《北

---

① “五校”同“五营”。《文选》卷七《籍田赋》李善注：“《汉官仪》：‘大驾卤簿，五营校尉在前，名曰填卫。’”

堂书钞》卷九十六《谶篇》引蔡邕《叙乐》)

若据上文,“黄门鼓吹”之名,乃是基于明帝时代谶纬之说兴起。然仅据那个时代的名称的理由,从明帝时代溯及武帝之世的漫长年月,天子的卤簿,是否有鼓吹的列队事实,是无法遽断的。近人王运熙氏在《汉代鼓吹曲考》[①]中,以《汉书·礼乐志》[②]“丞相孔光、大司空何武奏:郊祭乐人员六十二人,给祠南北郊大乐鼓员六人,嘉至鼓员十人,邯郸鼓员二人,骑吹鼓员三人……”为例证,此文中的“骑吹鼓员”相当于西汉时期的鼓吹,描述他们是卤簿之外,列队于朝会的。然而,卤簿或许如朝会一样需要动员很多人,并不是说只需要少数相关伶人就足够了。西汉宫廷在哀帝即位的那年,封锁了上林乐府,实行清整伶人的举措,三百八十八人及伶人司掌郊祀乐和武乐。因此,担任演奏武乐的伶人,当然应该服务于鼓吹。假如在清整乐人队伍之前,有不亚于东汉明帝时期的卤簿,一定是因很多伶人进入到队列中来。进入东汉,明帝以前司理鼓吹的伶人,在光武帝中元元年(56)十一月,行幸于北郊的方坛时,吹奏着的是和以前行于南郊时相同的鼓吹乐。

五、东汉宫廷的黄门鼓吹

东汉的明帝将司理音乐的官署命名为太予乐府,是在永平三年(60)八月。与此同时,兴起了“黄门鼓吹”这一称呼,其职掌涉及多方面。蔡邕把东汉的宫廷音乐分为太予乐、周颂雅乐、黄门鼓吹、短箫铙歌四品。

> 蔡邕《礼乐志》曰:汉乐四品,一曰太予乐,典郊庙上陵殿[③]诸食举之乐。……二曰周颂雅乐,典辟雍飨射六宗社稷之乐。……三曰黄门鼓吹,天子所以宴乐群臣。……其短箫铙歌,军乐也。[④]

---

① 参《乐府诗论丛》49 页。

② 王氏引文是以《续汉书·礼乐志》的补注为基础。

③ 《后汉书》卷九十五《礼仪志》刘昭注补,疑此“殿”下脱“中”字。

④ 《后汉书》卷九十五《礼仪志》刘昭注补。疑文中“殿”下脱“中”字。

上文“其”字当作“四曰”。然而，蔡邕这种区分品类，是从伶人职掌这一角度出发，显得暧昧且不甚妥当。黄门鼓吹的伶人，不仅仅只是司理君臣之间的宴乐，与其他三品的职分也有关联。首先，从太予乐来说，太予乐令及其属官的职分在于署理郊祀、宗庙、上陵及殿中的食举之乐，实际上，与黄门鼓吹的伶人是有关系的。所谓食举之乐，自然就是在天子平时膳食之时所奏的乐曲，《宋书·乐志》“汉世有黄门鼓吹，汉享宴食举乐十三曲”，并例举“《鹿鸣》[①]《重来》《初造》《侠安》《归来》《远期》《有所思》《明星》《清凉》《涉大海》《大置酒》《承元气》《海淡淡》”等曲名。但除此之外，有《上陵》《天之命》《天之历数》三曲，加上元和三年(86)章帝亲自制作的《思齐皇姚》《六骐骥》《竭肃杂》《陟叱根》四篇，这些曲目都是天子食事之外，也在宗庙和上陵时演奏的。其次，再看周颂雅乐。辟雍、飨射、六宗、社稷的奏乐，似乎没有与黄门鼓吹伶人有关系的确证。但是，不限于演奏雅乐的场合的话，在飨宴之席上演奏时，当然应该是黄门鼓吹的伶官们的职责。据《太平御览》卷五百六十九引汉代蔡质的《汉官典藏》，每年正旦天子启驾德阳殿，命演奏九宾乐，就与黄门鼓吹的伶人有关。九宾乐当然就是当时的雅乐。四品中还有一品是短箫铙歌，是黄门鼓吹的伶人吹奏的。崔豹《古今注》曰“短箫铙歌，鼓吹之一章，亦以赐有功诸侯”，可知赏赐短箫铙歌给有功的诸侯，就是指赏赐的是直属于天子的伶人，也就是黄门鼓吹的一部给诸侯。以上，我说明了蔡邕将宫廷音乐分别为四品的不妥当的理由。然而，《宋书·乐志》也引用了他相同的说法，只是与前述所分的四品之名不同，这里分为郊庙神灵、天子享宴、大射辟雍、短箫铙歌四种。《宋志》所记，就不像指责蔡邕所分四品那样暧昧不清。不过，由于“太予乐”“黄门鼓吹”的名称在类别上不易看出，所以才有了不足以表现东汉宫廷音乐特色的批判吧。

我在上文举了若干事例来考述黄门鼓吹涉及多方面的职掌。然而除此以外，晏驾的队列也是其职守之一：

---

① 周代遗曲。此曲乃东汉明帝于永平十年，在南阳地区为了宴乐宾客，亲自执埙和篪吹奏。

挚虞《新礼仪志》曰：汉魏故事，将葬设吉凶卤簿皆鼓吹。(《太平御览》卷五百六十七)

黄门鼓吹的伶人最初的晏驾队列，限于史书所见，为明帝永平七年(64)阴太后死去之时，其送葬的队伍依郊祀的卤簿为准[①]。虽然这是皇太后的例证，天子晏驾的场合也同样如此，是不言而喻的。但是，晏驾之时奏乐这一汉代旧习，在晋以后的朝臣间，因有反对丧礼之举，出现了指责的意见，围绕葬礼是否奏乐进行了反复激烈的论辩。其结果就是，与大驾相比，晏驾中鼓吹的重要性发生了很大的变化。

汉代宫廷内的黄门鼓吹的实际情况究竟如何呢？首先，从使用乐器和演奏的歌曲来看，朝会和卤簿是不同的。即朝会如前记所述，因其与雅乐有关，沿用了周代传统的各种古老的乐器。但卤簿则仅限于笳、箫或者鼓、角。另外，卤簿专用的歌曲，明帝、章帝时代尚存有《务成》《黄爵》《玄云》《远期》四曲。这些曲名见于《宋书·乐志》所引的《建初录》。此书的"建初"，是章帝的年号名，当记录了建初年间(76—83)的事件，因书中指出前记四曲"皆骑吹曲，非鼓吹曲"，可能当时还有与骑吹曲不同，在卤簿以外的场合中演奏若干"鼓吹曲"的存在。因此，这些鼓吹曲，恐怕和我后面要论述的短箫铙歌是相同的事物。其次，从黄门鼓吹的人员数量和所属的官署来看，应劭《汉官仪》云"黄门鼓吹百四十五人"[②]，乃是常备的人数。据唐李林甫等《大唐六典》卷十四注，黄门鼓吹由少府属官的承华令统帅之。但由于安帝永初元年(107)九月实行了清整伶人的举措，这个人数是整理以前的数量。那么，这个为数众多的伶人出入的官署的场所在哪里呢？明帝当初创设的地址不太清楚，但魏曹植的《鞞舞歌》之序中有"西园鼓吹"一词，西园为顺帝阳嘉元年(132)建造[③]，灵帝之世，黄门鼓吹的官署就在此西园之中。不过，在黄门鼓吹的常备人员之外，还有一些临时职位的鼓

① 丁孚《汉仪》曰："永平七年，阴太后晏驾。诏曰：柩将发于殿，群臣百官陪位，黄门鼓吹三通，鸣钟鼓，天子举哀……凤凰车，大将军妻参乘，太仆妻御，悉道公卿百官，如天子郊卤簿仪。"(《后汉书》卷九十六《礼仪志》注补)

② 《后汉书》卷五《安帝纪》注。《大唐六典》卷十四注引《汉官仪》作百三十五人。

③ 《后汉书》卷五十四《杨赐传》注。

吹伶人被分散配属给其他的官署,这就是所谓的"诸官鼓吹"。关于诸官鼓吹,王运熙氏已在其《汉代鼓吹考》中有过论说。他因《宋书·乐志》及《隋书·礼仪志》中有称作"诸官鼓吹"之名,魏繁钦《与魏文帝笺》一文中也有"诸鼓吹"也就是诸官鼓吹之语,主张汉代天子卤簿时五校配属的各部鼓吹,就相当于此处的诸官鼓吹。我也倾向于王氏之说,认为五校的校尉,同样的卤簿队列中三公配属的各部鼓吹,就相当于诸官鼓吹。但是,将军的话,就不是诸官鼓吹了,而是派遣黄门鼓吹的伶人担任。也即是说,将军不是像五校、三公等常设之职,担任者有着时间的限制,是由天子直接赏赐鼓吹。因此,非将军之职而被特赐时,要有一个"假"字。如章帝建初八年(83),征讨西域的将兵长史班超被赏赐鼓吹,正史记为"假鼓吹"。赏赐的理由,不用说乃是当临阵指挥将士战斗之时,高扬其战意,一旦凯旋卸下将军之职,就直接将鼓吹奉还给皇家。因此,其对鼓吹的私有权是有时间上的限制的。赏赐的人员数量,应劭《汉官仪》说是"鼓吹二十人,非常员"[①]。

六、短箫铙歌及其遗声的演奏

蔡邕《礼乐志》中所谓的短箫铙歌,不言自喻,就是由短箫、铙[②]等演奏乐器所命名的歌曲,即东汉时代的鼓吹曲。前述据《建初录》,可知明帝、章帝之世,骑吹曲之外,尚有称为"鼓吹曲"的若干歌曲的存在,短箫铙歌应该就相当于此鼓吹曲。沈约《宋书·乐志》所谓"汉鼓吹铙歌",无疑就是短箫铙歌。又《说郛》卷一百所收阙名氏《鼓吹格》也有"汉有鼓吹短箫铙歌,皆军中马上道路所奏,通谓之鼓吹"的记载。然《鼓吹格》所谓之"鼓吹",可能也包含了在道路上演奏的骑吹曲。因此,称之为鼓吹曲,就含有异于使途的骑吹曲,从短箫铙歌来说,则限于在军中马上演奏的歌曲,蔡邕"短箫铙歌,军乐也"即谓此。汉代的短箫铙歌十八曲中,《宋志》曾采录,对于其曲辞,近世以来的史学家、乐府研究者异见纷纭,至今难以形成统一的认识。从史学性质上看,清人最执着于其曲辞的探究,如陈本礼的《汉诗统笺》云"其造语之精,

---

① 《后汉书》卷一百十四《百官志》注补。

② 《宋书·乐志》:"铙,如铃而无舌,有柄,执而鸣之。……汉鼓吹曲曰铙歌。"

用意之奇，有出于《三百》、楚辞之外者。奇则异想天开，巧则神工鬼斧。迥非魏晋以后所及，何论三唐"，因极度赞美短箫铙歌是构思奇响天外，鬼神难及的至高艺术作品，可知其重视曲辞达到了一种怎样的程度。其他清人，也和陈本礼的程度无差，都是非常重视曲辞，固执于自己提出的意见，批判他人的不同看法，与他人一起陷入了牵强附会之说[①]。清人中，倾注最大精力来解释曲辞的是王先谦，提出了最多牵强附会的新说的也同样是他。他在解释曲辞时，先从正史中钩稽探索与曲辞相关的人物或事件，然后将人物的行迹与事件的始末巧妙绾合，并在此基础上，对语句详加注解。尽管他的意见多有牵强附会的地方，我现在也不认为有对其进行重新考量的必要。虽是如此，实际上对于他所说的关于十八曲各曲的制作年代，由于从我的立场而言是有可以支持的观点的，故特取用王氏的说法，他在《汉铙歌释文笺正》中的详细观点，仅择要如下：

1. 朱鹭　原作歌辞亡佚。此为汉初所作，颂美福应之歌。现存为拟作，汉武帝时所作。原作、拟作均非铙歌。

2. 思悲翁　铙歌。高祖前二年彭城大败时所作之歌。

3. 艾如张　原作铙歌，歌辞亡佚。此为汉初所作，赞美巡狩之歌。现存为拟作，汉武帝时所作，非铙歌。

4. 上之回　铙歌。汉武帝元封五、六年之作。

5. 拥离（一作翁离）　原作铙歌，歌辞亡佚。此歌制作年代无考。现存为拟作，汉武帝时讽刺筑造上林苑之歌，非铙歌。

6. 战城南　铙歌。汉高祖二年十二月项羽之败汉兵所作之歌。

7. 巫山高　铙歌。汉高祖时賨民思归之歌。

8. 上陵　原作铙歌，歌辞亡佚。其制作年代无考。现存为拟作，汉宣帝甘露二年所作，非铙歌。

9. 将进酒　铙歌。汉武帝元封五年，南巡祭祀舜时武帝所作

---

① 如庄述祖《汉鼓吹铙歌曲句解》、陈沆《诗比兴笺》、谭献《汉铙歌十八曲集解》、陈本礼《汉诗统笺》、陈祚明《采菽堂古诗选》、王先谦《汉铙歌释文笺正》、朱乾《乐府正义》卷三、顾有孝《乐府英华》卷三。

之歌。

10. 君马黄　非铙歌。吴王濞谋反，枚乘所作之歌。

11. 芳树　非铙歌。歌广川惠王越之孙当去之行迹。

12. 有所思　铙歌。咏唱西南夷族、南粤王室不伦事件之歌。

13. 雉子班　非铙歌。汉武帝元封元年所作之歌。

14. 圣人出　非铙歌。汉武帝元狩五年帝病愈时所作之歌。

15. 上邪　贾谊感愤所作之歌。

16. 临高台　铙歌。汉武帝元封五年南巡，浮江时所作之歌。

17. 远如期（一作远期）　铙歌。汉宣帝甘露三年，匈奴呼韩邪单于来朝时之歌。

18. 石留　苏武别李陵后作。

尽管我认为王先谦的说法有牵强附会之嫌，为何还要采取其说呢？有以下两个理由。第一，王氏信从蔡邕"短箫铙歌，军乐也"之说，坚持以军乐的观点来解释曲辞，我认为这个态度是不错的。大凡着眼于《宋志》所录的曲辞的史学家和乐府研究者，都留意于十八曲中有大半的曲辞，其内容和军乐不相应，遂怀疑蔡邕的军乐说，以至于否认其说吧。但是，王先谦不这样看。他把《思悲翁》《艾如张》（原作）、《上之回》《拥离》（原作）、《战城南》《巫山高》《上陵》（原作）、《将进酒》《有所思》《临高台》《远如期》等，十八曲的大半都判断为铙歌也就是军乐。对于他的这一见解，从我的立场上是赞成的。第二个理由是，王氏提出了《朱鹭》《艾如张》《拥离》《上陵》等原作亡佚的观点。此说虽然没有什么根据，相对于曲辞，面对军乐观的态度，即便他指摘的曲子已不存在，原作已亡佚等都是有疑问的，在我看来，他的原作亡佚说也并非全然谬论。

我对于《宋志》采录的十八曲，持有两个概括性的意见。第一个乃臆说，没有其他历史事实的根据。即意见之一，前文所说李延年制作的"新声二十八解"，不就是没有歌辞仅有旋律的但曲吗，而汉代的短箫铙歌，不也多数乃先有旋律，而后再附以歌辞之曲吗？因此，王先谦提出的十八曲中有原作亡佚之说，就能得出同在汉代，存在同题异义的歌辞模拟之作，用模拟的方法继续歌唱原题的可能性这一结论。例如,《宋书·乐志》所录的"宋鼓吹铙歌"《上邪曲》四解、《艾如张》三解中,恐怕就有汉代的旧辞同题异义的模拟遗作吧[①]。他们的歌辞内容虽然难解,大概不是称扬刘宋王室的功德,因此,其与之前的魏、晋,或以后萧梁的各鼓吹曲辞全然不同,不被认为是刘宋王室敕撰的新辞。

我的第二个意见是,不论《宋志》所采的十八曲辞的内容是什么,基于历史的事实,十八曲的旋律都是在军中马上吹奏的军歌之调。那么,历史的事实是什么呢?蔡邕死后不久,魏和吴就针对十八曲,从中挑选乐调,以丰富新作的歌辞,所指就是魏鼓吹曲、吴鼓吹曲这一事实[②]。也就是说,魏、吴都沿袭了汉歌旧声,而汉歌本来就是作为军歌流传的。曹魏选择了汉歌《朱鹭》《思悲翁》《艾如张》《上之回》《拥离》《战城南》《巫山高》《上陵》《将进酒》《有所思》《芳树》《上邪》十二曲之乐调,将其分别改名为《楚之平》《战荥阳》《获吕布》《克官渡》《旧邦》《定武功》《屠柳城》《平南荆》《平关中》《应帝期》《邕熙》《太和》,并附以新辞。但奉曹操之命的缪袭,并没有在同一时间制作这十二曲,取材于明帝即位制作的《太和》便包含了这一事实。为了对抗曹魏,孙吴也在孙休之世,命韦昭制作鼓吹十二曲,与曹魏的曲数相同,各曲的句型也多相似。如曹魏的《应帝期》与孙吴的《从历数》,均由三言一句、四言二句(三句)、五言二十二句(二十一句)、六言一句构成。这首先是将汉歌《有所思》的遗声稍作改动,再填以新辞为《应帝期》,其后孙吴的《从历数》曲,乃是采用《应帝期》并加以协和之。因此,魏、吴两国制作新鼓吹曲时,都尝试的是新办法——在汉歌的遗声中填入新辞之法——这被晋以后的南北朝所袭用,使汉短箫铙歌的军乐性格得以强化一层的同时,又可长久保持其旋律的生命力。那么,不仅是江东的孙吴,统治中原的曹魏王室也使各种汉曲脱胎换骨,改动旋律,制作新辞。虽然如此,但对于汉代的短箫铙歌,也要尊重其旧有的乐调,不会全盘改变其作。自然,没有被新鼓吹十二曲选中的汉代残余六曲,即《君马黄》《雉子班》《圣人出》《临高台》《远如期》《石留》也是付诸歌唱的。另外,魏以后,汉歌旧有的乐调,也可能被魏晋宫廷的伶人忠实歌

① 宋鼓吹铙歌另有《晚芝曲》九解,沈约怀疑此曲中遗留有汉代的《远(如)期》。

② 魏及吴的鼓吹曲的歌辞为《宋书·乐志》所收,又,制作歌辞的相关记事见于《晋书·乐志》。

唱。《宋志》的“宋鼓吹铙歌”——如我上文所怀疑的是否为汉代所作的歌曲，在此处，因有沈约“乐人以音声相传，诂不可复解”[1]之语，可知即使会产生不明白歌辞意义的地方，也会将乐调的方法正确传授下去。总之，相比于笔录的歌辞，口授旋律的方法能使歌曲获得更为长久的生命力。

以上，我说明了《宋志》采录的十八曲，相比于曲辞的内容，更应该从历史事实的角度来重视歌曲的乐调。然而，近人闻一多氏和余冠英氏对十八曲的曲数提出了异议，因曲中的《有所思》和《上邪》有着相似的内容、相关联的句意，认为两者原本为同一曲，因此，曲数当为十七首[2]。但是，我持反对意见。他们两人拘泥于曲辞的内容，并没有从旋律上来认识。为什么呢？若据《宋志》及《晋志》，曹魏将汉歌《有所思》的歌辞改为新名《应帝期》，汉歌《上邪》的歌辞改名作《太和》，孙吴又把这两首汉曲的歌辞改为新名《从历数》《玄化》。如此来看，就可以知道《有所思》和《上邪》本是两首不同的曲子。所以，魏、吴都能识别两曲的旋律，并依此旋律填入新辞，以合新制。

七、汉魏之际赏赐鼓吹的功臣与私有者

东汉初期赏赐鼓吹的对象，有来朝的外国使臣，或除了光武帝之子英和明帝之子畅这样的王族外的任职将军者。但是到了和帝的时代，在鼓吹的历史上，发生了值得特别书写一笔的事件。天子出于表彰功臣的目的，实行了赏赐鼓吹以作开道之用的政策。然而东汉和魏，与晋以后的制度不同，前两朝很少在人生前赏赐鼓吹，而仅限于其死后送葬之时。限文献所见，史上第一次被赏赐的是功臣耿秉。据《后汉书》卷十九本传，耿秉永元三年(91)去世之时，和帝赞赏其生前征伐匈奴的特殊功勋，赐以朱棺、玉衣及鼓吹，并使五营骑士三百余人参加其葬礼。然而耿秉是军人，文官享有这一殊荣的乃是杨赐。据蔡邕《太尉杨赐碑》，作为学识丰厚的政治家，杨赐中平二年(185)九月于

---

① 郭茂倩《乐府诗集》卷十九“诂”上补“训”字。

② 闻一多《乐府诗笺》、余冠英《乐府诗选》。闻氏之说是据清代庄述祖《汉鼓吹铙歌曲句解》而来。

司空一职的任上去世，灵帝追认其政治业绩，命中谒者陈遂和侍御史马助为特使，参入其送葬队列，另一方面，赏赐鼓吹伶人于柩车队伍前后。此人数加上将军一并推算，因有二部，实际达到四十人。本来，追赠于前后二部鼓吹的臣下，仅限于元勋者。因此，赏赐的实例，在整个魏、晋、南北朝并不多见。曹魏的时代，追认其生前的功业被赐以鼓吹的是陈泰。此事《魏书·陈泰传》虽没有记载，但由《晋书》卷三十三《石苞传》中可知，石苞的葬仪，乃是袭用了魏司空陈泰追赠鼓吹的故事。

若据《刘镇南碑》[①]，刘表曾被汉帝赏赐过鼓吹。但这与其说是例外，不如看作是东汉末年乱世的英杰们，未经请求敕许就使用鼓吹这样的一种泛滥。东吴的孙权，在献帝建安四年(199)，攻略刘勋死守的皖城，收编了以前属于袁术麾下的鼓吹乐队[②]，但是，他们并不是官家赐给的伶人。魏国的曹操、蜀国的刘备也一样，未经汉帝的许可也滥用了鼓吹，将其分发给麾下的武将，于是笳、鼓之声借着战火的扩张，响彻中国全境的山野中。曹操十分重视鼓吹的功效，还不是天子，就命令部下缪袭新制魏国的鼓吹，以代替汉王室的短箫铙歌。这一企图，不是要伺机准备建立新王朝，而可能是在面对东吴、西蜀这些强敌时，期待鼓吹在实战层面能发挥效用，即两军决战之时，借讴歌历次战争的武功，催发麾下兵将的奋起之志，达到使敌军心胆俱寒的效果。但反过来，曹操也曾有过在敌军齐奏鼓吹曲下亡命奔逃的痛苦体验。建安十八年(213)，曹操亲自率领步骑兵四十万抵临长江之时，东吴孙权从容不迫，行舟于曹军前五六里，在船上缓缓地吹奏着鼓吹曲后又折返回东吴大营，在对岸遥望的曹操，不禁感叹孙权的这一大胆的行动。然而，孙权即在此日密令前部督甘宁夜袭曹营，曹军骤然四散奔逃，急切的鼓吹之调相和以东吴兵士叫呼万岁之声[③]。这种缓急自在的鼓吹音色，使得曹操颇遭玩弄。然而，吴主在自立以前，也私有鼓吹。建安三年(198)，周瑜年仅二十四岁就任中郎将一职，从孙策处授

① 清严可均《全三国文》卷五十六认为乃魏阙名氏作。

② 《吴书》卷一《孙策传》注引《江表传》。

③ 《吴书》卷二《孙权传》注引《吴历》及卷十《甘宁传》注引《江表传》。

得了鼓吹[①]。这是乱世中何等破格的待遇啊。与周瑜一样,西蜀受此优遇的是诸葛亮。他在刘禅建兴三年(225)讨伐南中之时,被授予了前后二部鼓吹。从职务上说,在生前就被授予二部鼓吹的臣子,史料所及,诸葛亮之前是没有的。

以上,我论述了乱世中的英杰滥用鼓吹的情况,触及在当时的武将中,过度迷恋鼓吹、超逸常轨者这一事实:魏国的曹爽,未经汉天子的许可,就让鼓吹伶人随从,将太乐的乐器搬运出并列于酒席之上[②],蜀将孟达因夺走了同为蜀将的刘封麾下的鼓吹乐队,怕得罪于蜀主刘禅转而投降于魏[③]。东吴的士燮兄弟,远在交趾,也完全模仿天子的卤簿,出入间鸣奏钟磬,吹响笳鼓以威慑百蛮[④]。又同为吴地的范慎,其生前就在武昌开挖墓穴,并将其名为长室,在其中与宾客演奏鼓吹,耽饮为乐[⑤]。乱世之中,出现了像范慎这样的恶趣味之流、滥用鼓吹及自恃勋业、督促天子之人。但这是东吴灭亡后的情况。据《太平御览》卷五百六十七引王浑的《上表文》,其中述及牙门将张泰、黄辰、骑督綦毋倪三人,树立了讨伐灭吴的功勋。之后张泰和黄辰去世,綦毋倪尚在世。因往昔平定西蜀有小功,斩牙门数人,授予鼓吹。然而相对于倪灭吴一国这样的大功,却未被赏赐鼓吹,作为綦毋倪的战友,王浑代其诉说了情况。

八、晋初鼓吹曲的特殊性

晋武帝命令傅玄遵照魏、吴的先例,制作了鼓吹二十二曲,新辞反复颂赞开祖及武帝自己的功德。二十二曲中,《惟庸蜀》取材于西蜀的灭亡的同时,没有触及当下平定东吴的事实,大概是存在有一定要在非常急迫的情况下制作出来的因素吧。也就是说,魏帝禅让没有经过

---

① 《太平御览》卷五百六十七。《江表传》:“孙策赐周瑜鼓吹,为治馆舍。策令曰:周公瑾英俊异才,与孤有总角之好,骨肉之分。”

② 《魏书》卷九《曹爽传》。

③ 《蜀书》卷十《刘封传》。

④ 《吴书》卷四《士燮传》。

⑤ 《太平御览》卷五百五十九引《吴录》。

多少年月，晋国就向内外迅速昭示了新政权的威严，并有必要让人知道天下人心一统的形势。但是，我将此晋代的鼓吹曲，与汉歌或魏、吴的鼓吹曲比较，想要指出两点意见，即其在旋律及曲辞上的特殊性。第一，二十二曲中，除了《灵之祥》《宣受命》《征辽东》《宣辅政》《时运多难》《景龙飞》《平玉衡》《文皇统百揆》《因时运》《惟庸蜀》《天序》《大晋承运期》《金灵运》《於穆我皇》《仲春振振》《夏苗田》《仲秋猕田》《顺天道》十八曲外，《唐尧》《玄云》《伯益》《钓竿》这四曲的旋律有异。总的来说，我认为前十八曲每首都采用了汉代短箫铙歌的旧声，而这后四曲的旋律则为晋代宫廷的音律家所独创。如上文所述，魏在制作新鼓吹十二曲时，从汉歌十八曲中挑选旋律，遗漏下来的六曲汉歌遗声，也在魏世用旧名照常演奏。这一事实，可由《晋书·乐志》魏及吴的鼓吹曲的解题后云“其余亦用，旧名不改”所知，即文中的“其余”，指的就是这六曲汉歌遗声。那么，这六曲的遗声因被晋王室捡得，依照汉歌十八曲的旧有旋律，伴以重制的新辞，在晋宫廷中演奏。晋代陆机的《鼓吹赋》①“鼓砰砰以轻投，箫嘈嘈而微吟。咏悲翁之流恩，怨高台之难临。……奏君马，咏南城，惨巫山之遐险，欢芳树之可荣”，举有汉歌《思悲翁》《临高台》《君马黄》《战城南》《巫山高》《芳树》等名，实际上，陆机在当时之世，可能都亲耳听过这些遗声的吧。因此，受晋武帝之命的傅玄，在制作新辞时，付出了如此的努力，即为了使新辞的句型结构与传下来的遗声相协和，与汉歌尤其是魏、吴的鼓吹曲辞格外相似，运用错杂的长短句式，使曲调富于变化。但这仅限对于《灵之祥》等十八曲而言，《唐尧》《玄云》《伯益》三曲的句型则全然不同，即傅玄在制作全二十八句的《唐尧》、三十句的《玄云》、二十句的《伯益》时，将它们都统一成了五言。由于是从傅玄自己的立场来制作，因此这三曲的旋律也一定就是晋宫廷的音律家所独创的。《晋书·乐志》载傅玄改作了汉歌《务成》《玄云》《黄爵行》，此说恐怕不过是史家不明其故而找出的借口吧。《宋书·乐志》对此三曲，有“古曲亡”的说法，这可解释为在傅玄当时，这三曲的旋律与歌辞都已亡佚了。如果汉歌的遗声到了晋代还被演奏的话，那么与《灵之祥》等十八曲同样的《唐尧》三曲，在

① 《艺文类聚》卷六十八、《初学记》卷十六。

句型的构造上，难道多少不能看出些变化吗？然而，《钓竿》一曲，汉代有其同题之曲，也有以魏文帝为主题的作品。但是，魏文帝的这个内容的作品，仅为五言六句的短篇歌辞，与傅玄所作的三十八句的长篇歌辞，是不可能用相同的旋律来歌唱的。此曲的旋律当然就是晋宫廷音律家的独创吧。以上，晋时的鼓吹曲，一方面是以魏、吴的先例为基础，并用汉歌的旧声演奏，另一方面，也加入了独创性的新旋律歌曲。必须要认识到，晋初的鼓吹有新曲的加入这一特殊性。

第二个特殊性，就是仅有《唐尧》等四首新曲。另外的《灵之祥》等十八曲，吐露的是司马王家的累累功业。《唐尧》四曲则是与晋王室没有关系的人物，追溯的是古昔的唐尧、伯益、吕尚等圣贤，称扬他们的功绩。因此，我理解傅玄的本意，是要在古圣贤中特别选出一些人物来。或许是为了将晋皇帝的仁德与朝臣的功勋，与这些古昔圣贤比肩，用歌曲来夸示，亦未可知[①]。当奉敕撰作鼓吹曲歌辞时，取材于与晋王室没有太大关系的古往圣贤，其本身就很奇怪，想象一下，可能和歌曲的用途有关。也就是说，这四曲与其他十八曲不同的地方，在于他们带有《诗经·大雅》的性格，在皇帝出席的仪典上演奏。当然，这四曲因为和汉代短箫铙歌的遗声没有关系，所以他们没有一定是军歌的必然性。前文所说，傅玄制作新歌辞是为了向国内外展示新政权的威严，欲使天下人心归于一统，晋代的歌曲，也承袭了这一原则，不单单出于军事上的目的，而一定是加入了政治上考量的意味。因此，在鼓吹曲中，特别加入像《唐尧》等四曲这种非军歌性质的异质歌曲，是有其必要的吧。与魏、吴的鼓吹曲相比，晋曲之所以有特殊性就在于此。

---

① 陈释智匠《古今乐录》作如此解题：“《唐尧》，言圣皇陟帝位，德化四表也。《玄云》，言圣皇用人，各尽其材也。《伯益》，言赤乌衔书，有周以兴。今圣皇受命，神雀来也。《钓竿》，言圣皇德配尧舜，又有吕望之佐，以济天功、致太平也。”

第五章　魏晋宫廷演奏的歌曲

每一个王朝，都把雅乐置于宫廷音乐中最重要的地位。对于魏、晋两朝来说也不例外。如魏的曹操，在其自立创业之前，即东汉献帝建安十八年(213)，以被封为魏公并赐予九锡[①]，许可其私有乐器为幸，便立即着手雅乐的新制[②]。晋武帝也在建国的翌年，早早命令傅玄制作用于郊庙之时演奏的歌曲四十章。总之，这样的宫廷音乐工作，不过是历朝历代共同的尝试。魏、晋两朝特有的音乐，莫过于俗乐。俗乐指的是相和歌、大曲以及清、平、瑟三调。这种俗乐，颇受六朝人的重视，被称作“正声伎”，乃是继续传习了魏晋以来的唱法，如刘宋时的王僧虔所指责的，那种仅偏好于吴歌、西曲等新兴曲调的宫廷音乐，并试图根据这种传来的正声伎来改革宫廷音乐[③]。我在考察魏晋宫廷演奏的歌曲时，把宫廷音乐作为重要的对象，尤其没有理由省略所举的雅乐，要从后世来回顾魏、晋特有的宫廷音乐，对特别是六朝人重视并且继续歌唱的正声伎，也就是对相关的相和歌、大曲以及清、平、瑟三调阐述意见。

---

① 《后汉书》卷九《献帝纪》注：“《礼含文嘉》曰：九锡谓一曰车马，二曰衣服，三曰乐器，四曰朱户，五曰纳陛，六曰虎贲士百人，七曰斧钺，八曰弓矢，九曰秬鬯。”

② 《南齐书·乐志》：“建安十八年，魏国初建，侍中王粲作登歌《安世诗》，说神灵鉴飨之意。”

③ 参下章“清商曲的源流与南朝的吴歌西曲”。

一、相和歌的涵义

相和歌,《宋书·乐志》云“相合,汉旧歌也。丝竹更相和,执节者歌”,又《晋书·乐志》云“凡乐章、古辞,今之存者,并汉世街陌谣讴,《江南可采莲》《乌生八九子》《白头吟》之属是也”。也就是说,若据两书,相和歌原是汉代的旧歌,或产生于街道巷陌间的谣讴,伴以丝竹合奏,由拿着节的人打着拍子所唱的歌。两书的这一说法,不用说六朝、唐代的乐府解题者,就是近代以来的乐府研究者也没有什么异议。然而,现在尝试检讨两书《乐志》所载之文,能看出此说是颇暧昧不明的。首先,《宋志》所谓的“汉代的旧歌”,若理解为不管宫廷还是民间,指的都是在汉代广泛流行的歌曲,然据现存歌辞来判断,由于不是相和歌的汉曲在汉代一定占了很大比例,仅言“相和歌乃汉代旧歌”就容易招致误解。另外,此说法在时代观念上也不明晰,“相和歌”这一称呼是从汉代兴起的,还是以后出现的?很难判断。其次,《晋志》的“汉世街陌谣讴”,也就是将民间的歌谣《江南可采莲》《乌生八九子》《白头吟》等作为相和歌来对待,而这些歌谣是后来宫廷所采录的。如此看来,是在民间、宫廷哪一方的流传过程中,被称为“相和歌”的呢?这一点在历代的解题中是没有弄清楚的。我对于相和歌涵义的考察,首先是为何被称为相和歌?又这样的称呼起于何时?是民间习以为常的称呼吗?还是来自街陌的谣讴这些民间的歌曲经由宫廷采录,在成为宫廷音乐的一部分时,有意识的称呼?明确这些疑问,是解决这个问题的先决条件。但是,先于我提出解答这个问题的人,要数现在中国的乐府研究者王运熙氏。

王氏在题为《清乐考略》[①]的论文中,谈到相和歌的涵义,认为它的原型乃是直接来源于先秦的俗乐,是其继续与发展。宋玉《对楚王问》中有“国中属而和者”即为一例,原来是由单人唱和,后来加入了乐器。汉代也有一例,汉高祖过故乡沛县,令儿童百二十人歌唱其自作的《大风歌》时,也仅仅是用人声来唱和,到了惠帝的时代才加入了新的管乐

① 参《乐府诗论丛》,古典文学出版社,1958 年。

器。王氏举以上的实例，添加乐器的情况自不待言，若仅为人声歌唱则不能称之为相和歌，人声唱和作为一种方法，引证以张衡《西京赋》“发引和，校鸣笳”，薛综注云“发引和，言一人唱余人和也”，这个“引和”，被认为是与“相和”有相同的意义。但是，王氏关于仅以人的歌声来唱和也能称之为相和歌的说法是应该被否定的，《宋书·乐志》便有实证：

> 但歌四曲，出自汉世。无弦节，作伎，最先一人倡，三人和。魏武帝尤好之。时有宋华容者，清澈好声，善倡此曲，当时特妙。自晋以来，不复传，遂绝。相和，汉旧歌也。丝竹更相和，执节者歌。

据上文，先是一人独唱，再三人唱和的方式，从晋以后这种传统就丧失了。由此可知其为汉、魏之时所独有的唱法。但是，文中有“无弦节”，说的是没有弦节伴奏的“但歌”[①]，并不是相和歌。王氏虽然也引用《宋书·乐志》这段文字，但从人仅用歌声相唱和来定义相和歌的立场来看，未能认识到“但歌”和相和歌的区别，因此，对《宋志》此文下了一个“似较狭窄”的批判性的评语。然而，与其说王氏的评语尚非定论，不如说王氏此说才是狭窄。大凡据一般常识而言，相和歌的“相和”，是个涵义模糊笼统的术语，什么跟什么相和？是指人的歌声的唱和，还是歌声和乐曲相和？是丝与竹的合奏，抑或其歌辞的形式是问答相应吗？每一种推测都有可能。然而，这些推测必须要受到时代的制约，也就是说相和歌这一术语的定义，必须限定在从汉到魏这一时段的歌曲，这两个时代的歌曲制作情况有着共同的、普遍的现象。因此，王氏从先秦或汉初来找相和歌的原型，并主张其是继续与发展，他的这一说法一定没有重视相和歌会受到时代的制约这一层面了。

相和歌这一术语的产生，一定存在着某些特殊的事由。从东汉献帝建安年间，到魏文帝黄初年间的三十一年，是歌曲的多产期。被创

---

① “但歌”指没有弦节相伴的歌曲。相似之语有“但曲”。这是没有歌辞，仅有旋律的歌曲。楚调曲的《广陵散》《黄老弹飞引》《大胡笳鸣》《小胡笳鸣》《鹍鸡》《游弦》《流楚窈窕》都是“但曲”。

作欲望驱使的这一时期的诗人们，聚焦于汉代宫廷的歌曲以及当时流行的民歌，竞相取材进行诗歌创作。经过了这种多产期后，就进入到了歌曲的选择与整理的阶段，即到了魏明帝统治的时期，魏宫廷的音乐也做了相应的整顿，最开始的相和歌之名才得以产生。这里，我对相和歌下一定义，即相和歌是直接由笛子制定的音律为基准，用特定的管弦两种乐器合奏的某种歌曲的名称，其能确认的时代，就是魏明帝的统治之世。换言之，相和歌完全是宫廷音乐之名，因其乃是宫廷内管弦乐团统合化后的产物，故与民间音乐完全没有关系，而与王氏的仅以人声相唱和，"但歌"是汉魏独有的唱法这一说法，就更没关系了。如果这样的话，由谁制定了笛律，合奏用的特定乐器又是什么呢？而且，某种歌曲指的是什么？这些都是我必须要说明的。在魏宫廷统合管弦乐团的当时，有朱生、宋识、列和等人参与其事。他们中间，朱生善弹琵琶，宋识巧于击节唱和，列和尤以汉代以来的吹笛名家而广为人知，就职于协律中郎将的要职。《太平御览》卷五百八十引《傅子》云"列和善吹笛，吴姬之声，无以加也"，吹笛为天下第一。他奉明帝之命制定了笛律。这里与笛律相配合的，乃自朱生、宋识开始，当时的伶人们使用笛、笙、琵琶、琴、瑟、筝等特定的管弦乐器进行演奏。此际的歌曲——下节"属于相和歌的歌曲"所举诸例，就是相和歌。相和歌的特征，是不同于雅乐，不使用一切周代传统的钟、磬之类，而代之以笛，将笛作为主要乐器，并将上述乐器与笛律同调。明帝当时，重视笛和笛律到什么程度呢？下举《宋书·律历志》所记证明之：

> 飨宴殿堂之上，无厢悬钟磬，以笛有一定调，故诸弦歌，皆从笛为正。是为笛尤钟磬。
>
> 魏明帝时，令合承受笛声，以此作律，欲使学者别居一坊，歌咏讲习，依此律调。至于都合乐，时但识其尺寸之名，则丝竹歌咏，皆得均合。

关于相和歌的名称，还有其他的意见。即相和歌是否就是清、平、瑟三调，再加上楚调、瑟调后的五调的总称？或者是和这五调完全不同的东西？这种广狭二义的说法，至今乐府研究者仍有争论。但是，我认为广狭两义兼有的说法不存在障碍。因为在魏明帝时，有五调和别的相和歌之名的歌曲都存在这一事实，故倾向于狭义的观点。另外，除了直到今日也不明白的侧调曲外，四调和相和歌之间，其专用乐器几乎没有差别，都是以笛作为主要的乐器，从这一事实来看，也能接受广义的观点。兹拟将相和歌及四调专用的乐器表示如下，仅作参考：

相和歌	笛	笙	节	鼓	琴	瑟	琵琶	筝	七种
清调曲	笛	笙	节[1]	琴	瑟	琵琶	筝	篪	八种
平调曲	笛	笙	筑	琴	瑟	琵琶	筝		七种
瑟调曲	笛	笙	节	琴	瑟	琵琶	筝		七种
楚调曲	笛	笙	节	琴	瑟	琵琶	筝		七种

以上所举乐器[2]，为晋、宋、齐的宫廷使用，且从宫廷间没有变动的情况推测，原来魏宫廷也使用这些相同的乐器。

二、属于相和歌的歌曲

是否有必要确认魏明帝选定的属于新相和歌的歌曲吗？《宋书·乐志》记载，明帝当时的伶人把宫廷原有的十七曲合并为了十三曲：

> 本一部，魏明帝分为二，更递夜宿。本十七曲，朱生、宋识、列和等，复合为十三曲。

上文中的“本”，与下文重出的“本”一样，都是指魏文帝的时代，在此之前的汉代的情况无考。后述的十七曲中，由于魏武帝、文帝自作的歌曲占了半数之多，这些自作的歌曲难道不是在东汉宫廷的飨宴之际，作为宫廷所用来演奏的吗？又上文中的“本一部”，是说魏明帝将其分

① 节大概就是节鼓之类。

② 据王僧虔《大明三年宴乐技录》。

为二部，使乐员加倍，编成二班之事吧[①]。“夜宿”一词语义不明，恐怕是类似于《汉书·礼乐志》中的“夜诵”[②]之语，被分成两班的乐员，采取交替制度，进行歌咏的讲习，大概在入夜后还继续的意思吧。“本十七曲”，若据宋张永的《元嘉正声伎录》及陈释智匠的《古今乐录》，即《气出唱》《精列》《江南》《度关山》《东光》《十五》《薤露》《蒿里》《觐歌》《对酒》《鸡鸣》《乌生》《平陵东》《东门》《陌上桑》《武陵》《鹍鸡》。这其中，因《古今乐录》云《武陵》与《鹍鸡》二曲早已亡佚，张永的《伎录》中没有记录《觐歌》和《东门》的歌辞，这四曲是经朱生、宋识、列和之手如何加工，与其他曲子合并，或是删除了的呢？经过他们加工的实例有《东光》一曲。若据张永《伎录》“《东光》，旧但有弦无音，宋识造其歌声”，其原本是汉代的“但曲”，是没有歌辞之曲，是宋识为其填上了新辞。尝试十七曲的合并工作，如果像这样减少为十三曲的话，流动的旋律是比较容易的精细工作，但要与固定的歌辞相拼合，当然就有矛盾了，即造成了歌辞意义难以理解，辞句也参差不齐。十三曲中，《鸡鸣》的歌辞首尾难以一贯且难以理解，这大概就是原来二曲合并为一曲的吧。因此，在歌曲史上，从建安初到黄初间，在经历了令人惊讶的音乐多产期的同时，被魏宫廷采择的相和歌，为什么仅仅只有十三首呢？这不外乎可理解为选择者的嗜好与偏爱。也就是说，十三曲中，除上述《东光》外，《江南》《鸡鸣》《乌生》《平陵东》《陌上桑》五曲，是很早以前的汉代遗曲，并非建安、黄初时所作。剩下的《气出唱》《精列》《度关山》《薤露》《蒿里》《对酒》六曲，有魏武帝所作十五曲之一曲，据说都是文帝所作。可能是帝王从自己所作的曲子中挑选，而不像汉武帝当时是在广袤的中国大地上采择的歌谣。而且诗人亲手制作的歌辞也没有在宫廷被歌唱的机会。汉代遗曲中，《江南》原本可能是吴歌或楚歌，有着更为悠久的历史。《太平御览》卷五百七十三引古乐志“古歌

---

① 音乐上的一部、二部，是汉魏六朝时期在赏赐功臣鼓吹的场合下经常用的词语，指的是由规定人员数量编成的乐团。

② 《汉书注》：“周寿昌曰：夕而习复，夜而计过无憾，而后即安。知古人习业，夜亦不辍。”王先谦曰：“周说近是。”

曲，有《阳陵》[①]《白露》《朝日》《鱼丽》《白水》《白云》[②]《江南》《阳春》《淮南》《驾辩》《绿水》《阳阿》《采菱》《下里巴人》”，由于这些歌曲中的大半，都在宋玉的时代歌唱过[③]，《江南》还在汉初开国之际流行。作为参考，吴歌、楚歌中，《采菱》和《阳阿》二曲在汉代的宫廷，最初按照惯例是被作为雅乐演奏的。

> 《淮南子》曰：奏雅乐者，始[④]于《阳阿》《采菱》。许慎注曰：楚乐之名。（《太平御览》卷五六五）

《淮南子》的作者刘安，因于汉武帝元狩元年（前122）自杀，所记当是汉武帝以前的事件。从那以后，经历了四百年的光阴，《江南》代替《采菱》《阳阿》登上了舞台，加入到相和歌十三曲中，在魏宫廷中演奏。其之所以被魏廷选中并且因为“江南可采莲，莲叶何田田”而为贵族所爱唱的，恰好就是这种棹歌吧。棹歌本来是平民，从某种意义上来说，特别是指在水上生活的人的劳动歌曲。但在魏王室中，乃是盛装的宫人在舟中爱唱的歌曲，也是在划龙舟时舟人所唱之歌。东汉张衡的《西京赋》里，在追溯了武帝昔日泛舟于昆明池中的场面描写中，加入了棹歌《阳阿》，《阳阿》的演奏场合，也不限于殿中演奏雅乐，也适合在天子乘坐的龙舟中。这个情况，大概和魏宫廷演奏《江南》之曲相同吧。在六朝人认为《江南曲》《采莲曲》或《阳阿曲》为新作的意识中，大概也隐藏有对棹歌调的《江南》为古曲的依恋之情吧。

那么，我对于《江南》解题的论述，和尝试对其他歌曲的解题是不同的。但是，发现魏代歌曲的一般的、共同性的特征，是我想要在相和

---

① 《淮南子·人间训》作“陵阳”。

② 或疑为“白雪”之误。

③ 除宋玉《对楚王问》及《招魂》中所见曲名外，下文可见七首曲名。《襄阳耆旧传》：“宋玉识音而善文，襄王好乐而爱赋，既美其才，而憎其似屈原也。乃谓之曰：‘子盍从楚之俗，使楚人贵子之德乎？’对曰：‘昔楚有善歌者，王其闻与？始而曰《下里》《巴人》，国中唱而和之者数万人。中而曰《阳阿》《采菱》，国中唱而和之者数百人。既而曰《阳春》《白雪》《朝日》《鱼丽》，含商吐角，绝节赴曲，国中唱而和之者不过数人。盖其曲弥高，其和弥寡。”（《太平御览》卷五百七十二）

④ 宋本作“如”字，盖误。此从高步瀛《文选李注义疏》五，作“始”字。

歌十三曲的研究中述及之点，即魏国的诗人们从汉代的旧歌中取材，对其进行料理，就像是下工夫制作出新鲜口味且不同品质的食品来一样。因此，在处理同题歌曲的时候，使旋律和歌意发生变化的歌曲是很多的。魏曲有很多就是用"取题断意"的手法制作出的新曲。这十三曲中，魏武帝的《薤露》《蒿里》二首，乃是作为魏宫廷的相和歌，以及从晋宫廷中属于大曲的《陌上桑》来看，就能明白魏曲的特征。不用说，《薤露》和《蒿里》二曲，是汉代四百年间的挽歌，具有在牵挽柩木之时，送葬场合应当歌唱的性格。但是，东汉顺帝永和三年(138)的上巳日，当时的大将军梁商在洛水办酒宴并歌《薤露》之曲，又或灵帝之世，京师的人们在庆祝婚礼的宴会上合唱挽歌①，显然是异常的行为。然而，若从宫廷音乐的立场而言，汉魏之间这两曲的性格差异是很大的。即在魏时，其原作为挽歌的性格发生了变化，成为有七种乐器伴奏的相和歌，在殿上的飨宴场合演奏。以下举魏武帝之作为证：

薤　露

魏武帝

……贼臣执(持)国柄，杀主灭宇京。荡复帝基业，宗庙以燔丧。播越西迁移，号泣而且行。……

蒿　里

魏武帝

……铠甲生虮虱，万姓以死亡。白骨露于野，千里无鸡鸣。生民百遗一，念之断人肠。

以上武帝二曲，并不是送葬死者时的挽歌，而是歌唱现世战乱中生存者的体验苦难之歌。明代钟惺《蒿里》下评为"汉末实录，真诗史也"，大概也包括《薤露》之曲吧。《陌上桑》也使用了同样的手法而在魏曲中获得新生。此歌为古代赵国的歌谣，若据崔豹《古今注》，是在赵国的都城邯郸，作为人妻的秦罗敷拒绝赵王贪慕的手段，即兴创作的歌辞。但是，这一市井间微不足道的事件，却借由庶民之口扩大了

① 参一海知义氏《文选挽歌诗考》，《中国文学报》第十二册。

影响，赞赏罗敷的美貌和高贵的节操，这种混杂了虚构客观的与叙事风格的歌辞便兴起了，并在很长的民歌历史中坚持下来，后来进入到了宫廷，成为魏的相和歌，在晋则成为大曲中的一种而加入。此曲在朝野歌唱的过程中，不知何时就派生出了同题的新曲。《宋书·乐志》著录的“楚辞钞”一篇，就有以“陌上桑”为题的歌曲。魏武帝、文帝自作的《陌上桑》和此“楚辞钞”中的也有相同的歌形。

陌上桑

古辞

日出东南隅，照我秦氏楼。秦氏有好女，自名为罗敷。（以下略，全句由五言构成）

陌上桑

楚辞钞

今有人，山之河，被服薜荔带女罗。既含睇，又宜笑，子恋慕予善窈窕。（以下略，三言、五言、七言重复）

陌上桑

魏文帝

驾虹蜺，乘赤云，登彼九疑历玉门。济天汉，至昆仑，见西王母谒东君。（以下略，三言、五言、七言重复）

“楚辞钞”中三言和七言错综的歌辞，有可能是载有以五言为基调的古辞乐章吗？此一篇系三言、三言、七言的体例重复歌唱八次，轻快急激的调子一贯而下，魏武帝、文帝所作也与此完全相同。

以上，以相和歌中的歌辞为例，试图阐明与汉曲不同的魏曲的特征。然而，从宫廷音乐的立场看，还有一个特点要确认。不仅是魏，也包含后晋，魏武帝、文帝及明帝对自己制作的歌曲都极为重视，因此，三帝所作占了宫中俗乐的大半，魏、晋宫廷基本上成为他们三人的个人演奏场。为什么会有这样的特点呢？把这三帝和曹植作比较，应该是可以的吧。今日能见到的曹植自作的歌辞，或者仅有歌题的，超过了七十曲。以下所记中，《鸳鸯》以下诸篇，取自唐代吴兢的《乐府古题要解》的原文，有一些是异题同辞的作品吧。

箜篌引　野田黄雀行　怨诗行　升天行　仙人篇　妾薄命
白马篇　名都篇　薤露行　豫章行　美女篇　艳歌行　游仙
五游咏　泰山梁甫行　丹霞蔽日行　怨歌行　善哉行　君子行
平陵东行　苦思行　远游篇　吁嗟篇　鰕䱇篇　种葛篇　浮萍篇
惟汉行　当来日大难　门有万里客行　桂之树行　当墙欲高行
当欲游南山行　当事君行　当车以驾行　飞龙篇　盘石(古)篇
驱车篇　鞞舞歌(圣皇篇　灵芝篇　大魏篇　精微篇　孟冬篇)
结客篇　亟出行　苦热行　长歌行　两仪篇　对酒行　天地篇
妾薄相行　秋胡行　斗鸡　驽骜　明君　蒲生　吾生行宴乐无
东海　少年　人生　坐三殿　阊阖　日与月　日月既逝　双翼
太极　东岳研歌　大垂手　气出唱　陌上桑　有所思
(日)出东门　饮马长城窟　齐路(吟)行　大禹以上行　精列行

曹植所作歌曲中，除《鞞舞歌》五篇外，没有一首被采用为魏宫廷音乐。也就是说，在宫廷音乐上他的地位等于零。如此来看，就要怀疑他多数的作品是否在当时被歌唱，建安、皇初年间其他作歌的诗人也很多，且不说宫廷，在当时被歌唱的也似乎没有。大概武帝、文帝及明帝个人演奏的场所，也就是魏以及晋的宫廷。

三、晋大曲

在晋宫廷继续传唱魏宫廷的相和歌的同时，也有从新的汉、魏歌曲中选出的名为"大曲"的十五首歌曲，即《东门》(《东门行》古辞)、《西山》(魏文帝《折杨柳行》)、《罗敷》(《艳歌罗敷行》古辞)、《西门》(《西门行》古辞)、《默默》(《折杨柳行》古辞)、《园桃》(魏文帝《煌煌京洛行》)、《白鹄》(《艳歌何尝行》古辞)、《碣石》(魏武帝《步出夏门行》)、《何尝》(《艳歌何尝行》古辞)、《置酒》(东阿王《野田黄雀行》)、《为乐》(《满歌行》古辞)、《夏门》(魏明帝《步出夏门行》)、《王者布大化》(魏明帝《櫂歌行》)、《洛阳令》(《雁门太守行》古辞)、《白头吟》(《白头吟》古辞)。

今天有关这些大曲的资料，仅见于《宋书·乐志》所收录的歌辞。那么对这些歌辞中的若干，陈述我的意见。

1. 作为棹歌的《王者布大化》和《白头吟》之曲

《宋志》中记载用《櫂歌行》来歌唱《王者布大化》，又用"与《櫂歌》同调"，也就是说用与《櫂歌行》一样的旋律来歌唱《白头吟》。首先，关于《王者布大化》，王僧虔《技录》认为无论是魏明帝还是左延年所作，都是魏王室在讨伐吴、蜀时的作品。荀勖把此歌全二十四句分成五言四句共五解、四句一趋。其中第四、五解中，描写的是魏军列舟长江，演奏櫂（棹）歌的场面：

皇上悼愍斯，宿昔奋天怒。发我许昌宫，列舟于长浦。第四解
翌日乘波扬，棹歌悲且凉。大常拂白日，旗帜纷设张。第五解

由上述歌句可知，在旗帜纷立的战舰上，奏响的正是棹歌。然而，此首被命名为《櫂歌行》的魏曲，可能又作为晋王室宫廷所用的棹歌，变成了大曲之一，即天子与群臣沉湎于舟游之兴时所唱之歌。此歌被华丽地演奏，是在一年中的三月三日。闾丘冲《三月三日应诏诗》的第二首云"浩浩白水[①]，泛泛龙舟。黄在灵沼，百辟同游。击櫂清歌，鼓枻行酬。闻乐咸和，具醉斯柔"，歌咏了君臣同乘龙舟，推杯换盏之际歌唱櫂歌的场景。又陆机《櫂歌行》"迟迟暮春日，天气柔且嘉。元吉隆初巳，濯秽游黄河。龙舟浮鹢首，羽旗垂藻葩。……名讴激清唱，榜人纵櫂歌"，描写了初巳——晋国休禊的三月初三，浮龙舟鹢首于黄河之上，舟人齐唱櫂歌的场面。用《櫂歌》的曲子来唱《王者布大化》的场合，不在殿堂之上，大概是在龙舟之中吧。舟人们在划龙舟行进时，用櫂配合击打着船身以歌唱。

其次说《白头吟》。其原本为汉代的街陌谣讴，流传到晋初时，构成了"皑如山上雪"以下的五言十六句的体式。在此之上，荀勖又添加为二十六句的结构：

---

① "浩浩白水"并非是说龙舟漂浮在白水之上，仅仅只是因袭了刘向《列女传》中所引的《白水》诗"浩浩白水"句。

皑如山上雪，皎若云间月。闻君有两意，故来相决绝。一解

平生共城中，何尝斗酒会。今日斗酒会，明旦沟水头。躞蹀御沟上，沟水东西流。二解

郭东亦有樵，郭西亦有樵。两樵相推与，无亲为谁骄。三解

凄凄重凄凄，嫁娶亦不啼。愿得一人心，白头不相离。四解

竹竿何袅袅，鱼尾何离簁。男儿欲相知，何用钱刀为。齕如马啖萁，川上高士嬉。今日相对乐，延年万岁期。五解　一本云："词曰上有紫罗咄咄奈何。"

以上歌辞中，标注"·"就是添加的句子，添加的理由大概是为了与二十四句构成的《王者布大化》的旋律相协和吧。若如此，第二解"平生共城中"以下两句就成为了冗句，而且在韵律上也不合理，我认为是窜入了其他的歌辞。另外结尾的四句，似乎文本也有异，北宋郭茂倩认为"《白头吟》一曲，有乱"，我认为这个部分就相当于"乱"，与《王者布大化》的"趋"相对应。此处与见异思迁的男子诀别之际，披露女子不舍之心所唱的歌意没有关系，而是晋王室为了要与《王者布大化》的旋律相协调，才当作棹歌来歌唱的吧。

2. 复叠唱法和《西门》《东门》之曲

《西门》和《东门》编入大曲的过程是不同的。不过，在唱法上，要考虑到两曲有部分的相同。即《西门》是把两首内容相似的汉代诗歌合在一起，并削除了部分语句后而成的歌曲。与其相对的，《东门》原为汉代或曹魏的歌辞，又加入了新的异质的语句的歌辞。前者歌唱的是不能活过百岁的人生，应该及时行乐，理由是劝人在有限的生命中要快乐。后者描写的是在一贫如洗的家中，妇人被其丈夫训诫的场面，训诫的理由是其夫要出门做非法之事。一个是感慨生命之有限，一个是不得不为的非法之行，这就是歌曲中所要强调之处吧。考虑到唱法上的相同之处，总之就是两者都使用了复叠的唱法：

西　门

自非仙人王子乔，计会寿命难与期。自非仙人王子乔，计会

寿命难与期。五解

东 门

……今时清廉,难犯教言。君复自爱莫为非。三解今时清廉,难犯教言。君复自爱莫为非。四解

上面的《西门》,润色了古诗"仙人王子乔,难可与等期"之句,反复歌唱此句,应该理解为长生不老的感到人生命的有限,而想要快乐地活下去吧。对《东门》进行分解工作的乃是荀勖的创作。在重复歌唱中,作品中的丈夫信赖世上的公正,想要通过非法的手段来阻止当前的苦境吧。换言之,原歌辞描写的只是不能实行非法手段的窘迫场面,荀勖所改的"今时清廉,难犯教言"的异质语句——加入了像官僚一样的狡智、独善的语言,反过来强调的是非法行为的不正当性吧。

3. 艳、趋相伴的歌曲

十五大曲中,艳和趋相伴的歌曲,是《何尝》《白鹄》《夏门》《罗敷》四首。仅有艳的是《碣石》一曲,仅有趋的是《为乐》《王者布大化》二曲。艳和趋是什么呢?为了探明,我想有必要根据《宋志》所引的歌曲的这一部分,举例如下:

(1)何尝 艳歌何尝行

古辞五解

何尝快,独无忧。……一解……蹙迫日暮,殊不久留。五解少小相触抵,寒苦常相随,忿恚安足诤,吾中道与卿共别离。约身奉事君,礼节不可亏。上惭沧浪之天,下顾黄口小儿。奈何复老心皇皇,独悲谁能知。"少小"以下为趋曲,前为艳。

(2)白鹄 艳歌何尝行一曰飞鹄行

古辞四解

飞来双白鹄,乃从西北来。……一解……踌躇顾群侣,泪下不自知。四解念与君难别,气结不能言。各各重自爱,道远归还难。妾当守空房,闭门下重关。若生当相见,亡者会黄泉。今日乐相

乐，延年万岁期。“念与”以下为趋曲，前有。

(3)夏门　　步出夏门行一曰陇西行

明帝辞二解

步出厦门，东登首阳山。……一解……商风夕起，悲彼秋蝉，变形易色，随风东西。乃眷西顾，云雾相连，丹霞蔽日，彩虹带天。弱水潺潺，落叶翩翩，孤禽失群，悲鸣其间。善哉殊复善，悲鸣在其间。二解朝游清泠，日莫嗟归。“朝游”以上为艳。蹙迫日暮，乌鹊南飞。绕树三匝，何枝可依。卒逢风雨，树折枝摧。雄来惊雌，雌独愁栖。夜失群侣，悲鸣裴回。芃芃荆棘，葛生绵绵。感彼风人，惆怅自怜。月盈则冲，华不再繁。古来之说，嗟哉一言。“蹙迫”以下为趋。

(4)碣石　　步出夏门行

武帝辞四解

云行雨步，超越九江之皋，临观异同。心意怀游豫，不知当复何从。经过至我碣石，心惆怅我东海。“云行”至此为艳。东临碣石，以观沧海。……一解

(5)罗敷　　艳歌罗敷行

古辞三解

日出东南隅，照我秦氏楼。……一解……二解东方千余骑，夫婿居上头。（以下十六句略）三解。前有艳词曲，后有趋。

以上歌曲部分中，(1)《宋志》认为“少小相触抵”以下十句是趋，也就是趋曲，此前的第一到第五解，被分解的部分是艳。(2)也同样，“念与君别离”以下十句是趋曲，此前被分解的部分是艳。《宋志》“前有”（百衲本）云云颇暧昧，应该是“前为艳”吧。此两曲以“艳歌何尝行”为名，说明艳和趋都有，因此两者的关系是艳为主体，趋附属于艳并且疏通歌意。另一方面，趋虽略有不同但有归纳歌意的作用在，因此这是趋曲。于是设想，这两曲不就是由艳歌调的旋律和趋曲调的旋律合成的组曲吗？前记《西门》之曲，也是像这样的两首诗歌的合编，对于大曲，我认为也含有将两首旋律歌曲合编为一部组曲的意味。如此，(3)《宋志》

所谓“蹙迫下为趋”的暧昧记载，一定就是说从“朝游清泠”句以下都是趋，押韵方面不甚合理。此(3)和前二曲一样，都有艳(二解)和趋(二十句)，这可能经过了荀勖的加工。为什么呢？因为艳部分的“丹霞蔽日”以下六句，出自魏文帝的《丹霞蔽日行》，又趋部分的“蹙迫日暮”句，来自前记的《何尝》之曲，“乌鹊南飞”以下三句，出自魏武帝的《短歌行》，“月盈则冲”以下四句，出自文帝的《丹霞蔽日行》，它们都是从武帝、文帝的作品中抽取而来的。那么，(3)和(4)都是被冠以“步出夏门行”之名的歌曲，在歌辞方面，艳的比重就不同了。也就是说，(3)曲中，作为与附属的趋相对的，艳变成了主体。然而，(4)曲中由“云行雨步”以下七句构成的艳，相对于后面被分解的部分，起到的是一种轻快的序的作用。这是为什么呢？因为尽管(4)曲是被作为晋拂舞歌的一种而选用的，但这个舞歌的艳的部分被省略了。由是可知以上(1)至(4)之曲，其歌辞是属于艳的部分的。另一方面，对于趋，可知(1)(2)(3)及他如《为乐》(十四句)、《王者布大化》(四句)二曲也有趋的部分。然而，(5)曲即《艳歌罗敷行》则不甚明白，而且我认为难点就在《宋志》所说的“前有艳词曲，后有趋”中的“有”字。为什么呢？因为其他歌曲后都作“为”。大曲、长篇之曲以及其他歌辞中伴有的艳也就是艳曲，是否就“有”序的性质呢？由于歌题被冠以“艳歌”，其歌辞应该就是由艳的部分为主体而构成的。我作一个十分大胆的推测，即由三解组成的《艳歌罗敷行》，第一、第二解是艳，第三解相当于趋。“东方千余骑”以下十八句是趋，在作为艳的附属并疏通歌意的同时，又与之相区别并有与之相关的歌意。此曲和(1)(2)(3)相同，也是艳和趋合作，不就是将艳歌调的旋律与趋曲调的旋律合并的组曲吗？如果这样的话，旋律是怎样的呢？我认为，它们可能选择的是楚、吴两地的地方歌曲的旋律。晋左思《吴都赋》刘逵注“艳，楚歌也”，《太平御览》卷五百九十六引《梁元帝纂要》“古艳曲有《北里》《靡靡》《激楚》《结风》《阳阿》之曲”，“古艳曲”就是汉代的楚歌。又崔豹《古今注》“《吴趋曲》，吴人以歌其地也”，陆机《吴趋行》“四坐并清听，听我歌《吴趋》”，这里的趋就是吴歌。

四、清、平、瑟三调的演奏顺序

陈释智匠的《古今乐录》及其所引的宋张永的《元嘉正声技录》，对清、平、瑟三调的演奏顺序有过略述，这是今天所能见及的唯一资料：

> 平调曲，《古今乐录》曰：歌弦六部。张永《录》曰：未歌之前，有八部弦、四器俱作。疑脱又字在高下游弄之后。凡三调歌弦，一部竟，辄作送歌弦。今用器，又有《大歌弦》一曲，歌"大妇织绮罗"，不在歌数，唯平调有之，即清调"相逢狭路间，道隘不容车"篇，后章有"大妇织绮罗，中妇织流黄"也。张《录》云：非管弦音声所寄，似是命笛理弦之余。王《录》所无也，亦谓之《三妇艳》诗。
>
> 清调曲，《古今乐录》曰：歌弦四部。张永《录》云：未歌之前，有五部弦，又在弄后。晋、宋、齐止四器也。
>
> 瑟调曲，《古今乐录》曰：歌弦六部。张永《录》云：未歌之前，有七弦，又在弄后。晋、宋、齐止四器也。

释智匠的《古今乐录》和张永的《技录》记载的歌弦部数有差异。虽然难以遽定哪一个是正确的，但平调曲有"歌弦六部"或"八部弦"，我认为指的是由琴、瑟、琵琶、筝四种乐器组成的弦乐班的班数。也就是说，平调曲是进入组曲的先导，由六班或八班的弦乐团反复演奏的前奏曲。后奏曲可能也由同班担任。清调曲有四班或五班，瑟调有六班或七班。《张录》说三调歌弦是在每一部乐终了后奏的送歌弦，也就是指每班在弦奏终了时添加与组曲歌意不怎么相关的送声。三调无论是否有前奏曲还是后奏曲所用的歌曲，它们与组曲的歌意都不相关联，也就是所谓的"四弦曲"①：

> 《古今乐录》曰：张永《元嘉技录》，有《四弦》一曲，《蜀国四弦》

① 朱谦之氏在《中国音乐文学史》的"论乐府"章中，认为使用四种乐器演奏的就是四弦曲。此为一说。

> 是也，居相和之末①，三调之首。古有四曲，其《张女四弦》《李延年四弦》《严卯四弦》，三曲阙。《蜀国四弦》，节家旧有六解，宋歌有五解。

《张女四弦》《李延年四弦》《严卯四弦》《蜀国四弦》中，可以确认曹魏宫廷将由六解构成《蜀国四弦》用作三调的前奏曲。《古今乐录》还说，晋、宋、齐之世有《箜篌引》《商引》《徵引》《羽引》四引演奏。但是，加入这些“宫引”“角引”所谓的“相和六引”，是否存在于曹魏宫廷是有疑问的，大概与三调没有什么关系吧。“六引”中的《箜篌引》，乃曹植所作歌辞而被选中，是晋宫廷的事情。因此三调中，仅就平调曲来说，是有歌曲歌唱的。《张录》说的“大歌弦”，恐怕就是送声之曲吧。此曲由“大妇织绮罗，中妇织流黄。小妇无所为，挟瑟上高堂。丈人且安坐，调丝殊未未遽央”六句构成，由于是从原来的清调曲中的《相逢行》的末六句摘出，故后世称之为“三妇艳诗”。此曲是平调曲也就是组曲的歌辞，自不待言，内容上与组曲也无甚关联，显然与大曲的趋不同。

以上三调如上述，作为前奏曲和后奏曲，不过是使用专门的弦乐器，一旦歌唱组曲，就专用笛来伴奏，有时也笙、篪并用。之后，吹奏的过程中，在旋律上分为高弄、下声弄、游弄三部分。我在此能屡次使用“管弦合奏”这一语词，是仅关于这三调，在演奏一曲之时，管和弦担当的职责不同，前奏、后奏之曲由弦乐器担任，组曲则由管乐器担任。仅供参考的是，魏晋之时，弦律和笛律还尚未能够通应。到了梁武帝天监元年(502)，历史上才第一次设法使管弦两律相通，出现了以玄英通、青阳通、朱明通、白藏通的所谓“四通”为旋律基准②。因此，魏晋时代，说到“管弦合奏”，就会用《宋书·律历志》中所谓的“以笛有一定调，故诸弦歌皆从笛为正”的方法。

---

① 四弦曲乃被用于魏相和歌的后奏曲。

② 《资治通鉴》卷一百四十五：“天监元年，秋，八月。上素善钟律，欲厘正雅乐，乃自制四器，名之为‘通’。一曰玄英通，二曰青阳通，三曰朱明通，四曰白藏通。每通施三弦，黄钟弦用二百七十丝，长九尺。应钟弦用一百四十二丝，长四尺七寸四分差强，中间十律，以是为差。因以通声，转推月气，悉无差违，而还得相中。又制十二笛，黄钟笛，长三尺八寸。应钟笛，长二尺三寸，中间十律，以为差。以写通声，饮古钟玉律，并皆不差。于是被以八音，施以七声，莫不和韵。”

三调演奏顺序图(图示)

(顺序)　前奏曲——→组　曲——→后奏曲

高弄—→下声弄—→游弄

(乐器)　弦————笛————弦

(平调有时用筑,清、瑟调打击乐器节鼓并用)

	(琴、瑟、琵琶、筝)	(有时笙、篪并用)	(琴、瑟、琵琶、筝)
平调	六部(八部) (歌曲)四弦曲	(歌曲)平调所属的歌曲	六部(八部) (歌曲)大歌弦(三妇艳诗)
清调	四部(五部) (歌曲)四弦曲	(歌曲)清调所属的歌曲	四部(五部) (歌曲)四弦曲
瑟调	六部(七部) (歌曲)四弦曲	(歌曲)瑟调所属的歌曲	六部(七部) (歌曲)四弦曲

四弦曲——蜀国四弦、张女四弦、李延年四弦、严卯四弦

三调使用的乐器、演奏顺序大概是没有变化的楚调曲①。

> 楚调曲,张永《录》曰:未歌之前,有一部弦,又在弄后。

之所以称为楚调,一定是其歌曲带有地方的特色。与楚调类似之语有吴调、蜀调。此类可见于刘宋谢希逸《琴论》中所著录的《蜀调明君十四拍》《吴调明君十二拍》等。楚调与三调相比,有什么不同之处尚不清楚。从后述来看,三调在音律上没有差异,也和现代曲和古典曲没有关系。也就是说,清调曲、平调曲、瑟调曲大半的,是魏三祖所作的新曲,具有浓厚的个人音乐的色彩。曹魏的伶官们又对汉代的旧歌作了合并而演奏。因此,三调诸曲完全具有现代曲的性格。与此相对的,楚调曲或是在广袤的楚地上产生的歌谣,受历史传统的支配,是从继续歌唱旧声的过程中生存下来的古典曲中的一批歌曲。因此,其有在殿堂上演奏的,也有在送葬的场合歌唱的挽歌调《泰山吟》《梁甫吟》,用七种乐器伴奏演唱。这两曲和《东武吟》一道,还有原来齐地的民歌,都被加入到了楚调曲中,是保存古典乐典的处理方式。

---

① 楚调曲之外还有侧调曲,但资料全无。关于楚调和侧调的关系,有同调说和别调说,史学家、音律家至今未能达成一致。

五、三调在音律上的差别

在乐曲和演奏顺序上不怎么有变化的三调，其间显著的差别之一，在于其音律。然而今天并没有与魏乐清、平、瑟三调相关的直接资料。虽然如此，晋乐的“正声”“下徵”“清角”的三调调法上的差异，因《晋书》《宋书》的《律历志》记载，可从此晋乐的三调，察知魏乐的三调。如此来看，两乐的三调实乃异名同质，不过是两朝制定的笛子长度不一，导致在音律上有了细微的差别。如果这样，两乐三调为何名称不同呢？这是因为晋代的荀勖爱炫示新奇。而同质则是因为无论魏乐还是晋乐，参与其笛律制定的，都是当时吹笛第一人列和，都是由同一个人来完成的。年代方面来看，从魏明帝之世到晋宫廷制定笛律的武帝泰始十年(274)，经过了四十余年的时间。然而，作为以笛名家为后世所知的吹奏魏乐三调的列和，由于曾任协律中郎将，倍受晋宫廷的重视，一定能新制异质的三调。关于《晋》《宋》两书《律历志》记载的笛律，清代徐养原氏著《笛律图注》一卷，同时代的凌廷堪氏又著《笛律匡谬》一卷，他们从音律专家的立场，尝试详细注解笛律。凌氏把晋乐的正声调、下徵调、清角调作为律吕的名称，不使用隋以前的有关律吕的调名，又从后世逆推，认为三调指的是专门的清、平、瑟三调，怀疑是魏乐三调附会之名，并论述了正声调相当于清调，下徵调相当于平调，清角调相当于瑟调。

晋武帝泰始十年，根据荀勖制定的笛律，制作了协和律吕的十二笛[①]。其中，以黄钟笛所定的正声、下徵、清角三调法，在《晋》《宋》两书的《律历志》中可见：

> 黄钟之笛，正声应黄钟，下徵应林钟，长二尺八寸四分四厘有奇。正声调法：黄钟为宫，应钟为变宫，南吕为羽，林钟为徵，蕤宾为变徵，姑洗为角，太簇为商。正声调法，黄钟为宫，宫生徵，黄钟生林钟也。徵生商，林钟生太簇也。商生羽，太簇生南吕也。羽

① 元马端临《文献通考》卷一百三十八“律笛”之栏，引陈氏《乐书》误作东汉蔡邕制作十二笛并制定笛律。

生角，南吕生姑洗也。角生变宫，姑洗生应钟也。变宫生变徵，应钟生蕤宾也。

下徵调法：林钟为宫，南吕为商，应钟为角，黄钟为变徵，太簇为徵，姑洗为羽，蕤宾为变宫。

清角之调：以姑洗为宫，蕤宾为商，林钟为角，南吕为变徵，应钟为徵，黄钟为羽，太簇为变宫。

《律历志》之文虽然乍读之下感到十分烦杂，所幸此文中的七声十二律相当于七孔，于是可用符号标记，以作简明的图示。根据图示，可试为推测曹魏的清调、平调、瑟调是怎样的情况：

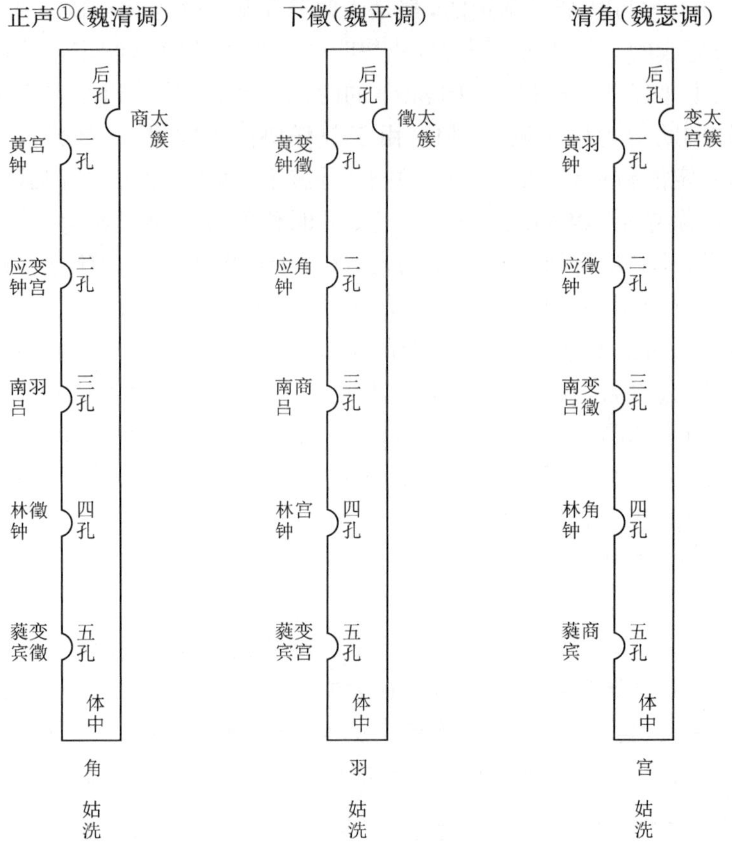

① 关于正声，参照徐养源氏《笛律图注》的笛像。

若据《律历志》之文，由长二尺八寸四分厘余构成的黄钟笛，一笛有着怎样的调法，可理解为“三宫二十一变”，也就是可变化吹奏黄钟宫（正声）、林钟宫（下徵）、姑洗宫（清角）和三次七声。《晋书》卷八十一《桓尹传》中，藏有蔡邕柯亭笛的桓尹，以江左第一的吹笛名手广为人知，诏赴京都，泊舟清溪与王徽之相遇，徽之请其吹奏三调弄。此处的“三调弄”，既然指的就是像魏或晋音乐的三调与高、下声、游的三弄，也就是一笛分吹三调的实例吧。而且，不限于黄钟笛，大吕笛等十一笛，也能理解其调法如何与正声、下徵、清角三调配合。徐养源氏将《晋》《宋》二书《律历志》中所载，用图表列示，便于三调的测算：

	一孔	二孔	三孔	四孔	五孔	体中	后孔
大吕笛　二尺六寸六分三厘有奇	大	黄	无	夷	林	仲	夹
太簇笛　二尺五寸三分一厘有奇	太	大	应	南	夷	蕤	姑
夹钟笛　二尺四寸	夹	太	黄	无	南	林	仲
姑洗笛　二尺二寸三分三厘有奇	姑	夹	大	应	无	夷	蕤
仲吕笛①　二尺一寸三分二厘有奇	仲	姑	太	黄	应	南	林
蕤宾笛　三尺九寸九分五厘有奇	蕤	仲	夹	太	黄	无	夷
林钟笛　三尺七寸九分七厘有奇	林	蕤	姑	大	大	应	南
夷则笛　三尺六寸	夷	林	仲	夹	太	黄	无
南吕笛　三尺三寸	南	夷	蕤	姑	夹	大	应
无射笛　三尺二寸	无	南	林	仲	姑	太	黄
应钟笛　二尺九寸九分六厘有奇	应	无	夷	蕤	仲	夹	大

据上表算出十一笛的三调，正声调相当于大吕宫、太簇宫、夹钟宫、姑洗宫、仲吕宫、蕤宾宫、林钟宫、夷则宫、南吕宫、无射宫、应钟宫；下徵调相当于夷则宫（大吕笛）、南吕宫（太簇笛）、无射宫（夹钟笛）、应钟宫（姑洗笛）、黄钟宫（仲吕笛）、大吕宫（蕤宾笛）、太簇宫（林钟笛）、夹钟宫（夷则笛）、姑洗宫（南吕笛）、仲吕宫（无射笛）、蕤宾宫（应钟笛）；清

① “仲吕笛”一项，《晋》《宋》二书脱，此据徐养原氏补。

角调相当于仲吕宫(大吕笛)、蕤宾宫(太簇笛)、林钟宫(夹钟笛)、夷则宫(姑洗笛)、南吕宫(仲吕笛)、无射宫(蕤宾笛)、应钟宫(林钟笛)、黄钟宫(夷则笛)、大吕宫(南吕笛)、太簇宫(无射笛)、夹钟宫(应钟笛),十一笛各自对应三宫二十一变。可是,当时魏宫廷的列和长短笛并用,浊声用三尺二寸之笛,清声用二尺九寸之笛,自然各自被命名为"三尺二调""二尺九调"。这样来看,荀勖新制的十二笛,三尺二寸之笛相当于无射笛,二尺九寸之笛大致相当于黄钟笛,但是,在吹奏新制的十二笛时,魏乐三调和晋乐三调之间,在音律上产生了细微的差异,追求新奇的荀勖一定认识到这一点。那么,用一笛来分吹三调的话,其调法如何?即使是在聚集十二笛尝试同时吹奏的场合下,调律也是有可能的。但实际上,曹魏宫廷在吹奏清调、平调、瑟调之时,可能晋的新笛律还不是很严密,这一点从荀勖征求对于新笛律的意见时,列和辩以"自和父祖汉世以来,笛家相传,不知此法,而今调均与律相应,实非所及也"中,便可察知。

根据以上所述,曹魏的清、平、瑟三调由于是以笛律为基准吹奏的,晋的正声、下徵、清角三调尽管在音律上有细微的差别,但应能理解它们乃是异名同质这一事实。此三调因为魏晋所特有,乐府研究者所引证的《唐书·乐志》"平调、清调、瑟调,皆周房中曲之遗声,汉世谓之三调"的记载,显然是错误的。作为参考,吟叹曲——指以弦乐器为对象的歌曲①,其中有王明君之曲,到六朝初时,实际还传存有三百余首异曲,刘宋谢希逸的《琴论》著录有《平调明君三十六拍》《清调明君十三拍》等。但是,以此二曲为名的平调、清调,与曹魏的三调不是同一种东西。又据《魏书·乐志》,北魏孝明帝神龟二年(519),陈仲孺上奏,"依琴五调调声之法,以均乐器。其瑟调以角为主,清调以商为主,平调以宫为主",此中的三调,因以琴也就是以弦律作为基准,所以与曹魏的三调也没有关系。

六、三调在歌咏上的差别

清、平、瑟三调在器乐和演奏顺序方面没有变化,仅在音律上有差

① 郭茂倩《乐府诗集》将其入相和歌,并不妥当。

别。不过,因三调有其专属的歌曲,故能在歌咏上,看出他们习惯上的差异。三调各自的歌曲数,《荀氏录》——西晋荀勖著录音乐之书,与刘宋王僧虔《大明三年宴乐技录》著录的很不一样。但是,《荀氏录》合三调为三十六曲,应该是曹魏宫廷演奏的实际数目吧。

荀勖并没有全部继承曹魏的三十六曲,只从清调中选了六曲,平调选了四曲,瑟调选了九曲,《宋书·乐志》"清商三调歌诗,荀勖撰旧词施用者"即是。相比于《荀氏录》,王僧虔的《技录》仅瑟调曲就记录了三十八曲之多的曲名,这是很可怀疑的。也就是说,王氏在世的刘宋时期,演奏的晋宫廷的九曲中,除《燕歌行》(罗敷)以外,其余八曲都已不存了。王僧虔自己认为遗存下来的多数歌曲,都属于瑟调曲,那是否在魏或晋的宫廷实际演奏呢?这三十八曲中,也包括了属于晋宫廷大曲的歌曲,然而王氏《技录》中并没有言及大曲。如此看来,我认为对于瑟调曲,王僧虔的分类只是便宜之计,把和宫廷没有关系的民间古歌也包括了进去。

	荀 氏 录	大明三年宴乐技录
清调曲	①[①]武帝[②] 苦寒行(北上) ②武帝 蒲生上行(蒲生) ③武帝 秋胡行(晨上) ④武帝 秋胡行(愿登) ⑤古辞 董逃行(上谒) ⑥明帝 苦寒行(悠悠)[③] 7 古辞 豫章行(白杨) 8 武帝 董逃行(白日) 9 古辞 相逢狭路间行	1. 苦寒行 2. 豫章行 3. 董逃行 4. 相逢狭路行 5. 塘上行 6. 秋胡行

① 序号加圈指的是晋宫廷演奏的歌曲。

② 郭茂倩《乐府诗集》作"文帝",武帝原作有歌唱冰雪溪谷之苦的同题曲,文帝此是模拟之作。

③ 释智匠《古今乐录》云歌辞不传,然《宋书·乐志》作为荀勖所制的用于宫廷之曲而采录。

续表

	荀　氏　录	大明三年宴乐技录	
平调曲	①武帝　短歌行(周西) ②武帝　短歌行(对酒) ③文帝　燕歌行(秋风) ④文帝　燕歌行(别日) 5 文帝　短歌行(仰瞻) 6 文帝　长歌行(功名) 7 明帝　长歌行(青青) 8 武帝　猛虎行(吾年) 9 明帝　猛虎行(双桐) 10　君子行(燕赵) 11 左延年　从军行(苦哉) 12　短歌行(雉朝飞)	1. 长歌行 2. 短歌行 3. 猛虎行 4. 君子行 5. 燕歌行 6. 从军行 7. 鞠歌行	
瑟调曲	①武帝　善哉行(朝日) ②武帝　善哉行(自惜) ③武帝　善哉行(古公) ④文帝　善哉行(朝游) ⑤文帝　善哉行(上山) ⑥明帝　善哉行(赫赫) ⑦明帝　善哉行(我徂) ⑧古辞　善哉行(来日) ⑨古辞　艳歌行(罗敷)[①] 10　善哉行(五岳) 11 武帝　却东西门行(鸿雁) 12　长安城西行(长安) 13　艳歌行(双鸿) 14　艳歌行(福钟) 15　墙上难用趋行(墙上)	1. 善哉行 3. 折杨柳行 5. 东门行 7. 却东西门行 9. 饮马行 11. 新城安乐宫行 13. 孤子生行 15. 大墙上蒿行 17. 钓竿行 19. 长安城西行 21. 雁门太守行 23. 艳歌福钟行 25. 煌煌京洛行 27. 门有车马客行 29. 日重光行 31. 櫂歌行 33. 蒲坂行 35. 白杨行 37. 青龙行	2. 陇西行 4. 西门行 6. 东西门行 8. 顺东西门行 10 上留田行 12. 妇病行 14. 放歌行 16. 野田黄爵行 18. 临高台行 20. 武舍之中行 22. 艳歌何尝行 24. 艳歌双鸿行 26. 帝王所居行 28. 墙上难用趋行 30. 蜀道难行 32. 有所思行 34. 采梨橘行 36. 胡无人行 38. 公无渡河行

在歌咏上，三调间明显的差异是，就清调而言，在于其有一部分采用的是重复的歌唱方式，即晋宫廷选择的属于清调的歌曲中，除了《董逃行》以外，《秋胡行》《苦寒行》《蒲生上行》三曲采用的都是这样的唱法。不过，这其中还有《秋胡行》一曲，先于晋初，早在魏宫廷就用此法歌唱

① 此曲《宋书·乐志》入大曲。

了。《秋胡行》取材于鲁国的秋胡和他妻子的情事。然而，魏宫廷所唱的与原曲有异，宋沈建《乐府广题》认为是变成了讴歌武帝魏王室的功德。现将此曲反复歌唱的部分列举如下：

秋胡行 四解

魏武帝

晨上散关山，此道当何难。晨上散关山，此道当何难。……歌以言志，晨上散关山。一解

有何三老公，卒来在我旁。有何三老公，卒来在我旁。……歌以言志，有何三老公。二解（三、四解略）

秋胡行 五解

魏武帝

愿登泰华山，神人共远游。愿登泰华山，神人共远游。……歌以言志，愿登泰华山。一解

天地何长久，人道居之短。天地何长久，人道居之短。……歌以言志，天地何长久。二解（三、四、五解略）

以上二曲，各解中反复歌唱首二句（标记着重号处），各解结束又插入一“歌以言志”的间奏，再重复歌唱首句，也就是使用了①②①②……间奏①的连珠式的细致唱法，而且，在变化每解的歌辞时，因用重复的方法歌唱，就可持续一种十足的波动的快感吧。从歌曲形制上看，我认为南北朝以前，还没有其他歌曲能有这种巧妙程度的歌唱方式。这种唱法虽然异于近世所谓的“阳关贯珠三叠”或“阳关连环三叠”的唱法，可这种重复的巧妙方式，一点也不逊色吧。然而，就魏宫廷使用的这种唱法来说，魏陈留王景元四年（263）被杀害的嵇康，大致就用这种方法制作了相同曲名的新辞。此作品由七首组成，兹取第一、二首为例：

富贵尊荣，忧患谅独多。富贵尊荣，忧患谅独多。……歌以言之，富贵忧患多。（第一首）

贫贱易居，贵盛难为工。贫贱易居，贵盛难为工。……歌以

言之，贵盛难为工。（第二首）

以上二首末句都不同于首句，在于嵇康将每首特别强调之点，在其句末也表明出来了吧。但是，这两首和魏宫廷的基本唱法不存在什么异议，而荀勖在清调的其他歌曲中，部分地采取了这种唱法，即在晋宫廷歌唱的《苦寒行》《蒲生上行》中，大概在各解的首二句，又重复歌唱了第一句：

北上太行山，艰哉何巍巍。太行山，艰哉何巍巍。一解（二、三、四、五解略）

担囊行取薪，斧冰持作糜。担囊行取薪，斧冰持作糜。六解（魏武帝《苦寒行》）

悠悠发洛都，茾我东征行。悠悠发洛都，茾我东征行。一解

顾观故垒处，皇祖之所营。故垒处，皇祖之所营。二解（魏明帝《苦寒行》）（三、四、五解略）

蒲生我池中，蒲生我池中。其叶何离离，傍能行人仪。

念君去我时，念君去我时。独愁常苦悲，想见君颜色。（魏武帝《蒲生上行》）（三、四、五解略）

由上例可知，《苦寒行》《蒲生上行》虽然都用了重复之法（标记着重号处），但没有达到之前《秋胡行》的细致程度。然而，荀勖作为曹魏时代唱法的改革者，给每曲加入了精细的唱法，或多或少引发了歌曲波动的快感，达到了一些效果吧。那么在三调中，那些属于清调的歌曲的唱法，可以想见是最难的，其中的一部传到了南朝，在陈的时代能歌唱的人也没有了。碰巧的是，作为唯一尚知晓其唱法的何妥，在从北周仕隋之时，将其传授给了隋文帝。

与清调相比，平调的歌曲是具有很强烈个性的群体。也就是说，文帝创作的《燕歌行》，全文七言，每句押韵，相比于四言、五言调的歌曲，它只由最轻快激急的韵律的一首曲子构成。武帝的《短歌行》大体以四言为基调，《长歌行》全文由五言构成，各首歌曲都有固定的句型。有着如此韵律差别的三曲，由于在合入相同平调音律后吹奏，就强烈地表现出了歌曲个性以及旋律的差异了。关于《短歌行》《长歌行》，崔

豹《古今注》云："《长歌》《短歌》，言人生寿命长短有定分，不可妄求也。"这个解题不甚妥当。从歌辞上看，尽管不能一概否定崔氏之说，但歌题的"长歌""短歌"，是从句型的长短，也就是四言、五言韵律上的差异来命名的。这么说的证据是，在《短歌行》《长歌行》都还被歌唱的萧梁时代，诗人在创作主题的场合下，如果是四言就用《短歌行》，五言则用《长歌行》，都会辨别韵律，不会无视其韵律就进行创作。然而，《短歌行》中，下举文帝的作品，就是在晋宫廷的飨宴场合以外创作的。

仰瞻帷幕，俯察几筵。其物如故，其人不存。神灵倏忽，弃我遐迁。靡瞻靡恃，泣涕涟涟。……长吟永叹，怀我圣考。曰人者曰寿，胡是不保。

我特意选择文帝的这首不在晋宫廷飨宴上演奏的《短歌行》，是因为此曲被分为六解，也曾一度有被选择为晋乐的痕迹。然而，对于此曲，后来刘宋王僧虔《技录》云"此曲声制最美，辞不可入宴乐"，批判其"声制"也就是演奏的方法的华美之处(下章再说)。只是，与其说西晋的宫人从鉴赏的层面——因在歌辞上深切表达了严父之死的悼念，但与飨宴的场合不般配，不也就敬而远之了吗？另外，与个性较强的平调相比，属于瑟调的歌曲，有四言调和五言调差别的，实质上也就是《善哉行》一曲，我认为其缺乏较有变化的旋律。

七、关于清商署

本节想要论述以俗乐为对象的清商署是否有被设置过。王运熙氏在《汉魏晋南北朝乐府官署沿革考略》[①]中引证诸例，论述了魏晋两朝为了司理清商三调等俗乐，设置了清商专署，并有清商令、清商丞等乐官。为了检讨王说，以下举其引证诸例：

(1)只(使)保林李华、刘勋等与怀、信等戏，清商令令狐景呵

① 参《乐府诗论丛》。

> 华勋曰：……帝日在后园，倡优音乐，自若不数往定省。清商丞庞熙谏帝。……每见九亲妇女有美色，或留以付清商。帝至后园竹间戏。（《魏书·齐王芳纪》注）
>
> (2)今出清商掖庭，及诸才人奴女保林已下。（《太平御览》卷一百四十五《晋武帝起居注》）
>
> (3)光禄勋属官有黄门、掖庭、清商、华林园、暴室等令。（《晋书·职官志》）
>
> (4)魏太祖起铜爵台于邺，自作乐府，被于管弦。后遂置清商令以掌之，属光禄勋。（《资治通鉴》卷一百三十四《宋纪》升明二年胡三省注）

从王氏引证诸例来看，的确应该承认清商令等有时会参与到俗乐中的事实。然而，清商署的设置却未必是确证。(1)(2)所见的记事，由于是后宫的事件，可明确这里的清商并不是官署之名。此处的清商大概是"清商殿"，也就是殿名吧。若据《宋书·五行志》，因有魏明帝太和五年(231)五月，清商殿烧毁的记载。此殿因原是明帝的悼皇后的起居之处，为后宫第一的御殿，似到齐王芳治世时再建。据《宋书·百官志》及《晋书·职官志》，因魏晋两朝，掌管音乐的专门职务是太乐令，(3)所见的清商令，与掖庭令、华林园令、暴室令等一起，都是以奉仕后宫为本职工作的，故我对王说持否定的意见。俗乐不同于雅乐之处，是其不限于朝会飨宴，由于像清商殿这样的后宫还不如说就是更适合演奏俗乐的场所，那么从(4)例来看，有清商令干涉俗乐之事也是当然的吧。魏晋时代，有上述的太乐令，统辖雅乐、武乐(鼓吹曲)、俗乐的乐府被设置，应该是没有异议的。但是，把其中的一个，或一部称为清商署的确证则一个也没有。因此，如果要确定清商署最初设置的时代的话，应该是隋文帝开皇九年(589)以降。上例(4)胡三省注后之文，引《唐会要》中的记事，认为清商署的设置在隋代。

第六章　清商曲的源流与南朝的吴歌西曲

北宋郭茂倩编纂《乐府诗集》时，在尝试将乐府分为十二类中，设立名为清商曲辞一门，包括吴声歌、西曲歌以及神弦歌，收录作品达七百三十三首。吴歌和西曲都是南朝时代流行的歌曲。当时的文学大多数为贵族所作，尽管是贵族文学，这些吴歌西曲多数乃以庶民或外来民族间产生的歌谣为母体，歌唱主要表达的是恋爱的情绪。神弦歌[①]也是以庶民信仰为对象的祭祀杂神和杂鬼的吴地地方的歌曲。

如此，郭氏《诗集》的分类，几乎成为了宋以后乐府研究者的分类准则。然而这一分类一定是不恰当的，尚有可以疑问的余地。前述的清商曲辞就是如此。这个清商曲(辞略)，即吴声歌、西曲歌及神弦歌，实际上南朝人自己是不把它们称为清商曲的。换言之，原来的清商曲在南朝只是个别的存在。我为了解析郭氏在分类上的疑义，首先要探究清商曲的源流，其次出于补充郭氏解题的目的，以若干资料为基础，拟探明南朝时代吴歌和西曲的实际状况。再有就是借此机会，根据郭氏《诗集》所引的解题之书，在探究依附于吴歌背后的传说以及西曲流行时期宋、齐宫廷人的好尚的同时，欲考证其解题书——陈释智匠的《古今乐录》与吴歌、西曲在文献上的关系。

---

① 神弦歌原本为东吴孙氏宗庙祭祀时所歌，可见于《宋书・乐志》“何承天曰：或云，今之神弦，孙氏以为宗庙登哥也”。但郭氏《乐府诗集》所收的十一曲神弦歌，与孙氏宗庙的登歌没有关系。

一、清商曲的源流

“清商”的语源很古老，又有两个语义。第一是表示旋律，即清商的“清”乃与“浊”相对，“商”为五音之一，说的是以此为主音的旋律。第二则可称为特殊的歌曲，那些以商为音阶的自然就成为了这些歌曲的根本。《韩非子》“十过篇”所见的清商，与清徵、清角一道，可理解为表示的是第一的旋律。

> 晋平公问师旷曰：“此所谓何声也？”师旷曰：“此所谓清商也。”公曰：“清商固最悲乎？”师旷曰：“不如清徵。”……反而问曰：“音莫悲于清徵乎？”师旷曰：“清徵之声，不如清角。”

汉初的《惜誓》以及宋玉的《笛赋》中所见“清商”的语义，有注释家理解为歌曲的名称。但是，似乎不是指出特殊歌曲的存在。

> 《惜誓》：二子拥瑟而调均兮，余因称呼清商。王逸注：清商，歌曲也。言赤松、王乔见己欢喜，持瑟调弦而歌，我因称清商之曲，最为善也。朱熹注：清商，歌曲名，五音各有清浊，浊者本声，清者半声也。
>
> 宋玉《笛赋》：吟清商，追流徵。宋章樵注：皆歌曲也。晋王嘉《拾遗记》：师延奏清商流徵涤角之音。纣曰：淳古远乐，非予可听。

《笛赋》中，作为清商对语的流徵，宋玉《对楚王问》中为“引商刻羽，杂以流徵”，由于这个“流徵”被理解为表示旋律的乐调，被看作是和清商同义就不会有理解障碍。《文选》收录的汉魏诗文中，就散见有“清商”之语，表示的是那些以清商为主音的旋律。

> 张衡《西京赋》：嚼清商而却转，增婵娟以此豸。
> 《古诗十九首》：清商随风发，中曲正徘徊。
> 苏子卿诗：欲展清商曲，念子不能归。
> 魏文帝《燕歌行》：援琴鸣弦发清商，短歌微吟不能长。
> 曹植《七启》：动朱唇，发清商。

可是，根据前述的例示，我关于汉魏时代不存在以清商曲命名的特殊歌曲的论断是过于轻率了。汉初不清楚，汉末应是存在的。唐代吴兢《乐府古题要解》所引蔡邕之语便可证明。但这歌曲在蔡邕当时尚是不能被采录且较为幼稚的，没有传之后世的价值。所以，当然就不是南朝人称呼的清商曲。

> 蔡邕云：清商曲，其辞不足采者。其曲名，有《出郭西门》《陆地行车》《侠钟》《朱堂》《寝奉法》五曲，非止《王昭君》等。

据正史《乐志》，据说最初搜集汉末战乱散佚的乐器、乐章并将其传承的人是魏武帝，其次是明帝和西晋的荀勖。武帝从杜夔、邓静、尹商、尹胡等乐人，冯肃、服养等舞师那里复兴了雅乐古舞，又重新采拾街陌的谣讴等歌曲，让著名歌手宋容华歌唱，甚至自己还与儿子文帝一起制作了很多新的歌曲。那些曹魏宫廷最初的歌曲，是汉歌和新声混合的产物。到了明帝的时代，经朱生、宋识、列和等乐人之手改编，对乐曲进一步地扩充整备。曹魏时代的歌曲，并没有因朝代的更迭而散失，被西晋的武帝继承下来。因此，荀勖采择歌曲时，与魏武帝相比，大概不必倾注那么多搜集的苦心，只要保持前代歌曲的面目就好。荀勖所指的汉、魏的歌曲，也就是名为清商三调歌诗。仅做参考，梁代沈约的《宋书·乐志》所记的“三”，大概就是从荀勖所撰的——被六朝乐府解题者们称为《荀氏录》的书中抄录的，其中就记有“清商三调歌词，荀勖撰旧词施用者”。但是荀勖为什么要在三调前冠以“清商”二字呢？根据上一章的论述，魏晋两朝，尚没有设置清商署的确证，因此，不能认为“清商”产生于此，也不是与后宫有关系的清商令及清商殿的“清商”。如此，其原因我推测，乃是三调之中，清调（前章图示）——即音阶之商（商相当于音律上的太簇）成为了主音。

清商的第二个语义，即称呼为特殊的歌曲是什么呢？应该指的就是荀勖命名的清商三调歌诗而被南朝人改称为的“清商曲”。这当然就和第一语义没有关系，而包含有主音为清商，从而构成歌曲的基本这一概念。虽然有些繁琐，下面拟记述南朝人和清商曲及其历史上的关系。

清商三调歌诗也就是“清商曲”，应该遭遇过亡佚的危机。八王之乱、永嘉之乱相继爆发，由于这两次动乱，晋乐府被破坏，乐人逃亡到荆州之地[①]，后赵的石勒掠夺了他们的乐器。之后，虽有庾亮、谢尚[②]的努力，辛苦复兴宫廷的雅乐，但清商三调歌诗再难有整备。如据王僧虔《大明三年宴乐技录》，西晋末至刘宋间，大部分的歌曲都不能歌唱了。但是，搜集残存的清商三调歌诗，并将其再度在宫廷演奏的人，就是这个《技录》的作者王僧虔。僧虔是琅琊临沂人，生于刘宋文帝元嘉三年(426)，元嘉年中除秘书郎、太子舍人，仕途绵延孝武帝、明帝、后废帝、顺帝、齐高帝、武帝(永明三年殁，485)二朝六帝，足迹东至会稽，西达湘州。他本人不仅精通音律，长年接触到宫廷的雅乐，还有很多机会聆听广袤四野的歌曲。他所撰写的《大明三年宴乐技录》，希望保存并复兴清商三调歌诗。虽然如此，但时代的好尚，反而与他的愿望相悖，就连宫廷的声伎也爱唱郑声的新乐——荆楚之地的西曲，而不再回头关注雅乐和清商三调。因为这个原因，在十数年的时间里，清商三调便亡佚了大半：

> 自宋大明以来，声伎所尚多郑卫，而雅乐正声，鲜有好者。(《南史》卷十八《萧惠基传》)

僧虔无法漠视、忍受时代对这种新乐的好尚，《技录》撰成之后的十九年，即顺帝升明二年(478)，他便奉上了主张改革宫廷音乐的上表文。

> 僧虔好文史，解音律，以朝廷礼乐多违正典，民间竟造新声杂曲，时太祖辅政，僧虔上表曰：“……今之清商，实由铜爵，三祖风流，遗音盈耳，京洛相高，江左弥贵。谅以金石干羽，事绝私室；桑濮郑卫，训隔绅冕。中庸和雅，莫复于斯。而情变听移，稍复销

---

① 《晋书》卷六十《刘弘传》：“时总章太乐伶人，避乱多至荆州。”《晋书》卷四十三《山简传》：“时乐府伶人，避乱多奔沔汉。”

② 《晋书·乐志下》：“庾亮为荆州，与谢尚修雅乐，未具而亮薨。永和十一年，谢尚镇寿阳，于是采拾乐人，以备太乐，并制石磬，雅乐始具。”《晋书》卷七十九《谢尚传》：“江表有钟石之乐，自尚始也。”

落，十数年间，亡者将半。自顷家竞新哇，人尚谣俗。务在噍杀，不顾音纪。流宕无崖，未知所极。排斥正曲，崇长烦淫。”(《南齐书》卷三十三《王僧虔传》)

上文所见，“清商”就是指清商三调歌诗，又可知“今”包括僧虔、刘宋宫廷人习惯称为清商也就是清商曲。上表文中贯穿的僧虔的观点，就是坚持严厉抨击新声歌曲，一心想要复兴清商曲，这才是宫廷乐府正常的存在状况。但是，僧虔也不是无条件地醉心于清商曲，在此前撰写《技录》时，就对像魏文帝的《短歌行》(瞻仰)，尽管其为有着魏宫廷演奏渊源的歌曲，但也抨击其演奏方式失之华美：

《短歌行》瞻仰一曲，魏氏遗令使节朔奏乐。魏文制此辞，自抚筝和歌。歌者云，贵官弹筝。贵官即魏文也。此曲声制最美，辞不可入宴乐。

作为清商曲的对立面，僧虔批判起来不遗余力，而竞相华美的新声歌曲，自然一首都不会出现在其《技录》中。此外，僧虔上表时的刘宋末的宫廷乐府，不仅限于其音乐，也不放任其他障碍的存在，即伶官的问题。相对于僧虔上表仅对音乐进行改革，同时代还有崔祖思其人，上书有基于清理伶官冗员的乐府改革方案。根据这个方案，现在国家户口不足百万，伶官数量在元徽年间(后废帝)便达千有余人，加之还有数量多得无法统计的杂伎存在这一现状，因其徒劳无用，招致了财政上的负担和风俗的颓败，清理乐府冗员势在必行：

案前汉编户千万，太乐伶官方八百二十九人，孔光等奏罢不合经法者四百十一人，正乐定员，唯置三百八十八人。今户口不能百万，而太乐雅正，元徽时校试千有余人，后堂杂伎，不在其数。靡费力役，伤败风俗。今欲拨邪归道，莫若罢杂伎，王庭唯置钟簴、羽戚、登歌而已。(《南齐书》卷二十八《崔祖思传》)

因崔祖思的进言被采纳，刘宋似实践了乐府的改革。而且在此之前，为了对抗当时的好尚，王僧虔一心想要复兴清商曲的主张，也早就产生了。他的上表文被当时辅政顺帝的后齐高帝所采纳，立刻下诏①，在答复的同时，使侍中萧惠基是正了清商的音律，还演奏了魏三祖的歌曲与相和歌，并能赏鉴所谓的清商曲：

> 僧虔上表请正声乐，高帝乃使侍中萧惠基，调整清商音律。(《南史》卷二十二《王僧虔传》)
>
> 惠基解音律，尤好魏三祖及相和歌，每奏辄赏悦不已。(《南齐书》卷四十六《萧惠基传》，《南史》卷十八《萧惠基传》)

但对于魏三祖歌曲及相和歌来说，实际上能演奏的歌曲是很少的。据僧虔《技录》推测，在其书撰著的当时，从魏明帝时代到当时实际还能继续演唱的歌曲，不过平调四曲、清调五曲、瑟调八曲而已。另外，萧梁沈约在撰写《宋书》时，刘宋时代的歌曲实际上也不一定都能歌唱，《乐志》中并没有收录其歌辞。僧虔《技录》已明确说明，魏明帝《苦寒行》(悠悠)、古辞《艳歌罗敷行》、古辞《东门行》及《西门行》、魏武帝《折杨柳行》(西山)和《折杨柳行》(默默)二曲、魏明帝《櫂歌行》等歌曲，当时早已不能歌唱了。然而，也不能否认有少数歌曲，尽管已经历了魏亡后的二百四十年的时间，这些清商曲为南齐的君臣所重视并爱唱这一事实。

那么，南齐宫廷在经历着曹魏、西晋以来传统的清商曲的复兴时代，北朝的北魏的清商曲，也在宫廷的飨宴场合下演奏着，即孝文帝(471—499)的时代。然而，孝文帝命名的“清商曲”，据《魏书·乐志》的记载，也不同于传统的汉魏古曲，而是加入了新的来自南朝江南的吴歌、荆楚的西曲这样的歌曲。北魏以后的北朝则对新、古两曲不加区别，将其全部作为华夏正声来尊重。所以，包含了吴声西曲的清商曲的这一命名，始于北朝的北魏孝文帝的时代，而即使在南朝的南齐以后，也不再将吴声西曲称为清商曲。梁武帝时代的“吴声西曲”这一

① 见《宋书·乐志一》、严可均《全宋文》十《诏答王僧虔》。

魏晋六朝清商三调歌曲的歌唱路径①

魏明帝时代	西晋初武帝时代	宋孝武帝时代（大明三年）王僧虔《大明三年宴乐技录》	晋武帝时代（永明五年）沈约《宋书·乐志》	陈废帝时代（光大二年）释智匠《古今乐录》
《荀（勖）氏录》				
清　调（九曲）				
1 苦寒行　魏武帝　北上——	——	——	——（歌辞收录）——	------
2 苦寒行　魏明帝　悠悠——	——	------	------（歌辞收录）------	……
3 董逃行（《宋书》古辞）上谒——	——	——	——（歌辞收录）——	------
4 董逃行　魏武帝　白日——	------	××××××××××××××	……	……
5 塘上行（《宋书》魏武帝）蒲生——	——	——	——（歌辞收录）——	------
6 秋胡行（《宋书》魏武帝）晨上——	——	——	——（歌辞收录）——	------
7 秋胡行（《宋书》魏武帝）愿登——	——	——	——（歌辞收录）——	------
8 豫章行　古辞　白杨——	------	……	……	……
9 相逢狭路间行　古辞——	------	××××××××××××××	……	……
平　调（十二曲）				
1 短歌行　魏武帝　周西——	——	——	——（歌辞收录）——	——
2 短歌行　魏武帝　对酒——	——	——	——（歌辞收录）——	——
3 短歌行　魏文帝　仰瞻——	------	------	------（歌辞收录）------	------
4 短歌行　雉朝飞——	------	××××××××××××××	……	……
5 燕歌行　魏文帝　秋风——	——	——	——（歌辞收录）——	——

① 王僧虔《技录》言及的歌辞不传的歌曲中，清调的《豫章行》（白杨，古辞）一篇，及瑟调《却东门行》（鸿雁，魏武帝）一篇，俱为郭茂倩《乐府诗集》收录。但是，郭氏并未说明据以收录的出处。又《古今乐录》中所载歌辞不传的歌曲中，清调《相逢狭路间行》的古辞，见于《玉台新咏》卷一，瑟调《长安城西行》歌古辞，被认为见于《太平御览》和《文选》李善注。又，关于古辞，参见“《乐府诗集》增补”“《文选》李善注的古乐府与《乐府诗集》”等其他章节。

6 燕歌行　魏文帝　别日——	——	——	——（歌辞收录）——	——
7 猛虎行　魏武帝　吾年——	------	××××××××××××××	……	……
8 猛虎行　魏武帝　双桐——	------	……	……	……
9 君子行　燕赵——	------	××××××××××××××	……	……
10 从军行　左延年　苦哉——	------	……	……	……
11 长歌行　魏文帝　功名——	------	××××××××××××××	……	……
12 长歌行　魏文帝　青青——	------	××××××××××××××	……	……
瑟　调（十五曲）				
1 善哉行　魏武帝　朝日—— （《宋书》文帝）	——	——	——（歌辞收录）——	——
2 善哉行　魏武帝　自惜——	——	——	——（歌辞收录）——	——
3 善哉行　魏武帝　古公——	——	——	——（歌辞收录）——	——
4 善哉行　魏文帝　朝游——	——	——	——（歌辞收录）——	——
5 善哉行　魏文帝　上山——	——	——	——（歌辞收录）——	——
6 善哉行　魏明帝　赫赫——	——	——	——（歌辞收录）——	——
7 善哉行　魏明帝　我徂——	——	——	——（歌辞收录）——	——
8 善哉行　古　辞　来日——	——	——	——（歌辞收录）——	——
9 善哉行　五岳——	------	××××××××××××××	……	……
10 艳歌罗敷行　古辞罗敷——	——	------	------（不入瑟调为大曲歌辞所收录）------	------
11 艳歌行　双鸿——	------	……	……	……
12 艳歌行　福钟——	------	……	……	……
13 长安城西行　长安——	------	××××××××××××××	……	……
14 却东西门行　魏武帝　鸿雁——	------	……	……	……
15 墙上难用趋行　墙上——	------	……	……	……

——歌辞传下并能歌唱的歌曲　　------歌辞传下，但已不能歌唱的歌曲

……不能歌唱且歌辞也已亡佚的歌曲　　×××××××被认为无法确定不能歌唱歌辞也已亡佚的歌曲

（曲名虽不明确，陈代不能歌唱的三调中，隋代却能歌唱的，参第九章第四节）

名称，由于是设置成独立的乐部，一定是把清商曲作为另一个系统来处理：

> 普通末，武帝自算择后宫吴声西曲女妓各一部。（《南史》卷六十《徐勉传》）

作为对吴歌西曲的解题之书，有成书于南朝当时的陈释智匠的《古今乐录》。此书不将吴歌西曲称为清商曲，可知在陈时，依然对两者有着明确的区分。

二、吴歌西曲的歌唱

以下论述南朝时期吴歌西曲歌唱的实际情况。首先，如果比较吴歌和西曲，就与宫廷乐府的联系上说，西曲要较之吴歌联系更为密切。据陈释智匠《古今乐录》，西曲有三十四曲，其中《青阳度》《女儿子》《来罗》《拔蒲》《夜黄》等十六曲是“倚歌”。“倚歌”不同于没有伴舞的“徒歌”，指的是使用铃、腰鼓、笙等乐器伴奏的歌曲。残存的《石城乐》《乌夜啼》《莫愁乐》《估客乐》《襄阳乐》等十六曲，已完全舞曲化，并且舞蹈人数有定额，宋、齐为十六人，晋的《白纻舞》《鞞舞》人数相同。春秋以来的女乐人数，仿效的是八佾舞的“八”之数，萧梁则减半。由于朝廷间有所差别，这一定额的舞人数，证明西曲乃是宫廷有为组织而保留的。然而吴歌中，仅有《前溪歌》一曲到了梁代，才经包明乐之手而舞曲化①。如此看来，有无舞蹈这一点，显示了吴歌和西曲两者在乐府的位置比重与差异。由于大部分的吴歌产生于东晋时期，到了宋、齐可以说就是古典歌曲，在漫长的年月间，例如吴歌中的《子夜歌》，虽派生出《子夜四时歌》《大子夜歌》《子夜变歌》《子夜警歌》，又《懊侬歌》派生出《华山畿》等歌曲，一曲始终保持了其生命力。而与之相对的西曲，大多数产生在荆州一带，从汉、魏、西晋的往昔，便成为乱世时宫廷乐人的避难地，加之其为爱好歌舞的外来民族的杂居之地，自当初被宫

---

① 余冠英氏在其《乐府诗选》中说吴歌中的《上声歌》也可能是舞曲。

廷采择，就易于与歌、舞相连结。齐武帝自作《估客乐》歌辞，梁武帝自作《襄阳踏铜蹄》歌辞，并不局限于作曲，还从已有西曲的舞曲为标准组编舞人，就是宫廷人所喜爱的，舞蹈自然是不可或缺的吧。另外，西曲因其产生地羌、胡杂居，混杂了外来民族的歌舞：

> 有西伧羌胡诸杂舞。(《宋书·乐志一》)

据《古今乐录》，所谓"《莫愁乐》亦蛮乐"，就是其证据吧。刘宋的后废帝、萧齐的郁林王、东昏侯都是特别喜好羌、胡歌舞的君主。又如陈代的章昭达，每次饮食必有羌、胡歌曲相伴。此外，西曲的舞曲《安东平》，其中"东平刘生，复感人情。与郎相知，当解千龄"一首，与北朝的《东平刘生歌》之"东平刘生，东安子。树木稀屋里，无人看阿谁"的歌意尽管不同，但地名、人名均同。这个东平的叫刘生的人，与梁、陈文人如梁元帝、徐陵、张正见等创作的歌题为"刘生"的似乎是同一人[①]，西曲中的《安东平》，可能就是与北朝歌曲互相交流这样的证据吧。这种情况，在梁武帝时期，北朝已流传的"簸逻回歌"六十曲，再如《雍台》，武帝、吴均都以这些北朝的乐曲的主题来创作歌辞，便可证明。因此可以推考，自宋孝武帝大明年间以来，宫伎爱唱的郑声新乐，相比于吴歌的古曲，是与北朝歌曲互相交流，并且夹杂了外来民族歌舞的西曲新歌。

其次，吴歌和西曲一道，都在北朝被歌唱。据正史所载，最初所传乃北魏孝文帝的时代，在其宫廷飨宴的场合演奏。南朝方面，则在刘宋末的明帝、后废帝、顺帝及齐初的高帝、武帝的时代。北朝在后魏以后宫廷似有歌唱，于《通典》一百四十二北齐文宣帝"吴声者，是江南宋、齐之伎"的记事中可见。此处《通典》所记，与正史相违。然而，文中有吴声乃"宋、齐之伎"，换言之，在宋亡齐兴之际，由于传到了北朝，那么这"吴声"，大概就包含了西曲吧。与吴声一起，被当做华夏正声而尊重的西曲，一定不会有半数的歌唱被舍弃。又北朝，不限于宫廷，士人之间也歌唱吴歌。据杨衒之《洛阳伽蓝记》，时洛阳有富豪名河间

---

① 参下章"汉魏南北朝游侠主题的歌曲"。

王琛者，有妓女三百人，其中一婢名朝云，善用篪吹奏《团扇歌》。《团扇歌》乃是“吴声十曲”之一，此吴声所使用的乐器，自古为篪、箜篌、琵琶等，故可知为北人使用。兴味颇深的是以下事实：王琛任秦州刺史之时，兴起叛乱的诸羌很难被降服，此时，王琛令朝云假扮作贫妪，吹篪乞哀，羌军受到音乐的诱惑，无法抑制乡愁，直接就投降了。因此，秦州民间产生了“快马健儿，不如老妪吹篪”这样的流行语。因朝云擅长的歌曲是《团扇歌》和《陇上歌》，那么当时她演奏的就是其中的一首吧。

本来，宫廷的君臣一起享受的宴歌之乐，乃是以君主慰劳臣子的辛苦，臣子展示对君主的忠诚的合和之精神为特性。可是，吴歌却成为决定君臣间的离间这一非常手段而被利用的事件。南齐的明帝是有着极其猜忌多情性格的人，为了按压高帝、武帝的子孙登上帝位，想要削弱直系的子孙，曾四次对同族进行反复的肃清，在位不足五年，就将高帝、武帝的子孙二十八人杀害殆尽。之后，又把肃清之手伸向了高位之臣、会稽太守，当时最有权势的王敬则。明帝对敬则的真心产生了疑虑，把其在京的嫡子仲雄召唤为证人。其时，作为弹琴名手的仲雄，从宫库中借出了蔡邕的焦尾琴，在明帝面前，托付心迹歌唱了《懊侬歌》。《南史》把当时的两首歌记录了下来：

> 仲雄在御前鼓琴，作《懊恼(侬)曲》，歌曰：“常叹负情侬，郎今果行许。”又曰：“君行不净心，那得恶人题。”(《南史》卷四十五《王敬则传》)

上歌前二句，《乐府诗集》有“我与欢相怜，约誓底言者”[①]。但后者歌句为《南史》所记，《南齐书》《乐府诗集》均不载。仲雄所歌的《懊侬歌》，招致了明帝狐疑的反效果，以至于君臣相克，不久就发展成王氏被灭族。总之，因为这个事件，可知吴歌中即便产生甚早的《懊侬歌》，南齐也有半数在歌唱。

以上可知吴歌西曲的歌唱实态。如今还有一点不能放过的，是

---

① 《乐府诗集》所收歌辞与《南史》稍异，为仲雄瞬间变换所歌或未可知。

齐、梁时期的高僧之力，即齐武帝时的释宝月、梁武帝时的释法云，此两僧都出入于宫廷的乐府，参与了吴歌西曲的制作。那个时代，由于举国上下都流行梵呗，吟诵梵呗的僧徒们，自然也对吴歌西曲多有关心，在他们中间广泛地传唱。他们之中，有作为开示佛之德业的实践者的经师，经师通过梵呗来赞颂佛德并广而宣之。所以，为了传法的方便而利用吴歌西曲，并不是完全不可思议的。特别是经过像宝月和法云这样的高僧之手所作的歌曲，是无需犹豫的。释宝月乃齐武帝永明年间尚在世之人，但传记不详。据《南齐书·乐志》，与以萧子良为首的当时的文士交往并作有《永平乐歌》，因他所作的歌辞颇为华美，被以管弦，经常被演奏。如此来看，与当时广为人知的高僧一起的，一定还有精通音律的人士，借当时名僧们新作的经呗之助来进行歌曲的创作吧。再有，此人在歌曲上留下一业绩，即《估客乐》的作曲。此曲在西曲中，当时特为人所重视，乃是因为其不同于已有歌曲的产生路径，是武帝追忆自己的经历而亲自制作的。正因为如此，添加了武帝自己的想法才使作曲变得很难吧。因乐府令刘瑶感到棘手，难以应付，宝月便代之作曲。对他来说，并不仅仅是奉命作曲，其本人也很喜爱此曲。作为证据就是，他自己另作了《估客乐》的歌辞献给了武帝。继宝月之后，对当时歌曲制作出力的还有释法云，据道宣的《续高僧传》，姓周氏，宜兴阳羡人，深得梁武帝的信任。武帝即位初的天监元年(502)四月，放逐了前朝乐府的伶官，只命原先精通音律的人们立刻着手古乐的复兴①，马上就显示了对吴歌西曲的关心。即天监十一年(512)法云奉敕，将《懊侬歌》改作《相思曲》。《懊侬歌》为先朝天子所留意，由于宋少帝曾更制新歌三十六曲(首)，文帝继以命名为《中朝曲》，其改作本身并不鲜见。但是，武帝对此曲的改作，是驱逐了当时的乐府令，特意委托高僧来承担，这就是个异例了。大概是因为法云对音律有很深的造诣，同时又为了发扬对佛教的信仰心，才把获得了高度信任的他挑选出来的吧。《古今乐录》载有以下故事：法云在同年(天监十一年)，宫中寿乐殿举办讲经仪式，他作为大德法师十人中的一位被招入宫，在席上，应梁武帝的要求，评价西曲中的《三洲歌》。《三洲歌》原本

---

① 《隋书·音乐志上》、严可均《全梁文》二《访百寮古乐诏》。

只是往来于巴陵三江口的商人的俗歌。此歌在讲经席上被特别拈出，不用说，是为了谈论教义而提供方便吧。但如果只是那样的话，就不一定非要选法云来。武帝其实是借精通音律的法云之口，改作此歌曲，将自己制作新曲的意图添加进去。法云评价此歌"天乐绝妙，非肤浅所闻"，进言，将"三洲断江口，水从窈窕河傍流。啼将别共来，长相思"的"啼将别"三字改为"欢将乐"更好。场所的话，"欢"和恋人的心情一起，都兼有欢乐的意思，大概是想把人世离别的悲苦转变为与佛德相会之乐吧。如据杜佑《通典》一百四十五记载，当时有乐令名吴安泰者，改编西曲，制作了《上云乐》和《江南弄》的歌曲。然因与法云奉敕改《懊侬歌》为《相思曲》同年，精通音律的他，也不可能不参加这个讲经会吧。

吴歌西曲本来是从东边的前溪，到西边的巴东的长江沿岸及汉水一带具有浓厚地方色彩的民间歌谣，更有产生于外来民族中的素朴的恋歌。这些歌曲不久就被宫廷乐府采用，为王公贵族所钟爱，又经过像宝月、法云这样的高僧改造，从承担宣教的任务发展为歌演之用，即吟诵梵呗之人同时也是歌唱吴歌西曲之人。据《南史》卷十《陈后主纪》及《隋书·五行志》记载，值陈末动乱之际，江东地方便流行有吴歌之一《桃叶歌》。平时自不待言，就连战乱之际，也不改歌唱的状态。晋王室南渡以后，大约二百七十年间，南朝当时的人们对吴歌西曲有着怎样的喜好，从前述若干资料中便可充分察知了。

三、与吴歌有关的传说

属于吴歌的歌曲超过了三十曲，据《古今乐录》及《宋书·乐志》《玉台新咏》，所谓的"吴声十曲"即《子夜歌》《上柱（林）[①]》《凤将雏[②]》《上声歌》《欢闻歌》《欢闻变歌》《前溪歌》《阿子歌》《丁督护歌》《团扇郎》；又有《长史变歌》《桃叶歌》《碧玉歌》《懊恼歌》《华山畿》《读曲歌》

---

① "上柱"，《旧唐书·音乐志》作"上林"，梁昭明太子作"上林"："千金腰褭骑，万斤流水车。争游上林苑，高盖逗春华。"（《乐府诗集》卷七十七）

② 《宋书·乐志》："《凤将雏歌》，旧曲也。应璩《百一诗》云：为作《陌上桑》，反言《凤将雏》。然则《凤将雏》其来久矣。将由讹变以至于此乎。"

《长乐佳》；所谓“游曲六曲”有《子夜四时歌》《子夜警歌》《子夜变歌》（另三曲不明）；所谓“命啸十解”有《乌噪林》《浮云》《驱雁归湖》《马让》（另六解不明）；除所谓“半折”“六变”的歌曲外，还有“八解”即《古弹》《上柱》《古弹》[①]《郑干》《新蔡》《大治》《小治》《当男盛》；此外还有《大子夜歌》《黄鹄》《七日夜女歌》《黄生曲》《欢好曲》。但是，《七日夜女歌》等三曲，是否是南朝时的歌曲，尚无确证。那么以上的吴歌中，“命啸十解”“半折”“六变”“八解”都是“但曲”，没有歌辞相伴，仅有旋律，陈代以前用篪、箜篌、琵琶演奏。除了此但曲，从其他歌曲的发生史看，《古今乐录》认为《子夜歌》《上柱(林)》《凤将雏》三曲较为古老，是汉代的歌曲。然该书又说《上柱(林)》和《凤将雏》因早在陈代歌辞便已亡佚，所以传世的吴歌中，以《子夜歌》为最早。

吴歌中，以最古老的《子夜歌》为始，东晋及宋初所产生的歌曲，都有传说相附会。兹以传说为基础的这些歌曲产生的时代顺序记述如次：《子夜歌》——前揭汉代，《前溪歌》——东晋明帝时代，《欢闻变歌》——哀帝时代，《桃叶歌》《团扇郎》《碧玉歌》——孝武帝时代，《长史变歌》《懊恼歌》——安帝时代，《丁督护歌》——宋武帝时代，《华山畿》——少帝时代，《读曲歌》——文帝时代。若是如此，传说是怎样附会到歌曲上的呢？换言之，歌曲产生与流行的原因为何呢？有以下五点可供探索，即第一，基于传说产生的歌辞，第二，著名人物的女性关系，第三，判臣的行为，第四，王室的传闻，第五，民间的情死事件。

1. 基于传说产生的歌辞

成为此对象的歌曲是《子夜歌》。有关这首歌的传说，作者据说是名叫子夜的女子。《古今乐录》有谓“古有女，名子夜，造此歌”(《太平御览》卷五百七十三、《初学记》卷十五)，《宋志》也举了东晋孝武帝太元年间(376—396)，琅琊王轲之家和寄寓豫章的庾僧谦家，都有鬼歌《子夜》的传说，认为作者子夜是太元以前的人。然而，《古今乐录》所说的“古”相当于汉代，《宋志》则说作者尚在世，两者有着显著的时代差异。而且不管是哪个时代，两书都没有言及作者的行迹，结果子夜

---

① 《乐府诗集》卷四十四引《古今乐录》有“古弹”之名重复，盖同名异曲。

成了历史上无法判别的谜一样的人物。《旧唐书·音乐志》评价此女歌声“声过哀苦”,可能就把鬼唱的传说附会上去了吧。兹从现存的歌辞来推测《子夜歌》的产生。江东地方庶民中,除了散见于正史《五行志》中的政治主题的歌谣外,被称为“吴趋”的吴地风土歌,或是受周代郑风直接歌唱他们生活感情的歌谣,是自然产生了的。不久就以晋王室南渡为契机,宫廷音乐,雅乐自不用说,就连俗乐也完全没有便成了主要的原因,那些歌谣被宫廷择取筛汰,以恋情为主题的歌曲(《子夜歌》)成为专门的喜好,用箎、箜篌、琵琶等乐器伴奏,并稳定成五言四句的歌体,最终由知识阶层又进一步增作了民歌调的歌辞。我之所以作如此推测的理由是,歌辞上,一方面能察觉出生气勃勃的民间气息,另一方面是因为不能否认其具有知识阶层喜爱的游戏性、唯美性。所谓“风人体”的表现技巧——四句构成的歌句中,游戏性地使用第三句,就像我国的和歌在句中插入所谓的“缘语”这一形式,可能是东晋知识阶层的创意吧。那么此歌背后的传说,即便名为子夜的女性是存在的,那也不过是流行年代中的市井歌手吧。所谓鬼在琅琊(今安徽省属地)的名门王家,或在寄寓于豫章(今江西省属地)的庾家唱歌,不就是此歌曲在广袤的地域且在上下各个阶层流行的证据吗?因此,我认为《子夜歌》歌辞就是基于传说而产生的。

2. 著名人物的女性关系

成为这个对象的歌曲有《桃叶歌》《团扇郎》《碧玉歌》。《桃叶歌》原是王献之(字子敬)对其名为桃叶的妾寄予爱情所作之歌。《团扇郎》是说王珉和嫂婢谢芳姿有情,谢氏遭其妻鞭打,乃唱此歌。关于《碧玉歌》,近人王运熙氏论证,以刘宋戴祚的《甄异传》(《太平广记》卷三百二十一)的记事为依据,认为是以汝南王司马义的爱妾碧玉为主题所歌[①]。然而,这三首歌曲清一色都是以个人情事为主题的徒歌,即《宋志》所谓“凡此(吴歌)诸曲,始皆徒歌,既而披之管弦。又因丝竹金石,造歌以被之”。若是如此,这三曲徒歌,为什么和其他歌曲一同被之管弦,又为他人所取材,发展为世上流行的歌曲呢?首先是要考察

① 参氏著《六朝乐府与民歌》第五节“碧玉歌考”。

《桃叶歌》和《团扇郎》两首歌曲的情况，其次再作推测。即《晋书》卷六十五《王珉传》，王献之和王珉在孝武帝太元年间，先后任中书令，两人齐名，世人有"献之为大令，珉为小令"之谓。与这些著名人物发生关系的女性，不就能极大地引起世人的关注吗？

那么，这两人为了爱妾而传出艳闻，然而以这些女人为主题的歌曲经由世人之口传唱，前妻与他们的关系冻结以至于不得不离开人世。王献之的妻子乃郗昙之女，即遭遇了不得不离婚的事件。简文帝的第三女新安愍公主，原是桓济的妻子，因其本人性格难以婚配，皇上强迫献之娶之。献之很讨厌她，假装残疾，用艾灸足，以期获免，但因无法抗诏不得已再婚。后来，两人生下的女儿成了孝武帝的皇太子（后来的安帝）的妃子，献之忘记了前妻，直到临终之时，才留下"只有一件事，即与前妻离婚，让我记挂"的话后离世[①]。对爱妾桃叶，歌唱"桃叶复桃叶，渡江不用楫。但渡无所苦，我自来迎接"的王献之，对于其前妻，心里却不觉离婚之苦，不会去"迎接"前妻的。另一方面，王珉的妻子尽管是谢安的女儿，也不免于遭遇离婚之事。其父谢安与王氏一门关系不睦，因此由谢安单方面提出了离婚。后来，与王家仇怨间生，其夫王珉在三十八岁的青壮年纪便去世了[②]。受王珉宠爱的谢芳姿则对王珉歌以"憔悴无复理，羞与郎相见"，王珉夫妻之间的相互敌视，以两人相见为羞耻之事。像以上这样与前妻间因爱情冻结，反射性地将爱倾注于婢妾之上，这种判然两极的不利情感，大概仅因为当事人乃是著名的人物，煽动了世人的好奇心，不就推动了《桃叶歌》《团扇郎》的流行吗？

其次是《碧玉歌》的歌曲情况。关于所谓的作者汝南王司马义，除了其在太元十四年（389）死去之外，行迹不甚明朗。但是，汝南王宠爱歌妓碧玉，大概是很有名的。据前记《甄异传》，汝南王司马义死后，碧玉无视王对其不准结婚的禁言，想要嫁给邻家，应该死去的司马义骑马进入到她家门，从马上引弓射中了她的喉咙，使其说话产生了障碍，不能够再结婚。碧玉在王的生前，作为歌妓不怎么有名，然而王死了

---

① 关于王献之，参《晋书》卷八十本传、《宋书》卷四十一《孝武文穆王皇后传》、《太平御览》卷一百五十二引《晋中兴书》所记。

② 参《晋书》卷三十五《王珣》及《王珉传》、卷四十九《谢安传》。

以后，因为完全不能歌唱，变成了说话困难者这样的传说大概就产生了吧。

3. 判臣的行为

成为这个对象的歌曲有《前溪歌》《长史变歌》《懊侬歌》。首先，《前溪歌》据传原是东晋车骑将军沈充[①]所作。沈充出生于吴兴的武康，现在他的作品《鹅赋序》（《艺文类聚》卷九十一、《太平御览》卷九百十九）虽已不存，但《隋书·经籍志》著录有“吴兴太守《沈充集》三卷”，说明他是有文才之人。对他来说，前溪就是故乡的河流。《吴兴记》（《太平御览》卷六十七）云：“前溪在县南，东流入太湖，谓之风渚。夹溪悉生箭箬（竹的一种）。晋车骑将军沈充作前溪歌曲，传者以为指此溪也。”沈充在明帝之世，作为王敦叛军的同伙，在退败的途中被杀，他的遗族被吴兴本土乡人庇护。因此，尽管他是叛臣，大概由于作为吴兴当地的豪族，沈充名声久著，而以乡土前溪为题所作的歌曲，就为土民所爱唱了吧。但是，现存的七首《前溪歌》，尚不能确定是他所作。此外，后来刘宋末的荆州刺史沈攸之作有《西乌夜飞》之曲，攸之和沈充一样，出生于吴兴武康，虽同样也因为背叛朝廷而被杀，在沈氏一门中，也作为吴歌西曲的作家而留名。那么，前溪一带，可能自古就是颇为爱好歌舞之地。通过沈充，以选取前溪作为歌题为契机，南朝的宫廷遂占有了出生于前溪周边的歌伎、舞人。北宋胡仔在《苕溪渔隐丛话·后集二》中就说，湖州德清县以南的前溪村，乃是南朝时期音乐集中之地，江南的声伎大多出身于此。

其次是《长史变歌》，据说为司徒左长史王廞在孝武帝死后卷入内乱，战败时所作。王廞的行状，见《晋书》卷六十五《王导传》附记，其军事行动又见该书《安帝记》《王恭传》。据载，他背负叛臣的污名，于安帝隆安元年（397）五月，与刘牢之曲阿（江苏省丹阳市）一战后，单骑逆走，去向不明。如此看来，从他行为来推测，可能是把感怀之歌秘密地

---

① 《宋书·乐志》误作“沈玩”，《太平御览》卷六十七引《吴兴记》作“充”，《宋书》卷六十三《沈演之传》云演之祖为车骑将军充。

寄予意中人吧[①]。但是，现存的三首歌辞并不是他所作。这些歌辞展示了与他的反叛行为完全相反的心情，即“朱门前世荣，千载表忠烈”，又“朱桂结贞根，芳芬非溢帝庭。陵霜不改色，枝叶永流荣”这些歌辞，理解为乃其战败之时的述怀，是没有道理的吧。他的祖父王导，中兴名臣中无有出其右者，是备受世人高誉之人，堪当“前世之荣”。正因如此，对王廞的叛逆感到惋惜的时人，出于善意才作此歌的吧。《长史变歌》和其他以爱情为主题的歌曲不同，在吴歌中算是异调。

还有《懊恼歌》，是歌唱叛臣桓玄的相关事件。据《宋书·五行志》，安帝隆安年间(397—401)，僭号帝位的桓玄败走京都之时，义师捕获了奉仕桓玄的宫女及叛臣的子女、妾妓等，将她们作为军赏，分赐予东及瓯越，北流淮泗的庶民，故庶民便以此事为主题歌咏之。此歌中的“草生可揽结，女儿可揽抱”之句，当时正是早春三月，把有猎奇性质的草咏入歌中。然而，此民歌并没有为贵族所嗜好，在庶民间也仅流行了一时便停止了。刘宋以后，歌题的“恼”音通转为了“侬”，题意便也指向了恋情的苦闷，很多的歌辞被制作出来。据《古今乐录》，先于民歌，更早的西晋之世，就有石崇为其爱妾绿珠所作的同题歌曲一首[②]，又宋少帝制作的新歌三十六曲(同“首”)也为同题之作，次代的文帝又将其改题作《中朝曲》[③]。仅做参考，现存的《懊侬歌》——可能是被《古今乐录》所收录的，仅仅不过十四首，其中有西曲歌辞的混入，如下：

长樯铁鹿子，布帆阿那起。诧侬安在间，一去三千里。
江陵去扬州，三千三百里。已行一千三，所有二千在。
江中白帆布，乌布礼中帷。撢如陌上鼓，许是侬欢归。

---

① 战败后的王廞有这么一位意中人，由现存的他所作的一篇文章可知。此文大概为其临终之际，秘密交给了家人。他晦暗不明的行踪一如他已死去。《与静媛等疏》：“告诱静媛、静仪、静婔：此晦便当假葬。永痛抽剥，心情分割，不自胜。念汝等追痛摧恸，缠绵断绝，何可堪任。当复奈何，痛当奈何。遣涕不次。廞疏。”(《淳化阁帖》三)

② 《太平御览》卷五百七十三引《古今乐录》。

③ 《太平御览》卷五百七十三引《古今乐录》的“宋太祖”，也就是宋文帝。此“宋太祖”之“宋”，《乐府诗集》卷四十六引《古今乐录》误作“齐”。

以上歌辞的第一首，是西曲《乌夜啼》，后二首也是有西曲性质歌意的歌曲[①]。也就是说，是航行于江上的商人所歌。大概是于文帝时代西曲流行之时混入其中的吧。

4. 王室的传闻

成为此对象的歌曲有《欢闻变歌》《丁督护歌》《读曲歌》。首先是《欢闻变歌》，乃是从以下事件中所产生的歌曲，即穆帝升平五年(361)五月丁巳日，穆帝临终之际，褚太后哭以“阿子汝闻否”的绝句。因在十九岁这么年轻的年纪就去世，对于太后来说是非常痛苦的吧。《古今乐录》因其音声凄苦，故认为歌从此出。储太后是在两岁即位的穆帝时即摄政，在以后长达四十年的时间里，把握朝纲的女强人，而此刻她悲弱的声音，大概就成为世人津津乐道的传闻了吧。她这偶然发出的言语，和当时流行于街巷间的《阿子歌》[②]《欢闻歌》的送声，即“阿子汝闻否”(《宋书·乐志》)何其相似。但也因为这个原因，这首新歌也就是这样产生的吧。现存六首中，“金瓦九重墙，玉壁珊瑚柱。中夜来相寻，唤欢闻不顾”的歌辞，时人所作的不正是反映了这个宫廷传闻吗？

其次的《丁督护歌》，是有关宋武帝的长女会稽公主传说的歌曲。刘宋开国的前五年，即东晋安帝义熙十一年(415)二月，公主的丈夫徐逵之讨伐司马休，与司马休的属下鲁轨战于夏口，战败被鲁所杀。后来武帝的府内直都督丁旿奉命为徐逵之下葬，公主每次问殓送之事，都发出“丁都护”这样的叹息，声音非常哀苦，于是早早就被后人作歌传唱了。然而，以上乃是基于《宋书·乐志》的记载，此书中“后人因其声，广其曲焉”，所谓的“因其声”，具体指的是什么呢？现存的大量歌辞(无名氏之作五首)可作为例证。歌唱“都护北征去，前锋无不平。朱门垂高盖，永世扬功名”这样歌辞的场合，笼罩着对“都护”的哀切之

① 刘宋鲍照《吴歌》三首也是有西曲性质歌意的歌曲。“夏口樊城岸，曹公却夜戍。但观流水还，识是侬流下。”(第一首)“人言荆江狭，荆江定自阔。五两了无闻，风声那得达。”(第三首)

② 《阿子歌》也有传说。唐陈游《乐苑》：“嘉兴人养鸭儿，鸭儿既死，因有此歌。”但不知这个传说是哪个时代的事件。

情，才能发出这样的言语吧？据《宋书》卷七十一《徐湛之传》，公主有着感情激烈易起伏的性格，可能就是所谓的歇斯底里症状，其父武帝在位不足三年便死去，之后的文帝元嘉年中，公主总摄六宫，只要有不如意的地方，便嚎啕大哭，据说文帝很是忌惮这个姐姐。公主这样的性格大概就助推了这首歌曲的流行吧。模仿曾经公主之声所唱的《丁督护歌》，乃是从后世的“吴声十曲”中挑选出一首，随着官民间的歌唱，传播得既广泛且久远。顺便说一下，《教坊记》记载，由于公主的啼泣，文帝赦免了其弟义康、义季之罪，此时，西曲《乌夜啼》便产生了。

成为王室传闻对象的，还有一首歌曲是《读曲歌》。据《古今乐录》，文帝元嘉十七年(440)，袁皇后去世时，百官不敢作声歌，只在酒宴之际低声读曲细吟，由此而得名《读曲歌》。由此看来，“读曲”这种专门唱法的由来，乃是遭遇了皇后去世的不幸事件，百官用已有的歌辞来尝试的一种新的唱法。再加上如后来萧齐的朱硕仙、朱子尚，还有梁朝的韩法秀等名家辈出，从这一点来推测，这种唱法特殊的原因在于，“读曲”和一般所谓的徒歌不是一个意思。然而，现存的八十九首歌辞全部都是恋歌。即使是有这样的唱法，在皇后去世的紧急事态，就袁皇后之死，为什么在百官宴席上要细吟恋歌呢？即便是为哀悼死者所唱的挽歌，也会因歌唱者或者听者的态度而追究不敬之罪。例如十六年前的元嘉元年(424)冬，彭城王义康的妃子去世，送葬之夜，范晔、范广、王深聚集在东府一边听挽歌一边欢饮，知道此事的义康被激怒了，范晔(《后汉书》的撰者)被左迁为宣城太守。此首《读曲歌》，歌辞中就有能让人联想到墓地的事物如“碑”“石阙”“方相”“石龟”等。但是，上述歌曲并不能说是挽歌。那么，袁皇后之死的背后还有什么特殊的事件吗？我的推论如下：即文帝乃因与袁皇后的爱情纠葛，直至其去世才追悔的这样一位天子，皇后大概也有着乖僻的性格，皇上对她的宠爱被潘淑妃夺取之后，因激愤而患病，以至于病笃。此时感情回暖的文帝泪流满面，想要与她说话，皇后默然以对，故意将被子覆盖在脸上死去(元嘉十七年七月二十六日)。文帝无法排解痛惜之情，便诏令颜延之作哀策文一篇(《文选》卷五十八收录)，并亲自加上了“抚悼存亡，感今怀昔”八字。百官在宴席上细细吟唱的，便是围绕这生死分判的爱情恋歌，不就是出于想要抚慰天子的痛惜之情的特殊考虑吗？以上就是我根据《宋书》卷四十一《后妃传》中的记载所作的推论。但是，《宋书·乐志》所说的《读曲歌》的由来则不同，那是民间之人为彭城王义康所作，有"死罪刘领军，误杀刘第四"这样的歌句。"刘领军"即刘湛，乘文帝病危之际谋划让义康登上帝位，因事发被诛，"刘第四"就是义康。可是，讽刺这一事件的民歌，为什么叫"读曲歌"呢？《宋志》并没有明确说明。此事件发生于袁皇后死去的元嘉十七年。阴谋被发现因为是在皇后死后，大概是因为宫廷以"读曲"为名的唱法已先在京师民间流传，此后才有了讽刺这一事件的歌辞传唱吧。又因为义康没有被杀害，可能造成了误传吧。

5. 民间的情死事件

成为此对象的歌曲是《华山畿》。《古今乐录》记载为宋少帝时代发生的事件，这个传说有很大的离奇性，兹探讨这个传说中的现实因素。故事是说南徐州有位年轻人，在云阳（江苏丹阳）的旅店爱慕一位女子并想与之恋爱，得到了母亲的允许，但还没成婚就病死了，女子接着也自杀殉情了。歌题的"华山"，是云阳附近的山名①。这个传说，和见于南朝人的笔记小说中的与神女的情事——如宋刘子卿和庐山庸王庙的女神、宋赵文韶和清溪女神、宋萧总和明月峡上的女神、齐萧岳和延陵庙的女神一夜相契的，可以说是和这些神话传说有本质的不同。《华山畿》中的女子并非神女，她后来成了与男子合葬在墓中之人。虽然《古今乐录》中记其墓为"神女冢"，但《太平广记》卷一百六十一所引的《系蒙》（选者不明）则称作"神士冢"。然而，这一民间的情死事件，为什么产生了被名为"华山畿"的流行歌呢？我认为有以下两个原因。第一个是直接的原因，由于双方都是未婚男女，家人将之合葬，这种情爱的传闻便被取作市井的谈资，由抱有好奇心的时人制作出以此为主题的歌曲，并广泛传唱："华山畿，君既为侬死，独活为谁施。欢若见怜时，棺木为侬开。"歌唱着这样的歌辞，作者似乎见到了为情而

---

① 参王运熙氏《六朝乐府与民歌》第25页。《太平寰宇记》卷九十："句容县有华山。《梁书》云：'武帝舆驾东行至此，因问华山何如蒋山高？薛秦答曰：华山高九里，似与蒋山等，泉水倍多也。'"按《宋书·州郡志一》"句容县在扬州"，云阳即曲阿县，在南徐州，两地相近。

死的女子,《古今乐录》《系蒙》都说此曲是由临死的女子口头吟唱。还有一个间接的原因是,因其是临近健康都城所发生的情死事件,被当时的天子听闻,宫廷不就歌唱此主题的歌曲了吗?少帝当时是年仅十八岁的少年天子,也是热烈恋歌的爱好者。如前所述,他制作了三十六首新的《懊侬歌》歌辞。这位少帝召集乐府伶官和俳优倾注心力于管弦,而这也成为他在位不足两年便遭退位的理由之一。以下所举,便是决定其退位的皇太后的命令之一节:

> 乃征召乐府,鸠集伶官倡优,管弦靡不备奏。(《宋书》卷四《少帝纪》)

由于热爱恋歌并且将心力倾注于管弦的天子,也统治着天下,这个情死主题的歌曲也自然流行起来,并且在流行过程中,添加了新的恋情歌辞,也是很自然的吧。《华山畿》的歌辞,包含有情死的主题的,现存有二十五首。

以上,尝试探讨了歌曲的发生和流行的原因。其围绕的传说都不甚相同,歌曲也必然有着多样性。但是,吴歌中除如《长史变歌》以外,每首歌曲都体现出类型化和同质性特征,大多都是由恋情主题的歌辞构成。因此,如果不看歌题,就不能辨别出歌曲来。是什么原因导致这种状况呢?我认为有以下原因:即最早产生的《子夜歌》在吴歌历史上有着重大的意义,如《大子夜歌》"歌谣数百种,子夜最可怜",有着《子夜歌》是"最可怜"的南朝人的评价和好尚,乃是保持了自东晋初以来的传统。因此,《子夜歌》以后产生的歌曲,尽管唱法和旋律有变,但歌辞方面,却如同《子夜歌》的支裔一样,大多都只以恋情素材作为歌唱的对象。

四、西曲与宋、齐的宫廷人

属于西曲的倚歌(没有伴舞的歌曲)和舞曲一共有三十四曲(有一曲歌辞已亡佚)之多。然而其中确定为宋、齐时期的,除了倚歌《西乌夜飞》《杨叛儿》外,其余都是舞曲。兹以舞曲为中心,考察宫廷之人对西曲的爱好之深，具体分为：1. 舞曲化的时代；2. 使用乐器的新奇性；3. 宫廷人歌唱的商人主题的歌辞；4.《寿阳乐》和宫廷诗人；5. 齐王室的权威和舞曲；6. 勤劳主题歌曲的采择。拟简要证明以上所分。

1. 舞曲化的时代

宋、齐时期的舞曲，共计有《石城乐》《乌夜啼》《莫愁乐》《襄阳乐》《三洲歌》《采桑度》(《采桑》)、《江陵乐》《青骢白马》《安东平》《那呵滩》《孟珠》(《丹阳孟珠歌》)、《翳乐》《寿阳乐》《估客乐》《共戏乐》十五曲。另外，齐、梁时代以后的舞曲，仅有梁武帝所作的《襄阳踏铜蹄》一曲。那么，为什么这十五曲是宋、齐时期所有的呢？《古今乐录》说这些舞曲“旧舞十六人”。这个“旧”字，指的就是宋、齐时代。但是，据我推测，宋齐时代舞曲中的大半，是否在宋孝武帝的时代被整顿过。换言之，文帝元嘉年中，这些歌曲自宫廷采择的当初，就容易将歌和舞结合在一起，而将其固定成统一的十六人的编制，大概是从文帝之后的孝武帝的时代开始的，其音乐事件如下所述。

有宋一代是偏重俗乐的时代。开国三十五年后的孝武帝孝建二年(455)，根据荀万秋的建议，终于开始准备郊庙用的音乐。然而这些音乐却是魏晋以来的俗乐①，也就是曹魏三祖以来的清、平、瑟三调的歌曲——“正声伎”还有“清商曲”，以及汉、吴、晋的鞞舞、拂舞、杯盘舞、白纻舞等舞曲。因此，荀万秋的建议，结果不过是将以前宫中宴乐使用的歌曲，扩大到郊庙之用。那么，这样的情况，在孝武帝的时代，伴随着备乐的工作，新的舞蹈也开始准备了吧。这是为什么呢？因为郊庙时奏上的，往往喜好的是古曲和旧舞，另一方面，当时宫廷的人们一定也燃起了培育新舞的意志，由整齐划一的十六人编成的新舞，使其和鞞舞、白纻舞等旧舞的人数相一致。前揭《南史》卷十八《萧惠基传》有“自宋大明以来，声伎所尚多郑卫”，文中的“大明”和“孝建”一同都是孝武帝时代的年号。又“多郑卫”不是说的吴歌，而是指西曲。刘宋时期，西曲的极盛期也在孝武帝之时。因此，如果是原本歌和舞相结合的歌曲，又被统一整备了的话，不正是舍孝武帝时代而无他吗？

① 《资治通鉴》卷一百二十八《宋孝武帝纪》：“孝建二年。八月，诏祀郊庙，初设备乐。”胡三省注：“此所谓备乐，非能备雅乐。”

还要说一句，被认为是刘宋重臣沈攸之所作的《西乌夜飞》不是舞曲，此歌产生于刘宋灭亡之时。

2. 使用乐器的新奇性

舞曲和倚歌一道，都有共同指定的乐器，即以铃和腰鼓[①]等打击乐器为主，并用笙。《古今乐录》云“凡倚歌，悉用铃、鼓，无弦有吹”，舞曲也是如此。文中的“鼓”为腰鼓，“吹”指的是笙[②]。这个腰鼓有瓦制(大)和木制(小)二种，特点是两头宽腹部细，早自汉魏时期便已开始使用。因此，在西曲演奏时同时采用铃这种情况并非罕见。然而，自古以来，宫廷所使用的次要的乐器，被宋、齐人刻意指定为主乐器，即以往伴奏吴歌的篪、箜篌、琵琶等管弦主乐器，为了与之对应，宋、齐人们可能采用的是那些铃、鼓等打击乐器。这样一来，就说明了当时在乐器使用方面的新奇性，同时，这也可以说是有出于深度爱好的考虑。

3. 宫廷人歌唱的商人主题的歌辞

就已知传存的舞曲中的歌辞，被认为是商人所作的歌辞，或者说是以商人为主题的歌辞，有着相当的数量。事实是，如前揭的《三洲歌》，就是往来于巴陵的三江口的商人所作之歌。兹从歌辞来考察在其生活环境中所歌唱的商人，和在宴乐场合中歌唱的宋、齐的宫廷人之间，自然在感觉上就有所差别。其差别之处，从歌辞上就能确认，以下试论证之。

舞曲中，《石城乐》《莫愁乐》是竟陵地方的蛮乐。从地域性质来看，如《乌夜啼》是豫章、《襄阳乐》是襄阳，《三洲歌》是巴陵，《那呵滩》是江陵，倚歌《女儿子》是巴东，主要都是长江及汉水沿岸的港口城镇产生的民歌。那些民歌的歌辞，混杂了出航场面笼罩着的悲欢和航行途中情况的描写。歌辞描绘了西塞山、九里山、三山、石头山、江津湾、板桥湾、龙尾湾、方山亭、新亭、鸡亭等各个港口城镇特有的自然风物，

---

① 《文献通考》卷一百三十五《乐考八》：“腰鼓之制，大者瓦，小者木，皆广首纤腹。沈约《宋书》：萧思话好打细腰鼓。岂谓此欤?”

② 《南齐书》卷七《东昏侯纪》有“帝在含德殿，吹笙歌作《女儿子》”，说明笙也用于西曲的演奏。

起到了显示民歌的地方差异的作用。那么，连接了长江和汉水这条航路的，各个港口城镇不同的自然风物，便造成了民歌间的地方差异。在航路上生活的商人们，体会到此自然风物的兴味，又对不同地方的民歌风格有十足的掌握，在停泊前还是航行中，一定会特别来唱这些歌辞的。然而，商人特别歌唱的歌辞，一度被宫廷人选择，成为宴乐场合下歌唱的歌曲，自然就混淆了两者的界限吧。这些原本在港口城镇产生的歌曲，被宫廷的人唱着似是而非的歌辞，其例证如下：

(1)闻欢远行去，相送方山亭。风吹黄蘗藩，恶闻苦离声。(《石城乐》)

(2)巴陵三江口，芦荻齐如麻。执手与欢别，痛切当奈何。(《乌夜啼》)

(3)送欢板桥湾，相待三山头。遥见千幅帆，知是逐风流。(《三洲歌》)

(4)江陵三千三，何足持作远。书疏数知闻，莫令信使断。(《那呵滩》)

以上歌辞中，(1)《石城乐》中的“相送方山亭”，送别场所“方山亭”不在石城(竟陵)，而远在扬州①。(2)《乌夜啼》中的“执手与欢别”，惜别之地是长满芦荻的“巴陵三江口”。如是，则此歌的产生地也远离豫章。(3)《三洲歌》中的“欢送板桥湾，相待三山头”，送迎之地的“板桥湾”“三山”，都在扬州(建康)，此歌的产生地也与扬州距离太远。(4)《那呵滩》中的“江陵三千三，何足持作远”，那呵滩据说靠近“江陵”所在。然而，如此穿凿歌辞，绝非毫无意义。拿我国的港口作比方，如产自长崎港的小呗，歌辞上，如果歌唱的是横滨港等别的港口的场面，即便歌曲的文句很好，也还是不自然、不合理的。但是，宫廷人对以上不自然、不合理的歌辞，恐怕歌唱起来并不介意吧。换言之，无论是产自哪个港口城镇的歌辞，终究在歌唱时都指向同一个场所——即在宫中宴乐的场所来看，并不十分在意歌辞上的混淆吧。那些以商人为主题

---

① 参王运熙氏《六朝乐府与民歌》第27页：“《太平广记》(三六〇)引《幽明录》：‘东阳丁譁出郭，于方山亭宿。’是方山亭在东阳(郡名，属扬州)郭外。”

的歌辞，只要伴有舞人的动作，并欢快歌唱就好。如果那样的话，商人们在停泊前或航行中，掌握到民歌的地方差异，特别唱出的歌辞就有了差别的感觉，这种差异之处，上述例证的歌辞不就能证明了吗？

4.《寿阳乐》和宫廷诗人

刘宋王族重臣中，被认为是西曲的作者有藏质(《石城乐》)、刘道产(《襄阳乐》)、随王诞(《襄阳乐》)、临川王义庆(《乌夜啼》)、南平穆王铄(《寿阳乐》)、沈攸之(《西乌夜飞》)等人。从传存下来的歌辞看，尚不能证明这些人是否就是歌曲的作者。但是，我认为只有一曲《寿阳乐》，其作者自然是宫廷诗人南平穆王铄，《宋书・乐志》和《古今乐录》中的记载是可以相信的。又在宋代的王族重臣中，个人制作舞曲的，也就是他一人。以下论述《寿阳乐》。此曲在西曲中地方色彩浓厚，个性强烈。其一，歌辞反映了地方特有的自然风物，即八公山、淮水、东台、长濑桥等；其二，歌体较为独特，基本上由五言、三言、五言构成；其三，歌意是对地方的人物和行为的感慨；其四，咏怀了对寿阳所寄寓的乡愁。现存九首，以下摘出三首：

可怜八公山，在寿阳，别后莫相忘。
笼窗取凉风，弹素琴，一叹复一吟。
上我长濑桥，望归路，秋风停欲度。

以上歌句的表现技巧，在其他西曲中尚见不到这种民歌的风格。“在寿阳”“弹素琴”“望归路”等句，不就是寄寓于此地的诗人的如此表达吗？恐怕，这个人就是南平穆王铄吧。如是，因其二十三岁就已去世，大概是十岁以后的作品。他作为乐府作家，有《三妇艳诗》《白纻曲》等作品存世，又作有《拟古》三十余首，得到时人仅次于陆机的好评。他作为地方官也很有才干，自文帝元嘉二十二年(445)任豫州刺史以来，到元嘉末年，一直不屈服于北魏的来袭，坚守着寿阳。被认为是一个诗人所作的《寿阳乐》，升级成舞曲，大概是在文帝死后的孝武帝时期。由于当时的宫廷人对西曲有着深度的喜爱，这首民歌风味不明显的歌曲便完成了它舞曲化的转变。

5. 齐王室的权威和舞曲

展示齐王室权威的舞曲，有《估客乐》和《共戏乐》。这两首和后来废帝隆昌元年(494)流行的倚歌《杨叛儿》的宫廷人的视线不同。《杨叛儿》据《唐书·乐志》的解题，与那些王室稍微有一点关系——原委是女巫之子杨旻受到当时皇后宠爱的事件。但是，其传存的歌辞不过和其他歌曲一样，都是恋歌，并不是宫廷人特别重视的歌曲，兹不赘言。《估客乐》《共戏乐》两曲中，先说《估客乐》。此歌乃齐武帝自作，据《古今乐录》，武帝年轻时身份卑微，有樊、邓之行，即位以后，追忆此事而作。后命乐府令刘瑶作曲，刘瑶无以成，改由能解音律的释宝月作，费了很多事，以下仅取武帝所作辞一首：

> 昔经樊邓役，阻潮海根渚。感忆追往事，意满辞不叙。

仅仅一首《估客乐》，为何能展示齐王室的权威呢？实际上，不在于其歌辞，而在此歌的唱法和演奏场所。关于此，《古今乐录》记载了以下事实：武帝敕令造曲，歌手在歌唱一曲时，常常在唱到第三句的“感忆”二字时加入了力道。武帝自己追忆的情感，却强迫第三者歌唱来体验，这就是武帝的执念。实际上，这种系之感慨的歌唱，不仅仅见于歌手，也感染了整个齐王室。武帝又经常乘坐龙舟，泛游五城(地名，有五城殿)，产自越地的红巾作帆，缆以绿丝，舟子穿着产自郁林的淡黄袴衣，涂有红、绿、淡黄等鲜艳色彩的龙舟划过，这就是龙舟的观光吧。那么，以自然江景为舞台，演奏着《估客乐》，这也是对王室威权的一种展示吧。

再说《共戏乐》。此歌是歌唱天下各地的民歌在宫廷的举办，歌题的“共戏”，是宫廷人在宫廷中听平民的歌谣，那样才有“共”有“戏”。如此，歌题也宣示了齐王室的权威。此歌一曲(首)由七言二句，四曲(首)构成，以下举全曲(首)为例：

> 齐世方昌书轨同，万寓献乐列国风。时泰民康人物盛，腰鼓铃柈各相竞。长袖翩翩若鸿惊，纤腰袅袅会人情。观风采乐德化

昌,圣皇万寿乐未央。

上述歌辞的歌体、歌语和歌意都与其他西曲不类,是宫廷人模拟《白纻舞》的旧辞而作的,然而也并非形式性地排列丽句。辞中的“万寓(宇)献乐列国风”,又“观风采乐”云云,叙述的是采择很多民歌编入宫廷音乐这一实绩。西曲的倚歌和舞曲,从某种意义上说,是齐乐的“国风”,总之,这首《共戏乐》就相当于雅、颂。然而我对此歌是否果真是齐代所作是怀有疑问的。这是因为,采择多数民歌的是刘宋的宫廷人。此歌首句的“齐”字,原本为“宋”或未可知。事实上,《杯盘歌》中,齐王室就把首句的“宋”字改为了“齐”。对于这首《共戏乐》,《古今乐录》云“旧舞十六人”,这个“旧”字,就含有宋这一时代印记。假如为齐人所作,那么与《估客乐》相同,此书就应记作“齐舞十六人”吧。

6. 劳动主题歌曲的采择

宋、齐时期的舞曲,也包含属于倚歌的《西乌夜飞》《杨叛儿》,在抒情方面,与吴歌相同,主要以恋情为主。这些以恋情为主题的歌曲中,在取材于平民劳动的歌曲中又加入了宫廷人的好尚,可知是面向平民生活的实态的记录。《采桑度》就是如此。此歌在某种意义上可以说是劳动的赞歌,即由七首组成,通过姑娘之口,描写了采桑姑娘的专心以及靠养蚕糊口的不易生活的严酷。以下摘出两首:

语欢稍养蚕,一头养百坻。奈当黑瘦尽,桑叶常不周。(《第四首》)

春月采桑时,林下与欢俱。养蚕不满百,那得罗袖襦。(《第五首》)

以上两首歌辞,都由作品中姑娘对恋人所言构成。即第一首中的“一头养百坻”句,把生活全部赌在一条蚕这样的严酷现实,所以在喂养蚕时倾注了自己全部的心力这一点,在下二句也得到了强调。第二首是写春月中恋人的交谈,并不是在表达爱意,而是想要得到“罗袖襦”,也就是说是对养蚕带来的收益的期待。那么,我们虽然并不知道对于这样的歌辞描写的场面中，舞人有着怎样的演技，但将此《采桑度》提升为舞曲，我并不认为只是宫廷人单纯的游戏意识的发挥，而一定是深刻理解了平民严酷的现实生活后才为之的。本来的歌题为“采桑”，可能到了梁代才改名为《采桑度》。

以上以舞曲为中心的考察——作为结果，尽管只介绍了舞曲中的数曲，但也能充分理解宋、齐的宫廷人对西曲的喜爱是多么深刻了吧。

五、吴歌西曲与《古今乐录》

《古今乐录》十二卷为陈代的释智匠在废帝光大二年(568)所撰写，关于释智匠其人则不甚清楚。仅在北宋郭茂倩《乐府诗集》卷二十五所引他的这部书中，指《陇头流水歌辞》云“乐府有此歌，曲解多于此”，可以确定他对于陈代乐府的内部情况很是了解。兹论述其所撰此书与吴歌西曲的关系。

郭茂倩《乐府诗集》从卷四十七至卷四十九所采录的西曲歌辞，原经一人之手汇总收录的迹象是十分显著的。也就是说，三十四曲的西曲中，除了有歌名无歌辞的《黄缨》一曲，都被悉心收录了。例如《孟珠》《翳乐》，都是相同歌题的歌曲，却被分开书写为舞曲用的歌辞和倚歌用的歌辞。具体来说，《孟珠》用作舞曲有八曲(首句均同)，用于倚歌有二曲，《翳乐》则舞曲所用有二曲，倚歌所用有一曲。如此收录的方式，一定是根据司乐的实际工作情况，或是参与了宫廷音乐制作的人而所作的区分吧。又从这种方式推测，可以判断就西曲而言，其收录者将当时尚存于世的歌曲、舞曲已网罗殆尽了。又计算属于西曲的歌曲的歌辞，不是“首”而是“曲”。例如，《石城乐》的歌辞虽有五首，应该说成是“五曲”这种独特的计数方法为好。用这种计数方法就成为总括收录歌辞的有力证据。那么，到底是经由何人之手总括收录的呢？这个人就是陈代的释智匠。他撰写的《古今乐录》十二卷，并不单单是解题之书，而兼有总集的功能。其中有部分是从六朝时代已有的乐府总集中而来的，所以北宋的郭茂倩不惮烦劳，将其书照搬转载到《乐府诗集》中来。可能是经过了郭氏之手，和其他歌曲一道，把原书中歌曲的“曲”全部改为了“首”吧，而释智匠将西曲的歌曲歌辞总括收录在书中保存的这种意图，也被郭茂倩全盘继承了。因此，今天可借《乐府诗集》得以窥知《古今乐录》十二卷所亡佚的若干卷的内容。为慎重起见，郭氏也不仅仅引用此书的解题，但他基本上是以《古今乐录》十三卷本为主。因隋人增补了一卷，故新、旧《唐书》及《宋史·艺文志》作“释（僧）智匠《古今乐录》十三卷”。

这里还想说一句。《乐府诗集》收录的南北朝时代的歌曲中，计算歌辞用“曲”字，除了西曲外，还有《梁鼓角横吹曲》（《诗集》卷二十五）、《神弦歌》（《诗集》卷四十七）。这些歌曲在释智匠当时，被陈代的乐府演奏的机会很多，在其乐府内，计算这些歌曲的歌辞用“曲”大概是习以为常的吧。例如前述“乐府有此歌，曲解多于此”中有“曲”的证据。此外，“解”就是句子。因此，熟悉乐府内部情况的释智匠，将这些歌曲歌辞一并收录时，可以说也就习用了乐府的惯用语吧。

再试论述吴歌和《古今乐录》的关系。《乐府诗集》卷四十四至卷四十七，收录了属于吴歌的歌曲及其歌辞。我认为这些都是郭茂倩从《古今乐录》中转引的。然而，与《古今乐录》在收录吴歌和西曲方法上不同的是，《诗集》计算歌辞并不用“曲”字。如果是这样的话，有着什么样的意味呢？我的推测如下。自释智匠的时代，西曲接近于“现代曲”，被陈代乐府演奏的机会也很多，是为了解当时的实际情况而收录的。然而，吴歌则是古典的歌曲，要追溯到刘宋甚至是东晋的时代，几乎没有什么可以仰赖的乐府内的资料传存。收录方式上的差异，在吴歌方面，完全只能依赖资料了吧。事实是，《隋书·经籍志》中著录有“《吴声歌辞曲》一卷梁二卷”，即便对于释智匠来说，在吴歌中也有不能识别的歌辞吧。例如《乐府诗集》卷四十六的《懊侬歌》，引《古今乐录》作如下解题：

> 宋少帝更制新歌三十六曲。齐（“宋”之误）太祖常谓之《中朝曲》，梁天监十一年，武帝敕法云，改为《相思曲》。

据释智匠的解题，宋少帝所作的《懊侬》新歌三十六曲（每曲首句同，用陈代的惯用语），在下一代的“太祖”也就是文帝的元嘉年间还保存着，到了梁代便改名为《相思曲》流传。若是如此，其歌辞到底是怎样的呢？我认为《乐府诗集》收录的十四首《懊侬歌》，以及后于此歌产生的《华山畿》二十五首，又《读曲歌》八十九首，全都被《古今乐录》收录了。这样的话，少帝所作的歌辞，一定在梁武帝以后亡佚，导致释智匠也无法识别其原作，不就混杂于那些歌曲中而被收录了吗？例证中就有这样难以判断的歌辞。虽然如此，吴歌也和西曲一样，可能被《古今乐录》一并收录，因此被《乐府诗集》所引，今日才能够看到这些歌辞。

第七章　汉魏南北朝游侠主题的歌曲

游侠或任侠，是脱逸于儒家社会的，因缺乏对事情的是非善恶的辨别能力，以重然诺、轻牺牲为本分而受到市井尊重的所谓的平民英雄。但是，其英雄的行迹必然不是一律的。即在年轻时，因任侠救人贫困，因一句承诺便赌上自己的生命，或者由于私怨而杀死仇敌，在酒市结党豪游，投身于一己之私的世界。一旦抓住了时运，跻身王侯卿相的地位，就改变其年轻时的行为，不允许有脱离法律以外的自由，主张儒家的伦理了。范晔《后汉书》所谓“徼功趣势之士”[①]指的就是这些人。作为游侠来说，他们有背叛者，也有叛逆者。借助于正史可以将其收集起来，不遑枚举。然而，从汉魏南北朝到唐代，以游侠为主题的歌曲相当之多。但联名在正史列传中的背判者和叛逆者们几乎都没有成为歌曲的对象。比如《雁门太守行》，原来歌题所揭示的，可能是赞美雁门太守的歌曲，此歌在东汉和帝的时代又再度流行，赞扬的是洛阳令王涣的行迹。但是，这首歌曲并没有取材于年轻时的王涣结党任侠、横行市井的行为，而歌唱的是其晚年专心治政的功绩。游侠歌曲的取材情况，有时回忆的是往昔战国时代的首领，如孟尝君、信陵君、春申君、平原君等四公子，还有像聂政、荆轲这样的刺客之徒。然而，这个歌曲歌颂的差不多也就限于当时的平民英雄，以不知姓名的市井侠客，或者是乡里的侠士为对象。因此，这样的侠士或英雄也不

---

① 《后汉书》卷二十三《窦融传》：“论曰：窦融始以豪侠为名，拔起风尘之中，以投天隙。遂蝉蜕王侯之尊，终膺卿相之位，此则徼功趣势之士也。”

过就是司马迁在《史记》的《游侠列传》中称扬的“廉洁、退让”之士。由于都是些无名之徒，除了歌辞所记，要考证他们的行迹是非常困难的。

汉魏南北朝的歌曲或是唐人的诗作中，有关游侠方面的，宋代的郑樵在《通志》卷四十九《乐略》中列举了二十一曲，即《游侠篇》《侠客行》《博陵王宫侠曲》《临江王节士歌》《少年子》《少年行》《刺少年》《邯郸少年行》《长安少年行》《羽林郎》[①]《轻薄篇》《剑客》《结客》《结客少年场》《沐浴子》《结袜子》《结援子》[②]《壮士吟》《公子行》《敦煌子》《扶风豪士歌》。然而，见于郑樵《乐略》的歌曲类别，只是一种便宜的划分，关于这二十一曲，如《羽林郎》，作为游侠的主题，所举的歌曲是有疑问的，相反，应当加上《白马篇》《聂政刺韩王曲》《刘生曲》这些遗漏的。又郑樵所举经唐人之手而成的《邯郸少年行》，那么也应该加入同为唐人所作且内容相同的《汉宫少年行》《渭城少年行》《长乐少年行》吧。但是歌曲本来的制作过程是很复杂的，原作的主题来自作家的自由意志，因不必要一定和内容相一致，所以即便是相同的曲名，内容也有很多的不同。因此，从内容上来给这些歌曲进行分类是不可取的。如果这样的话，与其对郑樵的分类产生异议，毋宁说他认识到了从汉魏南北朝到唐代存有相当数量的游侠主题的歌曲这一事实，不能抹煞他特别还创立了游侠这一类别的功劳。现在我就郑樵所列举的歌曲，加入

---

① 此曲为东汉辛延年作，并非游侠主题的歌曲。又，以此为主题的唐代王建的《羽林行》从严格意义上说，也不是游侠歌曲。然而王建作品中的人物，也是当时军中落魄的恶党少年，以长安五陵为根据地，详尽描绘了他们的横暴，与乡里的侠士、市井的侠士那般，任侠使气，结党横行市井，招致平民的嫌弃何其相似：“长安恶少出名字，楼下劫商楼上醉。天明下直明光宫，散入五陵松柏中。百回杀人身合死，赦书尚有收城功。九衢一日消息定，乡吏籍中重改姓。出来依旧属羽林，立在殿前射飞禽。”由于其身属于有权势的羽林军，有怎样的恶事都得到了公认。无论任何时代的文人都作有《结客少年场行》《少年行》，都善意选取侠气少年的行动，与此相对的，唯独王建沉浸在对恶党少年的痛骂中。如前揭，此作并非游侠主题，但大多数的唐代文人描写的不是侠气少年凭本事从军立功，借以向世上传扬其侠士之名，从军作为少年的重要行为之一也没有见到。这里，王建捕捉到的是少年在行为上的缺点，因此，把此作品等同于游侠主题的歌曲是有问题的。对于郑樵何以在“游侠”门中加入《羽林郎》的疑问，借由王建此作就能消解了。

② 《通志》以外不见此曲名，不知郑樵所据为何。后面的《敦煌子》也是此种情况。本文也没有论及《沐浴子》和《公子行》二曲，也是因为没有特别记录的原因。《长安少年行》《邯郸少年行》《扶风豪士歌》都不是汉魏南北朝的歌曲，而是唐人所作。

若干遗漏的，划分为：一、汉魏及晋，二、南北朝时期，来探究取材于游侠的歌曲及其行为。

一、汉魏及晋游侠主题的歌曲

东汉之世，以豪侠名世的灌夫、楼护，被编成童谣，在没有什么知识、随口胡说的幼儿中都很闻名。然而，王莽篡位的汉末，以窦融、赵穆、王子林为首，活跃着无数的游侠，他们中的任何一个都没有被取材入歌谣，正史中也没有这些事情。郑樵列举的二十一曲中，也无法确定有在汉代流行的歌曲，仅采录了东汉蔡邕的琴操《易水曲》和《聂政刺韩王曲》二曲。这两曲在汉代是以丝弦伴奏的，主人公荆轲和聂政有着相同的行为——历尽艰苦之后，渐渐觅得复仇的机会，殿中持匕首奋然跃起，在近侧诸臣哑然之际，瞬间刺杀其眼中的仇敌王侯，这才是游侠之徒的本来面目，可以叫作奔赴死地的牺牲之心，他们的行动是壮烈无比的。因此，尽管往昔也有类似的人物，这两人作为平民的英雄，存在于汉代的民众心中，通过琴音来怀恋那壮烈的场面。那么，荆轲就成为了汉代以后追忆的对象，比如陈代阳缙和周弘直的《荆轲歌》，根据史实，歌颂其行为。但是对于聂政，自古以来附会到他的传说，蔡邕《琴操》所记和之前正史的记录与事实都有很大的差异，即《聂政刺韩王曲》把孝子复仇当作美谈来歌唱：

> 《琴操》曰："聂政父为韩王冶剑，过期不成，王杀之。时政未生。壮问母知之，乃上太山，遇仙人，学鼓琴，漆身为厉，吞碳变音，七年琴成。……以刀内琴中，刺韩王。"（《太平御览》卷三百四十三）

《琴操》中的聂政不是游侠之徒，而塑造成用半生的时间寻找机会向韩王报父仇的孤儿。他是把自己的身体用漆涂抹，装扮成生了癞病的样子，不惜吞下火炭改变自己声音的孝子。但是，歌颂他的琴曲，随着时代的演奏，其内容也发生了变化，宋、明以后，取材基于正史的游侠聂政接受严仲子的请求，刺杀韩国宰相侠累的故事。不言而喻，也改变了《聂政刺韩王》的曲名，称之为《广陵散》。与传说亲近的聂政和正式记载的聂政，经过一千八百年的漫长时间，曲名变化的同时，主题也随着演奏而有所变化。本来，《广陵散》作为曹魏时代嵇康的秘曲，在他死后就已失传，刘宋文帝元嘉年间，戴颙才作了新曲。从隋末到唐初也有同名歌曲流传，李良辅的《广陵止息谱》二十三拍，吕渭继承为三十六拍并流传，唐末由陈拙[①]、王敬傲[②]等演奏，曲谱内容则不甚明了。根据唐人颇为秘藏此谱这一事实推测，可能不会取材聂政的故事。所以能够确认成为素材的，要等到金代张崇所传的曲谱以后了。如元代耶律楚材演奏的《广陵散》，实际由四十四拍之多的庞大曲谱构成[③]。因此，即便是同一琴曲，《聂政刺韩王曲》和《广陵散》取材的聂政故事也有差异，《广陵散》的曲谱、曹魏嵇康所作、刘宋时代所作、唐代所作、近世所作的，将他们视作各自不同之曲，才是最恰当的吧。

曹魏的曹植制作了超过七十首的歌曲，其中《白马篇》[④]《结客》《少年行》三曲被认为是以游侠作为主题的。但《白马篇》的问题在于，句中尽管有“幽并游侠儿”，但这个“游侠”是担忧国事的军人，而不是投身于一己之私世界的平民英雄。这些英勇的军人生活于幽州、并州这片土地，他们年轻时就离开了家乡，与匈奴、鲜卑决一死战，有着为国殉难的使命感，基本上与游侠生存的世界有很大的不同。三曲中，《结客》篇中的“结客”的主要意思乃是怀有仇恨的人和其仰仗为助力的刺客间的交往，自《后汉书》开始，经常见于史书的记载。然此篇的歌辞不传，《文选》李善注仅引有二句：

> 结客少年场，报怨洛北芒。（《文选》卷二十八鲍明远《结客少年场行》注）
>
> 利剑手中鸣，一击两尸僵。（《文选》卷二十九张景阳《杂诗》注）

---

① 陈拙事迹见宋朱长文《琴史》。

② 见《唐诗纪事》卷七十李山甫事迹。

③ 参戴明扬《广陵散考》（《辅仁学志》第5卷1、2合期）、王世襄《古琴曲广陵散说明》（《民族音乐研究论文集》第二集）。

④ 此曲《太平御览》卷三百五十九作《游侠篇》。

前两句是此歌曲最开始的部分。曹植以后的文人所作的名为《结客少年场行》的歌曲，全部都袭用了此开头两句。然而，尽管只有这四句，也能察知此曲的内容，即地点在洛阳的北芒(邙)山中，手持凶器充作游侠的少年团伙，把此前伺机复仇的对方引诱到山中，立刻与之决斗。"结客少年场"的"场"含有集团的意味，又据"一击两尸僵"句中的"两尸"判断，复仇和被复仇者都可能属于集团。那么，这种性质的复仇事件，与同为鲍照作的《精微篇》、左延年的《秦女休行》、晋傅玄的《秦女休行》、琴曲《走马引》的所见的孝子复仇美谈不同，乃是轻薄少年常有的持刀伤人的遗恨吧。他们有着少年团伙持刀伤人的如此趣味，其自身的行为就如《魏志》所云"任性而行，不自雕励"，由于其性格与所记一脉相通，在洛阳居住的年轻日子里，可能就为他们痛快地歌咏吧。描写他们这种当时一般少年行为的，还有《名都篇》，与前揭《白马篇》一样，我认为都是同一时期的作品。曹植首作的歌曲，由刘宋鲍照开始，经梁代的刘孝威，北周的庾信，隋代的孔绍安，唐代的虞世南、虞羽客、卢照邻、李白、沈彬等人相继都有续作。但是，他们每一个都像商量好了一样，呈现的都是相同的内容。那些作品描绘的都是腰间插有白刃，怀有很深的报仇欲念，重然诺、轻死生，豪游酒场，在战场疾驰奔走，都取材于典型且划一的游侠气质的少年团伙。因此，它们和曹植的作品一样，都不是因有特殊事件的动机而创作的。然而，每个作者都对少年团伙的行动抱有善意，在作者的意识中，他们也想从儒家社会的束缚中逃离，阔步迈出法网之外，可以说潜藏了对自由奔放世界的羡慕和向往吧。与曹植《结客》篇相同的，描写少年游侠行为的作品还有《少年行》，但歌辞全部失传。南朝人也有同名作品，也并不出色。

与曹植同时代的陈琳有《博陵王宫侠曲》。其歌辞虽然失传，但因唐人吴兢《乐府古题要解》的补注者云"见陈琳集"，其歌辞到唐代可能还有流存①。兹试推想这首歌曲的题意。汉代作为"博陵"的地名，见于《后汉书・桓帝纪》延熹元年(158)，此年乃是早于陈琳去世六十年的往昔。陈琳在世期间，其地"王宫"因有所谓的豪侠而出名，可能就以其为主题了。又此曲的首句，我认为和歌题相同，作"博陵王宫侠"。

① 新、旧《唐志》都著录有《陈琳集》十卷。

然而继陈琳之后，使其成为出色歌曲的是西晋的张华。张华作有两首同题的歌曲，内容则不同。其中一首与曹植的《结客》篇一样，取材于游侠少年持刀伤人事件，曹植作品仅有逸句，整篇不存，张华此作却得以保存，内容如下所举。即描写少年团伙中，以侠骨闻名的少年为友人出手，在街市公然向仇敌挑战，刀剑闪耀、戟镶轰鸣，身体腾挪，用目不暇接的电光火石的利落手法，手刃仇敌的尸体横陈左右，所见到的可怕的乱斗场面，可以说意趣就生发在决定性的一瞬间，被细致深刻地描写了。魏晋南北朝人所作的游侠主题歌曲中，还没有如此富于迫力、戏剧性的作品。兹取全文如下：

> 雄儿任侠气，声盖少年场。借友行报怨，杀人租市傍。吴刀鸣手中，利剑严秋霜。腰间叉素戟，手持白头镶。腾超如激电，回旋如流光。奋击当手决，交尸自纵横。宁为殇鬼雄，义不入圜墙。生从命子游，死闻侠骨香。身没心不惩，勇气加四方。

在此曲的最终部分，即“宁为殇鬼雄”以下六句，刺杀仇敌之后，少年被问死罪，他不甘忍受牢狱之苦，于是选择自己结束生命，他的侠义之名传布天下，描述他意气的部分，栩栩如生地展示了他侠士的面貌。

张华的另一首《博陵王宫侠曲》不是写横行市中的游侠之徒，但一样逍遥法外，其人行为放纵，在远离市井的深山里结庐而居，不食粱肉，终岁为饥寒所困，描写的是超然世俗的侠客生活。然而，取材于如此与众不同的侠客，大概是作者张华亲身所见吧。张华在世当时，从武帝开始，由于名士竞相过着奢华的生活，为了反抗这种世相，出现了以高蹈出尘自负的侠客，哪怕是装出来的，这种侠客的出现，可能也引起了张华的共鸣吧。作品中“岁暮饥寒至，慷慨顿足吟。穷令壮士激，安能怀苦心”之句，也能感受到作者自身的义愤。

张华和荀勖、傅玄等一道，致力于晋宫廷乐府，经他之手制作的歌曲，有《晋四庙乐歌》《正德大豫舞歌》《晋冬至初岁小会歌》《凯歌》。可是他对游侠的性格行为特别关注。如宋代郑樵对于乐府的分类，他自己制作的《游侠篇》《轻薄篇》《壮士篇》以及前述的《博陵王宫侠曲》共四篇，每一篇都是游侠主题的作品。他对游侠寄予了善意，《晋书》本传评价他为人“造次必以礼度，勇于赴义，笃于周急”，又联系该传所载他从豫章雷焕处得到名剑龙泉、太阿后，其中一把很是宝用，常置于案侧的传说考察，他自己也可能是有豪侠气质之人。然而，不见于汉代琴曲外的游侠主题歌曲，在曹魏、西晋间相继出现，这可能是曹植、陈琳、张华等作者自身所背负的侠气性格所致吧。

下面尝试解析张华所作的《游侠篇》《轻薄篇》《壮士篇》三篇作品。首先，《游侠篇》是追溯战国七雄时代，歌唱孟尝君、信陵君等四公子行为的作品。他们都是被后世的游侠所追慕的首领。但是，此作和前述《博陵王宫侠曲》不同，作者对游侠寄予的心意不同。即在前曲中对当世侠士的行为寄予善意的作者，在此作中对四公子的行为颇为冷淡。在张华生活的当时，名士间豪奢的生活堪与四公子比肩，他对于这种共同的豪奢感到厌恶，所以就采取了批判的态度吧。他虽在篇中歌咏“食客三千余，门下多英豪。游说朝夕至，辩士自纵横”，描写了三千多人的食客都受到优越待遇的豪奢生活模式中，每个食客都靠口舌辩才以希望打动四公子的行为，从张华本人“造次必以礼度”的性格来看，正因为四公子从游侠那里获得同样的追慕，恐怕才不得不更加批判他们吧？篇末“美哉游侠士，何以尚四卿。我则异于是，好古师彭老”，对当世的游侠尊崇“四卿”也就是四公子投以疑问，明确提出自己的见解，即我崇尚的是有德行的人物，是孔子所祖述的殷代贤大夫彭老。张华在《游侠篇》中，歌唱四公子的行为时，不仅采取了批判的态度，也推出他所怀抱的反抗精神。那么，这种同样的批判态度，加上露骨的反抗精神，在下面的《轻薄篇》中也有所展示。

《轻薄篇》是长篇歌辞。以“末世多轻薄，骄代或好浮华。志意既能放逸，资财亦丰奢”歌句开篇，“末世”“骄代”就是张华所处的时代，深刻描写了名士任凭丰厚的资材，耽湎于放逸的行为，度过每一天的情况。这篇作品可以说是描绘了一幅西晋初期上流社会常态的风俗画。兹取篇中的压卷之句，即狂醉的场面如下所示：

> 盘案互交错，坐席咸喧哗。簪珥或堕落，冠冕皆倾邪。酣饮终日夜，明灯继朝霞。绝缨尚不尤，安能复顾他。留连弥信宿，此欢难可过。

在句中,描写酒肴器具,作者用"交错",醉客用"喧哗"和"倾邪",歌妓用"堕落"等词语,赋予欢饮场面以生动性,用"终"和"继"则出于场面连续性的考虑。然而,作者张华作为当时的名士,或者是其子弟,与侍从一同奔赴酒楼,在酒色中豪赌千金,买欢通宵达旦的行为,不能理解为只是描写他人的。此篇由于是对他本人行为的客观描写,陡变为采用表现主观情感的叙事手法,在喟叹浮华世界"荣乐"(张华所说)的变幻无常后,他们中的每一个都有害怕罹陷法网的恐惧,故篇末"但畏执法吏,礼防且切磋"作结。如此一来,从歌辞的内容上看,他作歌辞的态度也是有批判性的,但不能说也露骨地展示了反抗精神。然而,我之所以这样肯定,实际上并不在于歌辞,而是歌题,以下试证明之。

《轻薄篇》的歌题,是张华自己起的。除了他的《游侠篇》《壮士篇》等一系列的作品之外,还有《游猎篇》《上巳篇》,而且,还有今天能看到的仅有逸篇甚至连逸句都不传的(另章"《乐府诗集》未收录乐府")《真人篇》《纵横篇》——以苏秦、张仪为主题的作品。这样看来,这个《轻薄篇》的题名乃是张华首创。那么,篇名的"轻薄"是什么意思呢?这可不是对一般的人或物所说的"轻薄"之意,是张华自己特殊的言语——面向当世的王侯贵族即名士的言语。他们这些名士的行为,是把沉浸在骄傲欢乐的官家地位作为日课,这就是"轻薄"所指。如前揭"造次必以礼度"行为的他们,更应当遭到唾弃。然而,从这些名士的行为来看,势必会有反抗精神吧。因此,取材于他们的行为之时,将其命名为《轻薄篇》,就是主张要露骨地显示作者的反抗性。那么有一篇就触及这个问题了。

这就是《壮士篇》。作中描写壮士在沙漠中乘着产自大宛的名马,振奋国威,远布四戎,歌唱了壮士的雄图,这与前述曹魏曹植《白马篇》所歌咏的使命感如出一辙。篇名的"壮士",取楚王项羽称呼樊哙为"壮士",燕国的荆轲"风萧萧兮易水寒,壮士一去兮不复还",自己就像歌中咏唱的那样,是血气奔逸,义愤难抑,直接诉诸于行动甚至不惜性命的人物。因此,从性格方面看,和游侠基本没什么不同。带有张华性格的壮士,作中"壮士怀愤激,安能守冲虚",是和樊哙、荆轲等同样有着激情的人。作者张华对这种壮士抱有很大的期待,作中"独步圣明世,四海称英雄",应该是成为国家英雄的人物,成为晋宫廷的栋梁之臣。然而，张华的《游侠篇》在歌咏战国四公子的同时，也在作中加入了对他们批判的语句；《轻薄篇》在描写了当世名士的生活常态后，用主观的叙事手法，流露出它们畏惧法网的意识；此《壮士篇》则正是对壮士的期待，却没有表明他的感情。这是为什么呢？作品中的壮士，实际就是作者自己，不就是用客观的手法将自己的抱负诉诸于诗语吗？张华执政的当时，四戎环伺，鲜卑占领了辽水东西，匈奴占据山西汾水一带，氐、羌入侵甘肃、陕西，有着边疆四处告急的实况。然而，我无法断言这篇制作年代不明的作品就是在这样的国际危机下产生的。与他游侠题材的《博陵王宫侠曲》《游侠篇》作品相比，他在此作品中期待的国家英雄的壮士，实际上就是张华自己，我认为所说的是他自己的人生抱负。

二、北朝的《东平刘生歌》和南朝的《刘生》之曲

通观汉魏南北朝的歌曲，绽放豪侠光彩的自然要数刘生。以他为主题的歌曲，北朝有《东平刘生歌》，南朝有《刘生》。《东平刘生歌》本来是北魏道武帝开国前，流行于燕、赵、秦等地民歌中的一首，因汉、胡语音的不同，原歌已不存，经过北朝、南朝的流传，成为梁代鼓角横吹曲六十六曲中的一曲。另一方面，南朝的歌曲《刘生》，我认为乃与《东平刘生歌》为同一人物，也是取材于刘生的①。所谓鼓角横吹曲六十六曲中，以此曲名为主题的有南朝人所作的《雍台》②，歌曲《刘生》也因此被视为其中的一首。然而，受到南朝人特别欢迎的刘生，除被唐初的卢照龄取作歌题，再没有经唐人之口传唱。吴兢《乐府古题要解》的补注者云其在世时代不明：

> 刘生，不知何代人。观齐梁以来，所为《刘生》词者，皆称其任侠豪放，周游五陵三秦之地。

---

① 宋郭茂倩云："按《古今乐录》曰：梁鼓角横吹曲有《东平刘生歌》，疑即此《刘生》曲也。"

② 《雍台》以外，南朝人还作有《紫骝马》，其名也见于鼓角横吹曲中。

但不应该一概断定不知道。梁代的鼓角横吹曲六十六曲，本是北魏建国以前燕、赵、秦等地的民歌，其中后燕的慕容垂、琅琊王、钜鹿公主、淳于王、大白净皇太子、小白净皇太子等，他们每一个与胡族朝廷有关系的王族之名，都被取作歌题，当然也有刘生之名。如此看来，与这些王族大概同一时期，换言之，刘生可能就是和见于这六十六曲中的后燕的慕容垂、后奉的姚弼同一时期的人。即慕容垂建立的后燕，在东晋安帝太元十一年，相当于公元 386 年；后秦姚弼之兄姚泓身亡，在东晋义熙十三年，相当于西元 417 年，刘生此时，或者后赵的石氏、后秦的姚氏，都在都城长安居住，我认为刘生即以豪侠驰名于世。由于从歌唱他的歌题和歌辞可见到他的出生地是"东平"，能确定他为汉人。然而，选择如此的出生地，在外来民族间歌唱，同时，在胡祖高压的统治下，作为一个汉人出身又想以豪侠名世的他，由于连胡人也敬畏于他，这种对胡人的夸示，就将他的出生地冠诸歌题，又把他歌咏进了歌辞中了吧。事实上，燕、赵、秦地的民歌流传到南朝，是从慕容垂开始，不考虑与胡族朝廷有关系的王族，单单就选择刘生作为歌题，是因为他是唯一的一个汉人吧。又原来命名的《东平刘生歌》，南朝人则单称为《刘生》，乃因为与其是同一民族，就没有特意强调他出生地的必要吧。

关于"刘生"一名，隋代柳庄的《刘生》有"座惊称字孟，豪雄道姓刘"，是个叫"刘孟"的人。翻检正史，此名凡三见：后汉桓帝时人，灵帝时人，还有由西魏末出仕北周武帝之人。但这三人没有一人出身东平。那么，通观魏晋南北朝，查找出身东平又以豪侠驰名的人，有张邈、毕元宾二人，但也不见刘生之名。又出身东平同姓者，知名的有晋武帝时的刘兆和刘卞。前者见于《晋书》及清代高兆的《续高士传》，作为具有学者般高洁气质的人，专心于著述，著有《春秋调人》《左氏解》《公羊穀梁解诂》等著作；后者《晋书》有传，作为军人，历任朝廷要职。这两人和刘孟也没有直接的关系。西晋时期，说起东平刘氏，因为是举世皆知的名门，刘孟可能是其子孙吧。《东平刘生歌》中有"东平刘生，安东子"，他的父亲或许是安东将军吗？但是，据史书所见，出身东平而获封安东将军的，不出所料，只有毕闻慰一人。但是，宋、齐时期，流行于长江中游以西的西曲中，有名为《安东平》的歌曲，此曲名中的

“东平”，不仅是和刘孟有关系的地名，其歌辞中也有歌咏“东平刘生”①之句。这首《安东平》曲，由于被宋、齐的宫廷取作舞曲，在梁代引进北朝的鼓角横吹曲六十六曲之前，原本出身东平的刘生之名，就广为南朝朝野所知，恐怕《安东平》此曲也和《东平刘生歌》一样，也是以刘生也就是刘孟为主题的歌曲。

后赵、后秦统治时期，被认为是在长安居住的刘孟，虽然如前述被宋、齐人所青睐，在梁以后也被人取用作歌辞。从梁元帝开始，依次有陈后主、徐陵、张正见、江总、江晖，隋代有柳庄、弘执恭等。他们从各种角度描写刘孟的行为，虽创作出有不同个性的作品，但在他们脑中，还是潜藏了同样的惊叹和企慕。尤其像梁元帝、陈后主作为一国之君，对拥有完全不同的世界观、人生观的一介游侠如此地偏好，还特意取作歌题，恐怕也是前无古人，后无来者吧。正因如此，在不算少数的歌曲中，刘孟可以说是整个南北朝拥有第一人气的大头领吧。因此，关于他人气这一点，是古来的孟尝君、信陵君等所谓的四公子也难以企及的。原本装作游侠风流行为之一的是一夜豪掷千金，因此，梁元帝捕捉到了这一点，写有“榴菊花聊连夜饮，竹叶解朝酲”之句，歌咏的是侠客开办的倾满天下名酒榴花、竹叶的彻夜欢宴。陈后主和徐陵描写的是侠客对音乐和弓术的兴致：“击钟蒲璧磬，鸣弦杨叶弓。”“戚里惊鸣筑，平阳吹怨笛。”江总则肯定了侠客的文笔和才能，在歌中插入“笔砚纵横才”一句。江晖激赏侠客在长安都中享有无比的荣华：“五陵多美选，六郡尽良家。刘生代豪荡，标举独荣华。”隋代的柳庄歌咏其在长安构建豪壮的宅邸，交游遍及贤达的情况：“广陌通朱邸，大路起青楼。要贤驿已置，留宾辖且仍投。”南朝人对刘生行为的各角度描写，像江总那样称扬其文笔之才的很少，那样确实有些夸张吧。然而，不限于江总，南朝人自己的作品中，也许自己觉得夸张的同时，为什么仍不惜耗费极大的笔墨来夸赞刘孟呢？不用说，一定是对作为豪侠的流传既广且久远的刘孟投以惊叹和企羡吧。但还不仅如此，由于刘孟是在五胡朝廷的统治下，唯一一个威名远扬的汉人，可以体会出从作为同民族的刘孟身上感到的自豪，在面对敌对的北朝时，是有助于发

---

① 《安东平》：“东平刘生，复感人情。与郎相知，当解千龄。”

挥对抗意识的。然而,这背后更有潜在的根本性问题。即要注意到南朝人——梁、陈人的憧憬和仰慕之情,一定是在偶然的因素下和刘孟绾结在一起的。他们的憧憬和仰慕,其矛盾就孕育在对长安的夺取之中。对于南朝人来说,长安仍然是皇都所在,胡人实际的都城从来不是此地。然而作为往日的古都长安,只存在于想象的世界中,因此就产生出了矛盾。刘孟在长安过的纵横无尽的豪侠生活,事实上,或许就是梁、陈人在歌辞中所歌咏的豪华生活亦未可知。然而从其夸张刘孟生活的心里来看,不正孕育着南朝人夺取长安、想要在其地生活的梦想吗?这一点,在他们竞相制作的《长安道》《洛阳道》及其与之相关的歌曲中就能证明。这两首经梁代人制作的歌曲,超过了数十位作家,即作《长安道》的有梁代的简文帝、元帝、庾肩吾、王褒(原为梁臣)、陈后主、顾野王、阮卓、萧贲、徐陵、陈暄、江总十一人;作《洛阳道》的则有梁简文帝、元帝、沈约、庾肩吾、车敫、陈后主、徐陵、岑之敬、张正见、陈暄、王瑳、江总十二人。然而,无论梁、陈人如何地想要夺取长安或洛阳,都不可能改变古都的现实,因此只有借助歌曲来再现这一梦想。正因为如此,他们企图在歌辞上描写古都的光景,从歌曲上才可实现夺取长安或洛阳吧。假如这二曲不是梁、陈即南朝人的作品,难道没有人会认为这是虚构或梦想的作品吗?所以,这两曲和《刘生》所发生的关联,从梁、陈人的想法推测,就可清楚地理解像梁元帝、陈后主那样的帝王之身,却对如刘孟这样的一介侠士寄予了热烈的好感的心理吧。又和梁、陈人不同,唐初只有卢照邻描写了刘孟出征的情况,写其抱剑赴死的气魄,有着豪侠的性格。在五胡乱华之时或有此事也未可知。

还想再说一下关于《刘生》之外的歌曲。南北朝时代以游侠为主题的歌曲,除了前记的《刘生》外,还有《结袜子》和《临江王节士歌》。前者是后魏的温子昇所作,后者为南齐的陆厥所作。但将两首作品放入游侠部类也是可以的,后来唐代的李白袭用了这两首的歌题,作有游侠主题的作品。也就是说,首先对于前者,歌题的"结袜",即"结上一条绳子"的意思,有几个故事是描写人的这种意图的行为。但我怀疑其是否指的是侠士之间"然诺相许"的行为,或者假借了胡曲之音作此歌题,也未可知。又其歌辞云"谁能访故剑,会自逐前鱼。裁纨终委箧，织素空有余”（全文），乃是回忆故事之作，也就无法断定其讲述的是游侠的故事[①]。再说后者。歌题选自著录于《汉书·艺文志》歌中的《临江王》和《愁思节士歌》，是将两者合二为一的权宜之计。因此，其实质是陆厥自己命名的歌曲，有着陆厥自己的感想，是以节士自任之作吧。

歌曲中所选择的游侠，大多数都是不知道其姓名的，除了歌辞外，再无法察知他们的行迹。何况限于史官的眼界，在正史中留下不朽名声的更是少之又少。他们本来就只是活跃于市井的，史传所载的并不是他们关于国家的、公共的业绩，他们从儒家社会脱逸出来，逍遥法外，基于一己之私的个人行为，无论怎样感动着人们，从史官的立场而言，都是无法获得其认可的。然而我们可以了解到，每一个时代都有游侠主题的歌曲，在广大的平民阶层间流传的同时，也被宫廷的人们所歌咏，游侠们在歌中，被赋予了很多的善意。

---

① 李白的作品是用“剑”来回想战国之世燕国的侠士荆轲，用“鱼”来回想春秋之世的侠士专诸，清代的王琦认为和温子昇原作的主旨不同。

第八章　批判前秦苻坚施政的歌谣

产生于五胡十六国时代的《簸箩回歌》中，有《琅琊王歌》歌辞八首遗存。其中的“长安十二门，光门最妍雅。渭水从垄来，浮游渭桥下”歌辞，被认为是歌唱前秦苻坚善政时长安城的美观。那么，自东晋穆帝升平元年(357)以来的二十九年间，生活在长安城的帝王有着怎样的施政内情呢？然而有施政批判的歌谣——未被宫廷音乐采择的民间歌谣，我将选择这些歌谣，在探明苻坚的施政内情的同时，拟论证民间的人们如何面对当前的为政者，在歌谣上展示了怎样深切的关心。

五胡十六国之世，氐族建立的国家有前秦、后梁、成汉，前秦就伪位四十四年，后梁十八年，成汉四十六年间，统治着汉胡各民族。然而，其中向中外宣扬氐族的威势的，不用说就是前秦苻坚统治的二十九年间，而苻坚也是建立了十六国中最强国家的天子。苻坚前半生的统治业绩很优秀，可由《晋书》本传的论赞对他的评价“遵明王之德教，阐先圣之儒风。抚育黎元，忧勤庶政”证明。苻坚自己想要比肩汉代的“二武”，即西汉的武帝和东汉光武帝。氐族出身的他，同时也充分具备了汉族文明继承者的素质。然而迅速的连胜，反而使他产生了骄傲轻慢之心，导致他最终也败亡于这种心理。因此实际上，尽管他在新平(陕西邠县)的佛寺被缢死(四十八岁)，但下手之人后秦的姚苌也并非有直接的罪过。从其前半生到后半生，由勤勉之心转变为骄慢，治绩也由善政走向失败，导致他急速地跌落。目睹了这一过程的前秦的人民，表现出了怎样的反应呢？今天从现存的歌谣可以充分体会到这种反应。

本来任何一个时代，都有批判当朝者的政治和行为的歌谣流行，像苻坚这样的急转而下的政策，对于自己招致的富于波澜生涯的王者，很自然就会被国民看穿，精明地取作歌谣的文句。那么结果当然就是可以提供探究政情的合适的资料，即歌谣之“数”有很多。虽说多也就有十二首，对于多样性的内容来说也足够了。其他天子的话，最多也不过五首，想要探明其一代的政情是很难的。我特从歌谣上来探究苻坚的政情，其中第一点，如果有的话，从数量上来说是可能的。可以想见的是，实际上有更多数量的民间歌谣流行吧。其数之多自不待言，苻坚政策的急转，导致歌谣陆续产生的势头，他的情况也不仅仅如此。前秦的人们无视汉胡的区别，对其怀有热烈的亲近之感，对于他本人波澜的一生，每个人都想干预过问。这一点有助于史上产生了更多的歌谣吧。因此，检讨这十二首歌谣的内容，不仅可以探明政情，还可以大体了解他的传记。这些民谣对于了解天子，恐怕除了苻坚以外不做其他人想。

第二，苻坚是能很好理解民间歌谣意思的天子。他听到无名市井之徒的歌声，也会有自省的行为。歌谣时常有预言的腔调，天子能借此判断自己命运的走向。因此，苻坚的施政和民间的歌谣有着特别密切的联系，在明了其施政内情上，歌谣成为了重要的抓手。

东晋穆帝升平元年(357)五月的某日，深居长安城的皇帝苻生突然梦见有大鱼食蒲，受到惊吓的他判断这是王室灭亡的先兆，想要查明大鱼的原形。蒲是与苻氏有某种关联的草。在苻氏还不过是西戎的酋长的往昔，家中池塘偶然生出五丈五节的蒲，由于像竹子一般美好，被当地人视为吉祥，酋长就被尊称作“蒲家”，这就是苻氏最初的姓。惊恐于蒲受到危难的苻生，恰在那时听到长安街头流行的歌谣，苦苦思索大鱼的原形是谁后，突然想出是名字中带有鱼姓的重臣。

东海大鱼化为龙，男便为王女为公。问在何所洛门东。①

① 《太平御览》卷九百二十九“洛门”作“洛城”。但此歌谣的流行被认为是在升平元年五月至九月前，洛阳城还在东晋的管辖下，《御览》大概有误。

以上歌句中,“东海大鱼化为龙”毫无疑问就是说大鱼即将登上王位。苻生认为这条大鱼就是当时身居太师录尚书事之要职的广宁公鱼遵,立即将鱼遵及其七子十孙全部诛杀,祸因被消除了才安心。然而,超出苻生的预测之外的是,这条大鱼实际上是曾受封东海,任龙骧将军,现居住在洛门之东宅邸的苻坚。粗心大意的苻生直到死也没有注意到这一点。

指引苻坚命运方向也全凭民间的歌谣。在他二十岁时,听到暗示他自己运势的歌谣而登上皇位,四十八岁时,同样又因听到歌谣而失去皇位。即位当时,苻坚的行动是十分迅速的,在因苻生惊恐于噩梦,不到一个月的某夜,趁着连阴不雨的天时,苻坚和三百名同志一同潜入云龙门,夺去了苻生的生命,直接登上皇位。他就像歌谣的句子一样,从东海的大鱼华丽地变身成真龙,显现出一步登天的利落手段。然而,与即位时的荣华相比,苻坚的末年也受到歌谣的暗示,提前了其败亡。其二十九年的帝王生活,以淝水之战的失败为契机,权威急遽流失的他,被叛将慕容冲攻击,在固守长安笼城正酣之际,突然听到市中流行的歌谣:

坚入五将山长得。[①]

苻坚囫囵吞枣了“坚入五将山[②]长得”的歌语,盲目信从为上天的声音,因此立刻只带领数百骑从长安城中脱出。但却鲁莽地逃向五将山,脱下自身的甲胄,等于就是直接面向了敌人。通常在歌谣的世界中,都是先有预言腔调的歌谣,然后才有对应于这个预言的事件发生。也就是说,由于民众有着超人的预判能力,所以这个预言是一定会命中的。但不幸的是,在多数的民间歌谣中,只有一个是离题的预言,苻坚却盲信了这个离题的预言,遂导致了悲惨的结局。

苻生是历史上少有的暴君,正因为群臣有“得度一日,犹过十年”

---

① 《资治通鉴》卷一百六十不见谣辞,但有谶书之文。

② 所在地不明。《资治通鉴》卷一百六胡三省注举了三个候补之地:《新唐书·地理志》:“京兆醴泉县有武将山。”《水经注》:“扶风杜阳县有五将山。”又唐杜佑:“凤翔府岐山县有五将山。”

之苦,他倒下的时候苻坚有着极高的人气。苻坚即位以来,最初流行的民间歌谣,内容都是对他执政的祝福:

凤凰于飞,其羽翼翼。翊我圣后,飨龄万亿。①

以上歌谣的流行时间不明。苻坚在伪位的第五年,即甘露三年(361)九月乙亥日,有凤凰集于东阙,市民视为吉祥之兆,歌咏皇祖的无穷。然而,此歌谣流行之时,长安一年年地迈向繁荣,在苻坚治下的第十五年,即东晋简文帝咸安元年(371)时,流行起了赞叹苻坚善政的歌谣,他的人气随之也达到了顶点:

长安大街,夹树杨槐。下走朱轮,上有鸾栖。英彦云集,诲我萌黎。②

以上歌谣描写的是长安市民往来于林荫道大街的情景,然而就连郊外也呈现出并不逊色的景况。以长安为起点,各州县的道路都遍植槐、柳,二十里一亭,四十里一驿的设置,保证了旅行者的安全,商人也允许在路边营业。在永嘉之乱后,确实再现了长安郊外的风景。而这在以往的西晋愍帝即位的建兴元年(313)四月夏日,仅不足百户的长安大路,还是蒿棘丛生的萧条景象。大约经过了三十二年,即东晋穆帝永和元年(345)正月,后赵的石虎征调了雍、洛、秦、并各州十六万士民,修筑未央宫,稍稍恢复了旧都风貌。石虎死后,作为苻氏的居城,到了苻坚的时代显示出很大的活力。苻坚的都市计划十分出色,企图建设大规模的国际都市,为了完美地实现这个计划,他曾一度去讨伐其他胡族,并将其降将与属下悉数迁往长安居住。每次讨伐都使长安开始膨胀。东晋穆帝升平二年(358)三月,他降服了张平③,将其所属部下民众三千余户移往长安;哀帝兴宁三年(365)八月,讨伐匈奴曹毂、刘卫辰,迁其部下六千余户;更有废帝太和五年(370)十一月,攻下

① 据《十六国春秋》卷三十六《前秦录》。

② 此歌文句诸书有同有异,此据《晋书》卷一百十三《苻坚传》。

③ 张平疑为汉人。

前燕首度邺城之时，将慕容暐及其后妃王公百官、鲜卑乡党四万余户[①]移往长安。正因如此，在东晋简文帝咸安元年，即公元371年，长安成了杂居了汉人、氐族、匈奴、鲜卑之处。不久以后，羌族的姚苌又与部下前来居住，再有汉人张天锡率七千余户来住，鄯善、大宛、肃慎、天竺、康居、于阗及海东诸国等凡六十二王的使臣均来朝，长安街头充溢着异国的情调，达到了繁荣的顶点。如此，就不难理解前揭“长安十二门，光门最妍雅”的赞美苻坚当时的长安城的美景的歌辞了吧。在规模这一点上，虽然可能比不上汉、唐任何一个朝代的长安城，尽管如此，拥有四面十二门的雄伟景观，还是让在公元373年前来朝觐的鄯善王发出了惊叹，尤其是在南朝的梁、陈时期也歌唱《琅琊王歌》，每次从南朝人的口中哼唱此歌辞之时，就尽数驱赶了北朝人对故乡的憧憬与乡愁吧。然而，前记歌谣“英彦云集，诲我萌黎”中的“英彦”，不言而喻就是富有才学之人。苻坚的施政方针以顺应汉族传统为着眼点，致力于模仿汉世的奖励儒学，他本人也为了比肩“二武”而努力。尽管出身氐族，八岁就励志于学的他，精通五经，每月必临幸太学一次，亲自主持考试。像王寔这样的硕学博士都苦于他的问难，经他擢拔登第的学生达到了八十三人。奖励儒学也推及到禁卫的将士，苻坚抓到鲜卑拓跋部的代王什翼犍后，特意让他入太学，传授降将以礼乐之道，诲人不倦。苻氏一族中，苻融、苻朗都饱富学识，苻坚同时还是诗人。据《晋书·载记》卷十三本传，苻坚曾三次作诗。其中，大宛国献汗血宝马，他欲返送之，命群臣作《止马诗》，献诗者超过了四百人。这种不问汉、胡，所有阶层都浸透着学问的热潮，就像歌谣中的文句那样，富于才学的英彦们集聚在长安城里，应该是自然的现象吧。

苻坚的军事行动，自然也在歌谣中有所反映。由于讨灭前燕和前凉是苻坚取得的最大战果，因此也有关于战役的民谣流传。讨伐前凉张天锡的姑臧城，后来东晋孝武帝太元元年(376)八月覆灭前凉，而在他讨伐之前，姑臧及诸郡国间就有预言领主张氏运势的童谣流行：

刘新妇(刘曜)簸米，石新妇(石虎)炊羖羝。荡涤簸张儿(张

---

① 此据《资治通鉴》一百二所记。《晋书》卷一百十三《苻坚传》云“徙关东豪杰及诸杂夷十万户于关中”。

天锡),张儿食之口正披。

据载有以上童谣的《魏书》卷九十九私署凉州牧的《张天锡传》,“谓刘曜、石虎并伐凉州不克,至坚而降之也”。从谣辞上看,确如《魏书》所言,讽刺的是凉州的张氏和前、后赵的刘、石两氏的抗争,没有点出前秦苻氏之名。但根据《魏书》的见解,此童谣随着苻坚的声威在前凉全境的扩大,意识到苻坚早晚来袭的凉州土民,可能就预言般地唱出了即便是战胜了刘曜、石虎的领主张氏也不是前秦苻坚的对手的歌谣吧。由于在敌人的土地上流行着这样的歌谣,苻坚在进军中很容易就能取得战果。张天锡乘坐白木之车和白马,从姑臧城出来,自己把双手束缚在后面,脸趋前,向苻坚投降。

与覆灭前凉之时相比,七年前讨伐前燕更加轰轰烈烈。东晋废帝太和五年(370)十一月,苻坚车驾亲自进入慕容氏的邺都,将一百五十七郡、一千五百七十九县、二百四十五万八千九百六十九户、九百九十八万七千九百三十五人的版图一举收入掌中。然而讽刺的是,与辉煌的战果正相反,蒙上一层阴影的歌谣却流行起来。换言之,庆祝如此大胜的歌谣不仅没有被歌唱,反而使得极度不祥预言的腔调在国中扩散开来。对待鲜卑的捕虏,因过分地宽大,国人反而产生了深刻的不安和强烈的反感:

鱼羊田升当灭秦。

上述谣辞中,“鱼”和“羊”合并成“鲜”字,“田”和“升”合并成“卑”字。意思就是前秦要被鲜卑灭掉。经常被派遣巡查国土的使臣将民意带给苻坚,他并非不理解这首歌谣的意思。但是,在其天下一统妄想的驱使下,苻坚只把前燕当作大国,认为与其反过来利用前燕的旧势力而收到很好的效果,倒不如厚待鲜卑。但这反而助长了鲜卑的势力,这才是招致内乱的原因。优厚的待遇是把超过四万户的鲜卑慕容家族移往长安居住,使他们成为在苻坚统治下的中心势力。他把以往致力于首都繁荣的苻氏一族以及氐人移往河南、山东等偏僻之地,在此基础上,建立了分散的方针。作为长安中心势力的交替,史家便称为这一时期苻坚失政的开端。《晋书·载记》他的本传记载其迁移族人之事，有“酸感行人，识者以为丧乱流离之象”的评论。苻坚所建立的方针，遭到了举朝上下的一致反对。朝臣之一的赵整特意在苻坚的面前弹琴歌唱：“阿得脂，阿得脂，博劳旧父是仇绥，尾长翼短不能飞，远徙种人留鲜卑，一旦缓急语阿谁！”要求苻坚反省，他却付之一笑。如此看来，前秦当为鲜卑所灭的谣言对苻坚确立的方针起到了反作用。

可是，苻坚厚遇慕容氏一族，不仅是出于天下一统的妄想和政策上的谋划，还有疯狂的情欲使然，正因为如此，氐人对鲜卑的反感更加深了一层。这种疯狂的情欲是一种畸形的爱恋，前燕降主慕容暐的弟弟和妹妹把苻坚的心勾了去，慕容暐的妹妹清河公主年十四，容姿美好，其弟慕容冲幼小字凤凰，年十二，也有龙阳之姿，苻坚把他们迎入宫中十分溺爱，没多久就被长安的市民取为话题，很快就流行起歌谣来，作为内乱的前兆的风评也起来了：

一雌复一雄，双飞入紫宫。[①]

以上二句被认为是歌谣的一部分，一度在长安街头流行，因为重臣王猛的频频谏言，才让慕容冲离开宫门，移住阿房城。苻坚以为凤凰非梧桐不止，非竹实不食，特意将数十万株梧桐和竹子移栽到阿房城中。果然，因有一件事就能了解其对慕容冲也就是凤凰的热度。长安市民再次讽咏起凤凰来：

凤凰凤凰，止阿房。

青年时期苻坚的帝王生活是十分简单素朴的，在伪位的第二年，减少自己膳食的数量，撤去金玉绮绣等日常用品，清理后宫人员，没有罗衣的裙摆拖地的现象。然而，到了壮年时的苻坚，失去了如何抑制自己欲望的能力，对少年慕容冲格外宠溺，他的后半生因陷入对慕容冲的爱恨两端的苦恼而无法自拔。

---

① 此歌辞原为汉武帝时代的流行语，然而由于相似的事态再次发生，成为歌句，传唱于时人口中。将其作为东汉与前秦两时代的流行歌辞是没有问题的。

苻坚怀抱的一统天下的妄想，自他就伪位以前数年就开始了。他的父亲苻健，在建立大秦国号的第四年，即东晋穆帝永和十年(354)五月，遭到东晋桓温来袭，大败于灞水之西的白鹿原。苻坚当时是十七岁的少年，从那以来，他便对桓温燃起了复仇的欲念，在心里发誓要讨伐江南。在他四十五岁南游长安东郊的灞上时，他对群臣吐露其决意讨伐江南的理由是"每思桓温之寇也，江东不可不灭"，"桓温"的名字从他口中说出。然而他三十年来的妄想总是被所有的朝臣阻止，无法轻易实行。围绕是否讨伐江南，屡屡召开殿前会议，受他信赖的以苻融、石越为首，朝臣们反复上书和谏言，他宠幸的张夫人、尊敬的释道安、太子苻宏、爱子苻诜等所有人，使用各种手段，尽力打消他的这一妄想。就连曾歌唱称赞晋王室名将谢石的无敌"谁为尔坚，石打碎"的前秦的国人们，也预言苻坚的南征没有胜算。如上所述，在举国上下都在阻止苻坚或陷入战争的危惧之中，唯独一人在支持苻坚的南征，他就是鲜卑族的慕容垂。狂喜的苻坚采纳了慕容垂的进言，说出了"与吾定天下者，其惟卿耳"的绝命之句。假如没有慕容垂的支持，他的命运就会走向另一方向也未可知。然而讽刺的是，因慕容垂的怂恿遂决意行动的苻坚，轻而易举就在淝水大败，只有慕容垂麾下的军队毫发无伤。这似乎让平时骂鲜卑为"白虏"的氐人更加憎恨慕容垂。淝水之战失败后，对于得到苻坚的知遇却背叛的慕容垂，流行有"长鞘长鞭击左股，太岁南行当复虏"的歌谣来讽刺他，又早在苻坚之子苻丕围困慕容垂的邺城时，关东一代就流行有诅咒慕容垂的歌谣：

幽州鉠，不当灭。若不灭，百姓绝。

上述歌句中，"幽州鉠"的"鉠"，就是慕容垂的原名。像歌谣下二句"若不灭，百姓绝"的意味，在史书中，这种痛切猛烈的诅咒除了民谣外再没有其他了吧。因此，南朝流传的"簸逻回歌"中有三首《慕容垂歌》，近人余冠英氏认为是前秦人嘲笑慕容垂之败所歌[①]。

从歌谣上便可了解慕容垂遭到了前秦国人的极端憎恶。同时，对

① 参《乐府诗选》111页。

待受到慕容垂怂恿的晚年的苻坚，人们的态度也变得冷淡，在其讨伐江南之前，就有预言苻坚战败的童谣在里巷间歌唱：

阿坚连牵三十年，后若欲败时，当在江淮间。①

由于苻坚是能很好理解歌谣意思的人，不会连续近三十年听不到国人所唱的不吉歌声。事实上，同时期流行的预告其死地的歌谣，他也应该有所耳闻：

河水清复清，苻坚死新城。

听到“苻坚死新城”这样的歌句，给他以强烈的冲击。他每次下出征的命令时，在行军途中，一定仔细嘱咐要回避带有“新”字的地名，此处就可见出当时他这种盲从的态度。然而，作为自私任性之人，在听到“后若欲败时，当在江湖间”的歌句时，他却选择了默杀。盲信与默杀，他都逆来顺受，那也是因为只有讨伐江南的那个十七岁少年时的梦想，大约三十年来，他把国政和自己的生命都赌在了成败之上。覆灭东晋王室，同时一统天下，舍此无外。然而不幸的是，梦想没能实现，果被歌谣的预言言中，淝水战败，他在不是新城而是新平的佛寺被缢死，三年间他的命运，确如预言所指向的方向，不外乎就是前记的那两首童谣或歌谣。

我在本章开始，仅凭十二首民间歌谣，得以论述苻坚传记大略，可能有说错之处。不过，抛却关联他性格和行为的歌谣，就得不到他的生平梗概。他依然拒绝了朝野上下的谏言，成为动员史上少有的兵力踏上南征之途的人，结果吃到惨败的苦头，一旦被不知名姓的市民的歌声所迷惑，投身于五将山，眼睁睁地提前了死因。他的行动受到了民意也就是歌谣的拘束，他强势豪放的性格的另一面，也展现出表面上的脆弱。但是，他也有不分汉、胡，性格热烈、容易亲近的优点。不

① 同样在《晋书·苻坚传》中，第三句作“当在江淮间”，《五行志》则作“当在江湖边”。该书却有如此的异同，乃是因为民间歌谣，其谣辞本来就缺乏固定性，在遍及广袤地域的各阶层之口就容易发生变化，《晋书》偶然能看出这种变化的痕迹。

论他行为的好坏，实际上前秦的人们对他都很严厉，尽管也曾祈祷皇帝长寿“飨龄万亿”，结果却是用预言指明其死期的到来“苻坚死新城”。因此，要探究苻坚的施政情况，就要以当时人们批判苻坚的歌谣为基础，这样才能做出最合适且最可信的断言吧。

并记　正史所见批判施政的歌谣

本来，史学家在正史中采录民间的歌谣（包括童谣），并不是出于从音乐的立场上保存歌谣的必要，而是着意于史料价值，即意图提供为政者的政绩评价。因此，借探讨苻坚的机会，再一瞥正史所采录的民间的歌谣，拟论证民间的人们如何面对当前的为政者，并在歌谣上显示了怎样深切的关心。

正史采录的民间歌谣一览表（据杜文澜《古谣谚》统计）

史书名	民间歌谣数	民间歌谣中的童谣数	二字一句的歌谣	三字一句的歌谣	五字一句的歌谣	六字一句的歌谣	七字一句的歌谣	二句的歌谣	三句的歌谣	四句的歌谣	五句的歌谣	六句的歌谣	七句的歌谣	八句的歌谣	十句的歌谣	十二句的歌谣	十三句的歌谣	十四句的歌谣	十八句的歌谣	讽刺现实的歌谣	预言未来的歌谣
史记	6	(2)							1	2	1	2								5	1
汉书	14	(3)					1	1	3	3	1	2	1	1				1		11	3
后汉书	25	(4)	1				1	5	1	10		4		2		1				22	3
续汉书	14	(11)						2	2	4		3		1			1	1		9	5
三国志	8	(5)			1			1	1	5										5	3
晋书	82	(31)			2		5	34	11	22	1	3	1	1	1				1	24	58
宋书	10	(3)			2	1	1	4		2										5	5
南齐书	8	(7)			1			2	3			1			1					3	6
梁书	8	(3)					1	2	1	3	1									7	1
陈书	0	(0)																		0	0
魏书	9	(2)				1	1	1	4	2										2	7
北齐书	21	(13)	1				1	12	3	3	1									6	15
周书	1	(1)								1										1	0
隋书	14	(10)			2			5	1	4	1	1								4	10
南史	19	(7)		1			1	7	3	4	1	2								9	10
北史	5	(1)						1	3	1										2	3
旧唐书	16	(4)				1		7	1	4	2	1								10	6
新唐书	18	(9)					2	3	3	9		1								8	10

续表

史书名	民间歌谣数	民间歌谣中的童谣数	二字一句的歌谣	三字一句的歌谣	五字一句的歌谣	六字一句的歌谣	七字一句的歌谣	二句的歌谣	三句的歌谣	四句的歌谣	五句的歌谣	六句的歌谣	七句的歌谣	八句的歌谣	十句的歌谣	十二句的歌谣	十三句的歌谣	十四句的歌谣	十八句的歌谣	讽刺现实的歌谣	预言未来的歌谣
旧五代史	2	(0)					1	1												2	0
新五代史	1	(0)						1												1	0
宋史	14	(2)		1	1		2	8		2										8	6
辽史	2	(1)						1		1										2	0
金史	4	(4)						1		2	1									1	3
元史	11	(6)						5		5		1								10	1
明史	18	(2)			1		1	10	1	4		1								14	4
合计	330	(131)	2	2	10	3	18	114	42	93	10	22	2	5	2	1	1	2	1	171	159

据杜文澜的《古谣谚》统计出的正史所采录的民间歌谣，如上表所揭，达到了330首。史学家是如何对待民间歌谣的史料价值的呢？兹据统计所见，同样经过唐人之手而成的史书中，太宗撰写的《晋书》显然很多，有82首，大约占正史采录歌谣总数的25%。如此来看，可知正史中天子自己撰写的书往往会采录更多的歌谣，太宗可以说是更加重视民意的史家吧。又同为北朝的史书，李百药奉敕撰写的《北齐书》收有21首，经令狐德棻之手而成的《周书》则仅有1首。有着相同的国运、身处相似的乱世的两国，无法想象只有北齐才流行着民间歌谣，令狐德棻则全盘否定歌谣的史料价值。不见于姚思廉《梁书》《陈书》的歌谣，都被李延寿采录进了《南史》。姚思廉相比于李延寿，可能更加轻视民间歌谣的史料价值吧。

然而这330首之多的民间歌谣中，二字一句、三字一句、六字一句、七字一句，即只有一句的歌谣有35首。不论句数自由的民间歌谣有几句，也不可能有仅由一句构成的。例如，东汉末年董卓最为横暴之时，可知暗杀董卓之人的市民歌唱着“布乎”①的谣言；北齐后主之世，在高兴跳绳的儿童间流行着“高末”的谣言；又陈后主时住东宫，妇人间歌唱着“毕国主”；更有北宋太祖建隆年间，京师的士庶和乐工少

① 杜文澜云《太平御览》卷八百二十引华峤《后汉书》作“布乎布乎”的叠句。

年间流行有“五来子”的谣言，这些歌谣原本为二字、三字，可以说就连一句也不是，所以不能是歌曲。史学家采录作为史料用的民谣，不必把全文都记录下来，只对有关系的人或时事，才考虑摘录触及核心的语句。这种极端的摘录方式，就如前所述的二字、三字等仅一句来标示。还有其他例子可以看出史家的摘录方法，如《晋书·五行志》中记载的惠帝永熙年间流行的童谣：

> 二月末，三月初，桑生裴雷柳叶舒，荆笔杨板行诏书，宫中大马几作驴。

以上是讽刺杨骏专权的歌谣。但此歌辞中的一句，于武帝在世之时，在王琛所听到的童谣中也能见到，该书卷三十三《石苞传》所载，据说就是因为讽刺王琛怀疑石苞是否有异心而向武帝进了谗言：

> 宫中大马几作驴，大石压之不得舒。

尽管《五行志》和《石苞传》所载的歌谣，流行的年代、讽刺的对象都不同，但由于两首童谣都是同一种东西，史家为了摘录他们仅认为必要的句子，才有了这样的句子分离的情况。又《北齐书·神武纪下》载，早在东魏孝静帝即位之前，邺都便流行以下的童谣：

> 可怜青雀子，飞来邺城里。羽翮垂欲成，化作鹦鹉子。

然将以上童谣与《隋书·五行志》所摘录的相比照，大概是由两章构成的同一首民谣：

> 可怜青雀子，飞来邺城里。作窠犹未成，举头失乡里。寄书与妇母，好看新妇子。

史家只摘录认为必要的句子，由上例即可知。但是，谣辞全文，哪个部分是被摘出的呢？这一定并不严密，而是一种便宜的方法。其结果是，330首民间歌谣中，被看作适合作为重点而摘出的两句的歌谣有114首，另一方面，被认为全文忠实刊载的四句以上的歌谣也有很多。

正史所采录的歌谣，从内容上可以划分为讽刺现实和预言未来两种。前者讽刺的对象先于事实存在，能够促使事实的发生；后者是先流行起有预言腔调的歌谣，因其歌辞顺应了此后到来的事态，正史所谓"初有童谣云……果如谣言""先是谣曰……又曰……至是并验"的记载就是后者。当然，330首中任何一首识别都很困难，上表所统计的两者之数，每一个不可能都正确，仅仅是个概略，可知正史所采录的两者数量大略相等。然而，与讽刺现实的歌谣相比，预言未来的歌谣多数都在正史的《五行志》中。这是因为史家对于民间的歌谣，并不将其视为单纯的民意的表达，还相信是附着上了谶纬的思想。这样一来，预言未来本身就是直接的民意的表明，即从庶民的立场上，从利害得失的程度上，对为政者的举动锐眼相向，思考其结局，用歌谣的预言唱出他们对为政者个人运势的判断。预言未来的歌谣，也可以说就是判断其运势。但是，尽管做了判断，不用说是无知的平民，即使是对有高迈识见的时人来说，也不能保证判断结果是否到来。然而让人惊讶的是，史书中采录的民间歌谣，这些平民作者也有圣贤难以企及的先见之明，有时是十年或者三十年后的判断，竟然完美地命中。但是，所谓"命中"这个最好的结果的到来，实际上是以谶纬思想为根据的史家所附会的。也就是说，有的放矢的平民，不过就是出色言中的史家而已。然而，这里的问题是，没办法理清两者的关系。《晋书·天文志》云"凡五星盈缩失位，其精降于地为人。……荧惑降为童儿，歌谣嬉戏。……吉凶之应，随其象告"，史家戴有星气谶纬思想的有色眼镜，为了观察民间的歌谣，其作者的庶民或儿童，都被视为"五星"或"荧惑"的化身，给人以他们是能够决定未来的吉凶祸福或者成败的超人的能力者的印象，实质上，是史家把自己附着于其上，自认为是能力者至高无上的命令。因此，命中预言，从平民到史家，从史家到平民，都是有着超人的能力者，史家赋予包括童谣的歌谣以史料价值的原因就在于此。

第九章　北朝乐府的实态与歌曲

北朝乐府使用的雅乐、胡曲十分的繁杂，要摸索那些复杂的变迁，大体上说，乃是摄取了汉族的雅乐和鲜卑、匈奴以及其他民族的胡曲并将其同化的结果。胡族统治中原，为了支配汉人，必须要摄取周汉以来汉族王室所具有的礼法制度和郊祀时上奏的雅乐。因此，晋王室一旦崩溃，五胡就竞相争夺晋乐府的伶人和乐器，江北统一后，鲜卑拓跋部的北魏、其次是北齐[①]、匈奴族的北周，每一个都摄取汉族传来的雅乐并为将其同化而努力。事实上，北魏末期，即前废帝时代，已经具备了雅乐和胡曲近五百曲之多。但是，对于胡曲来说，由于其大多采自外来民族，鲜卑族、匈奴族本身缺乏高超的乐伎。因此，受禅北周的隋文帝在开皇之初，采用的是北周乐人设置的乐部，分国伎、清商伎、高丽伎、天竺伎、安国伎、龟兹伎、文康伎七部，隋炀帝又在大业年间改设乐部，分为清乐、西凉、龟兹、天竺、康国、疏勒、安国、高丽、礼毕九部，再没有将鲜卑和匈奴的乐伎单独作为乐部设置。然而，北朝的乐府和南朝乐府相比，其对后世即隋、唐的贡献颇大。南朝拥有最为完备的乐府建制，梁武帝的时代，遭到侯景的叛乱，又元帝之世，在江陵陷落后，乐器被北周掠去。另一方面，北周的宫廷也在郊祀时直接采用了南朝的伶人和乐器。因此，并不再强行从南朝求取有华夏传统的雅乐及乐器，南朝的音乐已不完全，却大备于北朝的宫廷，加之常年不

---

① 北齐开国之初的雅乐，因继承北魏的雅乐，虽也与南朝梁代音乐有直接接触的机会，但没有被北齐朝廷采用，其实际情况详下文。

断与其他民族接触，能够包容大量的歌舞，统一之后的隋朝，从国际色彩丰富的北周乐府所接受的恩惠，要远比从小规模的陈朝乐府中得来的要大得多。也就是说，隋代宫廷的乐部，是更高一级的北周乐部的整备，到了唐代就更为完备了。我这里主要以正史为基础，试将北朝乐府伶人的动向以及他们实际使用雅乐及胡曲变迁的路径，分为：一、五胡的乐府，二、北魏的乐府，三、北齐的乐府，四、北周的乐府四部分来尝试探明之。

一、五胡乐府的实态与歌曲

八王之乱破坏了晋朝的乐府，将宫廷的伶人放逐到了地方。惠帝永兴元年(304)正月，荆州流民达到了十余万户之多，因过于贫困，流民也有变作盗贼的。大约此时的流民群中也夹杂着乐府的伶人，所幸被镇南将军刘弘认出，命令治下郡县的官吏在慰安伶人的同时，也想将他们遣返给乐府[①]。但是，在连天子都不能安居洛阳的形势下，即使伶人能返回故都，也等同于闲职，那是晋代的伶人们最初的受难。据《晋书》卷三十四《山简传》，山简代替刘弘赴任荆州是永嘉三年(309)三月，翌年，山简因战况不利移往夏口时，伶人们再度受难，避难于此地。如此看来，永嘉之乱时，随怀帝一同迁都平阳的伶人，似乎不是很多，南北大约各有一半的伶人受难。而当时入寇洛阳的匈奴族的刘聪，富于文才，一生作诗百余篇，赋颂五十余篇，在怀帝还是豫章王之时，为了向王展示自己创作的乐府歌诗，刘聪也作有《盛德颂》[②]。所以自立以后的他也设置了乐府，应该也召集了伶人。事实上，刘聪死后的刘曜之世，已经保留了乐府。前赵的宫廷也有少数的汉族伶人出入，在乐府里歌唱《陇上歌》。此歌为时人怜悯壮烈战死的叫陈安者所唱，作于太宁元年(323)，《晋书・载记三》收录其歌辞，由七言十二句构成。然而，此歌辞被崔鸿《十六国春秋》[③]采录，全文则作十七句，多出的五句可能为后人所加。《十六国春秋》此歌名为《壮士歌》：

---

① 见《晋书》卷六十六《刘弘传》。

② 见《晋书・载记二》。

③ 乾隆三十九年仁和汪日桂欣托山房校刊本。

> 陇上壮士健儿[1]有曰陈安，躯干虽小腹中宽，爱养将士同心肝。聂骢父骏马铁瑕锻鞍，七尺大宝刀奋如湍配齐环。丈八蛇矛左右盘，十荡十决无当前。百骑俱出如云浮，追者千万骑悠悠战始三交失蛇矛，十骑俱荡九骑留。弃我聂骢窜岩幽，大雨降后追者休为我外援而悬头，西流河之水东流河河流。一去不还阿阿呜呼奈子何。呜呼阿阿奈子合

以上歌辞因完全照搬事实所写，所以没有一点粉饰。陈安战死的情况，因《晋书·载记》的记载可以参考叙述之。刘曜围困叛将陈安于陇城，安败，南走陕中。刘曜命将军平先和丘仲伯追击之。陈安和部下壮士十余人一起折返，他自己左手挥舞七尺大刀，右手持丈八蛇矛应战。然而平先也是无比健壮，勇捷如飞，与安搏战三次，遂夺其蛇矛。陈安在日暮的大雨中，弃马越过山峰，潜身于山谷之间。但翌日雨霁被平先发现，遂斩首。刘曜于是让乐府歌唱此歌，在嘉奖平先功勋的同时，也对叛将陈安悲惨的结局寄寓了哀伤，即该书所谓"及死，陇上为之歌，曜闻而嘉伤"。据杨衒之《洛阳伽蓝记》，北魏孝明帝正光末年(524)，因匈奴别种万俟丑奴进犯边境，征西将军崔延伯受命出阵，在洛阳城西的张方桥校阅兵将时，有部下田僧超吹笛作《壮士歌》，遂使懦夫一变而为勇士，剑客也奋起应敌。崔延伯每次临阵，都令僧超吹奏《壮士歌》[2]，想要取得战争的胜利。又有洛阳豪族河间王琛的婢女朝云，随琛从军，用篪吹奏《陇上歌》，用旋律诱导羌贼投降。见于《洛阳伽蓝记》的这两首歌曲，大概是异名同曲。如前揭《陇上歌》，《十六国春秋》则作《壮士歌》。那么，此歌曲不过就是歌唱单枪匹马的勇士临终前的悲壮英姿。然而，这不正是战乱始终的五胡之世，时人憧憬的理想人物形象，不就是这首歌歌唱的那样的勇士吗？如前所述，这首歌感动了胡人的宫廷以及军人，在二百年后的北魏末期还被歌唱着[3]。

---

① 小字为《十六国春秋·前赵录》所采歌辞。

② 段成式《酉阳杂俎》曰："有田僧超，能吹笳，为壮士歌《项羽吟》。将军崔延伯出师，每临敌，令僧超为壮士声，遂单骑入阵。"

③ 李白作有《司马将军歌》，也歌咏了陈安的故事。

与刘曜同一时期，羯族的石勒自立了襄国，在大兴元年(318)袭击平阳宫，将晋宫廷的乐器也劫运到了襄国。石勒在翌年使用这批乐器，制定了轩悬之乐、八佾之舞。如此也能看出从前赵刘曜就开始整备乐府，遵从汉族的传统，试图统治汉人的他，当务之急便是制定礼乐。晋元帝大兴二年(319)，是石勒自称赵王的第一年，然而早在这一年的朝会上，他便使用了天子的礼乐君临群臣，其威仪冠冕从容可观[1]。石勒死后，迁都邺城的石虎，在营造壮丽宫殿的同时，与万余名宫人一样爱好歌曲，醉心于散乐。当时他的乐府规模似乎很大，编有女子鼓吹队。《十六国春秋·后赵录》以及《太平御览》卷五百六十八、五百六十九引陆翙《邺中记》记录了他当时的奏乐情况，言其在大武殿前建有高四十丈的楼阁，在盛夏的节令兼做瞭望之用，日夜演奏金石丝竹之乐，还搬演高絙、鱼龙、凤凰、安息、五案等多种杂伎，外出之时，参列有女子鼓吹之队。然而，石虎死去的那年，即晋穆帝永和五年(349)爆发了冉闵之乱，后赵的乐府被破坏。据《晋书·乐志》及《谢尚传》，从邺都往江南避难的伶人，被镇守寿阳的镇西将军谢尚救出，借此机缘，南朝得以第一次采择了雅乐。被谢尚所救乃在永和十一年(355)，这些前赵的伶人遭受了六年的流浪。然而，残留邺都的伶人所受的苦难则有过之而无不及，连同原晋王室所有的乐器，与从冉闵到前燕的慕容俊，还有从汉人王猛到前秦的苻坚，所有的伶人被迫过着迁徙流转的生活。若据《十六国春秋》所言，苻坚重拾了遗失的礼乐，制定遵从汉族传统的治政方针。这样看来，乐府的伶人似乎受到了优待。但是他们所受的苦难远远没有终止。晋武帝太元八年(383)，苻坚战败于淝水，伶人又失去了靠山，这其中，也有像杨蜀那样避难江东，尽力恢复东晋庙歌的人。但多数的伶人和乐器一道，从苻坚转投于西燕的慕容永，再辗转至后燕的慕容垂麾下，在慕容垂之子慕容宝死后，又投奔南燕的慕容德。但仅仅一瞬间，又从慕容德兄长之子慕容超，再到了后秦的姚兴，不得不重年累月遭受着苦难。在这些太乐伶人以及晋王室所有的乐器被迫流徙的背后，不论是鲜卑的慕容氏，还是羌族的姚氏，在胡人之间，不断以武力的高下来竞争，只有胜利者

① 见《晋书·载记五》。

才可以独占一切的意识非常之强烈，而为了模仿汉族王室的传统，就有了不用说乐器，就连太乐的伶人也一定要是汉人这样的情况。晋安帝义熙三年(407)，屈服于后秦姚兴的压力，暂时受其支配的南燕的慕容超，被要求将太乐诸伎强行转让给姚兴，不得已朝议的结果，是派遣张华将太乐诸伎一百二十人送往姚兴治下的长安。姚兴大喜过望，迅速召宴张华，席上，后秦的尹雅扬言："昔日殷灭亡之际，其乐人归属于周。以古例推之的话，这次接受南燕的乐人，确实就是秦兴燕废的吉兆啊！"性格顽强不屈的张华便引用老子"将欲取之，必先与之"的话反驳道："现在是转让乐人给你们，但这种优劣变化，一定不久以后将复归于南燕。"[①]也就是说，两人的会话露骨地显示了优胜者独占的意识。又转让出乐人便后悔的慕容超，在义熙五年(409)二月，掠夺了晋人所治的宿豫，挑选男女二千五百人，归属太乐，教习音乐。没有什么能比这个事实更能作为乐人一定要是汉族的证据了吧。

二、北魏乐府的实态与歌曲

天兴元年(398)十二月，北魏道武帝在大同即位。但因当时已有邓渊参与策划音律的制定，北魏的乐府在其即位的同时便已创设乃是理所当然的。但是音律上并不是汉王室的传统，而是制作异质的乐章。试说明之。北魏朝廷在道武帝即位的前年，即皇始二年[②]，在中山击破后燕慕容宝时，在获得原来晋宫廷的乐器以及后燕属下的乐人的同时，也墨守着鲜卑族的旧习，并不知道这些乐器的使用方法，眼睁睁地看着这些乐器被遗弃，以钟律令李佛为首的太乐伶人纷纷逃亡到南燕的邺都。因此，即使是饱读经书、多识旧事的邓渊也无法将晋王室的音乐风习照搬应用于鲜卑朝廷。据《隋书·音乐志》，在北齐文宣帝时期任尚乐典御的祖珽上书的文中，记述了北魏开国初期的情况是"钟管不备，乐章既阙，杂以《簸逻回歌》"。不过，若是说"杂"的话，那么所谓的"乐章既阙"，应该是说存在有混杂补充的另一种乐歌的现象，即名为《真人代歌》的乐章，被与祖珽同时期的北齐人魏收撰写的《魏

① 见《晋书·载记二十八》。

② 《隋志》作皇始元年，乃二年之误。道武帝在用皇帝之名以前，乃用元号。

书·乐志》所著录。鲜卑朝廷把此《真人代歌》和《簸逻回歌》二曲都作为开国之初的雅乐。兹试评价其作为雅乐的价值。《真人代歌》是道武帝天兴元年乐府创作的歌曲，大约由一百五十乐章构成，其内容是祖述北魏宗祖的创业由来，叙述君臣兴废的足迹之歌，在当时钟管没有齐备的情况下，成为鲜卑朝廷引以为豪的雅乐。被推测为成书于隋末的《乐部》一书中[①]，此歌在后来的北周、隋朝被混杂以西凉乐演奏，在唐初尚存有五十三章，即便是鲜卑族的音乐，也与当时的宫廷雅乐很般配。与《真人代歌》相比，《簸逻回歌》原本是来自四夷的其他民族中产生的歌谣，内容很繁杂，与鲜卑朝廷没有直接的关系。那么祖珽为什么说是要杂以演奏呢？虽然在数量上有缺失，但因具备了以《真人代歌》为名的作为中枢的雅乐，所以仅杂奏此歌也是很从容的吧。《魏志》记载，来自燕、赵、秦的胡曲，江东吴地的歌谣，都在北魏一年四季的飨宴上演奏着。可见，《簸逻回歌》兼有着雅乐和俗乐两种功能。

《簸逻回歌》产生较古老，是道武帝开国以前就在燕、赵、秦的胡族支配下的歌曲。如陈释智匠《古今乐录》所载《企喻歌》中，"男儿可怜虫，出门怀死忧。尸丧狭谷中，白骨无人收"的歌辞，就是基于苻融诗"深山解谷口，把骨无人收"句。苻融是前秦苻坚的弟弟，与姚苌、慕容垂是同时代的人。又《钜鹿公主歌》，在《乐部》中则有梁代同名的歌曲，与姚苌时期的歌辞相似。还有《慕容垂歌》三首，乃后燕当时的民歌[②]，《琅琊王歌》中的"侩（元左克明《古乐府》作"快"）马高缠鬃，遥知身是龙。谁能骑此马，唯有广平公"一首，是赞美当时后秦姚泓的弟弟姚弼驾驭快马的勇武之姿的歌曲。如此来看，由于这些胡曲产生于古老的燕、秦时代的战火交争之世，所以和北魏朝廷没有直接的关系。

---

① 《乐部》的成书时间推测在隋末唐初，乃据清马国翰之说。将此书与杜佑《通典》比照，有文字相同之处。杜佑大概采自此书。

② 此歌是嘲笑慕容垂的民歌。仅作参考，再记录与鲜卑族及其慕容部有关的歌曲：《太平御览》卷五百七十二引《十六国春秋·前燕录》云，前燕慕容廆作有《吐谷浑阿干歌》，其内容大概为怀念家乡一类，歌辞不存。此为史书所见鲜卑慕容部最古老的歌谣。慕容俊就伪位时，有《辇后大曲》。又该书卷五百七十七《前秦录》有鲜卑赵整者，收录其弹琴作歌时的歌辞二首："昔闻孟津河，千里作一曲。此水本清白，是谁乱使浊。""北园有枣树，布叶垂重阴。外虽多棘刺，内实有赤心。"然《晋书·载记十四》《资治通鉴》卷一百三和一百四收录整部歌辞，但都没有把赵整当作鲜卑族。

但由于这些雅乐及胡乐经过了北魏宫廷人的整备而长期传唱,并且流传到了南朝一方,在称之为"簸逻回歌"之中,我猜测难道不会参杂了一些燕、秦战乱时产生的鲜卑族固有的歌曲吗?又,"簸逻回"在刘宋陈旸的《乐书》卷一百三十《乐图论》中,有所谓中鸣角的胡名。在北魏的宫廷中,当吹奏此歌时,由于主要使用的就是中鸣角,以至于"簸逻回歌"因此器物而得名。

如前所揭示,北魏的雅乐与汉族传统之乐不同。但是,创立乐府大体与举行郊祀同时,演奏舞乐一事,乃是一种对南朝东晋夸示自豪的行为。据《魏志》,郊祀时会演奏《皇矣乐》《天祚乐》和《云和舞》《大武舞》,这些主要都是邓渊的努力。然而在南朝,整个东晋一代也没有在郊祀时奏乐,到了刘宋的武帝、文帝时期,才渐渐复兴了舞乐传统,这比北朝大约迟了四十八年。《晋书》及《宋书》的《乐志》曾明言,虽然在东晋之世,曹毗、王珣等作有郊庙歌辞,但在郊祀时也不奏乐。又《资治通鉴》卷一百二十四《宋文帝纪》载,最初江左南北二郊也不奏乐,仅奏宗庙用的登歌,也没有文舞、武舞这二舞的表演。如此看来,可知与北朝相比,南朝整备宫廷音乐明显是滞后的。

以上可知道武帝当初的乐府情况。还有一个不能忽略的事件,就是天兴六年(403)下诏,要准备大规模的百戏,相互竞争表演。但是,百戏在往昔汉武帝时期盛行于汉族朝廷,像《魏书·乐志》记载那样,说是道武帝以汉、晋旧习为依据而作的奖励,是一点都不奇怪的吧。这只是一个开始,与其他民族热烈交涉的北朝,与四夷传来的歌曲一道,百戏占有了很大的比重,不用说北魏,在北齐、北周也非常的流行①。

明元帝死后,太武帝统一了大江南北,由于悉数摄取了其他民族的歌舞,其当时乐府的规模远比道武帝时代大得多,构成了以汉族传来的雅乐为首的,包括悦般乐、百济乐、高丽乐、疏勒乐、安国乐、西凉

① 据《周书》卷三十五《崔猷传》,西魏文帝时期,郊祀四时,举行俳优角抵之戏的程度,以北周宣帝时期最盛。"散乐杂戏,鱼龙烂熳之伎,常在目前。好令京城少年,为妇人服饰,入殿歌舞,与后宫观之,以为喜乐。"(《周书·宣帝纪》)"周宣帝,初复佛像及天尊像。天元与二像,俱南面坐,大陈杂戏,令长安士民纵观。"(《资治通鉴》卷一百七十三)

乐、龟兹乐、天竺乐等胡汉兼有的国际色彩浓厚的宫廷音乐。这是从太武帝在统万城灭亡大夏的赫连昌的始光四年(427)开始，这一年，大概也将从汉族传来的雅乐纳入囊中。然据《隋书·音乐志》，太武帝从赫连氏那里得到雅乐这一事实是很可怀疑的。宋武帝攻下长安，捕得后秦姚兴之子姚泓那年，即早于始光四年的二十一年的往昔，便将汉族传唱的雅乐悉数入手并归还建康，自此以来，可以证明中原已经不存在雅乐了。然而，《资治通鉴》卷一百三十七有"魏世祖克统万及姑臧，获雅乐器服工人"的记载，可以确认世祖——太武帝攻略统万城时，得到了雅乐及乐人这一事实。本来赫连氏入侵长安和宋武帝攻下长安前后仅仅不足一年，赫连氏也有夺取秦姚氏若干雅乐的机会。据《魏书·乐志》，在出帝平阳王永熙二年(533)祖莹上表文中，记述了平定赫连氏时，得到了古雅乐一部及正声歌五十曲。太武帝因入手了汉族的雅乐，尝试建立混杂了汉族、鲜卑族(《真人代歌》)及各种民族(《簸逻回歌》)的雅乐。据《魏书》卷一百二《西域传》，悦般乐是太平真君九年(448)讨伐蠕蠕途中所得，百济乐是太武帝消灭北燕时所得。《北史》卷九十四《百济传》载，因宋元嘉年间就流行鼓、角、箜篌、笛这些乐器，太武帝当时的百济乐，毋宁说就已繁盛于南朝吧。若据推测为成书于隋末唐初的《乐部》，高丽、疏勒、安国三乐乃是北魏讨伐冯氏时所得，冯氏即北燕的冯宏。西凉乐则是西凉地区的音乐，其地域在五胡之乱的漩涡中，虽然从汉人前凉的张氏，到后梁的吕光，再从匈奴族北凉的沮渠蒙逊，到西凉的李暠，继之以鲜卑族南凉的秃发乌孤，领主经历了频繁的变更，但自昔日晋初以来便是歌舞繁盛之地。这可由北魏末期的歌曲，孝庄帝时代的温子昇所作的《凉州乐歌》来证明：

> 远游武威郡，遥望姑臧城。车马相交错，歌吹日纵横。路出玉门关，城接龙城坂。但事弦歌乐，谁道山川远。(《初学记》卷八)

上歌所见的"姑臧城"，乃是历代凉州统治者所居之城。然而，西凉乐却不是产生于凉州地域的乐歌，而是因混杂了汉族歌曲和外来胡曲的产物，被太武帝命名为西凉乐。取得的时间是太延五年(439)攻取姑臧城时。那么据《隋书·音乐志》,西晋末的乱世,魏王室的歌曲即清商曲,也流传到了偏远的地域。当时胡族横行于江北一带,这些流传到很远地区的歌曲,是被一意维持汉族文明的前凉张骏和张重华二人积极引入的。事实就是张骏传存有《薤露行》《东门行》等主题的歌曲。张氏之后,后凉的吕光占据了凉州,他将外来的胡曲混杂入清商曲并命名为新的秦汉乐。又因吕光消灭了龟兹,将其地音乐也占为己有,所以指外来的胡曲为龟兹乐。祖珽上书太武帝,将西凉乐用于嘉宾的大礼,可知将西凉乐视为和雅乐同等重要的音乐。天竺乐传来甚早,据梁释慧皎《高僧传》卷十三,梵呗是由魏国的曹植推广开来的,《乐部》一书云在前凉张重华的时期,流传有凤首箜篌、都昙鼓等天竺特有的乐器伴奏的歌舞。如此可见天竺乐应该在太武帝时就已经很普及了。

太武帝死后,北魏乐府重复上演了二度盛衰。衰微的原因,一是文成、献文二帝弃之不顾,乐章因此失散,伶人也离开了乐府。《魏志》中二帝是意欲国家的经营,不务于声律方面。二是奚祖尔朱荣父子的叛乱,焚烧了乐府。《魏书》卷八十二《祖莹传》中载,孝庄帝末年,尔朱兆入洛之际,由于军人焚烧了乐府,钟石管弦等器物荡然无存。尔朱兆是尔朱荣从子。又该书卷十八《临淮王谭传》载,往岁大军入洛,因遭马骑的蹂躏,大半乐器业已亡佚。大军乃是尔朱兆手下的叛徒。文成、献文二帝之后,起于乐府衰微之时的孝文帝迁都洛阳,出色地复兴了乐府。然而第二次衰微之际,前废帝广陵王的一番苦心付诸东流,乐府再度崩坏。那么,北魏乐府最为整备乃是在大同的太武帝的时代,其次是迁都洛阳后的孝文帝时代,再次是宣武帝时代。

依次服务于孝文帝、宣武帝时期,在乐事上有主要功劳的人,是高允、高闾、公孙崇、刘芳、广平王匡等。然而孝文帝对于音乐的见解,较之开国之初,有了明显的变化。即为了与汉族王室的传统同化,尊重风教的雅乐,极力排斥新声俗乐和胡曲。还在孝文帝定都大同之时,曾二度下诏[①],每诏的内容均是要立足于儒教的音乐观。在他即位当初,国初的雅乐及伶人早已亡失,反而增加了四夷的歌舞,出现了其歌

---

① 见《隋书·音乐志》。

舞装饰以金石羽旄凌驾于往时的情况。加之从文成帝时代，朝会之上，内外群臣狂醉一片，礼仪尽失，又百戏俳优污染天子的视听，这些反被当成美好的风气[①]。孝文帝在太和十五年(491)的下诏，论述国初雅乐缺失的原因，有意图复兴雅乐的旨趣。但在十六年的诏书中，对国初的宫廷音乐颇有批判，即司乐者教习的乃是并不典雅的俗乐，由于当时正处于战火交争之世，无法停止这种做法。但在太平的今日，就已经不是正常的宫廷音乐，并晓瑜专门进行宫廷音乐的改革。然而还没等到孝文帝的两次下诏，乐府已经在渐进地演奏有关风教的雅乐。太和五年(481)，孝文帝亲自为自己的歌曲作曲，此歌的目的是为了训诫朝野上下。又同时代的文明皇后冯氏也是儒教的音乐论者，如太和十一年所下的太后命令，抛却新声俗曲，只能演奏风教的雅乐正声，其论旨是非常严厉的。文明皇后作有《劝戒歌》三百余章、《皇诰》十八篇[②]。《皇诰》的制作时代不详，《劝戒歌》则与孝文帝所作歌同为太和五年所作。另外还有高允，自文成帝时代开始，就主张雅乐的改革，在太和七年所作的乐府歌辞中，赞扬了王室善政的符瑞及天子祖宗的功德。文成帝时曾讨伐南朝，由于将汉族的古曲如《明君》《圣主》《公莫》《白鸠》等新声的吴歌西曲纳入囊中，突然宣扬尊重汉族王室歌曲的风气，当时的雅乐正声多种多样。据《洛阳伽蓝记》记载，北魏末期仍有《明妃出塞曲》《绿水曲》《团扇歌》等晋、南朝的歌曲在实际歌唱着。宣武帝与孝文帝稍有不同，使用胡笙、屈茨琵琶等胡地的乐器，偏好胡声。但是像同化汉族王室传统的方针，孝文帝也不曾改变。永平二年(509)，扬州之民张阳子，义阳之民兒凤鸣、陈孝孙、戴当千、吴殿、陈文显、陈成等七人，因对雅乐及《八佾》之舞、文、武二舞有着深刻理解，孝文帝命刘芳从他们学习。扬州和义阳(今属河南，时为刘宋所治)之民，明显就是南人，被认为是南朝在传授舞乐。另一方面，南朝萧齐的王融所作之歌有《阳翟新声》，这是模仿西凉乐中的歌曲。因此，宣武帝时期，南朝也很可能从北朝引进过歌曲。如上所述，采择南朝乐舞的孝文帝一心努力与汉族同化，鼓吹曲也照搬使用汉魏旧曲。

① 《魏书》卷四十八《高允传》："今之大会，内外相混，酒醉喧譊，罔有仪式，污辱视听，朝廷积习以为美。"

② 见《北史》卷十三《文成文明皇后冯氏传》。

为此,虽在永平三年(510)制作了赞美本国王室美德的鼓吹之曲,孝文帝却一次也没有演奏过。

宣武帝时期的太乐署,为了使乐府繁盛,朝臣间围绕着乐律的制定,进行了长时间的争论。孝文帝则事先就考虑到乐律的制定,在太和十六年(492)便已下诏高闾开始着手准备,同时在十九年定律尺,以铜尺定作一黍之广即为一分、九十黍之长。宣武帝时期对乐律的制定出力最多的人是公孙崇、刘芳及广平王匡三人。公孙崇时任太乐祭酒[①]一职,向宣武帝进献有讨论乐事的《钟磬志议》二卷。此书大约写于正始元年(504),是北朝最早的乐书。公孙崇早在太和时期便和高闾一起考证乐律,经过十数年的苦心[②],渐渐取得成功并向宣武帝上表。武帝下诏,召集太乐署八座以下,西门博士以上的朝臣,讨论其是否可行。为了想要恭谨地制定出不朽的乐律,朝臣之间相互谈论其得失,无法达成决议,就如《魏书》卷五十五《刘芳传》所言,“数旬之间,频烦三议”。宣武帝不得已让提出异议的刘芳制律,又因议论沸腾而无法决定。广平王匡因坚持非难刘芳制律而致获罪,几免于死刑,左迁至兖州刺史。尽管如此,广平王匡向为其送行而接见他的宣武帝提出再议律制的请求。于是在长期争论的最后,刘芳所制之律,与先帝制定的相同,并且以其忠实于古老的《周礼》的积度为理由而被采用。总之,争论之处完全就是审度的问题[③]。

尔朱荣父子发起谋反入洛,乐器和乐章大多散佚。尽管如此,在出帝平阳王永熙二年(533)时,还有《王夏》《肆夏》等二十三曲残存,稍稍保存了王室的脸面。当时的朝臣中,安丰王延明虽早在孝明帝的正光年间便已受诏,与门生出身河间的信都芳一起尽力于乐事,但遭逢国事多难,以至于成果甚微。祖莹也受前废帝之命,与长孙稚、元孚一道,制定新的金石雅乐,另外崔光、临淮王也制作了郊庙歌辞,然时逢

---

① 据《魏书·官氏志》,太和年间所定的乐官,有太乐祭酒、太乐博士、太乐典录。

② 《魏书》卷十八、《北史》卷十六《临淮王谭传》中云“太乐令公孙崇,修造金石,数十年间,乃奏成功”,“数十”为“十数”之误,盖年数不合。

③ 《魏书·律历志》:“永平中,崇更造新尺,以一黍之长,累为寸法。寻太常卿刘芳,受诏修乐,以秬黍中者,一黍之广,即为一分,而中尉元匡以一黍之广,度黍二,缝以取一分。三家纷竞,久不能决。”

王室倾颓,实际上都没有演奏。据《魏书·乐志》,在祖莹任职的前废帝时期,古今的杂曲尚存有近五百曲。这些都存在于北魏灭亡的数年前。这五百曲中,有雅乐的乐章、郑声的俗乐,也包含四夷的杂歌。但在当时太乐令崔九龙的著录中,仅记录了乐谱,曲名则多误写,因此其著录的歌曲不足凭信。然而,从著录歌曲数量上,便可察知在北魏全盛之时的歌曲数量远超于此这一事实。兹试对见于《魏书》及《北史》的歌曲——北魏宫廷实际演奏的歌曲《中山王乐》《咸阳王歌》及《树梨》《普梨曲》《回波乐》解题。《中山王乐》乃是赞美文明皇后的宠臣王叡之武勇的歌曲。太和二年(478),孝文帝和皇后以及百官随从一道观赏虎圈,猛虎突然从圈中脱出,几乎扑到了御座之上,左右侍臣全都惊愕不知所措,唯独王叡于千钧一发之际持戟捍卫,击退猛虎,由于这个原因而被皇后所亲任重用。在他死后,皇后褒奖其勇武,图《捍虎状》于殿中,并命高允为之图赞,都中有百余位文人作了哀诗或诔词。另一方面,都中的士女也为了追褒王叡的武勇,作有《中山王乐》新曲,广为歌唱。此曲经孝文帝下诏,被乐府采入,在宫中演奏。其歌辞虽然不传,但也容易察知其内容和流传范围,其题名乃因王叡及其王族都被封为中山王而来。

《咸阳王歌》是悲伤的歌曲。献文帝之子咸阳王禧因豪奢的生活而招来祸端,为宣武帝所忌惮,景明年间(500—503)命其自杀。当时宫人因怜悯其命运而作歌,不久就从宫廷流传出来,跨越长江,无论是以前的北人还是现在的富贵者,奏以丝竹之音歌唱,都留下了同情的眼泪。没想到取材于一个王子的悲惨命运的歌曲,竟然打通了南北两地之人的心意。此歌歌辞现存,如下:

> 可怜咸阳王,奈何作事误。金床玉几不能眠,夜踏霜与露。洛水湛湛弥岸长,行人那得度。

史官恐怕将上述歌辞全文采入正史(《魏书》卷二十一、《北史》卷十九),歌辞如此显著的原因,大概是因为他由于这个事件而广为人知吧。也就是说,此歌辞在谴责咸阳王过失的同时,也换成怜悯之情,表明了察觉出在现世的生活就是走向死亡旅途的目的地的这种心情。

换言之，这种将哀伤之意置换成生别之情的手法，反而更加深了悲伤之感，就带来了一种可以抓住普遍人心的效果吧。

《树梨》《普梨曲》和《回波乐》是奚族的尔朱荣在宫中庭园中所唱的胡歌，大概是奚族固有的歌曲。尔朱荣在孝庄帝之世闯进了洛阳，在都中大肆施暴。他除了骑射之外没有任何技艺，曾在西林园中骑射，强邀天子和皇后临席，狂醉之后随意自歌《树梨》《普梨曲》，从庭园退出时，和部下一道手牵手脚踏地歌唱《回波乐》[①]。除以上之外，实际还有下面的歌舞。

宣武灵皇后胡氏的时代，宫廷唱有《杨白花歌》，庭园表演有《力士舞》。据《梁书》卷三十九及《南史》卷六十三《王神念传》，《杨白花歌》是胡氏追慕去往江南的杨华而作的恋歌。胡氏让宫人连臂踏足，日夜歌之，因为是合唱，歌声非常之凄恻。《力士舞》则是名奚康生者，于正光二年(521)三月在西林园中为宣武灵太后、孝明帝及文武百官侍坐的席上所表演的舞蹈。当时因康生以颇有杀气的态度演绎，此舞可能原本就是带有杀伐动作的武舞吧[②]。

三、北齐乐府的实态与歌曲

北齐的宫廷音乐因大体上继承了北魏，在雅乐正声上和南朝没有关系。据《北史》卷八十二《何妥传》，梁武帝末年，侯景叛乱，太乐伶人分散，尽管萧梁宫廷的雅乐古舞也流入到北齐的领土，但并没有被北齐朝廷采用[③]。包含东魏的四十四年间，在乐事上有功绩的只有祖珽

① 此事不见于《魏书》，然《北史》卷四十八《尔朱荣传》有意味深长的记载："荣虽威名大振，而举止轻脱，正以驰射为伎艺，每入朝见，更无所为，唯戏上下马于西林园宴射，恒请皇后出观，并召王公妃主，共在一堂。每见天子，射中辄自起舞，叫将相卿士，悉皆盘旋，乃至妃主妇人，亦不免随之舞袂。及酒酣耳热，必自匡坐，唱虏歌为《树梨》《普梨》之曲。见临淮王彧从容闲雅，爱尚风素，固令为敕勒舞。日暮罢归，便与左右，连手踏地，唱《回波乐》而出。性甚严暴，愠喜无恒。"

② 见《魏书》卷七十三《奚康生传》。

③ 《北史》卷二十八《何妥传》："至于梁代，所行乐事，犹皆传古。三雍四始，实称大盛。及侯景篡逆，乐师分散，其四舞三调，悉度伪齐。齐氏虽知传受得曲，而不用之于宗庙朝廷也。"

一人。祖珽自高欢(后追谥为神武帝)时代起,至后主灭亡,肩负起了北齐一代的乐事。他的父亲祖莹,在北魏孝庄帝时代尔朱兆的军队焚烧乐府后,便花费三年的时间为复兴金石雅乐而努力,后因从神武帝迁都邺城,祖珽子承父业,向北齐宫廷传授雅乐。祖珽年轻时富有诗文之才,曾在神武帝的时代,东魏的兰陵公主出嫁蠕蠕时,魏收作有《出塞》及《公主远嫁诗》二首,祖珽皆相合之,广为时人传颂。他在音律上造诣精深,能弹琵琶作新声之曲,召集城市的少年歌舞为娱。他在文宣帝之世曾任尚乐典御,从事乐章及乐律的审定。当时的乐伎,《北齐书》卷三十九《崔季舒传》载"季舒善音乐,故内伎亦通隶焉。内伎属中书,自季舒始也",文襄帝(在位一年)、文宣帝之世的"内伎"也就是宫中的乐伎,属于中书省。因此,这条记载乃是能够确认北齐乐府所在的唯一资料。那么,在他任尚乐典御前,郊庙与朝贺用的前朝音乐,恐怕就是其父祖莹制作的吧。他选择了其父在世时没有采用的信都芳的乐说,制定了有齐一代的乐律,自己还制作了《广成乐》,充作北齐的雅乐。此歌不是汉语歌曲,夹杂了西凉的旋律。与杂糅了四夷歌曲的北魏道武帝时的雅乐如出一辙。虽然在祖珽的时代,萧梁在野的宫廷乐人及其雅乐也流入进来,可是为什么没有被北齐宫廷采用呢?这是因为相比起中华的歌曲,北齐更重视的是胡曲。《北齐书》卷二十九记载郑述祖爱好琴曲,作有《龙吟十弄》,时人称为绝妙。然而当时的好尚毋宁是个例外,从祖珽开始,魏收、尔朱文略、和士开等朝臣,每一个都喜爱弹弄胡琵琶的胡族歌舞,也因之得到了天子的宠爱。又李搔、李德忱创作的八弦琵琶,魏收所作的《永世乐》,由于模仿的是西凉乐歌,祖珽也在北齐的雅乐中杂糅了西凉的旋律,从当时的好尚来看,就是自然的做法吧。如前说述,祖珽自文宣帝时代起就致力于乐事,但演奏新制作的郊庙歌,就要到了武成帝的时代,只是歌辞的制作者不是祖珽。据《北齐书》卷三十五《陆卬传》,北齐的郊庙歌曲,多数是陆卬所作,因此陆卬当为作者。但是在作曲时,善解音律并且掌控诏诰的祖珽不会没有参与。随郊庙歌后,北齐有鼓吹二十曲,是武成帝时代制作的。这二十曲中,有十七曲记录了武成帝以前的皇帝姓名,每首历述其功德。但是,剩余三曲《远夷至》《嘉瑞臻》《成礼乐》只记作"时主",没有帝名。"时主"乃是指武成帝,此词暗示了这二十曲都是在武成帝在位时制作的。由于《隋志》"并议定其名，被于鼓吹"的记载，一定是关于鼓吹二十曲的朝议，哪一曲是分配给哪个先帝呢？由于有了议案，恐怕祖珽也参与其中了吧。

因为祖珽的努力，文宣帝和文成帝时代，北齐的宫廷音乐得以整备。然而开国草创期的神武帝及文襄帝也并不是不喜欢歌曲。神武帝时期，有原来用鲜卑族的语言歌唱的《敕勒歌》[①]，此歌牵连有一事件。神武帝武定四年(546)九月进攻西魏，包围其玉璧城，战况不利而发病，到了十一月，西魏方面得知，有了神武帝中了弩矢的流言。神武帝反驳流言，从病中坐起，引见部下，使勇将斛律金唱歌，帝亲自相和。斛律金所唱就是《敕勒歌》，因其为敕勒部之人，能用其地方言歌唱。据《魏书》卷一百三《高车传》，敕勒乃高车的别名，也叫狄历，其语言和匈奴大同小异，因其种族有斛律氏，故敕勒并非鲜卑族。斛律金及其子斛律光、斛律羡是与天子高氏一族结交的重要人物，后主的皇后乃是斛律金的孙女。《敕勒歌》和北齐发生联系，始自神武帝让斛律金歌唱之时，此歌便被北齐作为宫廷音乐之一而演唱。北宋郭茂倩《乐府诗集》卷八十六采录的一首，是改作中华之音，歌唱的是敕勒的自然环境："敕勒川，阴山下。天似穹庐，笼盖四野。天苍苍，野茫茫，风吹草低见牛羊。"从歌辞上便能看出敕勒果然就是一幅在平原放牧牛羊的风景吧。

虽然文襄帝在位不过一年，但他爱好魏王室的清商曲、鞞舞，尤其喜爱胡曲，将西凉乐、龟兹乐采入宫廷。这也成为了以后天子的好尚，胡曲的流行，在后主之世达到了极盛。后主因过分心醉，竟然有了强行册封龟兹乐人为王的荒谬之举。他自己创作的《无愁曲》，乃用琵琶等弦乐器伴奏的歌曲，可能就是受了当时流行的胡曲的影响而创作的。合唱之人，除了宦官外，全部都是外国人。在其行幸之时从马上流荡而出的哀愁旋律，不仅让街头的市民啼泣，就是亡国之后，北齐的遗臣也不愿意再度歌唱之。例如北周武帝在云阳与后主及北齐的遗臣举办宴会时，挑选这首《无愁曲》，武帝自己弹弄胡琵琶，命令文襄帝

---

① 北宋沈建《乐府广题》云"其歌本鲜卑语"。又南宋洪迈《容斋随笔》卷一云"高欢(神武帝)使斛律金唱《敕勒歌》，欢自和之。其歌本鲜卑语"。宋末胡三省在《资治通鉴》卷一百五十九的记事中注引洪迈之说，但《通鉴》记事作"使斛律金作《敕勒歌》"。

之子广宁王孝珩伴奏,孝珩以亡国之音不足听的理由拒绝[①]。然与此曲一起在北齐末年流行的,还有《伴侣曲》。此曲早在文襄帝的时代,便由阳俊之所作,尽管其六言体的歌辞充满了拙劣的技巧和淫荡的内容,反而颇受世俗的好评,被称为"阳五伴侣",市民争相传写歌辞,十分畅销[②]。非常喜爱歌曲的后主自然也将此曲采入宫廷,这种淫荡的歌曲受到了宫廷内外的一致欢迎。但是,与如此淫荡的歌曲不同,在军人间流传有颇为勇壮的《兰陵王入阵曲》。此曲乃是赞美文襄帝第四子、兰陵武王孝瓘(一名长恭),在击破北周军队时的勇战之姿,作者是军人[③]。然而取得胜利的长恭名声远扬,却引起了后主的忌惮,最终遭致了鸩杀的悲惨命运。因此即便在他死后,此歌曲直到北齐灭亡的十数年间,仍为军人们所爱唱,以致后主的宫廷没有采用吧。

四、北周乐府的实态与歌曲

相比于北齐,北周的宫廷音乐要丰富多彩得多。就雅乐所用的乐器而言,和北齐不同,北周直接从萧梁宫廷积极地引进。北周宇文泰(追谥为文帝)还没有自立时,出仕于西魏恭帝的元年(554),攻陷江陵,杀害了梁元帝。文帝赞赏于谨这一富有成效的行动,将梁朝廷音乐的一部赏赐给他,并制作《常山公平梁歌》十首交付乐人歌唱。"常山公"就是指于谨。据《隋书·音乐志》,当时周人不知道采用乐工和乐器,萧梁的乐人流入关中沦落为奴婢[④]。但当时的奴婢,因《周书》卷十五《于谨传》云王公以下合百姓男女有十余万人,《隋志》所记就不能

---

① 《北齐书》卷十一《文襄六王传》:"后周武帝在云阳,宴齐群臣。自弹胡琵琶,命孝珩吹笛。辞曰:'亡国之音,不足听也。'固命之,举笛裁至口,泪下呜咽,武帝乃止。"

② 《资治通鉴》卷一百九十二:"齐之将亡,作《伴侣曲》。胡三省注:北齐之时,阳俊之多作六言歌,辞淫荡而拙,世俗流传,名为《阳五伴侣》。"《北史》卷四十七《阳休之传》:"俊之,文襄时多作六言歌,辞淫荡而拙,世俗流传,名为《五阳伴侣》,写而卖之,在市不绝。俊之尝过市,取而改之,言其字误。卖书者曰:'阳五,古之贤人,作此《伴侣》,君何所知,轻敢议论!'俊之大喜。"

③ 见《北齐书》卷十一《兰陵武王孝瓘传》。

④ 《隋书》卷十三《音乐志》:"荆州陷没,周人不知采用,工人有知音者,并入关中,随例没为奴婢。"

作为北周不尊重梁乐的证据。但《隋志》所言有此事实：北周文帝在西魏恭帝元年平定荆州，因获得了大部分梁朝的乐器，嘱咐有司，下诏设立六官，制定郊祀所奏的歌舞。文帝设立六官在恭帝三年(556)，翌年其子闵帝自立并举行郊祀。所以在演奏歌舞之际，一定使用的是萧梁朝廷的乐器。该书又载武帝建德二年(573)十月，在崇信殿演奏六代之乐时，其宫悬(悬与架同，是挂有钟、磬的横木)依照的是梁朝的三十六架，又在元旦的大会上，常常将梁朝的鼓吹熊罴十二案列于悬间。如此可知，北周二十五年间，武帝所占的十九年间，所重用的是萧梁朝廷的乐器，并且为雅乐所不可或缺。但并不能把依赖萧梁乐器当作北周乐事的本体。北周自文帝以及出仕西魏文帝的时期开始，就有周惠达[①]、唐瑾[②]等人为复兴雅乐而努力，其中以斛斯徵和长孙绍远二人功绩最大[③]。

北周宫廷重用梁朝的乐器，是表现为一种尊重汉王室雅乐的风气，这一点和北齐稍有不同，而和北魏相似。但另一方面，宇文氏也就是匈奴族的北周王室，将四夷等其他民族的乐伎总括称之为“国伎”，也是不争的事实。有证据表明其比北魏、北齐更加重视胡乐，并且这也是北周音乐的特色。据杜佑《通典》卷一百四十六，国伎这一称谓，是在武帝迎娶突厥人木杆可汗俟斤之女阿史那皇后以后的事。然这一“后”字，尽管与《周书》所记一致，但与《隋书·音乐志》不同。这里姑且先看这一问题：

> 天和三年三月癸卯，皇后阿史那氏至自突厥。六年九月癸酉，省掖庭四夷乐，后宫罗绮工人五百余人。(《周书·武帝纪》)
>
> 天和六年，武帝罢奏掖庭四夷乐。其后帝聘皇后于北狄，得其所获康国、龟兹等乐，更杂以高昌之旧，并于大司乐习焉。(《隋书·音乐志》)

① 见《周书》卷二十二。

② 见《资治通鉴》卷一百五十八。

③ 《周书》卷二十六《斛斯徵传》：“自魏孝武西迁，雅乐废缺。徵博采遗逸，稽诸典故，创新改旧，方始备焉。”《长孙绍远传》：“绍远为太常，广召工人，创造乐器。土木丝竹，各得其宜。”

《隋志》所载，武帝罢四夷之乐，“其后”才迎娶北狄的皇后，这与《周书》的记载相反，可见《隋志》之误。因为该书记载的“大司乐”，《周书》有云“保定四年五月丁亥，改礼部为司宗，大司礼为礼部，大司乐为乐部”，那么天和六年(571)以前，就已改名作“乐部”，所以《隋志》的记载是错误的，如此《通典》的记载则是正确的。那么，虽然并不清楚武帝在迎娶皇后之后罢免四夷之乐的理由，但从保定元年(561)二月省减舆辇、禁止百戏一事推测，清整伶人乃是出于财政上的必要吧。但迎娶突厥皇后之事，一是迫于与西域诸国在外交上的必要，二是由于武帝自己的嗜好，想要很快复兴胡乐。武帝爱好四夷歌舞的例证，从他自己创作的《永安乐》是舞曲就可证明。据陈旸《乐书》卷一百七十三，此舞曲的舞人的扮装乃是模仿羌胡的容姿装饰，多达八十人之数[①]。不限于北周，包含隋代的胡伎人数，据推测撰成于隋末唐初的《乐部》以及《隋志》所载，西凉伎有二十七人，龟兹伎有二十人，高丽伎有十八人，天竺伎、疏勒伎、安国伎共十二人，康国伎有七人。与之相比，《永安乐》的构成人员颇多，恐怕是北朝规模最大的舞曲吧。武帝在天和元年(566)还同时作有《山云舞》，乃是当时向内外炫耀的舞曲。那么，四夷的乐伎中，高昌的乐伎早由西魏时期便已传来，康国、龟兹、疏勒、安国的乐伎相继于武帝即位后传来，建德六年(577)武帝消灭北齐，西凉、高丽、百济的乐伎又传来。杜佑《通典》卷一百四十六云“凡七部，通谓之国伎”，其乐部由国伎七部构成，从年代来看，相当于建德六年以后。虽然无法决定这七部的细目，但《通典》记载北周军队灭亡北齐之时，由于高丽、百济二国各自献上本国的音乐，于是便将这两国音乐合并进了西凉乐，考虑到这一点，那么在西凉乐中，含有了高丽、百济二乐作为一部，高昌、康国、龟兹、疏勒、安国五乐，再加上天竺乐，这就是所说的七部乐。

北周的宫廷音乐，由于基本上摄取的是其他民族的音乐，所以就不再墨守匈奴民族固有的乐伎。然而其七部国伎以及乐律并司乐人士，被隋代照搬继承，对隋代的音乐贡献颇大。也就是说，北周王室所

---

① 陈旸《乐书》卷一百七十三：“后周武帝平齐，作《永安乐》。行列方正，象城郭，谓之‘城舞’。用八十人，刻木为面，狗喙兽耳，以金饰之，垂线为发，画袄皮帽，舞蹈姿致，犹羌胡状。”

称的国伎七部乐，成为隋文帝时代的七部乐、炀帝时代的九部乐的先例。又从武帝皇后阿史那氏入北周的龟兹之人、从苏祇婆传来的七声，成为隋、唐音乐的基础，对隋朝贡献最大的司乐人士，有大半都是北周之人。兹从北周到隋代有司乐业绩的人士中，介绍列名于正史列传中之人，计有斛斯徵、郑译、牛弘、明克让、房晖远、何妥、苏威、萧吉、沈重、辛彦之、刘臻、何稠、李元操、卢思道、卢贲、万宝常等十六人之多。这些人中，应该特别注意的是何妥。也就是说，原曹魏及西晋王室的清、平、瑟三调的歌曲以及梁朝的舞乐，经过他直接传授给了隋文帝。由于何妥本来就是出仕于梁元帝之人，不是纯粹的北人。然而他转身入北周，受到武帝的重用，为太学博士。他年轻时，恰逢侯景叛乱攻略台城，从逃亡中的太乐伶人中得到了学习梁朝歌舞的机会。他到晚年还有很好的记忆，向隋文帝传授了三调的歌曲以及鞞、铎、巾、拂四种舞曲。据陈释智匠的《古今乐录》，南朝的陈代，曹魏、西晋以来的清商三调中，清调的歌曲早已不能歌唱。然而因为只有何妥一人直接从梁朝的伶人那里学习到了清调，并传授给了隋代的宫廷，这一功绩不能被抹杀。但在他出仕北周之间，还没有证据能表明他也向北周的王室传授了南朝的雅乐。无论如何，正因为有了何妥这样出仕于北周之人，隋文帝才因攻下了北周，可以不用依靠当时雅乐齐备的南朝之陈，不用说四夷的歌舞，也能因得到汉王室传统的雅乐正声而使本国的乐府得以大备。

第十章　南朝人所作的横吹曲辞

一、总论

横吹曲是使用角——双角（长鸣角）、次鸣角（中鸣角）、大角、警角一类的乐器的歌曲，本来是在军中马上吹奏的。南朝之世所演奏的横吹曲有三种：(1)传奏魏晋古曲的歌曲；(2)五胡十六国时期从河北传来的“簸逻回歌”，后称为梁鼓角横吹曲的歌曲；(3)经南朝宫廷人之手制作而成的歌曲。本章考察的横吹曲，专指第(3)种，兹将现存所有的横吹曲的曲名与作者列举如下：

1. 陇头水（陇头）　（梁）元帝、刘孝威、车褧、（陈）后主、顾野王、徐陵、谢燮、张正见、江总
2. 出关　（陈）（何胥[①]）
3. 入关　（梁）吴均
4. 出塞　（梁）刘孝标，（周）（王褒[②]）

---

① 何胥所作以“被使出关”为题之诗，并非曲题，但诗与曲辞内容相应。胥因是陈后主时代的作曲家，故以括号附之。“出关登陇坂，回首望秦川。绛水通西晋，机桥指北燕。奔流下激石，古木上参天。莺啼落春后，雁度在秋前。平生屡此别，肠断自催年。”

② 出仕梁朝所作的时代不明，故以括号附之，以下同。

5. 入塞　(周)(王褒)

6. 折杨柳　(梁)简文帝[①]

7. 关山月　(梁)元帝,(周)(王褒),(陈)后主、陆琼、徐陵、张正见、贺力收、阮卓、江总

8. 洛阳道　(梁)简文帝、元帝、沈约、庾肩吾、车榖,(陈)后主、岑之敬、徐陵、张正见、陈喧、王瑳、江总

9. 长安道　(梁)简文帝、元帝、庾肩吾,(周)(王褒),(陈)后主、顾野王、徐陵、阮卓、萧贲、陈暄、江总

10. 梅花落　(宋)鲍照,(梁)吴均,(陈)后主、徐陵、苏子卿、张正见、江总

11. 紫骝马　(梁)简文帝、元帝,(陈)后主、李燮、徐陵、张正见、陈暄、祖孙登、独孤嗣宗、江总

12. 骢马(骢马驱)　(梁)元帝、刘孝威、车榖,(陈)徐陵、江总、王由礼

13. 雨雪(雨雪曲)　(陈)后主、江晖[②]、张正见、陈暄、谢燮、江总

14. 刘生　(梁)元帝,(陈)后主、张正见、柳庄、江晖、徐陵、江总

15. 雍台　(梁)武帝、吴均

以上所举十五曲中,《陇头》《出关》《入关》《出塞》《入塞》《折杨柳》乃是魏末晋初产生的横吹古曲;《雍台》《紫骝马》及《刘生》之名见于《簸逻回歌》六十六曲中;《关山月》《洛阳道》《长安道》《梅花落》《骢马》《雨雪》六曲是经南朝宫廷人命名的能够见到的新曲题的歌曲。南朝人对待新旧歌曲,是将古题的《陇头》之名改为《陇头水》,以水作为主题;《关山月》以月为主题;《洛阳道》和《长安道》每首主题都有“道”;改《杨柳》为《折杨柳》则是有了折的行为;改《梅花》为《梅花落》是要描写梅花飘落的状态;《紫骝马》和《骢马》都有“马”;《雨雪》是“雨雪”;又将

① 《玉台新咏》卷七作者作简文帝,《艺文类聚》卷八十九同,《乐府诗集》卷二十二作柳恽。此从《玉台新咏》。

② 《文苑英华》卷一百九十三作者作梁王筠。

《簸逻回歌》中的《东平刘生歌》改为《刘生》，是将曲题和同名的人物作为主题。概言之，是赋予名物诗的题名。本章拟考察这些歌曲的制作年代、它们具有什么样的性格，以及这些歌曲的作家所具有的横吹观，之后，除了在前章“汉魏晋南北朝游侠主题的歌曲”中已考述过的《刘生》之曲外，再按照《陇头水》《关山月》《折杨柳》《梅花落》《长安道》《洛阳道》《紫骝马》《骢马》《雨雪》的顺序，分别论述我的见解。

1. 曲辞的制作年代

一瞥南朝时期制作横吹十五曲的新辞的人员名单，除了刘宋的鲍照外，要注意其制作年代受到两方面的限制。一个是萧梁的简文帝、元帝的年代，另一个是陈后主的年代。是什么原因让横吹曲的新辞受这两个年代所限制而多产了呢？我推测有两点理由。其一，梁、陈时期，齐代的诗人间盛行着相和乐府诗题的风潮，同时，诗会席间的“赋得”——大量的诗人被分以诗题，普及了每人按得到的诗题来进行歌咏的新的趣向，乐府诗题也概莫能外。其二，梁朝的简文帝、元帝和陈后主特别喜爱横吹曲，为了趋迎这些帝王们的爱好，朝臣们于是竞相制作新辞。以下详细叙述这两点。能明确判定是梁朝时期相和的乐府歌题及作者的歌曲，有简文帝的《爱妾换马》、元帝的《从军行》、刘孝威的《爱妾换马》、江洪的《采菱曲》《渌水曲》《秋风曲》《胡笳曲》、王叔英之妻刘氏的《婕妤怨》《昭君怨》、何思澄和孔翁归的《班婕妤》等。据《周书》卷四十一《王褒传》，王褒供奉萧梁朝廷之时，作有《燕歌行》，逼真描写了从军关塞的将士饱尝苦寒的状况。以元帝为首，诗人们就相和此歌题，竞相攀比创作凄切悲惨的歌辞。现存当时所作的歌辞，王褒除外，还有元帝、萧子显等作。还存有原为梁臣的庾信的同题之作，大概也是同时期所作。又梁、陈之世，为了在宴会上添助余兴而赋得的乐府歌题，有梁朝简文帝的《当垆曲》《大垂手》、庾肩吾的《有所思》、王泰的《巫山高》、刘孝绰的《乌夜啼》、陈朝阴铿的《新城安乐宫》等。

本章的考察对象横吹曲，是同其他乐府歌题一样相和或赋得的产物。《玉台新咏》卷七载有皇太子简文《和湘东王横吹曲》三首，即《洛阳道》《折杨柳》《紫骝马》，这三首是梁文帝还被称为湘东王之时——武帝中大通三年(531)至太清三年(549)的十九年间的某一年，还是皇太子的其兄简文帝相和其弟之作。又这三首横吹曲的新辞的制作，有证据显示，实际始于两帝即位之前。同样在《玉台新咏》卷八有庾肩吾的《赋得横吹曲长安道》之作，可知庾肩吾乃是同座诗人中被分得"长安道"歌题所作的。本来，乐府之题是根据诗人个人的爱好自由选择的，其产生的方式是为了满足个人的创作欲望而作有的单品种的、具有选择性的。但梁朝人的横吹曲辞与之不同，是包含有要相和或赋得的多量的、具有诗课性质的歌曲。不仅梁人这样，陈朝人所作大半也是多量的、具有诗课性质的。也就是说，由于现存的曲辞很多，据估算，陈人现存的乐府中，横吹曲辞和鼓吹曲辞占了半数。很偶然的是，这两曲的歌辞多数都没有传存下来。陈朝人原本对这两曲有着特别的嗜好，因此可以判断他们大多数都是相和或赋得的作品。据史书记载，陈朝之世，除了诗人个人招待宾友外，多数诗人参加文会的机会有两次，即宣帝太建初年(569)和后主统治年间(583—588)：

> 太建初，与中记室李爽、记室张正见、左户民郎贺彻、学士阮卓、黄门郎萧诠、三公郎王由礼、处士马枢、记室祖孙登、比部郎贺循、长史刘删等，为文会之友。后有蔡凝、刘助、陈暄、孔范亦预焉，皆一时之士也。游宴赋诗，勒动成卷轴，伯阳为其集序，盛传于世。(《陈书》卷三十四《徐伯阳传》,《南史》卷七十二《徐伯阳传》)
>
> 当权任宰，不持政务，但日与后主，游宴后庭，多为艳诗。好事者相传讽玩，于今不绝。唯与陈暄、孔范、王瑳等十余人，当时谓之狎客，由是国政日颓，纲纪不立。(《南史》卷三十六《江总传》)

第一段引文中所传存的乐府作品，有李爽《芳树》一首、张正见四十二首中，横吹曲有九首：《折杨柳》《关山月》《洛阳道》《梅花落》《紫骝马》《雨雪曲》《刘生》各一首，《陇头水》二首；鼓吹曲十首：《朱鹭》《上之回》《战城南》《芳树》《有所思》《雉子登》《临高台》《钓竿篇》各一首，《君马黄》二首；贺彻《采桑》一首、阮卓《关山月》《长安道》二首、萧诠《巫山高》一首、王由礼[①]《骢马》一首、祖孙登《紫骝马》一首等。这其中除了

① 诗文编纂家，《隋志》录有其作品。

贺彻，所有作者的歌题都从横吹及鼓吹曲中挑选。这一挑选的事实，可以证明当时普遍的爱好都集中在这两曲上吧。《艺文类聚》卷九十三收有《陈王由礼赋得骢马诗》《陈祖孙登赋得紫骝马诗》两首作品。如此可知王由礼的《骢马》和祖孙登的《紫骝马》都是赋得的产物。又李爽的鼓吹曲《芳树》也是诗会席上赋得的作品。

次段引文的情况是，十余位作家中，江总的三十四首中，横吹曲有十五首：《关山月》《折杨柳》《长安道》《紫骝马》《骢马》《雨雪曲》《刘生》各一首，外加以横吹曲为题的一首，《陇头水》《洛阳道》各二首，《梅花落》三首；鼓吹曲《雉子班》《芳树》各一首。陈暄《长安道》《洛阳道》《紫骝马》《雨雪曲》四首、王瑳《洛阳道》《折杨柳》二首，为现存的作品。他们主要选择的是横吹曲，为的是迎合在南朝的天子中对横吹曲最为喜爱的陈后主，才纷纷相和的吧。

2. 曲辞的歌曲性格

横吹曲原本的用途，乃是由将士在军中马上吹奏这一特征所决定的。但是南朝人全部的新辞，并不是为了符合这一用途而制作的。其大半都是在如殿上的公开场合，或者文人诗会席间，仅限于特定人群间的歌唱口诵，而不是作为军歌由广大的兵将口中传唱的。这一点可从新辞的制作过程、歌体及歌词的内容方面来推定。

大半的新辞如前揭，都是在殿上或文人诗会席上即兴的相和或赋得所产生之作，也就是多量的、诗课曲性质的。作者在席间制作横吹曲的新辞时，其感情常常是为了添助一时的座兴，用于向在座的宾友展示自己丰富的诗才而获得荣誉，在一种游戏的欲望驱动下，用乐府的歌题，实际上制作的只是一般的诗歌作品。因此，如此制作过程中产生的新辞，是游戏性的、即兴的，也是具有诗歌性质的作品，在席间诗人的口中广泛传唱，与军歌相比，性格较弱，不同于横吹曲和鼓吹曲的用途。不过，比如横吹曲作家梁朝沈约在作辞之时，曾有《木纪谢》《贤首山》《桐柏山》等十二首而成的“梁鼓吹曲”——其作品在歌颂梁武帝的武功与仁德之时，似乎也没有燃起作歌的欲望。

从歌体上看，不论这些歌曲的用途如何，作为歌曲其性格也很弱。南朝人可能视为的定型的歌体，除去《梅花落》中刘宋鲍照之作和陈朝江总的七言长篇外，其他歌曲始终都是五言八句(极少数有十句)。这一点，从歌曲的句法上看，不正是因为创意不足而造成的吗？总的来说，《陇头》《折杨柳》《紫骝马》《刘生》等从河北传来的古曲自不待言，《长安道》《洛阳道》《骢马》《雨雪》等命名的新曲，只要是歌曲，他们应该都有各自不同的旋律。但却全部由相同的句法构成，果真要载有新辞以旋律，是否实际付于歌唱是很可怀疑的。

关于歌辞的内容，后面将详细考述每首歌曲。新辞之中，也有与临战的歌曲相适应的内容。《陇头水》《关山月》《紫骝马》《骢马》《雨雪》等即是，描述的都是兵将们的军事行动。然而他们所描述的，并非是作者当时之事，而是一个非现实的世界，是作者通过想象创作的汉、魏或者是西晋的事情。换言之，并不是当时南朝北伐情况的实际描写，也不是作者亲身经历的军事体验的传说。这些都不是从军的歌曲无庸待言，因为缺少现实性，在临阵鼓舞兵将士气这一点上，多少有些力不从心吧。以昔日的土地事情与人物为主题的如《长安道》《洛阳道》《刘生》等，固然也缺乏现实性，就连《折杨柳》《梅花落》等，也是描绘非现实的世界，坠入作者怀古趣味的内容的作品倒是不少。在南朝人的脑海里，是无法离开所谓横吹曲就是汉魏古曲的意识的。这由他们所命名的新曲，也能见出古曲的内容。然而如此内容的歌曲，只是满足了作者个人的怀古趣味，与演奏于军中马上的高扬士气的横吹曲的本来用途，可以说多少都是性格不同的作品吧。

3. 曲辞作家的横吹观

在对横吹的两种鼓——龙头大棡中鼓和独揭小鼓的使用这一点上，鼓吹也与之相同，但主要乐器不一样。鼓吹虽然用的是笳和长短箫，横吹则专用角之类，即双角(长鸣角)、次鸣角(中鸣角)、大角、警角，五胡十六国时代的《簸逻回歌》的“簸逻回”，就是次鸣角(中鸣角)的胡名。此歌流传到了南朝，就被称为梁鼓角横吹曲。但是，在带有南朝横吹曲作家们意识的横吹观，一定不是以流传的《簸逻回歌》为基础。他们所作的横吹曲的新辞中，在描写吹奏的场面时，并没有使用角这种乐器。梁简文帝的《折杨柳》“城高短箫发，林空画角悲”是写到角的唯一个例。顺便说一下，此处的“画角”是指施以颜色的角，如青角、赤角、黑角之类。它们为北齐所采用，要早于梁朝人使用。侯景就在围困梁武帝于台城时，在交战中吹奏画角。

然而以下的一些特殊案例，是对此不甚关心的南朝人，选用另两种乐器来代替角，一种是鼓吹曲所用的笳、短箫、钲（铙），还有一种是羌笛、横笛等笛子类的乐器。兹将采用这些乐器的辞句，汇总列举如下：

羌笛含合[①]流咽，胡笳杂水悲。（张正见《陇头水》）

入楼含粉色，依风杂管声。还将出塞曲，仍共胡笳鸣。（陈后主《折杨柳》第一首）

谷暗宵钲响，风高夜笛喧。（第二首）

寒笳将夜鹊，相乱晚声哀。（阮卓《关山月》）

杨柳条青楼上轻，梅花色白云雪中明。横笛短箫凄悽复切噎，谁知柏陌梁声不绝。（江总[②]《梅花落》）

笳寒芳树歇，笛怨柳枝空。（陈暄《紫骝马》）

况听南归雁，切思朝（按：胡之误？）笳音。（陈后主《雨雪》）

风哀笳弄断，雪暗马行迟。（江晖《雨雪曲》）

戚里惊鸣筑，平阳吹怨笛。（徐陵《刘生》）

以上除了不是鼓吹和横吹的乐器如《刘生》中的筑，还有江总《梅花落》的箫、笛外，每曲中都有笳这种乐器。笳如前揭，和短箫同为鼓吹的专属乐器，也使用于横吹。其有一例，陈后主《折杨柳》中的《出塞》之曲，虽然属于横吹曲，但自古以来便用笳来吹奏。远溯至晋代，刘畴遭受战乱陷入胡军重围之时，吹奏横吹曲的《出塞》《入塞》，催生了胡人的思乡之泪，遂解出重围。当时所使用的乐器不是角而是笳[③]。又梁、陈之世，与《出塞》一同，横吹曲的《陇头水》也是用笳吹奏的。梁朝庾肩

① 本章所举横吹曲辞的原文，有文字异同处，大字悉从宋本《乐府诗集》，所标示的小字不特别注明，悉从《文苑英华》，不一一标注，以避繁冗。

② 《文苑英华》卷二百八十作者作徐陵。

③ 《太平御览》卷五百八十一曹嘉之《晋书》曰："刘畴昔避乱坞壁，贾胡百数欲害之，畴无惧色，援笳而吹之，为《出塞》《入塞》之声，动其游客之思，于是群胡皆泣而去。"

吾的《经陈思王墓》诗有云“陇水哀葭曲，渔阳惨鼓声(葭即笳，渔阳即鼓曲名《渔阳掺》)”，这个“陇水”不用说就是《陇头水》[1]。正如此例，由于鼓吹和横吹都公然使用笳，所以南朝的横吹曲作家们不同于此前的历史，他们把横吹和鼓吹混同视之，在他们的作品中，对角无所关心，而歌咏的都是笳吧。又他们歌咏笳时毫不踌躇，乃是由于自身并没有严格剖分横吹和鼓吹的意识。也是横吹曲作家的徐陵，在其所著的《玉台新咏》卷八中，采录刘邈之作为《鼓吹曲折杨柳》。对于徐陵这些横吹曲作家而言，这个“鼓”并不是偶然的失误。

和笳一道，羌笛、横笛等笛一类乐器，在上举辞句中也被点出，这一点颇值得注意。也就是说，用笛一类的乐器单独吹奏的歌曲，作家也称之为横吹曲。事实是，《折杨柳》和《梅花落》二曲，多数是只用笛吹奏的。陈暄《紫骝马》“笛怨柳枝空”，“柳枝”不必说就是指《折杨柳》之曲。《折杨柳》和《梅花落》同样都是用笛吹奏的，横吹曲的作家一说到《折杨柳》，就会反射性想到《梅花落》；一说起《梅花落》，也可能就会想起《折杨柳》。江总的《梅花落》全文由七言十六句组成，十五句都在咏梅花，剩下一句取材杨柳，即歌中为了在“梅花色白云中明”之上构成对句，特意拈出杨柳，对以“杨柳条青楼上轻”一句。此《梅花落》和《折杨柳》为休戚与共之曲的意识所左右，由对句所构成的旋律都是在描写景物吧。江总的这个意识可能是梁、陈人所共有的，例如庾信《杨柳歌》“欲与梅花留一曲，共将长笛管中吹”，又陈朝的张正见《赋得垂柳映斜溪》诗“不分梅花落，还同笛横里笛吹”，歌咏的都是用笛一类乐器来吹奏《折杨柳》和《梅花落》之曲。这些例子可以作为这二曲只用笛一类来吹奏的证据[2]。而且，横吹曲的作家们因将用这样的笛一类吹奏的歌曲认作横吹，另一方面，把《簸逻回歌》称作梁鼓角横吹曲，认为添加“鼓角”一词是特别有必要的吧。

---

① 庾肩吾所歌咏的事实，由隋薛道衡有诗名《奉和月夜听军乐应诏》中“笳声喧陇水，鼓曲噪渔阳”句可明。

② 陈朝贺彻《赋得长笛吐清气》诗：“胡关氛雾侵，羌笛吐清音。韵切山阳曲，声悲陇上吟。柳折城边树，梅舒岭外林。方知出塞虏，不惮武溪深。”诗中“柳折城边树，梅舒岭外林”两句，被认为是写景歌咏《折杨柳》和《梅花落》之曲。顺言之，诗句中的“山阳曲”，是唐初吹奏的笛曲，“陇上吟”是不同于《陇头水》之曲。

以上以作家作品为资料对横吹曲作家的横吹观作了推论。另外还有合适的资料能够直接表明他们的横吹观，就是江总以“横吹曲”为题的由五言四句构成的曲辞：

笛声凤台曲，洞吹龙钟管。镗鎝渔阳掺，怨抑胡笳断。

曲辞中的“凤台曲”，不是指梁武帝制作的《上云乐》七曲中的一曲，而是歌唱秦时萧史、弄玉吹箫登仙故事的箫曲。“洞吹”是指吹笛，“龙钟管”见于《玉台新咏》卷八萧子显《日出东南隅行》的“横吹龙钟管”，是龙钟竹制成的笛子。又“渔阳掺”是东汉祢衡制作的鼓曲，“怨抑”大概是指吹奏的技法。如此，此首曲辞歌咏了箫、笛、鼓、笳四种乐器。其中箫、笳是鼓吹，笛是横吹，鼓为两曲兼用的乐器，这里仍然没有横吹本来的主乐器角，尽管如此，此曲还是名为“横吹曲”。可见根据歌题和曲辞所见的乐器，就容易察知江总的横吹观，即混同了横吹和鼓吹，用其他乐器代替了角，例如用笛类吹奏的，就被认为是横吹曲了。至于江总的横吹观，关于那些并非是他自己特有的，也就没有重新论证的必要了吧。

二、分　论

1. 陇头水

古歌《陇头流水歌》最初被南朝诗人们挑选出来，是在梁武帝的时代。古歌大概源生于汉代，在魏末晋初成为横吹曲之一，又流传至五胡十六国之世，并南渡为萧梁朝廷所采择，其后又在陈朝的乐府演奏。梁、陈乐府所演奏的古歌如今尚存：

陇头歌辞

陇头流水，流离山下。念吾一身，飘然旷野。
朝发欣城，暮宿陇头。寒不能语，舌卷入喉。
陇头流水，鸣声幽咽。遥望秦川，心肝断绝。

右三曲，曲四解（《乐府诗集》卷二十五）

陇头流水歌辞

陇头流水，流离西下。念吾一身，飘□旷野。
西上陇阪，羊肠九回。山高谷深，不觉脚酸。
手攀弱枝，足逾弱泥。□□□□，□□□□。

右三曲，曲四解(《乐府诗集》卷二十五)

以上现存的两首歌题揭示的是梁朝廷两次采自古歌，用不同的旋律歌唱。陈释智匠《古今乐录》在梁鼓角横吹曲六十六曲中加入此古歌，是把这两首古歌算作别曲加入的。被两次采择的古歌的辞句不仅仅只有以上所举，《古今乐录》关于此《陇头歌辞》云“乐府有此歌，曲解多于此”，明确说陈朝的乐府所存的歌句比以上所举的三曲(章)四解(句)要多。事实上，《后汉书》卷一百十三《郡国志五》引郭仲产《秦州记》记录有“陇头流水，分离四下。念我行役，飘然旷野。登高远望，涕零双堕。度汧陇，无蚕桑。八月乃麦，五月乃冻解”这样长短十句构成的歌辞，《太平御览》卷五十及五十六引辛氏的《三秦记》也载有“震关遥望，秦川如带大”和“去长安千里，望秦川如带”的逸句。

古歌的成因之一，是地理的环境和自然现象。前揭《秦州记》《三秦记》及《太平御览》卷五十所引的《周地图记》、该书卷五百七十二所引《魏太山秦州记》均有记录。汇总这些地理环境和自然现象，就是山东或关中之人，在西征的途上登上了陇山。陇山东西横亘有一百八十里，越过九折之坂需要七天的时间。山高仅三四里，山顶是可以容纳百余户居住的广袤高原。由此可东望秦川四五百里，边际云霞一色。突然牵引起了故乡的悲思，口中哼唱起歌来，不禁生发出了绝命于此的念头。又从山上悬溜落下之水，汇入名叫万石潭(不仅作“潭”，还有作“渊”“泉”)的深渊，流溢散下的水都注入渭水。顾视此水的人没有一个不被引起悲伤。通过以上的记载，这就是成为古歌产生的传说。又所谓“有绝死者”的记载，可证明古歌“心肝断绝”云云绝不是略显夸张的表现。

前揭如梁、陈时期演奏的古歌，带有哀伤愁苦的歌声，使听者莫不刳心落泪[①]。受此歌声诱发而驱动了创作欲望的梁、陈的横吹曲作家们，为旧题《陇头水》制作了新辞。他们从古歌中选出行人、陇山、流水三个意象并加以结合，描绘出新的诗境。但这种境地的描摹仅仅是靠感觉和依赖于想象力的。被他们所选择的三个意象中，行人都是西征的兵将，陇山被描绘为西部战线的关塞或干戈相交的战场，流水被比喻为动摇兵将感情之物。古歌歌唱“心肝断绝”成为动摇行人的情感的诱因，除了流水之外，歌句“遥望秦川”，也就是行人从陇山遥望故国的直接行动。但是，梁、陈人现存的十三首作品中，除了一二首作品外，仅仅突出行人的军事行动，动摇人情感的工作则专门委派给了流水。换言之，他们的作品描写的是陇山兵将特别的军事行动，可以说叙事性的句子贯穿始终，只有一个意象被赋予了抒情色彩，那就是歌题中的“水”。他们以“陇头水”为名的歌曲主题，不用说就是“水”了。所以，作家在作辞时最留意的就是在描绘兵将军事行动的场面时如何点出“水”这个意象呢？这就有个技法。为了检讨此处描摹“水”的技法，首先从梁朝人车縠、刘孝威、元帝的作品中，各选出四句列举如下：

陇头征人别，陇水流声咽。只为识君恩，甘心从苦节。（后四句略）

从军戍陇头，陇水带沙流。时观胡骑饮，常为汉国羞。（后四句略）

衔悲别陇头，关路漫悠悠。（中四句略）欲识秦川处，陇水向东流。

首先是车縠之作，作者以素朴的古歌为基础发想，用水的呜咽来表达征士离别时的哀伤。但下一首刘孝威的作品描绘的水并不是常态。陇山之上有守备兵士的驻屯之地，如果有胡骑入侵的话，突然就会变成干戈交争的战场。所以作者将水寄托描绘成山上不稳定的时局动向，所歌咏的“陇水带沙流”，所取的就是非常态化的风景吧。又元帝

---

① 原为梁臣的王褒《渡河北》诗有“心悲异方乐，肠断陇头歌”之句，又陈朝周弘正《陇头送征客》诗有“朝霜侵汉草，流沙度陇飞。一闻流水曲，行住两沾衣”句，一为行客之身，一为送别之人，歌声深刻感人。

之作指向的是比陇山更为遥远的陇水流向的西北地区，东流是为了暗示其地秦川也就是故国所在。

陈朝人在制作横吹曲的新辞之时，由于有梁朝人的作品为范例，采取的是一种从容余裕的态度且洗练的技法。《陇头水》也不例外，车觳等梁人的作品创造了一番新的天地，而且还开拓凝练出"水"的意象使技法更上一层楼。也就是说，在陈朝人假想出来的广袤陇地上，多彩地描绘其地的风物，特别是详细描述贯穿陇地的流水的样子，水的呜咽就像是征士心中不得不吐露出的潜在的感情。他们所着眼的"咽"字，不用说，就是古歌的"陇头流水，鸣声幽咽"句中所言。但是与亲身体验的古歌作者不同，陈朝人和梁朝人都只是抓住感觉，依赖想象力来创作歌辞。但作为结果，这一"咽"字，却带来不逊于古歌的效果，赋予曲辞以现实性、生动性。留意"咽"字如此表达效果的歌曲有陈后主、顾野王、谢燮、张正见、江总等人的作品，以下从五人的作品中摘出相关辞句：

陈后主（第一首）

塞外飞蓬征，陇头流水鸣。漠处扬沙暗，波中燥叶轻。（后二句略）登山一回顾，幽咽动边情。

顾野王

陇底望秦川，迢递隔风烟。萧条落野树，幽咽响流泉。（后四句略）

谢燮

陇阪坂望咸阳，征人惨思肠。咽流喧断岸，游沫聚飞梁。（后四句略）

张正见

陇头鸣四注，征人逐贰二师。羌笛含合流咽，胡笳杂水悲。（后四句略）

江总（第一首）

陇头万里外，天崖四面绝。人将蓬共转，水与啼俱咽。惊湍

自涌沸，古树多摧折。（后二句略）

江总（第二首）

雾暗山川中日，风惊陇上秋。徒伤幽咽响，不见东西流。（后四句略）

以上各句点出的“咽”等同于陇水的鸣咽之声。但根据作者假想的陇山的地理和陇水沿岸风物的描写得如何，同样的“咽”，给作中征人的心理带来了不同的影响。即根据作者假想的地理，水声之“咽”使征人的心理上强烈体会到与故国的隔离暌违之情的，是后主之作和江总之作的第一首。这两人假想的陇山之地非常遥远，后主把陇山等同于沙漠所在，江总把陇山设定为远在万里天涯隔绝之地。因此，水流的鸣咽声是征人的心里产生的其身流离边境的意识，呜咽着的是被引起的隔离之情。与之相对，其他的作品还注意沿岸风物的描写。其中可将如顾野王之作中的“咽”和谢燮作品中相对照来看。前者的“咽”是微弱的声响，由于风烟的间隔，遥望但无法确定是秦川故乡，微弱的流水声响就像是对征人沮丧心情的同情；后者的“咽”是喧骚之声，望着遥远的咸阳，逗引起了征人离乡的悲伤，激流撞击断岸碎化成泡沫的声音。又张正见作品的“咽”是流水和羌笛合奏之声，诉诸于征人的听觉，是引诱起从军悲苦之声。此作并不是直接表示征人的情感。江总的第二首是描写在昏暗大雾且有烈风的秋天出征陇中的士兵，由于视线被暗雾和大风所遮蔽而身心沉浸于悲伤之中——表明的是行军中的情感。总之，可以看出《陇头水》在陇山、行人、流水三个意向中，以流水为主题，利用“水”的技法，特别注意用“咽”来表达出效果的这种特色。

以上论述了因古歌的诱发而制作的《陇头水》的相关见解。这里就古歌给予梁、陈人的其他方面的影响再作揭示，即在文章和一般的诗歌作品中所引用古歌的情况。被引用的限于古歌中的“陇头流水”“鸣声幽咽”“遥望秦川”“心肝断绝”等句。这些句子多被梁、陈文人使用，一般用作成句或诗语。例如北周庾信《周柱国大将军纥干弘神道碑》[①]中的“陇头流水，延望秦川”句、《周骠骑大将军开府仪同三司冠军伯柴烈李夫人墓志铭》中的“陇水分流，秦川遥望”句，都是略作修改的引用。庾信自梁朝时便已听惯这古歌，改仕北周后，大概起草文章时就会想起来引用吧。诗歌的例子，有原本为梁臣的王褒《弹棋》一诗中的“陇头如望秦”句，又《关山篇》“遥望秦川水”句，梁朝王训《度关山》中的“遥望秦川水”句，陈后主《昭君怨》中的“笳吟度陇咽”句，江总《长相思》中的“陇头咽”句、《赠贺左丞萧舍人》诗和《赋得携手上河梁应诏》诗中的“陇头心断绝”和“秦川心断绝”各句，张正见《度关山》中的“还听呜咽水，并切断肠声”句，何胥《被使出关》中的“出关登陇坂，回首望秦川”句，周弘正《答林法师》中的“陇水冻无声”句，每一个作者都喜欢稍加改动的引用。以上不避繁琐，一并记载了文章及诗歌中引用古歌的实例。历代文人中，留意于古歌并将其引用到自己创作的诗文中，除了作者尚存问题的《胡笳十八拍》[②]外，便可证明是由梁、陈人最早引用的吧。换言之，古歌由于被萧梁朝廷的乐府采用，不单单是在音乐上，在文学界也崭露了头角。

2. 关山月

梁代以《关山月》为名的新横吹曲的制作，其动机我认为有以下两点。其一，梁代吹奏的名为“关山”的古横吹曲，因其富有魅惑性的旋律，难道不是作为新曲而出的吗？如梁朝江淹的《横吹赋》[③]，赋中作者描写有古曲《关山》和《白登》一同吹奏。此赋是宋末顺帝昇明元年(477)作者随从萧道成(齐高帝)出阵建康郊外时所作，与梁朝之世间隔了二十五年。但说年数的话，应该直到梁朝时仍在吹奏此曲。其二，南朝人中，梁朝人对汉魏古曲最为关心，选取属于相和歌的古曲《度关山》为题材，不正是刺激了取材于此曲的作家们，创作出了新曲吗？《度关山》之曲，自魏武帝制作以来[④]，为历代作家取材，不绝如缕，

① 见《文苑英华》卷九百五十，后《伯柴烈李夫人墓志铭》见该书卷九百六十三。

② 东汉蔡琰《胡笳十八拍》第六拍有“夜闻陇水兮声呜咽”句。此句似可作为其作不是蔡琰，而是梁、陈以后人所作，也就是伪作的证据之一吧。

③ 明张溥《汉魏六朝百三家集》之《江醴陵集一》收录。

④ 魏武帝之作并未添加题意，只是模仿古曲，原古曲歌辞已亡佚。

至梁代简文帝、戴暠、柳恽、刘遵、王训等都有制作。但他们作的辞都已不见。现存知为《关山月》作辞的作家，只有元帝和出仕梁朝的王褒两人。这两人是在简文帝等一批人制作古曲《度关山》及吹奏横吹曲《关山》之时，受到所谓"关山歌曲"的刺激，才想要制作新曲的吧。两人都制作了以"关山月"为题的歌曲，此曲可能在梁朝时期与《陇头水》并称于世，虽不能断言，但由仕梁的庾信的《小园赋》中"关山则风月凄怆，陇水则肝肠断绝"之句看，作者将"关山"和"陇水"对举，不就可以知道与《陇头水》一起，《关山月》之曲也流行于当时吗？庾信《哀江南赋》中还有"莫不闻陇水而掩泣，向关山而长叹"句，又《荡子赋》中"陇水恒冰合，关山唯月明"句，还有《出自蓟北门行》中的"关山连汉月，陇水向秦城"句，都是将"关山"和"陇水"对举。然而将此语作如此对举的结构，并不是梁代以前文人所为。因此，我推测作者庾信意识到将两语当时并称作歌，才这样写的吧。为了检讨梁朝人辞作的内容，兹将现存元帝和王褒之作全文列举如下：

朝望清青波道，夜上白登台[①]。月中含有桂树。流影景自徘徊。寒沙逐风起，春花犯向雪开。夜长无与晤，衣单谁为裁。

关山夜今月夜明月，秋愁色照孤关城。影半亏形同汉阵，轮全满影逐胡兵。天灰寒光转白，风多晕欲生。寄言亭上吏，游客解鸡鸣。

以上第一首元帝之作歌咏了"白登台"，可以联想为元帝当时吹奏的古横吹曲《白登》吧。白登台即白登山，在今山西大同东，汉高祖讨伐匈奴冒顿被七日围困之山。古曲《白登》恐怕就是歌咏此故事。由于南朝人也在作品中因袭了这一故事而有"白登"之语[②]，这首元帝的作品也同样如此吧。因此作歌题作《关山》，曲辞歌咏的就是此白登山。但

① 《太平御览》卷一百七十八引《郡国志》引首二句，然与此有异："金河府，自平城遥（按："白"之误）登台，出渴钵口。梁元帝横吹诗曰：'朝登青陂道，暮宿白登台。'"

② 引用汉高祖的故事而在句中点出"白登"的有梁人之诗作如沈约《出重围和傅昭》："鲁连扬一策，陈平出六奇。邯郸风雨散，白登烟露维。排云出九地，陵定振五厄。"又陈朝江总《骢马驱》中也有"白登围转急，黄河冻不干"之句。

不止是元帝，梁人所作的《关山》，称呼山的意识是很漠然的，塞北地区的任何一座山对他们来说都是可以的。

元帝之作中描写的月，是照在基本上不动的大地之上的。作者在句中点出因袭的是汉高祖“白登台”的故事，这里有动作的就是“上”台之人。相比于元帝作品中的月，王褒作品中描写的月，则照耀着激烈的战场世界，即驻扎在关山上的孤城，这里就是汉军与胡兵对峙的战场，军事行动在月亮的盈亏下反复进行。然而，像王褒之作，天上之月乃是地上的军事行动场面的投影，也就化为了战场之月的主题，在歌曲中，实际上是由王褒开了先河的。大略言之，在先于王褒的时代，以月为主题的乐府诗题有《月重轮行》《明月篇》《朗月行》《明月照高楼》等。但检讨现存歌辞，他们中并没有“战场之月”为主题的。因此，可据以判断专门以“战场之月”作为歌曲主题的，也许就是王褒个人的创意。

陈朝《关山月》的作家如后主、陆琼、张正见、徐陵、贺力收、阮卓、江总等，乃是以元帝、王褒之作为范例来创作歌辞的。兹可归纳陈人的技法为三点：即他们以对歌题《关山月》共有的意识为取材，对捕捉到的“月”这一意象的感觉进行描写，其使用抒情方法限于作品中人物所怀有的某种情感，以下拟简要论述之。

陈朝人假想的“关山”，是往昔汉代边境之地的山脉。当他们在描写这些山时，其他如地理及自然之事，如山是否实际存在、山的形态如何、山的风景是怎样的，一概不予补足说明。因此，《关山月》的“关山”是比《陇头水》中的“陇山”更为漠然的描写。《陇头水》的情况是尽管作者没有把陇山作为主题，但还是注意到了对山的风景的描写，但像陆琼、徐陵、阮卓这些作家作品中所点出的“关山”，也仅仅是点到而已，并没有触及山的自然风貌。这些陈朝人所描写的山是与自然隔离的，而是与人直接连结的山，即有着汉军守备的驻屯要塞性格的山，是汉军和胡骑激烈战斗的战场的山。然而描绘此山的这一手法，实际上乃是出于对王褒技法的模仿，其结果也就仅仅止于与王褒类似世界的描绘。那么这里就可以从任何一个陈朝的作家，都采用的是这种相同的技法这点来判断，他们之间所共有的意识，即可认为“关山”就是要塞化了的山，或者说是战场化了的山。

《关山月》不如说是以“月”作为主题，在陈朝人的作品中，有耗费四句或六句来描写月。他们所描写的月，也是靠感觉，多用对句来作描摹。但这种技法也是模仿自王褒。他们在作品中尝试采用王褒的“影亏同汉阵，轮满逐胡兵”之句，是将“满月”和“亏月”作为对句的作家，如陈后主、贺力收、陆琼等。但也有袭用王褒之句的同时，略微改变趣向的作家，此人就是张正见。以下各自摘出四人作品中的对句：

晕缺随灰减，光满应珠圆。（陈后主）
照石疑分镜，临弓似引弦。（贺力收）
团团婕妤扇，纤纤秦女钩。（陆琼）
晕逐连城璧，轮随出塞车。（张正见）

对比王褒的对句，以上各对句缺乏生动性，即对句的构成是超感觉的，作为叙景的对句，似乎缺乏助长视觉美的效力。又除了张正见外，因缺少像王褒句中那样歌咏设想人的动作的场面，很难采用叙事的句子，有的不过是与曲辞中的其他句子和内容无关的冗句。那么这些作家尽管大体上是对王褒的模仿，为什么还要创作由如此对句构成的歌辞呢？恐怕这就是月所承担的叙事作用，具体来说，就是要塞化或战场化了的关山的军事行动，在当时并没有结束而是持续着的，便用天上的月亮来表示，无穷无尽的战争就像月亮的反复状态，即着眼于用“盈”和“亏”或是“晕”和“轮”的对句来达到的效果吧。换言之，这种对句的叙事性，就在于用月亮来表示军事的无休无止吧。

陈人对于作品中人物所怀有的某种情感是做了某种限定的，这种情感就是乡愁。他们采用的叙述乡愁的手法，乃是基于元帝的作品，即元帝诗作末尾的“夜长无与晤，衣单谁为裁”，由作者或作中人物的独语所构成，其语言明显是抒发孤独一身的离愁。这个离愁就被限定为陈朝人的乡愁。例如陈后主作中歌咏的“复教征戍客，长怨久联翩”（第一首），又“戍边岁月久，恒悲望舒耀”，陆琼作中的“乡园谁共此，愁人屡益愁”，还有贺力收作中的“此处离乡客，遥心万里悬”等，这些作者把作中的人物比拟为离乡日久怀有乡愁的兵士。徐陵的作品也描写的是明月映照下从军关山的兵士，思念遥远的故乡秦川，他们的妻子也因翘首以待远征的丈夫而无法入眠，同样歌咏的也是乡愁。无论如何，不变的都是乡愁或离愁，因此，唐代吴兢《乐府古题要解》补注此歌题时，认为"《关山月》，伤离别也"。

3. 折杨柳

汉魏南北朝的流行歌，以"折杨柳"为题产生的，大概并不是同名异工的作品。在歌曲史上可以断言没有他例。因此，将他们一并论述不是没有可能。将现存的《折杨柳》按时代类别划分，有被认为是最古老的汉代歌曲《小折杨柳》[①]、属于魏晋瑟调曲的《折杨柳行》、魏末晋初横吹曲的《折杨柳》、西晋武帝太康末年流行的《折杨柳歌》、五胡十六国时期"簸逻回歌"的《折杨柳歌》[②]《折杨柳枝歌》、南朝西曲中的《月节折杨柳歌》、与歌题稍异的梁代歌谣《攀杨枝》、梁陈横吹曲《折杨柳》等。以上大概同题歌曲有九首，如梁简文帝《执笔戏书》诗中有"钓竿蜀国弹，新城折杨柳"句，"折杨柳"歌题是和其他如"钓竿""蜀国弹""新城(安乐宫)"等一同歌咏。又梁元帝《玄览赋》中有"已寤歌于折柳"句，尽管也歌咏了"折杨柳"的歌题，但尚不清楚他们是否就是指上述九曲中的《折杨柳》。

然我试将属于梁、陈横吹曲的《折杨柳》与以前的古曲《折杨柳》相比较，考察他们之间有怎样的差异，各自有怎样的特点。《折杨柳》的题意不过就是手折杨柳枝条的意思。就现存的歌辞来看，梁、陈横吹曲的《折杨柳》较多，是依附此题意来作辞，即作者或作中的人物自己用手攀折杨柳枝，其行为具有人的情感——歌咏的是所引起的别离之情，歌题和曲辞的内容紧密相连。然而，现存可以引证的梁、陈以前依古曲《折杨柳》的题意而制作的歌辞一首也没有了。换言之，作者或作中人物的行为和情绪的曲辞内容和题意并没有什么关联。这就是梁、陈的新曲和以前古曲之间的差异所在，同时，这也是梁、陈新曲的特点。

本章并非想要探讨古曲《折杨柳》，但为了说明与梁、陈新曲的差异，兹简要叙述古曲的题意。《折杨柳》古曲的题意，就其用手折杨柳

---

① 宋郭茂倩《乐府诗集》卷二十二《折杨柳》解题曰："按古乐府又有《小折杨柳》。"

② 大概是与魏末晋初横吹曲《折杨柳》有关之歌。

之义的语义解释来看，可以说题意和曲辞的内容没有什么关联。然相对于古曲，也不能断言可以单从语义上来理解曲题。这种歌曲，其曲辞是否是依附于曲题所有的某种寓意而作，是很可怀疑的。兹就其寓意推测如下。即《折杨柳》的“折”有折断茂盛的杨柳枝的意思，这个“折”同时还可能寓意着某种人生的挫折之意。例如魏晋瑟调曲的《折杨柳行》，有不明作者的古辞一首（五言十八句）、魏文帝作品一首（五言二十四句）。传存这一主题的歌曲，有西晋陆机的作品一首（五言二十句）以及刘宋谢灵运的作品二首（五言十四句和五言十二句）。不明作者的古辞是将桀、纣、胡亥、夫差等权力者的挫折故事缀合在一起；魏文帝的作品是服食了仙人的灵药，彭祖、老聃、王乔、赤松等仙人的去向不明，表达了从人间就难以再看到这些仙人的挫折；又陆机的作品，句中有“人生固已短，出处鲜为谐”，感叹的是人生中宿命的挫折；谢灵运在作品中抒发的是与妻子生别、悲痛于在遥远的异乡生活的挫折。还有西晋武帝太康末年（289 年左右）流行的《折杨柳歌》，取材于当时权势之家的杨骏及其二弟以及杨太后，歌咏的是杨氏一门的挫折[①]。曲题寓意着人生挫折的臆测，或许失当亦未可知，然而一定要作如此的假设的话，就是曲题和曲辞似乎是没有关联的。

梁、陈新曲的作家大多不同于古曲的作者，总之他们制作的曲辞都增加了曲题的语义。即作中的人物攀折柳枝，伤悼相思之人的别离之情，或为了赠别远行之人，歌咏所谓的“折柳赠别”的场景。然而，基本上南朝梁、陈的横吹曲作家在为横吹曲作辞时，主要取材于汉代的故事，或者因想象那个时代而作辞，与此《折杨柳》新曲一样，他们在作辞时是不是意识到有这么一个故事。被认为是汉人著作的《三辅黄图》有如下记载：

> 霸桥，在长安东，跨水作桥。汉人送客至此桥，折柳赠别。王莽时，霸桥灾，数千人以水沃救不灭，更霸桥为长安桥。（张阆声校定六卷本）

---

① 《太平御览》卷九百五十六：“《晋书》曰：‘太康末，京洛为《折杨柳》之歌，其曲始有兵革苦辛之叹，终以禽获斩截之事。是时三杨贵盛，而被族灭，太后废黜，幽死宫中。折杨柳之应也。’”明杨慎《古今风谣》（私见为杜文澜《古谣谚》卷八十五）收录有以《太康末京洛杨柳歌》为题的“春风尚萧条，去故来入新。苦辛非一朝，折杨柳，愁思满腹中，历乱不可数”一首，将此误认为歌辞。此歌辞并非歌咏杨氏一门的挫折，而是南朝西曲《月节折杨柳歌》十三首之一（《正月歌》）。

书中说霸桥在东汉时期是长安人送客别离的场所[1]，可能是木造之桥，在王莽时代被烧毁。桥上曾上演“折柳赠别”的场面。但实际上，此书文字是缺乏凭信的。清代孙星衍、庄逵吉在校定《三辅黄图》时，均判断上文的“汉人送客至此桥，折柳赠别”十一字，乃是后人妄自添加上去的，两人都主张删去。根据目前的资料调查，我认为孙、庄二人的判断是妥当的。制作新曲《折杨柳》的梁、陈时代之前，没有一条资料能够支持在霸桥上有过“折柳赠别”的事实。例如以柳树为主题的作品《柳赋》《杨柳赋》还有《柳花赋》等，作者从西汉的孔臧、枚乘，到魏文帝、应玚、王粲、陈琳、繁钦，晋代的傅玄、成公绥，刘宋的伍缉之等人，他们的作品中并没有描写“折柳赠别”的文句。此外，在一般的诗歌及其他歌曲中，也没有看到取材“折柳赠别”的。换言之，即便有攀折芙蓉或桃李及梅花来伤悼别离的作品，也没有折杨柳[2]。如果推测此“折柳赠别”乃是汉代所产生的习俗，并尝试探寻此事实的话，那么被认为是最古老的汉代歌曲《小折杨柳》是否就可以假定为是这一习俗产生的源头呢？又是否可以假设梁、陈《折杨柳》的作家就知道汉代有这样的习俗，所以在他们创作歌辞时就有这样的意识呢？除此之外，大概也不会再有其他证据了吧。

梁、陈《折杨柳》的作家中，除了陈朝的徐陵、张正见的作品外，梁元帝、简文帝、刘邈、陈后主、岑之敬、江总、王瑳等所作的歌辞中，都歌咏过前揭的“折柳赠别”的场面。兹摘出如下：

梁元帝

山巫高山巫峡长，垂柳复垂杨。同心且同折，故人怀故乡。（后四句略）

---

① 霸桥在唐代也成为送客别离之地，被称为“销魂桥”。后周王仁裕《开元天宝遗事》载：“长安东灞陵有桥，来迎去送，皆至此桥，为离别之地，故人呼之销魂桥也。”

② 铃木虎雄博士在《玉台新咏译注本》中，为沈约《咏柳》诗的“流（游）人未应去，为此归故乡”一句作注，云：“游人乃一般的旅客，当时有这种习俗，即送人远行时，把攀折到的柳条绾合在一起，当作纪念。”但有“折杨柳”习俗的古曲，在一般的歌辞及诗语上似还不能找到实证。先于唐的隋代之作，有作者不明的《送别诗》一首，歌咏的是折柳条送客的场面。清沈德潜虽将其收入《古诗源》，但怀疑其时代，注曰“似盛唐人手笔”。隋无名氏《送别诗》：“杨柳青青着地垂，杨花漫漫搅天飞。柳条折尽花飞尽，借问行人归不归。”

梁简文帝

杨柳乱成丝，攀折上春时。（中四句略）曲中别无无别意，并是为为一相思。

刘邈

高楼十载别，杨柳濯丝枝。摘叶惊开駃，攀条恨久离。（后四句略）

陈后主（第二首）

谷暗宵钲响，风高夜笛喧。聊持暂攀折，空足忆中园。

岑之敬

将军始见知，细柳绕营垂。（中四句略）曲城成①攀折处，唯言怨久别离。

江总

万里音尘书绝，千条杨柳结。（中二句略）春心自浩荡，春树聊攀折。共此依依情，无奈年年别。

王瑳

塞外无春色，上林柳已黄。（中二句略）陌头藏戏鸟，楼上掩新妆。攀折思为赠，心期别路长。

以上各句歌辞中，元帝之作，作者用“同心且同折”表示“折柳赠别”的场面。此句中的“同心”，是指作中的人物也就是行旅到巫峡的人，次句中的“故人”是指原故乡的关系亲密者，又“同折”，是说此人离乡之时，亲近者手折杨柳赠送的意思吧。其次简文帝和刘邈的作品，他们描写的作中人物都是妇人，在与相思之君离别后，用手折杨柳的场面作为对郎君的追慕。刘邈之作的妇人以手折杨柳来表达不堪忍受十年的离别之苦。陈朝的四人作品，描写的是从军的兵士或远征的丈夫和留守家乡的妻子“折柳赠别”的场景。句中点出了汉代的故事和地

① 宋胡仔《渔隐丛话后集》卷九“城”字作“成”。曲成乃汉代地名，在今山东掖县东北。晋以后改为曲城。此作中不正应作“曲成”吗？又该书下句“怨”作“久”。

名，不用说，这也是想象出来的汉代事件。四人之中，陈后主之作，作者是身处钲、笳交鸣之地的从军兵士，在其地以手折杨柳引起了对遥远故乡的思念之情。其次岑之敬的作品，句中的"将军"乃汉代的周亚夫，驻扎之处为细柳营。作者即作中的人物是汉代的兵士，用手折曲城的杨柳，表达了别离之怨。又江总和王瑳之作都是描写留守妻子的手折杨柳，但两人作品中妻子的心情却有微妙的差别。江总诗中的妻子对远隔万里音信全无的丈夫，尽管每年都手折杨柳，却因无处寄托离愁而灰心失望；王瑳诗中的妻子对还没有见过塞外春天的丈夫，尽管知道与其离别之路暌隔万里，还是希望用手赠杨柳来表达对丈夫的思念。

尽管"折柳赠别"曾是汉代的习俗，但没有能够确证的资料。关于此点也没有再论述的必要，但到了南朝时期，原江淮地方的土民为祭事而举行"折柳"仪式[①]，也被南朝人采纳到其生活中，与祭事不同，"折柳"似乎不太可能为与人赠别之用。作为南朝人，也就是梁、陈《折杨柳》的作家们在作辞之际，在想象汉代当时这一事件的同时，其创作意识中也加入了新时代的习俗吧。这种习俗所知的证据还不十分充分，只有诗歌能作为资料，兹取如下：

> 细柳生堂北，长风发雁门。秋霜常振叶，春露讵濡根。朝作离蝉宇，暮成宿鸟园。不为君所爱，摧折当何言。（梁吴均《咏柳》）
>
> 自从别君来，不复着绫罗。画眉不注口，施朱当奈何。（《攀杨枝》）
>
> 折杨柳，百鸟园林啼，道欢不离口。（《读曲歌》）

以上诗歌中，吴均之作不如说就是南朝时期流行的咏物诗。末联"不为君所爱，摧折当何言"可能是当时习用的句子。也就是说，作者所处时代举行的"折柳"，是恋爱的男女之间在暂别之时赠予爱情的信物。

① 《太平御览》卷三十"正月十五日"条引《齐谐记》有"今州里风俗，望日祠门，其法先以杨枝插门而祭之"的记载。又梁宗懔《荆楚岁时记》载："江淮间寒食日，家家折柳插门。今州里风俗，望日祭门，先以杨柳枝插门，随枝所指，以酒餔饮食祭之。"

《攀杨枝》是产生于梁代的歌谣[①]。现存歌辞只有上举一首,辞中说,自从与君离别以来,我就不再穿着绫罗绸缎,也不画眉注口,因为施以粉黛也无可奈何。歌咏的是与男子离别之后的女子的痛苦,可见《攀杨枝》是首恋歌。歌题所说的攀折杨柳的行为和恋情之间,有着明显的关联。《读曲歌》是原产自刘宋的歌曲,上举的《折杨柳》表达的是恋爱的男女间的行为。可知其中的"百鸟园林啼,道欢不离口"的"欢",就是爱人间的语言。然而"折柳赠别"这一在相爱的男女之间发生的新时代的习俗,已经在《折杨柳》的作家的作辞时的意识中产生了。即他们中的某些作者,在处理汉代"折柳赠别"这一事件时,是把作中的人物设定为恋爱中的男女或夫妻。在此基础上,因两者分居远离,将手折的杨柳作为彼此间爱情的信物,寄托身处远方的丈夫或妻子的思慕,或者成为催发离愁之思的"种子",在辞中歌咏丈夫和妻子都不在同一现场而"折柳赠别"的场面。

4. 梅花落

《梅花落》是和《折杨柳》一样为南朝人所喜爱的,都用笛一类吹奏的横吹曲。但要知道其古曲所产生的时代,以及到南朝的流传路径,今日除了依赖一、二种资料外再别无他法。《太平御览》卷五百六十七所引《乐志》乃是其一,其中在晋以后流传的横吹曲中举有《梅花落》的曲名:

> 《乐志》曰:"横吹有双角,即胡乐,以从军也。张博望入西凉,传其法于西京。初得《摩呵兜勒》一曲,李延年因胡曲,更造新声二十八解,晋以来有《黄鹄》《陇头》《出关》《入关》《出塞》《入塞》《折杨柳》《落梅花》《黄潭子》《赤枝杨》《望行人》十曲。"

上文为新、旧《唐书》的乐志(《音乐志》《礼乐志》)所无,这里的"乐志",我觉得可能就是指《隋书·经籍志》所著录的作者不明的《乐部》一卷的乐志,但也没有确证。此文可能是以晋朝崔豹《古今注》为基础而来

---

① 《乐府诗集》卷四十九:"《乐苑》曰:'《攀杨枝》,梁时作。'"按《乐苑》五卷,宋郑樵《通志·艺文略二》著录为陈游所撰,然《宋史·艺文志》云"不知作者"。

的，但在其举出的全部十曲中，并没有包括“落梅花”或是“梅花落”。可见，恐怕是《乐志》的作者将这首曲子以及同样在梁、陈时代大肆吹奏的《折杨柳》一道，认为是《古今注》失收而新加进去的吧。但既然加了，文中就应该改为“十一曲”了。《乐志》的作者认为此曲是“晋以来”也就是晋代还存在的歌曲，以后也一直有流传，唐代也有持有相同见解的人，他就是吹笛名手许云封。据《太平广记》卷二百四十引唐代袁郊的《甘泽谣》，许云封是唐德宗贞元初年人，他在舟中与韦应物相会时，对他吹奏的古曲，韦应物有“落梅流韵，感金谷之游人；折柳传情，悲玉关之戍客”之语。因韦应物所说之语，可见他也认为《梅花落》是自晋时就已存在的歌曲。也就是说，“金谷之游人”乃是晋朝石崇金谷园中的游人，由于园游会是在晋惠帝元康六、七年间（296—297）发生的事情，这一时期歌曲《梅花落》应该也是存在于世的。

梁、陈新曲的作家在创作曲辞时，假设古曲《梅花落》时代仍然存在，其代表是陈朝的江总和陈后主。兹为了解他们是在假设过去的时代，将两人的作品举例如下：

> 腊月正月早惊春，众花未发梅花新。可怜芬芳临玉台，朝攀晚折还复开。长安少年年少多轻薄，两两常唱梅花落。满蒲酌金卮杯催玉柱，落梅树下宜歌舞。金谷万株连绮甍，梅花密处藏娇莺。桃李佳人欲相照，摘叶[①]牵花来并笑。杨柳条青楼上轻，梅花色白云雪中明。横笛短箫凄悽复切噎，谁知柏陌梁声不绝。
>
> 杨柳春楼边，车马飞风烟。连娉乌孙伎，属客单于毡。雁声不见书，蚕丝欲断弦。欲持塞上蕊，试落[②]将军前。

上举两作，首先是江总的诗歌，是南朝人作辞的横吹曲中唯一一首七

① 《艺文类聚》卷八十六“叶”作“蕊”。从理解的合理性上看，“蕊”字似更妥当。
② “落”字宋本《乐府诗集》作“立”，明毛晋校订本改为“落”，兹从毛本。

言诗。由于在形式上又凝结了新的创意[①]，内容上也十分出色，应该说是一首具体、生动地描绘了汉代以来的习俗，完全体现了早春时节的汉代都市的风物诗吧。作中“长安少年多轻薄，两两常唱梅花落”歌咏的是都中歌唱《梅花落》的场景，末句“横笛短箫凄复切，谁知柏梁声不绝”，说明作者认为《梅花落》是汉代的歌曲，可以推测其“柏梁之声”也就是汉武帝时代的旋律传给了后世。其次是陈后主的作品，其时代是假设的，内容也很暧昧。但作中的“连娉乌孙伎”之句，恐怕是作者根据汉武帝元封年间(前 110—105)乌孙公主西嫁之际，有演奏琴、筝、筑、箜篌等乐人扈从这一历史事件[②]有意创作的吧。又末句中的“蕊”和“落”，可以理解为此曲是在被派遣往边塞的将军面前演奏的吧。然而江总和陈后主的作品，原则上讲都是虚构的，无法确认其事实。然而从这两首作品可知，创作《梅花落》的作者是出于想象，认为这首古曲汉代已存在，曾在长安都市和边塞之地吹奏过。但毕竟不能仅仅因为古曲产生的时代不明而不予追究吧。

虽然没有人言及古曲在汉代或晋朝的存在，但有人曾推论其流传路径，如近世宋代的郑樵，在《通志》卷四十九《乐略》中曾说：

> 《梅花》之辞，本于胡笳，今人谓角鸣为边声，初由边徼所传也。

郑氏认为《梅花落》本来是胡笳之曲，最初由“边徼”也就是边塞之地传来。据此说法，《梅花落》原本为胡族间的歌曲。兹据郑氏之说，试推

---

① 此歌辞每句押韵且每两句一换韵，其韵从四声中均有挑选，这种换韵方法是用“声”来显示代替韵，二句中每句以平、平、入、上、平、去、平、入的顺序变换，平声被夹杂于其他三声之间。然而七言调的乐府每句押韵且每两句一换韵的方法，早有古辞《东飞伯劳歌》(《文苑英华》卷二百六十录为梁武帝作)为先例，此歌为十句的短篇，已使用此法。又模仿此古辞的梁朝陆瑜、陈后主及江总，已在其作品中因袭了此法。所以此《梅花落》曲辞所见的押韵法尽管不是江总的独创，却也是那些全文五言八句(更为稀有的十句)的仅靠隔句押韵(首句押韵除外)便能满足的其他横吹曲作家连做梦都没想到的吧。

② 傅玄《琵琶赋》曰：“闻之故老云，汉遣乌孙公主嫁昆弥，念其行道思慕，故使工人知音者裁琴、筝、筑、箜篌之属，作马上之乐。”(《宋史·乐志》所收之文，又据《太平御览》卷五百八十三所引补正)

测此曲的流传路径。产生于胡族的《梅花落》之曲，于汉或晋时由边塞的兵将传至汉土。最开始是用箛吹奏，不久就适用于笛子编曲，以“落梅花”或“梅花落”之名很早就流传到了南朝。在被梁朝所采择的“簸逻回歌”即梁鼓角横吹曲的六十六曲中并没有见到此曲名，乃是由于它是笛曲，梁、陈时期没有用角来吹奏，到了唐代才开始用大角当作主乐器，遂产生了《大梅花》《小梅花》二曲。照这样推测，唐代以后此曲的传播路径，郑氏《通志·乐略》记载，唐代的这二曲被宋代朝廷的太常采择，由乐人用角真实地吹奏过。

现存由南朝人所作的《梅花落》的新曲辞，有刘宋的鲍照，萧梁的吴均，陈朝的后主、徐陵、张正见、苏子卿、江总等七人所作。他们一致都添加了题意，歌咏梅花散落的场面。他们之中，先于梁、陈之人创作新辞的是刘宋的鲍照，其作如下：

> 中庭杂树多，偏为梅咨嗟。问君何独然，念其霜中能作花，露中能作实。摇荡春风媚春日，念尔零落逐风飙[1]，徒有霜华无霜质。

此作由五、七言错杂的八句构成，恐怕是为了与当时流传的笛律相适应才填入的新辞吧。鲍照应该是第一个为《梅花落》作新辞的作家。但据前揭《乐志》，晋以来的歌曲中就有此曲名，所以尚不能断定鲍照命名了此歌题。关于这首曲辞的解释，还要多说一句。近人余冠英氏在其《乐府诗选》中指出辞句中的代词“君”是作者，“其”是梅花，“尔”是杂树，末句乃是讽托之辞。但我不能赞同余氏此说。句中必须要有“梅花落”的场景，使用这一乐府题才有意义。也就是说，我把“尔”看成是梅花，末二句应该理解为作者因想象风起花落的场景而产生了怜悯之情。

梁、陈的作家在创作此曲辞时，想象出梅花散落的场景，如何凝聚创意精彩描摹也就是理所当然的吧。但是这一场景诱发了作者或作中人物怎样的情感呢？为了解作者的抒情技法，试举陈后主和徐陵的

---

① 《鲍参军集》(四部丛刊本)“风飙”作“寒风”。

作品为例：

金春砌落芳梅，飘零飘上凤台。拂妆疑粉散，逐溜似萍开。映日花光动，迎风香气来。佳人早插髻，试立且徘徊。（陈后主第一首）

对户一株梅，新花落屡故发栽材。燕拾还莲井，风吹上镜台。倡家怨愁思妾，楼上独徘徊。啼看和竹叶锦[1]，簪笑罢未成能载。

以上两首作品中，前半部分描写的都是落花的场景，作者的视神经非常精密，可由后主作中的“逐溜似萍开”句，徐陵作中的“燕拾还莲井”句的表达见出。但后半部分，两人虽同让作中人物“徘徊”，但人物怀有的情感是有差异的。即后主作品中，作中的人物也就是佳人，没有直接表露自己的情感，怀有某种感情的是作者自己。具体来说，作者在前半部用“疑”和“似”来描写因欣赏落花的风情而引发的美的感动，也就是使这种可怜之情得以持续，后半部分描摹出发髻插有梅花的佳人徘徊的形象。与之相对，徐陵之作中，作中人物也就是倡家之妾，因怀抱的是情人不在的寂寞——离愁之情，而在楼上独自徘徊。同样是描写梅花散落的场景，后主是托付了自己的可怜之情，徐陵则侧重在作中人物所怀抱的离愁别绪，《梅花落》所采用的抒情技法，不外乎这两种。但这其中，先于后主的刘宋鲍照、萧梁吴均等早就使用了如此技法。因此，南朝人所作的横吹曲中，《梅花落》和《陇头水》《关山月》《折杨柳》一样，按照“离别哀伤之曲”的说法，毋宁说徐陵的作品才是最适合于表达“怨思之妾”的吧。

5. 长安道、洛阳道

《长安道》和《洛阳道》都被推测为梁武帝时期创作的歌曲。在这个时代所采择的所谓河北的“簸逻回歌”六十六曲中，尽管陈朝释智匠在《古今乐录》中著录了二十八曲，但其中并没有包括《长安道》和《洛阳道》，而为这两曲作辞的南朝人中，梁以前所作的歌辞也都已不存。

---

① 龙辅《女红余志》：“桓豁女字女幼，制绿锦衣带，作竹叶样，远视之无二。”（清吴兆宜《徐孝穆集笺注》本）

创作《长安道》的梁朝作家有简文帝、元帝、庾肩吾以及原为梁臣的王褒，作有《洛阳道》的除了王褒上述三人，还有沈约、车縠。据《玉台新咏》卷七、八，庾肩吾是在诗会上赋得《长安道》，简文帝还是皇太子时，有为其弟湘东王（元帝）的《洛阳道》的相和之作。在梁武帝的时代，赋得或相和之作，可证实这两首歌曲为诗人间所熟知。那么为什么说这两首经梁人之手创作的歌曲而被当时人所熟知呢？我认为有以下两点。第一，在梁代的乐府作家中，对于古都长安、洛阳，他们已经不满足那些以此为主题来歌咏的古曲了，出现了积极主动谋划创作新曲的人。第二，作为南朝人的梁朝人同样对古都怀有憧憬和企慕，他们都积极地尝试让歌曲的式样更为具象化。以下详细论述这两点。

晋室南渡后的江南，汉魏古曲大半已不能歌唱。然而南齐高帝之世掀起了复兴古曲的热潮，到了梁代，诗人竞相创作古曲主题的歌辞，从而制作了歌咏长安、洛阳的歌曲。作有《长安有侠邪行》（《相逢狭路间行》）、《煌煌京洛行》（《京洛篇》）的作家有武帝、简文帝、昭明太子、沈约、庾肩吾、张率、刘孺、刘遵、王冏、徐防、戴暠等。然在梁武帝统治时期，从河北传来的“簸逻回歌”，在梁朝的乐府作为鼓角横吹曲来吹奏，可能受此启发，这些不满足于以古曲为主题的作家也在横吹曲中制作了新题的歌曲，这些歌曲也为梁人所熟知。新题的歌曲即《长安道》和《洛阳道》。

本来，南渡以后的南朝人对汉族国家的首都长安、洛阳都寄寓了同样的憧憬和企慕，到了梁代，已不满足于在心中念想的人们，便用歌辞来描述他们对首都的想象，并通过口头的吟诵来满足这一心愿。这一心事大概就是梁人作为汉民族所寄托的夺回祖国首都的梦想吧。然而所寄托的也就是憧憬、企慕或是梦想，作为汉魏、西晋的古都长安、洛阳，于今已被胡尘埋没而非复当初。例如梁代曾一度夺取过洛阳，作为梁武帝中大通元年（529）之事，此年梁朝的陈庆之连破北魏之军，驱逐孝庄帝并进入洛阳城。陈庆之在入城之前便因被市民歌颂武功而取得了很高的人气，但对于他收复旧都这一壮举，武帝却并未给予多少声援[①]，似乎对当时的洛阳很是冷淡。武帝曾以汉曲《长安有狭

① 参冈崎文夫氏《魏晋南北朝通史》第 305 页，然冈崎氏说“沈庆之”之“沈”为误字。

斜行》的主题进行创作，但并未写歌题的“长安”，而描写的是洛阳街陌的事件。像武帝作品那样，寄托对旧都的憧憬追慕或是夺回之梦的，只是作为汉朝古都的歌曲上的洛阳①。然而和武帝一样具有这种心愿的人们，用相同的歌曲样式积极创作新曲，并试图将这种心愿具象化。这新曲就是《长安道》和《洛阳道》。新曲如后述，专门描写的是都市大路的繁华景况，倾注的不外乎就是梁朝人对旧都的憧憬念想和深深的恋慕，又通过对这种景况的描写，可理解到他们将想要夺回首都的梦想寄托于歌曲之中。

在江南的梁朝歌咏新曲《长安道》和《洛阳道》之时，当时掩埋于胡尘之下的长安、洛阳有着怎样的现况呢？梁人创作的每一首新曲，都在歌咏都市大路的繁华场景，为了与这场面作对比，在对新曲作解题之前，姑且论述胡土现在的情况。自梁朝的陈庆之进入洛阳城的十八年后，北齐的杨衒之也访问了洛阳，他记录了当时洛阳都中的模样：

> 至武定五年，岁在丁卯，余因行役，重览洛阳。城郭崩毁，宫室倾覆。寺观灰烬，庙塔丘墟。墙被蒿艾，巷罗荆棘。野兽穴于荒阶，山鸟巢于庭树。游儿牧竖，踯躅于九逵；农夫耕稼，艺黍于双阙。麦秀之感，非独殷墟；黍离之悲，信哉周室。（《洛阳伽蓝记序》）

文中的“武定”乃是东魏孝静帝时期的年号，武定五年相当于梁武帝太清元年(547)，这个时期，从南朝早已创作的新曲《洛阳道》中就可见出，同样的洛阳都市大道，与新曲中不分昼夜的欢乐街市，行人来往不绝的繁华景况相比，成为胡土的洛阳现在却是“九逵”即九条大道已变为废弃之道，呈现出已沦落为儿童和放牧少年玩耍的野路这样一幅惨状。

经杨衒之探访洛阳的七年后，访问长安的是梁朝人沈炯。他是在西魏军队攻破梁朝江陵被捕，得以到达长安的。虽然他在西魏官至仪

---

① 《玉台新咏》卷七收有武帝所作的《临高台》，“仿佛洛阳道”之句寄托了对洛阳的心愿。但《乐府诗集》卷十八认为是简文帝之作。

同三司，为驱赶乡思之情，被许以归返江南前作有《归魂赋》[1]。赋中歌咏了公元554年左右的长安的样子：

> 去青泥而逾白鹿，越渥水而到青门。长卿之赋可想，绍平之迹不存。咄嗟骊山之草，惆怅灞陵之园。……登未央之北阙，望长乐之基趾。伊太后之所居，筑旗亭而成市。槐路郁以三条，方途坦而九轨。观阡陌之遗踪，实不乖于前史。

据上文，从青门进入长安城的沈炯，在追慕了汉代的司马相如、邵平之后，登上未央宫的北阙遗址，眺望皇太后居所的长乐宫遗迹。城中的"阡陌之遗踪"，大概指划分城中里坊为南北（阡）和东西（陌）的汉代旧道吧。沈炯并没有创作《长安道》歌曲，然而我认为，还是梁臣的他应该知道有《长安道》这样的歌曲，与描写繁华昌盛的都市大路的曲辞相反，目击了现在长安的衰退景象的他，才格外地感慨吧。沈炯作有乐府题的《长安少年行》，这首由五言三十四句构成的作品被认为是他在长安居住时所作。作品写的是从他的时代上溯六百年的汉代，一位自称老翁的人登场，正巧当时有骑马遨游长安大道的少年，从老翁那里听闻昔日汉代长安的繁荣，慨叹此后的衰退景象[2]。沈炯是南朝人，如梁武帝那样一方面想要夺回洛阳，但实际上也没做多少努力，沈炯则因直接进入了现在的长安，知道当下的长安并不是安居所在。总之，他和梁朝创作《长安道》的作家一样，只是对古都长安抱有幻想，寄予的是深深的憧憬和追慕。

如上所述，梁武帝的《长安有狭斜行》，歌题是"长安"，歌辞吟咏的则是洛阳。那么，不止梁武帝，从梁朝人大凡将长安和洛阳都当作古

---

① 《艺文类聚》卷七十九有引文，该书卷二十七亦收录，其中"渥水"作"浐水"。

② "长安好妙少年，骢马铁连钱。陈王装脑马勒脑，晋后铸金鞭。步摇如飞燕，宝锷剑似舒莲。去来新市侧北，遨游大道边。道倏边忽一作老翁，颜鬓如似衰蓬。自言居生汉世代，少小见豪雄。五侯俱拜日爵拜日，七贵各论功。建章通连北阙，复道度应南宫。太大后居长乐，天子出回中。玉辇迎飞燕，金山赏邓通。一朝复一日，忽见朝市市朝空。扶桑无复海，昆山倒向东。少年何假问，颓龄值福终。子孙冥灭尽，乡闾复不同。"（以下六句略）此据《乐府诗集》卷六十六，小字乃是与载见《文苑英华》（卷一百九十四《少年行》）的文本有异同，一并标示。又《初学记》卷十九亦收录全文。

都的立场出发，在此歌题下添加歌辞，就不该过分苛责。而且对于这两个古都，由于有着同样的憧憬和慕情，一旦想起长安的话，就会被直接联想到洛阳的连锁反应所左右，产生两座都城不即不离的错觉，感觉不到两都之间存在地理上的距离。换言之，即便有两个古都，但造成了只有一个的暧昧的古都观。这一点可以从梁人创作的文章、诗、赋、乐府中得到证实。比如元帝的《钟山飞流寺碑》[①]，作者元帝在关中西边陇山的钟山飞流寺的高地上眺望，"望长安之城阙"，寺中的地形和洛阳的偃师县很相似，"瞻洛阳之台殿"，文中对应的是想象中的两都风景。他还作有《春赋》[②]，作者那时正眺望春景，吟诵"洛阳小苑西，长安大道东"，也是对两都春天的想象。与元帝之赋同样取材于春景的，还有沈约的《登高望春》和《三月三日率尔成篇》二诗。前者有"登高眺京洛，街巷纷漠漠。回首望长安，城阙郁盘桓"之句，作者凭主观想象，左右眺望把长安洛阳两个都市连接在了一处；后者有"清晨伊水戏，薄暮兰池宿"句，伊水所流经的洛阳和建有兰池宫的长安，被置于从早上到日暮便可以一天来回游览的位置。再举乐府歌题为例，简文帝作有《煌煌京洛行》(《京洛篇》)[③]，首四句"南游偃师县，斜上灞陵东。回瞻龙首堞，遥望德阳宫"，作者把洛阳的偃师县、德阳宫和长安的灞陵、龙首堞基本放在了同一个所在。借由以上作品便可轻易窥知作者也就是梁朝人具有的怎样的古都观了吧。然而这些作品范例，实际上对梁人创作的《长安道》和《洛阳道》歌辞的解题也有帮助。他们所怀有的暧昧的古都观，便可由这两首歌曲的歌辞判断出来。

梁朝《长安道》和《洛阳道》的作家如前揭，有简文帝、元帝、庾肩吾、沈约、车縠以及原为梁臣的王褒六人，现存计有九首作品。这两曲不必说都是以"道"作主题，但因题名的不同，两曲的"道"当然色彩各异，一定有强烈的个性和地方特色。例如《洛阳道》歌辞的创作，就应该取材于洛阳街头特有的风景、与洛阳有关的故事以及历史上的人物吧。然而这些作家却过分揪住暧昧的古都观不放，表现的都是个性色

---

① 见《艺文类聚》卷七十六。

② 见《初学记》卷三"岁时部"。

③ 《乐府诗集》卷三十九则作宋鲍照作，近人丁福保指为误。从技法上看丁说较为妥当，《文苑英华》卷一百九十二作简文帝作。

彩和地方特色极为淡薄的“道”。换言之，梁代作家描写的洛阳之“道”和长安之“道”都是一模一样的，元帝和沈约就是如此，以下举元帝《洛阳道》及沈约同题作品：

洛阳开大道，城北达城西。青槐随幔拂，绿柳逐风低。玉珂鸣战马，金爪斗场鸡。桑萎日行暮，多逢秦氏[①]女妻。

洛阳大道中，佳丽实无比。燕裙傍日开，赵带随风靡。领上蒲桃绣，腰中合欢绮。佳人殊未来，薄暮空徙倚。

第一首元帝之作，描写的是槐、柳并栽的洛阳大道上战马、斗鸡繁兴的场面。第二首沈约之作，描写的是行走在洛阳大道上的燕、赵美女们的艳丽姿态。然而这两首歌辞中，把首句的“洛阳”都置换成“长安”，全文所描写的就不是洛阳的风物而一变为长安的了。因此，除了这个词语外都不需要再增删，曲题就可以改为“长安道”了。事实上，也有将上面元帝之作改题为《长安道》的乐府解题家，这个人就是我国江户时代的江村北海。他所著的《乐府解题》卷十三，在梁人的《长安道》《洛阳道》中，只选录了元帝所作的二首，却把元帝的“洛阳道”改成了“长安道”，并在曲辞结束后注曰“起句洛阳疑长安”，北海有这样的疑问也是自然的。但是以上描写的个性色彩、地方色彩都很淡薄的“道”，也不一定非要故意去改题吧。

在《洛阳道》中，洛阳、长安每个都描写了“道”的元帝，在《长安道》中同样也描写了“道”，举例如下：

西接长楸道，南望小平津。飞甍临绮翼，轻轩影画轮。雕鞍承赭汗，槐路起红尘。燕姬杂赵女，淹流重上春。

上作中的“长楸”一词，恐怕是引自魏曹植《名都篇》中的“走马长楸间”句，指的是连在一起的长排行道树，又“燕”“赵”之词，因为在上举沈约的《洛阳道》中也使用过，它们也都不见得表示的是具有长安地方色彩

① “氏”，宋本《乐府诗集》作“女”字，毛晋校订本作“氏”，语义上判断当从校订本。

的词语，而可能有地方色彩的，在这首作品中，仅指第二句中的“小平津”。然而事实上，这个“小平津”是洛阳的地名，而不是和长安有关的地方。后来陈朝岑之敬《洛阳道》中的“喧喧洛水滨，郁郁小平津”句中的“小平津”，指的也是同一个地方①。这样的话，元帝的这首《长安道》就应该改题作《洛阳道》。从作者的立场来看，因认为长安和洛阳都同样是古都，在歌题上不添加“小平津”这样的词语，也是不用介意的吧。那么我在这里选取元帝的《长安道》以及《洛阳道》、沈约的《洛阳道》这些看上去个性色彩和地方色彩都很淡薄的作品，又特意举了梁人所作的《长安道》《洛阳道》这样有特点的作品。为什么要这样呢？因为在梁人所共有的意识——一想起长安，便直接会联想到洛阳，为这种连锁反应所左右，他们有着两座都城不即不离的错觉这样一种暧昧的古都观，这可以从元帝、沈约等作品中看出来。

梁人所作的《长安道》《洛阳道》的第二个特征，是描写了薄暮或夜晚街头热闹欢乐的场面。但是，取材于这种场面而作辞为《长安道》的有简文帝和庾肩吾，以及作辞为《洛阳道》的车縠，这三人和其他作有同题歌辞的作家一样，歌咏都市大路的风物之外，在全文八句的末二句中，更添加了华丽场面的描写。大凡梁人的乐府题作品像《长安道》《洛阳道》描写都市大道风物的主题，都是取材于汉曲《长安有狭斜行》(《相逢狭路间行》)、《煌煌京洛行》，还有原为梁臣的王褒的《游侠篇》、何逊的《轻薄篇》、简文帝和刘孝威的《行幸甘泉宫歌》等。另一方面，取材薄暮或夜晚欢乐场面的，有沈君攸的《薄暮动弦歌》、简文帝的《乌栖曲》。然而，设定都市大路为舞台，上演的是薄暮或夜晚的欢乐场景的同为梁朝人的作品《长安道》《洛阳道》在歌曲史上——《洛阳道》似乎是以晋代张华的《轻薄篇》为先驱，最早将两都作为描写对象的。详细歌咏两都盛况的汉代赋作家，如《两都赋》的作者班固、《西京赋》《东京赋》的作者张衡，并没有对这一场面着意描写。兹从简文帝和庾肩吾的《长安道》，以及车縠的《洛阳道》中摘出描写这一场面的末二句于下：

---

① 小平津在洛阳的例证，有此后唐代骆宾王《和李明府》诗“传闻叶县履，飞向洛阳城。驰道临曾掖，津门对小平”，又储光羲《洛阳东门送别》“花明洛阳苑，水绿小平津”句。

金张及许史，夜夜尚留宾。
日落歌吹回，尘飞车马度。
别有倾人处，佳丽夜相逢。

以上首先是简文帝之作，“金张”是汉宣帝之世的金日磾和张安世，“许史”指的是汉宣帝的外戚许氏和史氏，作者歌咏了这些贵族夜夜招宴宾客的铺张场面。其次是庾肩吾之作，描写的是在日落时的歌吹回响中，车马驶过时飞起了灰尘所谓日暮时分街头热闹的场景①。车觳作中的“别有倾人处”，大概与“狭斜”同义，指的是烟花柳巷。此作的上两句“王孙重行乐，公子好游从”，可能是歌咏王孙公子每夜与烟花柳巷的佳丽们寻欢作乐。除了以上三人之作外，还有原为梁臣的王褒的《长安道》末二句“喧喧许史座，钟鸣宾未穷”，句中的“钟”是晓钟，大概是歌咏许、史一座彻夜狂欢的场面的句子。然前举元帝和沈约的《洛阳道》，末尾的“桑萎日行暮，多逢秦氏妻”“ 佳人殊未来，薄暮空徙倚”，这些描写场景中的人与其等待恋人的句子，“秦氏妻”也就是像秦罗敷那样的美女和“佳人”这一点，作为具有日暮时分都市大路的色彩的诗歌，这些作品因能显示梁人的特征而进入梁代的部类，大概是没有障碍的吧。

梁人作品还有一个特征，就是创作《洛阳道》的作家，留意了晋代潘岳的故事，虽然只使用了这一故事，也要认可他们的创意。《晋书》卷五十五《潘岳传》载有这样一个故事：美男子潘岳在洛阳大道上行进时，引起了偶遇妇人们的围观，向他投掷果物，竟至满载而归。然而梁代的《洛阳道》作家如简文帝和庾肩吾，在沿袭这一故事的同时，也将他们的新的想象场面在各自作品的末二句中描写出来，如下：

玉车争晓晚②入，潘果溢高箱厢。
潘生时未返，遥心徒从眷然。

① 庾肩吾作中的“回”字，《玉台新咏》卷八作“还”。又此诗铃木虎雄博士《玉台新咏译注本》中译为天子归来之意。

② “晓”，《玉台新咏》卷七、《文苑英华》卷一百二十九俱作“晚”，又《玉台新咏》卷七“溢”字作“满”。

第一首简文帝之作，往潘岳车上的高箱里投掷果物并溢出，使用“高箱”的意象就是作者的创意。第二首庾肩吾作中的“潘生”，从歌题推断可能是对像潘岳一样的少年怀有“遥心”的妇人，作者着眼于故事中的妇人们，代替她们，在潘岳尚未从大路返回之时，诉诸自己盼望其归来的内心苦闷。场面的变换就是作者的创意。然而梁代诗人注意潘岳的故事而创作的诗歌，其诗题却几乎没有，仅存有如《咏安仁得果》的李孝胜、谈士云的作品①。因此毋宁说《洛阳道》歌曲中是作家留意于潘岳故事是理所应当的吧。事实上，梁人所作的《洛阳道》，在歌辞中对与洛阳有关的历史人物反复歌咏的，也仅仅潘岳一人。但是像简文帝、庾肩吾这样在作中使用潘岳故事的这种课题，并且凝聚了作者的新的创意，这不正可以说是梁朝人作品的特征吗②？顺便说一下，我国江户时期的江村北海在其《乐府解题》卷十三中，怀疑是否要把以潘岳故事为基础的歌辞题名作“洛阳道”，但所言及的部分细节，显然说得太过了。

相比于梁朝人，陈朝作家作品数量很多。《长安道》，陈后主、顾野王、阮卓、萧贲、徐陵、陈暄、江总等各有一首，《洛阳道》，陈后主有五首，徐陵与江总各有二首，岑之敬、张正见、陈暄、王瑳每人各一首，两曲十四人现存共计二十首。然虽说数量上很多，但与陈朝人作品在个性色彩、地域色彩均十分浓厚的“道”的描写这一点上，梁朝人之作则无法与之相比。换言之，陈朝人的《长安道》的“道”是长安所特有的道，洛阳却没有这种风貌的道。反之亦然，《洛阳道》中的“道”也不见于长安。对于陈朝人来说，这一技法乃是对梁朝人的模仿，如何描写都市大路的繁华这点被汇总到了一起。不论是从作品所描绘的，还是从结果方面来看，梁、陈之间作品在个性色彩、地方色彩浓薄的差异上是显而易见的。那么这其中的原因究竟是什么呢？这不能判断为是作家意识上的不同。陈人在作辞时，并没有被梁人的暧昧的古都观所

① 李孝胜《咏安仁得果》：“潘岳河边返，情知掷果多。闭甍听不见，无奈识车何。”谈士云《咏安仁得果》：“月上河阳县，来看洛阳花。掷果人相閡，非是故停车。”

② 陈朝人作品中，如徐陵《洛阳道》第一首中的“潘郎车欲满，无奈掷花何”，将原来的“果”置换成了“花”，显示了作者的创意。但其他的陈朝人和梁朝人不同，并不仅仅把潘岳作为素材，也不把新的创意凝聚在他一人身上。

左右，对长安和洛阳有着明确的区别，并且将街头的风景、故事以及历史上的人物用作“道”的素材，似乎采取的是一种充分推敲玩味的从容心态。陈人作品中，后主的五首《洛阳道》大概是连续创作的，除了某些物象外，他的作品中，从史书地志，到典故人物，都用复数也就是对句的方法在歌辞中反复歌咏，这就使“道”的个性色彩和地方色彩的表现更上层楼。现从全文八句构成的陈人作品中，挑选出一些我认为个性色彩浓郁的对句，列举如下：

长安道

顾野王

章台京兆马，逸陌富平车。东门疏广饯，北阙董贤家。（中四句）

长安道

萧贲

城形类北斗，桥势似牵牛。（第三、四句）

长安道

徐陵

韩康卖良药，董偃鬻明珠。（第五、六句）

长安道

陈暄

张敞车单马，韩嫣乘副轩。（第三、四句）

洛阳道

徐陵（第二首）

濯龙望如雾水，河桥度似雷。（第三、四句）

洛阳道

岑之敬

聚车看卫玠，连手望安仁。（第五、六句）

洛阳道

陈暄

镇西歌艳曲，临淄逢丽神。（第五、六句）

洛阳道

王瑳

曹王斗鸡返，潘仁载果来。（第七、八句）

洛阳道

江总（第一首）

仙舟李膺棹，小马王戎镳。（第三、四句）

以上陈人作品中，首先是《长安道》。顾野王之作，从史书中引用了西汉四位名士的行为，即汉成帝时得天子信任而意气风发的张敞，威仪不整便单身跑马于章台街上①；同样受到天子宠幸的富平侯张放，驱车于“逸陌”也就是有风景的道路上②；宣帝时的疏广，退职之时被送行于东都门外③；哀帝的宠臣董贤，在北阙之下筑造大宅邸④。萧贲之作可能是以《三辅黄图》（《艺文类聚》卷九“桥”）的地志的记事“横桥南渡，以法牵牛”为基础，描写的是俯瞰斗城和渭桥的场景。徐陵之作取材于汉代的隐士韩康三十余年卖药长安市中⑤、汉代的董偃年少时和母亲一起售卖明珠的故事⑥。陈暄之作和顾野王一样，也从史书中选取了张敞以及在汉成帝出猎之前、单身乘坐副车驱驰在街头的韩嫣的故事⑦。

---

① 见《汉书》卷七十六《张敞传》。

② 张放或其一家奔走于逸陌这一史实不明，“逸陌”一词的用例，见《艺文类聚》卷六十五所收梁张缵《谢东宫赉园启》：“此园左带平湖，修陂千顷。右临长薄，清潭百仞。前逼逸陌，朝夕爽垲；后望钟阜，表里烟霞。”

③ 见《汉书》卷七十一《疏广传》。

④ 见《汉书》卷九十三《佞幸传》。

⑤ 见《太平御览》卷九百八十四《高士传》。

⑥ 见《太平御览》卷八百二十引《汉书·董偃传》。

⑦ 见《汉书》卷九十三《佞幸传》。

其次是《洛阳道》。徐陵之作，作者注意到地志《洛阳图经》[①]中收录的古歌“濯龙望如海，河桥渡似雷”一句，将“海”替换成了“雾(水)”，并构成了歌句。然而像徐陵这样将古歌的创意基本原封照搬的做法，是出乎意料实际上却有着巧妙的意图的。这种做法，就足以证明陈人具有一种充分推敲玩味素材的从容心态。岑之敬和陈暄的作品，将为了看一眼晋朝当世的美男子卫玠而聚集在其车下的都市之民[②]、前记潘岳(安仁)故事，又西晋末东晋初镇西将军谢尚自作自演“艳曲”即《大道曲》[③]，以及魏曹植与洛水女神相逢的故事等一一作为素材。王瑳和江总之作，“曹王斗鸡返”之句，乃是对曹植《名都篇》“斗鸡东郊道”句的翻案，“潘仁载果来”引用的是《晋书》所记事，又“仙舟李膺棹”，引用的是东汉的高洁之士李膺乘舟归乡，送行之人看到以为是神仙的故事[④]。“小马王戎镳”说的是晋王戎任尚书令之时，随意地乘坐小车也就是一匹马所拉的车的故事[⑤]。那么由以上若干对句之例可知，陈人所作的《长安道》《洛阳道》的歌辞都被饰以很多的故事和人物，给“道”染上了丰富的色彩。换句话说，与梁人一样，一方面，他们描绘的也是想象世界的古都，个性色彩和地方色彩都极为浓郁。然而另一方面，由于前揭的作家意识上的差异，与梁人之作相比，陈人没有他们的那种对古都的憧憬和追慕，其创作的歌辞在幻想性、浪漫性方面多少都有些不足。

陈人关于《长安道》《洛阳道》的创作技法，如前所述，乃是出于对梁人的模仿。但是在模仿的同时，还有值得大书特书的一点。梁人所描绘的薄暮或夜分街头的热闹欢乐的场景，陈人也同样有所描写，如

---

① 见《文选》卷三张衡《东京赋》薛综注。

② 《太平御览》卷七百七十五引《晋书》曰：“卫玠字叔宝，五岁风神秀异，总角乘羊车入市，见者以为玉人，观者倾都。”

③ 谢尚十岁时因正值西晋之世，作者大概取才于彼。《太平御览》卷五百八十三引《语林》曰：“谢镇西着紫罗裙，据胡床，在大市佛图门楼上，弹琵琶，作《大道曲》。”

④ 《太平御览》卷七百六十八引《后汉书》曰：“郭林宗游洛阳，始见河南尹李膺，大奇之，遂相友善，于是名震京师。后归乡里，衣冠诸儒送至河上，车数千两。林宗与李膺同舟而济，众宾望之，以为神仙焉。”

⑤ 《世说新语・伤逝篇》：“王濬冲为尚书令，着公服，乘轺车，经黄公酒垆下过，顾谓后车客：‘吾昔与嵇叔夜、阮嗣宗共酣饮于此垆。’”文中的“轺车”，据《说文》，乃是指小车，亦即《史记・季布传》索隐“谓轻车，一马车也”。

果像从梁人的全文八句中的末二句所描绘的句子摘出的话，也有不逊色于梁人的，现例举如下：

长安道

陈暄

将军夜夜返，弦歌著曙暄。

长安道

陈后主

当垆晚留客，夜夜苦红妆。

长安道

阮卓

蔼蔼东都晚，群公驺御回。

长安道

萧贲

经过狭斜里，日暮与兴直淹留流。

长安道

江总

日暮延平[①]客，风花拂舞衣。

洛阳道 第四首

陈后主

向夕风烟晚，金羁满洛阳。

洛阳道

岑之敬

复有能留客，莫愁骄态新。

① 张阆声《校正三辅黄图》："《三辅决录》曰：未央宫延年《玉海》误，平，《长安志》：年。殿。"

以上陈人之作，首先是《长安道》。陈暄之作写的是伴随着将军[①]退离时彻夜弦歌的热闹街头；后主之作写的是酒场里的商女为了留住客人而展现媚态；阮卓之作写的是日暮时有御夫随从的退厅的公卿；萧贲之作写的是日暮时分闲逛花街柳巷并投宿的狭斜客；江总之作描写的可能是宫女于未央宫内的延平(年)殿在宾客面前翩翩起舞的场面。作者从各自的视角，描写了街头热闹的欢乐场景。其次是《洛阳道》。后主之作描写的是日暮时分骑乘之人热闹的样子，岑之敬之作描写的可能是夜间发生的情事，以上是陈人从各个阶层所选取的素材。这些技法，尽管模仿自梁人，但陈人在场面的多样性描写方面，却超过了梁人。就像是在一幅画中描写了薄暮或夜晚街头的风景，雕绘出路上奔走的人群，刻画其沉湎于欢乐的样子，展现出的是一幅具有常态性的、感官性的画卷。那么，如前揭指出描绘场面这一点是梁人创作的特征，但由于陈人也有相同的方面，这里就要加上陈人，改说成是南朝人作品《长安道》《洛阳道》所共有的特点了吧。无论如何，被胡尘埋没的当今的长安和洛阳，渐渐摆脱了衰退的状态，歌曲在北周的武帝、宣帝时开始复兴，又因南朝方面的陈人遥相呼应且有凌驾之势的歌唱，这些即便从歌曲上再现了远胜于当下的长安和洛阳，难道不是稀奇的历史现象吗？

6. 紫骝马、骢马

《紫骝马》原是五胡十六国时期的"簸逻回歌"之一，后被梁代宫廷采纳，加入到梁鼓角横吹曲六十六曲中的歌曲。此曲实际在梁代歌唱的事实，可由元帝《玄览赋》"吟紫骝之长歌，奏玄云之叠鼓"，又其《赴荆州泊三江口》诗"叠鼓随朱鹭，长箫应紫骝"句可知。此曲是和鼓吹曲《玄云》《朱鹭》同时演奏的，即《玄览赋》所谓的"长歌"，是由较长的旋律或长篇歌辞构成的，用原来的角类乐器，也用长箫吹奏的歌曲。现存歌辞乃是由四句一章所构成的以下七章：

烧火烧野田，野鸭飞上天。童男娶寡妇，壮女笑杀人。

① 歌曲史上，如说到汉代将军，汉曲《羽林郎》有"昔有霍家奴，姓冯名子都。依倚将军势，调笑酒家胡"之例，作辞家多数有将其比附为霍光的意识。"长安甲第高人云，谁家居住霍将军。日晚朝回拥宾从，路旁拜揖何纷纷。"(唐崔颢《长安道》)

高高山头树，风吹叶落去。一去数千里，何当还故处。
十五从军征，八十始得归。道逢乡里人，家中有阿谁。
遥看是君家，松柏冢累累。兔从狗窦入，雉从梁上飞。
中庭生旅谷，井上生旅葵。舂谷持作饭，采葵持作羹。
羹饭一时热，不知饴阿谁。出门东向看，落泪沾我衣。
独柯不成树，独树不成林。念郎锦裲裆，恒长不忘心。

以上歌辞中，陈释智匠《古今乐录》认为，“十五从军征”以下四章乃是“古诗”，又“独柯不成树”一章为梁曲也就是梁人所作的歌辞。然而，《古今乐录》所谓的“古诗”，可能是指产生于汉魏时期的民歌，到了梁朝被宫廷乐府所采用[①]。七章中的“烧火烧野田”和“高高山头树”二章，乃是五胡十六国时期所产。像《紫骝马》这样生成年代各异的歌辞，其旋律可能也不尽一致。《古今乐录》云梁曲“独柯不成树”章“与前曲不同”，“前曲”也就是说与上例所举的前六章不同，除了产生年代不同外，可能其旋律也有不同，这由此书所著录的梁鼓角横吹曲六十六曲中，以《紫骝马》为题的有两首歌辞可知。

《紫骝马》是带有复杂性格的歌曲。“十五从军征”的古歌，经汉魏及五胡十六国之世的流传，而在被梁代的乐府选用之时，古歌的内容就不再被添加而被冠以“紫骝马”的曲题，一方面，这首古歌虽在梁代歌唱，梁代的宫廷诗人并没有将其作为素材的对象，另一方面，这个曲题被同时期的诗人所选用，并将“马”作为主题创作了新辞。换句话说，《紫骝马》是没有添加曲题的古歌，以及虽添加了曲题而实际上并非“紫骝”的“马”的新辞，这两种在梁代是并存的，可以说是具有同名异工的性格的歌曲。

当梁代的宫廷诗人在为《陇头水》制作歌辞的同时，也推动了古歌“陇头流水歌辞”的传播，为什么创作《紫骝马》时却舍弃了“十五从军征”的古歌，仅仅取其为歌题呢？这一点，可以从他们在继《紫骝马》之后，创作了同为横吹曲的以“马”为主题的《骢马》(《骢马驱》)的新曲推测，主要原因可能是出于一种深刻的爱马之心。以下举其他实例试证

① 近人余冠英在其书《乐府诗选》中云“据《乐府古题要解》，晋代已入乐”，但唐吴兢此书并无晋宫廷奏乐的记载，大概为余氏所误认。

明之。梁代宫廷和马之间有着奇妙深刻的缘分，这在宫廷所修的史书中就有与马有关的显著的记录，又将马作为主题的梁人作品也有不少在流传。例如宫廷就演奏有《襄阳踏(白)铜蹄(鞮)歌》和《青骢白马》两支舞曲，前者乃武帝自作，是其还未登极任襄阳的军事长官之时，流行着“襄阳白铜蹄，反缚扬州儿”的预言性质的童谣，欣喜的武帝从这首童谣中构思出了歌题，“白铜”指的是白金色的马。后者是从前代王朝传下来的西曲中的舞曲之一，又武帝天监四年(505)三月休禊之日，在华光殿举办的祝宴中，河南国献上赤龙驹，由于看到此马能拜善舞的妙技，武帝大喜，张率、到溉、周兴嗣三人作有《舞马赋》[①]。更有武帝太清元年(547)五月一日，由于神马现世，高兴的武帝在德阳堂举行了盛大的宴会。如此事件，不就煽动起了梁代宫廷人的爱马热潮吗？武帝之子简文帝及元帝兄弟尤其爱马，为庆祝神马的出现，简文帝奉其父命，作有《宝马颂》[②]，刘孝威、庾肩吾、王竟陵等同时作有《爱妾换马》(《以妾换马》[③])的歌辞，还有以马为主题的《西齐行马》《系马》《登山马》等诗歌。另一方面，元帝从还是晋安王的其兄简文帝处获得赠马，作有《谢晋安王赐马启》，还作有以马为主题的《后园看骑马》《登山马》诗，这些诗因是赋得之作，大概是与兄长同席间所作。这两位帝王传世的作品不少。不论如何，上述流传的以马为主题的作品，就能作为梁人深爱马的证据了吧。那么，两帝这种程度的爱马，在其父武帝的时代进入宫廷的“簸逻回歌”中，以马作为歌题的《紫骝马》似乎就不应该放过吧。元帝先是取其为题名作有新辞，兄简文帝相和之。今日梁人的《紫骝马》仅存有此两帝的作品。梁代充作新的横吹曲的这一作品，两帝深刻的爱马之心一定起到了很大的影响，依次举其曲辞如次：

长安美少年，金络锦镻连钱。宛转青丝鞚，照耀珊瑚鞭。依

① 现存张率之作，《梁书》卷三十三《张率传》收录。

② 《文苑英华》卷七百七十八收录。

③ 据唐吴兢《乐府古题要解》补注本，此曲的原作者并非淮南王刘安，王竟陵所作之辞也已亡佚。

> 槐复依柳[①],蹀躞复随前。方逐幽并去,西北共连翩。
>
> 贱妾朝下机,正值遇良人归。青丝悬玉镫,朱汗染香金衣。骤急珂弥响,踊[②]多尘乱飞。雕菰葫幸可荐,故心人君心莫违。

元帝之作描写的是长安美少年们骑着饰有华丽马具的马队奔走的情景,但全文的构思明显是以魏曹植《白马篇》“白马饰金羁,连翩西北驰。借问谁家子,幽并游侠儿”为蓝本,前半部分又和同时代何逊《长安少年行》“长安美少年,羽骑暮联翩。玉羁玛瑙勒,金络珊瑚鞭”的技法类似。简文帝之作在相和元帝的同时,趣向急遽转变,表现为闺情的结构,其首二句和末二句,表现出迎马上的丈夫的妻子的动作和爱情,中四句描写的是归返时马急剧的动作。句中“朱汗染香衣”中的“朱汗”是指马身上的汗,“香衣”是说由于军人衣服中藏有香草,指的是马上丈夫之身[③]。然而这两帝所作尽管都以“马”为主题,却并不能断言描写的就是“紫骝”,严格来说的话,并没有表现曲题。元帝乃是以曹植之作为基础,歌咏的是“白马”而非“紫骝”。据《说文》,“骝”是指全身毛色为赤色,鬃和尾为黑色的马,“紫”可能就是指赤色浓重的毛。如果这样的话,为什么《紫骝马》的歌题,却没有把“紫骝”作为素材呢?答案似乎很简单,就是大凡南朝横吹曲作家内心的态度,是在制作歌辞时,往往都指向汉魏及晋时代的故事,然就“紫骝”而言,却一直缺少关于此马的历史故事。

“紫骝”故事的匮乏,似乎也制约了陈朝作家们的构思。如其中的后主,在辞句中点出歌题“紫骝”(第二首),也就仅仅使用了歌题这二字而已。又李燮回忆汉文帝从代北之地得到的九匹马中有一马名为“紫燕骝”之事[④],点出了“紫燕”之词,但他的歌辞并不是歌咏文帝时代

---

① 此句以下四句,宋郭茂倩《乐府诗集》阙如,此据《文苑英华》卷二百九十补。

② 简文帝《紫骝马》为《玉台新咏》卷七收录,铃木虎雄博士其书的译注本认为“踊”乃误字,当作“踊”,虽然“踊”和“踊”都有跳跃之义,但“踊”是很少使用的词语。但“踊”并非误字,乃是表现马的动作的词语,例见徐陵《骢马驱》“连蹀复连踊”。

③ 《广志》曰:“蘼芜,香草。魏武帝以藏衣中。”(《艺文类聚》卷八十一,《太平御览》卷九百八十三)香草为骑士所珍视,《山海经》郭璞注有“带香草,令人便马。或曰,马得之健走”(《艺文类聚》卷八十一),李燮《紫骝马》有“骑士逐蘼芜”。

④ 《太平御览》卷八百九十七引《西京杂记》。

的这一事件。总之，陈代作家也只是将梁代的二帝的作品当作范例，似乎并没有什么好的构思和主意。他们中的后主、徐陵、独孤嗣宗、李爕、陈暄、张正见、祖孙登七人，以梁元帝之作为范例，唯美地描摹马的装备、奔驰的动作，大半的笔墨都花费在这些语句上。然而一旦被他们作品所描写的马，都是以广漠的朔北之地为舞台，展示了其腿脚健壮的英姿。如后主描摹的是汉代霍剽姚骑乘着的从紫塞(雁门)凯旋宫门的马(第一首)，又有从黄龙国以东的玄菟郡奔驰，一转眼便由长安近郊的细柳营到了上兰宫的这种瞬息万变的移动(第二首)。徐陵描写的马，在狩猎结束后编队返回东门。独孤嗣宗描写的马，是自早春丽景的时节，为画眉的骑士所骑奔驰在街头[①]。李爕是写追讨胡族的马，陈暄的马在九嵕山中飞跃，张正见写的马跟从将军远征大宛，祖孙登写的是斥候兵所骑待机于楼兰的路上的马。像这些马都在作品中表现为腿脚强健飞奔在朔北之地，而作家们也注意描写妨碍它们的当地风土，如陈暄的“饮伤城下冻，嘶鸣北地风”，祖孙登的“嘶从风处断，骨住水中寒”，都细致刻画出马的强健筋骨为北地恶劣的自然条件所伤的场景。而另一方面，陈代的作家中，也有一人把梁简文帝的作品当作范例，从闺情方面来构思，他就是江总。他在“扬鞭向柳市，细蹀上金堤”句中点出“柳市”这一地名，把地点假定为长安。但末二句描写的是织机边的妇人向马上的夫君表露爱意和哭泣的愿望，也不过是对简文帝构思的模仿。

创作横吹曲《紫骝马》的梁元帝，也作有《骢马》或《骢马驱》，现存的还有梁代刘孝威、车敹的作品。由于“骢马”的歌题乃是以梁代西曲中的舞曲《青骢白马》为名，它们之间大概是有关联的。“骢”是指青白色的马，“青骢白马”就是指“骢马”。但即便歌题本质上相同，歌曲性格却完全不同。西曲《青骢白马》歌辞现存八章，每章由七言二句构成，从歌意上来看，是与其他西曲一样的具有恋歌性质的作品，如“系马可怜着长松”“可怜白马高缠鬃”“问君可怜下都去”“齐唱可怜使人惑”等，八章中有六章都反复咏叹“可怜”之语，这一词语含有怜悯、爱

① 独孤嗣宗之作末句“犹是画眉人”，大概是想起汉代张敞为妻子画眉的典故而作。《汉书》卷七十六《张敞传》：“敞吴威仪，时罢朝曾过，走马章台街。……又为妇画眉，长安中传张京兆眉怃。”

恋的意思，形成了恋歌的性格。然而横吹曲《骢马》之所以名为《骢马驱》，是由于描写的是骢马在朔北的旷野不停地飞驰、一刻也不休息的场景，歌曲的性格的确就是军马的进行曲。现举梁代作家中的刘孝威之作如下：

> 翩翩骢马驱，横行复斜趋。先救辽城危，后拂燕山雾。风伤易水湄，日入陇西树。未得报君恩，联翩终不住。

作品以“翩翩”之句始，“联翩”之句终，作者全文耗费笔墨来描写骢马迅捷的动作。作中的骢马从东边的“辽城”转战到“燕山”，又渡过“易水”，抵达遥远西陲的“陇西”，在广漠的朔北山河间驰回奔走，第五、六句描写的风景，是在驱驰的途上眺望所得。这匹骢马不停转战南北，末二句是说由于不能报答君恩而不停地驱驰，吐露的是极度高昂的战斗欲望。然而骢马所吐露的是作者心中怎样的真意呢？这从正史的刘孝威传记中无法探知。他所作的《骢马》二首，剩下一首的末二句“誓使毡衣乡，扫地无遗噍”，“毡衣乡”也就是胡族的聚落，要扫荡此地不让一人生存，燃烧的是誓灭胡族的战斗欲望。如此看来，他所作的《骢马》的场合，不单单是出于游戏之作，而是对于内忧外患的梁王室，通过这样的辞句宣泄他的义愤吧？与刘孝威之作相比，同时代的梁元帝、车敹的《骢马》，以及其后陈朝的江总、王由礼、徐陵的《骢马》，每作都缺乏生动性，与刘孝威及其心态有所不同，这些作品全文充斥的是对马的行动场景的描写，并没有像刘作那样展现出抒情的一面。

梁代《紫骝马》旋律的实际吹奏这一点，前面已经证明，《骢马》作为横吹曲之一种，大概与《紫骝马》的旋律不同。但是从歌辞内容上看，两者正好是异名同曲，即《紫骝马》也好，《骢马》也罢，都是梁、陈的作家们想象了汉魏及晋的时代，他们各自假设在朔北之地，歌咏行动着像木偶一样的马的这种场面。但是《紫骝马》中，仅有模仿梁简文帝的江总之作，同时加入了闺情的所谓异质内容，不如将其看作是例外吧。而除了这两人作品外，任何一作品由于都有着相同的内容，歌辞也陈陈相因，歌题的“紫骝”和“骢”都可以互为置换。在以上的作家中，如陈代的徐陵，有歌题为《骢马》，首句“白马号龙驹”点出了“白马”，由于在歌辞中歌咏白马奔驰场面的作家，还有魏曹植的《白马篇》，因此将歌题置换为“白马”是可能的。如果这样的话，在歌辞上反映不出来的《紫骝马》和《骢马》二首歌曲，为什么会从南朝的横吹曲中产生呢？恐怕是这两首作品的创作者，即梁元帝深受爱马之心的驱使，一首歌题从河北的“簸逻回歌”中挑选，另一首从南朝西曲中的《青骢白马》中挑选并作辞的吧。这一理由是以现存作品为基础而得出的，在梁人中，同时作有两曲的也仅仅是元帝一人而已。

7. 雨雪

《雨雪》或《雨雪曲》，是南朝有陈一代的横吹曲。此曲大致是陈宣帝太建年间(569—582)所创作。撰于陈废帝光大二年(568)的释智匠的《古今乐录》中并未著录此曲名，又作有此曲的张正见一人也死于宣帝太建年中。陈代的宫廷诗人不用说横吹曲，对鼓吹曲也十分钟爱，多作有这两曲的歌辞。现存世的仅有陈后主所作的二十六首、张正见作的十八首、江总作的十六首，在歌辞表现技巧上颇倾注了苦心。然而他们也仅仅是以此前王朝所传下来的歌曲作为主题，由于缺乏主动制作新曲的欲望，终究止于模仿作家、技巧作家的地步。目前横吹、鼓吹两曲中可以推测为是陈人所作的，也仅为这首《雨雪》之曲。

关于“雨雪”题名的由来，北宋郭茂倩在《乐府诗集》卷二十四中作了以下推测：

> 《采薇》诗曰：“昔我往矣，杨柳依依。今我来思，雨雪霏霏。”《穆天子传》曰：“天子游于黄室之曲，筮猎苹泽，天子乃休。日中大寒，北风雨雪，有冻人，天子作诗三章以哀之，曰‘我徂黄竹’是也。”《雨雪曲》盖取诸此。

郭氏认为此曲得名大概是取自《诗经·小雅》的《采薇》篇中的“雨雪”一词，或《穆天子传》文中的“雨雪”。但我不同意这种推测。首先，郭氏所谓的《采薇》篇的情况是怎样的呢？如果要从《诗经》中找“雨雪”一词的话，不仅见于《采薇》，还有邶风中的《北风》、小雅中的《角弓》和《信南山》，从这些篇章中都可以得到。即使《诗经》中每一篇，果真都是被陈人从周代的歌曲中取作题名吗？在南朝人即陈人来看，本来就有着横吹曲是汉魏及西晋时代的歌曲的意识，他们通过想象那个时代的事件而创作歌辞，那么从那个时代的歌曲的文句到题名，都均有构思，不是很自然的事情吗？其次，郭氏所谓《穆天子传》又是怎样的情况呢？南朝人假如从《穆天子传》中选作歌曲的题名的话，不仅有“雨雪”一词，还有穆天子所作三章诗中的“黄竹”一词吧，如刘宋谢惠连《雪赋》中的“姬满申歌于黄竹”，“姬”是周姓，“满”是穆王，这句是说周穆王重复歌唱“黄竹”。又梁代庾肩吾《咏花雪》诗“已飘黄竹路，共庆白渠田”，也歌咏了“黄竹”，这些都能成为证据。

如果以“雨雪”一词作为歌题的陈人，在使用时想到了什么的话，在他们的时代，实际上就是在乐府所歌唱的歌曲的文句吧。“簸逻回歌”也就是梁鼓角六十六曲中的《雀劳利歌》可能就是如此：

雨雪霏霏，雀劳利[1]。长嘴饱满，短嘴饥。

此歌写的是在降雪的严酷自然中，嘴巴长短有差的雀鸟，一则饱食，一则饥饿，在鸟雀的身上寄托的，大概是对因贫富而造成生活差距的俗世的讥讽。然而与此歌表达的意思完全无关的，不就是陈人仅留意于首句，选取“雨雪”一词而为横吹曲的新曲命名吗？选取以往歌曲的首句，创作出内容有变化的新曲的歌名，这是乐府作家们常用的手段。

《雨雪》之曲的作家有后主、江晖[2]、张正见、江总、陈暄、谢燮六人，各有八句构成的作品一首存世。这些陈人所命名的曲题《雨雪》即“降雪”，确实就是雪降落在大地上的意思。那么这六人添加此题意，是如何描摹出降雪的场景呢？兹将各自作品中此场景的句子摘出，列举如下：

---

① “劳利”，据近人余冠英氏《乐府诗选》，类似于描写的是鸟雀的喧叫声。

② 《文苑英华》卷一百九十三作梁王筠。王筠乃昭明太子时人，他的乐府题之作有《陌上桑》《有所思》《侠客篇》《三妇艳》《行路难》《楚妃吟》。但每首都以古曲为主题，没有一首是流行于梁代的横吹曲。说他是梁代唯一一个积极创作用于横吹曲的《雨雪》，不足凭信。因从宋本《乐府诗集》为江晖所作是正确的。

陈后主

长城飞雪下，边关地籁吟。濛濛九天暗，霏霏千里深。（前半四句）

江晖

边城风雪至，客游子自心悲。风哀笳弄断，雪暗马行迟。（前半四句）

张正见

含冰踏马足，杂雨冻旗杆。沙漠飞恒暗，天山积转寒。（中四句）

江总

雨雪隔阻榆溪，从军君度陇西。（首二句）

陈暄

都尉出祁连，雨雪满鸡田。（首二句）

谢燮

朔边昔离别，寒风复凄切。峨峨六尺冰，飘飘千里雪。（前半四句）

以上所举降雪的各场景中，首先是后主之作，描写的是被飞雪掩埋的长城，边塞之地地籁吟唱，九天昏暗，降雪横亘了数千里之远的荒凉光景。其次江辉的作品，描写的是边城的客子，也就是征人为吹雪所悲伤，他们的行军也被吹雪所阻碍，备尝了双重的苦难场景。再是张正见之作，句中“含”“杂”“飞”“积”的主体，每一个都是雪，句中虽然没有点出“雪”一词，然而浮雕出的是雪中行军的场景。还有江总和陈暄的作品，一是从榆溪（塞）到陇西，一从祁连（山）到鸡田，写的都是降雪中军队移动的场面。谢燮之作，作中人物在朔北离别，人在寒风中更为悲伤，描绘的是为六尺之冰和千里之雪掩埋的凄怆场景。以上陈人所描绘的大体都是在朔北之地行军的场景。顺便再多说一些，行军路中的兵士有着严格的规定，阻止他们作战计划的，不是敌人，而是降雪，也就是作品中所描写的征人被迫与雪对决的场面。

大凡自汉代以来的歌曲，描写在降雪中行军的场面，有魏曹操的《苦寒行》、陈朝人的《雨雪》之曲，基本上也就是这些歌曲[①]。但曹操和陈人在立场上有很大的不同。曹操恐怕是在翻越太行山脉途中所发生之事，也就是歌咏自身体验的《苦寒行》，作中的“溪谷人民少，雪落何霏霏。延颈长叹息，远行多所怀”的部分，写的是溪谷住民稀少，大雪纷飞，亲身体验了行军指挥的辛苦的场景。与之相对，陈人可能是安坐于深宫创作出《雨雪》的歌辞。描写的是还没见过的朔北旷野，或者是仅凭想象的汉魏西晋时代的雪中行军之事。而想象之作与亲身体验后所作相比，缺乏逼真性，就是再普通不过的事了。那么怎样弥补这种缺陷呢？《雨雪》之曲，陈人赋予严酷的使命，达到了场面逼真的效果。也就是说，与作中人物即行军中的兵士对抗的敌人由雪来代替，采用的是兵士的身心都不堪忍受雪的虐待的表现手法。这种手法由上举作品之例便能看出，其旨趣是揭示出雪的颜色，这些作家们揭示的雪是“暗”色的，如后主的“九天暗”、江辉的“雪暗”、张正见的“飞恒暗”，三人都从句中点出“暗”一词，大概是从视觉上描写出雪的严酷吧。

咏物诗流行的南朝之世，雪自然也被作为主题之一而选中，所以今天见到的以“花雪”“望雪”“瑞雪”“白雪”“余雪”“咏雪”等为题的宋、齐、梁人的诗作，还有不少存世。这些诗作从内容上看，可知作者喜爱雪、亲近雪，以一种专门的审美态度来歌咏雪。然而诗歌和歌曲因种类的不同，仅就《雨雪》之曲而言，从歌辞上看，作家厌恶雪、疏离雪，是用一种类似战栗的心情来歌咏雪。同时期以雪为主题的陈代《雨雪》之曲的作家，采取的是与以前一般诗歌作家相反的态度，而且措意于一般诗的主题所没有的雪的不为人所注意的一面——作为恶劣自然条件的雪，故意将此作为主题，创作出新曲《雨雪》。然而实际上，陈人在采取这种态度时，认识到了作为作家所应具备的独创性、自主性，又因为陈人所着眼于的这种崭新的构思，也正是构成《雨雪》之曲的特色所在。

---

① 陈代以前很少有诗人作有此类场面的作品。周王褒《饮马长城窟行》：“北走长安道，征骑每经过。战垣临八阵，旌门对两和。屯兵戍陇北，饮马傍城阿。雪深无复道，冰合不生波。”(后略)

第十一章 南北朝赏赐鼓吹的实态

本章分为:一、南朝人的鼓吹观;二、宋齐两朝鼓吹上的特殊事件;三、前部鼓吹和后部鼓吹的比重;四、北朝赏赐鼓吹的实态四个部分论述南北朝赏赐鼓吹的实际情况。

一、南朝人的鼓吹观

虽然同处于南朝的时代,东晋人和刘宋以后之人的鼓吹观却颇有不同。也就是说,当时的王室完全轻视鼓吹,复又重用鼓吹,并随之而产生了差异。比较轻易就能授予鼓吹的东晋人,将其视作廉价的东西,有时提供为个人游戏的道具。但在即便是高官也不能被妄自授予的刘宋以后的人那里,他们最终高涨着憧憬的愿望,相信鼓吹乃是从天子那里得到的蕴藏有神秘之音的东西。在详细探讨两者差异之时,为方便起见,先从历史上首次赏赐鼓吹的东汉的实际情况说起。

本来东汉的太平盛世,职务上赏赐鼓吹臣子的,除了天子的卤簿,仅限于现任将军。又有为了表彰功臣而特别赏赐的情况,但在其生前是不被许可的,专门在其死后送葬的时候赐予。然而董卓之乱后,乘着王室失权,魏国曹操、西蜀刘备、东吴孙权都上请滥用鼓吹,将其随便分赏给麾下的武将。乱世中的这股风潮,培育了武将强烈的贪欲,掌握新政权的曹魏、西蜀两王室,也轻易就将鼓吹授予牙门、督将、五校各武将,《宋书·乐志》所谓"魏、晋世给鼓吹甚轻,牙门、督将、五校,悉有鼓吹”即是。另一方面，生前即表彰功臣的做法，是由西晋武帝首开先河，罗宪、陈骞等元勋便沐浴在此荣光之中①，然而赏赐给这些功臣的，不过是将天子直属的黄门鼓吹的伶人派遣给他们而已，而普遍授予武将的诸官鼓吹伶人，在数量上是非常多的。因此比较容易得到鼓吹的西晋人，就有了轻易取得鼓吹，将其当作游戏道具使用的事情。例如据石崇的《金谷诗序》②，惠帝元康六年(296)，征西大将军王诩赴长安之际，石崇曾邀请他临时游览金谷，当时，在鼓吹乐器及琴、瑟、笙、筑等交相演奏下，助添了诗兴。类似的事例也见于东晋时期，据《晋书》卷七十九《谢尚传》，谢尚在任江夏、义阳、随三郡太守时，为了咨询军事而赴武昌访问安西将军庾翼，庾翼和他比赛射箭，如果谢尚射中的话，就将鼓吹当作赏品，谢尚出色地应声中的，从庾翼那里得到了“副鼓吹”。“副鼓吹”的“副”指的是什么呢？东晋当时的武将间，除官给正员二十人外，还有若干伶人和乐器为私有，这些不就相当于“副鼓吹”吗？鼓吹当作游戏道具供给的故事，见于《北堂书钞》卷一百三十所引的《俗说》。桓玄③作诗想不出句子时，每每只要一奏响鼓吹，马上就涌现出“鸣鹤响长阜”的佳句，发出“鼓吹固自来人思”的感叹。因桓玄在安帝元兴初年(402)被赏赐鼓吹，大概就是当时的事件吧。庾翼和桓玄相关的行为，也不能算作特殊的事例，鼓吹对于东晋人而言，自然就有一种很轻易就能得到的感觉吧。《晋书》有除了安平献王孚、武陵王尊这样的王族外，西晋的贾充、石苞、陈骞，东晋的王导、桓温等柱石之臣死后，都被追赠一部或二部的记载。然而实际上，普遍的下层武将不用说生前，死后也可能享有追赠恩典的荣耀。据《宋书·乐志》，东晋初，临川太守谢摛每就寝时，由于在梦中听到鼓吹之音，就找人占卜，卜人预言他死后将会被授予鼓吹。果然后来他在迎击杜弢时战死，被追赠长水校尉的同时，在送葬时授予了鼓吹。谢摛乃是死后晋升为校尉的小官，也被授予了鼓吹。

---

① 据《晋书》，武帝在位期间生前被赐予鼓吹者，除义阳成王望、扶风武王骏、齐献王攸等王族外，还有罗宪、贾充、陈骞、马隆、石苞、卫瓘、向雄、郭弈等人，其中明确认为是出于表彰目的而赏赐的，是罗宪和陈骞。

② 载《艺文类聚》卷九。

③ 《太平御览》卷五百六十七引《俗说》作“桓公”，又诗句中的“鹤”字作“鹄”。

到了刘宋时期，由于王室和东汉之世一样重视鼓吹，就再也没有持轻易的鼓吹观的朝臣了。《南史》卷二十五《张兴世传》载有以下故事：兴世之父仲子由兴世至位给事中，因为眷恋故乡而不肯去襄阳，当时仲子说："我虽是田舍老翁，但喜欢听鼓角，你离乡时可否送我一部吹奏？"然而平时性格就虔敬礼法的兴世却劝说道："这是天子的鼓角，不该是你这样的田舍老翁吹奏的。"说这段话时张兴世的身份不是很清楚，但他年轻时因武勋甚著，自孝武帝大明末年任宣武将军以来，历任各将军职，曾被授予鼓角也就是鼓吹，总应该轻易就能得到吹奏的机会。尽管如此，他却断然拒绝了父亲的愿望，虽然也有其谨慎的性格所使然，但即便是高官，当时妄自吹奏鼓吹也是违法的。刘宋王室的重用鼓吹，为以后的王朝树立了依据，宋陈旸《乐书》卷一百三十有所谓"鼓吹之乐""在江左则重"的说法，就是指刘宋以后。那么不轻易授予臣下，南朝人便自然把鼓吹连同赏赐之事当作无上的荣誉和体验，举一事例。萧齐的王敬则年少时寓居竟陵南沙县，身为女巫的母亲曾说"敬则生时胞衣紫色，应得鸣鼓角"，然而每次人们都笑之曰："汝子得为人吹角可矣。"但是正如他母亲所预言的，敬则在齐武帝永明二年(484)被授予了鼓吹一部。那么好不容易才得到象征荣誉的鼓吹，就可能成为一种极端的执念。梁朝的胡僧祐因讨伐侯景有功，拜命为领军将军，同时被赐予鼓吹，僧佑十分欢喜，经常将鼓吹置于其官舍中①，与之对坐，有人劝谏："此是羽仪，公名望隆重，不宜若此。"但僧祐却答以"我性爱之，恒须见耳"，出游时常常带着，当时之人对他的这种执念都付以冷笑。然而与其说是冷笑，不如说是认为这种行为是不合礼仪的吧。所谓梁朝时代，由于相信鼓吹蕴藏有神秘之音，只要听到了这个声音，此人就被认为是将要成为天子的吉兆。《太平御览》卷五百六十七引《梁典》就记载了以下事件。梁武帝出生于秣陵县的三楼桥之宅，诞生之日有异光发出，顶("项"之误？但《南史》《梁书》乃为误说)上有五岳之骨。范云某个深夜不知从哪里听到了鼓吹之音，出户外寻视，正碰见返回自家的萧衍也就是后来的武帝，当时他就和萧衍深相勾结。史家本来就会在国家的开国天子的本纪中，暗示天子出

① 《南史》卷六十四《胡僧祐传》云"恒至斋中"，大概是说将鼓吹乐器陈列的意思。

生时便是具有超人的能力者，动辄就会插入种种符瑞性质的、神秘的记事。梁武帝也不例外，其诞生之日发出的异光，顶上生有的五岳之骨，《梁典》的作者也认为是成为天子的吉兆，无非就是骨相之事等的暗示。然而范云判断萧衍要成为天子，并非是其诞生之日的异象，而是他听到了鼓吹之音。总之，鼓吹之音相比于其他的符瑞，是更为灵验的征兆。类似武帝这一事件的还有陈朝的武帝。陈朝的到仲举任长城令时，陈霸先也就是后来的武帝还在乡里闲居，某个下雨天，仲举在室内独坐，却从城外听见箫鼓之音，很快陈霸先就来探访，仲举视为奇特并且与陈霸先也深相勾结。然而像范云和到仲举这样的当时名士，仅仅因为听到鼓吹之音，便将还是身份卑微的对方认定作成为天子的吉兆，并不出于偶然产生的直观。一般来说，由于梁、陈等南朝人将鼓吹当作无上的荣誉和体验，便随之产生了一种具有谶纬性质的鼓吹观念，相信其是吉兆的、有预言的作用。顺便说一下，北朝人也有着和南朝人一样的鼓吹观。例如《北史》卷四十八《尔朱荣传》载，奚族的尔朱荣少年时，其父新兴与他同游祁连池，忽然听到箫鼓之音，父亲对尔朱荣说："古老相传，闻此声，皆至公辅。吾年老暮，当为汝耳。"尔朱荣父亲的话中所谓"古老"的传说，听到"此声"也就是箫鼓之音的人可位至公辅，并非起源于奚族社会，可能是鲜卑拓跋部的北魏王室采用了汉族的鼓吹制度，产生了和东汉王室一样的重用鼓吹之事。这种没有升至三公和辅相的高位，是不能被授予鼓吹的实际状况，可以认为北朝人是和南朝人有着相同的鼓吹观。

南朝人中有捕捉到自然现象，听到鼓吹之音，并将其记录下来的人。萧齐的孔稚圭某次在自家门庭的草丛中听到了蛙声，就说将蛙声当作成两部鼓吹①。两部鼓吹不用说就是指前后二部鼓吹。据《北堂书钞》卷一百二十一所引刘宋刘敬叔《异苑》，永嘉永宁县寿山之顶有湖，水色赤红，有自然的石桥，鱼獭异禽多栖息于此，每次下雨，就能听见来自湖上有明亮的鞞角的响声。又江都郡的东界，有三个黄公坟，据说阴天时空中会发出鞞角的声音。该书还引有宋王韶之《始兴记》，有捕竹岭在县西北，岭上响有鼓角之声。大概是南朝人的史筌的《武

① 俱见《南齐书》卷四十八、《南史》卷四十九其本传。

昌记》载武昌有岘山，只要一下雨，山上便有吹角之音。再将记录的年代由刘宋稍稍回溯，《太平御览》卷五十四引张僧鉴（东晋末人）的《浔阳记》、卷五百六十七引邓德明（东晋末、刘宋初人）的《南康记》都有类似记载。前书载庐山的山谷间只要一下雨，就能听见鼓角箫笳之音；后书载雩都县的君山风雨停止、天候恢复正常，就可从山上听到传来的鼓吹之音。然而南朝人为什么要将听到的自然现象当作鼓吹之音记录下来呢？对此我试做以下推测：即鼓吹乃是从天子那里得到的无上荣耀之物，这一荣誉的表征就是鼓吹。如此看来，鼓吹寄寓了不断的憧憬，并被这种憧憬所左右，听到蛙声，就会联想到鼓吹之音，听到产生于自然的声音，就会陷入是鼓吹之音的错觉。又由于生发了同样的憧憬之念，就相信自然界也感应到了鼓吹之音，发出了同样的声音。因此，就有了将其记录下来的人。换言之，南朝人认为鼓吹之音除了有吉兆的、预言的作用外，也相信它们有对自然界产生作用的能力。

南朝人对鼓吹有着怎样的憧憬呢？可据陈末的事例来证明。尽管陈后主十分沉湎于宴乐时的艳歌，但对于鼓吹却很是慎重，绝对不会将其授予狎客之流。后主过于追慕元勋蔡景历，将其与高祖之庙合祀，尽管他已死去十五年，还专门临幸其旧宅，追谥为忠敬并追赠鼓吹一部。可是景历之子蔡徵是个性格便佞的无能之徒，仗着父亲的遗勋，上启想要借用鼓吹，但这就是狂妄之举，即便他的亡父是建立了大功的高官，也绝无可能特赐鼓吹给其儿子。后主严厉叱责为“鼓吹军乐，有功乃授。蔡徵不自量揆，紊我朝章”。然而据《南史》卷六十八《蔡徵传》，后主到底不能无视其父的功勋，不得不认可并下诏同意蔡徵的请求。并无资格借用鼓吹的蔡徵因不好意思，尽管重新提出返还，然而对鼓吹怀有过于深重的憧憬，驱使他犯下了如此错误。

二、宋齐两朝鼓吹上的特殊事件

鼓吹史上所见的宋、齐两朝的特殊事件是怎样的呢？先从刘宋一朝说起。第一，尽管天子对臣下很严苛，不会擅自赏赐鼓吹，但对王族却很宽大，即便是年少者也会很轻易地就能得到赏赐。宋武帝从东晋安帝义熙八年(412)十一月，时年五十七岁便开始得到鼓吹，四年间曾三次沐浴在这种恩遇下。然而一旦他禅让后，在位不足三年，却没有授予开国元勋以鼓吹。限于正史的记载，没有一个朝臣从武帝那里得到过授予。有宋一代生前被授予鼓吹的朝臣，有文帝时的檀道济、孝武帝时的刘延孙，以及明帝临终时的袁粲、褚渊、刘勔，不过三人而已。死后被追赠一部鼓吹的，有文帝时的王弘、孝武帝时的褚湛之、明帝时的柳元景，加起来也就三人。与如此寥寥的臣下相比，对王族授予鼓吹的却很多，兹举其名者如下：

武帝诸弟

长沙景王道怜	十八岁	二十五岁
		死后追赠前后二部鼓吹
道怜长子义欣	二十七岁	三十六岁
临川烈武王道规	死后近二十年后，追赠前后二部鼓吹	

武帝诸子

彭城王义康	十六岁	四十三岁
江夏文献王义恭	十二岁	五十三岁
		死后追赠前后二部鼓吹
南郡王义宣	十岁	四十岁
衡阳文王义季	二十五岁	三十三岁

文帝诸子

始兴王濬	十八岁	二十五岁
南平穆王铄	十五岁	二十三岁
庐陵王绍	十八岁	二十一岁
竟陵王诞	十八岁	二十七岁
建平宣简王宏	二十二岁	二十五岁
东海王祎	二十四岁	三十五岁
晋熙王昶	二十五岁	六十二岁
		逃亡北魏，死后由北魏追赠鼓吹二部
昶第六子燮	七岁	十岁

始安王休仁	二十三岁	三十九岁
桂阳王休范	十八岁	二十七岁
巴陵哀王休若	十八岁	二十四岁

孝武帝诸子

豫章王子尚	九岁	十六岁
始平孝敬王子鸾	八岁	十岁

赏赐鼓吹的王族中以十几岁的青少年居多,他们中的大多数被赏赐鼓吹的目的不知为何。如文帝第十二子始安王休仁,据《宋书》卷七十二本传,他将被前废帝杀害的敬先兄弟遗骸运出时,在路上演奏鼓吹,被时人以非礼而责难之。又晋熙王昶第六子燮,以及因生母是身为帝王的父亲的宠妃的始平孝敬王子鸾,年仅七八岁就拥有鼓吹,十岁便夭折,结果生命如同蜉蝣一样的王子,不过是将鼓吹当作取悦其童心的一种玩具而已。

刘宋朝廷鼓吹的第二个特殊事件,是出现了在生前将鼓吹特赐给女性的现象。此女名叫楚玉,是孝武帝长子子业即前废帝的姐姐,被称为山阴公主,有着淫欲过度的异常性格。某次她向前废帝抱怨:"陛下和我虽然有男女之别,但都是先帝所生。然而身为男子的陛下有数以万计的六宫女官服侍,身为女子的我却只有驸马(指丈夫)一人,这不是很不公平的事吗?"宣泄了平生的不满。然而公主的这种不满,是在所谓的社交上平时没有得到与其他男性交际的机会,而并不是仅仅限于其性欲方面。对于宫中的待遇问题,也就是姐弟的性问题方面,实际上是对造成这种差别极其巨大的制度的抗议。前废帝为了解除她的不满,给了公主破格的优待,挑选了三十个颜发俱美的男子服侍其左右,并任她为会稽郡长公主,享有和郡王同等的俸禄,领有邑二千户,赐予二十名仪仗兵的同时,还特赐鼓吹一部。赏赐公主的事例,西晋时代大概就有了,但也仅限于其死后送葬之时。挚虞《新礼仪志》[①]引徐广的"车服"注有关于"中朝公主有鼓吹"之说,就是指死后。又

① 见《太平御览》卷五百六十七。

《太平御览》卷六百八十一引《晋诸公赞》，虽然也赏赐贾后之女宣华公主，但也是在其死后。可见历史上生前被特赐鼓吹的最初女性就是山阴公主。但特赐鼓吹这一前废帝所谓的优遇，在其执政期间是否实施过，多少是有些疑问的。《宋书》卷八十《豫章王子尚传》载有公主被特赐鼓吹后“未及拜受，而废帝败”。《资治通鉴》卷一百三十以此记载为基础，从期间的讨论来看，前废帝听到公主的不满而给予她优待，自其就位八月，到败亡的十一月，实施计约三个月。公主的虚荣心极强，前废帝每次巡幸即与之同乘，出入宫门时，毫无顾忌地让女性和鼓吹伶人堂而皇之地跟从，并让他们吹奏箫、鼓吧。

刘宋朝廷鼓吹的第三个特殊事件，是其与魏、晋或者以后的梁不同，并没有制作向国土内外宣扬开国祖先功德的新鼓吹曲。他们遵照东汉王朝的古制，同样不妄自授予臣下鼓吹，鼓吹曲也是采用东汉的鼓吹铙歌并演奏就已经足够了。换言之，刘宋天子和伶官对鼓吹曲都没有独创性的、革新性的见解，采取的仅仅就是因袭、尚古的措施。萧齐朝廷也因袭了刘宋的做法。关于刘宋朝演奏的鼓吹曲，沈约《宋书·律历志》之序作了如下论述：

> 案：今鼓吹铙歌，虽有章曲，乐人传习，口相师祖，所务者声，不先训以义。今乐府铙歌，校汉魏旧曲，曲名时同，文字永异，寻文求义，无一可了，不知今之铙章，何代曲也。

据沈约所言，宋代的鼓吹铙歌虽有歌辞，其旋律却是由乐人口授，并非首先要弄懂辞义，与汉、魏旧曲（指该书《乐志》收录的汉鼓吹铙歌十八曲）相比，曲名虽同而歌辞相异，不仅完全不能理解歌意，其歌辞也不知是什么时代的。沈约还说“今（宋）鼓吹铙歌”的《上邪曲》四解、《晚芝曲》[①]九解、《艾张曲》三解为该书《乐志》所采录，其中“晚芝曲”的曲名很可疑，是否就相当于汉代的《远期曲》呢？恐怕是旋律类似的歌曲吧。诚如沈约所指，《上邪曲》等三曲和该书《乐志》所收录的汉鼓吹铙歌十八曲的歌辞完全不同。若是如此，宋朝廷的乐人为什么要口授这

---

① 百衲本《宋书》《晚芝曲》之“曲”字作“田”，盖误。

连歌意都很难理解的不同的三首曲子呢？我认为这三曲还是汉人的作品，因此要通过口耳来忠实地传授。换句话说，在《宋志》收录的汉代的鼓吹铙歌十八曲外，还作有若干同题异义的歌曲被宋朝廷所采择，而这三首就是其中的遗存吧。但在宋代实际歌唱时，又不仅限于这三首曲子，也包含了《宋志》所采录的十八曲中的歌辞。《隋书·音乐志》云"鼓吹，宋、齐并用汉曲，又充庭，用十六曲"，可证明也歌唱了十六曲。

先于刘宋开国的东晋安帝义熙年间(405—418)，何承天袭用汉曲旧名，为《朱路(鹭)》《思悲公》《雍离》《战城南》《巫山高》《上陵者》《将进酒》《君马》《芳树》《有所思》《雉子游原泽》《上邪》《临高台》《远期》《石流》十五首歌曲制作了新辞。他在宫廷音乐方面有着独特的见解，又因受宋文帝诏编纂《宋志》十五篇等，学识为刘宋朝廷所肯定。但是他的鼓吹铙歌新辞却没有被宋宫廷采用①。沈约《宋志》采录其新辞时也说其为"私造"。《北堂书钞》卷一百三十征引他的《铙歌诗序》云"其声音抑扬，精妙瑰玮，世亦不易言也"，尽管在音律上十分考究，为什么没有被刘宋宫廷采用呢？我认为此新辞是有致命的缺陷的，即由于作辞年代乃是在宋开国以前，何承天模仿的是魏、晋的鼓吹曲辞，虽然注意到要称扬帝王的功德，但却没有直接指向刘宋的天子。事实上，十五篇歌辞没有一语言及刘宋天子的业绩。如果他真的希望这些歌辞能被刘宋宫廷歌唱的话，那么王室易姓之后，就应该在部分歌辞中加入"宋"的词汇或者是称扬宋王室的歌句，而不是看都不看一眼因袭、尚古的刘宋天子吧。

在论述萧齐朝廷鼓吹上的特殊事件之前，先要考察一下赏赐鼓吹的实际情况。萧齐的天子在授予鼓吹时，和先朝有一些不同，不用说是对朝臣，就是对王室的态度也相当严苛。正史所载，像褚渊、李安民、萧景先、王俭、柳世隆、吕安国等所谓的开国元勋，也仅于死后追赠一部鼓吹。其后的和帝之世，萧颖胄受到破格的优待，同时授予两部鼓吹也是其死后之事。有齐一代生前被授予鼓吹者，不过是有将军一职的桓崇祖、张敬儿、王敬则、陈显达等。对王族，也仅有高帝诸子中

① 郭茂倩《乐府诗集》卷十九解题亦云"按此诸曲，皆承天私作，疑未尝被于歌也"。

的临川献王映（赏赐时二十二岁）、长沙威王晃（二十四岁）、武陵昭王晔（二十七岁），武帝诸子中的竟陵文宣王子良（二十六岁）、安陆王子敬（二十二岁）、晋安王子懋（二十二岁）、随郡王子隆（十七岁）等数人，又因追念遗勋而死后被追赠的王族，有高帝第二子豫章文献王嶷、武帝长子竟陵文宣王子良、明帝之弟安陆昭王缅等，没有出现像刘宋王室那样因父亲的盲目宠爱而赐予无知幼儿的情况。然而除以上所记的授予者外，萧齐朝廷的特殊事件是，出现了因皇室内乱而得以被赏赐鼓吹者，这在鼓吹史上却是前所未闻的稀有事件。

本来天子出于表彰功臣的目的而赏赐鼓吹，已成为一种习惯，与此相反的却是一种滥用，即对弑杀天子的叛逆之臣，特别是对首谋者赏赐鼓吹，这个逆臣就是徐孝嗣。郁林王隆昌元年(494)七月，萧鸾也就是后来的明帝，为罢黜当时的天子郁林王，袭击皇宫寿昌殿[①]。当时此殿南阁便是鼓吹署所在[②]，惨遭徐孝嗣等逆臣的蹂躏，奔逃迷路的郁林王遂在延德殿以西的回廊被弑，在军衣上裹礼服、挥舞着白刃的徐孝嗣在弑逆之后，机敏地迎合明帝的意愿：

> 隆昌元年，高宗入殿，孝嗣戎服随后。郁林既死，高宗须太后令，孝嗣于袖中出而奏之，高宗大悦，以废立功，封枝江县侯，食邑千户，给鼓吹一部、甲仗五十人。（《南齐书》卷四十四《徐孝嗣传》）

废立天子需要太后令，徐孝嗣早就将密藏在袖中的诏令趁着弑逆的机会取出，径直宣布郁林王退位的决定。另一方面，他因废立有功，从明帝那里得到了赏赐鼓吹。另外与徐孝嗣一同行动的王晏，也于同年被封为曲江县侯，领有邑千户、仪仗兵五十人、赐予鼓吹一部，一定也是由于他的废立之功。明帝即位后，也授予其兄之子遥光和王广之以鼓吹。遥光也是废立天子的共谋者，王广之的受赏，乃是因为在江阳攻打了为明帝所敌视的武帝之子安陆王子敬。

---

① 《南齐书》卷四《郁林王纪》及《资治通鉴》卷一百三十九《明帝纪》作“寿昌殿”，《南齐书》卷二十《皇后传》则作“寿昌画殿”。

② 《南齐书·皇后传》：“寿昌画殿南阁，置白鹭鼓吹二部。”

三、前部鼓吹和后部鼓吹的比重

所谓鼓吹二部，不如说就是指前部和后部，在大驾卤簿的场合中，多数的鼓吹伶人夹杂于天子御乘的凤凰车，前后随从。授予臣下的鼓吹——多数是在其死后追赠的，也跟随在柩车前后。然而前部鼓吹和后部鼓吹之间的比重是有差别的，南北朝时代颇重视前部鼓吹，我之所以留意到此点，是以如下若干史书记载为基础的。

1.《宋书・武帝纪》载，宋武帝也就是刘裕，于东晋安帝在位年间，曾四次被赏赐鼓吹：

> (1)义熙八年十一月，进公太傅、扬州牧，加羽葆鼓吹，班剑二十人。
>
> (2)义熙九年，天子重申前命，授公太傅、扬州牧，加羽葆鼓吹，班剑二十人。
>
> (3)义熙十一年四月，加前部羽葆鼓吹，置左右长史。八月，固辞太傅、州牧、前部羽葆鼓吹。
>
> (4)义熙十二年五月，加公北雍州刺史，前部羽葆鼓吹，增班剑，为四十人。

同样记载给予鼓吹，(3)(4)为“前部羽葆鼓吹”，与(1)(2)不同。文中的“羽葆”，也就是在华盖上装饰以鸟的羽毛，“前部”就是鼓吹上挂有羽葆。

2.《南齐书・高帝纪》所载与前揭《宋书》所记相似，高帝也就是萧道成在宋顺帝升明年中曾两次被赏赐鼓吹：

> 升明二年三月，加羽葆鼓吹。三年正月，加前部羽葆鼓吹。

检讨以上两书所记事，刘、萧都先被授予“鼓吹”，再经过若干年后，授予“前部鼓吹”，这就表明鼓吹在待遇上是有差别的吧。然而相对于“前部鼓吹”，也有授予“后部鼓吹”的事例，见《陈书》：

> 封衡阳郡王，邑五千户，加给皂轮三望车，后部鼓吹一部，班剑二十人。(《隋书》卷十四《衡阳献王昌传》)

根据《陈书》调查有陈一代被授予鼓吹者，尽管达不到梁代的三十八人①，将军被赐予者，以陈文帝的族弟衡阳献王昌为首，有吴明彻、徐度、孙玚、周敷、章昭达等十八人，又死后被追赠的功臣，有徐陵、周铁虎等六人，其中也包括像蔡景历这样在死后过了十五年也被追赠的人。在这些授予者中，多数就如前揭衡阳献王昌传所记的那样，仅被授予"后部鼓吹一部"。但这并不表示鼓吹史上，衡阳献王昌和其他被授予鼓吹一部者在待遇上有差别，证据就是钩稽其他正史来看，《魏书》也有赏赐后部鼓吹的记载，即生前赏赐如杨椿(卷五十八)、萧宝夤(卷五十九)、甄琛(卷六十八)等，死后追赠如崔光(卷六十七)、贺拔岳(卷八十、《周书》卷十四)等。又有《北齐书》中的高元海(卷十四)、源彪(卷四十三)、毕义云(卷四十七)，《周书》中的蔡祐(卷二十七)，都被授予后部鼓吹。

那么，《宋书》《南齐书》所见的"前部鼓吹"和《陈书》《魏书》《北齐书》《周书》的"后部鼓吹"，在被天子所授予的待遇上果真就有差异吗？能够解释这一疑问的唯一资料，就是梁代江淹的《萧让前部羽葆鼓吹表》：

> ……位高藩戚。名沿恩炤，宠垂私赏。皆为发吹后阵，岂曰兼奏前轩？兹典罕行，此礼实旷。臣窃服已弘，叨光无限；才局秩远，常衔炯惧。安可二葆同整？(《江文通文集》卷八，四部丛刊本)

以上表文，被认为是当"萧"也就是齐高帝欲请辞前部鼓吹而让江淹于

---

① 此人数乃据《梁书》算出，其中在武帝死后被追赠的，从武帝长兄萧懿始，有临川静惠王宏、南平元襄王伟、始兴忠武王憺、南康简王绩、庐陵威王续、张弘策、范云、郑绍叔、吕僧珍、柳庆远、王茂、张惠绍、冯道根、昌业之、周舍、袁昂、萧颖达、杨公则、柳惔、王珍国、康绚、裴邃、陈庆之、兰钦王神念、王尊业、羊侃二十八人。这一人数由于是在武帝在位长达四十八年中的，所以开创了历史上同一天子追赠最多的记录。

宋顺帝昇明三年(479)代作的。据文中“皆为发吹后阵,岂曰兼奏前轩”判断,南北朝时代的习惯,乃是授予鼓吹一部者通常都让伶人在车后方随从,这也就是所谓的“后部鼓吹”。然而得以在车前先导者,即被授予所谓的“前部鼓吹”者,仅限于天子特别的优待。可见,前部鼓吹和后部鼓吹轻重判然有别。换言之,沿路的民众从行列的前方听到的鼓吹之音,和从后方听到的,就可以从鼓吹上了解队伍之人身份上的差距。另一方面,“后部鼓吹”和鼓吹一部则在身份上没有什么差别。但即便是一部,在南北朝的各王室间,必要的人数则是不尽相同的。《隋书·音乐志》记有陈宫廷音乐的制度如下:

> 鼓吹,一部十六人,则箫十三人,笳二人,鼓一人。东宫,一部降三人,箫减二人,笳减一人。诸王,一部又降一人,减箫一。庶姓,一部又降一人,复减箫一。

陈代朝廷,天子直属的鼓吹由一部十六人,东宫为一部十三人,诸王为一部十二人编成,赐给朝臣,是一部十一人,与东汉的二十人相比,约二分之一。陈朝廷的制度是虽然王族和朝臣同样一部,伶人数量则不同。这一点恐怕其他王室也一样。又与后部鼓吹相比,如刘裕和萧道成被特赐前部鼓吹,伶人的数量不也会相应地增加吗?

四、北朝赏赐鼓吹的实态

在考察北朝之前,先说一下五胡十六国时期的实际情况。在施政上以汉王室的制度为规范并有心得的皇帝僭号者中,有将鼓吹作为宫廷音乐的主要构成并实施赏赐制度的人。《晋书·载记三》载匈奴族的前赵的刘曜,在任命大司马刘雅为太宰时,“增班剑六十人,前后鼓吹各二部”,授予了前后各二部鼓吹。这个“各二部”,按照东汉制度一部二十人来算,就有八十人,在鼓吹上,对于外民族来说,算是整个汉魏南北朝授予人数最多的了。刘曜赏赐刘雅时,值东晋明帝太宁元年(323),却没有赏赐鼓吹的实例。与前赵抗争的后赵石族中,石虎对于鼓吹的狂热,在史上无有出其右者。据《太平御览》卷五百六十七引陆翙《邺中记》"石虎正会，置三十部鼓吹，三十步辄置一部十二人，皆在平阁上，去地丈余"，在石虎所建的正会殿的平阁之上，每隔三十步便配置有一部十二人编成的鼓吹。该书还载"又有女鼓吹"，还有由女子编成的鼓吹队，此女子鼓吹队的情况不是很清楚，《资治通鉴》卷九十五有类似的记载：

> 以女骑千人为卤簿，皆着紫纶巾，熟[①]锦袴，金银镂带，五文织成靴，执羽仪，鸣鼓吹。

以达到千人的女子骑兵队陪乘卤簿，佩戴紫色的纶巾，身着熟丝织就的锦袴、镂刻金银的带子，脚穿由水羊毛、树皮及野蚕茧丝混织而成的五色靴，手执羽仪，鸣奏鼓吹。

北魏王室在卤簿时采用鼓吹的年代出乎意料地晚。本来，鲜卑的拓跋珪——就任道武帝皇位的天兴元年，相当于东晋安帝的隆安二年(398)。可是据《资治通鉴》卷一百三十六的记载，在北魏孝文帝的太和十三年(489)(南齐武帝永明七年)正月，才首次在祭祀南郊时具备大驾。可见，自北魏创业以来，实际经过九十一年后，卤簿才有鼓吹随从。那么从北魏具备大驾的第六年，到其舍弃旧都平城迁往洛阳之年，可能才设有赏赐鼓吹的制度。据《魏书》，孝文帝从平城南迁时，便授鼓吹一部予北海王详、彭城王勰、赵郡王幹等王族及稍后的于粟烈。整个北魏及东、西两魏被授予鼓吹者，就正史所载，除前揭者外，还有高阳王雍、杨椿、萧宝夤、贺拔岳等生前被授予者，另有彭城王勰及其子劭、正、广陵王羽、尉元、冯熙、刘昶、崔光、胡国珍、甄琛以及北齐的献武王与文襄王等死后被追赠一部或二部鼓吹者。然而这个时代也发生了稀有的事件，即臣下胁迫天子授予鼓吹，这个人便是奚族的尔朱荣。作为河阴之变的首谋，尔朱荣逼迫自己拥立的孝庄帝，永安二年(529)七月就职北魏制度最高的天柱大将军，又史无前例地强行要求前后二部鼓吹，直至其三年九月被暗杀于明光殿，一年两个月间，常带同其得到的鼓吹伶人堂堂出入宫门。那么，在尔朱荣死后，西魏恭

---

① "熟"字一本作"蜀"，又文中"五文织成靴"的解释，乃据胡三省注。

帝时代，生前被授予二部鼓吹的人是李弼。他因参与制定六官的伟大功勋而得以与尔朱荣享受同等的待遇，但授予的理由却完全不同。

东魏的高洋自立建立北齐的前一年，南朝的梁则被叛臣侯景攻陷了台城，当时侯景所吹奏的是有青角、赤角、黑角之名的三色角①。然而北齐朝廷在采用这种三色角的同时，还制定了对应官吏的身份而授予三色角和三色鼓的制度。据《隋书·音乐志》，授予分治州县的王族赤角和赤鼓，天子的亲生子，除上述之器外，还加有吴鼓和长鸣角。上州刺史授予青角和青鼓，中州刺史以下及镇守各地的军人，则授以黑角和黑鼓。另一方面，全州使用的这些乐器并演奏的鼓吹曲，也都是由北齐朝廷制作的。这些歌曲乃是采用汉鼓吹铙歌的旧有旋律，填入的则是称扬神武、文襄、文宣、孝昭、武成等五代的功业的新辞。正值江南的陈朝演奏着由笳、箫、鼓②三种乐器混成的鼓吹之时，河东的北齐则在全州响彻着三色角和鼓的乐声。然而，像北齐那样将鼓吹授予各州的行政官及各地的军人的，却是史上稀有的事件，而朝廷自己制定鼓吹并将之普及化，也是不见于其他王朝的现象。但另一方面，也没有废止遵从汉王室对柱石之臣赏赐鼓吹的习惯，《北齐书》中所记就有平秦王归彦、高元海、徐之才、源彪、毕义云等被授予过。

北周有于寔、蔡祐、苏亮等被授予鼓吹。然而说到北周的情况，由臣下被授予鼓吹的实际状况来看，天子自己对鼓吹的狂热迷恋，便成为亡国的主要原因。这其中就有特别值得记录的事情。宣帝在其父武帝的建德六年(577)消灭了北齐，借鼓吹伶人全部汇集于宫中的机会，在即位(翌年)之后，制作了赞扬文帝、闵帝、明帝、武帝等四代功德的鼓吹新曲。可是宣帝的本心，比起向中外广泛宣扬父祖的功德，更可能是想让鼓吹随从卤簿，向万民夸耀自己的威严。他从清晨外出，直到深夜才返回宫里，鼓吹须臾不曾离手。据《隋书·音乐志》，曾在大成元年春行幸同州的离宫时，从宫中的应门到赤岸泽的沿途十里间，响彻鼓吹之音，又同年夏行幸仲山祈雨的归宫途中，让京城的士女奏乐奉迎。该书在记录了宣帝的行为后，亡国乃是公私骤然的疲敝，

① 元马端临《文献通考》卷一百三十六载，他书未见。

② 鼓有龙头大棡中鼓和独揭小鼓两种。陈释智匠《古今乐录》载："鼓吹，有龙头大棡中鼓、独揭小鼓，皆有品秩。天子以赐臣下，及军旅用之。"

也触及了偏爱鼓吹的弊害。宣帝去世时年仅二十二岁，北周由于出现了彻夜达旦爱好鼓吹的青年天子，没想到却招致了亡国的危机。那么，伴随着北周的灭亡，五胡十六国或北魏以来，沿袭了胡族王朝的鼓吹赏赐制度便自然废止，鼓吹伶人们也就归为汉族王室的隋朝所有。

第十二章　南北朝及隋的鼓吹曲

关于南北朝及隋朝的鼓吹曲，拟分为：一、谢朓的鼓吹曲和沈约的鼓吹曲；二、北朝汉鼓吹铙歌的遗声；三、隋炀帝时代的鼓吹曲三个部分来论述我的意见。

一、谢朓的鼓吹曲和沈约的鼓吹曲

南齐的谢朓为随郡王子隆创作了十首鼓吹曲，但在考述其之前，先略说一下有齐一代鼓吹曲的情况。南齐朝廷的鼓吹曲和刘宋朝廷的一样，从汉鼓吹铙歌中选取了十六曲，演奏时多数的歌辞意义已不能理解。关于其曲名，虽不能确定，但包含了被后来的梁宫廷采择的十二曲——《朱鹭》《思悲翁》《艾如张》《上之回》《拥离》《战城南》《巫山高》《上陵》《将进酒》《有所思》《芳树》《上邪》。然而这些歌曲在实际演唱之外，在诗人辈出的武帝永明之世，作为新诗的素材登上了舞台。他们这批永明诗人，并不考虑旧曲的旋律，专门因袭五言诗的体裁，又不受旧辞内容的拘束，在作品中凝聚了他们新的趣向，即大体表现为主观的、抒情的世界。例如王融、刘绘、范云的《巫山高》，想要追忆的是巫山的风雨、猿、鸟及神女的幻想；谢朓、沈约的《临高台》从高台远望，诉诸了离别的寂寞；刘绘、王融的《有所思》则是哀叹相思之人再会的期望；沈约、谢朓的《芳树》寄托怜悯之情于因霜雪而凋萎残败的芳树之上；范云的《当对酒》(《将进酒》)则是等待旧友来访想要与其一倾樽酒。然而这里所示例的一系列作品，和谢朓别集中的《同沈右率诸公赋鼓吹曲名》一样，“同”是指对他人先有作品的相和，任随郡王子隆文学一职的谢朓以及右率之职的沈约等，都是在当时的场合下创作的相和之作。如果这样的话，都经历了怎样的制作过程呢？实际上如果无视谢朓的鼓吹十曲就无法解决这个问题，也就是说要考虑到谢朓所作与其有所关联。那么根据谢朓本人的足迹，似可推导出答案来。据伍叔傥氏的《谢朓年谱》[①]，探讨谢朓的足迹，早先随武帝第八子随郡王隆出仕的谢朓，于永明八年(490)由镇西功曹转任文学之职。另一方面，这一年的八月，十七岁的子隆代替了其谋反的兄长鱼复侯子响出任镇西将军、荆州刺史，被赏赐鼓吹一部。然而本年由于他没有赴任，谢朓也就滞留在都城建康。在滞留过程中，谢朓得到了和沈约、范云、王融、刘绘等诗友汇聚一堂的机会，在席上相和作有鼓吹曲。那么为什么要将此鼓吹曲当作素材呢？谢朓奉仕的随郡王子隆——作为文才广为时人所知的年轻王子，被赏赐了鼓吹这一事件，恐怕就成为了席间的话题。总之，这个鼓吹曲成为了适合于席间的绝好的素材。又就算时间和地点有异，直接为子隆所作的也就是谢朓的鼓吹十曲。可见，子隆被赏赐鼓吹的事件，一方面催生出了沈约等诗友间的相和作品，另一方面也让谢朓个人制作出了鼓吹十曲吧。但是，这一事件和相和之作的情况及制作过程的关联，与前记的歌辞内容却全无关系。又鼓吹十曲，据北宋郭茂倩《乐府诗集》卷二十的解题，乃是谢朓赴任荆州于道中所作，如此一来，由于他赴任是在永明九年[②]的春天，就和沈约等人的相和之作隔了若干时间。

鼓吹十曲为《元会曲》《郊祀曲》《钧天曲》《入朝曲》《出藩曲》《校猎曲》《从戎曲》《送远曲》《登山曲》《泛水曲》。由于这十曲是为了歌颂功德而作，所以在谢朓的别集中，《元会曲》以下三曲有注“颂帝功”，又《入朝曲》以下三曲注“颂藩德”。但《从戎曲》以下四曲歌颂的是什么，因缺曲辞而无法得知，可能也应该注有“颂藩德”的文字吧。

试将谢朓的鼓吹十曲和历代的鼓吹曲比较，可以发现有三个特点。第一，这是为王子而作的鼓吹曲。鼓吹曲原本是具有军乐性格的

① 载《小说月报》第十七卷号外。

② 解题作永明八年。

歌曲，除了汉铙歌鼓吹，多数的曲辞是颂扬久经战斗的开国天子的武功，可是由于谢朓的鼓吹十曲是为了似乎并无从军体验的少年王子所作的歌辞，除了《从戎曲》一曲，需要从其他方面求得素材。然而若是为王子所作的歌辞的话，应该怎样看待在《元会曲》《郊祀曲》《钧天曲》下标注“颂帝功”一语呢？我的推测如下：即这是作者为了表达对王室的敬意而添加的，不过是所谓的附录品。也就是说，基于曲辞的内容和歌题，首先从内容上看，这三曲并不是向中外宣扬北齐开国之祖高帝或子隆之父的功业。其次从歌题上看，《元会曲》和《郊祀曲》不过是传统的宫中仪式元日节会和举行郊祀之事的颂歌。而至于《钧天曲》是什么样的颂歌，则不是很明白：

高宴颢昊天台，置酒迎风观。笙镛礼百神，钟石动云汉。瑶池台堂宝琴瑟惊，绮席舞衣散。紫威凤来参差，玄鹤至去起凌流乱。已庆明庭乐，谁讵想惭南风弹。

以上曲辞恐怕是把表演着歌舞的百官飨宴的场合比喻成天上仙界的颂歌，歌题“钧天”，郭茂倩解题作：“赵简子疾，五日不知人。居二日半。简子寤，语大夫曰：‘我之帝所甚乐，与百神游于钧天，广乐九奏万舞。’钧天之名，盖取诸此。”据说取的是《史记·赵世家》中赵简子的故事。以上注有“颂帝功”的三曲，是任何一个王朝都能见到的一般性的、具有礼仪庆典性质的颂歌，之所以判断为出于附加性的意图而被制作的原因正在于此。

与历代鼓吹相比的第二个特点是，谢朓无视既有的传统，尝试在体裁、歌名上凝聚新的创意。原本魏晋以来的鼓吹曲作家，为了协和汉鼓吹铙歌的遗声，采取的是填词的方法，与之相对的，谢朓并不考虑这种遗声，专门从五言诗的体裁上来沿袭。他实际上是在跟随随郡王子隆之时，取其行动作为素材，可能是冠以《入朝曲》《出藩曲》《校猎曲》的新题，《从戎曲》《送远曲》《登山曲》《泛水曲》的歌题，也可能是由子隆赴荆州途中的事件而构思出来的歌曲。

第三个特点是，从作者谢朓的立场而言，制作的鼓吹十曲的歌辞可能多富于诗趣。他的主君随郡王子隆从幼年时便富有文才，是被其父说成是“我齐家的东阿王(曹植)”的人。作者谢朓也不是从实际使用即用于鼓吹演奏而创作这十首歌辞,他可能是为了供主君文学赏鉴之用,并且希望得到文学上的评价。《南齐书》本传载“子隆在荆州,好辞赋,数集僚友,朓以文才,尤被赏爱,流连晤对,不舍日夕”,在荆州之地,这十首鼓吹曲也作为文学作品被子隆所赏爱吧。然而这鼓吹十曲即便从作诗的立场而言,与历代的鼓吹曲相比,有如下的缺点:即尽管是为主君子隆所作,子隆的行为及其本人并没有在曲辞中清晰地显露出来。换句话说,歌辞中丽句很多,也加入了风物的写生,但子隆及其行为却隐而不见。这一点我个人认为实际上是由于作为子隆的随从,是不被容忍其将子隆的行为作为题咏的对象的。再加之上述《入朝曲》《出藩曲》《校猎曲》三曲尽管被注为“颂藩德”,如何表现子隆其人的功德,在曲辞上也无法明白看出。另外,《从戎曲》以下四曲也没有写到子隆,有的是吐露作者自身体验和感怀的那种主观性的、抒情性的辞句存在,兹取《从戎曲》为例证如下:

从戎曲

选旅辞轩辕,弭节赴趋河源。日起霜戈照,风回连骑翻。红尘朝夜合,黄沙河万里昏。嘹唳清笳转,萧条边马烦。自勉辍耕愿,征役去何言。

上曲末两句判断为是泄露出了作者个人的感怀,应该是没有问题的吧。如果所谓的为子隆而作必须要有一个前提的话,这首《从戎曲》应该就是直叙作者从军的情况吧。《送远曲》也歌咏了“一为清吹激,潺湲伤别巾”,受到激越的管乐器之音的诱发,作者自己也为去往远方的人而悲伤。又《登山曲》《泛水曲》也可以当作作者游览而作的山水诗来理解。

同样是制作鼓吹曲的新辞,谢朓和沈约的立场却正相反。如前所揭,谢朓的恐怕是为了供文学鉴赏之用的个人作品,因此他无视于传统,采取的是自由诗的技法,乐府评论家不得不将其视为凯乐即非军乐而加以排斥吧。与之相反,迫于官方的要求,从体裁、用语、内容都要遵循鼓吹古辞的范例而制作新辞的,是沈约的梁鼓吹十二曲。那么,关于这一曲数,《隋书·音乐志》说是出于梁武帝个人所定的,其书载曰“宋、齐并用汉曲,又充庭用十六曲。高祖乃去四曲,留其十二,合四时也”,梁武帝采用十二曲是为了与四时即十二个月相吻合。宋陈旸《乐书》卷一百三十六也云“高祖乃去其四,存其十二,以合四时也。如汉曲《朱鹭》,易为《本纪》[①];汉曲《有所思》,易为《期连集》之类”,与《隋志》所记相同。然而武帝所定的十二曲,尽管仅与月数吻合,但没有什么寓意,而且沈约在实际作辞时也没有考虑四时的因素。具体来说,十二曲中的《贤首山》取材于梁武帝“春二月”(齐明帝建武二年)所建立的武功,作者沈约并没有赋予“春”及“二月”以何种意义。因此,现在尝试为沈约所作的十二曲按照四时或月别进行排列是没有意义的。这是因为沈约的曲数实际上是以魏鼓吹的十二曲为基础,又这一曲数和《隋志》及《乐书》那样认为是出于武帝自定的说法毫无关系。假如武帝从其自作的十六曲中舍去四曲的说法属实的话,剩余的十二曲名,就未必要与魏鼓吹十二曲完全一致。尽管一致,这种“一致”也可确证为是沈约独自以魏十二曲作为基础,也就是说,他的作品和魏曲相同,都是从汉曲中采择了《朱鹭》《思悲翁》《艾如张》《上之回》《拥离》《战城南》《巫山高》《上陵》《将进酒》《有所思》《芳树》《上邪》十二曲,是与这一曲数一致而作的新辞。从以上这一观点来看,应该否认《隋志》及《乐书》所谓的汉武帝取舍汉曲说、四时合致说。

不仅是曲数,沈约在体裁、用语、内容等方面都以魏鼓吹曲为范例。但是他所作的歌辞,和魏时缪袭奉曹操之命而作的魏鼓吹曲,或以此魏曲为基础的东吴韦昭作的吴鼓吹曲相比,由于用了很多五经的成语来概括歌颂帝王的武功,和晋傅玄所作的晋鼓吹曲一样具有仪礼的性质而缺乏生动性、具象型。缪袭和韦昭在作辞时,在协和汉曲的旋律上下了很大工夫,为了歌颂帝王具体的武功,纪实性地描写了率领义师讨灭凶贼的场面,可以说是在曲辞中叙述了史实。一般来说,具有史料价值的诗可以成为“诗史”,魏、吴的曲辞所具有的性格,多少都可名之为“歌史”。因此,即使不借由正史的音乐志中所载的解题,也可以明白其曲辞所叙说的是何种事件,又或者是什么样的颂歌。然

① 《本纪》误,当改作《木纪谢》。

而沈约所作的歌辞，如果借由解题的话，很多都很难以判断具体写实了什么。他的十二曲，可能在梁代就改题了，即所谓的《木纪谢》(《朱鹭》)、《贤首山》(《思悲翁》)、《桐柏山》(《艾如张》)、《道亡》(《上之回》)、《忱威》(《拥离》)、《汉东流》(《战城南》)、《鹤楼峻》(《巫山高》)、《昏主恣淫慝》(《上陵》)、《石首局》(《将进酒》)、《期运集》(《有所思》)、《於穆》(《芳树》)、《惟大梁》(《上邪》)。这些歌曲按内容可分为两类：称扬武帝仁德的是《木纪谢》《桐柏山》《期运集》《於穆》《惟大梁》五曲，剩余七曲则是歌颂武帝的武功。又这七曲中，除了赞颂于首贤山击破北魏时战功的《贤首山》，描写的都是义师讨伐齐暴君东昏侯的行动。但是这些歌曲如根据《隋书·音乐志》的解题的话，描写的是怎样的战况则不是很清楚。例如《昏主恣淫慝》曲，《隋志》作了详细的解题："东昏政乱，武帝起义，平九江、姑熟，大破朱雀，伐罪吊人也。"

> 昏主恣淫慝，皆曰自昌盛。上仁矜亿兆，誓师为请命。既齐丹浦战，又符甲子辰。龛难伐有罪，伐罪吊斯民。悠悠亿万姓，于此睹阳春。

曲辞中的"丹浦战"是指齐和帝中兴元年(501)九月，布阵石头的武帝包围了都门与东昏侯战斗一事。但解题所说的"九江""姑熟""朱雀(门)"没有出现在歌辞中，缺乏"歌史"的性格。

沈约所作的梁鼓吹十二曲中，《贤首山》和魏、吴两国的鼓吹曲一样将笔墨耗费在对讨灭凶贼场面的描写上，然而即便是在歌颂武功，纪实如此场面也不是沈约的本意，毋宁说用一种概述的方式来强调武帝是有仁德的人，这可能就是沈约的意图。也就是说，他和魏、吴的作家一样，在都含有作家共有的战斗意识的同时，反而将临阵的本国兵将放在次要的地位对待，经武帝禅让的新体制下的王室年月尚浅，创作这十二曲的主要目的是让在先朝统治下的民众迅速归顺于梁朝。对于称扬武帝的仁德并强调他是仁君这一点的鼓吹新辞，得到了武帝怎样的评价和嘉奖却不甚清楚。据《南史》卷七十二《何思澄传》，费昶曾创作鼓吹曲，为武帝所重，下敕称赞其"才意新拔，有足嘉异"，并赏赐绢十匹，现存有《巫山高》《芳树》《有所思》三曲。然而与费昶这样以个人自由的立场的创作不同，对沈约这种迫于官方的要求，在体裁、用语、内容各个方面都要受到传统的拘束而制作的新辞，考虑到如此煞费苦心，武帝当然会给予褒赏吧。

二、北朝汉鼓吹铙歌的遗声

今天可知的汉鼓吹铙歌的遗声流传到鲜卑拓跋部的北魏朝廷这一事实的资料，有《魏书・乐志》的如下记事：

> 永平三年冬，(刘)芳上言："观古帝王，罔不据功象德，而制舞名及诸乐章。今欲教文武二舞，施之郊庙，请参制二舞之名。窃观汉魏以来，鼓吹之曲，亦不相缘。今亦须制新曲，以扬皇家之德美。诏芳与侍中崔光、郭祚，黄门游肇、孙蕙蔚等四人，参定舞名并鼓吹诸曲。"

以上记事是宣武帝永平三年(510)冬，当时的太常卿刘芳上奏，要协同侍中崔光和郭祚、黄门游肇和孙蕙蔚四人，将决定郊庙奉纳的文武二舞之名，并为了称扬王室的美德，制作鼓吹的新曲作为一件事来叙述。然而将这一记事，与《资治通鉴》卷一百三十六所记的孝文帝之世——太和十三年(489)，因袭汉族王室的传统，第一次装备大驾之事对照来看，可知自孝文帝以来，到宣武帝永平三年，在大驾卤薄或殿堂之上，都有汉魏以来的鼓吹旧曲——汉鼓吹铙歌的遗声吹奏。那么对这些旧曲不满的刘芳，在上奏宣武帝时，可能就已直接制作了新曲。他在同年冬天又再次上奏，感叹郊庙及殿堂乐舞没有得到整备的现状，为了制定文武二舞并鼓吹诸曲，甚至是登歌，希望召集公卿和儒者。宣武帝对刘芳第二次上奏的裁决和结果，《魏志》记曰：

> 诏曰："舞可用新，余且仍旧。"鼓吹杂曲遂寝焉。

诏书中的"余"字，具体来说的话，就是指除了文武二舞之外的歌曲，即鼓吹诸曲和登歌，这些要遵循旧制则是皇帝的意见。这样一来，"鼓吹杂曲遂寝焉"就不是说废弃旧曲，而是指刘芳制作的新曲没有问世便腹死胎中一事。尽管为了称扬北魏王室的美德而特意制作了鼓吹的新曲，宣武帝也没有断绝对汉歌遗声的留恋。

以上据《魏书·乐志》的记载尝试考述了宣武帝时期鼓吹曲的实态。然而先于宣武帝的孝文帝时代，南朝宫廷之中如果有想要将流传于北魏的汉歌遗声带回，取以补充本国乐府的人的话，那就是王僧虔。

> 僧虔《与兄子俭书》曰："北国或有遗乐，诚未可便以补中夏之阙，且得知其存亡，亦一理也。但鼓吹旧有二十一曲，今所能者，十一而已。意谓北使会有散役，得令乐署一人粗别同异者充此。……"事竟不行。（《南齐书》卷三十三《王僧虔传》）

文中说齐高帝建元年间(479—482)，王僧虔兄长的儿子王俭由于出使北魏，鉴于本国只有鼓吹旧曲十一曲可用的现状，而北地如仍有流传，便传达了想要将其带回本国以补充乐府的意向。然而遗憾的是，这个意向也没能付诸实行。但为僧虔所留意的当时的北魏，实际上是有鼓吹旧曲流传的，这从上述《魏志》所记便能证明。

原本作为口授的汉鼓吹铙歌的遗声，单从文献上是无法了解的。尽管王朝曾反复更迭，新王朝对遗声也没有蛮干，大概是用比较忠实的口授方式，尽管很是模糊，但也可从各王朝制作的曲辞体制上察知。例如作为汉歌《朱鹭》和《思悲翁》的遗声，在魏填词成《楚之平》和《战荥阳》，在吴为《炎精缺》和《汉之季》，在晋为《灵之祥》和《宣受命》，在梁为《木纪谢》和《贤首山》，全章大概都由三言句构成。又将其他汉歌的遗声进行填词的魏、吴及梁各曲辞，尽管有长篇和短篇的区别，并且多少都对这些遗声下了工夫，但我怀疑全面地对他们的体制进行改革的歌辞是不存在的。北齐武成帝时代制作的鼓吹二十曲——《水德谢》《出山东》《战韩陵》《殄关陇》《灭山胡》《立武定》《战芒山》《禽萧明》《破侯景》《定汝颖》《克淮南》《嗣丕基》《圣道洽》《受魏禅》《平瀚海》《服江南》《刑罚中》《远夷至》《嘉瑞臻》《成礼乐》等，和北周宣帝时代制作的鼓吹十五曲——《玄精季》《征陇西》《迎魏帝》《平宝泰》《复恒农》《克沙苑》《战河阴》《平汉东》《取巴蜀》《拔江陵》《受魏禅》《宣重光》《哲皇出》《平东夏》《禽明彻》等，在《隋书·音乐志》仅有曲名及解题，曲辞则全未收录。但是由于这些都是在汉鼓吹铙歌的遗声中填入新辞，魏、吴或晋、梁所见的鼓吹曲辞一定就是这样的体裁。我个人认为在鼓吹史上，北齐是汉鼓吹铙歌的遗声最为广泛吹奏的时代，为其他时代所不及。北齐之世流行赏赐鼓吹，各州的行政长官及镇守各地的军人都广沾雨露，从治理诸王之州者，到上州刺史、中州以下刺史及军人都被授予鼓吹器物，并送与经王室之手制作的鼓吹二十曲。这二十曲中，《嘉瑞臻》《成礼乐》以外的十八首的旋律因是基于汉鼓吹铙歌的遗声，在北齐全境彻夜达旦鸣奏着。但是吹奏的乐器并不用汉代以来的笳、鼓或铙，而仅指定用角和鼓。因此，随着伴奏乐器的不同，不如说是被改编了的遗声吧。

三、隋炀帝时代的鼓吹曲

以表彰功臣为目的的东汉以来赏赐鼓吹的古老习俗，为隋王朝所袭用。据《北史》卷七十六《周法尚传》，法尚从受禅不久的文帝那里赏赐鼓吹一部，固辞之际，文帝说："公有大功于国，特给鼓吹者，欲公卿知朕之宠公也。"作了如此强烈的承诺。除了法尚，对于仲文、宇文述、李德林、杨素等，隋王室在其生前及死后也都授予了鼓吹。然而尽管袭用的是表彰的古老习俗，另一方面，也对宫廷使用鼓吹的制度有所革新，并对伴奏的鼓吹曲全面进行改革，即舍弃汉鼓吹铙歌遗声，制作了大量的新曲。作为隋炀帝大业初年(605)的事件，就是革新了鼓吹四部设置的制度，以棡鼓部、铙鼓部、大横吹部、小横吹部为名的各部，都被指定使用专门的乐器，并按每种乐器制作了演奏的歌曲。关于指定的乐器，取北宋郭茂倩《乐府诗集》卷二十一所作解题如下：

棡鼓部　　棡鼓　金钲　大鼓　小鼓　长鸣角　次鸣角[1]　大角
　　七种

① 即中鸣角，又铙鼓部的"鼓"指羽葆鼓，大、小横吹部的"笛"指横笛，"桃皮筚篥"与《隋书·礼仪志三》中所谓"吴吹筚篥"盖为同一物。顺说一句，《隋志》中尽管有"鞞"之器名，然不知属于四部中的哪一部。

铙鼓部　　歌(器名)　鼓　箫　笳　四种
大横吹部　角　节鼓　笛　箫　筚篥　笳　桃皮筚篥　七种
小横吹部　角　笛　箫　筚篥　笳　桃皮筚篥　六种

那么这些乐器是如何演奏歌曲的呢？想要明白这些曲名，作为资料，比起《隋书·音乐志》，《唐书·仪卫志》就有更高的史料价值。此书中著录的多数鼓吹曲名都不见于《隋志》，我认为大半都应是隋朝制作的。只是隋的鼓吹四部在唐初又被新加入羽葆一部而变为五部，与其制度有若干差异。然而唐代各部所指定的乐器，除了加入錞于的大角外，和隋制全同，可知也是沿袭了隋代的制度。唐初演奏的鼓吹曲中包含了大量隋代的遗曲，也是很自然的事了。所以将《隋书·音乐志》与《唐书·仪卫志》的记事合观比照，尝试探知隋代制作鼓吹曲的曲名，首先是棡鼓部。

棡鼓部

棡　鼓　(《隋志》)一曲十二变，与金钲同。夜警用一曲具尽。
(《唐志》)十曲：一《警雷震》，二《猛兽骇》，三《鸷鸟击》，四《龙媒蹀》，五《灵夔吼》，六《雕鹗争》，七《壮士怒》，八《熊罴吼》，九《石坠崖》，十《波荡壑》

大　鼓　(《隋志》)一十五曲，供大驾。
(《唐志》)十五曲，严用三曲：一《元麟合逻》，二《元麟他固夜》，三《元麟跋至虑》。警用十二曲：一《元咳大至游》，二《阿列乾》，三《破达析利纯》，四《贺羽真》，五《鸣都路跋》，六《他勃鸣路跋》，七《相雷析追》，八《元咳赤赖》，九《赤咳赤赖》，十《吐咳乞物真》，十一《贪大讦》，十二《贺粟胡真》。

小　鼓　(《隋志》)九曲，供大驾。
(《唐志》)九曲，一《渔阳》，二《鸡子》，三《警鼓》，四《三鸣》，五《合节》，六《覆参》，七《步鼓》，八《南阳会星》，九《单摇》。

长鸣色角　(《隋志》)(不记曲数)

（《唐志》）一曲三声：一《龙吟声》，二《彪吼声》，三《河声》。

次鸣色角（中鸣）　（《隋志》）（不记曲数）一曲三声：一《荡声》，二《牙声》，三《送声》。

大　　角　（《隋志》）第一曲《起捉马》，第二曲《被马》，第三曲《骑马》，第四曲《行第》，第五曲《入阵》，第六曲《收军》，第七曲《下营》，皆以三通为一曲，其辞并本之鲜卑。

文中《隋志》所记的大角七曲，《唐志》未能著录，是因为唐王朝的㭎鼓部并没有采用大角。那么特别记录了乐器的歌曲中，首先，㭎鼓部中《隋志》的"一曲十二变"，《唐志》则是十曲，其曲数是有差异的。但《唐志》所记的十曲，可能是"十叠"，郭茂倩的解题即云"唐制一曲十叠"。这里可以考虑的是，《唐志》所谓的《警雷震》《猛兽骇》《鸷鸟击》可能是由鼓的打法也就是技法而命名的，而并非是曲名。如此则十二变不如作十叠更易于理解。其次，关于金钲之曲，《隋志》所载与㭎鼓相同，《唐志》则未记。郭氏解题云"金钲无曲，以为鼓节"，此说大概可通。又大鼓和小鼓，《隋志》《唐志》所记曲数均同，这不能简单认为是偶然一致，大概是由于唐代全盘采用了隋曲吧？再就是长鸣（色）角和次鸣（色）角的歌曲，由于在隋代以前可能就有使用的乐器及其相应的歌曲，《唐志》所谓的"一曲三声"，是否具有隋代的创意则不得而知。下面再举铙鼓部和大横吹部：

铙鼓部

（《隋志》）十二曲，供大驾。

（《唐志》）七曲：一《破阵乐》，二《上车》，三《行军》，四《向城》，五《平安》，六《欢乐》，七《太平。》

大横吹部

（《隋志》）二十九曲，供大驾。

（《唐志》）有节鼓，二十四曲：一《悲风》，二《游弦》，三《间弦明君》，四《吴明君》，五《古明君》，六《长乐声》，七《五调声》，八《乌夜啼》，九《望乡》，十《跨鞍》，十一《间君》，十二《瑟调》，十三《止息》，十四《大女怨》，十五《楚客》，十六《楚妃叹》，十七《霜鸿引》，十八《楚歌》，十九《胡笳声》，二十《辞汉》，二十一《对月》，二十二《胡笳明君》，二十三《湘妃怨》，二十四《沈湘》。

文中《唐志》的"有节鼓"记录了其与小横吹部的差异所在。铙鼓部及大横吹部所属的歌曲，像㭎鼓部一样，并不是由所作的单一乐器独奏的，而可能是四种或七种乐器的合奏，还注意到了隋代的曲数要比唐代多这一点。由于唐代并非全部舍弃了隋曲，而是《唐志》所记录的已包含了隋代的遗曲。然而与铙鼓部不同的是大横吹部，将《唐志》和宋代陈旸的《乐书》卷一百三十所引的《唐乐图》两相比照，虽然同样都是二十四曲，但曲名完全不一样。因此被认为这其中所包含的隋曲，其本来的曲名为何，则不是很清楚。

大横吹二十四曲，内三曲，马上警严用之：一曰《权乐树》，二曰《空口莲》，三曰《贺六浑》。其余二十一曲，备拟所用：一曰《覃界崔》，二曰《达和若轮空》，三曰《白净王子》，四曰《他贤逸勤》，五曰《鸣和罗绪羽缒》，六曰《叹度热》，七曰《吐久利能比伦》，八曰《玄比敦》，九曰《植普离》，十曰《胡笛尔笛》，十一曰《鸣罗特罚》，十二曰《比久决大汗》，十三曰《於理真斤》，十四曰《素和斛律》，十五曰《鸣缆真》，十六曰《乌铁甘》，十七曰《特介汗》，十八曰《度宾哀》，十九曰《阿若于楼达》，二十曰《大贤真》，二十一曰《破阵乐》。(《乐书》卷一百三十引《唐乐图》)

我的推测如下：《唐乐图》著录的二十四曲，除了《破阵乐》，由于是用汉字记录的胡音，这其中不正包含了隋曲吗？相对于前记属于㭎鼓部的大角七曲，《隋志》中的这七曲歌辞，据说是鲜卑族的。那么大横吹部的曲名及歌辞，不也是鲜卑胡音的汉字表达吗？《隋志》所谓的鲜卑，指的是五胡十六国时期的"簸逻回歌"，隋代歌曲大概就是从其中选择出的吧。例如《旧唐书·音乐志》有"隋鼓吹有《白净皇太子曲》，与北歌校之，其音异"的记载，《白净皇太子曲》在隋代是和鲜卑本来的语音不同的，其原本是"簸逻回歌"之一种，此曲和《唐乐图》著录的二十四曲中的《白净王子》一定是同一首歌曲。那么应该怎样看待《唐志》著录的二十四曲呢？我认为同样都是唐代的歌曲，见于《唐乐图》的二十四曲较为古老，而《唐志》著录的可能是后来的改作。据被推测于成书于隋末唐初的著作《乐部》，"簸逻回歌"在唐初被称作"大角"。然而不久就将此"大角"舍弃并改名的过程中，选取于大角的隋曲也遭到抛弃并改换了名字吧①。又关于小横吹部，《隋志》所谓的十二曲，《唐志》云"曲名失传"，郭氏的解题怀疑其与大横吹部的歌曲相同，这一疑问可能来自于除了节鼓，两部使用的乐器相同这一点。

以上为各部、各乐器演奏而制作的歌曲，总计有八十七曲，均非汉鼓吹铙歌十八曲、晋鼓吹铙歌二十曲可比。隋炀帝将其中大多数的鼓吹曲用于百官飨宴的场合，或将前部鼓吹（棡鼓部和大横吹部）和后部鼓吹（铙鼓部和小横吹部）在卤簿时随从，更在其亲征辽东的路上演奏，这是何等壮观。据《隋书·礼仪志》，大业三年（607）举行榆林狩猎时，司掌鼓、笳、铙、箫、角的伶人们，跟随在皇帝左右同行的竟各达一百二十人之多。

---

① 郭茂倩在《乐府诗集》的解题中并没有征引《唐志》著录的曲名，而是将二十四曲按音律本位分为黄钟角八曲、中吕宫二曲、中吕徵一曲、中吕商三曲、中吕羽四曲、中吕角四曲、无射二曲。

第十三章　宋梁及唐的大堤与《大堤曲》

晋元帝南渡的三一七年，在相当于长江流域腹地的汉水一代，胡汉流民杂居，当地土著和统治者之间纷争频起，加之作为北方胡族朝廷南进的要地，将兵刃不断地指向这一地带，灾祸并不容易被根除。然而建康的势力渐渐伸向了江西，汉水一带由于被南朝王室视作藩屏而得到重视，由皇族亲自统治。《旧唐书·音乐志》云"宋、梁世，荆、雍为南方重镇，皆皇子为之牧，江左辞咏，莫不称之，以为乐土"，"荆、雍"大约就是汉水一代的地方。南朝在宋武帝确立了中央集权之后，由于文帝元嘉时期的善政，一度达到了黄金期，又因南齐之后梁武帝天监年间的良好治绩，迎来了再度繁荣。这期间，汉水的水运并不亚于长江，过度培育了官民丰厚的财利。

宋、梁两朝的繁荣，从现存的歌辞中便能获知，即江东的吴歌、荆楚的西曲，一共超过了三十曲。然而这些吴歌、西曲中，能确认为是汉水流域歌曲的，有产生于石城的《石城乐》《莫愁乐》，流行于襄阳的《襄阳乐》《襄阳白铜蹄》以及在大堤之地歌唱的《大堤曲》。又，《常林欢》的歌辞虽已不传，但大概也是襄阳、宜城附近的歌曲。借由这些歌辞可充分了解宋、梁治下的汉水流域，千帆往来不绝、商人频繁出入各个码头的热闹场面。那么如今我在这些歌曲中，去除其他歌曲，只将在大堤之地歌唱的歌曲视为问题来考察，是根据以下理由的。最初同处汉水流域的襄阳、宜城、石城等地，在南朝当时和产生于长江沿岸的江陵、扬州（建康）、浔阳、巴陵、巴东等地的土民的歌曲，由于其地作为永久水路要港的地位的丧失,在南朝以后多少都经历了盛衰。然而只有大堤在南朝特别是宋、梁时期极其繁盛,南朝灭亡,直到唐代,其名其地才从现实中消失。尽管有着行政上和天灾上的原因,究其实质,乃是因大堤和南朝的命运休戚与共。当时极度繁荣的大堤,有着不见于他地的特殊性,花柳街上妓楼鳞次栉比,因此,通过对大堤其地的情事及其歌曲的考察,可以追想南朝当时的繁荣。

大堤这一地名起于刘宋。据《宋书・地理志》,宋孝武帝大明元年(457),此地为了流寓的胡人,华山郡太守修起了大堤村,《乐府诗集》卷七十二引《十道志》[①]记华山郡起大堤村乃是大明元年之事。《宋志》记录大堤的户数是一千三百九十九,人口有五千三百四十二人,与襄阳四千二十四户、一万六千四百九十六人比,也是相当集团化的居住地,而且由于大部分住民都是胡族,也就是西戎的氐族,其地的风俗可能颇具异域色彩。此大堤临近襄阳,襄阳也是胡汉杂居之地。

胡族本居住于人迹罕至的深山,好为盗贼,不满于汉人的赋役。然而宋文帝元嘉八年(431),由于在广施善政的襄阳太守刘道产的德化下,胡人从深山转出至襄阳,与土著的汉人杂居,街市由此呈现活力,人口也急遽增加,不知何时便有了赞叹治平的歌谣吟诵,《襄阳乐》即是其一。但刘道产治政时的歌辞已不传,胡族对于刘的心服,在他于元嘉十九年(442)去世时,都穿着丧服,哭泣着在沔水岸边为其遗体送行。《宋书》卷七十七《柳元景传》云"刘道产在雍州有惠化,远蛮悉归怀,皆出缘沔为村落,户口殷盛。及道产死,群蛮大为寇暴"[②]。失去刘道产的胡族与身俱来的凶暴本性又复发了。到了元嘉二十六年(449),文帝第六子随王诞赴任雍州刺史,人心才再度安定,襄阳周边的汉胡土民间又流行起反映其地繁荣的情歌,就是传存至今天的《襄阳乐》九首。顺便说一下,胡族在祭祀淫祠时好巫祝,每每耽于歌舞,这一风俗给予南朝歌曲也就是吴歌西曲以直接的影响。陈释智匠《古今乐录》指出发生于汉水下流的石城的《莫愁乐》"亦云蛮乐"就是证

① 《十道志》有二书。唐梁载言所撰十六卷(《唐书・艺文志》)、唐李吉甫所撰一卷(重校《说郛》本,然《唐志》则录为《十道志》十卷),郭氏似据梁氏之书。

② 《宋书》卷九十七《荆雍州蛮传》所记事同。

据,《宋书·乐志》也云"有西伧羌胡诸杂舞",所以汉水流域的歌曲受胡族影响很大。总之,相比吴歌,西曲的舞曲要多不少,这大概是出于胡族嗜好舞蹈的原因吧。

襄阳最初的繁荣,就是大堤的繁荣。从东边的扬州(建康)到西边的江陵三千三百里,在长江航行的帆船,背靠西塞山,从夏口一旦漂浮于汉水,险滩应接不暇,其间可见石城矗立在断岸绝壁之上,必须溯流七十二折的湾曲[①],因此十分耗费时日,要忍受用篙乘船及牵挽的劳苦,好不容易才能渐渐抵达目的地港口襄阳。但这也不完全就是劳苦的航路,其途中的大堤,具备了慰劳溯流航行疲劳的商人们的恰当条件,因此,繁荣了襄阳的商人同时也是繁荣了大堤的商人。追想刘宋时期大堤繁荣的唯一歌辞,可见于前揭同时代的《襄阳乐》九首中。《襄阳乐》不仅在民间流行,由于发展为有十六人舞蹈的宫廷乐舞,其歌辞也为朝野人士所周知,以下所记即此:

朝发襄阳城,暮至大堤宿。大堤诸女儿,花艳惊郎目。

早晨从襄阳城出发,傍晚抵达大堤投宿。可见大堤到襄阳不足十个小时的距离。与大堤相临近的是宜城,《资治通鉴》卷一百六十二《梁武帝纪》胡三省注引《九域志》,从襄阳到宜城有九十里,大约四十八公里,黎明投船南下的话,确实傍晚就能到达大堤。那么一旦在其地停泊,客栈中妖冶的娼妓便会引诱船客。在胡族群居之地的特异风俗下,飘浮着异国情调的花街柳巷中的娼妓蠢蠢欲动,这些对汉人都是一种格外的诱惑吧。"大堤诸女儿,花艳惊郎目",就是歌唱大堤花街柳巷风貌的句子。据《旧唐书·音乐志》,随王诞为雍州刺史的某夜,有女众合唱的歌声入耳,女子们合唱的就是上举的歌辞,从歌辞中就可以想见元嘉年间大堤的繁荣景况。

与大堤接邻的宜城自古便是中国屈指可数的名酒产地,酒姬与名酒俱佳。扬帆起航,驶向遥远的西边江陵,东边的扬州(建康),水路实有三千里。因此暂时忘却旅愁,沉浸于登楼一醉的兴致,没有像大堤

① 宋阙名氏《汉江》诗:"襄阳下来滩复滩,七十二回相见湾。南风乍停北风起,愁杀行船牵水滩。"(清陈锷纂修《襄阳府志》)。

这样更好条件的地方了。那么再说一下相邻宜城的酒的历史。最早是在遥远的战国时代，也可以说是楚国都城鄢的时代，又东汉安帝建光元年(121)，有名杜根者畏罪潜逃，据传隐居在宜城的山中做了十五年的酒保，积累了不少业绩。就像宋代苏轼《竹叶酒》诗所歌咏："楚人汲汉水，酿酒古宜城。春风吹酒熟，犹似汉江清。耆旧何人在，邱坟应已平。唯余竹叶在，留此千古情。"到了近世的宋代，跨越了一千年还保持了原来的风貌。但宜城的酒在中世以前，比苏轼所谓的"竹叶"更出名的是"九酝"。魏晋间都中的贵公子都竞相陶醉在其美味之中，魏曹植的《酒赋》、晋张华的《轻薄篇》[①]中都有歌咏。与宜城这样的自古便以古都和古酒而自豪的渊源之地相反，大堤则是新开的花街柳巷、鳞次栉比的异国风情的酒楼之所，并且由于宜城和大堤邻近，自然也就呈现出新旧竞争的活跃状况吧。两地地理上是如何具体邻接的呢？近世宋代曾巩的《长渠记》载宋武帝[②]永初元年(420)建造了宜城的大堤。可见，大堤大约在宜城的东侧，占据水中突出的地带，施建筑堤工事，可以说相当于宜城的外港。基于曾巩此说，相比《宋书·地理志》从行政上起此地名是在大明元年，已有了三十八年的筑堤。规模巨大的堤防，也就产生了大堤这一地名。大堤虽在梁代改名为率道，大堤这一古名则更为俗人所亲近。

据《资治通鉴》卷一百六十二《梁武帝纪》，武帝末年的太清三年(549)四月，在梁王族间内乱勃发时，张缵奉湘东王绎之命，屯驻大堤。所以武帝末年时的大堤，一定蒙受了不少战祸，但梁朝全盛时期的大堤，有不输于刘宋时期的繁荣，这可从梁简文帝的《大堤曲》中得知。此曲是他选取了南湖、北渚、雍州等十个名胜之地所歌之一，如下：

> 宜城断中道，行旅极留流连。出妻工织素，妖姬惯数钱。炊吹雕留上吐客，贳酒逐神仙。

为了办事而行往宜城，途中心神不安就顺道去了大堤，这就是惯于行旅的人到此地的老规矩。靠近的话，就照常继续游乐。故乡已离婚的

---

① "苍梧竹叶青，宜城九酝醝。"

② 《长渠记》中当为武帝，却误作孝武帝。

妻子所织的白绢很出色，但大堤的娼妓娴于买卖，工于钱算。这是以上四句歌辞的意思。结末二句是说娼妓炊雕即菰米来款待停泊的商客，商客买酒求醉是为了追随神仙也就是娼妓，而她们也连续接客。这首歌描绘盯住了那些沉迷于美酒和美女的旅客，妓女则算计他们的腰包，使之倾囊而出，也就巧妙地刻画出了花街柳花巷的众生相。将前述歌辞"花艳惊郎目"一句和这首中的"妖姬惯数钱"句合观，仿佛能看到大堤娼妓的实态。

北朝的北魏时代，有叫王容者作题为《大堤女》[①]的诗，但其人传记全然不知，一篇文章也没有留存，由于仅存有一首诗，他航行汉水的缘由也不是很清楚。尽管如此，根据此诗还是能够知道大堤在北朝也似乎很有名，其诗如下：

> 宝髻耀明珰，香罗鸣玉佩。大堤诸女儿，一一皆春态。入花花不见，穿柳柳阴碎。东风拂面来，由来亦相爱。

宝髻、明珰、香罗、玉佩，配饰着这些的大堤娼妓们，展示她们的冶艳春姿，花开烂漫之间，一旦进入萌发的柳树树荫，便分不清哪个是花，哪个是柳。正巧东风吹拂了脸庞，复苏了女子们的爱情。王容的这首诗将大堤娼妓的妖艳姿态和春天的风物一起写出。

由于大堤是在陈代版图之外的地方，与南朝的联系，仅限于宋、梁之世。因此并没有口中提到大堤的陈朝文人，加之梁简文帝的《乌栖曲》[②]、昭明太子的《将进酒》[③]所歌赞的宜城名酒，也早就归于北朝人之手。于是陈朝的衰微也招致了水运的不振，由于不能再培育汉水南朝一边官民的财利，大堤也渐渐陷入了萧条的境况。遗憾的是，北周、隋朝大堤的情况则完全不清楚。

大堤自梁代改名为率道开始，当时的统治者再一次因行政的原因而改名，到了唐代就与宜城县合并，又加上蒙受天灾水害，据唐代卢肇

---

① 明冯惟讷《诗纪》卷一百一十九收录。

② "浮云似帐月成钩，那能夜夜南陌头。宜城醖酒今行熟，停鞍系马暂栖宿。"宋本《玉台新咏》卷九（文学古籍刊行社刊）此辞"醖酒"，《乐府诗集》作"投泊"。

③ "宜城溢渠碗，中山浮羽卮。"

《汉堤诗》之序，高宗上元年间(674－675)，在经历了唐开国后的五十六年，发生了一次前所未有的洪水，汉水沿岸也均遭水灾。襄阳外郭的堤防完全浸于水中，仅有城门好不容易免遭冲毁，而襄阳城外一带惨遭洪水浸泡。可见位于下流河道狭窄之地的宜城大堤，一定蒙受了襄阳上游的灾难。卢肇的诗序仅记录了襄阳的情况，恐怕对于能够追想的宋、梁繁荣时期的大堤，当时也尽遭破坏了吧。而原先堤防上发达的花街柳巷，也因遭遇洪水而轻易就瓦解了吧。于是可以判断，其地其名在高宗的时代已从现实中消失了。理由是前述六朝人歌曲中歌唱的大堤，和后面唐人歌诗中歌咏的大堤，并不是同一个所在。其不同的理由是，宋、梁当时已有的大堤，在唐代并不存在，唐人所指的大堤，不是宜城的大堤，而是指北上九十里的襄阳城外的堤防。

襄阳的筑堤，在有洪水的年份里，由高宗下令开工，高度和宽度为原来的两倍，长度达到五十里。再有中宗神龙元年(705)张柬之改用垒石修筑长堤，改筑的同年七月，因长期连绵不断的降雨，河南、河北的十七个州都遭遇了水灾，当时的襄阳也可能再一次受害。张柬之出生于襄阳，对其周边的地理有详细的了解，晚年赴任襄州刺史，对汉水的治水护岸功劳尤著，他作有《大堤曲》。又盛唐之世的孟浩然同样是襄阳人，也作有同名之曲。张柬之歌辞中的“南国多佳人，莫若大堤女”，认为大堤的女子放眼全天下都很优越；孟浩然的“大堤行乐处，车马相驰突”，赞美了大堤的繁荣。他们两人都长期生活在襄阳，这两首歌曲都是以当地的襄阳大堤为主题。因此，假如初唐(末)、盛唐宜城大堤实际存在的话，认为这两曲是在讴歌花街柳巷就是错误的。与浩然大约同时代的李白也有《大堤曲》，明显写的是襄阳的大堤，举例如下：

> 汉水临横襄阳，花开大堤暖。佳期大堤下，泪向南云满。春风复无情，吹我梦魂散断。不见眼中人，天长音信断。

作者李白在歌中为娼妓作代言，向在南云彼方的情人表达恋慕之情。女子所住的大堤当然就在襄阳。又李白《忆襄阳旧游赠马少府巨》诗“昔为大堤客，曾上山公楼。开窗碧嶂满，拂镜沧江流”句，歌咏的是他自己游赏大堤的事实。不仅是李白,大凡唐人都相信南朝的大堤都在襄阳。他们到襄阳游玩,并将此地名胜作为诗篇的取材,歌咏大堤。有韩愈《送李尚书赴襄阳八韵得长字》诗“风流岘首客,花艳大堤倡”句、杨巨源《襄阳乐》“闲随少年去,试上大堤游……碑沈楚山石,珠彻汉江秋”句。而这些唐人歌咏的大堤,当然就与宜城故地无缘了。宜城在唐代是作为酒的名产地而宣传于天下的,李肇《国史补》下云“酒则宜城之九酝”。但唐代的宜城除了产酒外,不过就是空漠的田园都市。中唐刘禹锡的《宜城歌》歌咏为“野水绕空城,行尘起孤驿。……靡靡度行人,温风吹宿麦”,晚唐的温庭筠也以昔日南朝此地流行的《常林欢》歌曲为主题,创作歌辞,歌咏了被桑树和麦秀围绕的屋舍,听到织机发出的响声混杂着马声和鸡鸣,分不清是农村还是都市的风景,这恐怕就是宜城实际的景象吧。因此,宜城南朝的美好名声,已经被襄阳夺去,仅有襄阳的大堤之名在唐以后流传。宋代赵万年的《襄阳守城录》记载胡兵破开万山之西的“大堤”,攻击襄阳的南门。又明代冯舜臣的《老龙堤说》主张老龙堤就是唐人所言的“大堤”,其例证如下:

> 襄阳滨江之堤,唐人所称大堤也。自万山而下,逶迤十里余,至震华门,皆垒石捍水。

宋、梁时极度繁荣的宜城大堤故地,在唐代已不存在,就连遗迹也无法看到吧。就像宋、梁时代流行的歌曲《那呵滩》《三洲歌》,这些歌曲的发生地那呵滩、三洲等地,在唐代也已不见一样。唐人在袭用襄阳所筑的大堤的古名时,一方面相信那里有宋、梁时就存在的花街柳巷,另一方面也因此在诗的幻想中寄予了恋慕之情,并以在这种幻境中梦游为乐。李白、李贺、施肩吾、杨巨源、张潮、张祜、李端、李善夷、陆龟蒙等,都是将在诗的幻想中的大堤昔日的模样,想方设法再现并且使之具象化而驱使创作热情的人。他们中,施肩吾直截了当地捕捉到娼妓的本心,杨巨源细致入微地描摹出身处花街柳巷娼妓的人生况味,其技法在《大堤曲》或《襄阳乐(曲)》中因出色地运用而应该得到好评吧。

襄阳曲

施肩吾

大堤女儿郎莫寻，三三五五结同心。清晨对镜冶理容色，意欲取郎千万金。

大堤曲

杨巨源

二八婵娟大堤女，开垆相对依江渚。待客登楼向水看，邀郎卷幔临花语。细雨濛濛湿芰荷，巴东商侣挂驻帆多。自传芳酒涴翻红袖，谁调妍妆回翠娥。珍簟华灯夕阳后，当垆理瑟矜纤手。月落星微五鼓声，春风摇荡窗前柳。岁岁逢迎沙岸间，北背人多识整绿云鬟。无端嫁予五陵少，离别烟波伤玉颜。

首先，施肩吾作中的“意欲取郎千万金”和梁简文帝的“妖姬惯数钱”一样，都是巧妙地直接披露娼妓本心的句子。其次，杨巨源的“二八婵娟大堤女”四句，描写的是娼妓在濒临汉水的酒楼上随时等待从帆船上下来的旅客，毫不怠慢地陪同他们的样子。“自传芳酒涴红袖”四句，写的是娼妓热情接待投宿的客人，在饮酒和奏乐中彻夜达旦，于是在年年重复着的迎来送往中，最后被远在长安的五陵少年赎身，离开故地大堤，与妓友相别离的经过。

南朝人游赏的大堤和唐人所说的大堤，明显是不同的地方。宋、梁时代的大堤在唐代也已不存。然而，唐人袭用了建造于襄阳的大堤古名，由于一度在诗歌的幻想中再现故地的繁荣，并且以梦游为乐，大堤得以因唐人强烈地恋慕之情而露脸。换言之，从现实中应该已经消失的宋、梁时期的大堤，经由唐人文艺作品中再生，而愈发绽放了光彩。

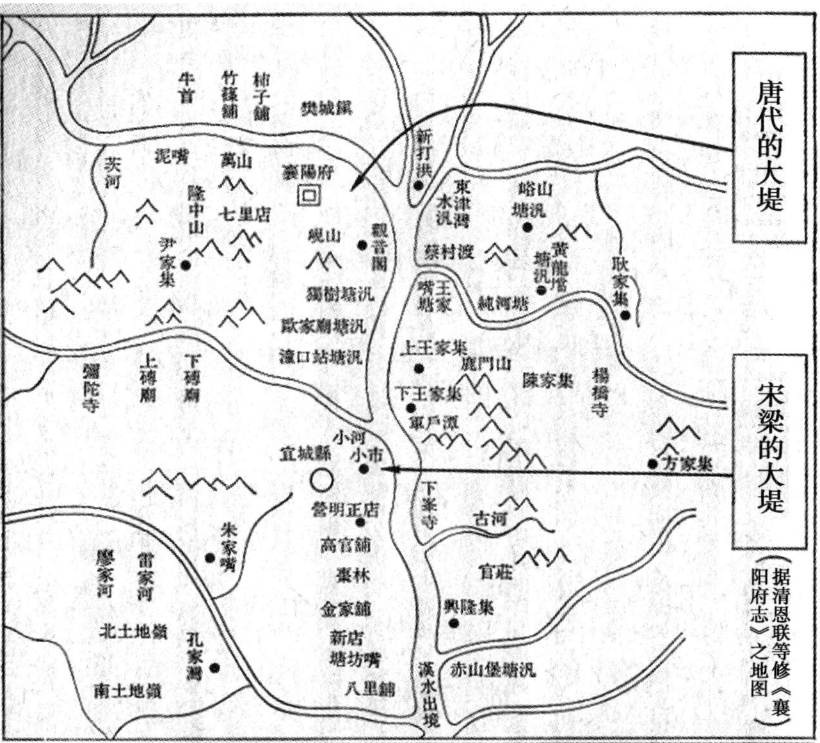

唐代的大堤

宋梁的大堤

（据清恩联等修《襄阳府志》之地图）

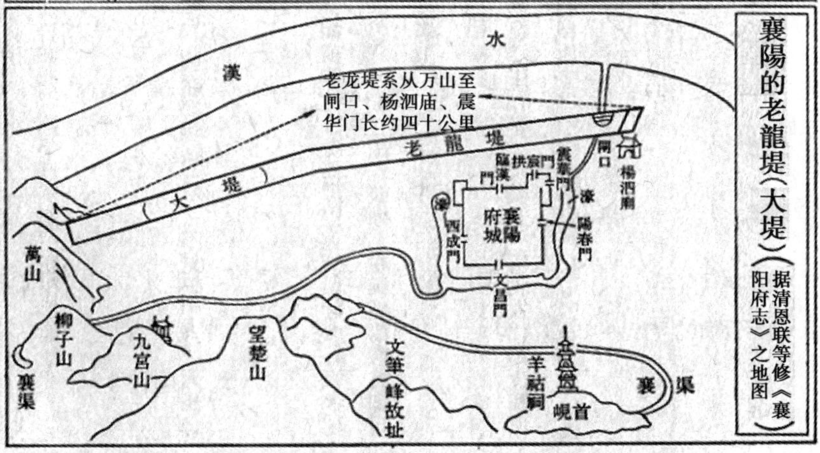

襄陽的老龍堤（大堤）（据清恩联等修《襄阳府志》之地图）

附录　大堤主题歌诗集(南北朝、唐)　二十五首

襄阳乐九首中第一首　(西曲歌)

无名氏

朝发襄阳城，暮至大堤宿。大堤诸女儿，花艳惊郎目。宋本《乐府诗集》卷四十八

大堤　(**雍州曲**三首中大堤)

梁・简文帝

宜城断中道，行旅极留《玉台》作流。连。出妻工织素，妖姬惯数钱。炊《玉台》作吹。雕留吐《玉台》作上。客，贳钱逐神仙。宋本《乐府诗集》卷四十八，宋本《玉台新咏》卷七

大堤女

北魏・王容

宝髻耀明珰，香罗鸣玉佩。大堤诸女儿，一一皆春态。入花花不见，穿柳柳阴碎。东风拂面来，由来亦相爱。《诗纪》卷一百一十九

大堤曲

唐・张柬之

南国多佳人，莫若大堤女。玉床翠羽帐，宝袜莲花炬。《全唐诗》作距。魂处自一作在。目成，色授开心许。迢迢不可见，日暮空愁予。宋本《乐府诗集》卷四十八，《全唐诗》卷二十一、卷九十九

大堤行　《全唐诗》作大堤行寄万七

唐・孟浩然

大堤行乐处，车马相驰突。岁岁春草生，踏青二三月。王孙挟珠弹，游女矜罗袜。携手今莫同，江花为谁发。宋本《乐府诗集》卷四十八，《全唐诗》卷二十一、卷一百五十九

大堤曲

唐・李白

汉水临一作横。襄阳，花开大堤暖。佳期大堤下，泪向南云满。春

风复无《全唐诗》作无复。情，吹我梦魂断。《全唐诗》作散。不见眼中人，天长音信断。宋本《乐府诗集》卷四十八，《全唐诗》卷二十一、卷一百四十六

大堤曲《全唐诗》一作词

唐·杨巨源

二八婵娟大堤女，开垆相对依江渚。待客登楼向水看，邀郎卷幔临花语。细雨濛濛湿芰荷，巴东商侣挂《全唐诗》一作驻。帆多。自传芳酒涴《全唐诗》一作翻。红袖，谁调妍妆回翠娥。珍簟华灯夕阳后，当垆理瑟矜纤手。月落星微五鼓声，春风摇荡窗前柳。岁岁逢迎沙岸间，北《全唐诗》一作背。人多识《全唐诗》一作整。绿云鬟。无端嫁与五陵少，离别烟波伤玉颜。宋本《乐府诗集》卷四十八，《全唐诗》卷二十一、卷三百三十三

大堤曲

唐·李贺

妾家住横塘，红纱满桂香。青云教《文苑》作青丝学。绾头上髻，明月与作耳边珰。莲风起，江畔春。大堤上，留北人。郎食鲤鱼尾，妾食猩猩《文苑》作舆客狌狌。唇。莫指襄阳道，绿浦归帆少。今日菖蒲花，《文苑》作短。明朝枫树老。宋本《乐府诗集》卷四十八，《文苑英华》卷二百一，《全唐诗》卷二十一、卷三百九十

大堤新咏

唐·施肩吾

行路少年知不知，襄阳全欠旧来时。宜城贾客载钱出，始觉大堤无女儿。《全唐诗》卷四百九十四

大堤曲

唐·李善夷

酒旗相望大堤头，堤下连墙堤上楼。日暮行人争渡急，桨声幽轧满中流。《全唐诗》卷五百六十三

大堤

唐·陆龟蒙

大堤春日暮，骢马解镂衢。请君留上客，容妾荐雕胡。《全唐诗》卷六百二十七

襄阳行

唐·张潮

玉盘转明珠，君心无定准。昨见襄阳客，剩说襄阳好无尽。襄汉水，岘山垂，汉水东流风北吹。只言一世长娇宠，那悟今朝一作夕。见别离。君渡清羌渚，知人独不语。妾《文苑》作君。见鸟一作木。栖林，忆君《文苑》作我。相思深。莫作云间鸿，离声顾《文苑》作愿。俦侣。尚如匣中剑，分形会同处。是君妇，识君情，怨君恨君为此行。下床一宿不可保，况乃万里襄阳城。襄阳传近大堤北，君到襄阳莫回一作迷。惑。大堤诸女儿，怜钱不怜德。《文苑英华》卷二百一，《全唐诗》卷一百一十四

襄阳曲

唐·李端

襄阳堤路长，草碧杨柳集作柳枝。黄。谁家女儿临夜妆，红罗帐里有灯光。雀钗翠羽动明珰，欲出不出脂粉香。同居女伴正衣裳，中庭寒月白如霜。贾生十八称才子，空得门前一断肠。宋本《乐府诗集》卷四十八，《全唐诗》卷二十一、卷二百八十四

襄阳乐

唐·杨巨源

闲随少年去，试上大堤游。画角栖乌起，清弦过客愁。碑沈楚山石，珠彻汉江秋。处处风情好，卢家更上楼。《全唐诗》卷三百三十三

襄阳曲

唐·施肩吾

大堤女儿郎莫寻，三三五五结同心。清晨对镜冶集作理。容色，意欲取郎千万金。宋本《乐府诗集》卷四十八，《全唐诗》卷二十一、卷四百九十四

襄阳乐

唐·张祜

大堤花月夜，长江春水流。东风正上信，春夜特来一作侍郎。游。宋本《乐府诗集》卷四十八，《全唐诗》卷二十一、卷五百一十一

襄阳曲

唐·子兰

为忆南游人，移家大堤住。千帆万帆来，尽过一作过尽。门前去。《全唐诗》卷八百二十四

以下从唐人诗作中摘出表现有“大堤”之句：

襄阳寒食寄宇文籍

唐·窦巩一作于鹄

烟水初销见万家，东风吹柳万条斜。大堤欲上谁相伴，马踏春泥半是花。《全唐诗》卷二百七十一、卷三百一十

忆襄阳旧游赠马少府巨

唐·李白

昔为大堤客，曾上山公楼。开窗碧嶂满，拂镜沧江流。高冠佩雄剑，长揖韩荆州。此地别夫子，今来思旧游。朱颜君未老，白发我先秋。壮志恐蹉跎，功名若浮云。归心结远梦，落日悬春愁。空思羊叔子，堕泪岘山头。一作何时共携手，更醉岘山头。《全唐诗》卷一百六十九

送李尚书逊赴襄阳八韵得长字

唐·韩愈

帝忧南国切，改命付忠良。坏画星摇动，旗分兽簸扬。五营兵转肃，千里地还方。控带荆门远，飘浮汉水长。赐书宽属郡，战马隔邻疆。纵猎雷霆迅，观棋玉石忙。风流岘首客，花艳大堤倡。富贵由身致，谁教不自强。《全唐诗》卷三百四十四

檀溪

唐·胡曾

三月襄阳绿草齐，王孙相引到檀溪。的卢何处埋龙骨，流水依前绕大堤。《全唐诗》卷六百四十七

以下作品中的“大堤”，在作者的意识中大概就是襄阳之地的大堤：

堤上行三首

唐·刘禹锡

宋郭茂倩云："《堤上行》，因《大堤曲》而作也。"

酒旗相望大堤头，堤下连樯堤上楼。日暮行人争渡急，桨声幽《全唐诗》一作咿。轧满中流。

江南江北望烟波，入夜行人相应歌。桃叶传情竹枝怨，水流无限月明多。

长《全唐诗》作春。堤缭绕水徘徊，酒舍旗亭次第开。日晚上《全唐诗》一作出。帘《全唐诗》一作楼。招贾客，轲峨大艑落帆来。宋本《乐府诗集》卷九十四，《全唐诗》卷三百六十五

踏歌行一作词（四首中第一首）

唐·刘禹锡

春江月出大堤平，堤上女郎联袂行。唱尽新词看一作欢。不见，红霞影《全唐诗》一作映。树鹧鸪鸣。宋本《乐府诗集》卷八十二，《全唐诗》卷二十八、卷三百六十五

第十四章　隋唐的古曲演奏

隋王室在乐府史上首次合并创设了清商署，保存了汉魏及南朝以来的古曲并予以尊重。如隋炀帝，他亲自以古题《燕歌行》为主题新创作了歌词（亡佚），并且以让文人和作为乐。其次，初唐的太宗和高宗都喜爱古曲，常常在宫廷演奏。当时，以汉魏及西晋以来的鞞、铎、巾、拂四舞乐为首，包括隋炀帝制作的歌辞、六十三曲之多的古曲都得到了很好的保存。然而自则天武后的长安年间之后，偏重于天子自己创作的大规模的新乐舞，历代宫廷演奏的四舞乐转眼就遭遇到废灭的悲惨命运。另一方面，汉魏及西晋以来的古曲也被当时新流行的胡乐压倒，传习古曲的歌手也绝了后嗣，另外，玄宗专门重用了改组后的乐部所制作的新曲，古曲也早已不在宫廷歌唱。然而，《旧唐书·音乐志二》云“惟弹琴家，犹传楚汉旧声，及清调、瑟调，蔡邕杂弄，非朝廷郊庙所用，故不载”，虽然书中没有记载，然而可以确认，从宫廷消失了身影的古曲——以“蔡氏五弄”“嵇氏四弄”为主的汉魏琴曲，到了唐末也仍为民间所喜爱这一事实。我以《旧唐书》的相关记载为基础，考察隋代、特别是唐代古曲在民间有着怎样的热爱，试图考述其实态。

一、隋代的古曲演奏

隋代的文帝和炀帝都很尊重汉魏及西晋以来的古曲，但其尊重的态度则大相径庭。虽然如此，比起抽象地指出其差异，首先要分时代、具体地考察两位帝王是如何尊重古曲的，同时说明当时司乐人的动向，因此，也可用归纳的方法来明确他们的差异所在吧。

即使是通晓音律同时又歌唱古曲的文帝，从风教的立场上，也认为要有雅俗的区别。即只重用直接从前朝传承的雅乐正声，对于在街头间巷歌唱的古曲，则以旧调已丧失这样的理由，禁止人们歌唱，并且给歌手以冷遇①。文帝自己创作的歌曲《地厚》和《天高》，乃其践祚以前的作品，是讲说夫妇之道的风教性质的作品。擅长弹奏琵琶的他在野时可能就爱好演奏风教类的歌曲。因此即位的同时，就放逐了散乐的艺人，禁止百戏，努力整备雅乐正声。他以北周的部落类别为依据，将宫廷音乐分为七部，即国伎②、清商伎、高丽伎、天竺伎、安国伎、龟兹伎、文康伎。但文帝只关心清商伎，据《隋志》，开皇年间最流行的就是西国龟兹、齐朝龟兹、土龟兹等所谓的龟兹伎，由于曹妙达、王长通、李士衡、郭金乐、安进贵等龟兹伎的歌手任意出入于王公贵族的宅邸，竞相演奏美声，这引起了文帝的不快，遂出现了禁止的态度。如果任凭异域音乐蓬勃发展，那么清商伎也就是汉族王室传统的古曲就会遭到轻视。于是，文帝在位的二十四年中，就将音乐的整顿视作毕生的事业，模仿汉族王室的古老习俗，制作雅乐，制定乐律。即使再烦难复杂，也有必要触及此一事业。所谓乐律的制定暂且不说，雅乐的制作和汉族王室的古曲也有着奇妙的关系，即尽管文帝为了重用古曲，并将其视为毕生的事业，雅乐的制作还是明显迟滞了，结果就是，在这期间有多少是用新制作的雅乐演奏，是很可疑的。

文帝时期司乐之人很多，仅直接参与乐律制定者就有郑译、牛弘、辛彦之、何妥、苏夔、苏威、万宝常、许善心、姚察、虞世基、刘臻、祖孝孙等十二人，他们都名列于正史之中。然据唐代袁郊的《甘泽谣》，有野

---

① 《北史》卷七十四《裴蕴传》："初文帝不好声技，遣牛弘定乐，非正声清商，及九部四儛之色皆罢，遣从百姓。"

② 所谓国伎，是指隋朝廷新制作的雅乐，但在设置的开皇初年，由于还没有制作出，国伎一部实际并不存在。

人名魏某[①]，是文帝时代卓越的音律家，此人虽被强行逐出宫掖，但对于雅乐和乐律却功劳颇大。这个魏某叫什么名字不是很清楚，袁郊据传乃是魏文贞的同母兄弟，亦未可知。文帝进行太常署的雅乐的制作，是在开皇二年(582)，所以魏某出游都城正在其时，而很早以前他的名声就为司乐之人所知，便争相拜访他并乞求得到他的教导，这其中就有郑译、牛弘、辛彦之、何妥等人。此后，他在陈朝灭亡的开皇九年(589)[②]，因与陈朝的乐官林夔、蔡子元等一道出入于清商署，可知近十年都在为隋代的宫廷音乐奉献心力。那么，以这个魏某为代表的隋代的朝臣，如何模仿汉族王室的古习，费尽心思地制作雅乐，从许善心《于太常寺听陈国蔡子元所校正声乐》、何妥《奉敕于太常寺修正古乐》及《乐部曹观乐》等司乐之人所作的诗，以及孔德绍《观太常奏新乐》、卞斌《和孔侍郎观太常新奏乐》等文人所作的诗便可察知。然而，文帝当时虽举朝野之力究心于乐律或雅乐的制作，还没有见到满意的成果他便去世了。首先是乐律方面，过多的司乐人重复不断地相互对立与斗争，尤其是权臣苏威父子和音律家万常宝，各执己见而互不相让，导致乐律的制定长期进展缓慢。其次在雅乐方面，文帝为与统一的国家相匹配而企图制作新雅乐，在入手了南朝的古曲后，将其充实到自己的宫廷雅乐中并予以重用，也正因为这个原因，反而延宕了具有鲜明本朝特色的新雅乐的制作，结果就是隋王室的雅乐不出于南朝，特别是陈王室的小规模的格局。试探讨隋代新雅乐的制作过程。经过了始于开皇二年(582)的十三年的岁月，经由李元操、卢思道之手而成的雅乐歌辞，一度被乐府采择并教习，然而，这些歌辞却因失于浮艳，被认为不能切实表现帝王的功德，惨遭退回。这期间，牛弘也作有三十首歌辞。在不久后的仁寿元年(601)，牛弘、柳顾言、许善心、虞世基、蔡徵等人合议，详细考究汉族王室的因习，而且制作了新雅乐(《隋志》收录)。然因文帝早于仁寿四年便已死去，这批新雅乐虽然也在宫廷

---

① 袁郊《甘泽谣》:“魏先生，生于周，家于宋，儒书之外，详究乐章。隋初出游关右，值太常考乐，议者未平，闻先生来，竞往谒，问先生，乃取平陈乐器，与乐官林夔、蔡子元等，详其律度，然后金石丝竹，咸得其所。内致清商署焉，太乐官敛帛二百段以酬之，先生不复入仕，遂归梁宋，以琴酒为娱。”

② 《旧唐书·音乐志》载八年乃误。

演奏，也仅仅二、三年的时间。与进展迟缓的新雅乐相比，不断在宫廷演奏的，是汉王室传统的古曲。文帝在开皇九年平定陈朝后，挑选陈朝的乐器以及蔡子元、于普明等陈朝乐官，并称赞其演奏的古曲为“华夏之正声”，因此立即在太乐署[①]之外新设清商署，将以往演奏的齐、周即北朝的雅乐以混杂有胡曲为理由，全部废弃。《旧唐书》卷七十九《祖孝孙传》载“大业时，(又)采晋、宋旧乐，唯奏《皇夏》等十有四曲”，隋代连音乐极盛期的炀帝大业年间，也仅关心雅乐，对先帝时代的新雅乐置之不理，演奏的只是“五夏”即《昭夏》《皇夏》《诚夏》《需夏》《肆夏》和文武二舞[②]及登歌等、十四曲中的“晋、宋旧乐”。

相对于偏重雅乐正声的文帝，炀帝对所有的歌曲都很喜爱。他创作的《饮马长城窟行》《燕歌行》[③]《白马篇》《四时白纻歌》《春江花月夜》等作品，可以看作其爱好汉王室古曲的表现。但是，炀帝不仅仅对于宫廷的雅乐正声，对流行于闾巷间的胡曲更是深深地喜爱。为此，用西凉、康国、疏勒伎取代了国伎加入到了乐部中。大凡有歌手之名的人，北齐、北周、梁、陈等前代乐人的子弟自不必说，就连庶民也无差别地被乐府采用，以至于宫廷乐人数量激增，超过了三万人之多。但因炀帝在位时间过于短暂，虽这只是一时的现象，宫廷中有数量如此巨大的乐人，也为史上所稀有。不仅仅是乐人，坊间流行的胡曲也被搜集到乐府中。炀帝如此不加限制地采用乐人并且搜集胡曲，虽也缘于他爱好音乐的性格，但主要还是为了向陆续来朝的属国的使臣夸示国威。那么，回到出发点，两位皇帝在尊重古曲态度上的差别，概括言之，文帝是以儒家的态度区别性地喜爱古曲，而炀帝则是以兼爱者流的态度泛爱着古曲吧。

隋代宫廷的古曲，有平定北周时原为梁臣的何妥向文帝传授的魏、西晋以来的清、平、瑟三调的正声伎，以及讨灭陈时得到的所谓的

---

① 清商署同太乐署，文帝时代由乐司掌其事务，炀帝时代由乐正十人司掌其事务。

② 隋宫廷所用的文武二舞，在唐代被则天武后再度采用。

③ 唐刘餗《隋唐嘉话》载炀帝作有《燕歌行》，但其歌辞不存。《隋唐嘉话》载：“炀帝为《燕歌行》，文士皆和，著作郎王胄独不下(“下”字，《诗话总龟》作“和”)帝，帝每衔之，胄竟坐此见害，而诵其警句云‘庭草无人随意绿’，复能作此语耶。”文中“庭草无人随意绿”乃逸句，然无法遽定为《燕歌行》歌题，故笔者撰《乐府诗集增补》未予收录。

“华夏正声”。但还有一种，就是汉魏以来弹奏的琴曲。据《乐府诗集》卷五十九所引的《琴议》[①]，据说炀帝将“蔡氏五弄”和“嵇氏四弄”总括命名为“九弄”[②]。此一说法，可由炀帝通解琴曲且弹奏汉魏遗曲之事来证明。“蔡氏五弄”指东汉蔡邕所作的《游春》《渌水》《幽居》《坐愁》《秋思》五曲，“嵇氏四弄”据刘宋僧居月的《琴曲谱录》，指的是《长清》《短清》[③]《登高引望》[④]《长侧》四曲。此“嵇氏四弄”和《唐书·礼乐志》所载的“楚调四弄”，恐怕是同曲异名吧。

琴工犹传楚汉旧声，及清调、蔡邕五弄、楚调四弄，谓之九弄。（《唐书·礼乐志十二》）

隋代广为人知的琴曲名手有丘公、贺若弼、赵耶利及王通兄弟。丘公字明，会稽人。据《碣石调幽兰》序，他于梁朝末年隐居九疑山，精通《幽兰曲》。《幽兰曲》一名《猗兰曲》，据《琴操》言是孔子自作。因宋玉《讽赋》有“中有鸣琴焉，臣援而鼓之，为《幽兰》《白雪》之曲”，是为战国时期原存于楚地的古曲。丘公虽在隋文帝开皇十年（590）九十七岁时死于丹阳，但这期间，在陈后主祯明三年（589），将此《幽兰曲》亲手传授给了宣帝第六子宜都王叔明。陈朝灭亡后，叔明出仕隋朝，大业年中任鸿胪少卿。但是，此曲虽在隋代通过叔明之手弹奏过，以后的弹奏路径却不是很明了。到了中唐，白居易听熟人弹奏此曲，在《听幽兰》诗中歌咏道：“琴中古曲是幽兰，为我殷勤更弄看。欲得身心俱静好，自弹不及听人弹。”表达了对这首琴曲的恋恋不舍之情。白居易死后，此琴曲的弹奏，见于《唐诗纪事》卷七十中记载的以下逸话：唐僖宗乾符年间，由于黄巢之乱的爆发，很多长安的士人往北地避难，其中有叫王邀者，避难于郧城的道观，与当时的名士李山甫相遇。王邀可能是早已知名的琴曲能手，应山甫的请求弹奏了妙曲，其中一首就是《幽兰曲》。山甫不胜感慨，写作了“幽兰渌水耿清音，叹惜先生枉用心。

① 此书《旧唐志》《新唐志》俱无著录，然为唐人撰著，殆无疑义。

② 后世琴曲家又称其为“九大弄”。

③ “长清”“短清”一作“长青”“短青”。

④ 曲又名“短侧”，大概是同曲异名。

世上几时曾好古，人前何必独沾襟”的诗篇。据此逸事，可知即便在唐末骚乱之世，也有心心念念着《幽兰曲》的人。

贺若弼字辅伯，河南洛阳人。由北周仕隋，大业三年(607)被炀帝诛杀。据传为宋代彭乘所撰的《续墨客挥犀》卷十，这个贺若弼所作琴曲，被著录为“琴曲十篇”[①]。拥有制作新曲的才能，当然也一定精通古曲。

在文帝着手整备雅乐和乐律的初期年代，从司乐之人中脱颖而出的魏某的相关情况，已如前述。然而，与这些乐人不同的是，在当时还有同样出色的音律家，并不追求些许名声与荣达，终生在野，他就是赵耶利[②]。《太平御览》卷五百七十九引《唐书·乐志》及该卷所引《乐纂》记载，他是天水人，而宋代朱长文《琴史》则说他是曹州济阴人。天水和曹州两地相隔甚远，他晚年居住在曹州地方，并在此地去世，出生却在天水，可能是后来才转住曹州的。他七十六岁去世的这一年，《乐纂》云是唐太宗贞观十年(636)，《琴史》云贞观十三年(639)。不论是哪一年，他出生当在北周武帝、北齐武帝的时代。他经由北朝出仕隋朝，直到唐太宗的贞观初年，一度入京到了长安。因《乐纂》云“以琴道重于海内，帝王贤贵，靡不钦风”，可知当时他作为鼓琴大家，曾被举朝人士所追慕。而他在世的时候，所传存的琴谱有相当多的错谬，经他之手补正的琴曲达到了十五曲以上。古曲中，最为得意的就是“蔡氏五弄”和“胡笳五弄”。“蔡氏五弄”如前述为《游春》《渌水》《幽居》《坐愁》《秋思》五曲，在嵇康的《琴赋》中称作“蔡氏五曲”。又《乐府诗集》卷五十九所引《琴书》[③]，这五首琴曲据传乃是东汉蔡邕在灵帝嘉平[④]初年访问隐居于青溪的鬼谷先生后所作之曲。又据《琴史》，蔡邕把这五曲传授给了叫单飏的人，从单飏经过十七代传到了赵耶利手上。单飏作为和蔡邕一道擘画朝政的人，不知是在什么样的时机下传授到了

① “世传琴曲‘宫声十小调’，皆隋贺若弼所制，最为绝妙。一《不博金》，二《不换玉》，三《三峡泛》，四《越溪吟》，五《越江吟》，六《孤猿吟》，七《清夜吟》，八《叶下闻蝉》，九《三清》，十亡其名，琴家但名《贺若》而已。”

② 《旧唐书·经籍志》作“耶律”。

③ 其文大概取自于《唐志》著录的赵惟暕《琴书》三卷之中。

④ 嘉平乃熹平之误。嘉平系魏齐王芳之元号。

这五首琴曲。又据《后汉书》卷八十二单飏本传，也没有可以证明这一事情的记录，绵延十七代的传授路径也不是很清楚。尽管如此，艺道每每靠师傅与弟子间的私相传授，哪怕没有实际数量，也应该考量从单飏到赵耶利这三百数十年间，经由了什么样的传授路径。事实上，在丘公所撰的《碣石调幽兰》中，因为这五曲的著录，能够确认它们从梁到隋都在弹奏。又“蔡氏五弄”中，赵耶利之后仍然被弹奏的，是除了《幽居》以外的另四曲。例如盛唐时期的薛易简，善于弹奏这四曲，中唐的白居易也从蜀人姜发那里学习了喜爱的《秋思》，并时时以听《渌水》而自得。晚唐人中，还有王邈善弹《渌水》，陈拙善弹《游春》和《秋思》。然而，赵耶利的另一得意的“胡笳五弄”，《登陇》《望秦》《竹吟风》《哀松露》《悲汉月》五首，乃是西晋刘琨所作之曲。永嘉之乱时，晋阳城陷入胡兵的重重包围，刘琨乘着月色登上城楼，吹奏起了胡笳，胡兵沉醉于其笳音并催发了他们的乡愁，使得胡兵退却，遂解除了围城。由于当时刘琨用琴记写下了胡笳的旋律，这就是《琴谱》中以《胡笳》来命名以及《琴史》所记。《乐纂》则说此“胡笳五弄”是经赵耶利之手所修正的。赵氏的弟子中，《乐纂》中记下了宋孝臻和公孙常二人之名，《琴史》举濮人马氏和宋孝臻，但他们的传记都不甚明了。仅能从这些弟子中确定，他们在民间弹奏着古曲。

文帝时代，王通和其弟王绩都善谈琴。《玉海》卷一百一十载王通能弹奏古曲《南风》，还作有新曲《汾亭操》，《琴史》还记载了王绩取舍古曲，自作《山水操》一曲。

有隋之世，包括其后的唐代，实际弹奏的古琴曲有哪些？据所知资料，有丘公的《碣石调幽兰》和不明撰者的《琴历》。《碣石调幽兰》在传存至今日的唐钞残卷的大部分中，被记录作《幽兰》之谱，此外，曲名达到了五十九种之多，如下：

楚调　千金调　胡笳调　感神调　楚明光　凤归林　白雪　易水
幽兰　游春　渌水　幽居　坐愁　秋思　长清　短清　长侧
短侧　上舞　下上舞　上间弦　下间弦　登陇　望秦　竹吟风
哀松露　悲汉乐　辞汉　跨鞍　望乡　奔云　入林　华舜十游
史明五弄　董揩五弄　凤翅五路　流波　双流　三峡流泉

石上流泉　蛾眉　悲风拂陇头　风入松　游弦　楚客吟秋风
东武太山　招贤　反顾　闲居乐　凤游园　蜀側　古側　龙吟
千金清　屈原叹　乌夜啼　瑟调　广陵止息　楚妃叹

关于《琴历》,清人马国瀚收集了《太平御览》卷五百七十八以及《初学记》卷十六中所引的佚文,推测此书和见于《隋志》的《琴历头簿》、见于《唐志》的《琴集历头拍簿》大概是同一书,并根据这一推测,认为成书年代在隋代或之前。然而在郭茂倩《乐府诗集》解题所引的书中,《琴历》之外还有《琴集》的书名,像马氏这样关于《琴历头簿》和《琴集历头拍簿》是同一本书的推测显然过于轻率。但据《乐府诗集》所引诸书中见到这一书名来看,当可确定此书在唐或唐前就已撰成。顺便说一下,此书的逸文,除了马氏所集,还散见于《乐府诗集》的解题之中[①]。《琴历》中所载除"蔡氏五弄"外,还著录了以下三十七曲及曲名:

蔡氏五弄　双凤　离鸾　归风[②]　送远　幽兰　白雪　长清
短清　长側　短側　清调　瑟调　大游　小游　明君胡笳
广陵散　白鱼叹　楚妃叹　风入松　乌夜啼　楚明光　石上流泉
临汝侯子安之　流澌澗　双燕离　阳春弄　悦弄　连弄
悦人弄　连珠弄　中挥清　畅志清　蟹行清　看客清　便僻清
婉转清

将《碣石调幽兰》和《琴历》两相比照,二书重见的琴曲并没有预料中的多,除了《蔡氏五弄》以外,也不过十三曲,而且尽管还是有如《大胡笳》《小胡笳》《别鹤操》《怀陵》《南风》《三乐》《清风弄》《仙鹤舞》《沈湘怨》《文王操》等不见于两书所载的若干实际弹奏的古曲,而两书合并的八十三曲,限于今日所知,可以说是从隋朝到唐代所弹奏古曲的实际数量。但是,这里还有为了表示注记的曲名,如《清调》《瑟调》《楚调》,它们完全不同于曹魏宫廷演奏的清、平、瑟三调,不过就是琴曲家便宜之

① 《乐府诗集》卷五十九:"《琴历》曰:琴曲有蔡氏五弄。""《琴历》曰:《河间新歌二十一章》,此其四曲也。"

② 《太平御览》作"归凤"。

计而为琴曲所起的曲名。那么，以上两书以外，记录隋唐古曲名的资料，还有宋代郑樵《通志》卷四十九的以下记载：

河间杂弄二十一章　蔡氏五弄　双凤　杂鸾[①]　归凤　送远
幽兰　白雪　长清　短清　长侧　短侧　清调　大游　小游
明君　胡笳　白鱼叹　广陵散　楚妃叹　风入松　乌夜啼
楚明光　石上流泉　临汝侯子安之　流澌涸　双燕离　阳春弄
悦人弄　连珠弄　中挥清　畅志清　蟹行清　看客清　便僻清
婉转清

除了《蔡氏五弄》，《通志》所载的全部三十五曲，一看便和前记的《琴历》大体相同。只是《琴历》中的《明君胡笳》一曲，《通志》分作二曲；又将《临汝侯》和《子安之》并为一曲。这虽然一定不是错误的，但在记有《河间杂弄二十一章》时，又列举了《流澌涸》和《双燕离》则是不对的。《琴历》就将《双燕离》《流澌咽》[②]《独处吟》《处女吟》四曲一并概括称作《河间新歌二十一章》。《河间杂弄》和《河间新歌》大概也是同一曲名。

二、唐代的古曲演奏

唐代宫廷最初进奏汉魏及西晋以来的古曲，是在高祖武德元年(618)五月。此后在高祖元年的十月和十一月、二年五月、三年八月、七年二月和四月以及六月、八年四月也都演奏。如此重复地演奏，既有为了响应外宾的需求，也有高祖自己的喜好。其次，太宗贞观二年(628)，祖孝孙、张文敢等整备雅乐之时，太宗和高祖一样，袭用了先朝九部乐的方针，将隋朝清商伎的伶人悉数移为唐王室所管辖。太宗与偏重风教雅乐的隋文帝不同，主张应该观赏纯粹感动的歌曲，爱好并保存了被杜淹当作亡国之曲而排斥的《玉树后庭花》《伴侣曲》。太宗在贞观十六年一月、十七年闰六月、二十一年正月都演奏了古曲。不过他在位时，仅废弃了晋时庾亮的家伎创作的所谓《礼毕》也就是《文

---

① “杂鸾”盖“离鸾”之误。

② “流澌涸”与“流澌咽”字形相似，大概是同一曲名。

康乐》。

继高祖、太宗之后，高宗也在永徽二年、龙朔元年、开耀元年都演奏了古曲。相比于高祖、太宗，高宗对古曲更深加关心，有感于宋玉《对楚王问》之文，以古歌《白雪歌》为主题制作了新辞。此歌原是周代的琴曲，《乐府诗集》卷五十七引谢希逸《琴论》认为是刘涓子所作，该书引《琴集》则说是师旷所作。高宗认为这首古歌的旋律虽极其高雅，可惜的是宋玉以后的千年以来却没有被弹奏，又出于要振兴近年来每每衰颓的琴曲界的目的，显庆三年(658)十月八日，采纳了太常丞吕才的进言，为自己制作的《白雪歌辞》作曲。此外，太尉长孙无忌、仆射于志宁、侍中许敬宗等所作的《和雪诗》十六曲，全部都组成了此歌的送声，将它们与之一起弹奏。吕才还在显庆六年二月献上了自作的《白雪曲》，高宗也将此曲采入乐府并教习之。而且，深刻关心古曲的高宗也对南朝以来的乐人很是信任，白明达此人，据《教坊记》载，他受高宗之命制作了名为《春莺啭》①的歌曲。顺带言及，唐代除高宗自作琴曲《白雪歌》，还存有名为《阳春白雪》的歌曲。此歌当然不是原作，据说乃是欧阳衮听到而作的歌诗②。据此可知大概是因袭宋玉的故事，在郢地歌唱的与古歌同名的歌曲。

高宗时代，爱好清商古曲的人有尉迟敬德，玄宗时代则有陶岘。前者见《唐书》卷八十九，后者见沈既济的《陶岘传》。

高宗死后，在则天武后的时代，汉魏及西晋以来的古曲，尚有六十三曲传存。但同样在武后时代，亡佚了十九曲，杜佑《通典》卷一百四十六著录了四十四曲：

> 大唐武太后之时，犹有六十三曲。今其辞存者，有《白雪》《公莫》《巴渝》《明君》《明之君》《铎舞》《白鸠》《白纻》《子夜》《吴声四时歌》《前溪》《阿子歌》《团扇歌》《懊侬》《长史变》《督护歌》《读曲歌》《乌夜啼》《石城》《莫愁》《襄阳》《栖乌夜飞》《估客》《杨叛》《雅

---

① 《乐苑》则记为虞世南与蔡亮所作。

② 《听郢客歌阳春白雪诗》："寂听郢中人，高歌已绝伦。临风飘白雪，向日奏阳春。调雅偏盈耳，声长杳入神。连连贯珠并，袅袅遏云频。度曲知难和，凝情想任真。周郎如赏羡，莫使滞芳晨。"

> 歌》《骁壶》《常林欢》《三湘》《采桑》《春江花月夜》《玉树后庭花》《堂堂》《泛龙舟》等，共三十二曲。《明之君》《雅歌》各二首，《四时歌》四首，合三十七曲。又七曲有声无辞，《上林》《凤曲》《平调》《清调》《瑟调》《平折》《命啸》等，通前为四十四曲存焉。

以上诸曲中，汉魏及西晋的歌曲不过就是《公莫》《明之君》《铎舞》《白鸠》等所谓的巾、鞞、铎、拂四舞，和隋文帝时代曾一度被废止的《巴渝》舞乐以及三国孙吴时期被称作舞曲的《白纻》，还有歌咏王昭君故事的《明君》。其他全都是东晋以后的歌曲。可见，隋代何妥传授给文帝成为隋王室传存的魏、西晋以来的清商三调歌曲，在则天武后的时代已然绝迹，仅仅只有一些失去歌辞的歌调还在苟延残喘。然而，这些古曲也突然加速了亡佚，武后长安年之后，仅有《明君》《杨叛》《骁壶》《吴歌春歌》《白雪》《堂堂》《春江花月夜》残存，他们到玄宗开元年间，也从宫廷完全消失了身影。于是，汉王室传统的古曲从宫廷消失的时代，和以李白为首的盛唐诗人们拾起古乐府的旧题进行创作的时代大体相同，作为开元年间的转机，乐府只不过已经变成诗歌的一种体裁罢了：

> 隋氏取汉以来乐器歌章古调，并入清乐，余波至李唐始绝。唐中叶虽古乐府，而播在声律则鲜矣。士大夫作者，不过以诗一体自名耳。（王灼《碧鸡漫志》一）

如上所述，宫廷魏晋以来的清商三调且不用说，就连南朝的歌曲也已绝迹。然而也有颇值得注意的事实：在古琴的专门世界，即能够弹奏的汉魏以来的琴曲，与宫廷没有什么关系，但民间却对其有着根深蒂固的爱好。那么，可试为探讨琴曲世界中名家的动向。

董庭兰是陇西人，生活在开元、天宝时代。他以琴曲《大胡笳》《小胡笳》而著名。两首琴曲都是歌唱东汉蔡琰的故事。在用胡笳吹奏的场合，其旋律是不同的。有沈氏善吹《大胡笳》十八拍，祝氏则传承了《小胡笳》十九拍。据李肇《国史补》，董庭兰从沈、祝二人那里一并学到了此曲调。《琴史》则说他是在则天武后时代，从凤州参军陈怀古那里学到了来自沈、祝二氏的曲调。再据刘商的《胡笳曲序》，现在的琴曲《胡笳弄》，乃是有名董生者改写编排了胡笳的旋律。刘商所说的董生，恐怕就是董庭兰吧。《旧唐书》卷一百十一《房琯传》“听董庭兰弹琴，大招集琴客筵宴”，说的就是房琯为了听董庭兰弹琴，在自己的宅邸召集了好乐之士。董氏在朝野上下有很多熟人而且声誉很高，高适《别董大》诗即歌咏“莫愁前路无知己，天下谁人不识君”，这个“董大”，就是董庭兰吧。李颀也有《听董庭兰弹琴兼寄房给事》[①]一诗，李颀得到了听董庭兰弹琴的机会，诗题中的“房给事”就是房琯，由于房琯任给事一职是在天宝五年(746)，李颀听琴大概也是在这一年吧。与董庭兰同时代的薛易简，评论董氏的性情是“不事王侯，散发林壑者六十载，貌古心远，意闲体和，抚弦韵声，可感鬼神”。由此看来，董庭兰是一生都以在野人的身份，专心为琴曲界鞠躬尽瘁的人。据《国史补》，他的弟子叫郑宥，也善弹琴。

继董庭兰之后的鼓琴大家是薛易简，因《琴史》载其“以琴待诏翰林，盖在天宝中也。尝著《琴诀》七篇，辞虽近俚，义有可采”，薛易简的生涯不同于董庭兰，是以琴艺入仕之人，天宝年间常出入于宫中的翰林院，使用俚俗的言语谱入曲辞，著有《琴诀》七篇(《宋史·艺文志》著录《琴谱》一卷)。还有《琴说》载其为“衡州之耒阳尉”，有过赴任地方官的经历。他九岁学琴，早在十二岁时就可弹奏《三峡流泉》《南风》《游弦》三曲。这里再稍稍言及一下这三首琴曲。首先是《三峡流泉》，《琴集》载原为晋时阮咸所作，岑参有《秋夕听罗山人弹三峡流泉》诗、李季兰有《从萧叔子听弹琴赋得三峡流泉歌》，不用说盛唐之世，唐末可能也有弹奏。传奇有薛莹的《龙女传》，说文宗太和年间，有名萧旷者，在洛水岸边与神女相遇时，自称是甄后化身的神女具有弹奏《山峡流泉》的才能。“山”为“三”之误。其次是《南风》，被称作舜之曲，隋朝的王通、晚唐的郑拙都善弹。还有《游弦》之名，见于曹魏嵇康的《琴赋》，刘宋的戴颙曾弹奏，见《南史》卷七十五《戴逵传》。薛易简十七岁时，可以弹奏《大胡笳》《小胡笳》《凤游云》《乌夜啼》《怀陵》《别鹤操》《仙鹤舞》《凤归林》《沈湘怨》《楚客吟秋风》《嵇康怨》《湘妃叹》《间弦》

---

① 诗题一作《听董大弹胡笳声兼寄语弄房给事》。

《白雪》《秋思》《坐愁》《游春》《渌水》十八曲。此后更为精进，终于可以弹杂调三百、大弄四十。在他弹奏的十八曲中，《乌夜啼》《别鹤操》《凤归林》《沈湘怨》《湘妃叹》从中唐到晚唐，都被实际弹奏过。兹考述这五曲的弹奏事实。

首先关于《乌夜啼》，与薛易简大约同时代的李勉认为是曹魏的何晏之女所作[①]，此说比《教坊记》所记为歌唱刘宋王义康故事的西曲《乌夜啼》更为古远。但是，元稹的《听庾及之弹乌夜啼引》诗，说的是元稹听到叫庾及之的人所弹奏的曲声，歌咏了妻子担忧在狱中的丈夫的真心。可见在唐代的琴曲家间，关于此曲的成因可能都还没有定说。其次是《别鹤操》，其名见于蔡邕的《琴赋》[②]及嵇康的《琴赋》，《琴操》及崔豹《古今注》认为是周代的商陵牧子所作，即因牧子取妻五年仍没有子嗣，为父兄逼迫与妻子离别，只好弹琴歌唱心中的悲伤，弹的就是此琴曲。听到妻子弹奏此曲的有元稹的《听妻弹别鹤操》诗，为与之相和，白居易作了《一和微之听妻别鹤操因为解释其义依韵加四句》一诗，讲述了此曲的由来。其说法和《琴操》《古今注》全同。白居易还有《雨中听琴者弹别鹤操》诗，正在连绵夜雨的夜半听到此曲，一时难以抑制悲哀的情绪。再就是《凤归林》，《碣石调幽兰》有著录，隋代不用说，直到晚唐也都有弹奏。陈拙从孙希裕处学到了这曲《凤归林》。又关于《沈湘怨》，钟辂的《前定录》载有此曲的传奇：德宗贞元初年，有琴艺精湛的太学生杜思温者，在某次外出游玩时，出现了一位自称是秦时河南太守的名叫梁陟的怪老者，思温应他所望，弹奏了《沈湘》一曲。《沈湘》应该就是《沈湘怨》吧。最后是《湘妃叹》，与《楚妃叹》一同弹奏。白居易所听曲中有《湘妃怨》，鲍溶从郑山人那里也听过《楚妃怨》。前者可从《听弹湘妃怨》诗，后者是《秋夜闻郑山人弹楚妃怨》诗便可证明。但它们是不同的琴曲，大概《湘妃怨》和《湘妃叹》是同一首曲子，《楚妃怨》和《楚妃叹》是同一曲子。《楚妃叹》因始见于蔡邕《琴赋》、嵇

---

① “《乌夜啼》者，何晏之女所造也。初晏系狱，有二乌止于舍上。女曰：‘乌有喜声，父必免。’遂撰此操。”《宋史·艺文志》著录有《琴说》一卷。

② 《艺文类聚》卷四十四：“后汉蔡邕《琴赋》：于是繁弦既抑，雅韵乃扬。仲尼思归，鹿鸣三章。梁甫悲吟，周公越裳。青鸟西飞，别鹤东翔。饮马长城，楚曲明光。楚姬遗叹，鸡鸣高桑。走兽率舞，飞鸟下翔。感激兹歌，一低一昂。”

康《琴赋》，又被《碣石调幽兰》著录，可知在隋代以前就已弹奏；另一方面，《湘妃怨》则是五代王蜀黔南节度使王保义之女弹奏的。

在以上述及的琴曲之外，盛唐及以后弹奏的，还有《风入松》《易水》《思归引》《三乐》《潇湘送神曲》，可由王昌龄《听弹风入松阕赠杨补阙》、贾岛《听乐山人弹易水》、刘禹锡《闻道士弹思归引》、白居易《郡中夜听李山人弹三乐》及《夜闻筝中弹潇湘送神曲感旧》等诗证明。

与薛易简同在天宝时代的鼓琴名手，还有颍阳人李氏之女。据《太平御览》卷五百七十九所引唐赵惟暕的《琴书》，此女能够弹奏《清风弄》等五十曲。此女之后，值得注意的名家有陈康和陈拙。据《琴史》，陈康字安道，僖宗时代人。他记录了百篇琴谱，添加自序，学有《蔡氏五弄》《嵇氏四弄》《广陵散》《大胡笳》《小胡笳》等曲，可知唐末这些琴曲仍可弹奏。陈拙字大巧，长安人，从孙希裕处学得《南风》《游春》《文王操》《凤归林》等曲，从张峦处学得《秋思》，梅复元处学得《止息曲》。《琴史》说梅复元是东岳的道士。

有唐之世，大半古曲，魏晋以来的清商三调自不必说，就连南朝的歌曲，也从宫廷消失殆尽。然而，有别于宫廷歌曲的盛衰，汉魏以来在长时期士庶间递相传受的是琴曲。而且，这类琴曲——为唐人所相信的汉魏遗曲基本上都被多次改作曲谱。即便经历了三百年之久，都为唐人所尊重且弹奏，这一事实，已从前述的若干资料中便可充分证明吧。

第十五章　唐人的乐府观与中唐诗人的乐府

说到唐代的乐府，中唐是极其重要的时代，本章试证明之。在讨论中唐乐府之前，先考察一下唐人一般所持有的乐府观。

一、唐人的乐府观

基本上，大部分的唐代诗人对乐府都有所关心，不存在不是诗人的乐府作家。正因为这样，首先，就有了他们到底是如何区别诗和乐府，并进行创作的这样的问题。然而实际上，唐人并没有特意区别乐府和诗的意识。他们中除了仅有的少数诗人外[①]，即使同样的作者，也很少考虑音律而制作乐府，而是把乐府和诗视作一体，从和诗同一立场来制作乐府。因此，对于他们的作品，诗题自不用说，想要从体裁和内容方面来把握诗和乐府两者的区别，是很困难的。例如，在编纂唐人乐府总集时，就没有那种直观的、权宜的选择方法。这种选法有多暧昧呢？现引孟郊的作品为例证：

长安羁旅行

十日一理发，每梳飞旅尘。三旬酒过饮[②]，每食唯旧贫。万物

① 指元结、皮日休等。他们都希望把诗付予乐章歌唱，虽然元结创作有“系乐府”《补乐歌》，皮日休创作有“正乐府”、《补九夏歌》，但除此以外，也似乎没有再制作古乐府。

② 大概是在酒肆饮酒之意。

皆及时，独余不觉春。失名谁肯访，得意争相亲。直木有恬翼，静流无躁鳞。始知喧竞场，莫处君子身。野策藤竹轻，山蔬薇蕨新。潜歌归去来，事外风景真。

长安羁旅

听乐别离中，声声入幽肠。晓泪滴楚瑟，夜魂绕吴乡。几回羁旅情，梦觉残烛光。

前一首是孟郊四十二岁时作为乡贡士从湖州上京城应进士试失败所作[①]，后一首由于没有使用透露出应试的语句，虽不能断定为同时期所作，但有描写回归吴地故乡的归心这一共同点。然而，宋、元、明、清的乐府总集或孟郊别集的编者将前者取作乐府，与后者的诗相区别，理由可能就是前者的题目《长安羁旅行》，有"行"字附着其上。说起来，因为乐府就是具有将乐章与乐器伴奏歌唱性质的东西，除了作者不明的民歌之外，作家取材于人事和时事，从纯客观的立场来描写的，其原则是要回避根深于作者的个人环境的主观叙述。因此，像孟郊的《长安羁旅行》这样取材于个人世界的作品，如果进入乐府的范畴的话，不得不说是一种无视乐府的本来性质的选择方法。但由于唐人并没有严密区别乐府和诗，所谓仅仅用是否有个人的、主观的理由来作判定，除此之外也不稳妥。那么，关于孟郊的这两首作品，还想再说一点就是，同样是古体诗，从形式上也难以辨别其差异，只是这也不仅仅限于孟郊的诗。尽管唐人在形式方面没有对诗和乐府作实质性的区别，古体诗不用说，多创作的是律诗和绝句这样的新形式，以及古乐府或者新乐府。所以从编选者的立场来看，除了暧昧的方法以外，就再没有适当的方法了。然而，像孟郊的作品，尽管很暧昧，但从题目上也有选择的可能，但就《长安羁旅行》这首作品而言，却完全无法判别其是否为乐府。另一个情况是"古意"。"古意"本来是六朝的宋、齐诗人所命名的，大概由于多用汉魏以来的乐府或古诗的形制和典故，才产生了这一名字。梁代刘孝威就有以"古体杂意"为题的作品，这一题名，应该就相当于"古意"之意吧。唐人的"古意"作品，可知有着这样的两

① 据华忱氏《孟郊年谱》。

分:即大致区别于描写作者私生活和感怀世事的所谓的一般的诗,和取材于古乐府的诗。然而,唐人有着很强烈的汉曲《燕歌行》的意识,所以在作这类古题乐府的时候,内容就基本局限于闺怨的题材①。乔知之、吴少微、沈佺期、崔国辅、王昌龄、祖咏、李颀、崔曙、李白、阎宽、毕耀、蒋冽、耿湋、戎昱、刘商、杨巨源、陈羽、孟郊、张碧、鲍溶、段成式、李频、于濆、陆龟蒙等人乐府性质的"古意"之作,都歌咏了闺怨。所以,为了将这种"古意"之作与一般的诗歌相区别,将其改题为"怨歌行"应该没有问题吧。唐代还有"歌行"这一术语。在选择作品的时候,是将其作为诗歌类呢,还是新题乐府呢?其归属都令人困惑。关于"歌行"的语源,历代乐府的解题者或诗歌的评论家诸说纷纭,例如,有些人指出乐府题的"短歌行""长歌行""伤歌行""燕歌行"这些,"歌行"都是六朝以前已经产生的语词。但此说并不正确。这些乐府题并非是短的"歌行"、长的"歌行"、伤的"歌行"、燕的"歌行"的意思,短歌之行、长歌之行,"歌"和"行"应该是截然分判的东西,尽管两者的语义的差异,后世不再能说得清,但它们本来应该具有不同的意义。与此相反,唐代的"歌行"则是有着特殊意义的习语,也就是说,唐代歌行的作品,指的是在形制上限于七言长篇,且并不用拟古的乐府题来创作的诗歌。因此,即使诗题和内容相似,由于异体的原因,脱离了歌行的范畴。明人冯班在《钝吟杂录》中有一篇题为《古今乐府论》,其中所考述的歌行说,在历代诸家的说法中,我认为是比较简明又恰当的,兹取如下:

> 至唐有七言长歌,不用乐题,直作七言,亦谓之歌行。故《文苑英华》歌行与乐府,又分两类。

照上文的理解,七言长篇是不用原题乐府歌唱的歌行。那么,这种歌行和一般的诗歌的关系是怎样的呢?从作者方面而言,有一点是相同的,就是不考虑乐章的用途,也并不期待它们能为广大的士人所歌唱。又其与乐府的关系是,在盛唐以后的诗人们创作的许多的新题乐府

---

① 用"古意"一题歌咏闺怨,是六朝人的创意。刘宋的颜竣、吴迈远、王融,萧梁的武帝、简文帝、元帝、沈约、吴均、刘孝绰、何子朗等都歌咏过闺怨。

中，把七言长篇的作品，都称为“歌行”或“乐府”这一点是相同的。

以上所揭示的唐人的乐府观中，包括以下内容，即本章所探讨的中唐诗人的乐府观，题名上的“古意”暂且不说，因形制上有“歌行”一体，也侧重于内容上是个人的、主观的东西，与今天的总集或别集的编撰者一样，采用直观的、权宜的立场选出乐府的诗作，以求读者的谅解。

二、中唐的乐府作家

有唐二百八十九年，多姿多彩的乐府作家辈出，是在中唐时代的德宗贞元至宪宗元和的三十五年间。元代辛文房在《唐才子传》中的三百九十七位诗人的逸事以及著作存逸的记述中，以卓越的乐府创作才能驰名于世的，几乎都是贞元、元和时代在世的人，即武元衡、刘商、庄南杰、姚系、张仲素、雍裕之、权德舆、长孙佐辅、鲍溶、韦楚老、李贺、李益、元稹、白居易、张籍、王建等。这些作家中，武元衡虽然并不是勤于制作乐府的人，但他的五言诗却被好事者作曲并谱为乐章，用丝竹伴奏歌唱。刘商的乐府被称为高雅殊绝，其与董庭兰原作同题的《胡笳十八拍》为全天下的儿童妇女所传唱。庄南杰现存的乐府虽只有《湘弦曲》《黄雀行》《雁门太守行》《阳春曲》《伤歌行》五篇，但当时他的歌体却被认为和早逝的前辈李贺有着相似的特色。姚系虽然也仅有一篇《古别离》残存，当时他以鼓琴名手而知名，巧于制作古调的诗歌。张仲素燃烧创作热情，协和宫商乐律，发挥其古人都难以企及的才能。雍裕之和权德舆都作有情趣丰厚的乐府。对长孙佐辅，《唐才子传》有着“每见其拟古乐府数篇，极怨慕伤感之心，如水中月，如镜中相，言可尽而理无穷也”的评价，现存有《拟古咏河边枯树》《古宫怨》《关山月》《陇西行》《对镜吟》五篇。鲍溶以古诗和乐府独步于世，在《陇头水》中歌咏有“陇头水，千古不堪闻。生归苏属国，死别李将军。细响风凋草，清哀雁入云”的秀句。韦楚老虽是稍稍迟于元和时期的作家，创作了很多好的古乐府，但只残存有《祖龙行》一篇。以上我根据《唐才子传》，对从武元衡到韦楚老这十人，虽只作了极为简单的介绍，但可判断出作为那个时代的风潮，诗人间制作乐府十分旺盛的事实。因此如果无视这些人的话，就无法讨论当时的乐府。但遗憾的是，由于他们中的多数行迹不详的原因，除了权德舆，残存的乐府作品也很少，尝试对其公正评价并不容易。不得已只好省略他们，而特别揭出一般被认为是做出了值得大书特书的业绩的李贺、李益、元稹、白居易、张籍、王建六人，以及柳宗元、韩愈二人，试着清晰地揭示他们各自的乐府作品，取得了怎样独一无二的成绩。

三、李贺与李益

自李贺出生的德宗贞元七年（791）的四五十年的以前，进行宫廷音乐改革的玄宗，为了成立立、坐二部技和太常四部乐，偏重的是胡曲这种新曲，而不顾魏晋以来的清商曲也就是古乐府。因此，从宫廷音乐绝缘了的古乐府，便被李白等民间诗人重新拾起，选取其诗题，而在文坛产生的诗体，并不一定成为歌唱的对象，仅仅是为了满足诗人创作的欲望而产生的作品[①]。然而由于李贺的出现，某类古乐府得到了卷土重来到音乐界的机会。因此在乐府史上，不得不给予李贺的业绩以很高的评价。据新、旧《唐书》本传，李贺制作的数十篇的乐府，被云韶也就是内教坊的乐工们采用，伴以弦管讽诵。李贺的音乐才能得到了上司的认可，短期担任过太常寺协律郎一职。但这一工作，与他的作品被广为传唱的事实相比，在音乐业绩这一点上，简直有着云泥之别。王定保《唐摭言》卷十二记载李贺七岁时创作的长短句的歌辞，其名声已传扬到都城长安。若是如此，直到二十七岁时死去，他的作歌生涯恰好有二十年。这期间，他所制作的乐府中，为内教坊乐工所演奏的作品的数量，或许太少了些也未可知。尽管如此，在任协律郎或奉礼郎的下级官职时，有相当数量的歌辞经伶人之手而作曲，沐浴着为天子所知的光荣这样的事例，限于史书传记，李贺和他的宗族李益以外，还没有见到其他的人。往日著名的诗人中，魏时曹植创作的乐府，今天可知的歌题已超过了七十曲，晋代陆机也有三十五曲。即便如此，除了曹植的《箜篌引》《怨诗行》《鼙舞歌》以外，两者的乐府很可

① 宋王灼《碧鸡漫志》卷一："唐中叶虽有古乐府，而播在声律则鲜矣。士大夫作者，不过以诗一体自名耳。"

能都没有被歌唱。《文心雕龙·乐府篇》中云：

> 子建士衡，咸有佳篇，并无诏伶人，故事谢丝管，俗称乖调。

没有被伶人用丝管伴奏的曹植、陆机的乐府，就被俗称作“乖调”。乖调就是和笛律、弦律以及钟律不相协和之意，即使曹植、陆机的歌辞技法如何显著，如果不适合器乐和声乐的话，不就丧失了作歌的意义了吗？然而对于李贺，也有否认其作被歌唱的事实的唐人，他就是在李贺去世的两年前，即元和十年(815)进士及第的沈亚之。他在《送李膠秀才诗序》一文中，批评李贺作歌说：“故友李贺，善择南北朝乐府故词，其所赋亦多怨郁凄艳之巧，诚以盖古排今，使为词者莫得偶矣。惜乎其终亦不备声弦唱。贺名溢天下，年二十七，官卒奉常，由是后学争效贺，相与缀裁其字句，以媒取价。”对李贺的乐府没有用声乐和器乐来付予声歌弦唱表示了惋惜。然而宋代王灼在《碧鸡漫志》卷一中对沈文提出了疑问，认为史书中李贺的传记也好，李益的传记也罢，都重复记载了李贺的乐府被声乐歌唱的事情，因此否认了沈的说法，认为其说不符合事实。沈亚之和李贺是同时代的人，李贺元和七年(812)作有《送沈亚之歌》，尽管他们是诗友，相比于七岁就已经歌名在外的李贺，沈亚之的说法大概是不正确的。又沈亚之所说的“善择南北朝乐府故词”也可能不对。李贺残存的二百四十四首——据《唐才子传》，这个数字只是其实际作品数量的十分之四，虽不过五成，但也要比能见到的南北朝，更不用说是汉魏的乐府故题的古曲要多了。

李贺的作品中，今天能够确认有被歌唱事实的是《申胡子觱篥歌》《花游曲》和琴曲《渌水词》三首。《申胡子觱篥歌》据自序，乃是在长安崇义里与朔北客李氏痛饮时创作的即兴之歌。“申胡子”是叫李氏的苍头，以“颜热感君酒，含嚼芦中声”开头的这首五言十六句的歌诗，按歌题，描写的是苍头申胡子在酒席上吹奏觱篥的场面。明代唐顺之《荆川稗编》卷四十二云“《申胡子觱篥歌》亦五言，当时工师，尚能于席间裁为平调奏之”，这虽是明代人的记录，但可能写的就是唐代当时乐人们在酒席间，为了与平调协和，吹奏了这首歌诗。《花游曲》据自序，也是即兴之歌。这首歌曲是在寒食之日，作者与诸王的家妓在游宴席中，和家妓一同弦歌创作的。五言八句的歌辞中，由于歌咏"烟湿愁车重，红油覆画衣。舞裙香不暖，酒色上来迟"，可能写的是在微寒的细雨中歌舞饮酒的愉快。琴曲《渌水》本来是汉曲"蔡氏五弄"中的一首名曲，其旋律在唐代尚能弹奏。李贺新作的歌辞也被后世的琴曲家所选取，明代谢琳的《太古遗音》、黄士达的《太古遗音》及朱厚爝的《风宣玄品》等琴书也都著录有明代演奏的一段宫调：

> 今宵好风月，阿侯在何处。为有倾人色①，翻成足愁苦。东湖采莲叶，南湖拔蒲根。未持寄小姑，且持感愁魂。

以上歌辞，写的是在美好的风月下，其人漂泊湖边，用采莲和拔蒲根来慰藉心中不堪忍受的愁苦。沈亚之所谓的"怨郁凄艳之句多"，大概指的就是这首《渌水词》中的歌句吧。

李贺在世时，内教坊伴以弦管讽诵的数十篇乐府，指的是他作品中的哪几篇呢？现存作品中比较多的是以古乐府为主题的，诗友沈亚之所说的"善择南北朝乐府故词"，我对此也没有犹豫，也作出了他的古乐府为主题的作品比较多的类似的判断。即以汉短篇铙歌主题的有《艾如张》《上之回》《巫山高》《将进酒》《有所思》，作品在语句构成方面凝聚了工夫，借用这些古乐府的题目，歌唱的正是北周以来的事件。还有来自汉魏歌曲的《箜篌引》《江南曲》《日出行》《蜀国弦》《铜雀妓》《长歌续短歌》《猛虎行》《难忘曲》《塘上行》《安乐宫》《雁门太守行》，来自六朝歌曲的《神弦曲》《莫愁曲》《大堤曲》《江南弄》《上云乐》《夜坐吟》《摩多楼子》《堂堂》《苏小小歌》，以古琴曲为主题的有《湘妃》《走马引》《渌水词》，《公莫舞歌》《拂舞歌》《浩歌》《神仙曲》《少年乐》这些也是古曲名。他刻意从《拂舞歌》的古辞中寻找并为自己的作品命名的《后园凿井歌》，又从魏鞞舞歌中挑出了《章和二年中》为自己作品的题目，或者袭用《古邺城童子谣效王粲刺曹操》《公莫舞歌》这些古谣古歌，可见他对于古乐府的执着心是何等强烈。这其中，《公莫舞歌》据序文，因是"《公莫舞歌》者，咏项伯翼蔽刘沛公也。……且南北乐府率

① "人色"一作"城人"，下句"拔蒲根"一作"折蒲耳"，"愁魂"一作"秋风"。

有歌引，贺陋诸家，今重作《公莫舞歌》"，大概是期望在唐代复活这一古舞吧。李贺既是诗人同时也是歌手。七岁时就作有长短句的歌辞博得声名的他，一定对音律有着非常敏锐的感觉。他每创作一篇歌辞时，都要考虑其是否能协和音律，即注意应该避免陷入所谓的"乖调"。他古乐府的歌辞与新题的歌辞相比，长短错杂，多有律动变化的句子。他的古乐府创作，表现为是完全为想要再一次赋予音乐以生命的意识所强烈地驱动的吧。

李益在贞元末年，与李贺一样声名驰著，他每作一篇歌辞，便被教坊乐工采购去，享有上闻德宗的荣誉。新、旧《唐书》本传记载了他的事迹。然而他的被歌唱的作品，相比于乐府，共诗歌基本都是在行军露营场合下制作的。他亲手编辑了从建中到贞元的十八年间创作的《从军诗》五十首，赠送给了左补阙卢景亮，添加了"从事十八载，五在兵间。故为文多军旅之思。或因军中酒酣，时或塞上兵寝，拔剑秉笔，散怀于斯文。率皆出乎慷慨意气，武毅犷厉"一段序文①，吐露了作诗的心境。又《唐才子传》载其"二十三受策秩，从军十年，运筹决胜，尤其所长。往往鞍马间为文，横槊赋诗，故多抑扬激厉悲离之作，高适、岑参之流也"。但他的作品如《夜上受降城闻笛》一诗传唱满天下，《征人早行篇》诗被喜爱的好事者们竟然画在了屏风上②。那么为当时人如此好尚的理由是什么呢？换言之，李益的作品究竟在哪些方面捕获了时人的心呢？我举两点意见。第一，李益发挥了作为诗人的本领，所写的从军诗完全是自己的体验。他在军营中度过了自己全部最好的壮年时代，诗中洋溢着横槊握剑、感怀军事。因此，他耳濡目染的风

---

① 《从军诗序》，载宋计有功《唐诗纪事》卷三十、清席启寓《唐诗百名家全集》之《李益集》。

② 据新、旧《唐书》所记。但宋王谠《唐语林》卷二所举篇名有《征人歌且行》，并不是同一首诗。《征人早行篇》，因宋晁公武《郡斋读书志》卷四云"今集有从军诗五十篇，而无此诗，惜其放逸多矣"，此诗宋代已亡佚。然《唐语林》所举的《征人歌且行》篇现存，作《送辽阳使还军》："征人歌且行，北上辽阳城。二月戎马息，悠悠边草生。青山出塞断，代地入云平。昔者匈奴战，多闻杀汉兵。平生报国愤，日夜角弓鸣。勉君万里去，勿使虏尘惊。"此为送别之诗。诗题可认为是以后统一编辑自己作品时所命名的。又，宋有功《唐诗纪事》卷三十云"又有写征人歌早行诗为图画者，'回乐峰前沙似雪'之诗是也"，误。

物，主要就是边塞的风月和鸣响在沙漠中的鼓、角、笛、箛的军乐声。这种环境自然和他所采用的手法，即富于紧迫感和生动性的表现，博得了当时人们的共鸣，以至于被歌唱吧。这一点，可从当时传闻李贺、李益两人的歌诗，每作成一篇就被人广为传唱所推论出来吧。李贺的歌诗喜欢描写富于超现实的怪奇的场景，追求的是极端的梦幻和浪漫。与之相对，李益则予现实以冷静的凝视，重视的是将彻底的亲身体验，用平淡的笔调写出。他们这种两极的、截然相反的作品，不正大大唤起了时人心中的兴味吗？前揭李益的《夜上受降城闻笛》《征人早行篇》都是军中体验之诗。

李益被时人喜爱的第二个理由，是他的从军诗，与其他诗人相比，难道不是因为他具备了不同的风格的缘故吗？这种风格，就是他自己所说的慷慨、意气、武毅、犷厉。他绝不写悲观的战况，也不流露出退缩保守的感情。被全天下传唱的《夜上受降城闻笛》歌咏"不知何人吹芦管，一夜征人尽望乡"，此诗和同一趣向的《从军北征》中的"天山雪后海风寒，横笛偏吹行路难。碛里征人三十万，一时回首月中看"，都写笛声引起了征人的归乡之心和哀伤之情，这些诗并不要误会成他对从军很是憎恶，暗示的是他的反战的意识。在他的从军诗中，洋溢的是男子汉的精神。《赴邠宁留别》歌咏"身承汉飞将，束发即言兵。侠少何相问，从来事不平。黄云断朔吹，白雪拥沙城。幸应边书募，横戈会取名"，束发即成人后就口不离谈兵的他，燃烧的是横戈朔野、一心博取功名的欲望。现存的作品中，没有一篇是他用旁观或回顾的角度来直叙悲惨的战场并表达哀伤的。基本上，他的从军诗都是心情开朗的，没有那种阴暗的倾向。以下所举同题的《夜上受降城闻笛》之作，由于恼人的边地归乡之心而毫不隐瞒地抒发出沉溺于胸中的哀愁，我认为不是李益的作品。一说为戎昱所作，或较为妥当。

入夜思归[①]切，笛声清更哀。愁人不愿听，自到枕前来。风起塞云断，夜深关月开。平明独惆怅，落尽一庭梅。

---

① "思归"一作"归思"，第八句"落"字一作"飞"。

以上是我关于李益的作品投合时人好尚的理由的论述，在此以外，我认为当时还有欢迎从军诗的社会事件，但这一点并不清楚。那么，尽管李益和李贺并称，但他并没有李贺那样的音乐才能，而他大半作品也没有以古乐府为题，只是记录了从军体验的诗，然而，他的从军诗变成了乐章，以至于为宫廷声歌弦唱这一点，应该也大受过欢迎吧。

四、白居易与元稹

白居易与元稹也制作了相当数量的乐府，即白的新乐府五十首及元的新题乐府二十首、古题乐府十九首。而这些作品的每一首都诱发了相和并制作当时流行的乐府的风潮，而且，这一风潮是仅见于中唐特别是元和时代的特殊现象。这里将不限元白二人，考述相和乐府的实际状况。在乐府史上，引起相和风潮的时代有两次，先于贞元、元和时代的，是六朝的齐代永明年间到梁朝之世。限于文献所见，乐府的相和始于齐武帝永明八年(490)，出仕随郡王子隆的谢朓，大约在转任镇西功曹文学一职时，滞留京师，与沈约、范云、王融、刘绘等人会聚一堂，制作《芳树》《将进酒》《临高台》《巫山高》《有所思》等鼓吹诸曲各一首。那么，在这种多数人同席制作的场合，会使用“同”这一词。然而，齐永明年间的作品中，因在熟人之间相和的同样的歌题，除了用“同”外，同时还使用“和”这一词，所以这两个词完全是一样的。如谢朓的《同谢咨议咏铜爵台》《同王主簿有所思》，王融的《和南海王殿下咏秋胡妻》即如此。梁代君臣间的乐府相和，在梁简文帝、元帝、刘孝威、江洪等相和的歌曲中，今天可知其歌题的仅有《折杨柳》《洛阳道》《紫骝马》《从军行》《爱妾换马》《采菱曲》《渌水曲》《秋风曲》《胡笳曲》《燕歌行》《婕妤怨》《班婕妤》等。但是，相和的两曲中，除了原为梁臣的王褒的《燕歌行》及元帝的《班婕妤》及其相和的梁人之作，仅有一方的曲辞残存。

贞元、元和时代的乐府同好者在相和之时，会受到当时诗坛所流行的和韵，即依韵、用韵、次韵等押韵上的影响。但作者却不受这些约束。而且，虽然和韵之诗多少夹杂了触及两者之间境遇的语句，或者插入有表现友情的抒情的句子，但在相和乐府的场合，基本很少言及私生活，只是在熟人之间相和同题的歌曲，除了共同爱好的歌曲以外，也不再去互相求得什么。然而，从这个时代多数留存的诗人作品中，挑选出相和的曲辞是很困难的。为什么呢？因为如果在歌曲的序和歌题中，没有能够实际证明其是实际相和歌辞的记载，那么就无法判定了。例如白居易新乐府五十首中的二十首，不管是否是对李绅先前所作作品的相和，白的《新乐府》之序也没有记载过这一旨意。又，相和作品虽然也有歌题，但不能将其看作是新题乐府，让人迷惑不已是否应该与诗区别开来，古乐府和新题乐府有着识别上的暧昧的情况。比如元稹的古题乐府十九篇中，十首相和刘猛[①]之作中，有《梦上天》《采珠行》《忆远曲》《夫远征》《织妇词》《田家词》六首是新题乐府；又相和李余[②]之作的九首中，有《君莫非》《田野狐兔行》《人道短》《捉捕歌》《苦乐相倚曲》五首也是新题乐府。尽管如此，却不见元稹自己作有古乐府：

> 昨梁州见进士刘猛、李余，各赋古乐府诗数十首。其中一二十章，咸有新意，予因选而和之。（元稹《乐府古题序》）

目前列举能够确定是相和的作品，代宗之世有独孤及《太行苦热行》和作一首、卢纶《塞上曲》和作六首，贞元之后，有羊士谔相和李经的《宫人斜》。此歌可能是悲痛于当时死去的有名的宫女而作。羊之外，权德舆、王建、雍裕之等也有和作。当时，权德舆相和张某有《朝天行》，他自己所作的《离合诗》[③]，张荐、崔邠、杨於陵、许孟容、冯伉、潘孟阳、武少仪等人都有相和。“离合诗”，唐人吴兢《乐府古题要解》云“起汉孔融，离合其字以成文”，即所谓的离合体，是一种文字上的游戏。杨巨源在当时也作有相和练某的《折杨柳》，孟郊也作《湘弦怨》赠送给卢

---

① 关于刘猛的行迹，为梁州进士，元稹《酬刘猛见送》中有“持此慰远道，此之为旧交”，除了为元稹旧交外再无所知。

② 李余乃蜀人，长庆三年进士。有张籍《送李余归蜀》、贾岛《送李余及第归蜀》《送李余往湖南》《喜李余自蜀至》、朱庆余《送李余及第归蜀》、姚合《闻新蝉寄李余》各诗，除与这些人交游外不知其余。

③ 将离合诗作为乐府来对待虽有异议，但吴兢《乐府古题要解》仍取原文著录。

虔时，因收到卢虔寄来的和作，再次酬作《楚竹吟》，歌题即作“楚竹吟酬卢虔端公见和湘弦怨”。孟郊还与丁某相和，作有《塞上吟》。然而以上所举的这些作品，在相和的两方中，另一方的作品已不存。幸运的是，皇甫冉和李端的相和、孟郊和陆长源之间的赠答，双方的两篇歌辞都见存，可以一窥相和作品的内容，兹列举供参考：

巫山高

皇甫冉

巫峡见巴东，（平，东韵）迢迢半出空。云藏神女馆，雨到楚王宫。朝暮泉声落，寒暄树色同。清猿不可听，偏在九秋中。

巫山高和皇甫拾遗

李端

巫山十二峰，（平，东韵）皆在碧虚中。回合云藏日，霏微雨带风。猿声寒过水，树色暮连空。愁向高唐望，清秋见楚宫。

乐府戏赠陆大夫十二丈（三首之一）

孟郊

绿萍与荷叶，同此一水中。（平，东韵）风吹荷叶在，绿萍复西东。

乐府答孟东野戏赠

陆长源

芙蓉初出水，菡萏露中花。（平，麻韵）风吹着枯木，无奈值空槎。

以上孟、陆之作，不算戏赠作品的佳例，但皇甫、李之作则应当做相和曲的范例予以关注，即李端所作的语句构成与和韵（首句的“峰”与其后“中”“风”“空”“宫”通韵），内容上更是对皇甫冉先作的追和。当时像皇甫冉、李端这样相和乐府的人可能还很多吧。但是，元稹和白居易没有偏重于原作。元稹从刘猛和李余的数十首古乐府中挑选出十九首，在和作时“虽用古题，全无古义者。若《出门行》不言离别、《将进酒》特书列女之类是也。其或颇同古义，全创新词者。则《田家》止述军输、《捉捕词》先蝼蚁之类是也”，夸示他的和作表现了刘、李原作所没有的新奇的设想和手法。又，元稹在制作此新题乐府以及白居易制作新乐府时，都袭用了李绅的原作，歌题就表现了讽刺。李绅的新题乐府二十首已全部亡佚，然而其都是为了讽刺时事而作的，可由元稹作品《立部伎》的题注，以及《缚戎人》的题注中得知。

受到当时相和乐府风潮的诱发，相对于从比较自由的立场来制作的元、白乐府，我们应该给予什么样的评价呢？我大概的看法是，白居易的新乐府给予了新题乐府应该具备的条件。即新题乐府不止名作乐府，可以说也具有了乐章的性格，这就是白居易在《新乐府序》中所说的“其体顺而肆，可以播于乐章歌曲也”。但是，元白二人在同一年即元和四年(809)所创作的新题乐府，这一点却表现得不是很明显。虽然如此，他晚八年制作的古题乐府十九篇，实际上过半都是新题的乐府，从这些作品的序和语句构成上就能承认，他们也具有乐章的性格。大约有意将时事作为素材进行讽刺，尤其是用诅咒的口吻批判实行恶政的官吏，这是盛唐以来普遍的倾向。但是，很少有诗人在元白之前在歌辞中就赋予乐章的性格。元稹自己在《乐府古题序》中，把杜甫说成像是新乐府的创始者，在序中举出他的《悲陈陶》《哀江头》《兵车行》《丽人行》等作品，是否也期待杜甫将制作出的乐章付予歌唱呢？这一点是很可怀疑的。像前揭所谓的唐人并没有严密区分诗歌和乐府的观点，我虽未必要否认这个见解，但在元白之前，如果要找寻在制作时便期待付予歌唱，尝试讽刺时事的人，与其说是杜甫，不如说是元结吧，那就是元结的“系乐府”十二首。然而，元结此作乃是他无官位且在商余山中隐居时所作[①]，由于缺乏对世事的体验，《颂东夷》《寿翁兴》等计十二首歌题，虽也下了工夫，但在歌辞中表现的感慨很浅薄，讽刺的效果也失于贫弱，因此才被元稹无视的吧。从以上的见解来看，可以断言，赋予新题乐府与古乐府同样乐章性格的人，就是元稹和白居易。然而，在上述史料评价之外，元白乐府与当时张籍、王建的乐府相比，可指出的特别之处是，元稹制作的是只可诵读而不能成为歌唱对象的乐府，从中也可见出和白居易一样的讽刺态度。元稹的这一

① 近人孙望氏云作于天宝十年。

作品指的是论人道无穷说的《人道短》，关于以“古道天道长，人道短，我道天道短，人道长”之句开头的长篇乐府，近人陈寅恪已在《古题乐府》中[1]，考述乃是受到柳宗元《天说》、刘禹锡《天论》的影响。辞中“留得孝顺语，千年万岁父子不敢相灭亡。没后千余载，唐家天子封作文宣王。老君留得五千字，子孙万万称圣唐，谥作玄元帝，魂魄坐天堂”，引出孔子、老子来论证人道之所以长久，是乐府史上稀见的尝试。又白居易在为《新乐府》五十首的总结《采诗官》中说“君兮君兮愿听此，欲开壅蔽达人情，先向歌诗求讽刺”，从谏官的立场上诉了作歌的意图。但当时他将自己置于与为政者同等的地位，是向天下万民垂示训诫。例如《天可度》憎恨时人之口多虚言，《盐商妇》表达了对通过不正当的利益所得而过上奢华生活的盐商之妻的厌恶，《井底引银瓶》对妄想与异性私奔的妇女提出劝诫，《古冢狐》讥刺了迷惑于美女姿色的世人，《时世妆》警告追逐流行的轻薄妇女，《青石》则褒奖了臣子的忠烈。这些作品由于都有着垂示训诫的意味，像白居易这样用警世的态度作歌的诗人，大概是史上稀有的吧。

五、柳宗元与韩愈

尽管柳宗元和韩愈都没有展示对古乐府有多么的关心，但在乐府史上，也留存有应该特别记载的作品，就是柳宗元的《唐铙歌鼓吹曲》十二篇、韩愈的《琴操》十首。不言而喻，铙歌鼓吹曲是魏晋南北朝时代的武乐中最被重视的，每个王朝更迭必有改作的歌曲。为了让天下万民周知新王者的功德，又让祖宗的遗勋仍能垂示百代之后，因此利用这些歌曲可以得到最佳的效果。但是，柳宗元的《唐铙歌鼓吹曲》与历代的习惯不同，他不是应王室的公共的要求而制作的，或者说，也不仅仅是满足诗人的创作欲望的案头玩物。根据曲序，柳宗元因刻意记述了高祖、太宗神一样的功勋，使人们知道王室在统一天下时经历的劳苦，以及武将在指挥军队及每次在有兵事发生时的练兵的艰难，出于颂歌的目的而制作了这一曲辞。然而，柳宗元在序中说汉曲有十二

---

① 《元白诗笺证稿》页288—290。

篇，魏曲有十四篇，晋曲有十六篇，自己现在用汉曲的篇数来制作了《唐铙歌鼓吹曲》十二篇。但是，各个时代的曲数，为什么与事实不符呢？也可以说是窃取了古书中的字句，本来就应该知道是不符合事实的吧。那么为了附会自己所作的篇数，才特意作出了汉曲还有魏晋曲数有变化的判断。柳宗元的十二篇名为《晋阳武》《兽之穷》《战武牢》《泾水黄》《奔鲸沛》《苞枿》《河右平》《铁山碎》《靖本邦》《吐谷浑》《高昌》《东蛮》。这其中，《吐谷浑》以下三篇，看上去取材似乎稍有贫乏。即《晋阳武》歌颂唐王室起义兵于晋阳，欲使天下归一于仁德的事迹；《兽之穷》写李密来归，《战武牢》写讨伐郑王王世充，《泾水黄》写讨伐西秦霸王之子薛仁杲，《奔鲸沛》写讨伐宋王辅公祏，《苞枿》写讨伐梁王萧铣，《河右平》写讨伐河西大凉王李轨，每篇都取材于僭位者；《铁山碎》则写讨伐突厥颉利、突利二可汗，《靖本邦》写讨灭刘武周的事迹。以上九篇都是歌颂高祖及太宗的功勋，在篇名上下了工夫。但《吐谷浑》三篇，并不适合前九篇的取材。这三篇中，《吐谷浑》和《高昌》篇的主人公是臣子李靖，《东蛮》写率群臣来朝的东蛮酋长谢元深应太宗之要求被画像一事。那么对这三篇，我批判为取材贫乏，不适合入鼓吹的理由是，如前记的鼓吹曲，本来是将对天子及其祖宗的功德作为取材对象，而每个朝廷基本没有直接将臣子的武勋及行动取材作为歌辞的。

柳宗元的十二篇歌辞，并不像前记那样是应王室要求制作的，而是从顺宗永贞元年(805)十一月到宪宗元和十年(815)十二月这么长的时间他在永州司马任上，闲暇时自己私下创作的。但可能最终也没有被世上传唱的机会。北宋郭茂倩《乐府诗集》卷二十的解题说“此诸曲，史书不载，疑宗元私作而未尝奏，或虽奏而未尝用，故不被于歌，如何承天之造宋曲”[①]，这应该是正确的吧。可以思考的是，即便柳宗元上奏了这些曲辞，但已经历了自唐开国以来一百九十年的元和之世，政府要员感到将这些取材于祖宗二代功勋的曲辞当作颂歌是没有必要的。为了当下能接受，希望扩大取材的范围，准备歌颂现在天子的仁德。元和十二年(817)十月，朝廷捕缚了叛将吴元济，平定淮水一

① 《宋书·乐志》：“鼓吹铙歌十五篇，何承天义熙中私造。”

带，柳宗元即刻上奉《平淮夷雅》二篇。如果从是否合时宜这一点来看，不得不说，铙歌古曲十二篇要比此曲逊色一筹。

柳宗元这十二篇的用语，可以说大致是他自己窃取了古书中，即魏晋以来的鼓吹曲辞的辞句。明代徐师曾《文体明辩》卷八评价为"(曲)词太严密，(语)气亦促迫，而乏优游之韵。唯《兽之穷》一篇，词义若差胜云"。兹从十二篇中摘录其曲辞一篇：

> 兽之穷，奔大麓。天厚黄德，狙犷服。甲之橐，弓弭矢箙。皇旅靖，敌逾蹙。自亡其徒，匪予戮。屈躄猛，虔栗栗。縻以尺组，啖以秩。黎之阳，土茫茫。富兵戎，盈仓箱。乏者德，莫能享。驱豺兕，授我疆。

但徐氏所谓的"词太严密，气亦促迫"这点，因是曹魏以来鼓吹曲辞所共有的，柳宗元的作品也难免受此限制。

对于柳宗元的十二篇曲辞，像前记那样看不出在用语上有什么特色。但他是如何发挥其才能的呢？我认为，在历代鼓吹曲的作家中，没有人能像他这样对音律的考虑有如此重视的程度。即魏晋南北朝时期，因流传的是汉鼓吹铙歌的旋律，尽管它们在长年间产生了相当数量的变调，但在用旧有的旋律填合新辞的情况下，为了满足其数，鼓吹曲的制作是比较容易的。因此，辞作家便没有必要从音律上深加考虑。但柳宗元却相反，他制作曲辞，不可能依据的是北周宣帝之世以来灭绝已久的旋律。他在新作铙歌鼓吹曲时，必须要倾注苦心。他的各作品的语句构成便可明白揭示出这番苦心。即每一篇都有独特的系统，而全部的十二篇，又好像形成了一首完整的曲子，极具变化之妙，他绝对不会漫不经心地使用错杂的长短句。

晋阳武	26 句	33333333333333333333333333
兽之穷	22 句	3343343343334333333333
战武牢	18 句	333333334343333333
泾水黄	24 句	333343434433433344434333
奔鲸沛	18 句	334343434343434343

苞枿	28句	4445544533444343444343434343
河右平	18句	445444544554434345
铁山碎	22句	3333334454334343435444
靖本邦	14句	44444444444444
吐谷浑	26句	55555555555555555555555555
高昌	22句	5555555555555555555555
东蛮	22句	5555555555555555555555

首先,《晋阳武》反复用轻快激急的三拍子;从《兽之穷》到《奔鲸沛》间,依次混用缓慢的四言调;《苞枿》和《河右平》则加入了流畅的五言韵律,缓急自在;到了《铁山碎》又再度以急切的三言调为主;《靖本邦》则一变,始终是单调的四言;《吐谷浑》三篇又重复着五言韵到终篇。最后的三篇在用同一韵律构成这一点上,稍有技穷的嫌疑。然而这十二篇在能够单独演奏之外,也可连续演奏为全篇,发挥其转变的妙趣,而让人不觉得有些倦怠,这就是作者的用意所在。单独一曲也好,组曲也罢,它们都独具特色。因此,我认为,即便此曲实际上是不能歌唱的,与魏晋南北朝的鼓吹曲相比,都可推许为独具特色的佳品。

韩愈的十首《琴操》中,《将归操》《猗兰操》①《龟山操》三首的原作者是孔子;《越裳操》《岐山操》乃周公原作;《拘幽操》是文王被拘禁在羑里时作;《履霜操》乃周宣王之世,尹吉甫之子伯牙遭受继母虐待所作的悲歌;《雉朝飞操》乃齐宣王之世,孤独的七十岁的犊牧子控诉不遇之歌;《别鹄操》(同《别鹤操》)写的是商陵牧子因无子嗣,被迫与妻子离婚的悲叹;《残行操》据说取材于曾子在梦中遇见无首之狸;以上十首原作者和作歌的缘由,每一首都在东汉蔡邕的《琴操》中有说明,韩愈信凭其说,取材于这些故事。可是韩愈为何要取材故事并且制作歌辞呢?我试做如下推测。说起来,这些原作的歌辞实际上都是假托也就是伪作,尽管如此,也被东汉的琴曲家珍视为来源纯正的名曲。然经过六朝,十曲中大半都不能弹奏。可知韩愈当时的琴书也没有著录这些琴曲的实际状况,才想要试图复原名曲吧。可知著录唐代能实

① “猗”一作“漪”。

际弹奏的琴曲名的资料，有隋代丘公的《碣石调幽兰》、唐或唐前所撰的《琴历》、宋代郑樵的《通志》卷四十九[①]。其中，《碣石调幽兰》记有六十曲，《琴历》记有四十二曲，《通志》记有四十曲的曲名。除了《猗兰操》别名为《幽兰操》[②]、《别鹄操》又名《别鹤操》这二曲，剩余八曲也不见著录。我认为，这八曲从隋末到唐已经亡佚了。然而，韩愈所作的八曲，也无法确证其在唐代实际弹奏。但在宋代以后所附的曲谱，长时间在琴曲家间可以弹奏，却是事实。下表即记有明、清间演奏的音阶和段数[③]。

曲名＼书名	1	2	3	4	5	6	7	8	9	10	11
将归操	不分段	不分段	商调一段		一段		徵音	徵音			
龟山操	不分段	不分段			一段		徵音				
越裳操	不分段	不分段	商调一段	夹钟调凡十段一名秋水弄	一段		商音		宫商合调一段	宫商合音	
拘幽操	不分段	不分段			一段	徵音不分段	商音				
岐山操	不分段	不分段		林钟调凡七段	一段		徵音				商调不分段
履霜操	不分段	不分段	商调一段	角调凡十段	一段	羽音不分段	徵音				
别鹄操	不分段	不分段			一段						
残行操	不分段	不分段			一段						
雉朝飞操	不分段	不分段	×	×	×		×				×

书名：1. 明・谢琳《太古遗音》；2. 明・黄士达《太古遗音》；3. 明・徽藩、朱厚爝《风宣玄品》；4. 明・汪芝《西麓堂琴统》；5. 明・杨表正《重修真传琴谱》；6. 明・张廷玉《新传理性元雅》；7. 清・吴灯《自远堂琴谱》；8. 清・石聊《琴学轫端》；9. 清・王藩《槐阴书屋琴谱》；10. 清・潘士权《大乐元音》；11. 清・孔兴诱《琴苑心传全编》
标“×”表示弦歌所唱非韩愈辞作。

① 参“隋唐的古曲演奏”一章。

② 也有琴曲家将《猗兰操》和《幽兰操》视作不同的曲子。

③ 据查阜西氏所编《存见古琴曲辑览》（北京音乐出版社）。

上表中的九曲，都是演奏时间较短的一段。韩愈所作辞中，没有混入他人新作的语句，可能就是将短篇的原作原班不动付予弦歌。然而，《猗兰操》是绵亘千古弹奏不绝的名曲，韩愈并不偏重于作辞，与由琴曲家弹奏的曲谱和歌辞也不相同。此外，还有相信韩愈的歌辞就是孔子所作之辞的人①，在引用其语句的同时，也制作了新的曲辞②。

近世以后，对韩愈《琴操》的批评者渐多。如宋人王灼《碧鸡漫志》卷一云“吾谓西汉后独《勅勒歌》及韩退之十《琴操》近古”，又《沧浪诗话》所谓“韩退之《琴操》极高古，正是本色，非唐诸贤所及”，被明清诸家聚焦批评，主要从用语、体裁、内容等方面，与古曲相比较。然而，韩愈惋惜《将归操》《龟山操》等名曲在唐代就已经亡佚，为其制作的歌辞，被宋以后的琴曲家所重视而实际弹奏。其不论是被动的，还是再生于现实的功绩，不应该先于近世的批评家们而得到称赞吗？

六、张籍与王建

最初批评张籍乐府的人是他的诗友白居易。白氏在元和十年(815)③所作的《读张籍古乐府》诗中说张籍“业文三十春。尤工乐府诗，举代少其伦”，在给予张籍乐府很高的评价后，触及到作家的精神是“为诗意如何，六义互铺陈。风雅比兴外，未尝著空文”，认识到张籍乐府的真正价值是以六义，即美刺褒贬的精神为准则。近人徐澄宇氏把当时和张籍并称的王建的乐府也加入进来，撰写了名为《张王乐府》一书(1957年刊行)，在此书的导言中，分析了两人乐府所展现的作家精神，列举了“反对穷兵黩武的侵略战争、攻击统治阶级的荒淫无耻、讽刺特权阶级的骄横强暴”等八项，引用了符合这八项的作品并论证之。但我认为，白居易的张籍乐府体现了古代《诗经》精神的说法，和

① 明萧鸾《杏庄太音补遗》：“按孔子歌曰：兰之猗猗，扬扬其香。不采而佩，与兰何伤。世不见用，则为孔子者自若也。”然此引文据《存见古琴曲辑览》。

② 明杨表正《重修真传琴谱》所载《猗兰操》第一段及第六段曲章中，引用了韩愈作的歌辞：“漪漪扬扬。草其行，国其香。我今不秉而佩，叹伍流俗，于兰何伤。竞芬芬，九畹画舒长。”

③ 据花房英树氏所编年谱(《白氏文集的批判性研究》)。

现代中国学者特有的文学批评式的说法之间,归根结底是没有差别的,都可以说是一种对时事批判的说法。但时事批判这一问题,从关于作歌的立场来看,不限于张、王两人。当时见于乐府作家的一般的倾向,无论是白居易的意见,还是徐氏列举的八项(此八项稍有重复之嫌),其他作家也多少都有言及,只是有批判意味表现得强弱的差别而已,作家之间并没有认识到有那种个人差别。因此我认为,徐氏所引证的作品,未必是他人所无而仅是张、王特有的作家精神的反映。我的观点和徐氏的完全不同。我认为,张王乐府的特色,正在于其作品取材于庶民生活的实态。这是因为,两人都仔细观察庶民阶层的生活,并深刻描写其生活实态这一点,遥遥领先于其他唐人。所以无论是否从批判现实的立场制作歌词,也不管他们是否有用徐氏八项中所说的"歌颂人民的坚强意志和劳动活力"的歌颂的态度来制作歌词,其作品本身在歌咏庶民生活的实态这一点上,便有巨大的意义。现存作品有取材于耕作、养蚕、牧牛的《江村行》《赛神曲》《簇蚕辞》《田家行》《田家留客》《牧童词》,捕捉林中采薪场面的《樵客吟》,有描写江南渔村风景的《江南曲》,有描写采莲和捕鱼场景的《采莲曲》《寒塘曲》,直叙从事水运者和商人船上生活的《贾客乐》《水夫谣》《水运行》等,接触到采珠者和织工劳动的《海人谣》《织锦曲》。每一篇都流存到了现在。这些作品用平淡的语言写实出庶民平时努力于生计的行为,作者的观察极其绵密,使得这些作品带有了风俗画的色彩。张王作品中,徐氏把《江村行》《采莲曲》指为民歌,这是不正确的。基本上,民歌不用说就是指民众的歌声,从古老的《诗经》,到汉魏南北朝之世,上流阶层歌唱的作品,歌唱的是平民共有的各种生活感情,或者也多是歌咏一些市井事件。但在民歌的世界,作者客观照原样来描写庶民生活状况的作品几乎没有。张王也不是打算要制作民歌,仅仅是向平民阶层的生活求得素材而已。于是,他们观察了平民生活的状况,《牧童词》"远牧牛,绕村四面禾黍稠。陂中饥鸟啄牛背,令我不得戏垄头",捕捉到在某个农村郊外追赶鸟儿的牧童的身姿;《贾客乐》"金多众中为上客,夜夜算缗眠独迟",聚焦于深夜船中商人数钱的行为;《水夫谣》"逆风上水万斛重,前驿迢迢后淼淼。半夜缘堤雪和雨,受他驱遣还复去",描写的是纤夫在雪夜这样的恶劣天气中劳动的样子。现在我再列举取材养蚕的《江村行》《赛神曲》《簇蚕辞》《田家留客》四篇如次：

江村行[①]

张籍

南塘水深芦笋齐，下田种稻不作畦。耕场磷磷在水底，短衣半染芦中泥。田头刈莎结为屋，归来系牛还独宿。水淹手足尽有疮，山蝱绕身飞扬扬。桑林椹黑蚕再眠，妇姑采桑不向田。江南热旱天气毒，雨中移秧颜色鲜。一年耕种长苦辛，田熟家家将赛神。

上诗是农家在水田地带的农事活动的写生，即到了耕种期，绘画般地描写了农夫灌溉、整地、结屋、移植旱苗等作业的一系列动作。此诗末句歌咏了等待收获期，将举行赛神的仪式。直到那一日的到来，举家狂喜乱舞，结果是深刻描绘出路人举杯庆祝的动作，见《赛神曲》：

赛神曲

王建

男抱琵琶女作舞，主人再拜听神语。新妇上酒勿辞勤，使尔舅姑无所苦。椒浆湛湛桂座新，一双长箭系红巾。但愿牛羊满家宅，十月报赛南山神。青天无风水复碧，龙马上鞍牛服轭。纷纷醉舞踏衣裳，把酒路傍劝行客。

写的是在稻田收获后举行的赛神风俗。当蚕经过三眠而上簇，也把它们当作神来祭祀：

簇蚕辞

王建

蚕欲老，箔头作茧丝皓皓。场宽地高风日多，不向中庭爇蒿

---

① 《江村行》《赛神曲》《簇蚕行》《田家留客》文本有少量文字异同，然意义差别不大，此处省略注释。

草。神蚕急作莫悠扬，年来为尔祭神桑。但得青天不下雨，上无苍蝇下无鼠。新妇拜簇愿茧稠，女洒桃浆男打鼓。三日开箔雪团团，先将新茧送县官。（后两句略）

除以上三曲外，王建的《田家行》取材麦秋期的农事状况与农民生活实态，张、王通过其笔力，首次在乐府史上详加介绍。那么再举一首王建的《田家留客》，此篇歌句由农民的独自言语所构成，农民朴素的感情溢于言外，作品中的"客"恐怕是作者自己，因被农民纯粹的情感深深打动，我认为这种即兴歌咏，恰巧速记的手法颇富生动性。

田家留客

王建

人客少能留我屋，客有新浆马有粟。远行僮仆应苦饥，新妇厨中炊欲熟。不嫌田家破门户，蚕房新泥无风土。行人但饮莫畏贫，明府上来可苦辛。丁宁回语房中妻，有客勿令儿夜啼。双冢直西有县路，我教丁男送君去。

唐人取材于田园的乐府作品很少，而仔细观察农民的生计、直叙生活实态的作品更是几乎没有。可见，我所例举的张、王四曲，不得不说是乐府史上了解农民生活实态的重要资料。

在乐府史上，自从汉武帝创设上林乐府以来，宫廷音乐就由大别于雅乐的、用民歌来粉饰的俗乐所构成。俗乐粉饰的民歌，除了少许取材于市井事件外，尽管也照样歌颂庶民的生活情感，但写出他们生活实态的几乎没有。又历代的诗人，被创作欲所驱使，尽管也向民歌寻求素材，但也没有着眼于平民生活的实际状况。到了唐代的贞元、元和时期，张、王首次在歌辞中细致刻画描摹了平民的生活，之所以说他们乐府的特色，就是因为作品中发挥展现了这些内容。

第十六章　唐代皮日休的“正乐府”与时事批判

关于唐人皮日休的传记，已有缪钺氏的《皮日休的事迹思想及其作品》[①]，萧涤非氏校正《皮子文薮》[②]的前言中又有详细说明，另外对于皮日休和黄巢的关系，因为缪钺氏在《再论皮日休参加黄巢起军的问题》中已有举证[③]，这里就不再涉及他的传记。本章专门研究他所创的“正乐府”，在阐明其创作技法和作家精神的同时，也对这一作品在乐府史上应该有的评价，阐述我的看法。

一、“正乐府”制作的时代背景

作为评论皮日休“正乐府”的前提，有必要对他在世的年代，即被认为创作正乐府的懿宗咸通六、七年(865—866)的乐府的变迁作一番概览。

作为唐玄宗开元之世的转机，汉魏及南朝以来的古乐府，从宫廷消失了身姿，取而代之登场的，是经盛唐诗人之手而成的新乐府[④]。然而，两者之间差异明显。其一，不用说，就是与音乐有无关系。但开元

---

① 《四川大学学报》(社会科学版)1955 年第 2 期。

② 中华书局 1959 年 6 月版。

③ 《历史研究》1958 年第 2 号。

④ 北宋郭茂倩所谓的“新乐府”，乃是唐代与音乐完全没有关系的乐府的总称。本章从此说。

以后也有例外。如唐代崔令钦《教坊记》著录的也传到本邦的《玉树后庭花》和《泛龙舟》，仅仅袭用了古乐府的题名，但和古乐府及音乐还没有断绝关系。与之相比，新登场的新乐府则完全不受音乐的拘束，实质上是没有必要和诗相区别的产物。唐代以前的晋、南朝文人，在用古乐府也就是以汉魏古曲为主题的时候，由于都有古曲歌辞和旋律传存，使用的乐器也是规定的，所以不会引发个人炫耀新奇的野心，要受到音乐即歌体上的限制。如曹魏平调旋律流传的时代，其所属的《短歌行》和《燕歌行》的主题时，就和其他五言体的乐府不同。前者是傅玄及陆机、梁代的张率按照四言体古曲制作歌辞的，后者是陆机、刘宋的谢灵运按照七言体并且每句押韵的古曲制作的。但以后者为主题的梁人之作（元帝、萧子显、王褒、庾信），大概是即兴的相和的宫中长篇歌曲，并没有沿用古曲每句押韵的形式。

然而，盛唐以后的新乐府，就仅有乐府之名，作者却忘记了在音律上的考虑。中唐的白居易在《新乐府序》中说“其体顺而肆，可以播于乐章歌曲也”，“律”也就是音调和谐的他自己的作品，期待被当做乐章或歌曲来歌唱，我这里要讨论的问题是皮日休的“正乐府”，他也盼望能被世人传唱。而没有表明如此意志的作家，应该抱有一种潜在的和白、皮二人相似的想法。然而每一个作家，限于个人的意志，实际上新乐府未曾与音乐发生关系。既然很难从音乐的立场上定义新乐府，那么在编纂唐人作品时，就没有必要来区分诗和乐府的类别。所以如《全唐诗》，虽然在律诗和绝句中混入了张籍和王建的各一部乐府，但也无需对此以责难。北宋的郭茂倩编纂的乐府之书名为《乐府诗集》，特别加了“诗”字，因在古乐府中编入了唐人的新乐府，大概是考虑到了所引起的乐府和诗的暧昧吧。

古乐府和新乐府还有一个比较模糊的差异，就是乐府的内容。本来，乐府大多以街头的歌谣为母体，原样叙述民众的生活情感。因此，讽刺时事以及对官吏恶政进行诅咒的口吻，也是十分正常的。但如传存的吴歌西曲和梁鼓角横吹曲中，包含有可以察知的反映五胡及南朝当时庶民生动气息的作品，却几乎没有讽刺或诅咒的歌辞。这与其说是不可思议的现象，不如说与同时代散见于正史的童谣或歌谣相比，是一种明显的对比。那么，这种现象是如何产生的呢？一是贵族的淘汰和工作，即除了直接经由贵族之手而成的乐府外，对那些以街头为母体的歌谣，一度经过了删汰，被贵族们所选取的，一变为迎合他们嗜好的游戏且耽美性质的内容，再重新转由庶民之口传唱。换言之，歌唱民众生活情感的歌曲中，那种讽刺或诅咒内容的，大概会遭到忌讳，另一方面，投合贵族情感所好的那些歌曲，多少都经过了增删修改的过程，然后才被庶民所歌唱。所经历的这个过程，梁鼓角横吹曲要比南朝的吴歌西曲多。那么，唐人中也出现了若干拥有南朝贵族好尚的游戏且耽美倾向的作家。虽然很难精密地识别，但盛唐以后的李贺、卢仝、张祜、温庭筠等大概就属于这一类的吧。然而从内容上看，新乐府的生存之道并非如此。从盛唐到晚唐，也就是说，从元结、杜甫到皮日休所在的八十年间，他们每一人所作的新乐府，都能见到具有共性的内容，不用说，就是“时事讽刺”。如元结自己命名的“系乐府”，元稹评价杜甫“近代唯诗人杜甫《悲陈陶》《哀江头》《兵车》《丽人》等，凡所歌行，率皆即事名篇，无复倚傍”（《乐府古题序》）所谓即事名篇的作品，王建、张籍等于新题之外的多用古题乐府的作品，还有元稹、白居易的一系列统称为“新题乐府”或“新乐府”，类似作家或作品的强弱之差，就在于他们每一人以讽刺时事的精神为基调。历史上，在新乐府上首次体现这种精神并取得巨大成功的是元结，其次是杜甫。又新乐府的题名，与古乐府相比，更接近于诗题，而且特点是其题目只有原作者一人用过，后人没有再袭用过。其创始者是元结，其次还是杜甫。这种讽刺的精神和独特的歌题，成为了传统的习惯，到晚唐时代都有继承。因此，要与王建、孟郊、顾况、戎昱、戴叔伦、聂夷中等人的乐府比较，想要看出明显的个人差别，是很困难的吧。

由于新乐府脱离了音乐的立场，丧失了乐府本来的状态，而是将原来六朝的乐府置于批判的立场，经溯汉魏的建安体，以及《诗经》的六义即美刺褒贬精神为准则而创作的，这是新乐府的生命所在。换言之，唐代的作家取材于现实时事的同时，也在新乐府中体现了向《诗经》精神的复古。他们中，最能强烈且露骨地表明复古意识的，舍皮日休而无他，这也是他之所以将其作品命名为“正乐府”的原因所在。然而，皮日休和同为唐代的李贺[①]、卢仝、张祜、温庭筠等模仿六朝风格的乐府作家，他们有着怎样的批判眼光呢？关于这点还没有确证，但他的诗友，也创作乐府的陆龟蒙，对于张祜的评价，可见其《松陵集》卷九《和过张祜处士丹阳故居》诗的序中：

> 张祜字承吉。元和中，作宫体小诗，辞曲艳发，当时轻薄之流，能其才，合噪得誉。及老大，稍窥建安风格，诵乐府录，知作者本意，短章大篇，往往间出；谏讽怨谲，时与六义相左右。

如上文，张祜在年轻时，作有梁、陈风格即所谓“辞曲艳发”的宫体小诗，就其现存作品而言，大概指的就是《团扇郎》《读曲歌》《玉树后庭花》《乌夜啼》《莫愁乐》《襄阳乐》《拔蒲歌》等吧。在他老成之后，作品带有的建安风格，受到了陆龟蒙的称扬，认识到张祜乐府的真正价值在于其“谏讽怨谲”也就是讽刺的风格，是受到《诗》六义关系的影响。陆龟蒙这种所谓讽刺或六义即乐府本色的评论，确实也就是皮日休的乐府观。如果将陆龟蒙实际创作的乐府和皮日休的“正乐府”相比较的话，自然也能获得首肯吧。若是如此，他的“正乐府”，其具体的创作意图是什么？其内容又是怎样的呢？在检讨之前，首先非要揭示皮日休其人的性格不可。他过于强烈的个性、尝试“正乐府”的技法与作为作家的精神，以及作品的评价等，这些都有直接的关系。

二、关于皮日休的操行

关于皮日休的个性，宋代孙光宪《北梦琐言》卷七、元代辛文房《唐才子传》卷八都评其为“傲诞”。事实上，他的性格颇为傲慢，经常受激情驱使吐露谬论，是动辄便会做出轻薄举动的人。据《太平广记》卷二

---

① 皮日休视李贺歌诗为“美丽恢赡”。《刘枣强碑》文云：“有与李贺同时，有刘枣强焉。先生姓刘氏，名言史，不详其乡里。所有歌诗千首，其美丽恢赡，自贺外，世莫得比。”

百五十七引《皮日休文集》[1]，他想要与名归仁绍者见面，几次访问都遭谢绝，此事因在长安应试中发生，或许是在懿宗咸通七年(866)之时。他执拗地想要接近归仁绍，是因为归是当时有权力的人，大概想要在应试时得到他的援助。因屡遭谢绝，愤怒的皮日休作了《咏龟诗》，由同为考生的仁绍之子佾、係传到了其父耳中：

硬骨残形知几秋。尸骸终不是风流。顽皮死后钻须遍。都为平生不出头。

诗题中的“龟”即寓指当事人姓氏之“归”，借龟的宿命诅咒归仁绍的前途。即诗中的“硬骨”和“顽皮”之语，都是指龟的甲壳，讽刺了乌龟因平时不伸出头，被世间放弃了多年，下场是变成尸骸很难看，死后作为占卜之用，一定会遭受到钻灼之苦。可是，读到此诗的归仁绍的报复手段也很严酷。《皮日休文集》云“伺其复至，乃于刺字皮姓之下”，对执着要求见面的皮日休，在皮姓之下施以“刺字”即等同于罪人的刺青，具体情况是怎样的呢？见下诗：

八片尖裁浪作球[2]，火中焬[3]了水中揉。一包闲气如长[4]在，惹踢招拳卒未休。

诗中说将皮革切成八块精工细作的皮球，在火中加热，水中揉捻。这样制作的球中孕育了空气，任由人踢打不停。诗中球皮不仅寓指讽刺了皮日休的姓氏，而且由于皮日休号“间气布衣”，所以诗句中的“间气”就用了双关，痛骂皮日休就像皮球那样，是被人踢打都不知满足的人。在《皮日休文集》中，时人评价皮日休为“轻佻”，归仁绍为“浮薄”。

---

① 《太平广记》所引《皮日休文集》仅此一篇，《唐书·艺文志》著录有《皮日休集》十卷，是否收有此篇则不甚清楚。又《唐书》中有皮日休自撰《皮子文薮》十卷，大概与《皮日休集》为同一书。

② 《唐诗纪事》卷六十四句作“八片尖斜砌作裘”。

③ 《皮日休文集》作“爆”，《唐诗纪事》则作“焬”。此从后者。

④ 《唐诗纪事》卷六十四“长”字作“常”。

皮日休这一冷酷至极的诗到了上司的耳中,也没有感到羞耻。这里还可窥见他傲慢性格的另一面,故事见于《北梦琐言》卷七,并没有叙述两人以诗互相嘲弄,而是说皮日休数次面见归融尚书不果,因作《夹蛇龟赋》讥刺归融失礼,归融之子作《皮靸鞋赋》以报复。虽然没有诗那样的露骨程度的技法,但他们的丑态都令时人很反感。

但在他年轻时的咸通年间,由于南蛮入侵本土,诸道紧急征兵而引起骚乱。但在长安都城上下却是奢侈之风蔓延,贪恋着太平之梦。特别是庆祝进士及第的曲江大会,官民竞相豪奢。据五代王定保《唐摭言》卷三载,市民将进士们名为进士团,一旦曲江大会迫近,天子懿宗要亲自出御紫云楼,举城官民都热衷于准备此会。该书"曲江之宴,行市罗列,长安几为之半空",传神地记载了当时的情况。又卷十五载"咸通中,以进士车服僭差,不许乘马。时场中不减千人",天子下达了禁止令,而自命不凡,在都中颇富人气的进士们,穿着盛装,阔步街头。皮日休也不例外,就是他一人。据《北梦琐言》卷七及《唐才子传》卷八,皮日休进士及第在咸通八年(867),值得称赞的是,他于前年落第,归于淝陵(今属安徽省)道中时是很淳朴的。他听闻到因讨伐南蛮而被征召的土民的恸哭,淮右一带又遭受蝗虫的袭击,尤其在目睹了路上数不清的从颍川而来的流民饿死的惨状之时,忘记了落第的辛酸,留下了同情的泪水,吟咏《三羞诗》以自省。然而过了一阵,他又再度上京,他不仅没有抵抗都中的风潮,而且也花哨地用衣袋、书箱等随身物品装扮自己,举止放荡,引起世人的注目。《太平广记》卷二百六十五引《玉泉子》之文,可证明之:

> 皮日休,南海郑愚门生。春关①内尝宴于曲江,醉寝于别榻,衣囊书笥,罗列傍侧,率皆新饰。同年崔昭符,镣之子,固蔑视之矣,亦醉,更衣见日休,谓其素所熟狎者,即伺问,且欲戏之。日休僮仆遽前欲呼之,昭符之其日休也,曰:"勿呼之,渠方宗会矣。"以其囊笥皆皮也。时人传之以为口实。

① 《唐语林》卷七"关"字作"闱"。

在他及第以后，便不再执着于都中的生活，这大概是因为就连他也不愿顺应奢侈的风气吧。及第后在去苏州之前，他先去了江夏。当时他不过三十岁。《太平广记》卷二百六十五引《三水小牍》[①]载有以下事件：当时江夏为刘允章所治，由于对他很是优待，皮日休便滞留了数日。适逢刘允章在黄鹤楼举办酒宴，招待治下的吏员。皮日休也被招入席，酒宴正酣。生性傲慢的他，或许是因为宿怨，或者是很有酒癖的恶人，数杯之后便突然口吐谬论，引起了会场的骚动。不仅如此，他还表现出了不逊的态度，与招宴的主人发生了口角，被激怒的刘允章戟手指向窗外，骂道：“皮日休！知鹦鹉洲是祢衡死处无？”皮日休到底不敢回嘴，被醉客手扶出场，第二天便便装逃往了浙左。

去往苏州的皮日休与住在临顿里[②]的陆龟蒙成了诗友。陆龟蒙有着高洁的人格，与之相比，皮日休性情则如前记那样傲慢、轻薄。他晚年因口舌之祸被黄巢杀害，对此事的真伪虽有不同意见，但据前述他生平操行传言的若干记事推测，他被黄巢杀害这一事件的真实性，未必是不可想象的。他对黄巢曾说“欲知圣人姓，田八二十一。欲学圣人名，果头三屈律”，我推断，“田八二十一”为“黄”的谜语，“果头三屈律”为“巢”的谜语，“果”字之上是“三”曲折的样子，其内心暂且不论，不是把黄巢叫作圣人吗？但是无知的黄巢认为皮日休态度傲慢，觉得他一定是在侮辱自己。

三、正乐府与时事批判

收录“正乐府”的《皮子文薮》，是皮日休咸通七年(866)在淝陵之地自己编撰的。因此书是他自己多年积蓄的作品的整理，而与他后来编成的如《松陵集》，乃是仅仅一年多的时间便急速收录了六百五十八首诗作的集子，不能同等对待。因此，虽然不能确定此书收录的每一首的创作时间，但《三羞诗》三首是本书即将编撰完成之前的作品，可以推测，“正乐府”也是此前或同一年的作品。这是因为编撰此书与创

① 亦见于《太平广记》卷二百六十五所引《玉泉子》，然所记与《三水小牍》记事稍异。

② 见《松陵集》卷五所载皮日休之诗题。

作“正乐府”都有着相同的动机。以下试为证明。他在此书的序中说：“比见元次山纳《文编》于有司，侍郎杨公浚见《文编》，叹曰：‘上第污元子耳。’斯文也，不敢希杨公之叹，希当时作者一知耳。”说的是元次山(结)向官员投献自己的文集时，杨浚见到后很是赞叹的事情。撰写此书是希望能被当世所知。书名为“文薮”，可能是模仿了元结的“文编”。元结的事件，见于其文集中自己所说①。顺便说一下，皮日休不仅于元结，而对元氏一族都寄予了关心。作《七爱诗》时，从唐代先人中选拔的七人②之中有元鲁山，评价他为“真吏”。“真吏”据他说，就是能真正必须镇压末世之民的人，鲁山是具备这一资格的人。以鲁山为主题的诗的末尾“吾无鲁山道，空有鲁山辞。所恨不相识，援笔空涕垂”，因为遗憾无法认识元鲁山而流泪，似乎表现出对鲁山很是敬慕。实际上，元结就是这个鲁山的族弟。因此皮日休是模仿了元结的乐府，才制作乐府的。所以其制作动机可以说就在于元结吧。据序中“比见”一词推断，皮日休见到元结《文编》大概是在咸通六年或七年左右，因此才于此时创作了乐府。

将元结和皮日休的乐府比较，能够指出皮日休的特殊考虑。元结作《补乐歌》十首，皮日休就作了《补九夏歌》；相对于元结的“系乐府”十二首，皮日休作有“正乐府”十首。另外，皮日休对“正乐府”各篇题目的命名方法，全部都以元结的“系乐府”为范例：

系乐府：	思太古	陇上叹	颂东夷	贱士吟	欸乃曲	贫妇词
	去乡悲	寿翁兴	农臣怨	谢天龟	古遗叹	下客谣
正乐府：	卒妻悲	橡媪叹	贪官怨	农父谣	路臣恨	贱贡士
	颂夷臣	惜义鸟	诮虚器	哀陇民		

那么，据元结《补乐歌》自序，自伏羲到殷商十代间，乐歌有其名而无其辞，才试为补作。因此题作《网罟》《丰年》《云门》《九渊》《五茎》《六英》

① 《文编序》：“侍郎杨公见文编叹曰：‘以上第污元子耳。有司得元子是赖。’叟少师友仲行公，公闻之，谕叟曰：‘於戏！吾尝恐直道绝而不续。不虞杨公于子相续如缕。’”

② 房玄龄、杜如晦、李晟、卢鸿、元鲁山、李白、白居易。

《咸池》《大韶》《大夏》《大濩》，为伏羲氏、神农氏、轩辕氏等每一代都制作了一篇歌辞，每一篇添加了序。与之相对，皮日休的自序说，周代九夏乐歌虽存，但其乐章久佚，因此也制作了歌辞，即《王夏》《肆夏》《昭夏》《纳夏》《章夏》《齐夏》《族夏》《祴夏》《骜夏》九首。元结和皮日休一样，都对胡乐全盛的当世不满足，寄予了汉王室古代正乐的追慕之情。但是，元结所作的歌辞是楚辞风格，皮日休则是《诗经》的风格，元结限于殷以前，皮日休则为周代。这里可以一窥皮日休构思的程度。同样地，皮日休将自己创作的乐府命名为“正乐府”，一定是受到元结“系乐府”的启发。然而，他的“正乐府”，并不像《补乐歌》和《补九夏歌》的那种关系，如果仅仅是追随元结的作品，那就没有特意选取他的作品来评论的必要了吧。尽管确实是受到元结的启发，“正乐府”和“系乐府”相比，其创作技法和作家精神都有很大的不同。即“正乐府”中的每一篇都洋溢着激烈且露骨的讽刺手法和强烈的批判精神，不仅“系乐府”无法与之相比，在迄今为止的新乐府中，也是十分出色的作品。技法和激烈的精神及露骨的讽刺，当然来自于他本身傲慢的性格，但是，即便他越过身份的界限也不由得插嘴的，是当时腐败的世相。正因为如此，他的讽刺手法是针对现实的，来自于对当政者的否定的态度，他激烈且露骨的批判精神，在乐府史上，继承了元结及杜甫以来的精神并将之发扬到一个更高的阶段。而且，由于他将乐府和《诗经》同一视之，所以有向《诗经》复古的意识。这一意识，尽管前辈作家们在潜意识中也有，但将之大胆表明的则非他莫属。能够出色地体现这种复古意识的就是他的“正乐府”。他将乐府与《诗经》同一视之的见解，见于《正乐府》之序。兹不避繁琐，举全文如次：“乐府盖[①]古圣王采天下之诗，欲以知国之利病，民之休戚者也。得之者，命司乐氏入之于埙篪，和之以管钥。诗之美也，闻之足以劝乎功；诗之刺也，闻之足以戒乎政。故《周礼》‘太师之职，掌教六诗；小师之职，掌讽诵诗’。由是观之，乐府之道大矣。今之所谓乐府者，唯以魏晋之侈丽，陈梁之浮艳，谓之乐府诗，真不然矣。故尝有可悲可惧者，时宜于咏歌，总十篇，故命曰正乐府诗。”据此序，“诗（诗经）即乐府”。也就是说，古代的圣王

① 四库本“盖”字误作“尽”。

为了了解国家的利害和庶民的忧喜而采集全天下的诗歌，并命令司乐之官将之作曲就是乐府。因此，乐府的效用，无外乎是奖励功业，劝诫施政。又由于乐府是在古代圣王之世就建立的，所以没有作品不是以美刺褒贬为对象的。《周礼》所谓太师、小师的任务就是教诗六义、讽诵诗。所以诗也就是乐府之道才如此伟大吧。然而皮日休的乐府论，不仅完全无视汉代以后古乐府的存在，而且和他自己于咸通十年创作的《杂体诗》之序中的见解也自相矛盾。原因是其序中说“在汉代，李延年为协律，造新声，雅道虽缺，乐府乃盛。铙歌鼓吹，拂舞予俞，因斯而兴”，在这里，“乐府”在汉代，乃是铙歌、鼓吹、拂舞、矛俞的总称。可见，他应该是承认古乐府的历史性发展的。但认为讽刺这一“雅道”本来就是乐府精神的他，在实际创作乐府时，一定无视了古乐府。因为他的《正乐府序》从正面攻击了古乐府，否定魏、晋的“侈丽”，陈、梁的“浮艳”，认为都不是真正的乐府。对古乐府的批判，中唐的白居易已在《新乐府》的《采诗官》中说“周灭秦兴至隋氏，十代采诗官不置。郊庙登歌赞君美，乐府艳词悦君意。若求兴谕规刺言，万句千章无一字。不是章句无规刺，渐及朝廷绝讽议”，自秦到隋的十代之间，采诗之官被废绝，郊庙的登歌、乐府的艳辞，都只是赞美天子、取悦天子的东西，这一批评口吻是很严肃的。但皮日休并不满足于白居易的这一批评，他认为丧失了讽刺这一优良风格的古乐府，完全不是乐府。他把自己创作的乐府冠之以“正”字，是从元结的“系乐府”那得到的线索，实际上，由于他提出只有以《诗经》六义为准则的才是真正地道的乐府，无非表现了他的自负心之强。

因厌恶侈丽且浮艳风格，皮日休对六朝的批判也不仅仅限于乐府，还指向了诗歌。《松陵集序》云“江左君臣得以浮艳[①]，然诗之六艺微矣”，又在《刘枣强碑》一文中，碑主刘枣强（刘言史）个人虽然作风良好，但认为当时的人在创作南朝艳丽风格的歌诗时，在技法上都很难处理，都是南朝的罪人：

> 歌诗之风，荡来久矣。大抵丧于南朝，坏于陈叔宝。然今之

① 四部本《唐甫里先生文集》“以”字作“其”。

业是者，苟不能求古于建安，即江左矣。苟不能求丽于江左，即南朝矣。或过为艳伤丽病者，即南朝之罪人也。(《刘枣强碑》)

上文中认为艳丽风格有罪，大概是皮日休的本心吧。那么，他撰写的《文薮》之序，收录有《古风诗》的诗也好，后来回到吴中与诗友陆龟蒙唱和而创作的《杂体诗》八十八首也罢，一首古乐府主题的都没有选。尽管如此，在创作“正乐府”之时，他终生固守的否认古乐府的态度，是缘于他生来就对古乐府辞句过于艳丽的忌讳吧。

前揭“正乐府”由《卒妻悲》《橡媪叹》《贪官怨》《农父谣》《路臣恨》《贱贡士》《颂夷臣》《惜义鸟》《诮虚器》《哀陇民》组成，虽仅有十首，但涉及当时的各个阶层。这十首中，《贪官怨》谴责了政府官员的无能，在讽刺时，放弃了暗示性的表现，而转为直接的人身攻击。兹从全诗二十六句中，选取攻击官员的部分即前半十句如下：

国家省闼吏，赏之皆与位。素来不知书，岂能精吏理。大者或国宰邑，小者皆尉史。愚者若混沌，毒者如雄虺。伤哉尧舜民，肉袒受鞭棰。

以上诗句，对当时的平民表达了是“尧舜之民”的敬意，对官吏则说他们享用的禄位受到国家的保护，从来不读书，不通吏务，混沌无知，又骂他们像毒蛇一样狠毒，又哀悼裸露身体受到如此愚毒之辈鞭箠的人民，对置于官吏和平民之间的距离，表达出激烈起伏的感情。大概不会有像他这样没有官位却如此大胆地称呼官员为愚毒者的乐府作家吧。但他在歌咏《贪官怨》时，也不仅仅就攻击官吏。作中的后半部分，他倾吐了要治平天下的政治抱负。由于他本来所怀抱的尚古思想，追慕古代圣王的治世，所以在诗中明确说出自己的想法是要效仿昔日古圣王之世，重新广纳人才，如果这样还不能天下治平的话，就甘愿受弃世之刑。换句话说，是在强调要录用贤良之士，这才是通往治平之世的大道。

皮日休的尚古思想不仅限于《贪官怨》，也浸透到“正乐府”中的每一篇作品中。他就像做手术那样，为了解剖现实世界，想要一举回溯到圣王的古代。但由于这些都是短篇作品，用这种手术方法不可能精细地披露所有细节，所以他经常意在言外。事实上，他所在处时代的腐败程度，非紧急手术疗救不可。长安都城希望考取进士的士子云集，但天子仅仅在曲江大会上祝贺及第的人并对他们寄予关心。另一方面，政府自不用说，地方上的官吏不仅没有取得治绩，反而大肆苛敛诛求，再加上内忧外患，即朝廷出兵征讨入侵的南蛮，淮水一带因洪水而无法征税，认同庞勋叛乱的大量民众，关东、东海间因旱灾而导致的严重粮荒等相继发生，皮日休所谓的"尧舜之民"，在普天下任何一地都无法居住。懿宗咸通十四年世相混乱到何种程度，可由《唐书·食货志》的记载证明：

> 懿宗时，云南蛮数内寇，徙兵戍岭南。淮北大水，征赋不能办，人人思乱。及庞勋反，附者六七万。自关东至海大旱，冬蔬皆尽，贫者以蓬子为面，槐叶为齑。

皮日休在《贪官怨》中把官吏称为愚毒者，在《鹿门隐书》六十篇中，则更进一步，痛骂他们是不遭受重刑，还不知道自己是奸恶之辈的人。在该篇中又更加激进，认为当时的官吏是"古之置吏也，将以逐盗。今之置吏也，将以为盗"，极端地说，与古代的官吏相反，当下的官吏都是盗贼。

农民就像是被贪官或狡吏饲养的鹈鹕，受到收放的丝线所操纵，吐出自己收获的稻米，直接奉献给了官家，自己却不得不以捡拾的橡树果实为食物。自古以来便有将橡实作为食物的习惯，史料中不遑枚举，但这大概只限于在濒临饥荒的危机时刻。然而唯独皮日休的《橡媪叹》描写的却是和年的丰凶没有关系的农村的常态。据前揭的《食货志》，遇到凶年，农民就不得不以蓬子为面，以槐叶为齑。所以在紧急的时刻，橡实作为食物是很自然的吧。而在某地农村普通的年景，由于贪官狡吏们倒卖大量的官俸之米以充私粮，产生了农民只有吃橡实的习俗。兹举《橡媪叹》的歌辞如下：

> 秋深橡子熟，散落榛芜岗。伛伛黄发媪，拾之践晨霜。移时

> 始盈掬，尽日方满筐。几曝复几蒸，用作三冬粮。山前有熟稻，紫穟袭人香。细获又精舂，粒粒如玉珰。持之纳于官，私室无仓箱。如何一石余，只作五斗量。狡吏不畏刑，贪官不避赃。农时作私债，农毕归官仓。自冬及于春，橡实诳饥肠。……吁嗟逢橡媪，不觉泪沾裳。

以上歌辞正因为以“橡媪叹”为题，是由于前半部分开始于细致描写上了年纪的农妇捡拾橡实，为过冬作准备的动作。这一部分，作者写了老妇对秋收漠不关心而只专注于捡拾橡实这件不是很容易的工作，以之代替食物，直接描述了捡拾是多么的费心费力，这就是辞中点出“掬”字和“几曝复几蒸”句。然而本作题名冠之以“叹”字，与其说是作品中的农媪全无表情的动作，毋宁是作者本人所发出的叹息吧。认为这是作者感情流露是因为后半部分的暗示，即收获粮食的一半，被不怕受刑的狡吏和不避贿赂的贪官将之和他们的私债纠缠在一起而被榨取。对于这种榨取农媪无知且毫无表情，而由于作者洞悉了官吏们的奸计，才发出了叹息。皮日休指责当时的官吏，把他们的盗窃行为极端地指出如同盗贼一般，直叙出农村的实状，这一事实在此作品中得到了充分的证明。

比《橡媪叹》描摹事态更深刻的是《卒妻悲》。这是因为橡实代替食物，尚希望可暂时获得喘息。然而这篇由于丈夫战死，辞中所谓“札瘥”即遭遇疫病流行之年，除了饿死再没有其他的办法。以下选取四句是直接描写只得饿死的事态及作者请求救人的部分：

> 其夫死锋刃，其室委尘埃。岂无黔敖恩，救此穷饿骸。

句中，“委尘埃”是说这一年米像琼玉一样价值千金，家里一粒都没有，“黔敖”是春秋时期齐国的义士，凶年时他在路上准备了食物来款待饥饿之人。作者在句中点出希望义士再来的梦想。然而，与这篇《卒妻悲》类似的、能让人耳目一新的作品，至今还没有为多数乐府作家所创作。包含这篇以及《橡媪叹》《贪官怨》三首，作者创作的目的是在压抑地处置外，弹劾普天之下的毫无同情心无能的官吏。这是我们必须要注意的。

十首作品中,《农父谣》《路臣恨》《惜义鸟》《哀陇民》《贱贡士》不限于他在世之时,而是取材于唐朝每一年代所见到的社会现象。但是这些为迄今为止的乐府作家所忽略的取材,成就了“正乐府”崭新的面目。其中,《农父谣》是写江淮的粟米漕运到长安,由于遭到了黄河的急流而沉没的惨事,转由陆上运输河南、关中所产的粟米,借由江淮农夫之口,向上司请愿。江淮地区所产米的漕运方法,实际上是有唐三百年来的课题,据《唐书·食货志》,沉船率常在十之七八。皮日休恐怕是在听闻因黄河三门底柱之险的米船沉没事件,才取材于此的吧。

《路臣恨》的“路臣”,恐怕是地方军队和往来朝廷的急使之兵。作中“十夫掣鞭策,御之如惊鸿”,可能说的是十人齐心协力,分秒必争地完成传达信息的任务。为了慰劳兵士在路上的焦躁,是这首作品所要歌咏的内容。

《惜义鸟》和《哀陇民》同为取材于鸟的作品。但作者对鸟的生存状态的感叹各不相同。前篇作者对住在商颜山的义鸟的仁义的习性——哺育其他鸟之雏(仁),如果其他鸟遭到网捕,它也故意一并投网(义),结果被无情的商人当作贡物,成为宫女的玩物,怜悯它们的不遇。与之相比,后篇寄予了将筑巢在陇川绝顶的鹦鹉作为贡物,不惜赌上自己的生命的陇川之民以同情。不过,皮日休很不待见这种不过是作为贡物白白取悦宫人的鸟,进而作了《贱贡士》。以下取其前四句:

南越贡珠玑,西蜀进罗绮。到京未晨旦,一一见天子。

句中所谓的“天子”,当然指的是懿宗。这个天子一一召见贡献之人的背后,是为了他宠爱的女儿同昌公主,她私人的房间堆满了来自国内外的贡物。《太平广记》卷二百三十七引《杜阳篇》,她在咸通九年(868)——即“正乐府”创作的两三年之后出嫁,据说其豪华的服饰之属凌迈于历代出嫁的公主。她于咸通十一年(870)去世时,《资治通鉴》卷二百五十二详细记载了其情形,说是珠玑铺满了大地。可见,她毫不理会内忧外患的世态,那种无法饶恕的、国内外贡物在宫中堆积如山的情形，皮日休将此视作问题是理所当然的吧。可是，《贡贱士》对于那些希望凭借贡物而得到提拔的臣子，在表示了轻贱的同时，也提出了训诫。然而，他的轻蔑之眼也投向了与贡物相关联的天子，对懿宗进行了激烈的批判，如以下的《诮虚器》。

《诮虚器》是“正乐府”十首中最具特异色彩的作品，从历史上看，也是贵重的资料。以下先列举歌词，再说明我的意见。

> 襄阳作髹器，中有库露真。持以遗北虏，给云生有神。每岁走其使，所费如云屯。吾闻古圣王，修德来远人。未闻作巧诈，用欺禽兽君。……如何汉宣帝，却得呼韩臣。

歌句中，首先，首句“襄阳作髹器”，“髹器”就是漆器，唐代产自襄阳的漆器博得了天下模范的好评，被美称为“襄样”。《唐书》卷一百七十二《于頔传》，于頔在德宗贞元十四年(798)任襄州大都督，由于施行恶政，怨恨的当地百姓将他当做酷吏的模范来批判，反用名器的美称，给他起了“襄样节度”的绰号。《太平广记》卷二百六十九引《国史补》也记载了郑元守河中时，同样也因施行恶政，被远近之人呼为“襄样节度”。绰号的使用，正见于皮日休《刘枣强碑》[①]，恰好作为名士之间的赠与品。其次，第二句中的“库露真”，乃是襄阳所产的漆器名称。此地的漆器有五乘碎石文库露真和十乘花文库露真两种，《唐书・地理志》所见，常年都有各二具献纳。关于“库露真”名称的由来，宋代洪迈《容斋四笔》卷八载“疑是周、隋间西边方言也”。但是，南北朝时期，襄阳因为是氐、羌杂居之地，才被认为是这样的胡名吧。那么以上歌辞中，最应该被重视的，当然就是第四句“给云生有神”。那么，为什么“生有神”是欺骗之言呢？我认为有以下两点原因。其一，“生有神”(Shêng－Yu－Shên)大概勉强音通“库露真”(K'u－Lu－Chên)，所以云“欺骗”。其二，是漆器特性的滥用，即涂上漆后，映衬出了人模糊的身影。这一身影给人以是神体的错觉。所以才说是“生有神”。懿宗之世，为了抚慰北狄，每年都要花费巨额经费，赠与北狄库露真，并巧

---

① “故相国陇西公夷简之节度汉南也，少与先生游，且思相见，命列将以襄之髹器千事赂武俊，以请先生。武俊许之。”

饰其为神体寄宿的秘器，因使北地敬畏这种秘器，得以确保唐王室的威信。换言之，库露真实际上就是大唐天子献给北狄的贡物。而原本为胡人所命名的漆器，随着时代的推移，反而成为操纵胡人的珍奇手段而被加以利用。然而，不得不以巧诈的手段来抚慰禽兽之君的做法，使唐王朝的威严尽失。这种屈辱感使皮日休不堪忍受，在直接叙述事实后，将古代圣王的德化引为例证，"汉宣帝"即汉族天子是用何种方法，让"呼韩(邪)"之类的胡族君主归属天朝，转而激烈批判这种主客颠倒的外交。在他而言，库露真丧失了真正的价值，所以歌题才作"诮虚器"吧。还要再说一句，再没有其他资料能够佐证《诮虚器》所歌咏的这一史实，因此，此作品确实可够得上是唐代的秘史吧。

"正乐府"中还有一篇具有异色的作品是《颂夷臣》。前述《诮虚器》将北狄的首领蔑视为"禽兽之君"，然而此作将胡人当作"夷师"来崇拜，对他们在原本的胡地却笃学中华文字的态度表达了敬意。作中对那些目不识丁且毫不尽责的汉人，警告他们会受到夷人的羞辱，而当时出仕唐朝的胡人，一定是十分博学又诚实的人。无论如何，取胡人作为乐府歌题，还特别加以称赞的，除了皮日休外再没有第二人了吧。

皮日休的"正乐府"在乐府史上并不是特异的存在。他的创作构思，乃是受到中唐元结"系乐府"的刺激，又在他的意识中，继承的是元结、杜甫以来的批判精神。然而，他在创作技法和精神上，也有独到之处。首先，在技法上，多用激烈且露骨的讽刺的判断语句构成。如用"吾闻"之词，构成"吾闻古圣王(人)"之句。"吾闻"也就是我耳朵听到的，是古圣王之世的事情，引用这些事情来批判他所见到的时事。他所选取的时事，对政府官员的无能、懿宗屈辱的外交、鲸吞贡物的宫廷人员的贪欲，这些可能都是他最重视且憎恶的，十篇之中，《贪官怨》《诮虚器》《贱贡士》《哀陇民》四篇，都插入了"吾闻古圣王(人)"一句。对古代的圣王全盘信赖，对现实当权者则全面否定，在技法上连接信赖与否定的，就是这句"吾闻古圣王(人)"。可见，作品中在这句之前，为全面否定而准备并构成的部分，没有比加入这句更能激烈且讽刺的手法了。

其次在精神上，一方面是比前辈更为激烈露骨的批判精神，一定是因为皮日休对前揭创作技法的执着。另一方面，与这一技法相关联的，是他所怀抱的尚古思想、对古代圣王之世的追慕，与其他新乐府作家相比，燃烧的是激烈的复古意识。这一意识就是他前揭的乐府论，再简要归纳一下：成立于古圣王之世的《诗经》，《诗经》也就是乐府。所以，乐府上兴盛的美刺褒贬，《诗经》早已有之，也不外乎是圣王的精神。从他的这一论点来判断，他一定是以圣王精神的祖述者为己任的。如此，那种激烈露骨的批判精神，舍他而无外。

“正乐府”激烈露骨的讽刺手法和精神，他那与生俱来的傲慢性格大概是起了很大作用的，再加上他身无官位也推波助澜。然而更为强有力的，是他以圣王精神祖述者为己任，怀抱着救济现世的满腔热情。因此，他的“正乐府”在乐府史上，可以评价为是更加高扬了元结、杜甫以来的批判时事的精神的作品。他的作品与新乐府作家相比，又可以说是有着更为强烈的复古意识。

资料篇

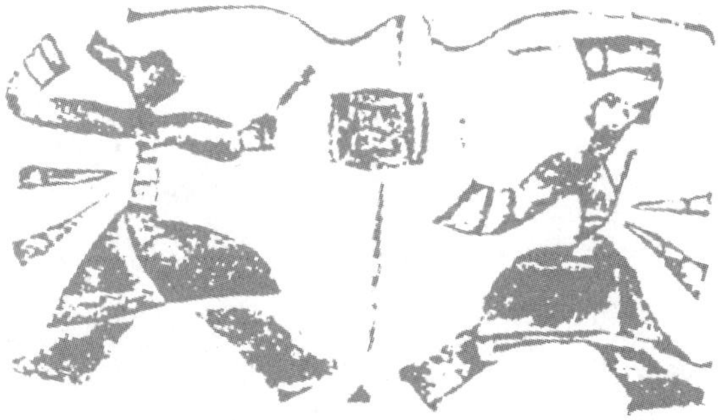

第一章　郭茂倩《乐府诗集》的编纂

想要考察郭茂倩编纂的《乐府诗集》的成书年代、编纂时的时代环境及编纂时用到的文献资料，在这之前，首先有必要揭示编者郭茂倩本人的传记。

关于郭茂倩的传记，南宋理宗朝的人陈振孙在《直斋书录解题》卷十五中云"茂倩，侍读学士郭劝仲褒之孙，昭陵名臣也，本郓州须城人，有子曰源中、源明。茂倩，源中之子也。但未详其官位所至"。又《四库提要》引与陈振孙大约同时代的人李心传的《建炎以来系年要录》云"郭茂倩为侍读学士郭(仲)褒之孙，源中之子，其仕履未详"[①]。两部南宋人所著的书如出一辙，都说郭茂倩是郭源中之子。但由于对其经历都一无所知，长久以来，谁也没能为他写出传记。可到了清末，陆心源在为元椠本《乐府诗集》作跋时，在被认为是和郭茂倩同时代人苏颂的

---

① 《四库提要》："《建炎以来系年要录》。郭茂倩为侍读学士郭褒之孙，源中之子。其仕履未详，本浑州须城人。"我所见的《建炎以来系年要录》二百卷(光绪庚子年广雅书局刊《宋史资料萃编》所收)则无以上记事。然《建炎以来系年要录》原为《永乐大典》所载而被四库馆臣所辑出。因此，不用怀疑其所记，当为书中原来所记。在被辑出之时或此后传写时导致脱漏。如此，应该视为珍贵的逸文。以下参考王德毅《李心传著述考》："此书(《建炎以来系年要录》)自宋末散佚后，经百余年，始得遗本，编入《永乐大典》中。又四百余年，四库馆臣复从《大典》录出，厘其篇目，此后亦鲜流传。光绪元年，张之洞购得写本一部于成都，县人借钞，讹谬脱漏，至不能句读。后假新繁严氏家藏上海郁氏本钩校补正，始成完璧。壬午岁(光绪八年)，仁寿萧潘始重刊以行。盖是书之晦而复显者，阅六百余载矣。"(《宋史资料萃编》所附录)

文集中,发现了相当于郭茂倩其父的墓志铭,与此同时,他也指出了《四库提要》所引的《建炎以来系年要录》关于郭茂倩记事的谬误:

> 父源明,字潜亮,初名元赓,字永敬(墓志铭作永叔)。嘉祐二年进士,官至职方员外郎知单州军州事。苏颂志其墓,见《苏魏公集》卷五十九,与《系年要录》微有不同。《要录》从《永乐大典》录出,恐有传写之讹,苏集从宋本影写,当可据。惟郭源中亦有其人,累官都官员外郎充广陵郡王申王院教授职方员外郎,见《苏魏公集外制》卷三十二。或源明与源中弟兄,而茂倩嗣源中欤?(《仪顾堂续跋》卷十四)

郭茂倩的传记,因陆心源而多少取得了一些显而易见的成绩①。但遗憾的是,尽管《建炎以来系年》偶有言及,《直斋书录解题》较少留意,源中和源明为兄弟却无法得到确证。然而,相当于茂倩之父的墓志铭《职方员外郎郭君墓志铭》(《苏魏公文集》卷五十九),据其所记,郭茂倩之父为源明,神宗熙宁九年(1076)三月殁,五十九岁。源明有茂倩、茂恂、茂泽、茂曾、茂雍五子,茂倩则为长男。神宗元丰七年(1084)任河南府法曹参军。如据此墓志铭,《直斋书录解题》和《建炎以来系年要录》所说茂倩为源中之子就是错误的,实际上,在知其为源明之子的同时,也可了解郭茂倩为官履历之一端。顺便说一下,源明之父,即郭茂倩的祖父郭劝,见于《宋史·仁宗纪》,又其列传有详细记事。郭劝再度任侍读学士,特别是在仁宗的郭皇后的废立事件时,因与范仲淹、段少连等一同活跃而知名于世,就像《宋史论赞》所说,是侃侃谔谔,触祸不屈的名节之士。又其父源明,英宗治平年间(1064—1067)任太常博士,其业绩详苏颂之墓志铭。可见,茂倩的祖父和父亲是仁宗、英宗之世的名臣。其次,可知晓茂倩在神宗之世的官途。但是,苏颂的墓

---

① 陆心源《宋诗纪事补遗》卷二十四有如下记事:“郭茂倩,字德粲,东平人。元丰七年,河南府法曹参军,通音律,善汉隶。父源明,初名元赓,官至职方员外知单州军事。苏颂志其墓。茂倩著有《乐府诗集》。”又,郭茂倩作诗一首,收录于宋林师蒧等编《天台续集》中,盖茂倩曾有天台山之游。《石桥》:“石桥庵下少徘徊,云暗松林拨不开。坐久无人天向午,双鸟飞上施生台。”

志铭并没有郭茂倩在元丰七年任河南府法曹参军的记载，但此记事可由以下推测出来，即从元丰七年到南宋初代天子高宗的建炎元年(1127)的四十三年间，郭茂倩为北宋朝人，即使在南宋享有高寿，他人生的大半都是在北宋之世度过的。又关于其出生地，他在《乐府诗集》中自署作太原郭茂倩，元代的李孝光、彭叔仪都深信不疑，至元六年(1340)在写《乐府诗集》序文时，仍作太原郭茂倩。可见，郭氏的先祖可能是太原人，这从苏颂的墓志铭中可明了。《四库提要》云"此本题曰太原，盖郡望也"，由于不知道墓志铭的存在，才用了"盖"字吧。

至此关于郭茂倩的传记的考察，兹图示郭氏的世系如下：

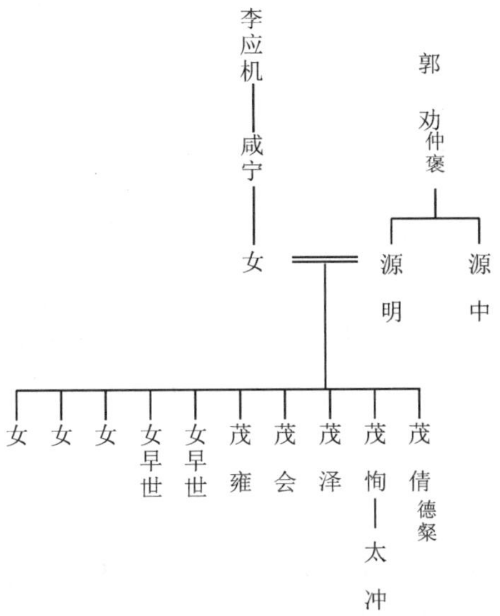

北宋时代郭氏的世系

除了编纂《乐府诗集》外，郭茂倩还有《杂体诗集》一书。此诗集卷数虽不明，南宋叶梦得《石林诗话》、葛立方《韵语阳秋》卷四都说此集以载有曹魏应璩《百一诗》为问题，阐述自己的见解。这里附带说一下，郭茂倩编撰此书，乃出自其"杂体诗非乐府"的立场，这是因为他特意从梁代江淹的《杂体诗》三十首中选取了四首，采录进《乐府诗集》，并自己将其命名作《古别离》《从军行》《怨歌行》《善哉行》乐府题(资料篇第二章附录“乐府作品编辑上存在的问题”有详细记载)。他的这一做法,暗示了在《乐府诗集》中,作品与原作者没有关系,而是他自己命名的乐府题。

郭茂倩在世的时代,以上推测为北宋,《乐府诗集》自然也被认为是北宋末编纂而成的。南宋高宗之世,晁公武撰写的《郡斋读书志》中已著录了《乐府诗集》,在列举了郭茂倩分类的十二门,即郊庙歌辞、燕射歌辞、鼓吹曲辞、横吹曲辞、相和歌辞、清商曲辞、舞曲歌辞、琴曲歌辞、杂曲歌辞、近代歌辞(文学古籍刊行社影宋本“歌”作“曲”)、杂谣歌辞(当改作杂歌谣辞)、新乐府辞后,加上一句概括性的批评为“包括传记、辞曲,略无遗轶”。晁公武特意言及十二门的分类,可以推知这一分类被认为当时是郭茂倩的独创。其次,很快就尝试对《乐府诗集》作部分批评的人是吴曾。他晚年由其子笔录的《能改斋漫录》十八卷,其稿成于绍兴二十七年(1157),其中便举《乐府诗集》的《苏小小歌》,将其解题与宋代刘次庄的解题相比较,指出其更为周到:

> 刘次庄《乐府解题》曰:“《钱塘苏小小歌》。苏小小非唐人,世见乐天、梦得多称咏,遂谓与之同时耳。次庄虽知苏小小非唐人,而无所据。予按郭茂倩所编,引《广韵》曰:苏小小,钱塘名娼也,盖南齐时人。西陵在钱塘江之西,故古辞曰:何处结同心,西陵松柏下。”(《能改斋漫录》卷一)

上文所谓“广韵”,当是“广题”之误,指的是宋代沈建的《乐府广题》。这一引用《广题》之文,见于《乐府诗集》卷八十五《苏小小歌》的解题。吴曾之后,尝试部分批评的人是葛立方。他于高宗之后的孝宗隆兴二年(1164)所撰的《韵语阳秋》中,举刘禹锡的《竹枝》九篇、吴声《凤将雏》曲,指出《乐府诗集》的谬误和遗漏(《韵语阳秋》卷十五)。从此处记载事实和年代逆推的话,《乐府诗集》至迟在北宋末年,便已编纂完成。另外,继《能改斋漫录》和《韵语阳秋》之后,宁宗庆元三年(1197)编撰的洪迈的《容斋四笔》,取《乐府诗集》的《穆护歌》,质疑其解题。再往后,严羽的《沧浪诗话》举《诗集》的《长歌行》古辞,阐述自己的见解:

《文选·长歌行》,只有一首"青青园中葵"者,郭茂倩《乐府》有两篇,次一首乃"仙人骑白鹿"者。"仙人骑白鹿"之篇,予疑此词"岧岧山上亭"以下,其义不同,当又别是一首,郭茂倩不能辨也。

这里所记载的事实是,郭茂倩的《乐府诗集》,不仅是南宋时期同类乐府总集中最值得重视的,也可证明其是最广为流传于世的。周必大在校正《文苑英华》所收录的乐府(卷一百九十二至卷二百十一)时,便使用了《乐府诗集》的文本,颇值得注意。

其次,试考察北宋末年郭氏编撰《乐府诗集》时的时代环境,换言之,是要考察乐府从被歌唱的时代,渐进到被记录的时代的历史性演进的一面。汉魏时代的乐府,西晋之世尚能歌唱,但到了东晋及刘宋的时代,很多就不能歌唱了,由于之前歌辞已经亡佚,对其记录的,有类似刘宋张永的《元嘉正声伎录》和王僧虔的《大明三年宴乐技录》的乐府解题的专门之书。但在王僧虔的《大明三年宴乐技录》中,散见有记作《荀录》(即所谓的《荀氏录》)之语,可知在各解题书之前,西晋荀勖曾选录汉魏乐府并撰有此书。作为参考,沈约在《宋书·乐志》中,抄录有此《荀录》的歌辞,云"清商三调歌诗,荀勖撰旧辞施用者"。

接着是,陈废帝光大二年(568),释智匠撰《古今乐录》(《隋志》著录为十二卷),增补了东晋、刘宋以后的乐府。再从隋到唐,张、王那样的乐府解题之书次第增补其数量。另一方面,作为类似《古今乐录》的解题之书的总集,也已在南朝到隋代之间便有撰述,这可从正史《艺文志》中推测。可见,到了北宋末,便存在有若干经前人之手整理而成的资料。其中,应特别予以注目的是传为唐代吴兢所撰的乐府总集——《古乐府》十卷(然《宋史·艺文志》不著撰人)和《乐府古题要解》一卷本(《新唐书·艺文志·乐类》),后者有后人补注的二卷本流传,大约与郭茂倩同时期的神宗之世的刘次庄,也撰有和吴兢之书相同卷数的《乐府集》十卷及异名的《解题》一卷。刘次庄的这部《乐府集》十卷,周必大在校正《文苑英华》时,曾取其与郭氏的《诗集》一同,用于文本的校勘。可知次庄这部成于北宋人之手的乐府总集,其重要性仅次于郭氏的《诗集》。

行路难

费昶

君不见长安客舍门倡家。……薄命为女心已粗。

此篇《英华》作吴筠，而二《乐府》郭茂倩、刘次庄别添第二首，却以此篇为费昶。今从之。（《文苑英华》卷二百）

刘次庄的这部《乐府集》，虽明以后便散佚不传，宋代陈骙《中兴馆阁书目》记录次庄将乐府分类为十九门并解题，展示了其分类方法是他的特色。陈骙之后，陈振孙在《直斋书录解题》卷十五中，也对此《乐府集》作了解题。然而遗憾的是，陈振孙所见之集为别本，即唐人所撰的旧集，所以其解题不足凭信。幸运的是，今天可从宋人诗话中见到次庄此集的逸篇，可证明一个新的事实——将唐人的作品一并收录进乐府的总集（详见资料篇第五章“刘次庄的《乐府集》《乐府集序解》批判”）。元以后编纂的乐府集，例如元代左克明的《古乐府》和明代梅鼎祚的《古乐苑》，其编选态度是从最初便不予收录任何一部唐人的作品。总集中，只有一部收录有唐人的作品，就是明代吴勉学的《唐乐府》十八卷。然而，《四库提要》认为其颇为粗杂，范围仅限于初唐和盛唐，而且还收录了如王勃《忽梦游仙》、宋之问《放白鹇》这样的非乐府作品。因此，《提要》讥其“古题新题，漫然无别，既无解释，复鲜铨次，是真可以不作也”，也就是说完全可以不作这样的总集。那么，即使撰著已是事实，实际上，历代的乐府总集，可以说收录唐人作品的，也就仅是宋人了。刘次庄的《乐府集》的成书，要先于郭氏的《诗集》。但没有证据表明郭氏使用了刘次庄《乐府集》的资料。又除此之外，郭氏有两篇也引用过撰者不明的同名为《乐府诗集》的书[①]。从此事实推测可知，先于郭氏，已有同名总集的存在。在郭茂倩编纂《乐府诗集》之前，便已有像这样充其量只有十卷小规模的若干乐府选本存在了，据此也可确认，他们提供了相当数量的陈、隋的资料，所以，可以推测，当郭茂倩搜集资料之际，是不需要耗费多少劳力的。

---

① 此书为以下两篇解题所引：“《紫玉歌》。紫玉，吴王夫差女也。作歌诗以与韩重。”（《诗集》卷八十三）“《吴楚歌》。傅玄辞。一曰《燕美人歌》。”（《诗集》卷八十三）

若是如此，编纂《乐府诗集》所用到的文献资料，究竟是怎样的呢？据整理《乐府诗集》引用书目统计，大约达到了一百种。郭氏检讨这些资料，在对每一首歌曲详细解题时，不受唐以前古人所说的拘束，大量斟酌宋代先辈们的见解。在这些资料中，乐府解题书及总集，唐以前的有陈释智匠的《古今乐录》、撰者不明的《歌录》（《隋志》著录十卷）；唐代的有段安节的《乐府杂录》、吴兢的《乐府解题》、郗昂的《乐府解题》、撰者不明的《古解题》[①]；宋代的有沈建的《乐府广题》、陈游的《乐苑》（《通志·艺文略二》、《宋志》并著录为五卷）、撰者不明的《历代歌辞》（《宋志》著录六卷）及《乐府诗集》。这其中，当郭氏在解题时，最重视的，要数《古今乐录》和吴兢的《乐府解题》，其次是宋人沈建的《乐府广题》。以下，略记一下三书值得注意之处。首先看《古今乐录》，此书原十二卷，因隋人增补了一卷，新、旧《唐志》及《宋史·艺文志》著录为十三卷，郭氏便以此十三卷为基础。此书一方面引用了刘宋张永的《元嘉正声伎录》和王僧虔的《大明三年宴乐技录》，乃是南朝解题书的集成，另一方面，也收录了撰者不明的《歌录》和同时期的乐府总集，因此，郭氏没有耗费太多劳力，便大量引用此书的解题文字，《西曲》《神弦歌》《梁鼓角横吹曲》等歌辞全部都原封不动地转载到《乐府诗集》中（详见论文篇第六章“五、吴歌西曲与《古今乐录》”）。其次是吴兢的《乐府解题》，此书正确的书名应为《乐府古题要解》。前揭为《新唐志·乐类》所著录，作吴兢撰一卷[②]。可是，经后人补注流传于宋代的，是《宋史·艺文志》著录的二卷本。郭氏引用的，实际上是补注本，并非吴兢所撰原本。所以，两书不当同一视之（详见资料篇第三章“吴兢的《乐府古题要解》（原文与考证）”）。再值得重视的是宋代沈建的《乐府广题》，据陈骙《中兴馆阁书目》，此书二卷，解题乐府在下卷部分。

---

① 此书仅《相府莲》（《诗集》卷八十）解题所引。

② 1962年1月，北京的音乐出版社刊行有《中国古代音乐书目》（中央音乐学院中国音乐研究所编），著录了1400种与音乐有关的书，是为乐府研究者所必备之书。但遗漏了《新唐志》著录的吴兢《乐府古题要解》一卷本。

郭氏引用了其中的十九篇[①]。特别是《仙人篇》《大道曲》《采荷调》《鲍司隶歌》《并州歌》《苏小小歌》《敕勒歌》《邯郸郭公歌》的解题，全都专门依据《广题》。只是十九篇中，《上留田》的解题是错误的（详资料篇第四章“三、《上留田行》”）。

这里还要再说一下另两部解题书，即撰者不明的《歌录》和郗昂的《乐府解题》。前者引用的是《塘上行》《孤子生行》《悲哉行》《齐瑟行》《饮马长城窟行》的解题。但仅《饮马长城窟行》一篇，或许是以《水经注》所引的《琴慎相和雅歌录》为基础也未可知。此书可能主要是以汉魏西晋的乐府为对象而撰成。前记《隋志》著录为十卷，不知道和新、旧《唐志》著录的“《歌录集》八卷”是否为同一部书，而且宋代是否流传也不是很清楚，《宋史・艺文志》未予著录。我判断为郭氏从前人的乐府解题书中转载而来（详资料篇第四章“六、《歌录》”）。后者郗昂的《乐府解题》，只引用了一篇：

> 郗昂《乐府解题》曰：“《前溪》，舞曲也。”[②]（《诗集》卷四十五）

“前溪”乃是产于东晋明帝之世吴兴地方的流行歌，六朝梁初因进入宫廷舞曲化而著名，唐代仍有传承。郗昂可能就是根据此史实来解题，而被郭氏认为有引用的必要吧。郗昂的《乐府解题》，准确说应该叫《乐府古今解题》，但不能确定就是郗昂所撰。因《新唐志・乐类》著录为“郗昂《乐府古今解题》三卷一作王昌龄”，王昌龄也有可能是此书的撰者。事实上，《宋史・艺文志》就著录为王昌龄作。《中兴馆阁书目》著录为一卷，且云解题有二十八篇。可见二卷很快就已亡佚，剩余的一卷基本上也无法被引用记事（详资料篇第三章“并记　唐人的古乐府解题之书”）。

---

① 解题有相和歌辞《燕歌行》《从军行》《秋胡行》《饮马长城窟行》《上留田行》五篇，鼓吹曲辞和琴曲歌辞《上之回》《渡易水》各一篇，杂曲歌辞《仙人篇》《结客少年场行》《丽人曲》《大道曲》《采荷调》《邯郸行》六篇，杂歌谣辞《鸡鸣歌》《鲍司隶歌》《并州歌》《苏小小歌》《敕勒歌》《邯郸郭公歌》五篇，每篇都是六朝以前的作品。

② 宋代胡仔《渔隐丛话后集》卷二引于兢《大唐传》，有以下记事：“湖州德清县南前溪村，则南朝集乐之处。今尚有数百家习音乐，江南声伎，多自此出，所谓‘舞出前溪’也。”

郭茂倩在检讨了一百多种文献资料的同时，收集了乐府作品总数有5290首[①]。其中，作者及时代不明者576人、3793首[②]，占全部作品的72%。又时代明确而作者不明的有1497首。《诗集》中单称为"古辞"的就有56首。这种"古辞"，不用说，不限于汉魏时代，也包含了南朝之世。又类似《孤儿行》《妇病行》等，《乐府诗集》以外的现已不存的古辞数量也不少。那么，就作者及时代明确的作品(汉以前除外)来说，汉魏晋南北朝不过209人、作品1657首。但隋唐五代作者有345人、作品有2103首。兹先将汉、魏、晋及南北朝视为一个时期，以作者和作品数量为基准，从占有乐府时代的盛衰来看，显示梁代作者73人，作品546首，为最高值，这一时期，作者的人数在全部作者中占35%；从作品数量方面统计，这些作者的作品在全部作品中占33%。这里再解释一下作家其他的作品数量。这一时期以梁代沈约的作品为最多，达到了119首，以下依次为北周庾信89首，晋傅玄86首，宋鲍照83首，梁简文帝73首，陈后主66首，齐王融52首，梁吴均46首，陈张正见42首，魏曹植39首，齐谢朓38首。女性作家中，梁代范静之妇沈氏有7首作品。其次是隋、唐、五代，李白以159首为最高，白居易98首，刘禹锡76首，温庭筠60首，张籍57首，李贺56首，贯休和王建同为53首，其中，隋炀帝有14首。就相关作品数量来说，数量最多的作者，古乐府数李白，新乐府则数白居易。当然，这只是《乐府诗集》中的明细，各作家别集中的作品数量必然不尽一致。

相比起前揭的汉魏晋及南北朝的作品，前人的编集大多都不超过十卷，由于郭茂倩采录了远超此数的大量唐人的作品，所以一举编成

---

① 郊庙歌辞803首(卷一—卷十二)，燕射歌辞166首(卷十三—卷十六)，鼓吹曲辞256首(卷十六—卷二十)，横吹曲辞303首(卷二十一—卷二十五)，相和歌辞831首(卷二十六—卷四十三)，清商曲辞733首(卷四十四—卷五十一)，舞曲歌辞180首(卷五十二—卷五十六)，琴曲歌辞172首(卷五十七—卷六十)，杂曲歌辞767首(卷六十一—卷七十八)，近代曲辞331首(卷七十九—卷八十二)，杂歌谣辞319首(卷八十三—卷八十九)，新乐府辞429首(卷九十一—卷一百)。

② 汉以前22人、33首，汉16人、21首，魏11人、124首，吴1人、12首，蜀1人、1首，晋15人、210首，宋29人、227首，齐17人、171首，梁73人、546首，陈34人、218首，北魏3人、7首，北齐3人、7首，北周6人、113首，隋29人、78首，唐306人、1996首，五代10人、29首。

了一百卷的超大规模。因此,很容易便推察出郭氏是花费了不少的心思吧。我在这里想要指出郭氏所耗费的这番苦心。

郭氏在编纂《乐府诗集》时,首先要解决的便是乐府杂多的内容分类问题,因此先着眼于前人的分类,特别留意到的是吴兢的分类法。但是,包含唐人的作品,企图对乐府的全部分野进行分类的他,认为吴兢的分类法是不充分的。这可从吴兢的《乐府古题要解》(郭氏称作《乐府解题》,但为补注本)所见的分类,和郭氏《诗集》中的分类两相比较便可看出。吴兢将乐府分为相和歌、拂舞歌、白纻歌、铙歌、横吹曲、清商曲、杂曲(后人改题)、琴曲、古题及后代杂题九类,与之相对,郭氏将拂舞歌和白纻歌合称为舞曲,改铙歌为鼓吹曲。只有古题及后代杂题,郭氏使用的补注本是否载录,今天尚不清楚。除此以外,都袭用了吴兢所用的分类名称。再加上他设了新的郊庙和燕射歌辞,将隋唐时期产生的乐府一并称为近代曲辞,还设了杂歌谣辞、新乐府辞,于是将吴兢的九类发展为十二类。可见,郭氏的分类,混合了前人的影响和自己的独创。他尝试分类的苦心,在《乐府诗集》里未言及一语,而现在从元代左克明在编撰《古乐府》谈到的苦心时,才可约略推及到郭氏的苦心吧:

> 数年以来,勉强就绪,采摭前人之余意,探求作者之异同,按名分类,删繁举要。(《古乐府自序》)

由于只有十卷尚且要花费左克明数年的功夫,达到一百卷的郭氏《诗集》,一定要耗费数倍的苦心吧。

郭氏的分类还有一个要考虑的是乐府史的发展,换句话说,就是注意到能够表明由古到新渐次变化的样子。即以汉武帝的乐府创设时代作为起点,郊庙、燕射、鼓吹、横吹、相和、清商、舞曲、琴曲、杂曲、近代这十门的顺序排列,要远比吴兢更为留意乐府史的发展。后世的乐府研究者认为郭氏的分类很妥当,并以他的分类为准据,从将其看作理论上的常事来看,可以说,他的这种分类具有普遍性的、恒久性的意义。

然而,有些乐府研究者对于郭氏所分的十类中,认为杂歌谣辞和新乐府辞二类的设立是不妥当的。我对于这种意见，考虑如次。即郭氏所设立的十类中，如果想要收录的是比南朝人多得多的唐人的作品，当然，对于古乐府来说，如何对待新乐府就是个问题吧。那时，以和音乐没有关系为理由，拒收新乐府明显是不妥当的吧。唐人和音乐没有关系的作品，也不仅限于新乐府。唐人作的古乐府大半都和音乐没有关系。郭氏自己就曾明确指出，柳宗元的《鼓吹铙歌》十二曲是不能奏乐的。如此一来，不拘泥于是否奏乐的事实来作为收录作品的立场，设立新乐府这一门类，对编者来说才是稳妥的措施吧。另一方面，对于汉以前的歌谣和以后不是乐府的所谓的徒歌之类，前人的乐府集中已有收录，解题书中也有其例，加之他自己从散见的相关资料中收集的，大致将它们集成在一起，才特别设置了所谓的杂歌谣辞这一类别吧。一个问题是，不论他的意图如何，这一部门的设置，招致了乐府范畴上的暧昧化这一结果，遂导致了元明以后的一部分人有了《乐府诗集》收录的作品全部都是乐府的误解。

郭氏的苦心，还有一点是，根据前人的提供，陈、隋的资料大体具备，搜集了唐五代 316 位作者共 2025 首作品。但也不仅仅是如此。如何整理搜集来的作品，将其配置给各部门，这绝对不是短时间内就能解决的课题。

最后虽不是本论的主旨，但还是论述一下《乐府诗集》的相关传本，作为结束。郭氏的《诗集》，根据南宋的诗论家的部分批评，这其中，已有的最值得重视的意见是其不久就渐渐丧失了原貌。顺便说一下，最近——1955 年 1 月文学古籍刊行社将称为宋本的《乐府诗集》介绍给世人（影印本），尽管刊行社自己指出“原书有若干处残缺”，可证明其丧失了些许原貌。即《文苑英华》卷二百八采录的《采莲》，周必大在校勘文本时使用的宋本《乐府诗集》，则为梁元帝作，尽管今天所见的宋本《乐府诗集》（卷五十）为梁昭明太子作。又该书卷一百九十九所载的《从军行》中，周必大所用版本记为吴均之作，今天的宋本《乐府诗集》（卷三十二）则为戴暠所作。那么，经南宋而到元顺帝的时代，济南的彭叔仪率先开始校正《乐府诗集》，从江南吴越之地购买善本，详细地反复再三修订，使童万元刊刻，并让温州乐清人、当时的文章名家李孝光作序，这是至元六年（1340）十二月之事，也就是所谓的至元刊本。据陆心源描述，此本每叶二十二行，每行二十字。顺带说一下，毛晋的汲古阁本同样是每叶二十二行，但一行有二十一字的变化。其次，至元六年的翌年，即至正元年再刊，有周慧孙所作的序文，这是至正刊本。《乐府诗集》至正刊本行世的第六年，即至正六年(1346)，左克明编撰了《古乐府》。他受到郭氏《诗集》覆刻本的刺激，以其为依据，按照自己的喜好设立了八个门类，以选择古乐府。明代杨慎在《升庵外集》卷七十一中有"左氏《古乐府》系节录郭氏《诗集》"的评价，从此书的成立年代和内容来看，是妥当的批评。特别是包含了汉以前的古歌谣辞——郭氏的《诗集》特将其排列为第十一门，即杂歌谣辞，他无法服从这种分类方法，而这种特意将其提到了第一卷[①]。

郭氏《诗集》的元刊本，流传到明末，有毛晋的至元六年刊本，当时钱谦益用其所藏的宋本，花费了九个月的时间来校正。据《爱日精庐藏书志》卷三十五，自卷一至卷六"朝日乐"章，毛氏子晋手校。其"夕月乐"章以下，则长洲王与公所校[②]，则无初版周慧孙序文。可知不是毛晋一人所校，而今天汲古阁毛氏校正本刻入了周慧孙的序文，由于是后补的，其字体显然有差异。这样的宋本《乐府诗集》，再从元刊本渐次到毛氏汲古阁本，这期间多少丧失了原本的面目是当然的吧。今天，除了毛氏汲古阁本外，还能见到文学古籍刊行社出版的宋本《乐府诗集》(影印本)，两书的目录、本文都有若干差异，还能看到两书所都欠缺的地方。但是，原本面貌多少的丧失，这不能说是郭茂倩的罪过吧。

---

① 古歌谣辞(卷一)、鼓吹曲歌辞(卷二)、横吹曲歌辞(卷三)、相和歌辞(卷四、五)、清商曲歌辞(卷六、七)、舞曲歌辞(卷八)、琴曲歌辞(卷九)、杂曲歌辞(卷十)。

② 王氏手识曰:"己卯四月十八日，坐宝月堂，校完此本。始读《梅花曲》，令人幽冷，继读《紫骝马》，令人雄骋。及后《挽歌》《对酒》诸作，又不觉志念俱消，欷歔数行下也。文章能移人之情如此，岂独高山流水而已耶。长洲王与公识卷二十七后。"又曰:"己卯八月二十五日，坐池上阅竟。向读《李群玉集》，有'人老自多愁，水深难急流'之语，人谓胜于老杜'江平不肯流"'。今阅此集，又为李端作。古人诗文，多有互见乃尔，何耶？衰年读书，但可量力而止。两日颇费翻阅，觉头涔涔然作痛也。长洲王与公。"此注文为王与公校正后手记。

第二章 《乐府诗集》未收录乐府(汉魏晋南北朝)

郭茂倩《乐府诗集》一百卷,收录有汉魏晋南北朝(含隋)的238位乐府作家的1735首作品。然而,传存到今天的作品中,郭氏《诗集》未收录而在其他书中也能见到。这里搜集的这些作品,包含阙文(四句以上),达到了大约110首,按照郭氏的编次来排列这些作品,我将之名为"乐府诗集增补"。关于作品的出处,除了书名外,一一提示其卷、部、目,这绝不是徒劳无功的。对于这些作品,还要承担起证明其是否是所谓的"乐府"的工作。本书撰成之时,一方面,在未见之书中,我担心是否还有传存下来的作品,另一方面,明代冯惟讷的《诗纪》、民国丁福保的《全汉三国晋南北朝诗》未采录的乐府作品,即晋傅玄《挽歌》三首,陆机《王侯挽歌》和《庶人(士)挽歌》各一首,宋颜延之《挽歌》一首,《胡无人行》古辞(四句),《上留田行》古辞(五句),《猛虎行》古辞(四句),《新城安乐宫行》古辞(二句),《焦仲卿妻》及其有关联性的古辞(八句),魏武帝《饮马长城窟行》(二句),魏文帝《董逃行》(五句)和《行行游且猎》篇(八句),魏明帝《堂上行》(四句),晋张华《纵横篇》(六句)、《真人篇》(二句)、《苦寒行》(二句),宋谢惠连《从军行》(四句)及同时代的荀雍《猛虎行》(二句)等,阙文或逸句,包含其他失题的作品,大约达到了30首作品为本书所收录,我为达到这一点感到欣喜。

这里还要再说一句。《太平御览》所引的"古诗"中,看上去像是逸篇或逸句的,本书则避免收录。此"古诗"中,能确定是含有乐府题的作品,示例如下:

古诗曰：失意杯酒间，白刃起相仇。卷四百七十三人事部一百十四·游侠。→宋鲍照　结客少年场行

古诗曰：珊瑚挂镜烂生光。卷七百十七服用部十九·镜台。→梁武帝《玉台》《艺文》古辞　河中之水歌

古诗曰：绫扇如团月，出自机中素。画作秦女形，乘鸾入烟露[①]。卷七百二服用部四·扇"→梁江淹　杂体诗《乐府诗集·怨歌行》

然而据上例可知，含有称为"古诗"的大多数的南朝人的作品，想要确定其是否为逸篇或逸句，而且不能判别为是一般的诗。这是因为，如果知道其是乐府题作品，在当时，也并非就是逸篇或逸句。因此，为了参考，仅列举可能的作品如下：

皎皎白素丝，织为寒衣女。寒女虽巧妙，不得秉机杼。卷五百二十五资产部五·机杼

尧舜至圣，身如脯腊。桀纣无道，肌肤三尺。卷八十皇王部五·帝尧陶唐氏

京洛多风尘，素衣化为缁。卷三十七地部二·尘

交交象牙箎，婉转素丝绳。卷七百五服用部七·箎

《乐府诗集》增补

乐府诗集目录上

太原郭茂倩　编次

增补

第一卷

郊庙歌辞一

晋天地郊明堂歌五首傅玄

---

① 《文选》收录的《杂题诗》，"绫"作"纨"，"团"作"圆"，"秦女形"作"秦王女"，"入"作"向"，"露"作"雾"。

〔补〕地郊飨神歌一首傅玄

第九卷

郊庙歌辞九

齐太庙乐歌二十一首

〔补〕引牲乐牲出入一首江淹

〔补〕嘉荐乐荐豆呈毛血一首江淹

〔补〕奏宣列之乐歌一首江淹

第十六卷

鼓吹曲辞一

汉铙歌上

战城南七首

梁吴均一首〔补〕梁吴均三首

第十七卷

鼓吹曲辞二

汉铙歌中

巫山高二十二首

〔补〕隋李元操一首

芳树十六首

〔补〕陈江总一首

有所思二十六首

梁简文帝一首〔补〕梁简文帝三首

第二十一卷

横吹曲辞一

汉横吹曲一

入关三首

〔补〕隋虞茂一首

出塞一十六首

隋杨素一首〔补〕隋杨素一首

第二十四卷

横吹曲辞四

汉横吹曲四

紫骝马十五首
梁元帝一首〔补〕(阙文补遗)
骢马
〔补〕隋庾抱一首
第二十七卷
相和歌辞二
相和曲中
度关山八首
〔补〕关山篇一首周王褒
挽歌十四首
魏缪袭一首〔补〕(阙文补遗)
〔补〕晋傅玄三首
晋陆机三首〔补〕晋陆机三首
〔补〕宋颜延之一首
〔补〕隋卢思道二首
对酒九首
〔补〕魏曹植(逸句)
〔补〕周庾信一首
第二十八卷
相和歌辞三
相和曲下
鸡鸣篇一首梁刘孝威
〔补〕隋岑德润一首
陌上桑
〔补〕魏曹植一首
〔补〕梁王台卿四首
第三十卷
相和歌辞五
平调曲一
长歌行十一首
〔补〕魏曹植(逸句)

第三十一卷
相和歌辞六
平调曲二
铜雀妓十六曲
〔补〕铜雀悲一首齐谢朓
猛虎行十首
〔补〕古辞(逸句)
〔补〕宋荀雍(逸句)
第三十二卷
相和歌辞七
平调曲三
从军行二十三首
魏王粲一首〔补〕(逸句)
〔补〕魏左延年一首
〔补〕宋谢惠连一首
第三十三卷
相和歌辞八
清调曲一
苦寒行五首
魏明帝一首〔补〕(逸句)
〔补〕晋张华(逸句)
〔补〕宋谢惠连一首
第三十四卷
相和歌辞九
清调曲二
豫章行苦相篇一首晋傅玄〔补〕(逸句)
董逃行一首古辞〔补〕(逸句)
董逃行三首
〔补〕魏武帝一首
〔补〕魏文帝一首

第三十六卷
相和歌辞十一
清调曲四
秋胡行三十二曲
〔补〕魏曹植(逸句)
瑟调曲一
善哉行十三首
魏文帝四首〔补〕(逸句)
魏明帝二首〔补〕(阙文补遗)
〔补〕魏曹植(逸句)
第三十七卷
相和歌辞十二
瑟调曲二
步出夏门行三首
魏明帝一首〔补〕(逸句)
折杨柳行五首
古辞一首〔补〕(逸句)
魏文帝一首〔补〕(逸句)
却东西门行三首
〔补〕晋傅玄二首
第三十八卷
相和歌辞十三
瑟调曲三
饮马长城窟行十七首
〔补〕魏武帝(逸句)
〔补〕梁昭明太子一首
上留田行四首
〔补〕古辞一首
新城安乐宫三首
〔补〕古辞(逸句)

第三十九卷
　相和歌辞十四
　　瑟调曲四
　　　〔补〕长安城西行一首魏文帝
　　　艳歌行二首古辞〔补〕三首・(逸句)
　　　艳歌行三首
　　　　〔补〕魏曹植(逸句)
　　　煌煌京洛行四首
　　　　〔补〕京洛篇一首隋李巨仁
第四十卷
　相和歌辞十五
　　瑟调曲五
　　　〔补〕帝王所居篇一首陈张正见
　　　门有车马客行六首
　　　〔补〕车马行一首梁戴暠
　　　蜀道难六首
　　　　梁刘孝威一首〔补〕(阙文补遗)
　　　胡无人行六首
　　　　〔补〕古辞一首
第四十四卷
　清商曲一
　　吴声歌曲一
　　　子夜四时歌七首梁武帝
　　　　春歌一首〔补〕春歌一首
　　　　冬歌一首〔补〕冬歌二首
第四十六卷
　清商曲辞三
　　吴声歌曲三
　　　懊侬歌十四首〔补〕(逸句)
第四十八卷
　清商曲辞五

西曲歌中

乌栖曲二十一首

〔补〕晚栖乌一首梁元帝

乐府诗集目录下

太原郭茂倩　编次

增补

第五十一卷

清商曲辞八

江南弄下

采菱曲八首

〔补〕齐陶功曹失名一首

第五十八卷

琴曲歌辞二

荆轲歌一首陈阳缙

〔补〕陈周弘直一首

第五十九卷

琴曲歌辞三

秋思八首

〔补〕秋思引一首宋汤惠休

第六十卷

琴曲歌辞四

秋风五首

宋吴迈远一首〔补〕(阙文补遗)

第六十二卷

杂曲歌辞二

妾薄命二十首

〔补〕妾薄相行(逸句)魏曹植

第六十三卷

杂曲歌辞三

升天行六首

〔补〕隋释慧净一首

第六十四卷

杂曲歌辞四

远游篇一首魏曹植〔补〕魏曹植一首

仙人篇一首魏曹植

〔补〕真人篇(逸句)晋张华

神仙篇五首

〔补〕神仙二首

陈阴铿一首　北齐颜之推一首

飞龙篇一首魏曹植〔补〕魏曹植一首

〔补〕天地篇(逸句)魏曹植

〔补〕两仪篇二首

魏曹植一首　晋傅玄一首

斗鸡篇二首

〔补〕斗鸡四首

魏刘桢一首　魏应玚一首

陈徐陵一首　周庾信一首

〔补〕斗鸡东郊道一首陈褚玠

〔补〕看斗鸡一首周王褒

第六十五卷

杂曲歌辞五

苦热行九首

〔补〕苦热二首

梁刘孝威一首　梁王筠一首

堂上歌行一首宋鲍照

〔补〕堂上行一首魏明帝

第六十六卷

杂曲歌辞六

结客少年场行九首

〔补〕魏曹植(逸句)

〔补〕梁吴均一首
第六十七卷
杂曲歌辞七
〔补〕纵横篇一首晋张华
行行游且猎篇二首
〔补〕魏文帝一首
第七十二卷
杂曲歌辞十二
荆州乐一首梁宗夬〔补〕梁宗夬二首
第七十三卷
杂曲歌辞十四
焦仲卿妻一首古辞〔补〕一首古辞
第七十四卷
杂曲歌辞十四
南征曲一首梁萧子显
〔补〕南征一首陈苏子卿
第七十五卷
杂曲歌辞十五
凌云台二首
〔补〕登高台一首梁王僧孺
独不见七首
〔补〕梁刘孝威一首
第七十六卷
杂曲歌辞十六
定情诗一首后汉繁钦〔补〕(逸句)
第七十七卷
杂曲歌辞十七
〔补〕亟出行(逸句)魏曹植
〔补〕古八变歌一首宋汤惠休
〔补〕金谷聚一首齐谢朓
〔补〕秋竹曲一首齐谢朓

〔补〕少年时至衰老行一首宋鲍照
〔补〕贫贱苦愁行一首宋鲍照
〔补〕阳春登荆山行一首宋鲍照
〔补〕边居行一首宋鲍照
〔补〕邽街行一首宋鲍照
乐府十首
古辞一首〔补〕古辞九首·(逸句)
〔补〕后汉张衡一首
〔补〕魏武帝(逸句)
〔补〕魏明帝(逸句)
〔补〕魏曹植(逸句)
〔补〕晋傅玄十首·(逸句)
第七十八卷
杂曲歌辞十八
〔补〕莋都夷歌三首后汉白狼王唐菆
〔补〕凉州乐歌二首后魏温子昇

乐府诗集卷第一

郊庙歌辞

晋天地郊明堂歌　　傅玄

地郊飨神歌

结方丘,祇国琛。樽既享,俎既歆。敛检玉,具鏖金。郴百福,底自古。锡万寿,迄在今。(《初学记》卷十三礼部·郊丘第三)

乐府诗集卷第九

郊庙歌辞

齐太庙乐歌

引牲乐牲出入　　江淹

祝详史具,礼备乐荐。有牲在陈,有鼓在悬。腾烛象星,奔水类

电。郊燎夙戒，駜彼乘騆。以伺质明，以伸神宴。(《初学记》卷十三礼部·祭祀第二)

嘉荐乐荐豆呈毛血　　江淹

时恭时祀，有物有则。伊我上圣，实抱明德。牺象交陈，郁樽四塞。黍惟嘉谷，酒惟玄默。荐通苍祇，庆覃黎黑。愿灵之降，祚家佑国。(《初学记》卷十三礼部·祭祀第二)

奏宣列之乐歌　　江淹

殷崇配天，周尊明祀。瑞合汾阴，梦同泰畤。青幕云舒，丹殿霞起。二曜惟新，五精告始。于以飨之，景福是履。(《初学记》卷十三礼部·祭祀第二)

乐府诗集卷第十六

鼓吹曲辞

汉铙歌上

战城南三首　　梁吴均

前有浊樽酒，《英华》作酒罇。忧思乱纷纷，小来《英华》作少年。重意气，学剑不学文。忽值明《英华》作胡。关静，匈奴遂两分。天山已半出。龙城无片云。汉世平如此，何用李将军。(《艺文类聚》卷五十九武部·战伐，《文苑英华》卷一百九十六乐府五《战城南》)

《诗纪》谢陛校订云："此与下篇《艺文》失题，列《战城南》后，《英华》以为题，当再考。"

陌上何喧喧，匈奴围塞垣。黑云藏赵树，黄尘埋陇根。《英华》作根。天子羽书劳，将军在玉门。((《艺文类聚》卷五十九武部·战伐，《文苑英华》卷一百九十六乐府五《战城南》)

《诗纪》谢陛校订云："《诗汇》作《胡无人行》。"

杂虏冠《英华》作寇。铜鞮，征役去三齐。扶山翦疏勒，傍海扫沈黎。剑光挥夜《诗纪》作夜挥。电，《英华》作夜光悉如电。马汗昼《英华》作尽。成泥。何当见天子，画地取关西。((《艺文类聚》卷五十九武部·战伐，《文苑英华》卷一百九十六乐府五《战城南》；卷二百五乐府十四《古意》，重出)

乐府诗集卷第十七

鼓吹曲辞

汉铙歌中

巫山高　　隋李元操

荆门对巫峡，云梦迩阳台。燎火如奔电，坠石似惊雷。人塞《诗纪》作天寒。秋水急，风静夜猿哀。枕席无由荐，朝云徒去来。(《文苑英华》卷二百一乐府十《巫山高》)

芳　树　　陈江总

朝霞映日殊未妍，珊瑚照水定非鲜。千叶芙蓉讵相似，百枝灯花复羞然。暂欲寄根对沧海，大愿移华侧绮钱。井上桃虫谁可杂，庭中桂蠹岂见怜。(《诗纪》卷一百四陈第七)

有所思三首　　梁简文帝

可叹不可思，可思不可见。余弦断瑟柱，残朱染歌扇。

寂寂暮檐响，黯黯垂帘色。唯有瓴甋苔，如见蜘蛛织。

入林看碚礧，春至定无赊。何时一可见，更得似梅花。(《诗纪》卷七十七梁第四)

乐府诗集卷第二十一

横吹曲辞

汉横吹曲

入　关　　隋虞茂

陇云低不散，黄河咽复流。关山多道里，相接几重愁。(《诗纪》卷一百三十四隋第五)

出　塞　　隋杨素

汉虏未和亲，忧国不忧身。握手河梁上，穷涯北海滨。据鞍独怀古，慷慨感良臣。历览多旧迹，风日惨愁人。荒塞穷《诗纪》作空。千里，孤城绝四邻。树寒偏易古，草衰恒不春。交河明月夜，阴山苦雾辰。雁飞南入汉，水流西咽秦。风霜久行役，河朔备艰辛。薄暮边声起，空飞胡骑尘。(《文苑英华》卷一百九十七乐府六《出塞》)

乐府诗集卷第二十四

横吹曲辞

汉横吹曲

紫骝马　　　　梁元帝

长安美少年，金络锦《艺文》作饰，《英华》作铁。连钱。宛转青丝鞚，照耀珊瑚鞭。依槐复依柳，躞蹀复随前。方逐幽并去，西北共连翩。“依槐复依柳”以下四句补遗。（《艺文类聚》卷九十三兽部上·马，《文苑英华》卷二百九乐府十八《紫骝马》）

骢　马　　　　隋虞抱

枥上浮云骢，本出吴门中。发迹来东道，长鸣起北风。回鞍拂桂白，赪汗类尘红。灭没徒留影，无因图汉宫。（《文苑英华》卷二百九乐府十八《骢马》）

乐府诗集卷第二十七

相和歌辞

相和曲中

关山篇　　　　周王褒

从军出陇阪，驱马度关山。关山恒掩蔼，高峰白云外。遥望秦川水，千里长如带。好勇自秦中，意气多豪雄。少年便习战，十四已从戎。辽水深难渡，榆关断未通。（《艺文类聚》卷四十二乐部二·乐府）

挽　歌　　　　魏缪袭

令月简吉日，启殡将祖行。祖行安所之，登天近上皇。朝发高堂上，暮宿黄泉下。白日入虞渊，悬车息驷马。寿堂何冥冥，长夜永无期。欲呼声无声，欲语口无辞。（原本《北堂书钞》卷九十二挽歌三十三）

“朝发高唐上”以下四句，与郭氏所载之辞同。

《诗纪》《全汉三国晋南北朝诗》皆不载。

同前三首　　　　晋傅玄

人生鲜能百，哀情数万端。不幸婴笃病，凶候形素颜。衣衾为谁施，束带就阖棺。欲悲泪已竭，欲辞不能言。存亡自远近，长夜何漫漫。寿堂闲且长，祖载归不还。

人生鲜能百，哀情数万婴。路柳夹灵轜，旟旐随风征。车轮结不转,百驷齐悲鸣。

灵坐飞尘起,魂衣正委移。芒芒丘墓间,松柏郁参差。明器无用时,桐车不可驰。平生坐玉殿,没归都幽宫。地下无刻漏,安知夏与冬。(原本《北堂书钞》卷九十二挽歌三十三)

该书卷九十四傅玄乐府《挽歌》云:"明器无明时,桐车不可行。"

《诗纪》《全汉三国晋南北朝诗》皆不载。

同前三首　　　　晋陆机

王侯挽歌

素骖伫辒轩,白驷挐飞盖。哀鸣兴殡宫,徘迟悲野外。魂舆寂无响,但见冠与带。备物象平生,长旌谁为旆。悲风激行轨,仰灵结流霭。此辞与郭氏所载之第三首差似。

孤魂虽有识,良接难为符。操心玄芒内,注血治鬼区。(原本《北堂书钞》卷九十二挽歌三十三)

昔居四民宅,今托万鬼邻。(原本《北堂书钞》卷九十二·死三十)

《诗纪》《全汉三国晋南北朝诗》皆不载。

庶人挽歌一作庶士

死生各异方,昭非神色袭。贵贱礼有差,外相盛已集。魂衣何盈盈,旟旐何习习。念彼平生时,延宾陟此帏。宾阶有邻迹,我降无灯辉。陶犬不知吠,瓦鸡焉能飞。安寝重丘下,仰闻板筑声。(原本《北堂书钞》卷九十二挽歌三十三)

《诗纪》《全汉三国晋南北朝诗》皆不载。

挽　歌

魂衣何盈盈,旟旐何习习。父母拊棺号,兄弟扶筵泣。灵輀动轇轕,龙首矫崔嵬。挽歌挟毂唱,嘈嘈一何悲。浮云中容与,飘风不能回。渊鱼仰失梁,征鸟俯坠飞。(《太平御览》卷五百五十二礼仪部三十一挽歌)

丁福保《全汉三国晋南北朝诗》云:"诸集皆不载,见《太平御览》。机《士庶挽歌》辞云:埏埴为途车,东薪作刍灵。"

同　前　　　　宋颜延之

令龟告明兆,撤奠在方昏。戒徒赴幽穸,祖驾出高门。行行去城邑,遥遥首丘园。息镳竟平隧,税驾列岩根。(《太平御览》卷五百五十二礼仪部三十一挽歌)

《诗纪》《全汉三国晋南北朝诗》皆不载。但张溥《汉魏六朝一百三家集·颜光禄集》收录之。

同前二首　　隋卢思道

旭旦《初学记》作早。禁门开，隐隐灵舆发。才看凤楼迥，稍视龙山没。犹陈五营骑，尚聚三河卒。容卫俨未《诗纪》一作来。归，空山照秋月。(《太平御览》卷五百五十二礼仪部三十一挽歌《彭城王挽歌辞》，《初学记》卷十四礼部下挽歌第十一《彭城王歌诗》)

妆楼对驰道，吹台临景舍。风入上春朝，月满凉秋夜。未言歌笑毕，已觉生荣谢。何时洛水湄，芝田解龙驾。(《太平御览》卷五百五十二礼仪部三十一挽歌《乐平长公主挽歌辞》，《初学记》卷十四礼部下挽歌第十一《乐平长公主挽歌诗》)

对　酒　　魏曹植

含生蒙泽，草木茂延。(《文选》卷四十任彦昇《到大司马记室笺》李善注《对酒行》)

蒲鞭苇杖示有刑。(《文选》卷五十九沈休文《齐故安陆昭王碑文》李善注《对酒歌》)

同　前　　周庾信

数杯还已醉，春风一作风云。不复知。唯有龙吟笛，桓伊能独吹。(《文苑英华》卷一百九十五乐府四《对酒》)

乐府诗集卷第二十八

相和歌辞

相和曲下

鸡鸣篇　　隋岑德润

钟响应繁霜，晨鸡锦臆张。帘回《诗纪》作迴。犹侵露，枝高已映光。排空下朝揭，奋翼上花场。雨晦思君子，关开脱孟尝。既得依云外，安用集陈仓。《文苑英华》卷二百六乐府十五《赋鸡鸣篇》)

陌上桑　　魏曹植

望云际，有真人。安得轻举继清尘。执电鞭，骋飞鳞。(《太平御览》卷三百五十九兵部十九·鞭)

同前四首　　梁王台卿

郁郁陌上桑。盈盈道傍《古乐苑》作陌上。女。送君上河梁，拭泪不能语。

郁郁陌上桑,遥遥山下蹊。君去戍万里,妾来守空闺。

郁郁陌上桑,皎皎云间月。非无巧笑姿,皓齿为谁发。

郁郁陌上桑,袅袅机头丝。君行亦宜返,今夕是何时。(《诗纪》卷一百三梁三十)

乐府诗集卷第三十

相和歌辞

平调曲

长歌行　　魏曹植

尺蠖知屈伸,体道识穷达。(《太平御览》卷九百四十八虫豸部五・尺蠖)

墨出青松之烟《御览》《初学记》无之字。笔出狡兔之《御览》《初学记》无之字。豪。《御览》《初学记》作翰。古人感鸟迹。文字有改判。《御览》作刊。(原本《北堂书钞》卷一百四艺文部十・笔四十五,《太平御览》卷六百五文部二十一・墨,《初学记》卷二十一文部・墨第九)

乐府诗集卷第三十一

相和歌辞

平调曲

铜雀悲　　齐谢朓

落日高城上,余光入繐帷。寂寂深松晚,宁知琴瑟悲。(《谢宣城诗集》上海涵芬楼藏明钞本卷二)

猛虎行　　古辞

少年惶且怖,伶俜到他乡。(《文选》卷十六潘安仁《寡妇赋》李善注)

禀气有丰约,受形有长短。(《文选》卷五十沈休文《宋书谢灵运传论》李善注)

同　前　　宋荀雍

诘朝弹竹冠,荷戈翦荒要。(《太平御览》卷三百五十八兵部八十二・戈)

乐府诗集卷第三十二

相和歌辞

平调曲

从军行　　　　魏王粲

楼船凌洪波，寻戈刺群虏。（《太平御览》卷三百五十八兵部八十二·戈）

同　前　　　　魏左延年

从军何等乐，一驱乘双驳。鞍马照人目，《初学记》作白。龙骧自动作。（《太平御览》卷三百五十八兵部八十九·鞍，《初学记》卷二十二武部·鞍第七）

同　前

赵骑驰四牡，吴舟浮三翼。弓矛有恒用，殳鋋无暂息。（《太平御览》卷三百五十三兵部八十四·殳）

《诗纪》《全汉三国晋南北朝诗》皆不载。

乐府诗集卷第三十三

相和歌辞

清调曲

苦寒行　　　　魏明帝

修德乎紫闱，八月自怀柔。（《文选》卷五十八颜延年《宋文皇帝元皇后哀策文》李善注）

同　前　　　　晋张华

重无暖气，轻被覆空床。（《太平御览》卷七百七服用部九·被）

同　前　　　　宋谢灵运

樵苏无夙饮，凿冰煮朝餐。悲矣采薇唱，苦哉有余酸。（《初学记》卷七地部下·冰第五）

乐府诗集卷第三十四

相和歌辞

清调曲

豫章行苦相篇　　　　晋傅玄

轻裘缀孔翠，明珂曜珊瑚。（《太平御览》卷三百五十九兵部九

十·珂)

董逃行五解　　古辞

年命冉冉我遒，零落下归山。(《文选》卷二十二沈休文《宿东阁诗》李善注，卷二十七曹子建《箜篌引》李善注)

董逃行　　魏武帝

德行不亏缺，变故自难常。郑康成行酒伏地气绝，郭景图命尽于园桑。(明张溥《汉魏六朝一百三家集·魏武帝集》)

同　前《御览》作董逃　　魏文帝

晨背大河南辕，跋涉遐路漫漫。师徒百万哗喧，戈矛若林成山。旌旗拂日蔽天。(《太平御览》卷三百三十九兵部七十·叙兵器)

《诗纪》《全汉三国晋南北朝诗》皆不载。

乐府诗集卷第三十六

相和歌辞

清调曲

秋胡行　　魏曹植

歌以永言，大魏承天玑。(《文选》卷五十八颜延年《宋文皇帝元皇后哀策文》李善注)

瑟调曲

善哉行　　魏文帝

自惜奇薄，少离凶殃。(《文选》卷十六潘安仁《寡妇赋》李善注)

喟然以惋叹，抱情不得叙。(《文选》卷二十六颜延年《夏夜呈从兄散骑车长沙诗》李善注)

同　前　　魏明帝

权实坚《文选考异》坚改竖。子，备则亡虏。假气游魂，鱼鸟为伍。(《文选》卷四十三孙子荆《为石仲容与孙皓书》李善注，卷五十七潘安仁《马汧督诔》李善注)

《乐府诗集》第一首第六解以下云："游弗淹旬，遂届扬土。奔寇震惧，莫敢当御。(六解)虎臣列将，怫郁充怒。淮泗肃清，奋扬微所。(七解)运德曜威，惟镇惟抚。反旆言归，旆入皇祖。(八解)"明梅鼎祚《古乐苑》卷十九第六解下，入于"权实竖子"以下四句。

同　前　　魏曹植

如彼翰鸟，或飞戾天。(《文选》卷二十三潘安仁《悼亡诗》李善注)

乐府诗集卷第三十七

相和歌辞

瑟调曲

步出夏门行二解　　　　魏明帝

行行复行行，白日薄西山。（《文选》卷二十四曹子建《赠徐幹诗》李善注，卷二十七王仲宣《从军诗》李善注）

白骨不覆，疫疠淫行。（《文选》卷二十潘安仁《关中诗》李善注）

市朝人易易人。，千载墓平。（《文选》卷二十八陆士衡《门有车马客行》李善注，卷三十谢玄晖《和伏武昌登孙权故城诗》李善注）

折杨柳行四解　　　　古辞

谗邪害公正，浮云蔽白日。（《文选》卷二十九《古诗一十九首》李善注，《古下脱折字。杨柳行》）

后汉孔融《临终诗》云："谗邪害公正，浮云翳白日。"句与此同。

同前四解　　　　魏文帝

端居苦无悰，驾游博望山。（《文选》卷二十谢玄晖《游东田诗》李善注）

却东西门行　　　　晋傅玄

和乐唯有舞，运体《古乐苑》作应节。不失机。退似潜《诗纪》作前。龙婉，进如翔鸾飞。回目流神光，倾亚有余姿。（《初学记》卷十五乐部上·舞第五）

乐府诗集卷第三十八

相和歌辞

瑟调曲

饮马长城窟行　　　　魏武帝

四时隐南山，子欲适西戎。（《文选》卷二十三欧阳坚石《临终诗》李善注）

同　前　　　　梁昭明太子

亭亭山上柏，悠悠远行客。行客行路遥，故乡日迢迢。迢迢不可见，长望涕如霰。如霰独留连，长路邈绵绵。胡马爱北风，越燕见日喜。蕴此望乡情，沈忧不能止。有朋西南来，投我用木李。并有一札书，行止风云起。扣封披书札，书札竟何有。前言节所爱，后言别离

久。(《诗纪》卷七十六梁第三)

《诗纪》谢陛校订云:“一云《拟青青河畔草》。”

上留田行　　古辞

出是上独胡克家:当作留。西门,三荆同一根生。一荆断绝不长,兄弟有两三人。小弟块摧独贫。(《文选》卷二十八陆士衡《豫章行》李善注)

《诗纪》《全汉三国晋南北朝诗》皆不载。

新城安乐宫　　古辞

般鼓钟声,尽为锵锵。(《文选》卷十七傅武仲《舞赋》李善注)

乐府诗集卷第三十九

相和歌辞

瑟调曲

长安城西行　　魏文帝

长安城西有一无有字。双圆阙,上有一一无一字。双铜爵。一爵下有宿字。一鸣五谷生,再一作载。鸣五谷熟。(《文选》卷五十六陆佐公《石阙铭》李善注,《太平御览》卷一百七十九居处部七·阙·魏文帝歌;卷三十五时序二十·丰稔,作者失名)

艳歌行　　古辞

行不《艺文》作行。随道,经历山陂。马啖柏叶,人啖柏《御览》一作松。脂。不可常《御览》一作当。饱,聊可渴《御览》一作过。饥。(《艺文类聚》卷八十八木部上·柏,《太平御览》卷四百八十六人事部百二十七·饿;卷九百五十三木部二·松)

同　前　　古辞

茕茕白兔,东走西顾。衣不如新,人不如故。(《太平御览》卷六百八十九服章部六·衣;卷九百七兽部十九·兔)

同　前　　古辞

今日乐上乐,相从步云衢。《御览》无步云衢三字。天公出美酒,河伯出鲤鱼。青龙前铺席,白虎持榼壶。南斗工鼓瑟,《御览》作琴。北斗吹笙竽。姮娥垂明珰,织女奉瑛琚。苍霞扬东讴,清风流西歈。垂露成帷幄,奔星扶轮舆。(《太平御览》卷五百三十九礼仪部十八·宴会。“姮娥垂明珰”句以下阙。《诗纪》卷十七汉第七)

同　前以下逸句　　　　　　　　　　古辞

居贫衣单薄，肠中常苦饥。(《文选》卷二十七魏文帝《善哉行》李善注)

秋霜白露下，柔叶郁为黄。(《太平御览》卷十四天部·霜)

同　前　　　　　　　　　　魏曹植

长者赐颜色，泰山可移动。(《文选》卷三十九江文通《诣建平王上书》李善注；卷四十谢玄晖《拜中军记室辞隋王笺》李善注)

夏节纯和天清凉，百草滋殖舒兰芳。(《初学记》卷三岁时部上·夏第二)

京洛篇　　　　　　　　　　隋李巨仁

京洛类神仙，蔼蔼《诗纪》作霭。却云烟。渐台临太液，玉树并甘泉。车喧平乐外，骑拥濯龙前。竞结萧朱绶，争攀李郭船。独悲韩长孺，死灰犹未燃。(《文苑英华》卷一百九十二乐府一《京洛篇》)

乐府诗集卷第四十

相和歌辞

瑟调曲

帝王所居篇　　　　　　　　　　陈张正见

崤函惟帝宅。宛雒壮皇居。紫微临复道，丹水亘通渠。沈沈飞雨殿，蔼蔼承明庐。两宫分概日，双阙并凌虚。休气充青琐，荣光入绮疏。霞明仁寿镜，日照陵云书。鸣鸾背鳷鹊，诏跸幸储胥。长杨飞玉辇，御宿陟金舆。柳叶缇飘《诗纪》作飘缇。骑，槐花影属车。薄暮归平乐，歌钟满玉除。(《文苑英华》卷一百九十二乐府一《帝王所居篇》)

车马行　　　　　　　　　　梁戴暠《艺文》作嵩

巩洛风尘处，冠盖相喷噎。《诗纪》作填咽。多称魏其冷，竞随田蚡热。轮趣白虎第，珂聚黄金穴。献酒悉蒲陶，《诗纪》作葡萄。訕言尽飞铁。东都蛇已铸，西山绶应结。朝《御览》作日。集类蒸烟，晚至如吹雪。子云尔《御览》作亦。何事，门巷无车辙。(《艺文类聚》卷七十一舟车部·车，《太平御览》卷七百七十三车部二·叙车下。"日集类蒸烟"以下四句采录)

蜀道难　　　　　　　　　　梁刘孝威

若悋一作怪。千金重，谁为万里侯。戏马吞珠界，扬舲櫂《诗纪》作濯。

锦流。沈犀厌怪水，掘《诗纪》作握。镜表灵丘。

《文苑英华》卷二百《辨证》云："此一诗，《英华》与《艺文类聚》同，惟郭茂倩《乐府》折前五言八句为一篇，后七言六句为一篇，又无中间六句。"

右所载之句，乃是中间六句也。

胡无人行　　　　古辞

望胡地，何崄巇。《升庵》作侧。断胡头，脯胡臆。(《太平御览》卷八百四夷部二十一·总叙北狄下)

明杨慎《升庵诗话》云："此古词虽不全，然李太白作《胡无人》，尾句全效，而注不知引。又郭氏《乐府》亦不载，盖止此四句而余亡矣。"

《诗纪》《全汉三国晋南北朝诗》皆不载。

乐府诗集卷第四十四

清商曲辞

吴声歌曲

子夜四时歌　　　　梁武帝

春　歌

花坞蝶双飞，柳堤鸟百舌。不见佳人来，徒劳心断绝。

冬歌二首

别时鸟啼户，今晨雪满墀。过此君不返，但恐绿鬓衰。

一年漏将尽，万里人未归。君志固有在，妾躯乃无依。(《诗纪》卷七十四梁第一)

乐府诗集卷第四十六

清商曲辞

吴声歌曲

懊侬歌

君行不净心，那得恶人题。(《南史》卷四十五《王敬则传》)

乐府诗集卷第四十八

清商曲辞

西曲歌

晚栖乌　　　　梁元帝

日暮连翩翼，俱向上林栖。风多前鸟《英华》作乌。驶，《英华》作駃。云暗后群迷。路远声难彻，飞斜行未齐。应从故乡返，几过入兰闺。借问倡楼妾，何如荡子啼。《诗纪》作妻。（《艺文类聚》卷九十二鸟部下·乌，《文苑英华》卷二百六乐府十五《晚栖乌》）

乐府诗集卷第五十一

清商曲辞

江南弄

采菱曲　　齐陶功曹失名

朝日映兰泽，乘风入桂屿。棹影已流倡，轻舟复容与。勿遽桂一作佳。期移，方追明月侣。采采讵盈掬，还望空延伫。（《谢宣城诗集》上海涵芬楼藏明钞本卷二）

乐府诗集卷第五十八

琴曲歌辞

荆轲歌　　陈周弘直

荆卿欲报燕，衔恩弃百年。市中倾别酒，水上击离弦。匕首光凌日，长虹气烛天。留言与宋意，悲歌非自怜。（《诗纪》卷一百十一陈第四）

乐府诗集卷第五十九

琴曲歌辞

秋思引　　宋汤惠休

秋寒依依风过河，白露萧萧洞庭波。思君末光光已灭，眇眇悲望如思何。（《艺文类聚》卷三岁时上·秋·《歌思引》）

《艺文》题《歌思引》，《诗纪》改《秋思引》，今从之。

乐府诗集卷第六十

琴曲歌辞

秋　风　　宋吴迈远

寒乡无异服，衣毛《诗纪》作毡褐。代文练。日月望君归，年年不解綖。《类聚》作线。荆扬春早和，幽冀犹霜霰。北《乐府》作地。寒妾已知，南心君不见。谁为道辛苦，寄情双飞燕。形迫杼煎一作前。丝，颜落风催电。容华一朝尽,《诗纪》作改。惟余心不变。"谁为道辛苦"以下六句,补遗。(《玉台新咏》卷四宋鲍令晖《古意赠今人》,《诗纪》卷六十三宋吴迈远《古意赠今人》)

乐府诗集卷第六十二

杂曲歌辞

妾薄相行 魏曹植

辎軿飞毂交轮。(《文选》卷二十八陆士衡《长安有狭邪行》李善注)

还行秋殿层楼,御辇从□好仇。排玉闼□椒房,丹帷楚组连纲。(原本《北堂书钞》卷一百三十二服饰部一·帷七,歌题作《妾薄悻》)

乐府诗集卷第六十三

杂曲歌辞

升天行 隋释慧净

驭风过阆苑,控鹤下瀛洲。欲采三芝秀,先从千仞游。驾凤吟虚管,乘槎泛浅流。颓龄一已驻,方验大椿秋。(《诗纪》卷一百三十八隋第九)

乐府诗集卷第六十四

杂曲歌辞

远游篇 魏曹植

夜光明珠,下隐金沙。采之谁遗,汉女湘娥。(《初学记》卷二十七宝器部·珠第三)

真人篇 晋张华

朱李生东苑,甘瓜出西郊。(《太平御览》卷九百七十八菜茹部三·瓜)

神　仙 陈阴铿

罗浮银是殿,瀛洲玉作堂。朝游云暂起,夕饵菊恒香。聊持履成燕,戏以石为羊。洪崖与松子,乘羽就周王。(《艺文类聚》卷七十八灵异部上·仙道)

同　前　　　　　　　　　北齐颜之推

红颜恃容色，青春矜盛年。自言晓书剑，不得学神仙。风云落时后，岁月度人前。镜中不相识，扪心徒自怜。愿得金楼要，思逢玉钤篇。九龙游弱水，八凤出飞烟。朝游采琼实，夕宴酌膏泉。峥嵘下无地，列缺上陵天。举世聊一息，中州安足旋。（《诗纪》卷一百二十北齐第一）

飞龙篇　　　　　　　　　魏曹植

南经丹穴，积阳所生。煎石流铄，品物无形。（原本《北堂书钞》卷一百五十八地部二·穴十三）

芝盖翩翩。（《文选》卷二十八陆士衡《前缓声歌》李善注）

天地篇　　　　　　　　　魏曹植

复为时所拘，羁绁作微臣。（《文选》卷三十一江文通《杂体诗·刘文学桢》李善注）

两仪篇　　　　　　　　　魏曹植

帝者化八极，养万物，和阴阳。阴阳和，凤至河洛翔。（《初学记》卷六地部中·洛水第七）

同　前　　　　　　　　　晋傅玄

两仪始分，元气上清。列宿垂象，六位时成。日月西迈，流景东征。攸攸万物，殊品齐名。圣人忧大，实念群生。（《艺文类聚》卷一天部上·天）

两仪始分元气清，列宿垂象六位成。日月西流景东征，悠悠万物殊品名。圣人忧代念群生。（《初学记》卷一天部·天第一）

斗鸡篇　　　　　　　　　梁简文帝

欢乐良无已，东郊春可游。百花非一色，新田多异流。龙尾横津汉，车箱起《初学记》作赴。戍楼。玉冠初惊《艺文》《初学记》作警。敌，芥羽忽猜俦。十日娇《初学记》作骄。既满，九胜势恒遒。脱使田饶见，堪能说鲁侯。（《文苑英华》卷二百六乐府十五《斗鸡篇》，《初学记》卷三十鸟部·鸡第三，《艺文类聚》卷九十一鸟部中·鸡，"玉冠初警敌"以下六句采录）

斗　鸡　　　　　　　　　魏刘桢

丹鸡被华采，双距如锋芒。愿一扬炎威，会战此中唐。利爪探玉

除,瞋目含火光。长翘惊风起,劲翮正敷张。轻举奋勾喙,电击复还翔。(《艺文类聚》卷九十一鸟部中·鸡)

同　前　　　　　　　　　　　　魏应玚

戚戚怀不乐,无以释劳勤。兄弟游戏场,命驾迎众宾。二部分曹伍,群鸡焕以陈。双距解长绁,飞踊超敌伦。芥羽张金距,连战何缤纷。从朝至日夕,胜负尚未分。专场驱众敌,刚捷逸等群。四坐同休赞,宾主怀悦欣。博弈非不乐,此戏世所珍。(《艺文类聚》卷九十一鸟部中·鸡)

同　前　　　　　　　　　　　　陈徐陵

季子聊为戏,陈王欲骋才。花冠已冲力,金《诗纪》作芥。爪复惊媒。斗凤羞衣锦,双鸾耻镜台。陈仓若有信,为觅宝鸡来。(《艺文类聚》卷九十一鸟部中·鸡)

同　前　　　　　　　　　　　　周庾信

开轩望平子,骤马看陈王。狸膏熏斗敌,芥粉壒春场。解翅莲花动,猜群锦臆张。(《艺文类聚》卷九十一鸟部中·鸡)

斗鸡东郊道　　　　　　　　　　陈褚玠

春郊斗鸡侣,捧敌两逢迎。妒《初学记》作诡。群排袖出,带勇向场惊。锦毛侵距散,芥羽杂尘生。还同战胜罢,耿介寄前鸣。(《文苑英华》卷二百六乐府十五《斗鸡东郊道》,《初学记》卷三十鸟部·鸡第三)

《诗纪》谢陛校订云:"曹子建《名都篇》曰:斗鸡东郊道,走马长楸间。"

看斗鸡　　　　　　　　　　　　周王褒

躞蹀始横行,意气欲相倾。妒《初学记》作诟。敌金芒起,猜群芥粉生。入场疑挑战,逐退似追兵。谁知函谷下,人去独开城。(《文苑英华》卷二百六乐府十五《看斗鸡》,《艺文类聚》卷九十一鸟部中·鸡,《初学记》卷三十鸟部·鸡第三)

乐府诗集卷第六十五

杂曲歌辞

苦　热　　　　　　　　　　　　梁刘孝威

日暮《艺文》作暮日。苦炎溽,迁坐接长《艺文》作阶。廊。月丽姮娥影,星含织妇《艺文》作女。光。栖禽动夜竹,流萤出暗墙。香盘楺《艺文》作糅。鲜《英华》一作鳞。粉,雕台《艺文》作壶。承蔗《艺文》作玉。浆。白羽徒摇幄,

《艺文》作棰握。绿《艺文》作渌。水自周堂。弱纨犹觉重，纤絺尚《英华》一作向。少凉。弄风思汉朔，戏雨忆吴王。玄水《诗纪》作冰。术难验，赤道漏犹长。谁能更吹律，还令黍谷凉。（《文苑英华》卷二百十乐府十九《苦热》，《艺文类聚》卷五岁时下·热·《苦暑诗》）

同　前　　　　　　　　　梁王筠

日域《艺文》作坂。散朱雰，天隅敛青霭。飞光《艺文》作焰，《诗纪》作飙。焕南陆，炎津涌《艺文》作通。北濑。繁星聚若珠，密云屯似盖。月至每开衿，《诗纪》作襟。风过时解带。（《文苑英华》卷二百十乐府十九《苦热》，《艺文类聚》卷五岁时下·热·《苦暑诗》）

堂上行　　　　　　　　　魏明帝

武夫怀勇毅，勒马于中原。干戈森若林，长剑奋无前。（《太平御览》卷三百五十一兵部八十二·戈）

《诗纪》《全汉三国晋南北朝诗》皆不载。

乐府诗集卷第六十六

杂曲歌辞

结客少年场行　　　　　　　　　魏曹植

结客少年场，报怨洛北芒。（《文选》卷二十八鲍明远《结客少年场行》李善注）

利剑鸣手中，一击两尸僵。（《文选》卷二十九张景阳《杂诗》李善注）

同　前　　　　　　　　　梁吴均

结客少年归，翩翩骏马肥。报恩杀胡《艺文》作人。竟，贤君赐锦衣。握兰登建礼，拖玉入含晖。顾看草玄者，功名终自微。（《文苑英华》卷一百九十五乐府四《结客少年场行》，《艺文类聚》卷三十三人部·游侠·《失题》）

乐府诗集卷第六十七

杂曲歌辞

纵横篇　　　　　　　　　晋张华

苏秦始为交，同学鬼谷先生。辩说剖毫厘，变诈入无形。巧言惑正理，人主莫不倾听。（《太平御览》卷四百六十四人事部一百五·辩下）

《诗纪》《全汉三国晋南北朝诗》皆不载。

行行游且猎篇　　　　魏文帝

行行游且猎,且猎路南隅。弯我乌号弓,骋我纤骊驹。走者贯锋镝,伏者饥戈殳。白日未及移,手获三十余。(《太平御览》卷三百五十三兵部八十四·殳)

《诗纪》《全汉三国晋南北朝诗》皆不载。梁刘孝威有《行行游且猎篇》,歌题盖出于此。

乐府诗集卷第七十二

杂曲歌辞

荆州乐二首　　　　梁宗夬

章华游猎去,绝《诗纪》作纪。郢从禽归。溶溶紫烟合,郁郁红尘飞。

朝发江津路,暮宿灵溪道。平衢广且直,长杨郁枭枭。(《初学记》卷八州郡部·山南道第七)

乐府诗集卷第七十三

杂曲歌辞

焦仲卿妻　　　　古辞

孔雀东飞,苦寒无衣。为君作妻,中心恻悲。夜夜织作,不得下机。三日载匹,尚言吾迟。(《太平御览》卷八百二十六资产部六·织·《古艳歌》)

《诗纪》《全汉三国晋南北朝诗》皆不载。

乐府诗集卷第七十四

杂曲歌辞

南征丁福保云:一作《南征曲》　　　　陈苏子卿

一朝游桂水,万里别长安。故乡梦中近,边愁酒上宽。剑锋但须利,戎衣不畏单。南中地气暖,少妇早愁寒。(《艺文类聚》卷五十九武部·战伐)

乐府诗集卷第七十五

杂曲歌辞

登高台　　梁王僧孺

试出金华殿，聊登铜雀台。九路平如掌，一作砥。千门乘晚《诗纪》作洞已。开。轩车映日至，《诗纪》作过。箫管逐风来。若非邯郸美，便是洛阳才。（《文苑英华》卷二百十乐府十九《登高台》）

《诗纪》谢陛校订云："陈祖孙登有《宫殿名登高台诗》，见《艺文类聚》卷六十二。"

独不见　　梁刘孝威

夫婿结缨簪，偏蒙汉宠深。中人引卧内，副车游上林。绶染琅琊草，蝉铸武威金。分家移甲第，留妾住河阴。独寝鸳鸯被，自理凤凰琴。谁怜双玉筋，流面复流襟。（《文苑英华》卷二百十一乐府二十《独不见》）

乐府诗集卷第七十六

杂曲歌辞

定情诗　　后汉繁钦

何以消滞忧，足下双远游。（《文选》卷十九曹子建《洛神赋》李善注）

乐府诗集卷第七十七

杂曲歌辞

返出行　　魏曹植

蒙雾犯风尘。（《文选》卷二十五陆士龙《答张士然诗》李善注；卷三十谢玄晖《和王著作八公山诗》李善注）

古八变歌　　宋汤惠休

北风初秋至，吹我章华台。浮云多暮色，似从崦嵫来。（《太平御览》卷二十五时序部十·秋下）

《诗纪》卷十七汉第七"似从崦嵫来"句下，有"枯桑鸣中林，纬络响空阶。翩翩飞蓬征，怆怆游子怀。故乡不可见，长望始此回"之六句。

金谷聚　　齐谢朓

渠碗一作璖椀。送佳人，玉杯要《诗纪》作邀。上客。车马一东西，别后思今夕。（《谢宣城诗集》上海涵芬楼藏明钞本卷二，《玉台新咏》卷十）

秋竹曲　　齐谢朓

嫂娟绮窗北,结根未参差。从风既袅袅,映日颇离离。欲求枣下吹,别有江南枝。但能凌白雪,贞心荫曲池。(《谢宣城诗集》上海涵芬楼藏明钞本卷二)

少年时至衰老行　　宋鲍照

忆昔少年时,驰逐好名晨。结友多贵门,出入富儿邻。绮罗艳华风,车马自扬尘。歌唱青琴《诗纪》作齐。女,弹筝燕赵人。好酒多芳气,肴味厌时新。今日每想念,此事邈无因。寄语后生子,作乐当及春。(毛斧季校宋本《鲍氏集》卷三)

贫贱苦愁行　　宋鲍照

湮没虽死悲,贫苦即生剧。长叹至天晓,愁苦穷日夕。盛颜当少歇,鬓发先老白。亲友四面绝,朋知断三益。空庭惭树萱,药饵愧过客。贫年忘日时,黯颜就人惜。俄顷不相酬,恧怩面已赤。或以一金恨,便成百年隙。心为千条计,事未见一获。运圮津涂塞,遂转死沟洫。以此穷百年,不如还窀穸。(毛斧季校宋本《鲍氏集》卷三)

阳春登荆山行荆一作京　　宋鲍照

旦登荆山头,崎岖道难游。早行犯霜露,苔滑不可留。极眺入云表,穷目尽帝州。方都列万室,层城带高楼。奕奕朱轩驰,纷纷高《诗纪》作缟。衣流。日气《诗纪》作氛。映山浦,暄雾逐风收。花木乱平原,桑柘盈一作绵。平畴。攀条弄紫茎,藉露折芳柔。遇物虽成趣,念者不解忧。且共倾春酒,长歌登山丘。(毛斧季校宋本《鲍氏集》卷三)

边居行　　宋鲍照

少年远京一作荆。阳,遥遥万里方。《诗纪》作行。陋巷绝人径,茅屋摧山冈。不睹车马迹,但见麋鹿场。长松何落落,丘陇无复行。边地无高木,萧萧多白杨。盛年日月尽,一去万恨长。悠悠世中人,争此锥刀忙。不忆贫贱时,富贵辄相忘。纷纷徒满目,何关慨予伤。不如一亩中,高会挹清浆。遇乐便作乐,莫使候朝光。(毛斧季校宋本《鲍氏集》卷三)

封街行一作去邪行　　宋鲍照

伫立出门衢,遥望转蓬飞。蓬去旧根在,连翩逝不归。念我舍乡俗,亲好久乖违。慷慨怀长想,惆怅恋音徽。人生随时《诗纪》作事。变,

迁化焉可祈。百年难必果，千虑易盈亏。（毛斧季校宋本《鲍氏集》卷三）

乐　府　　　　古辞

秋风萧萧愁杀人，出亦愁，《诗纪》载“座中何人，谁不怀忧，令我白头”之三句。入亦愁。胡《诗纪》作故。地多飙风，树木何萧萧。《诗纪》作修修。离家日趋远，衣带日趋缓。心思不能言，肠中车轮转。（《太平御览》卷二十五时序部十·秋下·《古乐府歌诗》，《文选》卷二十九《古诗一十九首》李善注“离家日趋远”以下二句，卷二十三张孟阳《七哀诗》李善注“座中何人”以下三句）

同　前　　　　古辞

罩初何得，端来得鲋。小者如手，大者如履。孝子持归，遗我公姬。安得此鱼，适与罩迕。从今以后，但当求鲋。（《太平御览》卷九百三十七鳞介部九·鲋鱼·古乐府《罩词》）

同　前　　　　古辞

绣幙围香风，耳节朱丝桐。不知理何事，浅立经营中。护惜加穷袴，堤防托守宫。今日牛羊上丘陇，当年近前面发红。（宋释惠洪《冷斋夜话》卷二，胡仔《苕溪渔隐丛话》卷二。惠洪云：“前辈多用其句。老杜曰：‘意象惨淡经营中。’李长吉曰：‘罗帏绣幕围春风。’山谷曰：‘牛羊今日上丘垄，当时近前左右瞋。’予见鲁直，未得此书。穷袴，汉时语也，今裆袴是也。”）

《诗纪》《全汉三国晋南北朝诗》皆不载。

同　前　　　　古辞

请说剑，骏犀标首，玉琢中央。六一所善，王者所杖，带以上车，如燕飞扬。（原本《北堂书钞》卷一百二十二武功部十·剑三十四《古乐府》）

“骏犀标首”以下二句，与魏文帝《大墙上蒿行》同。

同　前　　　　古辞

采菱莫伤根，伤根葵不生。一作交结莫羞贫。交结莫羞贫，一作伤根葵不生。羞贫交不成。（《太平御览》卷四百六人事部四十七·叙交友；卷九百七十九菜茹部四·葵·《古歌辞》）

同　前　　　　古辞

交结在相知，骨肉何必亲。甘言无忠实，世薄多苏秦。（《太平御览》卷四百六人事部四十七·叙交友·《古歌辞》）

同　前　　　　　　　　古辞

田中菟丝,何尝可络。道边燕麦,何尝可获。(《太平御览》卷九百九十四百卉部一·燕麦·《古歌》)

同　前　　　　　　　　古辞

上金殿者。玉樽延贵客。入门黄金堂。东厨具肴膳。椎牛烹猪羊,主人前进酒。琴瑟为清商,投壶对弹棋,博弈并复行。(《艺文类聚》卷七十四巧艺部·投壶·《古歌》)

《文选》卷三十一江文通《杂体诗·刘文学桢》李善注:"《古歌辞》曰:上金殿,酌玉樽。"《诗纪》卷十七《古歌》:"上金殿,著玉樽,延贵客,入金门。入金门,上金堂。东厨具肴膳,椎牛烹猪羊。主人前进酒,弹瑟为清商。投壶对弹棋,博奕并复行。朱火扬烟雾,博山吐微香。清樽发朱颜,四坐乐且康。今日乐相乐,延年寿千霜。"

同　前　　　　　　　　古辞

兰草自然香,生于大道傍。腰镰八九月,俱在束薪中。(《诗纪》卷二十汉第十)

同　前以下逸句　　　　　　　　古辞

豹则虎之弟,鹰则鹞之兄。(《太平御览》卷九百二十六羽族部十三·鹰·《古乐府》)

琉璃琥珀象牙盘。(《太平御览》卷七百五十八器物部三·盘·《古乐府》)

梧宫秋,吴王愁。(《太平御览》卷九百五十六木部五·桐·《古乐府》。该书注引任昉《述异记》曰:"梧桐园在吴,夫差旧国也。一名琴川,梧园宫在句容县。传云:吴王别馆,有楸梧成林焉。其梧子可食。古乐府云'梧宫秋,吴王愁'是也。")

相去万余里,古人心尚尔。(《文选》卷三十谢玄晖《和王主簿怨情诗》李善注。《古乐府》)

濯龙望如海,河桥渡似雷。(《文选》卷三张平子《东京赋》薛综注。《洛阳图经》·歌)

同　前　　　　　　　　后汉张衡

浩浩阳春发,杨柳何依依。百鸟自南归,翱翔萃我枝。(《太平御览》卷二十时序部五·春下·张衡《歌》)

《诗纪》《全汉三国晋南北朝诗》皆不载。

同　前　　　　　　　　魏武帝

黄鹄摩天极高飞,后宫尚得烹煮之。(《太平御览》卷九百十六羽

族部三·鹄·魏武《乐府》)

同　前　　　　魏明帝

楫人荷轻棹，腾飞过彼廷。(原本《北堂书钞》卷一百三十八舟部下·棹十三·魏明帝《清调歌诗》)

同　前　　　　魏曹植

金樽玉杯，不能使薄酒更厚。(《文选》卷二十七江文通《望荆山诗》李善注；卷三十谢灵运《石门新营所住四面高山诗》李善注)

胶漆至坚，浸之则离。皎皎素丝，随染色移。君不我弃，谗人所为。(《太平御览》卷七百六十六杂舞部一·胶·曹植《乐府歌》)

巢许蔑四海，商贾争一钱。(《太平御览》卷八百三十六资产部十六·钱下·曹植《乐府歌》)

橙橘枇杷，甘蔗代出。(《太平御览》卷九百七十一异果部八·枇杷·曹植《乐府歌》)

所赍千金剑通犀间碧玙翡翠饰鸡璧标首明月珠。(原本《北堂书钞》卷一百二十二武功部十·剑三十四·陈思王《乐府》)

丁福保云："讹不成句，陈瑀谟改云：所赍千金剑，通犀间碧玙。翡翠饰鸡璧，标首明月珠。"

鲂䲢熊掌，豹胎鼋肠。(原本《北堂书钞》卷一百四十二酒食部一·总篇一·曹植《乐府》)

口厌常珍，乃购麟凰。熊蹯豹胎，百品异方。(原本《北堂书钞》卷一百四十二酒食部一·总篇一·曹植《乐府》)

乌鸟起舞，凤凰吹笙。(原本《北堂书钞》卷一百十乐部六·笙十五·曹植《乐府》)

市肉取肥，酤酒取醇。交觞接杯，以致殷懃。(原本《北堂书钞》卷一百四十八酒食部七·酒六十·曹植《乐府歌》)

同前十首附逸句　　　　晋傅玄

有女殊代生，涉江采菱华。上翳青云景，下鉴渌水波。(《初学记》卷六地部中·江第四·傅玄《歌》)

弯我繁弱弓，弄我丈八矟。一举覆三军，再举殄戎貊。(《太平御览》卷三百五十四兵部八十五·槊·傅玄《歌词》，《艺文类聚》卷六十军器部·矟·傅玄《诗》)

度江南，采莲花。芙蓉增敷，晔若星罗。绿叶映长波，回风容与动纤柯。

煌煌芙蕖，从风芬葩。照以皎日，灌以清波。阴结其实，阳发其花。金房绿叶，素株翠柯。(《艺文类聚》卷八十二草部下·芙蕖·傅玄《歌诗》)

曲池何澹澹，芙蓉敞清源。荣华盛壮时，见者谁不赏叹。一朝光采落，故人不回颜。(《太平御览》卷九百九十九百卉部六·芙蕖·傅玄《歌》)

《诗纪》《全汉三国晋南北朝诗》皆不载。

兔捣药月间，安足道。神乌戏云间，安足道。(《太平御览》卷九百七兽部十九·兔·傅玄《歌辞》)

《诗纪》《全汉三国晋南北朝诗》皆不载。

我家近宫掖，易知复难忘。黄金为阁门，白玉为殿堂。(《太平御览》卷一百八十四居处部十二·阁·傅玄《歌诗》)

《诗纪》《全汉三国晋南北朝诗》皆不载。

黄叶离高柯，丹枣坐自零。不惜枣自零，念我少弟兄。(《太平御览》卷九百六十五果部二·枣·傅玄《歌词》)

《诗纪》《全汉三国晋南北朝诗》皆不载。

宝剑神奇，光如电影，拟之则离。

宝剑神奇，镂象龙螭。通犀文玉，明珠错地。(原本《北堂书钞》卷一百二十二武功部十·剑三十四·傅玄《歌辞》)

东方将欲和，太白星见下疑脱字。飞芒曜灵，照照舒光。(原本《北堂书钞》卷一百四十九天部一·日二·傅玄《乐府诗》)

粉加甲煎名香，熏陆艾纳回光。(原本《北堂书钞》卷一百三十五服饰部四·粉六十四·傅玄《乐府》)

所乐亦非琴，唯言琵琶下《初学记》有与字。筝，能娱我心。(《初学记》卷十六乐部下·琵琶第三·傅玄《歌诗》，原本《北堂书钞》卷一百十·乐部六·琵琶十四·傅玄《歌诗》)

青天含翠彩，素日驰青晖。(原本《北堂书钞》卷一百四十九天部一·日二·傅玄《乐府诗》)

乐府诗集卷第七十八

杂曲歌辞

莋都夷歌　　后汉白狼王唐菆

大汉是治，与天合意。吏译平端，不从我来。闻风向化，所见奇异。多赐赠《诗纪》作缯。布，甘美酒食。昌乐肉飞，屈申悉备。蛮夷贫薄，无所报嗣。愿主长寿，子孙昌炽。

远夷慕德歌

蛮夷所处，日入之部。慕义向化，归日出主。圣德深恩，与人富厚。冬多霜雪，夏多和雨。寒温时适，部人多有。涉危历险，不远万里。去俗归德，心归慈母。

远夷怀德歌

荒服之外，土地硗埆。食肉衣皮，不见盐谷。吏译传风，大汉安乐。携负归仁，触冒险陕。《诗纪》作狭。高山岐峻，缘崖磻石。木薄发家，百宿到洛。父子同赐，怀抱匹帛。传告种人，长愿臣仆。（《后汉书》卷八十六《西南夷传》）

唐李贤注云："《东观记》载其歌，并载夷人本语，并重译训诂为华言，今范史所载者是也。"

凉州乐歌二首　　后魏温子昇

远游武威郡，遥望姑臧城。车马相交错，歌吹日纵横。

路出玉门关，城接龙城坂。阻《诗纪》作但。事弦歌乐，谁道山川远。（《初学记》卷八州郡部・陇右道第六）

附录 乐府作品编辑上存在的问题

编纂《乐府诗集》必须要解决的课题之一，是诗人个人的作品中，要区别判断处理乐府诗和一般的诗。从结果来看，尽管编纂者依赖的是直观的、便宜的甄选方法，而实际上除此之外也没有更为便利的方法。但是，如果过度依赖于此便宜之计，就会留下问题。现在，我在尝试对郭茂倩的《乐府诗集》进行增补之时，将北宋李昉等编的《文苑英华》——乐府的部类（卷一百九十二—二百十一）和《乐府诗集》对照，以判断编纂者是否过于依赖此编选办法为实例，指出存在的问题。

自宋、齐时代开始，产生了以“古意”为题的作品，诸如鲍令晖、颜竣、王融等作家，以及梁代的诗人们也以此为主题，残存有二十余首。可是这一题名，他们到底是乐府还是一般诗，再没有比这更难以辨别的作品了吧。但《文苑英华》将这种“古意”纳入到乐府的范畴，卷二百五中有梁吴均三首、王僧孺与刘孝绰各一首，总共收录了三十三首。不可理解的是，不止“古意”，连“拟古”之作也视作乐府，一并收录了十四首以此为题名的作品。“古意”暂且不说，此书将“拟古”也作为乐府对待，就连题名相似且内容不变的“仿古”“学古”“代古”的作品也都包含进去。如此一来，便不能划出一般诗和所谓的“拟古诗”的界限，结果是不是一发不可收拾了？另一方面，《乐府诗集》也有问题。虽其采录了宋颜竣的《淫思古意》（卷七十四），但在“古意”主题的作品中，为什么仅将这一首视作乐府呢？“古意”的作品，从内容上取材于古乐府的诗，和表达作者私生活和对世事的感怀方面的一般诗就有了两分，假如郭氏因为其有“淫思”的字眼便将之当作乐府题而采录的话，那么就是梁萧子范所作的《春望古意》。此作和颜竣之作相同，歌咏的是女子的闺怨即对春来别离之人的寄予之情。

大体而言，将前人作歌为主题的作品视作乐府，还是当做一般的诗，应该是编纂者的常识吧。但编纂者往往过于依赖这种直观的、便宜的辨别方法。与常识背道而驰的，当然是将应该视作一般诗的作品当作乐府来对待。先看一下来自《文苑英华》的实例。此书将陈阴铿的《西游咸阳中》和阳缙的《侠客控绝影》都作为乐府采录（卷一百九十六）。即前者将魏阮籍《咏怀》八十二首中的“平生少年时，轻薄好弦歌。西游咸阳中，赵李相经过。……”的第三句，后者将晋陆机《拟青青陵上柏》诗的“冉冉高陵苹，习习随风翰。……侠客控绝景，都人骖玉轩”的第十五句作为各自作品的题目。然而，如果本书的编纂者将这些来自一般诗的句子作为主题的作品纳入了乐府的范畴的话，为什么却罔顾那些从乐府中挑选为主题的作品呢？现存作品中，有陈朝周弘让、贺彻的“长笛吐（吹）清气”——魏武帝（《宋志》为文帝）《善哉行》的歌句，陈朝张正见所作二首，即“日中市朝满”——宋鲍照《结客少年场行》的歌句、“佳期竟不归”——梁庾肩吾《有所思》的歌句，“浦狭村烟度”——梁简文帝《龙丘引》的歌句，陈朝徐湛“班去赵姬升”——宋鲍照《白头吟》的歌句，都是以乐府中的诗句为题名的作品。再看《乐府诗集》有问题的作品，有梁刘孝威“雀乳空井中”（卷六十八）和陈张正见“晨鸡高树鸣”（卷二十八）。因为前者以晋傅玄《杂诗》三首中的第三首“雀巢丘城侧，雀乳空井中”的第二句，后者以魏阮籍《咏怀》八十二首中的“开秋兆凉气，蟋蟀鸣床帷。……晨鸡高树鸣，命驾起旋归”的末二句中挑选为题，所以可以明确判断不是乐府。对于后一作品，已有民国丁福保氏在其著《全汉三国晋南北朝诗》中指出“此非乐府也”。郭氏或者是想将其当作相和歌《鸡鸣》的首句即“鸡鸣高树颠”，才采录了这一作品的吧？

被编纂者当作乐府而采录的作品，如果与其他总集或类书的题名有异，并且这些总集或类书只是作为一般诗的题名，这当然就有必要提出这个问题。这是因为，原作者另当别论，这应该是由于编纂者自己将其名为乐府题。兹举有力的证据。《文选》卷三十一收录有梁朝江文通（江淹）的《杂体诗》三十首，其中《古离别》《李都尉从军陵》《班婕妤咏扇》《魏文帝游宴曹丕》四首被郭茂倩选取，改为乐府题《古别离》（卷七十一）、《从军行》（卷三十二）、《怨歌行》（卷四十二）、《善哉行》（卷三十六），采录进《乐府诗集》中。这一题名，别说与原作者江淹毫无关系，另一方面，在郭氏的立场看，“杂体诗非乐府”便成为说不出口的有力证据。又《艺文类聚》卷八十八所收梁刘邈的《万山见采桑人诗》，《文苑英华》（卷二百八）、《乐府诗集》（卷二十八）都以“采桑”这一乐府题为名而采录。这一作品，大概就是改为乐府题的证据吧。以下再列举我注意到的作品范例。首先,《文苑英华》有题为“苦热”的作品十二首,为其所采录(卷二百十)。但其中梁刘孝威、王筠二人的作品,《艺文类聚》卷五则作“苦热诗”,题名有差异。“苦热”作为乐府题,最初由魏曹植所作,宋代鲍照也作过。我将《文苑英华》中所载的两人作品,尽管也增补进了《乐府诗集》,但《艺文类聚》不过将其当作一般诗对待。顺便说一下,此乐府题本身也很暧昧。“苦热”和“苦热行”都是乐府题,“斗鸡”和“斗鸡篇”也同样如此,不是说有“行”“篇”的字眼就一定可以成为判定其是乐府题的抓手。其次,《乐府诗集》采梁吴均的《采莲曲》二首(卷五十)之一,《初学记》卷二十七则题为梁元帝的《赋得涉江采芙蓉诗》。又有宋吴迈远《秋风》(卷六十),《玉台新咏》卷四则为宋鲍令晖的《古意赠今人》诗。还有梁何逊的《长安少年行》(卷六十六),及梁江淹的《从军行》(卷三十二),在明人编纂的总集或别集中,前者为《学古》(三首中之一首)诗,后者为《古意报袁功曹》诗,可这些作品尚不能断言是否为郭氏所命名的乐府题。然而,通览《乐府诗集》,不能贸然断定哪个是原作者,哪个是原书记载的乐府题。只能根据前揭的有力证据,以及编纂者直观的、便宜的甄别方法,也就是某一乐府题下的一律化,也包含改题的作品,来作推测。

以上展示了被认为是编纂上有问题的实例。但在搜集大量乐府作品的过程中,根据作品,由于编纂者不可避免要采用直观的、便宜的甄别法,才不得不产生这样被视为问题的难点吧。

第三章　吴兢的《乐府古题要解》(原文与考证)

《新唐书·艺文志》著录有唐代吴兢所撰《乐府古题要解》一卷，此书因被后人补注，宋代以后颇为纷杂难辨。但今天其一卷本的原文——尚能见到与其最为接近的文本。兹先予以介绍，特别是必须补充说明的"最为接近的文本"的理由则后面再说。

乐府古题要解

乐府之兴，肇于於汉魏。历代文士，篇咏实繁。或不睹于本章，便断题取义。赠夫人利涉，则述《公无渡河》；庆待一本无待。彼载诞婚。乃引《乌生八九子》；赋雉斑者。但美绣琇颈一本无颈。锦臆；一本无臆。歌下一本有骝字。马者，一本有但字。序驰骤乱一本无乱。踏。一本无踏。皆一本无皆。若兹，此下一本有者字。不可胜载。递相祖袭，积用为常。欲令后生，何援以取正？顷因涉阅传记，兼诸家文集，每有所得，辄以记纪之。岁月积深，或成卷轴。因以编次，目之下一本有故字。为古题解。耽学君子，无或忽之也。

雉朝飞　齐宣王时，处士牧犊子所作也。

别鹤操　上商陵於牧陵子所作也。

走马引行　樗里牧参恭所作也。

淮南王　淮南小山所作也。

武溪深　马援南征所作也。

吴趋曲　吴人以歌其地也。

箜篌引 亦曰《公无渡河》,旧说朝鲜津律卒霍里一本无里。子高妻丽玉所作也。

平陵东 汉一本无汉。翟东义门人所作也。

薤露歌 蒿里歌 并丧歌,出田横门人。

长歌 短歌 言人寿命长短以已定,不可妄求也。

陌上桑 一曰《日出东南隅》,亦曰《艳歌罗敷行》。下一本有祝禁妻所作也六字。

杞梁妻 杞慎妻妹所作也。一本全文脱。

钓竿 《古今注》云伯常子妻所作也。

董逃游歌 《古今注》云后汉游董童游所作也。

短箫歌 《古今注》云皇帝使岐伯作。下一本有也字。

上留田一本无田。 地名也。北地人有父母死不接恤其孤一本无孤。弟者,邻人之贤者,为其弟作,以讽兄。一本无兄,有也字。

日重光 月重轮 群臣为汉明帝作也。

横吹 胡乐也。李延年造。一本全文脱。

江南曲一本曲题脱。

度关山 《古诗》云魏武所作。下一本有也字。

鸡鸣曲一本曲题脱。

对酒 古辞,魏武所作。下一本有也字。

乌生八九子一本曲题脱。

燕歌行 晋用为乐章。

秋胡行 胡妻死,后人哀而赋之。

苦塞寒行 魏武赋,晋用为乐。

塘上行 一曰《塘上辛苦》,下一本有行字。魏文甄后作。

善哉行

东门行

西门行

煌煌京洛路行

艳歌何常下一本有有字。行 一曰《飞鹤行》。

步出下一本无下。东门行 一曰《陇西行》。

满歌行

棹歌行 晋奏乐。一本无晋奏乐三字。

雁门太守行

已上乐府相和歌。按相和歌，并汉世魏街间陌一本无陌。讴谣之词，丝竹更相和，为执节者歌者。一本无者。本一部，魏明帝分为二，更递夜宿。始十七曲，后合为十三曲，今所载之外，复有《气出唱》《精列》《东光引》等三篇。自《短歌行》已鞞下，晋荀勖下一本有采字。撰旧诗，施旋用于於代汉魏，故其数广。

殿前生桂树　乐府辞鼙舞歌，汉代宴燕享用之，不详所起。其歌又有《关东贤女》，章帝所造。《章和二年中》《乐久长》《四方望》等五曲，其辞皆亡。近史云一本自章和二年中下二十一字脱。鼙舞，本汉巴乐渝一本无渝。舞也，高祖造。

白鸠篇　按晋杨泓《舞序》云："自到江南，见《白苻凫舞》，或云《白凫》下一本有舞即二字。《白鸠》下一本有舞也二字。其词吴人患孙皓之虐政，思从晋也。"

砀碣石　晋乐，魏武帝辞。

已上乐府《拂舞篇》。按拂一本无拂。舞一本无舞。前史云出自自江左右。复有《济济》《独禄漉》等共五篇。今读其词，除《白一本无白。鸠》一篇，余并非吴歌，未详所起也。

白纻歌篇

已上乐府《白纻歌》。按旧史说纪白纻，吴地所出。白纻舞也，梁一本无梁。武帝使沈约改其辞词。为四时之歌，若"兰叶参差桃排半红"，即一本无即。其春歌也。周处《风土记》云：一本无云。"孙权下一本有往字。征公孙闵，一本无闵。海浮乘舶。船。舶一本无舶。白也。时和歌者，犹云行行白纻。一本白纻二字脱。"盖下一本有纻字。出于於此。

上之回　巫山高　君马黄　芳树　有所思

雉子班　临高台

已上乐府歌。按汉明帝定一本无定。乐四品，一本有其。最末曰短箫下一本有铙字。歌。军中鼓吹之乐。旧说黄帝使岐伯所造，以建武威、扬德风业。劝观战士也。《周礼》所谓"王大捷则令凯乐，军大捷则令凯歌"是也。《周一本无周。礼一本无礼。》所谓皆一本无皆。汉曲。又艾有一本无有。《朱鹭》《思悲翁》《艾如张》《如一本无如。二一本无二。拥离》《上陵》《将进酒》《上一本无上。圣人出》《上邪》一本作《上之回》。《远如斯期》《石留寿一本无寿。》,共十八曲,字皆纰缪,不可晓解。《钓竿》一一本无一。篇,晋世亦称为汉曲,已上十八曲,恐非是也。

陇头吟 黄鹤吟 望行人人行 折杨柳 关山月一本有《洛阳道》曲题 长安道 横一本作豪侠行 梅杨花 紫骝马嘶 骢马下一本有行字。雨雪 刘生

已上乐府横吹曲。按北此曲有鼓角。《周礼》以鼖鼖鼓鼓下一本有军士用三字。角。旧说蚩尤氏率魑魅,与黄帝战于涿鹿之野,帝始命吹角作龙吟以御之。及一本无及。魏武征乌桓,越沙漠,军士闻之悲思,于於是减为中十鸣,尤更悲矣。又有胡笳之声,后渐用之。又横吹者,胡下一本有笳字。乐也,一本无也。汉博望侯张骞入西域,传其法于於西京,惟得《摩诃》《兜勒》二曲。李延年因胡曲变下一本有为字。之,更造新声二十八解,其法乘舆以为武乐,东汉以给边将。和帝时,万一本无万。人入将三军得用之。魏晋以来,二十八解不复具在也世。在一本无在。者一本无者。止有《出关》《出塞》《入塞》一本无入塞二字。《黄覃子》《赤之杨》《合上》《黄鹤吟》《陇头吟》《折杨柳》《望行人人行》等十曲,皆无其辞。若《关山月》以下十八曲,后代所加也。

王昭君 汉人怜昭君远嫁,为作歌。

子夜 晋有女子名子夜所作也。

前汉下一本有歌字。晋车骑将军沈玩充所作也。

石城下一本有乐字。宋臧质所作也。

乌夜啼 宋一本无字。临川王义庆所作也。

莫愁一本云郢州石城女子所作也。

襄阳城一本无城。宋随王诞一本作刘道彦。所作也。

已上乐府清商曲,南朝旧乐也。故蔡邕云清商曲,其辞不足采者。其曲名,有《出郭西门》《陆地行军》《侠侯钟》《朱宋堂》《寝奉法》五曲,非止《王昭君》等。永嘉之乱,中朝旧曲散乱,江左无复宋一本无无复宋三字。梁新声。一本作乐新声。后魏孝文纂绪,一本无绪。收其所获南音,谓之清商乐,即此等是也。隋平陈,因置酒清商

署,《君巴渝》《白纻辞》皆在焉。一本自隋平陈下无十八字。

相逢狭路间行　亦曰《长安有狭斜行》《艳歌行》《怨诗歌行》

饮马长城窟行　或云此蔡邕之词。

君子行一本无曲题。

鞠歌行一本无曲题。一本有《游子行》曲题。

豫章行

门有车马客行

猛虎行

齐讴一本无讴。行

会吟行

出自蓟北门行

结客少年场行

东下一本有门猛二字。虎吟行　或云无行字。

苦热行

放歌行

西上一本有上字。长安行

怨歌行

升天行

凤将一本无将。雏 旧说汉世乐曲名一本无名。也。

白马篇

空城雀

半渡溪

起夜来一本作夜起行。

独不见

携手曲

阳春曲

新城　亦曰长乐宫行

大垂手　又有小垂手及一本无及。独摇手。一本无独摇手。

行路难

蜀道行难

秦王巷卷永衣

轻薄篇

苦善哉行

悲哉行

已上乐府虽下一本有存字。题目,自一本无自。《相逢狭路间》已以下,皆不知所起。《君子有所思》已以下,又无本辞。仲尼云有所不知不知则阙之,一本无之。以俟知者。今据后人所拟,采其意而注之。如曹植《鸳鸯》《种葛》《明君》《箜篌》《蒲生》《吾生行宴乐无》《少年》《东海》《人生》《坐三殿》《阊阖》《日与月》《日月既逝》《只翼》《太极》一本自吾生行宴乐无下无二十八字。《白马》《名山都》《盘古》《驱车》《东岳妍歌》《结客》《大垂手》等,拟《气出唱思》一本无思。为《喉乾》,《酒行》为《於穆》,《精列行》为《两仪》,《陌上一本无上。桑》为《望云》,《有所思》为《嗟佳人》,《善哉行》为《苦日短》,《长歌行》为《鰕䱇》,一本无鰕䱇二字。《墨出尺蠖》一本无墨出尺蠖四字。《出东门》为《推贤》,下一本有为天地三字。《苦寒行》为《呼嗟》,《饮马长城窟》为《扶桑嗟生》,《豫章行》为《穷达》,《薤露》为《天地》,《秋胡行》为《在昔》,《妾薄命》为《日月》,《齐路吟行》为《美如》,《太山梁父吟》为《八方》等篇。虽《大禹以上行》,一本无行。亦多是拟古所作,后继之,故不录。若传傅林休变奕《有女》一本无有女二字。《秋兰》《草摇摇》《燕美人》,一本无人。谢惠连《却一本无却。东西》《晨风》《前有尊酒》《陈歌》《越谣》一本无谣。等行,《缓声代后》等歌,一本自缓声下无六字。诸家集复有《城上麻》《攜携手》《雍台堂》《送归》《夹树》《渡易水》《胡无人》一本有相字。《桐柏出》《华阴山》,近代吴均辈多拟此等,并自为乐府,皆关古词辞,亦不书,以俟知音也。

思归引　一亦曰离拘一本无离拘二字。操,卫女作。

水仙操　伯牙作。下一本有也字。

公无渡河　本曰箜篌引也。一本无也。

走马引

雉朝飞

别鹤操

已上乐府琴曲,皆一本无皆。出《琴操》,记事与本传相违。连。

今并存之，以广异闻。

长上门怨（一本《上门怨》《婕妤怨》《铜雀台》，误入于乐府琴曲）

婕妤怨

铜雀台　一曰铜雀妓。

四愁　张平子所作。

同四声诗　亦张平子所作。

招隐　汉淮南王下一本有引字。刘安小山所作。

定一本无定。情诗　汉繁钦所作。

合欢诗　晋阳方所作。一本自合欢诗下无八字。

反招隐　晋王康琚所作。

蒿砧今何在 一本有出乐府三字。

联句　起汉武柏梁宴，人作一句。

自君之出矣　出徐幹《宣思诗》等三词云。一本无宣思诗以下文。

离合诗体　起汉孔融，离合其字以成文。

盘屈诗　盘屈书之，是窦涛妻苏氏《回文诗》也。

回文诗　回复读之，下一本有也字。皆协韵而成，见上注。

百年歌　每十岁为一首。陆士衡至百二十时也。

步虚词辞　道观室所唱。

道里名诗一本无题名。

草木鸟兽名 一本无题名。

八音 一本无题名。

六府一本无题名。

建除一本无题名。

风人诗一本无诗。梁简文帝谓之风人诗，一本无诗。陈江总谓之吴歌。其文尽帷薄簿亵情。上句述一语，用下句释之以成。云"围棋烧一本无烧。败襖，一本无襖。看子故依作然"，是此类也。

已上古题及后近代杂题，一本无杂题二字。按古题多起一本作援古题名题。汉代，杂题多起齐梁。又有古歌诗数十千篇，亦并一本无并。两汉之什，一本无什。大一本无大。行于於世，而题目又如《两头纤纤》，《五杂组》桓敬道子诗一本无桓敬道子诗五字。等，体复不类，并不载之也。

上记之文,乃是近似《乐府古题要解》原文的文本,其确凿的证据,是由于唐宪宗元和年间以后之人王叡在其自撰的《炙毂子杂录注解》五卷(《新唐书·艺文志》"小说家类"著录)中,完全采录了前记之文,并且流传至今。兹列举王叡采录的方式如次:

> 炙毂子曰:《乐府解题》序云:乐府之兴,肇于汉魏。历代文士,篇咏实繁。……(上文)……体复不类,并不载也。炙毂子曰:此部全出《乐府解题》,予加以《古今注》附之。义有阙者,采经史以补之也。(元陶宗仪《说郛》卷四十三《炙毂子杂录》)

由于吴兢死于天宝八年(749),采录者王叡尚不足六十岁,在上文中明言"此部全出《乐府解题》",我的接近于原文的主张,应该没有疑问的吧。又这个王叡所说的"乐府解题",在采录文中作"古题解",尽管省略了"要"字,当能明确即指《乐府古题要解》。与吴兢同时代的刘悚也有《乐府古题解》一卷,因书名相同,姑且也被推测为撰者。然而宋以后,由于以吴兢之名流传的上文这一事实,刘悚则不是撰者。又尽管郗昂或王昌龄也有《乐府古今题解》三卷,但因为同样的理由,他们也不是此书的撰者。

《炙毂子杂录注解》五卷本虽不传,包含前揭的逸文,则被元代陶宗仪的《说郛》所收录。但有《说郛》本(上文文本)和《重校说郛》(上文"一本")两个版本,其间歌曲的排列顺序有些许差异,文字上也有异同,姑且有校订的必要。但没有能怀疑其为原文异同的有力证据。

那么,前揭之文为《乐府古题要解》之文,无论是否应该视为问题,为何必须要特别补充说是"近似的文本"呢?其理由是因在前揭之文中,王叡所添加并削除之处的区分是很明显的,兹指出这些地方。

王叡在前揭之文中添加的,是在歌名下标注了着重号的附加的部分。即紧接序后的《雉朝飞》《别鹤操》《走马引》《淮南王》《武溪深》《吴趋曲》《箜篌引》《平陵东》《薤露歌》《蒿里歌》《长歌》《短歌》《陌上桑》《杞梁妻》《钓竿》《董逃歌》《短箫歌》《上留田》《日重光》《月重轮》《横吹》,引自崔豹《古今注》的"音乐"篇,引出并添加的人就是王叡。他所说的"予加以《古今注》附之",便是证据。又这些歌曲中,《雉朝飞》《别鹤操》《走马引》《箜篌引》在后文的“乐府琴曲”类中重出，也证明了是王叡添加的事实。然而，仅削除添加的部分实际上并不是《乐府古题要解》的原文。作为复原的工作，从削除的部分中，在属于“乐府相和歌”一类的歌曲中，从《宋书·乐志》中采录了《短歌》(《宋志》为《短歌行》)、《薤露歌》(《宋志》为《薤露》)、《蒿里歌》(《宋志》为《蒿里行》)、《平陵东》《陌上桑》《董逃歌》(《宋志》为《董桃行》)六曲，加入了此类，大体上由此开始成为了原文。因“乐府相和歌”的解题云“自《短歌行》已下，晋荀勖采撰旧诗”，原文则明确为从《短歌行》开始，这六曲乃从《宋志》中引出，并且用其题名排列之。那么，这六曲的排列顺序是怎样的呢？没有比参考传存至今的明毛晋的《津逮秘书》二卷本更有效的办法了。

前文中王叡所削除的，乃是“乐府琴曲”这类的部分。其解题云“已上乐府琴曲，皆出《琴操》，记事与本传相违，今并存之，以广异闻”，原文则是仅限于从《琴操》中引出的歌曲，不仅著录了歌名，而且一并记载了异闻的事迹。但要复原一度被削除之文，理论上是不可能的吧。但由于今天传存有两种参考资料，根据相关办法，可以设想原文的记事。其一是《太平御览》所引的《乐府解题》及《琴操》的记事，即从此书中收集来自“乐府琴曲”类中所属的《思归隐》(卷五七八《乐府解题》)、《水仙操》(卷五七八《乐府解题》)、《公无渡河》(卷三九六《乐府解题》)、《走马引》(卷四八二、卷五七八《琴操》)、《雉朝飞》(卷五七八《乐府解题》)、《别鹤操》(卷四八九、卷九一六《琴操》)的记事。但这种情况下，仅采用《走马引》的记事是困难的，此书《琴操》所引有两处，但记事不同。其二是明毛晋《津逮秘书》二卷本，但此书有后人的补注本，并非原本之貌。但由于后记中补注之人正好是王叡，此书中将认为是从《琴操》中所引的部分检出，可得到大体上与原文相近的文本。相反的，可能不是《琴操》所记，也就是以下补注的部分，应该是可以删除的吧。

思归引

晋石崇亦有《思归引》，但归河阳所居。若刘孝威“胡地凭良马”，备言思归之状而已。

雉朝飞

魏武帝宫人有卢女者，故将军阴淑升之妹。七岁入汉宫，学鼓琴，特异于余妓，善为新声，能传此曲。至魏明帝崩，出降如尹更生妻，若梁简文帝“晨光照麦畿”，但咏雉而已。

公无渡河

旧史称汉武帝灭南越，祠太乙后土，令乐人侯晖依琴造坎，言坎坎应节也。侯工人之姓，后语讹坎为空也。

以上指出了删除要删除的部分，另一方面也要加入应该要添加的部分——限于“乐府琴曲”之类，即便很难一字不差地完全复原，但也能得到最接近于《乐府古题要解》原文的文本吧。

《乐府古题要解》的撰者吴兢，由于《新唐志》著录了他的名字，能够否定的资料也不足，所以必须取信。因此书序中说“顷因涉阅传记，兼诸家文集，每有所得，辄以记之。岁月积深，或成卷轴”，吴兢作为历史学家集成传记的同时，此书的撰写可能是其副产品，所以经年累月才编出了一卷。那么，此书的特色在于序中所说的“因以编次”也就是编集的方法，即古乐府的类别及排列，首先是乐府相和歌，然后是乐府拂舞歌(改原文“篇”为“歌”)，次之以乐府白纻歌、乐府铙歌、乐府横吹曲、乐府清商曲、乐府杂曲(后人改题)、乐府琴曲的顺序，最终是古题与后代杂题，统合九种，悉为有组织地编集。但如后面所说的，这个补注本的《津逮秘书》二卷本，竟像俗称的“半截子工程”那样，是个未完成品。

吴兢的一卷本《乐府古题要解》，宋代以后纷繁复杂，不知何时便有了二卷本的流传。这一事实可由正史直接证明：

吴兢《乐府古题要解》一卷(《新唐书·艺文志·乐类》)——→吴兢《乐府古题要解》二卷(《宋史·艺文志·乐类》)

若是如此，为何会有两卷本呢？这当然就要考虑到补注了。如果是这样，是谁补注了此书呢？成为线索的就是王叡所说的记事。但采录此记事的《说郛》，如前述因有《说郛》本和《重校说郛》本之间的异同，并记如下：

> 炙毂子曰：此部全出《乐府解题》，予加以《古今注》附之。义有阙者，采经史以补之也。（《说郛》本）
>
> 炙毂子曰：此部全出《乐府解题》，余加以《古今注》附之。义俟作者，采经史以补之也。（《重校说郛》本）

以上两篇记事中，“采经史以补之也”，是王叡对采录的乐府解题，有感而发，应该有必要从经史中寻求补注。事实上，一卷本《乐府古题要解》据前记之文可知，即使是有乐府类别上的解题，除了“乐府琴曲”，并没有对每首歌曲都加以详细的解题，这里应该就有了补注的空间。但补注之人的名字，上述两篇记事有“义有阙者”（部分的补注）[①]和“义俟作者”（全面的补注），因句意有异且需要“等待”，王叡才决定要对其作注，而他确实也是最适合的人选。也就是说，虽然他所撰的《炙毂子杂录注解》五卷已不存，其“注解”为何？宋代晁公武在《郡斋读书志》中已有所透露，所记如下：

> 《炙毂子杂录注解》五卷，唐王叡撰。《二仪实录》《古今注》载事物之始，乐府题解下疑脱字。乐府所由起，叡辑纂数家之言，正误补遗。

上文中，“数家之言”不仅指《二仪实录》和《古今注》，用于乐府题解的，还有刘悚的《乐府古题解》、郗昂或王昌龄的《乐府古今题解》等文。又“正误补遗”云云，具体来说，不就是指“辑纂”书中认为的必要之文，尝试对乐府题进行解释——即对《乐府古题要解》进行补注的工作吗？

从一卷本到二卷本，是怎样补注的呢？将前文和传存的《津逮秘书》二卷本比照来看的话，就能容易识别了。除了“乐府琴曲”类外，对每首歌曲详细解题的大概就是补注。兹展示“乐府琴曲”类补注的

---

① 部分的补注，指的是王叡在乐府解题的文中夹杂以下文字：（乐府白纻歌）炙毂子曰：“白纻，细白生纻布也，今湖州者最上也。按《左传》吴季札献缟带于子产，赠之以纻布也。”

痕迹：

> 以上乐府琴曲，皆出《琴操》。记事与本传相违，今并存之，以广异闻。(前记之文)
>
> 以上乐府琴曲。案上诸语说，皆出《琴操》等书。《琴操》纪事，好与本传相违。今两存者，以广异闻也。(《津逮秘书》本)

《津逮秘书》本除了《琴操》之外的记事，也予以采录。这就是“等书”一词所表示的。以外的记事，就是我前面所举出的认为应该削除的《思归引》《雉朝飞》《公无渡河》等。为了补注，对解题进行了修正。

宋代流传的是二卷本也就是补注本。因此，宋人在随笔和乐府总集中，引用吴兢之名及《乐府古题要解》时，到底用的是吴兢的原本，还是补注本，就有识别的必要。例如，与葛立方《韵语阳秋》卷一五所谓“《凤将雏曲》，吴竞(兢)《乐府提要》云：汉世曲名也”的原本相比，郭茂倩《乐府诗集》中作为解题之书引用的则是补注本。郭氏认为，相比于用吴兢原本在乐府的类别上的解题，有必要使用补注本中所见歌曲的更为详细的解题。那么，尽管在补注本流传的宋代，也有郑樵《通志·艺文略二》著录“吴兢《乐府古题要解》一卷”、陈振孙《直斋书录解题》“吴兢原本一卷”的明确记载。

再试论述我关于毛晋《津逮秘书》二卷本的管见。此书与郭茂倩《乐府诗集》引用的乐府解题大同小异，因此，所传存的明显就是宋代的面目。然而补注本并非是吴兢一卷本《乐府古题要解》的原貌。补注之人的名字——适合的人选虽然是王叡，但由于其人其名隐匿的缘故，吴兢还是被推测为既是撰者又是补注者。校订此书的明人毛晋就说“唐史臣吴兢纂采汉魏以来古乐府词，分为十卷，惜乎不传。传者仅《古题要解》二卷”，可知此书经吴兢之手而成，只有二卷的全文存世。但奇怪的是，此书虽有补注本，实际上也是一“残本”，即前记之文中，文末所缺的部分：

> 风人诗。梁简文帝谓之风人诗，陈江总谓之吴歌。其文尽帷薄亵情，上句述一语，用下句释之以成，云“围棋烧败袄，看子故依

然”，是此类也。

已上古题及后代杂题。按古题多起汉代，杂题多起齐梁。又有古歌诗数十篇，亦并两汉之什，大行于世，而题目又如《两头纤纤》，《五杂俎》桓敬道子诗等，体复不类，并不载之也。（《说郛》本）

此书的补注者因在文末罗列了“星名”“郡县名”“卦名”“药名”等名物诗的题目，导致无法收拾而删去，或者是仅文末在传写过程中缺少了这一部分。吴兢的原本将乐府分为九个类别，不论全部将其有组织性地编集，但此书如前记事所说的“半截子工程”，不像样子。对其校订的毛晋对此点竟然也全然不觉，否则，他一定也会想要补足此书。

以上基于正史著录的事实，我对吴兢《乐府古题要解》一卷本的原文——及与之相近的文本作了介绍，并且论证了与之产生差异的理由。作为参考，正史如《新唐志》中，大体在著录上作了两分，即乐府的作品集入总集类，乐府解题之书入乐类。只要无法提出足够的否认《新唐志》的资料，我的看法也就没有什么不妥当之处吧。

并记　唐人的古乐府解题之书

古乐府在玄宗开元年间从宫廷消失了身影，有想要在书中保存下来的想法吗？对此寄予关心的人们，撰写了解题之书。这些人中的吴兢、郗昂、王昌龄、刘馀四人，他们各自撰写的书为正史所著录：

吴兢　《乐府古题要解》一卷（《新唐书·艺文志·乐类》）

郗昂　《乐府古今题解》三卷一作王昌龄（《新唐书·艺文志·乐类》）

刘馀　《乐府古题解》一卷（《新唐书》卷一百二《刘馀传》，《新唐书·艺文志·总集类》）

四人中，因吴兢死于天宝八年，郗昂乃开元十二年进士，王昌龄为开元十五年进士，刘馀为天宝初年集贤学士，四人都处于同一时代，并且在古乐府消失时都在世。这四人中，除了前记的吴兢，试考述有关另三人的撰书。

郗昂的《乐府古今题解》三卷本，在被正史著录的时候，已经有撰者是郗昂或王昌龄这种纷杂的现象。这种纷杂遗留到了后世，该书都有各自为撰者名而得以流传的迹象。即郗昂所著之书，北宋郭茂倩《乐府诗集》卷四十五《前溪歌》的解题仅有一处引有其书"《前溪》，舞曲也"，此书为三卷本，难道就没有其他值得引用的东西了吗？郑樵《通志・艺文略二》也著录了郗昂之名。另一方面，王昌龄之书，《宋史・艺文志・乐类》著录有"王昌龄《续乐府古解题》一卷"，又元代辛文房《唐才子传・王昌龄传》中也记云"《诗中密旨》一卷及《古乐府解题》一卷，今并传"，辛文房在世时代所流传的，尚有名为王昌龄所著之书。但此书从三卷减为一卷。不用说，剩余的二卷已经散逸了。是否有作者不明之解题书流传呢？其中之一，是《宋史・艺文志》著录的作者不明的《乐府古题》一卷、《乐府题解》一卷。

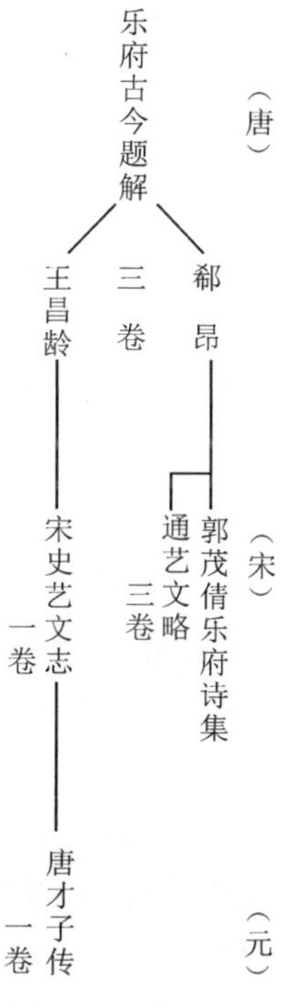

关于《乐府古今题解》一书的内容，因《崇文总目》云“所载曲名，与吴兢所撰《乐府解题》颇异，复有唐李百药词”（《文献通考》卷一百八十六），可知著录有与吴兢《乐府古题要解》颇异的歌曲和采录有初唐李百药所作词两点。这里被想象为是采录的李百药的作词，乃是现存歌辞《少年行》《妾薄命》《火凤词》三首。

刘悚的《乐府解题》一书，见于前记《旧唐书》本传以及《新唐志》所著录。而且由于宋代郑樵《通志・艺文略二》的著录，可以明确此书在唐宋之世仍有流传。那么，此书的内容是怎样的呢？推测他为撰者的《重校说郛》本收录的《乐府解题》中，收有相关古曲十九篇。我因认为这些篇章与前记吴兢的原文完全不同，其当为刘悚原文的一部分。兹将这些篇章与吴兢书的补注本也就是毛晋的《津逮秘书》二卷本比照，除了《白头吟》《明妃曲》两篇，其他篇都与二卷本大同小异。这种情况到底证明了什么呢？为了探究其原因，将此十九篇与每篇比照的结果，并记如次：

伯牙操

伯牙学琴于成连先生。成连曰：“吾师云：春在海中，能移人意。”与俱往，至蓬莱山，留伯牙曰：“此居习之，吾将迎师。”刺船而去，旬日不返。伯牙但闻水声澒洞，山林冥杳，禽鸟啼号，乃叹曰：“吾师谓移人意者，岂此也。”援琴而歌，顿悟其妙旨。

除了曲题《津逮秘书》本作《水仙操》外，文字也有部分差异。此篇之文较简洁。

白头吟

司马相如将聘茂陵人女为妻，文君作《白头吟》云：“凄凄重凄凄，嫁女不须归。愿得同心人，白头不相离。”相如以自绝，乃不聘。

《津逮秘书》本与之全异，而且更为详细，此篇文则得其简要。

雉朝飞

齐宣王时,犊牧子五十无妻,见雉相随,而作此曲。

此篇由较《津逮秘书》本之更为简约的文字而成。

别鹤操

商陵牧子妻,五年无子,父母将令改娶。妻闻之,作此曲。

曲作者不同。《津逮秘书》本作牧子,此篇为其妻子所作。

乌夜啼

宋彭城王义康,与义庆相见而哭。帝怪之,征还,大惧。妓妾夜闻乌啼,叩阁曰:"明当有赦。"遂作此曲。

此篇由较《津逮秘书》本之文更为简洁的文字而成。

蒿砧今何在

蒿砧为夫也。山上复有山,言夫出也。何时大刀头,问何时还也。破镜飞上天,言月半时还也。

此篇由较《津逮秘书》本之更为简洁的文字而成。

杂("离"之误)合诗

孔融作,合其字以成文。

《津逮秘书》本与吴兢原文大体相同,作"右起汉孔融,合其字以成文也"。

泰山吟

《薤露歌》,一名《蒿里行》,又名《泰山吟》。

此文与《津逮秘书》本大体相同，然此本中此文歌题不作《泰山吟》。

挽柩歌

汉武时，李延年分二曲，以《薤露》送王公贵人，以《蒿里》送士庶，令挽柩者歌又（“之”之误），通谓之《挽柩歌》。

此文与《津逮秘书》本大体相同。

乌生八九子

古词言：“乌生八九子，端坐秦氏树。”言乌生子，当在岩。今来坐树间，故为弹所杀。

此篇由较《津逮秘书》本之更为简洁的文字而成。

陌上桑

旧说邯郸女子姓秦名罗敷，为王仁妻，仁事赵王，为家令。罗敷采桑陌上，赵王见而悦之，置酒将夺焉。罗敷善筝，作此曲，自明不从。

此文与《津逮秘书》本大体相同。

东门行

古词云：“出东门，不愿归。”言士有贫，不能安，拔剑将去。其妻止之曰：“时清，不可为非，愿共餔糜，不求富贵。”

此文与《津逮秘书》本大体相同。

君马黄

言“君马黄，臣马苍，三（“二”之误）马同逐臣马良”，叹无罪见逐也。

此文与《津逮秘书》本文末一句不同。

明妃曲

明君即昭君,晋文君讳改焉。《琴操》载:“昭君,齐人王穰女,极美,献之元帝数年,帝未见之。因单于入朝,帝宴之,禁中后宫执事嫔御皆侍,昭君在列。酒酣,帝曰欲以一女遗单于,谁能行者。君王(“昭君”之误)怨帝,即出请往。帝见悔之。”旧说不同。

此文引《琴操》,其记事与之不同,《津逮秘书》本亦不同。解题人多少有些独创性。

大垂手

言舞而垂其手,亦有《小垂手》及《独摇手》之类。

《津逮秘书》本除“摇”字作“垂”外,其文与之相同。

坎侯

汉武帝灭南越,祠太一后土,令乐人依琴造坎,言坎坎应节也。侯,工人之姓,因曰坎侯,后讹为箜篌也。

此文与《津逮秘书》本大体相同。

定情篇

汉繁钦所作。若“臂环致奉(“拳”之误)拳,指环致殷勤,耳珠致区区,香囊致扣扣,跳脱致间,佩玉结恩”,皆妇女叙志之词也。

此文与《津逮秘书》本大体相同。

合欢诗

晋杨方所作。食共并根穗,饮共连理杯。衣同双丝绡,寝共

> 无缝裯。坐必接膝，行必携手。如鸟同心，如鱼比目。利断金石，密逾胶漆也。

此文与《津逮秘书》本大体相同。

大山小山

> 招隐词，本楚声，淮南王安所作。《大山》《小山》，拟《诗》之大雅小雅也。

此篇由较《津逮秘书》本之更为简洁的文字而成。此本题名作《招隐》《反招隐》。

从以上比照的结果，探究其原因，不就是因为某时代的某位作者，为了补注一卷本的吴兢《乐府古题要解》，采用了刘悚原书的资料，部分引用并且对其进行修改了吗？对于此点，试作推论。以上十九篇可知，刘悚一卷本《乐府古题解》的特色在于对每首歌曲的解题。与之相比，吴兢之书的特色，如前记所言，乃是在对乐府类别上的解题，除了“乐府琴曲”，并没有对每首歌曲细加解题。如此一来，将两书合理合并，就会产生一部兼具两书特色的新解题之书。这里再引用宋代晁公武《郡斋读书志》“《乐府解题》(下疑脱字)乐府所由起，叡辑纂数家之言，正误补遗”的记载。这是因为，中唐时期，王叡从刘悚的原书中“辑纂”的是他认为的必要之文，而吴兢不就是最适合补注《乐府古题要解》的人选吗？在现存的十九篇中，除了前记的两篇，《津逮秘书》二卷本与之大同小异的结果，证明了这十九篇更为“古老”，而《津逮秘书》本之文更“新”这一事实。基于此事实，反复说明的话，就是这十九篇由于不是吴兢之书的原文，如果引用吴兢之文并对其有所修改的话，就不可能和《津逮秘书》本的文本大同小异吧。

第四章 《文选》李善注的古乐府与《乐府诗集》

《文选》李善注中散存有古乐府的逸句。搜集这些零星的逸句，使得稍稍追想古乐府的原型，同时推测歌体的组成与歌辞的内容成为可能。而且，作为乐府的总集，自南宋初便被认为是最具权威的郭茂倩的《乐府诗集》，也能够尝试对其进行新的补遗。由于郭茂倩是北宋神宗时代的人，他试图将已经前人之手编成的古乐府，与唐五代的乐府合并为 5290 首作品分类排列，编纂成《乐府诗集》一百卷。然而，郭氏编纂这些作品时，依据大约 100 种的文献资料中，尚无证据表明是否包含了《文选》。与其我认为这些资料中当然可能应该有《文选》，不如说郭茂倩对《文选》是置之不理的。这么说，乃是将《文选》本文及李善注所引的乐府作品，与郭氏《诗集》比照的结果，基于以下两条证据。

首先，在《文选》收录的作品中，有 59 首见于郭氏的《诗集》。这其中，能够确定郭氏不是从《文选》而是从《宋书·乐志》采录的有 5 首，即魏武帝的《短歌行》《苦寒行》、魏文帝的《燕歌行》《善哉行》、曹植的《野田黄雀行》。关于剩下的作品，《文选》和郭氏《诗集》之间，能见到非常大的文字差异。但《诗集》现存的版本，最近文学古籍刊行社向世人介绍的宋本《乐府诗集》(影印本)，和明末经毛晋及王与公之手整理的汲古阁本，由于二本多少都丧失了原貌，所以仅仅抓住文字的差异就下判断是很危险的。然而，前揭的 5 首，比照一下《诗集》和《宋书·乐志》所载，因为大体上的一致，如果郭氏是从《文选》采录的话，这个证据在现存二本的文字上，就应该明确地表现出来。

其次，如果郭氏重视《文选》的话，难道不应该着眼于李善注吗？因为其注中保存了不少古乐府的逸句。郭氏已经煞费苦心地收集了56首乐府古辞，当然应该注意到李善注。这样的话，《诗集》在卷七十六收录汉代繁钦的《定情诗》时，就不会舍弃以下的逸句吧。

繁钦《定情诗》曰："何以消滞忧，足下双远游。"（卷十九曹子建《洛神赋》注）

又《诗集》卷三十一的《猛虎行》，卷三十八的《新城安乐宫行》，卷三十九的《艳歌行》，李善注中见到的这些古辞的逸句，在其解题中不厌其烦地附加说明之：

《古猛虎行》曰："少年惶且怖，伶俜到他乡。"（卷十六潘安仁《寡妇赋》注）

《古猛虎行》曰："禀气有丰约，受形有长短。"（卷五十沈休文《宋书谢灵运传论》注）

《古新成安乐宫辞》[1]曰："般鼓钟声，尽为铿锵。"（卷十七傅武仲《舞赋》注）

《古艳歌》曰："居贫衣单薄，肠中常苦饥。"（卷二十七魏文帝《善哉行》注）

但这些示例并没有为郭氏《诗集》所采录，也就是说，郭氏对李善注置之不理。郭氏之后，揭示凡例二十八条，对郭氏《诗集》进行批判并自行订误增补的明人梅鼎祚，在其《古乐苑》一书中，依然忽略了李善注。尽管清代也有乐府研究的专书，但出色的几乎没有。近人彭丽天的《乐府诗集古辞校正》[2]虽值得注意，也有很多不足。我在这些古乐府逸句中，挑选若干应该注意的，尝试从歌体的组成到歌辞的内容提出新的假说，如果能达到为郭氏《诗集》作些许补遗的目的便很幸运了。

---

① 王僧虔《大明三年宴乐技录》作《新城安乐宫行》。

② 载《清华学报》第十二卷第一期，民国二十六年一月。

一、《步出夏门行》与《陇西行》

《文选》卷十八潘安仁《笙赋》注，李善从《歌录》所载的《步出夏门行》古辞中引用了“凤凰鸣啾啾，一母从九雏”二句，这并非逸句。见于郭氏《诗集》卷三十七《陇西行》古辞。我选取这一歌句，是想要触及《步出夏门行》和《陇西行》之间的关系。

> 天上何所有，历历种白榆。桂树夹道生，青龙对道隅。凤凰鸣啾啾，一母从九雏。(《乐府诗集》卷三十七《陇西行》古辞)

郭氏对《陇西行》的解题，认为《陇西行》又称《步出夏门行》，两者为异名同曲。此说乃根据吴兢《乐府题解》也就是《乐府古题要解》而来，即此书的撰者吴兢说这两者是异名同曲(但把“夏门”说成“东门”)。作为参考，吴兢之书的补注者更进一步作了如此的解题。这一古辞，《宋志》虽然没有采录，但见于其他文集。开始描述的是妇人的容色，其次歌咏了妇人接待来客的言行举止符合礼仪。然而，郭氏信从了吴兢的说法，《陇西行》和《步出夏门行》为同一曲子，又特别载录了以“步出夏门行”为题的古辞。尽管重复了“天上何所有”以下的四句，仍被照样收录在《诗集》中，这是出于什么原因呢？而且后者古辞由于歌咏的是神仙，与前者《陇西行》的古辞的内容完全不同：

> 邪径过空庐，好人常独居。卒得神仙道，上与天相扶。……天上何所有，历历种白榆。桂树夹道生，青龙对伏趺。(《乐府诗集》卷三十七《步出夏门行》古辞)

郭氏或是将前人选出的古辞，仅忠实地收录进《乐府诗集》，也未可知。但对《陇西行》或《步出夏门行》的解题，在任何一首曲题下，不应该载有前记的两首古辞吗？后世的乐府研究者对这两者的古辞和题名抱有疑惑，尽管做了种种假设，但都不足采信。我虽然也没有定论，还是尝试解释如下。

(1)《陇西行》也好,《步出夏门行》也罢,本来符合各自题名的歌辞是一定存在的。郭氏收录的两首古辞,其内容都没加歌题,这一点是很清楚的。假如这两者是异名同曲的话,难道《陇西行》不是更古老的存在,而《步出夏门行》则是与其旋律相协和而生的产物吗?由于班固《汉书·艺文志》有"燕代讴雁门云中陇西歌诗九篇"的记载,可以确定其是汉武帝时代存在于陇西地方的歌辞。

(2)刘宋王僧虔的《大明三年宴乐技录》分瑟调曲,列举了大量歌名,但仅有《陇西行》而不见《步出夏门行》之名。现存的《步出夏门行》歌辞中,在此歌题下添加的内容,是魏明帝所作的歌辞,可能是协和了原来汉代所存的陇西地方歌谣的旋律而作的。虽然有歌题与之相应的汉代歌谣流传,我认为从后世开始,就将选取了明帝歌辞的首句的歌辞,称为《步出夏门行》了吧。但在明帝之前,魏武帝也有同题之作。可此为《宋书·乐志》著录的题名,由于《宋书·乐志》的著录乃是以晋代荀勖所谓的《荀氏录》为基础,所以难以判断是武帝自己命名的歌题。

> 步出夏门,东登首阳山。(《乐府诗集》卷三十七魏明帝《步出夏门行》)

首句所见的"夏门",是指洛阳城的北门,即所谓的大夏门。因杨衒之《洛阳伽蓝记》云"汉曰夏门,魏晋曰大夏门",明帝首句歌咏的应该是汉代所称呼之门。顺便说一句,大夏门为明帝建造,可能因门高三层而冠之以"大"字。

> 陆机《洛阳记》曰:"大夏门,魏明帝所造,有三层,高百尺。"(《文选》卷二十六潘安仁《河阳县作诗》注)

(3)就今天所知道的资料而言,最早称《步出夏门行》为《陇西行》的是沈约的《宋书·乐志》。沈约虽然将两者说成是异名同曲,却没有把魏明帝的《步出夏门行》收入瑟调曲,而归入十五首大曲中。《宋志》乃是以晋代宫廷的分类为基础,与魏不同。因此,陈代释智匠《古今乐录》则舍弃了《宋志》，顺从的是刘宋张永《元嘉正声技录》的分类，将其作为瑟调所属的歌曲而采入：

大曲十五曲，沈约并列于瑟调。今依张永《元嘉正声技录》分于诸调，又别叙大曲于其后。唯《满歌行》一曲，诸调不载，故附见于大曲之下。其曲调先后，亦准《技录》为次云。

那么，即使《宋志》的分类不是魏代原来的样子，将两者说成是异名同曲，应该指的就是旋律上的一致。

(4)被《文选》李善注引用的《歌录》，从前记的"凤凰鸣啾啾"句开始，还有一部分像下例那样的《步出夏门行》古辞零星分布，但没有《陇西行》。

《歌录》曰：《古出夏门行》曰："善哉殊复善，弦歌乐我(《宋志》无我字)情。"(卷二十七魏文帝《善哉行》注)

《古步出夏门行》曰："行行复行行，白日薄西山。"(卷二十四曹子建《赠徐幹诗》注，卷二十七王仲宣《从军诗》注)

《古出夏北门行》曰："白骨不覆，疫疠淫行。"(卷二十潘安仁《关中诗》注)

《古出夏门行》曰："市朝人易，千岁墓平。"(卷二十八陆士衡《门有车马客行》注)

《古出夏北门行》曰："市朝易人，千岁墓平。"(卷三十谢玄晖《和伏武昌登孙权故城诗》注)

以上诸句中，"善哉殊复善，弦歌乐我情"二句见于《宋书・乐志》魏明帝《步出夏门行》歌辞，而其他全部都是逸句。有的逸句题名有"北"字，恐怕夏门在洛阳城北侧，所以才加了此字吧。然而还不能明确这些逸句是否是以李注为基础的，但从《歌录》所记的《古出厦门行》句中，包含了魏明帝歌辞的一部分这一点来推测，《宋志》所载魏明帝《步出夏门行》，其本来是要比其所载的更为长篇的歌辞，李注逸句中的，只是此歌辞的一部分。又因为《歌录》"行行复行行"这样五言二句的歌辞并没有被《宋志》收录，所以我认为本来的《步出夏门行》歌辞当不止一首。

梳理一下以上的私见，试重新推论如下。首先，《陇西行》的起源，在(1)中可以上溯至汉武帝时代，又东汉末可能在陇西地方产生了新的歌谣。其次，《步出夏门行》的“夏门”，是洛阳城门之名。如此，东汉时代，在洛阳周边的产生了与此歌题相应的歌谣，就像(4)《歌录》中收录的逸句所显示的，讴歌的是人身的变化，将其当作歌唱的对象吧。因此，这两首原来一定是不同的歌谣。他们的时点——曹魏时代，由于宫廷人在旋律上的交流，如同(3)《宋志》所说，实际上是成为了异名同曲，在著录的时候，如(2)王僧虔《技录》那样，不就招致了它们任一歌题都被列举的结果吗？

二、《长安城西行》

《文选》卷五十六陆佐公《石阙铭》注中，引用了魏文帝的歌辞。此歌辞讴歌的是长安西有一双圆阙，其上有一双铜爵，也就是安置了铜制的凤凰，凤凰鸣叫一次，五谷生长，鸣叫二次，五谷成熟的祥瑞。《太平御览》卷一百七十九也有《魏文帝歌》[①]，因载有相同的歌辞，作者应该也没有异议吧。

> 魏文帝歌曰：“长安城西有双圆阙，上有一双铜爵。一鸣五谷生，再鸣五谷熟。”

然而，刘宋王僧虔《大明三年宴乐技录》说，在《荀氏录》(晋荀勖)中虽能见到“长安城西行”之名，但今天(刘宋)其歌辞不传。但由于《技录》记载的是“长安长安城西行”，可以确定歌曲的首句有“长安”二字。我推测，李善注所引的魏文帝歌辞，乃是名为《长安城西行》的歌辞的一部分，虽然王僧虔不知道，但李善所引的，是其他乐府解题之书，其实

---

① 《太平御览》卷三十五载有同首歌辞，作“古歌词曰”，作者不明，且文字有异同：“长安城西有(卷三十九无“有”字)”双圆阙，上有一(卷一百七十九无“一”字)双铜爵(“爵”下，卷三十九有“宿”字)。……再(卷一百七十九作“载”字)鸣五谷熟。”

不就是《歌录》所收的歌辞吗?

三、《上留田行》

《上留田行》的歌辞,在魏末晋初曾实际存在并且歌唱过。崔豹《古今注》解说如下:

> 上留田,地名也。其地人有父母死,兄不字其孤弟者,邻人为其弟作悲歌,以风其兄,故曰《上留田》。(张元济校记本)

若据上说,此歌曲因最初取材于在上留田之地产生的家庭悲剧,而后与之相符的内容便兴盛起来。但中唐到北宋年间,由于此歌辞全佚,郭氏困于基础资料的欠缺,不得已,只好选取同为宋代的沈建所撰的《乐府广题》下卷中所载的歌辞逸篇,代作《上留田行》的解题,但此逸篇绝不是古辞。

> 《乐府广题》曰:"盖汉世人也。云'里中有啼儿,似类亲父子。回车问啼儿,慷慨不可止'。"(《乐府诗集》卷三十八)

顺便说一下,明代冯惟讷在编纂《诗纪》时,不认为此逸篇是《上留田行》的古辞,将其收录在杂曲之部。然而自同为明代的梅鼎祚开始,清代的乐府研究者将此逸篇附会上《古今注》,加以臆说,认为其一定是《上留田行》古辞的逸句,反倒是对下面所举的,实际上见于《文选》卷二十八陆士衡《豫章行》李善注中的原本就是古辞的逸句,竟然一无所知。

> 《古上留田行》曰:"出是上独西门,三荆同一根生。一荆断绝不长,兄弟有两三人。小弟块摧独贫。"

到了民国二十六年,彭丽天从李注中拣出以上的逸句,作为新的发现,取入他的《乐府诗集古辞校正》中,是理所当然的。乐府研究者的话,当然会留意到《文选》中收录的乐府,应该也很容易就注意到陆士衡《豫章行》注中的逸句。郭氏在编纂《诗集》时,忽视李善注的理由,我认为有一个。

李注逸句"出是上独西门"的"独"字,胡克家《文选考异》作"留",恐怕当作此。如此一来,可知首句所咏即《古今注》所说的地名。此逸句不仅是如两句所说的,三棵荆树同根而生,唯独一棵断绝不长,兄弟数人,只有小弟一个没落贫困,恐怕此句所歌的是小弟夭折的事由,这部分难道不是一种譬喻吗?即"一荆断绝不长"我认为有小弟死亡的意味。《古今注》说这是一首家里双亲俱亡,兄长不养育其弟,邻人因同情孤独的小弟而作的悲歌。而事实上,这一定是更为深刻的家庭悲剧吧。导致小弟饿死的兄长,由于是一种极其非人道的行为,引起了世人强烈的同情心,其结果就是想要赋予小弟永远生命的悲歌吧。唐代李白就有相同题名的歌句"昔之弟死兄不葬,他人于此举铭旌",或者就以此歌为基础,取材于留传的上留田的故事,并一定有李白自己对时事的讽刺。丰田穰氏在其《唐诗研究》的撰著中,有"《上留田行》,虽知其是有相当复杂内容的叙事诗,现存的这四句(指沈建的四句)则毫无表现。在此,我认为这四句和《孤儿行》《东门行》《西门行》《艳歌行》等一样,不都是长篇诗的一部分吗?也就是说在歌唱时截取了长篇的一部分,其原作已经亡佚,仅偶然有一部分残存了吧"的论述。我对其是有着复杂内容的叙事诗的说法表示赞同,但我的没有注意到李善注的逸句这一靠得住的假说,和历来乐府研究者的见解相左。沈建《乐府广题》下卷所录四句的来源并不清楚,但其不可能是《上留田行》的古辞,则是没有疑问的。

四、《悲歌行》与《塘上行》

我对于《悲歌行》和《塘上行》的问题是,不认为它们是古辞的逸句,其实是李善注中失题的古乐府的逸句,此逸句一方面必须要结合两者的古辞来考虑,另一方面,是由于了解古乐府生成过程时所产生的一个证据。兹先看此逸句:

古乐府歌曰："离家日趋远，衣带日趋缓。"(卷二十九《古诗一十九首》注)

将上述李注逸句和见于《太平御览》的歌句比照，可知其是有完整内容的长篇歌辞：

古乐府歌诗曰："秋风萧萧愁杀人，出亦愁，入亦愁。胡地多飙风，树木何萧萧。离家日趋远，衣带日趋缓。心思不能言，肠中车轮转。"(卷二十九《古诗一十九首》注)

明代冯惟讷《诗纪》卷十七采录此古乐府，"出亦愁"句之下，加入"座中何人，谁不怀忧，令我白头"的四言三句，"胡地"改作"故地"，"树木何萧萧"改为"树木何修修"。但并不清楚冯氏所依据的是哪种资料。然而，首先，将此乐府与郭氏《诗集》卷六十二《悲歌行》[①]为题的古辞比照，不仅歌辞内容酷似，末二句"心思不能言，肠中车轮转"也完全一致。

悲歌可以当泣，远望可以当归。思念故乡，郁郁垒垒。欲归家无人，欲渡河无船。心思不能言，肠中车轮转。

两首歌辞在内容上，都是远游之人歌唱望乡之情，完全是抒情味道浓郁的汉魏风调。又，古乐府"衣带日趋缓"的"缓"字，和"肠中车轮转"的"转"字同韵，这个"转"字也和《悲歌行》的"欲渡河无船"的"船"字叶韵。可见，从押韵上，"心思不能言，肠中车轮转"二句与两首歌辞有着无法割裂的关系。

其次，对比前记的古乐府和《塘上行》古辞[②]可知，古乐府中的"出亦愁，入亦愁。胡地多飙风，树木何萧萧"四句，而《塘上行》的古辞，是

① 郭氏并没有言及六朝人的乐府解题之书中著录过古老的以"悲歌行"为题的歌曲，然而郭氏自己也没有命名的《悲歌行》，可借由李白传存的此主题的作品来了解。

② 关于《塘上行》的作者，自古以来异论纷纭。《文选》卷二十八陆士衡《塘上行》李善注引《歌录》，称其为古辞，作者为甄皇后。也有魏武帝、魏文帝之说。

以每句五言的句型存在：

> 出亦复苦愁，出亦复苦愁，入亦复苦愁。边地多悲风，树木何萧萧。今日乐相乐，延年寿千秋。（《宋书·乐志》，《乐府诗集》卷三十五）

正如我前面所说，见于《太平御览》的古乐府，因其有着完整内容这一点，所以不能将其直接看作是《悲歌行》或《塘上行》的逸篇。然而，古乐府中的一部分语句，从存在于这两者的古辞中这一事实推断，在古乐府的生成过程中，可以进行新的推测。也就是说，大凡民间产生的歌谣，或经文人之手而成的诗赋，以及音乐家有时自己创作的歌辞，在各自作曲的情况下，其语句多少会有增删或改动，这种推断当然是可以站得住脚的。然而，这些歌曲在经过某些操作而产生的过程中，有部分会从既有的歌辞或部分新制的歌曲中照搬袭用，而且与歌意巧妙地结合的这一方法，我判断这是魏晋宫廷的惯用手法。若举其他的例子，如汉代的古诗“生年不满百，常怀千岁忧”，就是一首袭用了属于大曲的《西门行》的新曲，被晋宫廷所演奏。顺便说一下，此后的六朝时代可以看到大量这类情况，《子夜歌》《华山畿》《懊侬歌》《读曲歌》《黄鹄曲》《乌夜啼》《襄阳乐》等，都是此例。原来李注失题的古乐府，并不知道是否是比《悲歌行》《塘上行》古辞更为古老的存在，但关于这一古乐府的资料，在歌曲生成时部分袭用的路径这一事实，是有能被证明的可能的。

五、《饮马长城窟行》

《饮马长城窟行》，在王僧虔《大明三年宴乐技录》中仅作《饮马行》。此曲在汉代琴曲家间弹奏①。汉末魏初，又是以战乱的社会情况作为背景而流行的歌曲之一。郭氏《诗集》卷三十八收有古辞、魏文

① 东汉蔡邕《琴赋》：“于是繁弦既抑，雅韵复扬。仲尼思归，鹿鸣三章。梁甫悲吟，周公越裳。青雀西飞，别鹤东翔。饮马长城，楚曲明光。楚姬遗叹，鸡鸣高桑。走兽率舞，飞鸟下翔。感激弦歌，一低一昂。”（《艺文类聚》卷四十四）

帝、陈琳三首，而新的魏武帝作品的逸句，可从李善注中捡得：

魏武《饮马长城窟行》曰："四时隐南山，子欲适西戎。"（卷二十三欧阳坚石《临终诗》注）

仅凭二句无法窥探其内容，但相对于文帝之作系歌唱亲自南征讨伐荆吴之意，此古辞的内容不就是送人西征吗？由于李善时代《魏武帝集》尚存，这应该就是从集中所引吧。

六、《歌录》

作为六朝乐府的总集，除了陈释智匠的《古今乐录》，《歌录》是唯一一部今天还能知晓内容的书。其他类似总集的，还有谢灵运的《新撰乐府集》（十一卷），但只知道这一书名。那么，《歌录》就是自汉魏至西晋乐府的集大成之作，在对乐府进行解题的同时，也一并载录了歌辞。

《歌录》之为总集的事实，可由《文选》李善注中所见的歌辞察知。如《雁门太守行》的古辞就被《歌录》所收载：

《歌录》曰：《雁门太守行》曰："外行猛政，内怀慈仁。文武具备，课民不贫。移恶子姓，偏著理端。"（卷五十九沈休文《齐故安陆昭王碑文》注）

李善从《歌录》中所引并可明确其意思的歌辞中，省去重复，大约达到了17首。从而推测，绝大部分的汉魏乐府，都是从专门之书中引出的。李善注中，除了仅能看到名字的《魏武帝集》[①]，汉魏乐府，除了此《歌录》，只从《乐录》（疑为《古今乐录》）中引一首（重复），沈约《宋志》中引数首，再不见其他所引之书名。又将注中所引的汉魏歌辞与沈约《宋志》所收歌辞比照，仅有题名及作者名的差异，也能发现不见于《宋

① 卷十八马季长《长笛赋序》注："《魏武帝集》，有《气出》《精列》二古曲。"

志》的歌句，以下所列，即是逸句：

《古董逃行》曰："年命冉冉我遒，零落下归山。"（卷二十二沈休文《宿东阁诗》注，卷二十七曹子建《箜篌引》注）

《古杨柳行》曰："谗邪害公正，浮云蔽白日。"（卷二十九《古诗一十九首》注）

魏文帝《善哉行》曰："自惜奇薄，少离凶殃。"（卷十六潘安仁《寡妇赋》注）

魏文帝《善哉行》曰："喟然以惋叹，抱情不得叙。"（卷二十六颜延年《夏夜呈从兄散骑车长长沙诗》注）

魏文帝《折杨柳行》曰："端居无苦悰，驾游博望山。"（卷二十二谢玄晖《游东田诗》注）

魏明帝《善哉行》曰："权实竖子，备则亡虏。假气游魂，鱼鸟为伍。"（卷四十三孙子荆《为石仲容与孙皓书》注，卷五十七潘安仁《马汧督诔》注）

魏明帝《苦寒行》曰："修德乎紫阁，八月自怀柔。"（卷五十八颜延年《宋文皇帝元皇后哀策文》注）

不过，李善引用的《歌录》，大概就是《隋书·经籍志》著录的"《歌录》十卷"吧。但编纂年代与作者不明。刘宋时期，张永撰《元嘉正声技录》，又有王僧虔以荀勖记录为本撰《大明三年宴乐技录》，但都没有言及此《歌录》，另外陈释智匠《古今乐录》也没有提及。

我想要批判一下，在郭茂倩编纂《乐府诗集》时，是怎样对待为李善所重视的《歌录》的。郭氏引《歌录》之文凡五篇①，但并不是从《文选》中直接引用，而是从前人的乐府解题之书中转载而来。如果郭氏注意到散见于李善注中的《歌录》的话，就一定不会放过古乐府的逸句。又假如《歌录》在郭茂倩的时代仍有流传，郭氏直接以其为本的话，不会止于这仅有的五篇，而应该收获更多吧。如果将李善注引的

① 郭茂倩引《歌录》五篇为《塘上行》《饮马长城窟行》《孤子生行》《悲哉行》《齐瑟行》，但其中《饮马长城窟行》的解题"《歌录》云：'饮马长城窟，信非虚言也。'"的"歌录"，或是《水经注》所引的另一种书《琴慎相和雅歌录》，亦未可知。

《歌录》之文对比，应该能发现不见于《诗集》的《歌录》之文。但《乐府诗集》中，没有一篇被认为是郭氏直接从《歌录》中所引之文。

第五章　刘次庄《乐府集》《乐府集序解》批判

北宋人编纂的乐府总集或解题书中，大部头的有郭茂倩的《乐府诗集》一百卷，其次是刘次庄的《乐府集》十卷、《乐府集序解》一卷。然而只有郭茂倩所编之书长久流传，相比起被乐府研究者奉为宝典而爱读，刘次庄所编之书只流传到了明代，焦竑《国史经籍志》曾著录，还没受到世人的好评便已亡佚，连编者名字都不知道，所以今天也看不到次庄所编的书。但幸运的是，在宋人的诗话中，由于引用过三十八篇，从这些篇章中可以窥知原书的内容。兹将这些篇章与同为北宋人的郭茂倩的《乐府诗集》检讨可知，不仅所著内容不同，刘次庄作为乐府评论家，其性格也和郭茂倩完全不同。在尝试批判刘氏之书前，先按顺序从他的传记说起。

一、刘次庄的传记

刘次庄之名不见于史书，因此无法从史书中知晓他的传记。正史艺文志中仅著录其编纂的书名，即《宋史》著录的《乐府集》十卷、《乐府集序解》一卷，另有《青囊本旨论二十八篇》一卷，在《宋史》的刑法类和五行类中重复著录。除了所编之书，正史中虽再难见到他的姓名，由于其在世时作为书法家享有广泛的声誉，被后世的书法评论者们所推举，从这一方面，多少可以探知他的行迹。宋代黄伯思的《东观余论》撰于高宗绍兴十七年(1147)，其书卷十二有《跋刘次庄〈戏鱼堂记〉后摹本》一文，从文中可知，此书一面世，在书家之间已有各种刘次庄所书的《戏鱼堂记》的摹本流行，同时也可知，次庄在世时曾任御史之职，并且自称草庵为戏鱼堂。

> 刘御史书，最妙小楷，其原盖出王大令、褚河南，而能兼采群书为一家。虽体本媚弱，行草差劣，然求之今世，亦非多有。此帙所录，《戏鱼堂记》最善，其后数刻，皆不逮也。

此黄伯思跋文中的数句，又被元代陶宗仪《书史会要》卷六所引，同为书法家的陶宗仪为了称赞次庄的才能，还引用了张舜民对刘次庄的评价：

> 刘次庄，字中叟。崇宁中为御史，有书名。工正、行草，笔法出王大令、褚河南，而能兼采群书为一家，行草差劣。卜筑于淦水之滨，东山之麓，所谓戏鱼堂是也。临摹古帖，最得其真。凡草圣不可读者，以小楷译之。张舜民评其书谓如红莲新拆，润之以风雨。

评价次庄的书体是"红莲新拆，润之以风雨"的张舜民，是出仕北宋神宗、哲宗、徽宗三朝之人，《宋史》卷一百十七有其本传。张顺民不仅和刘次庄同为书法家，而且是在音乐、古画、名茶方面有着多种爱好趣味之人，特别是有着作为政论家的高迈识见，是反对王安石新法的所谓元祐党人。刘次庄则大约与张舜民处在同一时代，而且可能两人是知己，这可由上文中次庄的两条行迹判明。其一，他就职御史是在徽宗崇宁五年间(1102—1106)的某一年；其二，他的草庵在淦水之岸，东山之麓。他在草庵中临摹古帖时，判读草书，改之以小楷书体写出，可能有名为《法帖释文》十卷本存世[①]。若据宋代董史《皇宋书录·中》，《法帖释文》撰于哲宗元祐年间(1086—1093)的清江郡[②]。那么淦水便流经此清江郡。次庄于此书外，还有《武冈帖》《谭帖》，又有摹写家藏《淳

① 《百川学海》所收。

② "郡"或为"县"之误。据《宋史·地理志》，清江、新淦、新喻三县为临江军所属。

化阁帖》十卷，将当时的书法作品称为《临江帖》或《戏鱼堂帖》，是宋代的曹大冕的《法帖谱系》，以及清代钱泳在《梅溪丛话·上》所举，但只简短评价了刘氏的书体，没有触及他的行踪。

刘次庄既是书家也是诗人，元代方回《瀛奎律髓》卷三十八[1]在采录其所作的《王昭君》一首（歌辞详后）时，也附上了小传：

> 长沙人，以开梅山入洞，晓谕得官。熙宁七年[2]，赐同进士出身，仕至侍御江西漕。

据此小传可知，次庄出生于长沙，为神宗熙宁七年（1074）进士。由于前记《书史会要》载其为徽宗崇宁年间御史即殿中侍御史，可知从熙宁七年，计神宗、哲宗、徽宗大约三十三年间他的出仕情况。其间虽不能断言何时任江西漕运使，大概是在元祐年间。能确认其赴任江西的事实，有《江西通志》卷十一《职官表》举其名字，该书卷一百七十七《寓贤传》中引《嘉靖林志》[3]又载其传记：

> 刘次庄，字中叟，长沙人，熙宁进士，官殿中侍御史。博洽淹贯，词翰绝伦。元祐中，谪居新淦，筑室东山寺前，俯瞰清流，自谓有濠梁闲趣，因号戏鱼翁，时称为高师。今县东有高师湖，以次庄得名。

传记中他谪居新淦，恐怕因其为元祐党人之故。但其名不见于清代陆心源的《元祐党人传》。又谪居之地新淦，与前记《皇宋书录》所载的清江地名不符。但新淦和清江接邻，因宋时都在临江军管辖之下，哪一个地名应该都没有问题吧。新淦之西，有汇集淦水等支流注入鄱阳湖的赣江流经，其东有南唐保大年间建额的东山寺。顺便说一下，此寺在北宋真宗咸平年间被改名为东山永寿禅院。次庄东可仰望此寺之甍宇，西可俯瞰赣江之清流，就在被后世称为戏鱼池、高师湖所在的草

---

① 据清纪昀刊误本。

② 《宋诗纪事》卷二十六作六年。

③ 次庄传记，引用书名仅有《林志》，从他书判断当加“嘉靖”二字。

庵，观游鱼有濠梁之趣，因仰慕昔时庄子之乐，因此称草庵为戏鱼堂，自号戏鱼翁。他所作的《戏鱼堂记》，乃是根据其想象，赞美得天独厚的地理环境，描述超俗自然的心境吧。在新淦，他热衷之事，是将原家藏的《淳化阁帖》十卷刻石，置于自家堂中，又将其建在临江军公署前。然而他去世后，石刻不知不觉就被悠久的岁月所湮灭，大约五百五十年后，清人施闰章在探访次庄旧居时，别说石刻了，就连其旧居的地形也已改变，只有曾经在戏鱼池中放养的鱼类仍浮游其中，残留往昔之名。施闰章的《陶桓公读书台记》虽是其探访位于新淦县东百华寺旁残存的东晋陶侃读书台遗址时所写，但因对次庄的旧居也有所关心，在《记》中描写了当时的情况：

> 台东北四百步山谷间，为刘次庄戏鱼台。堤崩水涸，戏鱼堂石刻不存。而土人言，其鱼善斗，绝异常鱼，春夏间尚有之。

对次庄的旧居不堪追慕之情的施闰章，接着作了长篇《戏鱼堂石刻歌》[①]，句中有“於乎古来万事终沉沦，零落残碑勿复陈”之叹，又作《陶桓公读书台用韵》诗[②]，一同追慕陶侃和刘次庄的行迹。但身为清代著名诗人的施闰章对次庄的追慕，是他作为书家所取得的高超成绩，而不是诗歌上的。尽管如此，次庄由于又是诗人，除了作有前揭的《王昭君》一首外，宋代陈起《前贤小集拾遗》中还有其《江神祠》一首，宋代张邦基《墨庄漫录》卷六采其《桃花》诗一首。这仅存的三首诗，两首为乐府体。刘次庄一边编纂乐府书，一边也积极创作古乐府，关于这点将

---

① 《戏鱼台石刻歌 新淦县》：“南山有时平，何况南山石。剜琼刻玖良可怜，尤物摩挲成弃掷。请君且勿喧，且歌戏鱼堂。御史风流刘次庄，谪居江畔歌沧浪。隔池筑室好心眼，法书勾勒穷微茫。俯驾潭州方缝帖，寸纸片石称琳琅。绕槛文鱼何莲莲，丛篁古木交清光。堤倾石泐竟何在，野水东西空夕阳。我闻周宣石鼓刓为臼，峄阳秦碑踣已久。填桥甃壁半湮埋，雨剥雷轰恣击掊。炮火摧烧琬琰文，马蹄蹴踏龟龙纽。负郭东山百战余，城市凋残物销朽。苦心搜索决泥沙，只字断文无一有。天倾地坼海扬尘，古来万事终沉沦。於乎古来万事终沉沦，零落残碑勿复陈。”（《施愚山先生学余诗集》卷十九）

② 《陶桓公读书台用韵，其东北即刘次庄戏鱼台，今废》：“山寺鸦啼灌木阴，荒台有客共登临。云开远岸青峰出，江拥孤城白雾深。春草迷离弦诵地，夕阳凭吊古今心。野塘流水浑无恙，旧刻残碑何处寻。”（《施愚山先生学余诗集》卷三十六）

在后面论述。

二、《乐府集》与《乐府集序解》

《宋史·艺文志》著录刘次庄编著《乐府集》十卷、《乐府集序解》一卷，宋代陈骙《中兴馆阁书目》[①]则《序解》一卷作《解题》一卷，宋陈振孙《直斋书录解题》卷五十九作《解题》一卷。如此则书名不同。然可知在宋代是二分为总集和题解之书流传的，但宋以后，两书被合并，明焦竑《国史经籍志》卷二就作《乐府题解》十卷，而且此十卷本明以后也亡佚了。所幸宋代的总集及解题书中，如阮阅《诗话总龟》中有三十三篇，吴曾《能改斋漫录》有一篇，阙名氏《竹庄诗话》[②]有五篇，又明代梅鼎祚《古乐苑》引有四篇，今天搜集上述篇章，去其重复，可得三十八篇[③]。此外，南宋周必大在校正《文苑英华》所含乐府(卷一百九十二—卷二百十一)时，因使用了次庄《乐府集》的文本，能确定为其《乐府集》十卷收录的有二篇。因此，可从这些篇章中察知此书的内容。

刘次庄总集及解题书编纂的确切年代不明，但因阮阅《诗话总龟》有引用，阮阅此书撰成于徽宗宣和五年(1123)，可以确定刘书当在此前便已编成，或在元祐年间新淦谪居之时也未可知。他的书一面世，便被阮阅所引用。又据南宋周必大取以校正《文苑英华》这一事实，我认为在宋代广泛被人阅读过。但另一方面，已有唐人所编的《乐府歌诗》十卷、《乐府古题要解》一卷的流传，这些书名与刘书相似，且卷数也相同，不知何时便将这些书混同视之，我怀疑甚至都没办法辨别清楚了。陈振孙《直斋书录解题》对次庄所编各书中的解题就颇为暧昧：

> 《乐府集》十卷、《题解》一卷。题刘次庄。《中兴书目》直云次庄撰，取前代乐府，分类为十九门，而各释其命题之意。按《唐志》乐类，有《乐府歌诗》十卷者二，有吴兢《乐府古题解》一卷。今此集所载，止于陈、隋人，则当是唐集之旧。而序文及其中，颇及杜

---

① 见《玉海》卷一百六。

② 清纪昀、陆锡熊等认为此书撰者为何溪汶。

③ 参附录“刘次庄《乐府集》《乐府集序解》辑佚”。

> 甫、韩愈、元、白诸人意者，次庄因旧而增广之欤？然《馆阁书目》又自有吴兢《题解》，及别出《古乐府》十卷、《题解》一卷，未可考也。

陈氏指出，次庄之书所采乐府作品仅限陈、隋之人，其为唐人所撰的旧集，书中言及唐代杜甫、韩愈、元稹、白居易等诗人之处，推测是否是经次庄本人之手增补的。据陈说，次庄在乐府上的功劳甚少，极端地说，不过仅从他人撰书中要了些小伎俩。换言之，他的《乐府集》十卷并没有在编纂上凝聚了什么独创的工夫。又因为此《乐府集》仅限于陈、隋人的作品，一卷本的《题解》却特意说到唐人，真是画蛇添足之举。但结果真如陈氏所说吗？陈氏《直斋书录解题》所取的次庄《乐府集》，实际上并不是次庄所编，那是别本即唐人所编的旧集。这只是陈氏的误认，因此才作了如此暧昧的解题。我认为其误认的理由有以下三点。第一，《中兴馆阁书目》说次庄的《乐府集》分乐府为十九类，如何对乐府分类，编纂者曾绞尽脑汁，由于独创的分类是此集的特色，若陈氏仔细斟酌其分类，就不会将其与唐人的旧集混为一谈。第二，陈氏推测谈到杜、韩、元、白之处是经次庄之手增补的，但唯独没有举出李白，实在不可理解。检讨一下现存的三十八篇，不见陈氏所举的杜、韩、元三人之名，仅在为《钱塘苏小小歌》解题时引出过白居易。与之相比，实有八篇谈到了李白，而且还全篇引用李白所作歌辞。因此可以充分察知，次庄之书，不仅十分重视李白，他在编纂总集时，也不止限于唐人旧集的陈、隋人作品，唐人特别是李白的作品也被大量采录。例如《玉阶怨》和《独不见》，没有解题文字，只选取了李白同题作品。这两篇在证明没有被采入原一卷本《序解》的同时，没有比在次庄的十卷本《乐府集》中采录唐人作品更好的证据了吧。又《怨歌行》篇也没有解题文字，只说“李白亦有此作”，并且完全采录了李白五言十八句的同题作品，此篇也是绝佳的例证吧。第三，周必大在校正《文苑英华》时，取郭茂倩《乐府诗集》和次庄书的文本，虽然两书在乐府分类和排列上差异很大，但都是作为乐府的权威书而必备。当然，也使用了陈振孙误认之书——经唐人之手而成的文本。然而，周必大所见的刘次庄自撰之书，一定不会怀疑是他人所撰书的内容。所以，我才特别指出这是陈振孙的误判，也就是说，他根本没有看到刘次庄所撰之书。那么，此书的实际内容是什么呢？现在来看，前揭的将乐府分为十九类，尚不知道是否只采录了唐人的作品。但如果考察一下现存的三十八篇，同时将之与编纂乐府书的前辈如唐代的吴兢、同时代的郭茂倩、后辈明代的梅鼎祚比较的话，便可以对其书作出公正的价值判断以及对刘次庄其人的评价。

将刘次庄此书与传为吴兢所撰的《古乐府》十卷（但《宋史·艺文志》不著撰者名）以及《新唐志》著录的《乐府古题要解》一卷比较，它们卷数相同，分别作为总集和解题书这一点也相同。所以无论从形式上还是内容上，次庄似乎都应该模仿自吴兢，并将其意见采入自己的书中。然而相对于吴兢将乐府分为相和歌、拂舞歌、白纻歌、铙歌、横吹曲、清商曲、杂曲（后人改题）、琴曲、古题及后代杂题九种，刘次庄则分为日月、云霞、时序、山水、佛道等十九门，两者不仅全异，而且从现存诸篇来看，刘次庄不仅基本没有采纳吴兢的意见，而充斥的是自己独特的见解。因此可以判断，其十卷本《乐府集》和一卷本《序解》，不是因循追随前人之作，而完全是凝聚了他自己的独创而编纂出的。与之相对，在刘氏在世之前的各家乐府解题的见解中，他唯独接受的是郭茂倩的成果。也就是说，相对于吴兢，由于郭茂倩尽可能详细地作解题，相比起吴兢自撰的一卷本《乐府古题要解》，《乐府诗集》采用的是后人补注的《乐府古题要解》二卷本，又传为吴兢所撰的《古乐府》十卷本——由于明代以后便已亡佚，我推测，此书中的全部乐府作品都悉数包含在了郭氏书中。而作为刘次庄撰书没有以吴兢之书为基础的旁证，是现存诸篇中，有不见于《乐府诗集》的乐府解题和逸句，这些并不采自补注吴书二卷本和郭氏之书。对于乐府的解题，是指次庄所解的《玄云》《济黄河》《沧海雀》等篇，逸句如下所记，但由于《沧海雀》并不是歌题，尚难确定其是乐府逸句。

荀昶《黄雀诗》云："空城旧侣绝，沧海故交分。"

郭氏在编纂《诗集》时，考察了将近一百种文献资料，同时吸取了同为北宋人的沈建的意见，为什么刘次庄都没有一语言及呢？他们两人同处于一个时代，未知的是所编乐府之书的情况。即如前揭，刘次庄为神宗熙宁七年(1074)进士，郭氏在神宗元丰七年(1084)任河南府法曹参军。因撰成于徽宗宣和五年(1123)的阮阅的《诗话总龟》中引有次庄之书，次庄之书或略早于郭书也未可知。

当刘次庄在解题古乐府时，基本没有考虑前人的意见，仅满足于自己的见解。一方面这是他此书的特点，另一方面，由于在解题上并没有宽广的视野，而疑似单就其自己关心的作家和作品进行批评，陷入了一家之言的弊端。从现存诸篇来看，他的态度有失公允，并不注明其所引用之书，仅强调一己之志，作为解题者，其态度颇为主观、独善，失之褊狭。兹取其《日出东南隅行》的解题为证。本来乐府史上，原作成为主题的情况，如吴兢《乐府古题要解》序"乐府之兴，肇于汉魏。历代文士，篇咏实繁。或不睹于本章，便断题取义"所言，"本章"也就是乐章的原作，历代都有无视原作主题的文人存在，又因为传统的风习，乐府解题者自身往往拘泥于原作，规定内容上要一律，有种评论作品主题的优劣，却无视传统的态度。然而刘次庄《日出东南隅行》(《罗敷行》)的解题，将罗敷等视为与秋胡之妻一样的烈妇，此歌的主题，必然规定是要强调罗敷的贞节，并将此作为评价南北朝人作品的前提。即卢思道、傅縡、张正见这一主题的作品，女主人公的性格失之柔弱，她们的丈夫，如果不是从东方而来的千骑之首，也不是侍中郎官，更不是一城之主的话，就会有禁不起使君的引诱而可能与其同车的担心。刘邈的"蚕饥日欲暮，谁为使君留"句，王筠的"春蚕朝已伏，安得久彷徨"句，如果春蚕并不饥饿，太阳也没下山，时间还很充裕的话，女子可能会因为使君而留下吧？次庄对沈君攸之作抱有善意，但认为萧扐、殷谋之作不值一提，完全没有表现出女子的贞节。那么对于南朝人作品不满足的他，颇为大胆地扬言："余尝拟古作一篇，以著罗敷所以待使君之当然者。直欲规诸子以就雅正，岂固与古人争驱哉！"他尝试拟古之作的目的，是想用雅正之道规矩南北朝人之作。尽管他宣称他的地位卑下，并不是想要拿自己的作品和古人的原作一竞高下，但将自己与古人互相牵引，显示了他自负心之强烈。他的作品由十二句组成：

罗敷十五六，采桑城南道。脸媚夺朝霞，蛾眉淡初扫。桑枝间桃树，不见桃花好。采桑未盈筐，春寒蚕欲老。使君从南来，黄金络马脑。调笑一不顾，东风摇百草。

以上作品的难点是，由于没有描写罗敷的夫君，罗敷对于使君的“调笑一不顾”的态度，很难确定一定就是罗敷在向夫君展示其贞节。换句话说，尽管描写了作为女性的强烈个性，但也没有表明她的贞操观。但相对于南北朝人，刘次庄本人对显示作品的规范有着充分的自负。大凡历代的乐府解题者，在其著书中，不仅特意提示自己的作品，一边批判前人作品，一边夸示自己作品的，除了刘次庄外再没有其他人了吧。他是如何用主观的、独善的态度解题乐府而不惜陷入褊狭的见识的呢？从以上的《日出东南隅行》一篇中便可了解。

本来，在解题古乐府时，将自己的作品取以充数，这完全是轻率又无谋的行为。可是，如此执着于自己作品的他，为何在《石季伦昭君词》的解题中，没有将自己所作的《王昭君》选上呢？前揭他作有《王昭君》一首虽被《瀛奎律髓》采录，由于赞扬的是汉代王昭君凭女子之身为国家外交立了大功，使身为羽林郎的官员深为惭愧。当然应该在其书中有所提示，又作为诗人，有着强烈制作古乐府欲望的他，自然不得不这样做吧。这篇《王昭君》如下：

敛袂①出明光，琵琶道路长。初闻胡骑语，未解汉宫妆。薄命随尘土，元功属庙堂。蛾眉知有用，惭愧羽林郎。

就上述作品考述如次。实际上他在书中已有提示，也就是说，他在为《石季伦昭君词》的解题时引用了《竹庄诗话》，其文末有“故叙之于纸云尔”，“纸”当是“词”之误，其“词”不就是以上作品吗？他在书中省略引用了《竹庄诗话》所录之词吧。

除了轻率无谋地在书中提示自己作品之外，刘次庄独创性的意见往往也有失妥当。如《木兰》和《飞来双白鹄》两篇，仅是在尝试对人

① 《宋诗纪事》卷二十六“袂”字作“袖”。

物、作品批评时用自己的主观想法强行解题。又《济黄河》篇，没有必要地考察了黄河的地理。《走马引》篇虽举出汉代张敞的故实，但通篇解题穿凿且无意义，梁代张率的同题之作有“吾畏路旁儿”一句，仅在此句中揭示其典故。还有《鸡鸣高树颠》篇，引了不必要的古书。《董逃行》虽引《汉武内传》，但过于出奇的想象的解题也很不妥当。更有在《西园游》篇中取曹子建的《公宴诗》，但古今乐府集的编纂者都没有将此诗列入乐府的范畴。从以上现存诸篇可见，刘氏不妥当的解题可谓不少。然而他在《豫章行》篇中说“今考傅玄、陆士衡辈所作，多叙别离怨恨思，即知豫章昔为华艳盛丽之区耳”，即因豫章往昔是繁华的都市，傅玄、陆机才作有别离怨恨之歌的推论，值得一听。残存至今日的《豫章行》古辞是汉代作品，但与都市豫章全无关系。然而，歌曲产生及流行的背后，由于隐藏着使得地方都市繁荣的原因，《广陵散》《东武吟》《太山梁甫吟》等都被认为是产生于汉代地方都市的作品。从这一观点出发，《豫章行》也一定是在豫章之地流行的歌曲。

和刘次庄同时代的郭茂倩编纂《乐府诗集》，在煞费苦心地搜求作品的同时，解题却始终不失客观的态度，唐以前古人的意见自不待言，就是宋代前辈的见解也能愉快地接受。与之相对，刘次庄的《乐府集》搜集作品数量不少，也采录了唐人的作品，但仅以李白等少数人的所谓体现作者的偏向性为基础而编纂的。他的解题之书，也仅仅强调作者志向的一面，因此，明代梅鼎祚意在补正郭氏书而着手编纂《古乐苑》时，阅读了刘次庄之书，除了若干条，便再没有和刘氏意见一致的。那种主观性、独善性的解题思路并不能引起人们的好感吧。然而，刘次庄在自己的书中大胆地揭示他自己的作品，是颇值得注意的行为。当然，虽然轻率且无谋，但强烈想要创作古乐府的诗人们也不可能作出这样的行为的。刘次庄被所谓诗人的强烈意识所左右，在应该客观地进行解题时，却可能只片面强调了一己的志向。其主观的、独善的态度，尽管使他成为了一个不合格的乐府解题者，但作为乐府评论家，还称得上是颇具识见的吧。

附录 刘次庄《乐府集》《乐府集序解》辑佚

将进酒

《将进酒》，魏谓之《平关中》，吴谓之《章洪德》，晋谓之《因时运》，梁谓之《石首扃》，齐谓之《破侯景》，周谓之《取巴蜀》。李白所拟，直劝岑夫子、丹丘生饮耳。李贺深于乐府，至于此作，其辞曰："琉璃钟，琥珀浓，小糟酒滴珍珠红。"嗟乎，作诗者摆落鄙近，以得意外趣者，古今难矣。（宋阮阅《诗话总龟》卷七）

君马黄

《君马黄》，古词云"君马黄，臣马苍，二马同逐臣马良"，终言"美人归以南，归以北，驾车驰马令我伤"。李白拟之，遂有"君马黄，我马白。马色虽不同，人心本无隔"。其末云："相知在急难，独好亦何益。"自能驰骋，不与古人同圈模。非远非近，可谓善学诗者欤？（宋题阙名《竹庄诗话》卷五，宋阮阅《诗话总龟》卷七）

日出东南隅行

《日出东南隅行》，古词曰："日出东南隅，照我秦氏楼。"旧说邯郸女子姓秦名罗敷，敷为邑人千乘王仁妻。仁为赵王家令，罗敷出，采桑陌上，赵王登楼，见而悦之，置酒欲夺焉。罗敷弹筝，作《陌上桑》，以自明不从。其词乃罗敷采桑陌上，为使君所邀，罗敷盛夸其夫为侍中郎以拒之。论者病其不同。大抵诗人感咏，随所命意，不必尽当其事，所谓不以辞害意也。且"发乎情，止乎礼义"，古诗之风也。今次是诗，盖将体原其迹，而以辨丽是逞，约之以义，殆有所未合。而卢思道、傅縡、张正见复不究明，更为祖述，使若其夫不有东方骑，不为侍中郎，不作专城居，乃得从使君之载欤？如刘邈、王筠之作，蚕不饥，日未暮，亦安得彷徨为使君留哉！萧扐、殷谋曾不足道，而沈君攸所谓"看金怯举意，求心自可知"者，庶几焉。故秋胡妇曰："妇人当采桑力作以养舅姑，亦不愿人之金。"此真烈之辞耳。宋阮阅《诗话总龟》七、明梅鼎祚《古乐苑》衍录四。余尝拟古作一篇，以著罗敷所以待使君之当然者，直欲规诸子，以就雅正，岂固与古人争驱哉？其词曰："罗敷十五六，采桑城南道。脸媚夺朝霞，蛾眉淡初扫。桑枝间桃树，不见桃花好。采桑未盈筐，春寒蚕欲老。使君从南来，黄金络马脑。调笑一不顾，东风摇百草。"（宋阮阅《诗话总龟》卷七）

玄云

《玄云》，《周礼·保章氏》："以五云之物，辨吉凶水旱丰荒之祲云。当作象。"黑为水。魏刘掞当作桢。诗曰："玄云起高岳，中朝弥八方。"《春秋孔演图》曰："皇帝之将兴，黄云升于堂。文命之候，玄龙冲云。汉曲名，此谓是乎？（宋阮阅《诗话总龟》卷七）

陇头吟

《陇头吟》，陇州有大陇、小陇二山，即天水大坂也。古词云："陇头流水，鸣幽咽。遥望秦川，肠欲绝。"作是诗者，著征役之思耳。（宋阮阅《诗话总龟》卷七）

关山月

《关山月》，《木兰诗》："万里赴戎机，关山度若飞。朔气传金柝，寒光照铁衣。"（宋阮阅《诗话总龟》卷七）

木兰

木兰，孝义女也，勇不足以言之耳。世之女子，有所感激愤厉，或果于杀身而不能成事者，古盖有之。至于去就终始皆得其道，如木兰者鲜矣。作是诗者，词意高古，殆与其人相当。（宋阙名《竹庄诗话》卷二）

济黄河

《济黄河》，《援神契》："黄河者，水之伯，上应天河。"郦元《水经》云："河源出昆仑之虚。"《山海经》："昆仑纵横万里，高万有一千里。有青白赤黑河环其虚。其泉出东北，陬屈向东南流，为中国河。百里一小曲，千里一大曲，发源乃入中国常然。”《尔雅》：“河出昆仑虚，色白。”由此言之，今之黄河，所谓白河也。而《物理论》乃云“河色黄赤”。（宋阮阅《诗话总龟》卷七）

渡易水曲

《渡易水曲》，荆轲去燕入秦，渡易水，为之歌曰：“风萧萧兮易水寒，壮士一去兮不复还。”其后如吴均所作，虽叙征虏事，盖亦取轲感激之意。（宋阮阅《诗话总龟》卷七）

董逃行

《董逃行》，言神事。傅休奕九篇十二章，乃叙夫妇别离之思。梁简文帝《赋行幸甘泉宫歌》复云：“董桃律金紫，贤妻侍禁中。”疑若引董贤子及子瑕残桃事。终云：“不羡神仙侣，排烟逐驾鸿。”皆所未详。按《汉武内传》：“王母觞帝，命侍女索桃，剩桃七枚，大如鸭子形，色正青。以四枚啖帝，因自食其三。帝收余核，王母问何为，帝曰：‘欲种之。’王母曰：‘此桃三千岁，一生实奈何。’帝乃止。于是数过，命侍女董双成吹云和笙觞。”作者取诸此耶？（宋阮阅《诗话总龟》卷七，明梅鼎祚《古乐苑·衍录四》）

桃叶歌

《桃叶歌》，桃叶，王献之爱妾名也，其妹曰桃根。词云：“桃叶复桃叶，桃叶连桃根。”今秦淮河口有桃叶渡，即其事也。古人载桃叶答献之，乃《团扇辞》，盖传者悮当作误。也。（宋阮阅《诗话总龟》卷七）

团扇歌

《团扇歌》，晋中书令王珉，好持白扇，其侍人谢芳歌之，因以为名。一说珉与嫂婢有情好甚笃，嫂鞭挞过苦。婢素善歌，而珉好持白团扇，故云：“团扇复团扇，持许自遮面。憔悴无复理，羞与郎相见。”（宋阮阅《诗话总龟》卷七）

大垂手

《大垂手》，舞貌也。《楚辞》曰：“二八齐容起郑舞，衽若交竿舞。”

按下梁刘孝标《艺文》作刘孝仪。《舞诗》曰："转袖随歌发，顿履赴弦余。度行过接手，回身乍敛裾。"（宋阮阅《诗话总龟》卷七）

胡姬年十五

《胡姬年十五》，李白乐府有《白鼻騧》，其词曰："银鞍白鼻騧，绿地障泥锦。细雨春风花落时，挥鞭直就胡姬饮。"（宋阮阅《诗话总龟》卷七）

豫章行

《豫章行》，豫章，邑名，汉南昌县。隋为豫章，有豫章江，江连九江。有钓矶，陶侃少时尝宿此。夜闻人唱声，如量米者访之。吴时有度支于此亡。今考傅玄、陆士衡辈所作，多叙别离怨恨思，即知豫章昔为华艳盛丽之区耳。至唐杜牧诗，尚过称其侈靡焉。（宋阮阅《诗话总龟》卷七，明梅鼎祚《古乐苑·衍录四》）

走马引

《走马引》，樗里牧恭所作也。为父报怨，杀人亡，匿山下。有天马夜降，围其室而鸣。觉闻其声，以为吏追，乃奔去。旦观乃天马迹，因惕然大悟曰："吾之所处将危乎！"遂荷杖去，入沂泽中，援琴而鼓之，为天马声，曰《走马引》。而张敞为京兆尹，无威仪，时罢朝会过，走马章台街。《风俗》曰："杀君马者，路旁儿也。言长吏马肥，观者快之，喜其言，驱驰不止，至于死。"故张率作此《引》曰："敛辔且归去，吾畏路旁儿。"（宋阮阅《诗话总龟》卷七，明梅鼎祚《古乐苑·衍录四》）

乌夜啼

《乌夜啼》，宋临川王义庆所造。时为江州刺史，闻命而哭，文帝怪之，召还家，大惧。妓妾夜闻乌啼，叩斋阁云"明日应有赦"，及改为南州，因作此歌。词云："笼窗窗不开，夜夜忆郎来。"今所传，非义庆本旨。词曰："歌舞诸少年，聘婷无种则。菖蒲花可怜，闻名不相识。"（宋阮阅《诗话总龟》卷七）

雀乳空城中

《雀乳空城中》，晋傅玄诗曰："鹊巢立城侧，雀乳空井中。居不附龙凤，尝思蛇与虫。"今集所载，作"空城中"者非也。故刘孝威辞云："辘轳丝绠绝，桔槔金薜稠。"（宋阮阅《诗话总龟》卷七）

鸡鸣高树颠

《鸡鸣高树颠》，说题辞曰：鸡为精阳，南方之象，离为火精，阳之象。火阳精，物炎上，故阳出鸡鸣，以类感也。"古词云："犬吠深巷中，鸡鸣高树颠。"（宋阮阅《诗话总龟》卷二十八）

东飞百劳歌

《东飞百劳歌》，《诗》"七月鸣鵙"，一曰劳鵙也。"东飞百劳西飞燕"，言其类不同，而飞翔特异，无因以相逐。故其诗曰："上当有三字。春已暮花从风，空留可怜与谁同。"（宋阮阅《诗话总龟》卷二十八）

沧海雀

《沧海雀》，《风土记》："六月东南长风，海鱼化为黄雀。"又《礼记》："雀入大水，化为蛤。"故荀昶《黄雀诗》云："空城旧侣绝，沧海故交分。"（宋阮阅《诗话总龟》卷二十八）

兰若生

《兰若生》，春阳感时而思君子也。若谓杜若，亦香草名。左思《三都赋》曰："其草则有杜若蘅菊，石兰芷蕙。"（宋阮阅《诗话总龟》卷二十八）

枣下何纂纂

《枣下何纂纂》，潘安仁《笙赋》云："辍张女之哀弹，流广陵之清散。咏桃园之夭夭，歌枣下之纂纂。歌曰：'枣下纂纂，朱实累累。宛其落矣，化为枯枝。'"释者谓之纂纂枣花是也。（宋阮阅《诗话总龟》卷二十八）

西园游

《西园游》，曹子建《公宴诗》云："清夜游西园，飞盖相追随。明月澄清影，列宿正参差。"（宋阮阅《诗话总龟》卷二十八）

飞来双白鹄

《飞来双白鹄》，刺世俗薄伪，失夫妇之道也。流离困苦，要与之始终。中道弃去，从新知之乐，岂义也哉！然而作是诗者，怨思虽深，而词不迫切，盖尽所以为妇之理云。（宋阙名《竹庄诗话》卷二）

石季伦昭君辞

《石季伦昭君辞》，石崇奴绿珠，自制《王昭君歌》，其文悲雅，"我本汉家子"是也。王明君者，本为王昭君，以触文帝讳改之。匈奴盛请婚于汉，元帝以后宫良家子明君配焉。昔公主嫁乌孙，令琵琶马上作乐，以慰其道路之思。其送明君，亦必尔也。其新造之曲，多哀怨之声，故叙之于纸云尔。（宋阙名《竹庄诗话》卷三）

临江王节士歌

《临江王节士歌》，李白亦有此拟，而感激奋励，有古忠烈之意云。（宋阙名《竹庄诗话》卷五）

玉阶怨

《玉阶怨》，李词云："玉阶生白露，夜久侵罗袜。却下水晶箫，玲珑望秋月。"（宋阮阅《诗话总龟》卷四十二）

生别离

《生别离》，《楚词》曰"悲莫悲兮生别离"，古诗云："行行重行行，与君生别离。相去万余里，各在天一涯。"（宋阮阅《诗话总龟》卷四十二）

怨歌行

《怨歌行》，李白亦有此作，一作《长安见内人出嫁令予代为怨歌行》，其词曰："十五入汉宫，花颜笑春红。君王选玉色，侍寝金屏中。荐枕娇夕月，卷衣恋春风。宁知赵飞燕，夺宠恨无穷。沈忧能伤人，绿鬓成霜蓬。一朝不得意，世事徒为空。鹔鹴换美酒，群衣罢雕笼。临寒不忍言，为君奏丝桐。肠断声已绝，悲心夜忡忡。"（宋阮阅《诗话总龟》卷四十二）

长相思

《长相思》，《诗》云"悠悠我思"，又曰"靡日不思"。苏子卿诗云："生当复来归，死复长相思。"（宋阮阅《诗话总龟》卷四十二）

钱塘苏小小歌

《钱塘苏小小歌》，苏小小，非唐人，世见乐天、梦得诗多称咏，遂谓与之同耳。（宋吴曾《能改斋漫录》卷一）

独不见

《独不见》，李白云："白马谁家子，黄尘边塞儿。天山三丈雪，岂是远行时。春蕙忽秋草，莎鸡鸣曲池。风催寒梭响，月入霜闺悲。忆与君别年，种桃齐娥眉。桃今百余尺，花落成枯枝。终然独不见，流泪空自知。"（宋阮阅《诗话总龟》卷四十二）

白头吟

《白头吟》，相如将聘茂陵女为妻，文君作《白头吟》以自绝，相如乃止。故李白辞云："头上玉燕钗，是妾嫁时物。赠君表相思，罗袖幸时拂。莫卷龙须席，从他生网丝。且留琥珀枕，还有梦来时。"此最为警策。（宋阮阅《诗话总龟》卷四十二）

蒿砧

《蒿砧》，"蒿砧今何在"，蒿砧，砆也。问夫何处，"山上复有山"，重山为出字，言夫已出。"何当大刀头"，刀头有环，问何当来还。"破镜飞上天"，言月半当来也。（宋阮阅《诗话总龟》卷四十二）

七哀诗

《七哀诗》，曹子建释诗者，谓病而哀，义而哀，悲而哀，耳目闻见而哀，口叹而哀，鼻酸而哀也。（宋阮阅《诗话总龟》卷四十二）

巴东三峡歌

《巴东三峡歌》，“三峡七百里，两岸连山，略无阙处。重岩叠嶂，隐蔽天日，自非亭午夜分，不见日月。其渔父歌曰：‘巴东三峡巫峡长，猿啼声苦泪沾裳。’”（宋阮阅《诗话总龟》卷四十二）

别鹤操

《别鹤操》，高陵牧子作也。取妻五年而无子，父兄为之改娶。妻闻之，中夜起，倚户而悲啸，牧子闻之，怆然而歌曰：“将乖比翼隔天端，山川悠远路漫漫，揽衣不寝食不餐。”后人因为乐章焉。（宋阮阅《诗话总龟》卷四十二）

附记　《乐府诗集》与《全唐诗》收录的乐府

本书刊行之前，通览全章，尚有一处遗憾。“资料篇”第一章“郭茂倩《乐府诗集》的编纂”文中如下所云：

> 郭氏的苦心还有一点是，根据前人的提供，陈、隋的资料大体具备，搜集了唐五代316位作者共2025首作品。但也不仅仅是如此。如何整理搜集来的作品，将其配置给各部门，这绝对不是短时间内就能解决的课题。

郭氏耗费苦心之一，虽然指他搜集整理及安排唐五代作品，但无法追究他付出苦心的痕迹。如果要揭示具体证据的话，指摘其办法虽被批评流于皮相，也是不得已的。那么，作为具体证据的资料是什么呢？其搜集的，就是《宋史·艺文志》别集类著录的《李白集》《高适诗集》《孟东野诗集》《温庭筠集》等大量唐五代人的诗集吧。这是因为，上面引文中提到的2025首的作品数量，和靠他人之力依存的陈、隋作品数不同，完全是郭茂倩一己之力积累而得的，如果不是从这些诗集中，一首一首挑选出乐府题的作品的话，是不可能达到这个数量的吧。而今天在整理及配置上，能够看到的可如实传达郭氏苦心的证据资料，就是《全唐诗》中收录的乐府。我特别设置“附记”一章，就《全唐诗》所收乐府和《乐府诗集》的关系，将其作为有力的证据资料。如能明白揭示这一点，就可以消除我心里的遗憾了。

《全唐诗》九百卷中，从卷十到卷二十九二十卷（我这个“附记”中所谓的乐府，专指这二十卷所收录的），明显是从郭氏的《乐府诗集》转载而来并据之编集而成的。即按郊庙歌辞（含燕射歌辞，卷十—十六）、鼓吹曲辞（卷十七）、横吹曲辞（卷十八）、相和歌辞（含清商曲辞，卷十九—二十一）、舞曲歌辞（卷二十二）、琴曲歌辞（卷二十三）、杂曲歌辞（含近代曲辞，卷二十四—二十八）、杂歌谣辞（卷二十九）的类别顺序，其每首歌（曲）辞作品及作者的排列顺序，也和《乐府诗集》一致。兹列举作者多的作品如下：

相和歌辞《江南曲》作者排列顺序：

《乐府诗集》（卷二十六）：宋之问、刘眘虚、丁仙芝、刘希夷、于鹄、李益、李贺、李商隐、韩翃、温庭筠、张籍、罗隐、陆龟蒙

《全唐诗》（卷十九）：宋之问、刘眘虚、丁仙芝、刘希夷、于鹄、李益、李贺、李商隐、韩翃、温庭筠、张籍、罗隐、陆龟蒙

这种完全一致的事实，就是没有比《全唐诗》的编纂者们对郭茂倩的苦心颇高评价更好的证据了吧。换句话说，郭茂倩的苦心，到了清代，仍然在《全唐诗》一书上得到了表彰吧。因此，将这二十卷改为“乐府诗集唐代篇”，也不会有异议吧。即使仅就二十卷的范围来说，在经过相当数量的人手而成的总集中，照搬转载个人所编的总集，在编纂史上，难道不是稀有的事件吗？

可是这里还有一个问题。《乐府诗集》和《全唐诗》收录的乐府（仅前记二十卷），在文字上完全一致的话，《全唐诗》编者们反而就没有立场了吧？也就是说，这证明了作为编者的自主性的丧失。实际上，仅是横吹曲辞（卷十八）完全一致，其他歌（曲）辞则极少一致（后记），每首歌（曲）辞都不一样。于此能见到《全唐诗》的编者们对这些歌（曲）辞新的考察痕迹，甚至是疏漏之处。在我消除心中遗憾的时候，先揭示这些情况，以作参考。

首先，对《乐府诗集》的郊庙歌辞（卷六）中的《唐蜡百神乐章》五章，《全唐诗》改变其排列顺序，《诗集》的相和歌辞（卷二十九）中令狐楚《王昭君》二首，第二首《全唐诗》作张仲素作（卷三百六十七同），该

歌辞(卷三十三)中王维的《从军行》三首,《诗集》琴曲歌辞(卷五十九)王维《游春曲》二首,《全唐诗》都认为是王涯的作品(卷三百四十六同)。

其次,《诗集》杂曲歌辞(卷六十九)《自君之出矣》作中,《全唐诗》中李康成之作系在辛弘智名下(卷七百七十三同),辛弘智之作反过来也系于李康成名下(卷二百三同),《全唐诗》编者乃是根据李康成所撰的《玉台后记》才改变了作者。因此这一改动是正确的。但同在杂曲歌辞(卷七十六)中,李贺的《夜坐吟》(首句"踏踏马头一作啼。谁见过")变成了李白的作品,这可能是《全唐诗》的误植吧。李贺集子收录(卷三百九十三),李白集则没有。

而作者的变动,尚不止于以上所述。《诗集》杂曲歌辞(卷七十二)赵微徽之误。明《古离别》二首,第一首《全唐诗》为张彪作(卷二百五十九同),杂曲歌辞(卷七十六)王维《秋夜曲》二首(《诗集》目次则作王涯《秋夜长》一首),第一首《全唐诗》为张仲素作(卷三百六十七同),第二首为王涯作(卷三百四十六同)。又,该歌辞(卷七十七)张仲素《春江曲》三首,第一首《全唐诗》为王涯作(卷三百四十六同)。另《诗集》近代曲辞(《全唐诗》作杂曲歌辞)卷八十张仲素《圣明乐》三首,第二首《全唐诗》为令狐楚作,该曲辞(卷八十二)王维《太平乐》二首,第一首《全唐诗》为王涯作,第二首为张仲素作。以上,变更名字的作者,主要集中在张仲素、王涯、令狐楚三人。姑且不论,这一定是以某种资料为基础的,但导致变动这一点,就能看出新的检讨痕迹了。

然而,我对《全唐诗》编者的检讨痕迹,有两点疑问。第一是"舞曲歌辞"(《全唐诗》卷十五),即编者从《乐府诗集》鼓吹曲辞(卷二十)中选出《唐凯乐歌》四首,又从《诗集》舞曲歌辞(卷五十六)中选出太宗《唐功成庆善乐舞辞》一首与德宗《唐中和乐舞辞》一首,合并为六首,一同辑录在"舞曲歌辞"一名中。那么,将与之相同的用于宫廷的舞歌之一,五代的《晋昭德成功舞》四首——《昭德舞歌》二首、《武成之误。功舞歌》二首,在从《乐府诗集》中选出时,为什么没有加入进同为"舞曲歌辞"的《全唐诗》中呢?这四首为《全唐诗》郊庙歌辞中所收,虽有很小的疑问,但不能说这两种歌辞哪种都好。

第二点疑问是增补的作品。即《全唐诗》杂曲歌辞(卷二十八)结束之处，增补了李峤、李乂等五人的《桃花行》，张说《苏摩遮》五首、《舞马辞》六首、《舞马千秋万岁乐府词》三首，白居易《小曲新词》二首、《闺怨词》三首，卢纶《皇帝感词》四首。如果这样的话，为什么从大量唐人乐府题的作品中，只挑选了这些作品呢？增补这一事实，尽管揭示了有新的检讨的痕迹，但就这些作品很难理解编者们的本意——仅仅就是权宜之计吗？

虽说如此，但《全唐诗》（仅前记二十卷）在转载《乐府诗集》时，尚能看到其疏漏之处。首先，《诗集》相和歌辞（卷三十五）中，王绍宗《三妇艳诗》一首——就没有被转载：

> 大妇能调瑟，中妇咏新诗。小妇独无事，花庭曳履綦。上客且安坐，春日正迟迟。

王绍宗是则天武后时代的人，以上作品就排列次序而言，应该载于同题董思恭之作之后，虞世南"中妇织流黄"一首之前，但采自绍宗的集子（卷一百虽说集，但仅有上述一首作品），而这一事实反而成为了卷二十相和歌辞疏漏的证据。

其次，《诗集》杂曲歌辞（卷七十八）收录的《步虚词》作品中，《全唐诗》并没有转载吴筠所作十首。仅举第一首如下：

> 众仙仰灵范，肃驾朝神宗。金景相照曜，逶迤升太空。七玄已高飞，火炼生朱宫。余庆逮天壤，平和王道融。八威清游气，十绝舞祥风。使我跻阳源，其来自阴功。逍遥太霞上，真鉴靡不通。

吴筠（《全唐诗》卷八百五十三）为玄宗时代之人。就排列顺序而言，应该为陈羽（一首）、顾况（一首）、吴筠（含上述十首）、刘禹锡（二首）、韦渠年（十九首）、僧皎然（一首）、高骈（一首）、陈陶（《步虚引》一首），事实上，《全唐诗》即按照此顺序。可是，单单吴筠十首被省略了。奇怪的事情是，此《步虚词》在《全唐诗》乐府作品的终末之卷——卷二十九杂歌谣辞，而且在终末之处被改变而收录了。《全唐诗》的编者为什么要这样做呢？虽不理解其本意，或许是因为他们意识到了转载疏漏之处，急忙想要补足，在这个过程中，不就导致疏漏了吴筠的作品吗？这应该不是故意的过失吧。不管怎样，就因转载而有了疏漏之处这一点来说，作为乐府的总集，应该得到《乐府诗集》的质量要胜过《全唐诗》（仅前记二十卷）的评价吧。

再版致谢

本书初版作为创文社“东洋学丛书”之一种，于昭和五十年三月刊行。自此经过六年有余，能够得以再版，实在是件值得高兴之事。我想重申初版时的感激之情，对创文社编辑部，特别是对再度劳烦的小山光夫氏，致以衷心的感谢。

冈村繁教授（九州大学）曾为初版写了书评，刊载于九州大学《中国文学论集》五和《创文》一四三号上。书评文末选择本书“论文篇”第八章“批判前秦苻坚施政的歌谣”，对我所选取的政治的民间歌谣的写作态度，给予了恳切的教示。我在敬服于冈村教授教示的同时，也想要辩驳一下。苻坚不同于历朝其他天子，没有比“数”更多地反映他的情况。而且，从他前半生的善政，到后半生的失政，与之相伴随的歌谣内容，美刺褒贬中，美、褒与刺、贬，判然二分。被引起兴趣的歌谣内容，作为主要的素材，使论证其施政的是非成为可能。如果不是这样的话，那不就引起不了写作的欲望了吗？

指出初版“论文篇”中的谬误之处的还有——冈村繁教授于三一〇页的“羽葆”；小川环树名誉教授（京都大学）在二一七页注 23 和三八九页李端的和韵；笕文生教授（立命馆大学）于四〇四页王建作品中的一句。再版时均根据以上意见予以订正，在此一并致谢。

昭和五十六年七月
增田清秀

附录一　索引[①]

(1)本索引分为书名、人名、歌曲名、诗文名、名词五类。

(2)本索引不收《乐府诗集》增补、《大堤》主题歌诗集。前者本书目次已附,后者因仅有一曲主题,兹一并省略。

Ⅰ　书名

《太平御览》《太平广记》《说郛》《文苑英华》等书因卷数不胜其烦,不予收录。然其书中引用或采录的书名,每篇则予收录。

Ⅱ　人名

因皇帝名过多,有选择地采入。

Ⅲ　歌曲名

因制有《歌曲一览表》,歌曲总括的名称(如相和歌、汉鼓吹铙歌等——索引Ⅴ收录)和隋朝的鼓吹曲棡鼓部所属之歌曲则省略。

Ⅳ　诗文名

记载认为必要的作者名。

Ⅴ　名词

由于数量过多,只收录特别必要的名物。

---

①　译者按:本索引原按平假名排列,现改为汉语拼音音序排列。

Ⅰ 书名

A

爱日精庐藏书志 322

B

鲍参军集 188
白氏文集的批判性研究 287
百川学海 395
北史·文成文明皇后冯氏传 153
北史·临淮王谭传 154
北史·阳休之传 159
北史·尔朱荣传 156,215
北史·裴蕴传 256
北史·周法尚传 236
北史·何妥传 156
北史·百济传 151
北齐书·神武纪 142
北齐书·文襄六王传 159
北齐书·兰陵武王孝瓘传 159
北齐书·陆卯传 157
北齐书·崔季舒传 157
北堂书钞 29,39,213,215,220,336,337,339,347,348,354,356,357
北堂书钞·谶篇 29
北梦琐言 294,296
碧鸡漫志 265,273,274,287

C

三国志·高句丽传 39
三秦记(辛氏) 172
三水小牍 297
三辅故事 14,36
三辅黄图 14,17,181,182,199,201
沧浪诗话 287,314
采菽堂古诗选 51
初学记 57,100,151,192,193,262,333,334,338,339,340,342,344,347,348,349,351,356,357,358,361
淳化阁帖 104,397
存见古琴曲辑览 286,287
长安志 16,20,201
重修真传琴谱 286,287
陈书·衡阳献王昌传 223
陈书·徐伯阳传 166

D

大唐传 318
大唐六典 42,49
大明三年宴乐技录(王僧虔技录) 7,63,69,81,85,90,91,92,315,317,382,384,386,390,392
笛律匡谬 77
笛律图注 77,78
定军礼 37
东观汉记 29
东观余论 394
东宫鼓吹议 39
杜阳篇 304
钝吟杂录 10,271

F

法帖释文 395

法帖谱系 396
风宣玄品 275,286
风俗通 18
傅子 62

G

甘泽谣 186,256,257
高士传 199
高僧传 152
歌录 317,318,383,385,386,387,389,391,392,393
古解题 317
古今乐录 40,42,58,64,74,75,81,87,95,96,98,99,100,104,105,106,107,108,109,110,112,113,114,115,116,117,126,149,162,172,189,203,208,226,242,315,317,391,392
古琴曲广陵散说明(民族音乐研究论文集) 121
古今注 22,40,41,42,43,48,66,73,85,185,186,267,363,369,372,387,388
古今风谣 181
古乐苑 10,316,338,341,342,382,398,403,404,406,407
古乐志 64
古乐府(左克明) 149,316,320,322
古诗赏析 26
古诗源 182
古题乐府(元百诗笺证稿) 282
古谣谚 140,141
鼓吹格 50
关中记 16,18,20
广雅 38
广志 205
广陵散考(辅仁学志) 121
国史经籍志 394,398
国史补 247,265,266,305

H

韩非子・十过 88
汉代鼓吹曲考 47
汉鼓吹铙歌曲句解 51,54
汉宫殿疏 14
汉官典藏 48
汉官卤簿图 37,43
汉官仪 43,46,49,50
汉旧仪 14,20
汉铙歌十八曲集解 51
汉铙歌释文笺正 51
汉唐古俗与明藩土偶 42
汉诗统笺 26,50,51
汉书・百官公卿表 19
汉书・礼乐志 17,21,24,25,27,31,47,64
汉书・郊祀志 17,27,30
汉书・艺文志 4,21,22,39,43,130,384
汉书・枚皋传 21
汉书・霍光传 19
汉书・疏广传 199
汉书・玄成传 18
汉书・张敞传 199,206
汉书・龚遂传 14
汉书・咸宣传 16
汉书・佞幸传 17,199
汉书・张放传 19

汉书·西域传 21,39
汉书·元后传 17
汉书·外戚传 15,16
汉书·叙传 37
汉书(太平御览)·董偃传 199
后汉书·安帝纪·注 49
后汉书·桓帝纪 122
后汉书·献帝纪·注 122
后汉书·礼仪志 30,35,47,49
后汉书·礼仪志·注补 47,49
后汉书·祭祀志 25,30
后汉书·百官志·注补 46,50
后汉书·耿秉传 54
后汉书·窦融传 118
后汉书·班超传 41
后汉书·梁节王畅传 41
后汉书·杨赐传·注 49
后汉书·单飏传 261
后汉书·东夷传 38
后汉书·南匈奴传 39
后汉书(太平御览) 141,200
汉魏两晋南北朝乐府官署沿革考略（乐府诗论丛）85
汉易研究 29
鸿(洪)范 34
淮南子 28,65
皇宋书录 395,396

L

礼记·月令 31,34,35
六朝乐府与民歌 101,107,111
龙女传 266
梁元帝纂要 73
梁书·张率传 204
梁书·王神念传 156
梁书·东夷高句丽传 39
梁典 214,215
礼乐志(蔡邕) 47,50
历代乐志律志校释 27
历代歌辞 317
列女传 69
洛阳伽蓝记 96,146,153,191,384
洛阳记 384
洛阳图经 200,355

J

嘉靖林志 396
建初录 49,50
建炎以来系年要录 311,312
江西通志 396
江表传 55,56
江文通文集 223
江醴陵集 176
教坊记 106,264,267,292
碣石调幽兰 259,261,262,267,268,286
荆川稗编 274
荆楚岁时记 184
晋书·安帝纪 103
晋书·天文志 143
晋书·律历志 77,78,79
晋书·乐志 90,147,150
晋书·职官志 86
晋书·舆服志 44,45
晋书·五行志 139,142
晋书·石苞传 55,142
晋书·山简传 90,145
晋书·潘岳传 196

晋书·王导传 103
晋书·王珣传 102
晋书·王珉传 102
晋书·刘弘传 90,145
晋书·谢尚传 90,147,213
晋书·谢安传 102
晋书·王献之传 102
晋书·桓尹传 79
晋书·王恭传 103
晋书·夏统传 46
晋书·载记·苻坚传 134,135,139
晋书·载记·二 145
晋书·载记·三 145,224
晋书·载记·五 147
晋书·载记·十四 149
晋书·载记·二十八 148
晋书(太平御览) 169,181,200
晋书(曹嘉之) 169
晋诸公赞 219
晋武帝起居注 86
晋中兴书 39,102
九域志 243
旧唐书·音乐志 99,101,185,239,241,243,255,257
旧唐志(经籍志) 259,260
旧唐书·祖孝孙传 258
旧唐书·房琯传 266
旧唐书·李益传 276
旧唐书·李贺传 273
郡国志 172,177
郡斋读书志 276,314,372,380

K

开元天宝遗事 182

M

蒙求 28
孟郊年谱 270
梅溪丛话 396
墨庄漫录 397
穆天子传 208,209

N

南康记 216
南齐书·高帝纪 222
南齐书·郁林王纪 221
南齐书·东昏侯纪 110
南齐书·乐志 5,32,33,59,98
南齐书·皇后传 221
南齐书·崔祖思传 91
南齐书·王僧虔传 91,235
南齐书·徐孝嗣传 221
南齐书·萧惠基传 92
南史·陈后主纪 99
南史·萧惠基传 90,109
南史·王僧虔传 92
南史·张兴世传 214
南史·颜延之传 7
南史·江总传 166
南史·王敬则传 97,345
南史·徐勉传 95
南史·王神念传 156
南史·胡僧祐传 214
南史·蔡徵传 216
南史·何思澄传 233
南史·徐伯阳传 166
南史·戴逵传 266
能改斋漫录 314,398,410

女红余志 189

P

皮日休文集 295
皮子文薮 291,295,297

Q

七略别录 28
齐谐记 184
清乐考略(乐府诗论丛) 60
青囊本旨论 394
琴议 259
琴曲谱录 259
琴史 121,260,261,265,266,268
琴集 262
琴集历头拍簿 262,264,266
琴慎相和雅歌录 318,392
琴历头簿 262
琴书 260,268
琴说 266,267
琴操 267,282,285,287,367,370,373,379
琴历 261,262,263,286
琴论 264
秦州记 172
全汉三国晋南北朝诗 323,336,337,338,340,341,343,345,350,351,354,355,357,360
全三国文 55
全宋文 92
全梁文 98
前贤小集拾遗 397
前定录 267

R

容斋四笔 305,314

S

山海经・郭璞注 205
诗纪 245,250,323,334,335,336,337,338,339,340,341,342,343,344,345,346,347,348,349,350,351,352,353,354,355,357,358,387,389
诗薮 26
诗比兴笺 51
诗话总龟 258,398,401,404,405,406,407,408,409,410,411
施愚山先生学余诗集 397
石林诗话 313
十道志 242
十六国春秋・前赵录 146
十六国春秋・后赵录 147
十六国春秋・前秦录 134,149
十六国春秋・前燕录 149
史记・始皇本纪 13
史记・乐书 24,27
史记・封禅书 25
史记・游侠列传 119
始兴记 215
世说新语・伤逝 200
松陵集 294,297
宋诗纪事 312,396,402
宋诗纪事补遗 312
宋史・艺文志 116,185,266,267,315,317,318,371,375,398,400,412

宋史·仁宗纪 312
宋书·武帝纪 222
宋书·少帝纪 108
宋书·律历志 62,75,77,78,79,219
宋书·礼志 43,44
宋书·乐志(宋志) 22,23,36,37,38,39,48,49,50,52,53,54,57,60,61,63,67,69,71,72,73,81,82,87,89,92,96,99,100,101,103,105,107,112,150,187,212,213,219,220,242,243,283,315,317,360,370,381,383,384,385,386,390,391
宋书·五行志 86,104
宋书·地理志 242,244,395
宋书·百官志 86
宋书·后妃传 107
宋书·孝武文穆王皇后传 102
宋书·临川烈武王道规传 6
宋书·沈演之传 103
宋书·徐湛之传 106
宋书·始安王休仁传 218
宋书·柳元景传 242
宋书·豫章王子尚传 219
宋书·荆雍州蛮传 242
宋书·自序传 6
升庵外集 322
书史会要 395,396
蜀书·刘封传 56
苏魏公文集 312
俗说 213
隋书·礼仪志 46,50,236,240
隋书·音乐志(隋志) 148,151,152,158,159,160,161,166,220,224,226,232,233,236,237,238,239,240,256,257,262,315,317,318
隋书·五行志 99,142
隋书·经籍志 103,116,185,392
隋唐嘉话 258

T

太古遗音 275,286
太平寰宇记 107
唐才子传 272,274,276,294,296,375
唐诗纪事 121,259,276,295
唐诗研究 388
唐诗百名家全集 276
唐书·礼乐志(乐志) 185,259
唐书·仪卫志(唐志) 237,238,239,240,242,262
唐书·食货志 302,304
唐书·地理志 305
唐书·尉迟敬德传 264
唐书·于頔传 305
唐书·李益传 274
唐语林 276,296
唐乐府 316
唐乐图 239,240
唐摭言 273,296
唐志·齐王芳纪·注 86
通典 38,39,96,99,149,160,161,264
通志·乐略(通志) 119,187,188
通志·艺文略 185,317,373,375,376
苕溪渔隐丛话后集(渔隐丛话后集) 103,183,318,354
天台续集 312
陶岘传 264

W

文献通考 77,110,226,376

文章流别论 5
文心雕龙 7,274
文体明辨 26,34
文编(元结) 298
文选 4,8,28,29,37,39,46,88,106,121,200,315,324,338,339,340,341,342,343,344,347,348,350,352,354,355,356,360,381,382,383,384,386,387,388,389,392
文选・刘逵注 28,73
文选・薛综注 20,37,61,200,355
文选・李善注 14,18,28,29,37,40,46,121,338,339,340,341,342,343,344,347,348,350,352,354,355,356,381,382,385,386,387,388,389,391,392
文选李注义疏 65
文选考异 40,341,388
文选挽歌诗考(中国文学报) 66
魏晋南北朝通史 190
魏书・临淮王谭传 152,154
魏书・高允传 153
魏书・刘芳传 154
魏书・祖莹传 152
魏书・奚康生传 156
魏书・私署凉州牧张天锡传 136
魏书・西域传 151
魏书・高车传 158
魏书・律历志 154
魏书・乐志 80,92,148,150,151,155,234,235
魏书・官氏志 154
魏志・曹爽传 56
魏太山秦州记 172
吴兴记 103
吴志・士燮传 56
吴录 56
吴历 55
武昌记 216

X

系蒙 107,108
杏庄太音补遗 287
西京杂记 42,44,45,46,205
谢朓年谱(小说月报) 229
荀氏录(荀录) 81,82,89,315,384,386
襄阳守城录 247
襄阳耆旧传 65
襄阳府志 243
徐孝穆集笺注 189
叙乐 29,47
续高士传 127
续高僧传 98
续墨客挥犀 260
新书・匈奴篇 13
浔阳记 216
新撰录乐府集 6
新唐书(唐书)・艺文志(新唐志) 6,9,242,259,295,315,317,362,369,371,374,376,400
新礼仪志 49,218
惜抱轩笔记 15

Y

邺中记 147,225
仪顾堂续跋 312
艺文类聚 57,103,164,167,186,192,193,199,205,213,267,334,336,

343,344,345,346,347,348,349,350,351,352,355,356,357,360,361,390
异苑 215
玉海 201,261,398
玉泉子 296,297
玉台新咏 7,8,99,164,165,166,170,171,190,191,196,205,245,250,347,352,361
玉台新咏(译注本) 182
元祐党人传 396
元嘉正声伎录(张永之伎录) 64,315,317
月令章句 38
韵语阳秋 313,314,373
瀛奎律髓 396,402
永乐大典 311,312
幽明录 111
酉阳杂俎 146
雍录 14
语林 200
乐苑 105,185,264,317
乐纂 260,261
乐志(太平御览) 64,185
乐书 38,77,150,161,214,232,239
乐书·乐图论 38,150
乐部 149,151,152,161,185,240
乐府英华 51
乐府广题 83,158,314,317,387,388
乐府古今题解 369,372,374,375,376
乐府古题要解 9,42,89,122,126,180,203,204,279,315,317,320,362,369,370,371,372,373,374,376,380,383,398,400,401
乐府杂录 317
乐府诗集 6,10,37,41,54,80,81,87,97,99,100,104,115,116,117,125,158,164,169,171,172,180,185,186,191,192,193,194,205,208,209,220,229,236,240,242,245,250,251,252,254,258,259,260,262,264,283,311,312,313,314,315,317,319,320,321,322,323,324,330,333,334,335,336,338,339,340,341,342,343,344,345,346,347,349,350,351,352,358,359,360,361,373,375,381,382,383,384,387,390,392,393,394,399,400,403,412,413,414,415,416
乐府诗集(无名氏) 316
乐府诗集古辞校正 382,387
乐府集 315,316,394,398,399,400,403,404
乐府集序解 316,394,398,404
乐府诗笺 54
乐府诗选 54,95,138,188,203,209
乐府诗论丛 47,60,85
乐府正义 51
乐府类解 10

Z

杂体诗集 313
甄异传 101,102
资治通鉴 20,21,41,75,86,109,135,149,150,151,158,159,160,219,221,225,234,243,244,304
资治通鉴·胡三省 20,25,86,109,133,159,225,243

张王乐府 287
炙毂子杂录注解 369,372
周地图记 172
周书·武帝纪 160
周书·宣帝纪 150
周书·于谨传 159
周书·长孙绍远传 160
周书·斛斯徵传 160
周书·崔猷传 150
周书·王褒传 8,165
竹庄诗话 398,402,404,405,409
中兴馆阁书目 316,317,318,398,399
中国音乐文学史 74
中国古代音乐书目 317
直斋书录解题 311,312,316,373,398,399

Ⅱ　人名

A

安进贵 256
安丰王延明 154
安陆王子敬 221

B

白居易 259,261,267,268,272,273,278,279,280,281,282,287,288,292,293,298,300,319,399,415
白明达 264
班固 13,14,17,20,24,26,29,37,39,43,195,384
班超 41,50
班壹 37
鲍照 6,8,105,122,164,165,167,188,189,193,319,324,331,333,353,360,361
鲍令晖 347,359,361
北海王详 225
北周武帝 127,158,260
北周宣帝 150,235,284
北齐后主 141
伯牙 285,367,376
毕义云 223,226
毕耀 271
碧玉 101,102
卞斌 257

C

蔡琰 176,265
蔡景历 216,223
蔡子元 257,258
蔡质 48
蔡徵 216,257
蔡祐 223,226
蔡邕 29,34,38,47,48,50,52,53,54,77,79,89,97,120,255,259,260,267,285,365,366,390
曹爽 56
曹大冕 396
曹植 4,5,7,28,42,46,49,67,68,75,88,121,122,123,124,125,152,194,200,205,208,231,244,273,274,319,326,328,329,330,331,332,333,338,339,341,344,347,348,350,352,356,361,367,381
曹妙达 256
曹毗 150
岑参 266,276
岑之敬 129,164,182,183,184,195,197,198,200,201,202
车敷 129,163,164,174.190,193,196,206,207
昌邑王 18,19
长沙威王晃 221
陈安 145,146
陈寅恪 282
陈羽 271,415
陈怀古 265
陈起 397
陈骙 316,317,398

陈庆之 190,191,223
陈显达 220
陈暄 129,164,166,167,169,170,197,198,199,200,201,202,206,209,210
陈謇 213
陈沆 51
陈康 268
陈后主 99,128,129,141,163,165,167,169,174,176,179,182,183,184,186,187,188,189,197,201,208,210,216,259,319
陈孝孙 153
陈成 153
陈振孙 311,316,373,398,399
陈拙 121,261,267,268
陈祚明 51
陈泰 55
陈仲孺 80
陈文显 153
陈本礼 26,50,51
陈游 105,185,317
陈旸 38,150,161,214,232,239
陈琳 122,123,124,182,391
成公绥 182
程大昌 14
晁公武 276,314,372,380
褚渊 217,220
褚太后 105
褚湛之 217
储光羲 195
崔九龙 155
崔鸿 145
崔颢 202
崔光 154,223,225,234
崔国辅 271
崔曙 271
崔豹 22,40,41,42,43,48,66,73,185,267,369,387
崔郊 279
崔令钦 292

D

戴颙 121,266
戴暠 177,190,321,329,344
戴叔伦 293
戴当千 153
戴明扬 121
到溉 204
到仲举 215
邓渊 148,150
邓静 89
邓德明 216
丁昕 105
丁孚 49
丁福保 193,323,337,351,356,360
东平王苍 31
董史 395
董庭兰 265,266,272
独孤及 279
独孤嗣宗 164,206
犊牧子 285,377
杜淹 263
杜夔 89
杜根 244
杜挚 37
杜思温 267
杜文澜 140,141
杜甫 9,281,293,299,306,307,399

杜佑 99,133,149,160,161,264
段安节 317
段成式 146,271

E

尔朱荣 152,154,156,215,225,226
尔朱兆 152,157
尔朱文略 157

F

繁钦 50,182,332,352,368,379,382
范云 214,215,223,228,229,278
范慎 56
范晔 106,118
方回 396
房琯 266
房晖远 162
丰田穰 388
冯惟讷 245,323,387,389
冯熙 225
冯伉 279
冯宏 151
冯肃 89
冯舜臣 247
冯班 10,271
费昶 233,316
服养 89
苻坚 131,132,133,134,135,136,137,138,139,140,147,149
苻生 132,133
苻融 135,138,149
苻朗 135
傅介子 20
傅玄 4,5,33,37,56,57,58,59,122,123,182,187,232,292,316,319,323,324,325,326,327,328,331,333,336,337,340,342,348,356,357,360,403,407,408

G

冈崎文夫 190
冈田正之 26
高允 152,153,155
高步瀛 65
高元海 223,226
高适 266,276,412
高兆 127
高阳王雍 225
高间 152,154
葛立方 313,314,373
耿湋 271
耿秉 54
归仁绍 295
龚德 12
顾况 293,415
顾野王 129,163,164,174,175,197,198,199
顾有孝 51
郭劝 311,312
郭金乐 256
郭仲产 172
郭璞 205
郭茂倩 6,10,37,41,54,70,80,81,87,115,116,126,158,180,205,208,220,229,230,236,238,240,254,262,283,291,292,311,312,313,314,315,316,319,322,323,324,330,345,359,360,373,375,

381,392,394,399,400,403,412,413
弘执恭 128
公孙常 261
公孙崇 152,154
广平王匡 152,154
广宁王孝珩 159
广陵王羽 225

H

韩延寿 40
韩法秀 106
韩愈 247,253,273,282,285,286,287,399
何晏之女 267
何溪汶 398
何思澄 165,233
何胥 163,176
何承天 87,220,283
何逊 195,205,361
何妥 84,162,256,257,258,265
何稠 162
河间王琛 146
和士开 157
赫连昌 151
贺若弼 259,260
贺彻 166,167,170,360
贺拔岳 223,225
贺力收 164,178,179
华忱 270
桓尹 79
桓温 138,213
桓玄 104,213
桓崇祖 220
侯景 144,156,162,169,214,226
黄士达 275,286
黄巢 259,291,297
黄伯思 394,395
皇甫冉 280
淮南王刘安(刘安) 28,65,204,368
洪迈 158,305,314
衡阳献王昌 223
胡应麟 26,27
胡克家 40,343,388
胡国珍 225
胡僧祐 214
胡仔 103,183,318,354
斛斯徵 160,162
斛律金 158
花房英树 287

J

嵇康 83,84,121,260,266,267
纪昀 396,398
计有功 276
贾谊 13,52
贾岛 268,279
贾充 46,213
江村北海 10,194,197
江晖 128,164,169,209,210
江洪 165,278
江总 128,129,163,164,166,167,168,169,170,171,174,175,176,177,178,182,183,184,186,187,188,197,199,200,201,202,206,207,208,209,210,325,335,368,373
江淹(江文通) 176,223,313,324,

325,333,334,344,348,355,356,360,361
蒋洌 271
姜发 261
焦竑 394,398
荆轲 118,120,125,130,330,346,406
景武 17,19
竟陵文宣王子良 221
晋安王子懋 221
沮渠蒙逊 151

K

孔翁归 165
孔子 124,259,282,285,287
孔绍安 122
孔臧 182
孔稚圭 215
孔德绍 257
孔融 279,342,368,377
会稽公主 105
宽舒 25
匡衡 29

L

兰陵武王孝瓘 159
李安民 220
李益 272,273,274,276,277,278,413
李延年 4,17,18,19,39,40,41,42,43,52,75,76,185,300,363,365,378
李贺 247,251,272,273,274,275,276,277,278,293,294,319,404,413,414
李翰 28
李颀 266,271
李季兰 266
李经 279
李坚 42
李元操 162,257,325,335
李暠 151
李孝光 313,321
李孝胜 197
李山甫 121,259
李士衡 256
李爕 164,205,206
李心传 311
李绅 279,281
李善夷 247,251
李爽 166,167
李搔 157
李端 247,252,280,322
李德忱 157
李德林 236
李白 122,129,130,146,246,247,250,253,265,271,273,298,319,388,389,399,403,404,407,409,410,414
李弼 226
李百药 141,376
李频 271
李佛 148
李勉 267
李尤 21
李余 279,280
李陵 37,52
李良辅 121
李林甫 42,49
梁商 66
李氏之女 268

梁简文帝 129,168,180,183,206,207,244,245,248,250,278,319,325,335,348,360,368,371,373,406
梁元帝 73,96,128,129,159,162,177,180,182,206,207,208,321,326,330,336,345,361
梁武帝 75,92,96,98,109,117,144,156,167,169,171,187,189,190,191,192,214,215,232,241,243,244,324,329,345
列和 62,63,64,77,80,89
铃木虎雄 182,196,205
铃木由次郎 29
凌廷堪 77
临川王义庆 112,365,407
临川献王映 221
临淮王(谭) 154
林夔 257
林师蒧 312
刘允章 297
刘禹锡 247,254,268,282,314,319,415
刘延孙 217
刘雅 224
刘绘 228,229,278
刘逵 28,73
刘勰 7,8,10
刘向 28,29,69
刘敬叔 215
刘瓛 37
刘涓子 264
刘弘 90,145
刘孝威 122,163,164,165,173,195,204,206,207,270,278,326,329,331,332,344,349,351,352,360,361,370,408
刘孝绰 165,271,359
刘孝标 163,407
刘琨 261
刘次庄 314,315,316,394
刘孺 190
刘遵 177,190
刘商 266,271,272
刘臻 162,256
刘生 96,126,127,128,164,365
刘聪 145
刘悚 258
刘湛 107
刘畤 169
刘昶 225
刘兆 127
刘道产 112,242
刘备 55,212
刘卞 127
刘勔 217
刘芳 152,153,154,234,235
刘邈 170,182,183,360,401,404
刘孟 127,128,129
刘猛 279,280
刘曜 135,136,145,146,147,224
刘瑶 98,113
柳恽 164,177
柳元景 217,242
柳顾言 257
柳世隆 220
柳庄 127,128,164
柳宗元 273,282,283,284,321
卢虔 280
卢思道 162,257,326,338,401,404

卢照邻 122,129
卢肇 245,246
卢仝 293,294
卢贲 162
卢纶 279,415
陆翙 147,225
陆机 4,5,8,57,69,73,112,181,273,274,292,323,326,337,360,384,403
陆龟蒙 247,251,271,294,297,301,413
陆琼 164,178,179
陆厥 129,130
间丘冲 69
绿珠 104,409
陆卯 157
陆锡熊 398
陆心源 311,312,322,396
陆长源 280
罗宪 213
骆宾王 195
吕安国 220
吕渭 121
吕光 151,152
吕才 264

M

马国翰 149
马端临 77,226
毛晋 186,194,322,370,373,374,376,381
梅陶 6
梅鼎祚 10,316,341,382,387,398,400,403,404,406,407
梅复元 268
枚皋 21
枚乘 4,27,52,182
孟郊 269,270,271,279,280,293
孟浩然 246,250
孟达 56
明克让 162
缪钺 291
谬忌 25
慕容永 147
慕容廆 149
慕容俊 147,149
慕容垂 127,138,139,147,149
慕容冲 133,137
慕容超 147,148
慕容德 147
慕容宝 147,148

N

南平穆王铄 112,217
兒凤鸣 153
聂夷中 293
聂政 118,120,121
牛弘 162,256,257

O

欧阳衮 264

P

潘岳 18,196,197,200
潘孟阳 279
彭乘 260
彭城王义康 106,107,217,377
彭城王勰 225

彭叔仪 313,321
彭丽天 382,387
皮日休 9,269,291,292,293,294,295,296,297,298,299,300,301,302,303,304,305,306,307
平秦王归彦 226
平当 12

Q

乔知之 271
清河公主 137
秦罗敷 66,196
钱泳 396
钱谦益 322
丘公 259,261,286
丘琼荪 27
屈原 25,65
权德舆 272,273,279

R

冉闵 147
阮阅 398,401,404,405,406,407,408,409,410,411
阮咸 266
阮籍 360
阮卓 129,164,166,169,178,197,201,202
戎昱 271,277,293
汝南王司马义 101,102

S

僧居月 259
山阴公主 218,219
山简 145
单飏 260,261
商陵牧子 267,285,377
沈亚之 274,275
沈君攸 195,401,404
沈炯 191,192
沈建 83,158,314,317,387,388,400
沈佺期 271
沈充 103
沈重 162
沈德潜 182
沈彬 122
沈约 6,32,50,53,54,89,92,110,129,164,167,177,182,190,193,194,195,196,219,220,228,229,231,232,233,234,271,278,315,319,364,384,385,391
沈攸之 103,110,112
沈亮 6
沈林子 6
施肩吾 247,248,251,252
施闰章 397
师旷 88,264
石虎 134,135,136,147,224,225
石崇 104,186,213,370,409
石苞 55,142,213
石勒 90,147
始安王休仁 218
史筌 215
士燮 56
释慧皎 152
释智匠 40,58,64,74,81,87,95,115,116,117,149,162,172,189,203,208,226,242,315,317,384,391,392
释法云 98

释宝月 98,113
叔孙通 12
司马相如 3,12,17,20,21,22,26,27,192,376
司马迁 119
宋玉 25,60,65,88,259,264
宋孝臻 261
宋识 62,63,64,89
宋之问 316,413
宋少帝 98,104,107,116
宋敏求 16,20
宋白 41,42
宋晔 12
苏威 162,256,257
苏夔 256
苏颂 311,312,313
苏祇婆 162
苏亮 226
苏子卿 88,164,188,332,351,410
苏轼 11,244
孙毓 39
孙希裕 267,268
孙权 55,212,364
孙星衍 182
孙玚 223
孙望 281
隋文帝 84,86,144,161,162,259,263,265
隋炀帝 144,228,236,240,255,319
随郡王子隆 221,228,229,230,278
随王诞 112,242,243,365

T

(太史令)谈 25
谭献 51
谈士云 197
檀道济 217
唐瑾 160
唐高祖 263,264,282,283
唐高宗 246,255,264
唐山夫人 21
唐顺之 274
唐太宗 141,255,260,263,264,282,414
桃叶 101,102,254,406
陶渊明 6
陶岘 264
陶宗仪 369,395
田僧超 146
同昌公主 304
童万元 321
秃发乌孤 151

W

万常宝 257
王晏 221
王禹 12
王运熙 47,50,60,85,101,107,111
王叡(北魏) 155
王叡(唐) 369,370,371,372,373,380
王涣 118
王琦 130
王义康 267
王竟陵 204
王筠 164,209,331,350,361,401,404
王廞 103,104
王训 176,177
王冏 190

王敬傲 121
王敬则 97,214,220
王俭 220,235
王建 119,272,273,279,281,287,289,290,292,293,319
王献之 101,102,406
王遨 259,261
王弘 217
王广之 221
王浑 56
王灼 265,273,274,287
王叔英之妻刘氏 165
王韶之 215
王昌龄 268,271,318,369,372,374,375
王珣 150
王仁裕 182
王瑳 129,164,166,167,182,183,184,197,199,200
王粲 59,182,275,327,340
王世襄 121
王绩 223,261
王先谦 23,39,51,52,64
王僧虔 7,59,63,69,81,85,90,92,235,315,317,382,384,386,390,392
王泰 165
王胄 258
王仲雄 97
王长通 256
王琛 97,142,146
王通 259,261,266,290
王定 12
王定保 273,296
王说 276
王导 104,213
王德毅 311
王褒(汉) 12
王褒(北周) 129,163,164,165,173,176,177,178,179,190,193,195,196,211,278,292,326,331,336,349
王保义之女 268
王勃 316
王珉 101,102,406
王猛 147
王融 153,228,229,271,278,319,359
王由礼 164,166,167,207
王容 245,250
王与公 322,381
温子昇 129,130,151,333,358
温庭筠 247,293,294,319,413
闻一多 54
文明皇后冯氏 153,155
韦楚老 272
尉元 154,225
魏收 148,157
魏某 257,260
魏武帝(曹操) 7,8,53,55,59,61,63,64,66,67,68,73,83,84,89,92,176,205,211,212,323,327,328,232,275,333,341,342,355,360,364,371,381,384,389,391
魏文帝 5,22,42,58,61,63,67,68,73,88,91,181,182,323,327,328,329,332,341,342,343,344,351,354,381,382,385,386,389,392
魏明帝 62,63,68,69,77,84,86,92,323,327,328,331,333,340,341,342,350,356,364,371,384,

385,392
卫玠 198,200
吴安泰 99
吴兢 9,42,67,89,122,126,180,203,204,279,315,317,320,362,369,371,373,374,375,376,377,380,383,398,399,400,401
吴均 96,163,164,184,188,189,271,319,321,325,332,334,350,359,361,367,406
吴少微 271
吴曾 314,398,410
吴兆宜 189
吴殿 153
吴勉学 316
吴迈远 8,271,330,346,347,361
吴明彻 223
乌孙公主 39,187
侣缉之 182
侣叔倪 229
武元衡 272
武少仪 279
武陵昭王晔 221

X

郗昂 317,318,369,372,374,375
奚康生 156
席启寓 276
夏侯宽 21
咸阳王禧 155
献王刘德 12
萧颖胄 220
萧吉 162
萧景先 220
萧旷 266
萧士显 33
萧子范 359
萧诠 166
萧涤非 291
萧賁 129,164,197,198,199,201,202
萧宝夤 223,225
萧鸾 221,287
小林太市郎 42
谢希逸 76,80,264
谢惠连 209,323,327,367
谢燮 163,164,174,175,209,210
谢尚 90,147,200,213
谢石 138
谢庄 32,33,34,35
谢摛 213
谢朓 8,33,228,229,230,231,278,319,327,332,339,352,353
谢芳姿 101,102
谢琳 275,286
谢灵运 6,7,8,181,292,340,356,391
辛延年 119
辛彦之 162,256,257
辛文房 272,294,375
信都芳 154,157
徐逵之 105
徐孝嗣 221
徐之才 226
徐师曾 26,27,34,35,284
徐湛 360
徐澄宇 287
徐度 223
徐防 190
徐养原 77,79
徐陵 7,8,96,128,129,163,164,169,

170,178,179,182,188,189,197,198,199,200,205,206,207,223,331,349
许云封 186
许敬宗 264
许善心 256,257
许孟容 279
薛易简 261,266,267,268
薛道衡 170
荀勖 41,69,71,73,77,80,81,84,89,123,315,364,370,384,392
荀昶 8,400,408
荀万秋 109
荀雍 323,327,339
宣华公主 219

Y

严羽 314
严可均 55,92,98
一海知义 66
宜都王叔明 259
颜延之 7,106,323,326,337
颜竣 271,359
阎宽 271
姚系 272
姚兴 147,148,151
姚合 279
姚察 256
姚鼐 15,16
姚苌 131,135,149
姚弼 127,149
杨於陵 279
杨巨源 247,248,251,252,271,279
杨衒之 96,146,191,384
杨浚 298
杨赐 54
杨蜀 147
杨骏 142,181
杨慎 322,345
杨素 236,325,335
杨椿 223,225
杨表正 286,287
阳俊之 159
阳缙 120,330,359
扬雄 14
羊士谔 279
耶律楚材 121
叶梦得 313
尹雅 148
尹胡 89
尹商 89
阴铿 165,331,347,359
应劭 37,43,49,50
应玚 182,331,349
雍裕之 272,279
余冠英 54,95,138,188,203,209
于兢 318
于谨 159
于寔 226
于志宁 264
于仲文 236
于普明 258
于濆 271
于頔 305
于栗烈 225
鱼复侯子响 229
虞羽客 122
虞世基 256,257
虞世南 122,264,415

庾及之 267
庾肩吾 129,164,165,166,170,190,193,195,196,197,204,209,360
庾信 33,34,122,165,170.175,176,177,292,319,326,331,338,349
庾亮 90,263
庾翼 213
宇文述 236
尉迟敬德 264
郁林王 96,221
豫章文献王嶷 221
袁郊 186,256,257
袁皇后 106,107
袁粲 217
元孚 154
元结 9,269,281,293,298,299,300,306,307
元稹 267,272,273,278,279,280,281,293,399
元鲁山 298
源彪 223,226

Z

藏质 112
曾巩 244
曾子 285
宗懔 184
甄琛 223,225
子夜 100,101,108,365
左延年 69,82,122,327,340
左克明 10,149,316,320,322
左思 28,73,408
查阜西 286
张永 7,64,74,76,315,317,385,392
张华(晋) 123,124,125,126,195,244,323,327,331,332,340,347,350
张华(南燕) 148
张柬之 246,250
张玉榖 26
张敬儿 220
张骞 40,41,42,365
张元济 40,387
张祜 247,252,293,294
张衡 4,14,17,20,61,65,88,195,200,333,355
张兴世 214
张缵 199,244
张骏 6,152
张舜民 395
张正见 96,128,129,163,164,166,169,170,174,175,176,178,179,182,188,197,206,208,209,210,211,319,329,344,360,401,404
张籍 268,272,273,279,281,287,289,292,293,319,413
张荐 279
张僧鉴 216
张率 8,190,204,292,403,407
张谭 29
张仲春 18
张仲素 272,413,414
张潮 247,252
张重华 152
张溥 176,338,341
张碧 271
张放 18,19,20,199
张邦基 397
张揖 38

张阳子 153
张峦 268
章昭达 96,223
长孙佐辅 272
长孙绍远 160
长孙稚 154
长孙无忌 264
昭明太子 4,8,99,190,209,245,321,
328,342
朝云 97,146
赵惟暕 260,268
赵整 137,149
赵郡王干 225
赵定 12
赵万年 247
赵耶利 259,260,261
郑元 305
郑述祖 157
郑樵 119,120,123,185,187,263,
286,373,375,376
郑译 162,256,257
挚虞 5,49,218
制氏 12
朱乾 51
朱庆余 279
朱谦之 74
朱厚熘 275,286
朱子尚 106
朱生 62,63,64,89
朱硕仙 106
朱长文 121,260
周慧孙 322
周惠达 160
周公 267,285,390
周兴嗣 204
周弘正 173,176
周弘让 360
周弘直 120,330,346
周寿昌 64
周铁虎 223
周必大 315,321,398,399
周敷 223
周文王 285
周法尚 236
周瑜 55,56
诸葛亮 56
钟惺 66
钟辂 267
庄逵吉 182
庄述祖 51,54
庄南杰 272
邹衍 27,28,29
邹阳 26
祖莹 151,154,155,157
祖咏 271
祖孝孙 256,263
祖孙登 164,166,167,206,352
祖珽 148,149,152,156,157,158

Ⅲ　歌曲名

A

阿子歌 99,105,264
阿若于楼达 239
安世房中歌 21
安东平 96,109,127,128
哀江头 281,293
哀松露 261
哀陇民 298,304,306
艾如张 51,52,53,228,232,233,275,364
爱妾换马(以妾换马) 165,204,278
欸乃曲 298
骜夏 299
懊侬(恼)歌(懊侬) 95,97,98,99,100,103,104,108,116,117,264,329,345,390

C

残行操 285,286
沧海雀 400,408
采荷调 318
采珠行 279
采桑 109,166,265,360
采桑度(采桑) 109,114,115
采梨橘行 82
采菱曲(采菱) 22,65,165,278,330,346
采莲曲(采莲) 65,288,321,361
采诗官 282,300
草摇摇 367
阊阖 68,367
常山公平梁歌 159
常林欢 241,247,265
长安羁旅行 269,270
长安少年行 119,192,205,361
长乐少年行 119
长安城西行 82,329,343,386
长安道 129,164,165,166,167,168,189,190,191,192,193,194,195,196,197,198,199,200,201,202,365
长歌行(长歌) 68,82,84,85,271,314,315,326,339,363,367,369
长歌续短歌 275
长史变歌(长史变) 99,100,103,104,108,264
长清(青) 259,261,262,263
长相思 8,99,176,410
长侧 259,261,262,263
长门怨 368
长乐佳 100
长乐声 238
畅志清 262,263
朝天行 279
朝陇首 21,24,25
忱威 233
晨鸡高树鸣 360
晨风 367
陈歌 367
沈湘(横吹曲) 239
沈湘怨 262,266,267

承元气 48
城上麻 367
诚夏 258
成礼乐 157,235,236
赤蛟 24
赤之杨(阳) 40,42,365
赤帝歌 31,32,33
敕勒歌 158,318
重来 48
出关 40,42,163,164,185,365
出郭西门 89,365
出塞 40,42,157,163,164,169,185,325,335,365
出山东 235
出自蓟北门行 177,366
出藩曲 229,230,231
初造 48
楚歌(横吹曲) 239
楚客 239
楚客吟秋风 262,266
楚之平 53,235
楚竹吟 280
楚调(琴曲) 261,262
楚明光 261,262,263
楚妃吟 209
楚妃怨(楚妃叹) 239,262,263,267
处女吟 263
春莺啭 264
春江花月夜 258,265
辞汉 239,261
祠天地五郊夕牲歌 33
祠天地五郊迎送神歌 33
刺少年 119
骢马(骢马驱) 164,165,166,167,168,177,202,203,205,206,207,208,326,336,365
从军行 82,165,278,313,318,321,323,327,340,360,361,414
从戎曲 229,230,231
从历数 53,54
簇蚕辞 288,289

D

达和若轮空 239
大禹以上行 68,367
大夏 151,299,384
大濩 299
大魏篇 68
大贤真 239
大胡笳 262,265,266,268
大胡笳鸣 43,61
大女怨 239
大治 100
大子夜歌 95,100,108
大韶 299
大墙上蒿行 82,354
大晋承运期 57
大垂手 68,165,366,367,379,406
大置酒 48
大堤曲 241,244,246,247,248,250,251,254,275
大道曲 200,318
大风歌 60
大梅花 188
大游 262,263
丹霞蔽日行 68,73
当事君行 68
当车以驾行 68

当墙欲高行 68
当男盛 100
当对酒(将进酒) 228
当欲游南山行 68
当来日大难 68
当垆曲 165
砀极乐 20
道亡 233
登歌安世诗 59
登高引望 259
登山曲 229,230,231
狄鞮乐 20
地厚 256
帝王所居行 82
帝临 24,26,30,31,33,35
殿前生桂树 364
钓竿行(钓竿) 57,58,82,166,180,363,365,369
丁督护歌(督护歌) 99,100,105,106,264
定情诗(篇) 332,352,379,382
定汝颖 235
定武功 53
东海 68,367
东岳研歌 68
东光引(东光) 64,364
东虎吟行(东武吟) 76,366,403
东武太山 262
东西门行 82
东蛮 283,285
东飞伯(百)劳歌 187,408
东平刘生歌 96,126,127,128,165
东门行(东门) 6,64,68,70,71,82,92,152,363,378,383,388
董揩五弄 261
董逃行(歌) 81,82,323,327,341,363,369,370,392,403,406
斗鸡 68,331,348,361
独处吟 263
独不见 332,352,366,399,410
独禄 364
读曲歌 99,100,105,106,107,117,184,185,264,294,390
度关山 64,176,326,336,363
度宾哀 239
渡易水曲(渡易水) 318,367,406
短歌行(短歌) 73,82,84,85,91,271,292,363,364,369,370,381
短清(青) 259,261.262,263
短侧 259,261,262,263
敦煌子 119
对镜吟 272
对月 239
对酒行(对酒) 64,68,82,322,326,338,363

E

蛾眉 262

G

干遮曲 20
感神调 261
祴夏 299
高昌 283,285
宫引 75
宫人斜 279
公子行 119
公莫舞歌(公莫) 153,264,265,275,276

共戏乐 109,113,114
孤儿行(孤子生行) 82,318,319,388,392
孤猿吟 260
估(贾)客乐(估客) 95,96,98,109,113,114,264,288
古遗叹 298
古邺城童子谣效王粲刺曹操 275
古宫怨 272
古侧 262
古弹 100
古冢狐 282
古明君 238
古别离 272,313,360
关山 176,177,178
关山篇 176,326,336
关山月 164,165,166,167,168,169,176,177,178,179,180,189,272,365,405
关东贤女 364
广成乐 157
广陵散 43,61,121,262,263,268,403
广陵止息 121,262
龟山操 285,286,287
归风(凤)262,263
归来 48
桂之树行 68

H

海人谣 288
海淡淡 48
邯郸行 318
邯郸郭公歌 318
邯郸少年行 119
寒塘曲 288
汉宫少年行 119
汉之季 235
汉东流 233
蒿里曲(蒿里)(蒿里歌) 22,64,66,363,369,370,377,378
豪侠行 365
浩歌 275
河中之水歌 324
河右平 283,285
合欢诗 368,379
合上 365
鹤楼峻 233
贺六浑 239
横吹曲(江总) 167
黑帝歌 31,33
后园凿井歌 275
后皇 24
胡笛尔笛 239
胡姬年十五 407
胡笳曲(胡笳) 165,261,263,278
胡笳十八拍 176,272
胡笳声 239
胡笳调 261
胡笳明君 239
胡笳弄 266
胡无人行(胡无人) 82,323,329,334,345,367
花游曲 274
华阴山 367
华山畿 95,99,100,107,108,117,390
华舜十游 261
华烨烨 24
欢好曲 100
欢闻歌 99,105

欢闻变歌 99,100,105
欢乐 238
缓声代后 367
皇夏 258
皇诰 153
皇矣乐 150
煌煌京洛行(京洛篇) 68,82,190,193,195,329,344
黄缨 115
黄生曲 100
黄帝歌 31,33
黄鹤吟(黄鹄) 42,43,100,185,365
黄鹄曲(黄鹄) 390
黄雀(爵)行(黄爵) 49,57,272
黄覃子 40,42,365
黄老弹飞引 61
昏主恣淫慝 233
怀陵 262,266
淮南 65
淮南王 362,369
获吕布 53
回波乐 155,156
会吟行 366
火凤词 376

J

嵇康怨 266
鸡鸣曲(鸡鸣)(鸡鸣高树颠) 22,64,360,363,403,408
鸡鸣歌 318
鸡鸣篇 326,338
激楚曲(激楚) 20,73
济济 364
济黄河 400,403,405
嘉至乐 19
嘉瑞臻 157,235,236
夹树 367
驾辨 65
郊祀曲 229,230
间君 238
间弦 266
间弦明君 238
剑客 119
贱士吟 298
贱贡士 298,301,304,306
江神祠 397
江村行 288,289
江南曲(江南)(江南可采莲) 22,60,64,65,275,288,363,413
江南弄 99,275,330,346
江陵乐 109
将归操 285,286,287
焦仲卿妻 323,332,351
角引 75
校猎曲 229,230,231
结援子 119
结袜子 119,129
结风曲(结风) 20,73
结客篇(结客) 68,119,121,122,123,367
结客少年场行(结客少年场) 119,121,122,318,324,331,350,360,366
竭肃杂 48
婕妤怨 165,278,368
金灵运 57
覲歌 64
晋四庙乐歌 123
晋冬至初岁小会歌 123

晋阳武 283,284,285
靖本邦 283,285
景星 24,25
景龙飞 57
精列行 68,367
荆轲歌 120,330,346
井底引银瓶 282
泾水黄 283,284
九渊 298
九宾乐 48
旧邦 53
鞠歌行 82,366
拘幽操 285,286
钜鹿公主歌 149
钧天曲 229,230
君子行 68,82,366
君马黄(君马) 52,53,57,166,220,364,378,404
君莫非 279

K

看客清 262,263
凯歌(晋) 123
克官渡 53
克沙苑 235
克淮南 235
空口莲 239
空城雀 366
箜篌引(公无渡河行) 68,75,82,273,275,341,362,363,367,369,370,371,373,392
苦寒行 7,8,81,82,84,92,211,323,327,340,367,381,392
苦哉行 367
苦思行 68
苦热行(苦热) 68,279,331,349,350,361,366
苦乐相倚曲 279
跨鞍 238,261
鹍鸡 43,61,64

L

来罗 95
兰若生 408
兰陵王入阵曲 159
琅琊王歌 131,135,149
朗月行 178
连弄 262
连珠弄 262,263
练时日 24
乐久长 364
离鸾 262,263
李延年四弦 75,76
礼容乐 19
立武定 235
丽人行 281,293
丽人曲 318
两仪篇 68,331,348
凉州乐歌 151,333,358
临江王节士歌 119,129,409
临高台 52,53,57,166,191,220,228,278,364
临高台行(瑟调曲) 82
临汝侯 262,263
临汝侯子安之 262,263
灵之祥 57,58,235
灵芝篇 68
刘生(刘生曲) 119,126,127,129,

164,165,166,167,168,169,365
流楚窈窕 43,61
流澌湎 262,263
流澌咽 263
流波 261
六骐骥 48
六英 298
龙丘引 360
龙吟 262
龙吟十弄 157
陇上歌 97,145,146
陇上吟 170
陇上叹 298
陇西行 72,82,272,363,383,384,385,386
陇头水(吟)(陇头) 40,42,43,115,163,164,165,166,167,168,169,170,171,172,173,174,175,177,178,185,189,203,272,365,405
陆地行车 89
路臣恨 298,301,304
鹿鸣 12,48,267,390
渌水曲(词)(渌水) 165,259,260,261,267,274,275,278
洛阳道 129,164,165,166,167,168,189,190,191,193,194,195,196,197,198,199,200,201,202,278,365
洛阳令(雁门太守行) 68,82,118,272,275,364,391
履霜操 285,286

N

那呵滩 109,110,111,247
纳夏 299
南风 260,261,266,268
难忘曲 275
聂政刺韩王曲 119,120,121
农臣怨 298
农父谣 298,301,304
女儿子 95,110

Q

期运集 233
齐房 24
岐山操 285,286
齐夏 299
齐瑟行 318,392
齐讴行 366
齐路(吟)行 367
起夜来 366
企喻歌 149
杞梁妻 363,369
气出唱 64,68,364,367
亟出行 68,332
寝奉法 89,365
千金清 262
千金调 261
前溪歌(前溪) 95,99,100,103,264,318,375
前有尊酒 367
将进酒 228,232,233,245,275,278,280,365,404
墙上难用趋行 82
樵客吟 288
消虚器 298,301,305,306
妾薄命 5,68,330,367,376
秦王卷衣 367

秦女休行 122
轻薄篇 119,123,124,125,126,195,244,367
覃界崔 239
禽萧明 235
禽明彻 236
清旷 7
清调(琴曲) 259,262,263,265
清调明君 80
清风弄 262,268
清凉 48
清夜吟 260
青石 282
青骢白马 109,204,206,208
青帝歌 31,32,33
青龙行 82
青阳 24,25,26,27,28,29,30,31,32
青阳度 95
秋胡行 68,81,82,83,84,318,328,341,363,367
秋思 259,260,261,267,268,330
秋风曲(秋风) 7,165,278,330,346,361
驱雁归湖 100
驱车篇 68
屈原叹 262
取巴蜀 235,404
去乡悲 298
权乐树 239
劝戒歌 153
却东西门行(却东西) 82,328,342
雀乳空井(城)中 360,408
雀劳利歌 209

R

人生 68,367
人道短 279,282
日月既逝 68,367
日出行 275
(日)出东门 68,367
日出东南隅行 171,401,402,404
日出入 24
日重光行(日重光) 82,363,369
日与月 68,367
入关 40,42,163,164,185,325,335
入塞 40,42,164,169,185,365
入朝曲 229,230,231
入林 261

S

三峡流泉 261,266
三峡泛 260
三洲歌(三洲) 98,109,110,111,247
三清 260
三妇艳诗(三妇艳) 74,75,76,112,209,415
三乐 262,268
赛神曲 288,289
塞上曲 279
塞上吟 280
瑟调(横吹曲) 238
瑟调(琴曲) 261,262,265
山水操 261
山阳曲 170
善哉行 68,82,85,313,328,341,344,360,363,367,381,382,385,392
商引 75
伤歌行 271,272
上云乐 99,171,275
上声歌 95,99

上柱(林) 99,100
上间弦 261
上之回 51,52,53,166,228,232,233,275,318,364,365
上车 238
上邪曲(上邪) 52,53,54,219,220,228,232,233,365
上舞 261
上陵(上陵者) 48,51,52,53,220,228,232,233,365
上留田行(上留田) 5,82,318,323,328,343,363,369,387,388
少年行(少年) 68,119,121,122,192,367,376
少年子 119
少年乐 275
涉大海 48
申胡子觱篥歌 274
神弦曲 275
神仙曲 275
升天行 68,331,347,366
生别离 409
圣皇篇 46,68
圣主 153
圣人出 52,53,365
圣道洽 235
时运多难 57
十五 64
石首局 233
石城乐(石城) 95,109,110,111,112,115,241,264,365
石上流泉 262,263
石留(流) 52,53,220
史明五弄 261
蜀国弦 275
蜀国四弦 74,75,76
蜀国弹 180
蜀侧 262
蜀调明君 76
蜀道难行(蜀道难) 82,329,344
双燕离 262,263
双凤 262,263
双流 261
霜鸿引 239
顺东西门行 82
顺天道 57
受魏禅 235
寿翁兴 281,298
寿阳乐 109,112
庶人(士)挽歌 337
兽之穷 283,284,285
树梨普梨曲 155,156
水运行 288
水仙操 367,370,376
水德谢 235
水夫谣 288
思归引(离拘操) 268,367,370,373
思齐皇姚 48
思太古 298
思悲翁(公) 51,52,53,57,220,228,232,233,235,364
司马将军歌 146
肆夏 154,258,299
四时白纻歌 258
四愁 368
四方望 364
嗣丕基 235
颂夷臣 298,301,306
颂东夷 281,298
送远 262,263

送远曲 229,230,231
送归 367
苏小小歌 275,314,318,399,410
素和斛律 239

T

他贤逸勤 239
贪官怨 298,301,302,303,306
唐尧 57,58
太极 68,367
太行苦热行 279
太平 238
太和 53,54
太(泰)山梁甫行(吟)(梁甫吟) 68,76,367,403
泰山吟 76,377,378
塘上行(塘上辛苦行) 81,275,318,363,288,389,390,392
堂上行 323,331,350
堂堂 265,275
桃叶歌 99,100,101,102,406
特介汗 239
天可度 282
天高 256
天之命 48
天之历数 48
天序 57
天祚乐 150
天地 24,29,367
天地篇 68,331,348
天马 24,25
天门 24
田家行 288,290
田家词 279
田家留客 288,289,290
田野狐兔行 279
殄关陇 235
铁山碎 283,285
铜雀台(妓) 275,327,368
同声诗 368
桐柏山 167,233
桐柏出 367
屠柳城 53
吐谷浑 283,285
吐谷浑阿干歌 149
吐久利能比伦 239
团扇郎(团扇歌) 97,99,100,101,102,153,264,294,406

W

婉转清 262,263
王夏 154,299
王侯挽歌 323,337
王者布大化(棹歌行) 68,69,70,71,73,363
王昭君 89,365,396,397,402,409,413
惟汉行 68
惟泰元 24,29
惟大梁 233
惟庸蜀 56,57
渭城少年行 119
乌生八九子(乌生) 60,64,362,363,378
乌栖曲 195,245,330
乌铁甘 239
乌夜啼 95,105,106,109,110,111,112,165,238,262,263,264,266,

267,294,365,377,390,407
於理真斤 239
於穆 233,367
於穆我皇 57
吴歌(鲍照) 105
吴趋曲(行) 73,101,362,369
吴声四时歌 264
吴楚歌 316
吴明君 238
五茎 298
五神 24
五调声 238
五游咏 68
吾生行宴乐无 68,367

X

西(栖)乌夜飞 103,108,110,112,114,264
西园游 403,409
西颢 24,25,26,28,33
西上长安行 366
西门行(西门) 68,70,71,72,82,92,363,388,390
惜义鸟 298,301,304
鰕䱇篇 68,367
侠安 48
侠客行 119
侠客篇 209
侠钟 89
夏苗田 57
下客谣 298
下间弦 261
下上舞 261
下里巴人 65
仙鹤舞(琴曲) 262,266
仙人篇 68,318,331
闲居乐 262
咸池 299
咸阳王歌 155
小胡笳 37,262,265,266,268
小胡笳鸣 43,61
小垂手 366,379
小折杨柳 180,182
小治 100
小梅花 188
小游 262,263
湘弦怨 279
湘弦曲 272
襄阳乐(襄阳) 95,109,110,112,241,242,243,247,248,250,252,264,294,365,390
襄阳曲 248,252,253
襄阳行 252
襄阳踏(白)铜蹄歌 94,109,204,241
相思曲 98,99,116,117
相府莲 317
相逢狭路间行(长安有狭斜行) 81,190,192,195,366
向城 238
橡媪叹 298,301,302,303
象载瑜 24
潇湘送神曲 268
蟹行清 262,263
谢天龟 298
薤露歌(行)(薤露) 6,22,64,66,68,152,363,367,369,370,377,378
骁壶 265
携手曲(携手) 366,367
新蔡 100

新城安乐宫行(安乐宫)(长乐宫行) 82,165,180,275,323,328,343,366,382
新声二十八解 4,36,39,40,41,42,43,52,185,365
行军 238
行行游且猎 323,332,351
行路难 209,277,316,366
行幸甘泉宫歌 195,406
刑罚中 235
贤首山 167,232,233,235
飨天地五郊歌 33
项羽吟 146
休成乐 19
吁嗟篇 68
需夏 258
宣受命 57,235
宣重光 235
宣辅政 57
玄云 49,57,58,202,400,405
玄化 54
玄精季 235
玄冥 24,25,26,28,30,33
玄比敦 239

Y

雅歌 265
燕歌行 7,8,81,82,84,88,165,255,258,271,278,292,318,363,381
燕美人 361,367
炎精缺 235
盐商妇 282
严卯四弦 75,76
艳歌行 68,82,329,343,366,382,388
艳歌罗敷行(罗敷) 8,68,71,72,73,82,92,363,401
艳歌何尝行(何尝)(白鹄) 7,68,71,72,73,82
艳歌何常行(飞鹤行) 363
艳歌双鸿行 82
艳歌福钟行 82
雁门太守行 68,82,118,272,275,464,391
阳阿 22,65,73
阳五伴侣 159
阳春曲(阳春) 65,272,366
阳春弄 262,263
阳春白雪 264
阳翟新声 153
阳陵(陵阳) 65
杨白花歌 156
杨叛儿(杨叛) 108,113,114,264,265
杨柳歌 170
叶下闻蝉 260
宜城歌 247
猗兰操(猗兰曲) 259,285,286,287
翳乐 109,115
易水曲(易水) 120,261,268
忆远曲 279
因时运 57,404
淫思古意 359
迎魏帝 235
饮马长城窟行(饮马行) 8,82,211,258,318,328,342,366,390,391,392
应帝期 53,54
鱼丽 65
渔阳掺 170,171
羽引 75

羽林郎 119,202,402
雨雪(雨雪曲) 164,165,166,167,168,169,208,209,211,365
玉阶怨 399,409
玉树后庭花 263,265,292,294
豫章行 68,81,327,340,343,366,367,387,388,403,407
鸳鸯 67,68,367
元会曲 229,230
远夷至 157,235
远期(食举乐) 48,49,219,220
远如期(远期) 52
远游篇 68,331,347
怨歌行 68,271,313,324,360,366,399,409
怨诗行 6,68,273
月节折杨柳歌 180
月重轮行(月重轮) 178,363,369
越溪吟 260
越江吟 260
越裳操 285,286
悦人弄 262,263
悦弄 262
云门 298
邕熙 53
拥(雍)(翁)离 51,52,53,220,228,232,233,365
永安乐 161
永至乐 19
永世乐 157
永平乐歌 98
有所思(食举乐) 48
有所思 52,53,54,68,165,166,209,220,228,232,233,275,278,325,335,360,364,367
有所思行 82
有女 367

Z

杂(离)鸾 263
枣下何纂纂 408
战河阴 235
战韩陵 235
战荥阳 53,235
战城南 4,39,51,52,53,57,166,220,228,232,233,325,334
战武牢 283,284
战芒山 235
章夏 299
章和二年中 275,364
张女四弦 75,76
昭夏 258,299
昭君怨 165,176
昭君词 402
昭容乐 19
招贤 262
朝日 65
棹歌行 363
哲皇出 235
折杨柳歌 180,181
真人代歌 148,149,151
真人篇 125,323,331,347
征辽东 57
征陇西 235
正世乐 22
正德大豫舞歌 123
郑干 100
织锦曲 288
织妇词 279

只翼 367
植普离 239
止息曲(止息) 238,268
徵引 75
雉子班 52,53,167,364
雉子游原泽 220
雉朝飞操(雉朝飞) 82,285,286,362,367,369,370,371,373,377
陟叱根 48
中挥清 262,263
中山王乐 155
中朝曲 98,104,116
仲春振振 57
仲秋狝田 57
种葛篇 68
朱堂 89
朱明 24,25,26,28,30,32
朱鹭(路) 51,52,53,166,202,220,228,232,233,235,364
竹吟风 261
竹枝 314
壮士歌 145,146
壮士吟 119
壮士篇 123,124,125,126
捉搦歌 279
子安之 262,263
子夜歌(子夜) 95,99,100,101,108,264,365,390
子夜警歌 95,100
子夜四时歌 95,100,329,345
子夜变歌 95,100
紫玉歌 316
紫骝马 126,164,165,166,167,168,169,170,202,203,204,205,206,207,208,278,322,326,336,365
自君之出矣 368,414
纵横篇 125,323,332,350
走马引 122,275,362,367,369,370,403,407
坐愁 259,260,261,267
坐三殿 68,367
族夏 299
卒妻悲 298,301,303
祖龙行 272

Ⅳ　诗文名

A

哀江南赋 177

B

跋刘次庄戏鱼堂记后摹本·黄伯思 395
班去赵姬升·徐湛 360
宝马颂·梁简文帝 204
别董大·高适 266

C

长安羁旅·孟郊 269,270
长笛吐(吹)清气·周弘让 360
长笛吐(吹)清气·贺彻 360
长渠记·曾巩 244
酬刘猛见送·元稹 279
出重围和傅昭·沈约 177
春望古意·萧子范 259
春赋·梁元帝 193
从军诗序·李益 276
从军北征·李益 277
从萧叔子听弹琴赋得三峡流泉歌·李季兰 266

D

答苏武书·李陵 37
答林法师·周弘正 176
大堤女·王容 245,250
荡子赋·庾信 177
登高望春·沈约 193
笛赋 88
东京赋 195,200,355
读张籍古乐府·白居易 287
渡河北·王褒 173
对楚王问 60,65,88,264

E

鹅赋序·沈充 103

F

反招隐·王康琚 368
放白鹇·宋之问 316
奉敕于太常寺修正古乐·何妥 257
奉和月夜听军乐应诏·薛道衡 170
赴荆州泊三江口·梁元帝 202
赴邠宁留别·李益 277
赋得携手上河梁应诏·江总 176
赋得涉江采芙蓉诗·梁元帝 361
赋得垂柳映斜溪·张正见 170
赋得长笛吐清气·贺彻 170

G

高唐赋 25
公主远嫁诗·魏收 157
鼓吹赋·陆机 57
古今乐府论·冯班 10,271
古诗一十九首 88,342,354,389,392
古意赠今人·鲍令晖 347,361
古意报袁功曹·江淹 361
古体杂意·刘孝威 270
观太常奏新乐·孔德绍 257

归魂赋·沈炯 192

H

汉堤诗序·卢肇 246
汉江·阙名氏 243
和过张祜处士丹阳故居诗序·陆龟蒙 294
和孔侍郎观太常新奏乐·卞斌 257
和雪诗 264
和微之听妻别鹤操因为解释其义依韵加四句·白居易 267
和李明府·骆宾王 195
横吹赋·江淹 176
忆襄阳旧游赠马少府巨·李白 246,253
忽梦游仙·王勃 316
胡笳曲序·刘商 266

J

笳赋·傅玄 37
笳赋·杜挚 37
佳期竟不归·张正见 360
夹蛇龟赋·皮日休 296
金谷诗序·石崇 213
经陈思王墓·庾肩吾 170
酒赋·曹植 244
郡中夜听李山人弹三乐·白居易 268

K

苦暑诗·刘孝威 350
苦暑诗·王筠 350

L

老龙堤说·冯舜臣 247
离合诗 279,368
两都赋 195
李心传著述考·王德毅 311
刘枣强碑·皮日休 294,300,301,305
刘镇南碑·蔡邕 55
柳赋 182
柳花赋 182
陇头送征客·周弘正 173
鹿门隐书·皮日休 302
洛阳东门送别·储光羲 195

N

铙歌诗序·何承天 220
拟青青陵上柏·陆机 360

P

被使出关·何胥 163,176
皮靴鞋赋·归融子 296
琵琶赋·傅玄 187
鞞舞歌序·曹植 49
平乐馆赋·枚皋 21
平乐观赋·李尤 21
平淮夷雅·柳宗元 284
浦狭村烟度·张正见 360

Q

七启 4,88
七哀诗 354,411
七爱诗·皮日休 298
琴赋·蔡邕 267,390
琴赋·嵇康 260,266,267,268
秋夕听罗山人弹三峡流泉·岑参 266
秋夜闻郑山人弹楚妃怨·鲍溶 267

R

日中市朝满·张正见 360

S

三羞诗·皮日休 296,297
三月三日应诏诗·闾丘冲 69
三月三日率尔成篇·沈约 193
上林赋 20
上林疆境·程大昌 14
上巳篇·张华 125
盛德颂·刘聪 145
石桥·郭茂倩 312
松陵集序·皮日休 300
送李膠秀才诗序·沈亚之 274
送李尚书赴襄阳八韵得长字·韩愈 247
送李余往湖南·贾岛 279
送李余及第归蜀·朱庆余 279
送辽阳使还军·李益 276
苏子卿诗 88,410

T

弹棋·王褒 176
太尉杨赐碑·蔡邕 54
陶桓公读书台记·施闰章 397
陶桓公读书台用韵·施闰章 397
听乐山人弹易水·贾岛 268
听妻弹别鹤操·元稹 267
听弹风入松阕赠杨补阙·王昌龄 268
听弹湘妃怨·白居易 267
听董庭兰弹琴兼寄房给事·李颀 266
听庾及之弹乌夜啼引·元稹 267
听幽兰·白居易 259

W

万山见采桑人诗·刘邈 360
文编序·元结 298
文薮序·皮日休 301
闻新蝉寄李余·姚合 279
闻道士弹思归引·刘禹锡 268
吴都赋 73
舞马赋 204

X

西京赋 4,14,17,20,37,61,65,88,195
西征赋 18
西都赋 14,17,20
西游咸阳中·阴铿 359
惜誓 88
戏鱼堂记·刘次庄 394,395,397
戏鱼堂石刻歌·施闰章 397
喜李余自蜀至·贾岛 279
侠客控绝影·阳缙 359
萧让前部羽葆鼓吹表·江淹 223
小园赋·庾信 177
谢东宫赉园启·张缵 199
新乐府序·白居易 281,292
学古·何逊 361
雪赋 209
玄览赋·梁元帝 180,202

Y

杨柳赋 182
夜上受降城闻笛·李益 276,277
夜闻筝中弹潇湘送神曲感旧·白居易 268

咏安仁得果·李孝胜 197
咏安仁得果·谈士云 197
咏花雪·庚肩吾 209
咏怀·阮籍 360
咏龟诗·皮日休 295
咏柳·吴均 184
于太常寺听陈国蔡子元所校正声乐·许善心 257
羽猎赋 14
雨中听琴者弹别鹤操·白居易 267
与魏文帝笺·繁钦 50
与静媛等疏·王廞 104
怨诗楚调示庞主簿邓治中·陶渊明 6
乐府古题序·元稹 279,281,293
乐部曹观乐·何妥 257

Z

杂体诗序·皮日休 300
杂诗·傅玄 360
杂体诗·江文通(江淹) 313,348,355,360
赠贺左丞萧舍人·江总 176
招隐(词)·淮南王刘安 368,380
征人早行篇·李益 276,277
职方员外郎郭君墓志铭·苏颂 312
执笔戏书·梁简文帝 180
止马诗 135
钟山飞流寺碑·梁元帝 193
中和乐职宣布诗·汉·王褒 12
周柱国大将军纥干弘神道碑·庾信 176
周骠骑大将军开府仪同三司冠军伯柴烈李夫人墓志铭·庾信 176
竹叶酒·苏轼 244

V 名词

B

八解 100,341
八弦琵琶 157
巴渝舞 13
半折 100
白藏通 75
白纻 364,372
白铜 204
白登台 177,178
白虏 138
百济乐 150,151
簸逻回 38,168
簸逻回歌 38,96,138,148,149,150,151,163,164,165,168,170,180,188,189,190,202,204,208,209,239,240
博陵 122
补乐歌 269,298,299
补九夏歌 269,298,299

C

蚕室门 16
长歌 85
长箫 38
长室 56
采薇 208
蔡氏五弄 255,259,260,261,262,263,268,275
侧调曲 63,76
承华令 49
城舞 161
楚辞钞 67
楚调曲 61,63,76
楚调四弄 259

D

大横吹部 236,237,238,239,240
大驾 43,44,46,49,225,234,237,238
大驾鼓吹列队顺序 36,43,44,45
大角(唐) 188,236,237,238,239,240
大角七曲 238,239
大乐官 12
大歌弦 74,75,76
大夏门 384
大曲 4,7,59,66,67,68,69,70,71,72,73,81,82,384,385,390
大山小山 380
大堤村 242
大武舞 150
大卤簿 44
但歌 61,62
笛律 62,75,77,80,188,274
东皇太一 25
读曲 106,107
短歌 85
短箫 38,50,168,169,186,187
短箫铙歌 4,36,38,47,48,49,50,51,52,53,55,57,58

E

二尺九调 80

F

法驾鼓吹的列队 43,46
风人体 101
副鼓吹 213
赋得 165

G

甘泉卤簿 43
棡鼓部 236,237,238,239,240
高弄 75,76
歌行 271,272,293
歌史 232,233
宫声十小调 260
姑臧城 135,136,151,358
古意 270,271,272,359
古艳曲 73
古乐府(刘宋) 6
古都观(梁人) 193,195,197
鼓车 39,40
鼓吹 3,19,23,36,37,38,39,40,41,42,43,44,45,46,47,48,49,50,54,55,56,58,64,153,154,158,168,169,170,171,212,213,214,215,216,217,218,219,220,221,222,223,224,225,226,227,229,230,231,234,235,236,239,283,300,320,364
关山 176,177,178
乖调 274,276
国伎(北周) 144,160,161,162
国伎(隋) 144,256,258

H

华夏正声 259
画角 168,169,252
华山 83,107
蒿砧 368,377,410
汉鼓吹铙歌(短箫铙歌) 4,23,36,38,39,47,48,49,50,51,52,53,55,57,58,219,226,228,230,234,235,236,240,284
河间新歌 262,263
河间杂弄 263
横吹 40,41,42,168,169,170,171,185,320
横吹曲作者(南朝) 163,164
后部鼓吹一部 45,223
胡笳五弄 260,261
黄钟笛 75,77,79,80
黄竹 208,209
黄门鼓吹 36,44,46,47,48,49,50,213

J

嵇氏四弄 255,259,268
笳 36,37,39,41,46,49,55,146,168,169,170,171,176,184,188,210,224,226,231,236,237,240,261,277
筊(小箫) 37,38
郊祀歌 17,19,21,22,24,26,29,30,31,32
郊庙歌 3,4,5,10,32,157
角 36,38,41,49,151,163,168,169,170,171,187,188,202,236,237,238,240,277,365
结客 121
结袜 129

经师 98
晋鼓吹曲 232
进上团 296
九酝 244,247
九锡 59
九部 144
九弄 259
旧舞十六人 109,114

K

坎侯 379
库露真 305,306

L

礼太一 25
礼毕(文康乐) 263
力士舞 156
两部鼓吹 215
临顿里 297
六变 100
龙钟管 171
陇山 172,173,174,175,178,193
乱 70

M

命啸十解 100

N

南前溪村 318
铙 50,169,236,240
铙鼓部 236,237,238,239,240
拟古 271,272,359,367,401,404
女鼓吹(女子鼓吹队) 147,225

P

俳谐倡乐 5
鼙舞歌(曹植) 273
平调曲 7,63,74,75,76,82,326,327,339,340
平乐观 17,20,21
平乐监 20
蒲家 132

Q

七部 76,144,161,256
七声十二律(图示) 78
骑吹曲 4,49,50
千人乡 18
前溪 99,103,318
前部鼓吹 212,222,223,224,240
轻薄 122,124,125,186,187,294,297,360
青阳通 75
清角调 77
清商的语义 88,89,90
清商伎 144,256,263
清商署 85,86,89,255,257,258
清商殿 86,89
清商令 85,86,89
清调曲 7,63,74,75,76,81,327,328,340,341
清、平、瑟三调 4,7,41,59,62,74,77,80,109,162,258,262
清商三调歌曲的歌唱路径 93
秦汉乐 152
龟兹伎 144,161,256
趋 70,71,72,73,75

曲和解的差异 41
曲江大会 296,302

S

三宫二十一变 79,80
三尺二调 80
三调弄 79
山云舞 161
上林苑 13,14,15,16,17,19,20,51,99
上林乐府的创立时代 3,21
神弦歌 87,116,317
审度 154
十五从军征 203
食举乐 48
寿昌殿 221
双角(长鸣角) 38,43,163,168,185
水衡都尉 14,19
瑟调曲 63,74,76,81,82,180,181,328,329,341,342,343,344,384
私造 220,283
四弦曲 74,75,76
四通 75
宋鼓吹铙歌 53,54

T

唐铙歌鼓吹曲 282,283
太一 17,19,21,22,24,25,26,27,29,30,379
太乐祭酒 154
太予乐 4,29,47,48
太予乐府 4,22,29,46,47
天竺乐 161
填卫 46
统万城 151
徒歌 95,101,106,321

W

挽歌 6,7,66,106
挽柩歌 378
魏鼓吹曲 53,232
吴鼓吹曲 53,232
吴趋曲 73,362,369
吴声十曲 97,99,106
武德文始四时五行之舞 13
五夏 258
五官 17
五校 46,50,212
五帝歌 24,29,30,31,32,33,34,35
五将山 133,139

X

西园鼓吹 42,49
西凉乐 149,151,152,153,158,161
戏鱼堂 395,397
系乐府 269,281,293,298,299,300,306
下声弄 75,76
下徵调 77,79
夏门 383,384,385,386
襄阳 110,204,214,241,242,243,245,246,247,248,250,251,252,253,305
襄样节度 305
相和歌 4,7,9,59,60,61,62,63,64,65,66,67,68,75,80,92,176,320,360,364,400
相和六引 75

象车 44
销魂桥 182
小横吹部 236,237,239,240
小驾鼓吹队列 46
小平津 194,195
协律都尉 14,17,18,19
新平 131,139
新乐府与古乐府的差异 291,292,293
玄英通 75

Y

腰鼓 95,110,113
言(大箫) 37,38
延寿门 15,16
晏驾之队列 48,49
艳 71,72,73
宴乐技(伎)7
夜宿 63,64,364
一曲十二变 237,238
一郊一帝一乐制 32
宜城 241,243,244,245,246,247,250,251
倚歌 95,108,110,113,114,115
引和 61
逸陌 198,199
义乌 304
游曲六曲 100
游徽 19
游侠 118,119,120,121,122,123,124,125,128,129,130,165,350
游弄 74,75,76
乐府袭击事件 18
乐府冒渎事件 18,19
乐府断绝的时代 6
乐部 95,144,145,161,255,258
乐府的相和 278
云和舞 150
吟叹曲 80

Z

杂诗(玉台新咏) 8
战场之月 178
昭德之舞 13
棹歌 65,69,70
折柳 184
折柳赠别 181,182,183,184,185
正乐府 269,291,292,293,294,297,298,299,301,304,305,306
正声伎 7,8,9,59,109,258
正声调 77,79
周颂雅乐 4,47,48
朱明通 75
诸官鼓吹 50,213
主音 88,89
壮士 123,125,126,146,406
紫燕骝 205
邹子乐 24,26,27,29,30,32

附录二 增田清秀年谱简编[①]

1915 年(大正四年)11 月 2 日	生于奈良县
1944 年(昭和十九年)9 月	广岛文理科大学文学科汉文学专攻卒业(应召扬子江流域中支战线、复员)
1946 年(昭和二十一年)6 月	京都帝国大学文学部大学院入学,并任东方文化研究所(现京都大学人文科学研究所)助手
1947 年(昭和二十二年)3 月	卸任东方文化研究所助手
5 月	任大阪第一师范学校勤务(文部教官三级)
1948 年(昭和二十三年)3 月	京都帝国大学文学部大学院入学(因在职及在东方文化研究所内研究)
1949 年(昭和二十四年)10 月	任文部省内地研究员(六个月,京都大学人文科学研究所)
1951 年(昭和二十六年)3 月	大阪学艺大学讲师
1959 年(昭和三十四年)4 月	大阪学艺大学副教授
1967 年(昭和四十二年)6 月	任变更校名的大阪教育大学副教授
1968 年(昭和四十三年)8 月	获广岛大学文学博士学位
1971 年(昭和四十六年)4 月	大阪教育大学教授
	此期间,兼任广岛大学大学院文学研究科(集中授课)、大阪市立大学文学部(自 1975 年的 5 年间)、同志社大学、武库川女子大学、大谷女子大学的非常勤讲师。

① 译者按:附录二《增田清秀年谱简编》、附录三《增田清秀学会活动》、附录四《增田清秀著作目录》均译自大阪教育大学《学大国文》第 24 号《增田清秀博士退休纪念论文集》,1981 年(昭和五十六年)2 月。

附录三　增田清秀学会活动

一、1946 年(昭和二十一年)6 月至 1973 年(昭和四十八年)凡 27 年间,为京都大学人文科学研究所“古典的校注与索引编纂班”之一员。

二、1955 年(昭和三十年)至 1956 年(昭和三十一年),“唐代散文思维的课题与研究”,文部省科学研究费资助共同研究(京都大学人文科学研究所“古典的校注与索引编纂班”之一员,班长为平冈武夫)。

三、1959 年(昭和三十四年)至 1960 年(昭和三十五年),文部省科学研究费资助共同研究“《古诗纪》考证”(与京都大学教授吉川幸次郎、广岛大学教授小尾郊外一、东京教育大学副教授铃木修次一起)

四、1974 年(昭和四十九年),文部省科学研究经费赞助出版博士论文《乐府的历史性研究》。

五、1978 年(昭和五十三年)9 月 15—29 日(两周),作为日中友好中国研究者访中团的一员,访问中国上海、洛阳、西安、北京四地。

附录四　增田清秀著作目录

专著

《乐府的历史性研究》，东京创文社（博士学位论文公开出版，“东洋学丛书”），1975年（昭和五十年）3月（书评：冈村繁《评增田清秀著〈乐府的历史性研究〉》，九州大学《中国文学论集》五）

论文

1.《郭茂倩〈乐府诗集〉的编纂》，东方学会《东方学》第三辑，1952年（昭和二十七年）1月

2.《〈文选〉李善注引古乐府逸句考》，《大阪学艺大学纪要》第1号，1953年（昭和二十八年）3月

3.《清商曲的源流与吴歌西曲的传唱》，《大阪学艺大学纪要》第3号，1955年（昭和三十年）3月

4.《北朝的乐府》，广岛大学文学部《支那学研究》第13号，1955年（昭和三十年）9月

5.《隋唐古曲的传唱》，《大阪学艺大学纪要》第6号，1958年（昭和三十三年）3月

6.《大堤和〈大堤曲〉》，《学大国文》第2号，1958年（昭和三十三年）12月

7.《游侠及其歌曲》，《大阪学艺大学纪要》第7号，1959年（昭和三十四年）3月

8.《失去诗歌的南北朝诗人们》，《学大国文》第3号，1960年（昭和三十五年）2月

9.《皮日休的正乐府》，广岛大学文学部《支那学研究》第24—25号“斯波六郎

博士追悼特集”，1960年(昭和三十五年)10月

10.《从民谣看前秦苻坚的治绩》,《学大国文》第4号,1961年(昭和三十六年)2月

11.《上林乐府》,《学大国文》第5号,1962年(昭和三十七年)1月

12.《刘次庄〈乐府集〉〈乐府集序解〉批判》,《大阪学艺大学纪要》第10号,1962年(昭和三十七年)3月

13.《魏晋的乐府》(一)(二),《学大国文》第7—8号,1964年(昭和三十九年)3月—1965年(昭和四十年)2月

14.《汉魏及晋初鼓吹曲的演奏》,日本中国学会《日本中国学会报》第一七集,1965年(昭和四十年)10月

15.《邹子乐和五帝歌》,《学大国文》第9号,1965年(昭和四十年)12月

16.《中唐诗人的乐府》,京都大学文学部中国语学文学研究室《中国文学报》第21册,1966年(昭和四十一年)4月

17.《南北朝的鼓吹曲》,《学大国文》第10号,1966年(昭和四十一年)12月

18.《南北朝赏赐鼓吹的实态》,《大阪学艺大学纪要》第15号,1967年(昭和四十二年)3月

19.《乐府的定义》

20.《南朝人所作的横吹曲辞》

21.《〈乐府诗集〉未收录的乐府——以乐府作品编纂上存在的问题为论点》

22.《吴兢的〈乐府古题要解〉——原文与考证》

23.《〈乐府诗集〉与〈全唐诗〉收录的乐府》

以上19—23为大学纷争中所作,编入《乐府的历史性研究》一书,创文社,1975年(昭和五十年)3月

24.《薛道衡以戏场为主题的诗》,广岛大学《中国文学论集》“小尾博士退休纪念”,1976年(昭和五十一年)3月

25.《唐五代“宫词”的作者及其题意》,大阪教育大学《国语国文学论集》“弥吉教授退休纪念”,1977年(昭和五十二年)2月

26.《刘驾的唐乐府》,大阪教育大学《国语国文学论集》“盛田、涉谷、横山教授退休纪念”,1978年(昭和五十三年)2月

27.《后蜀花蕊宫人的“宫词”》,日本中国学会《日本中国学会报》第三一集,1979年(昭和五十四年)2月

28.《唐五代人所宫词”中所见的人间群象》,《学大国文》第24号“增田清秀博士退休纪念论文集”,1981年(昭和五十六年)2月

其他

1.“乐府·《乐府诗集》”,平凡社《世界大百科事典》第 6 卷,1956 年(昭和三十一年)2 月

2.《汉字的故事——关于“虫”》,大阪教育大学国语教育学会《国语与教育》第 4 号,1969 年(昭和四十四年)7 月

3.《中国的乌鸦与歌谣界》,创文社《创文》142 号,1975 年(昭和五十年)8 月

4.《上海市虹口区第三中心小学访问记》《洛阳城和邙山》《探访唐大明宫址》《长安都市大路的人们》,平冈武夫编《日中学术友好幸福之旅》,1979 年(昭和五十四年)8 月

译后记

如果要考察日本学者关于中国古代“乐府”的研究，增田清秀先生大概是最不能被忽视的一位。增田清秀(1915—1990)，1915 年生于奈良，1944 年毕业于广岛文理科大学文学科汉文专业。1946 至 1948 年入学京都大学文学部(1947 年曾短暂退学，任大阪第一师范学校勤务)，师从著名汉学家入矢义高教授。1951 年为大阪学艺大学讲师。1959 年为该大学副教授，1968 年以《乐府的历史性研究》获广岛大学文学博士学位。1971 年任变更校名的大阪教育大学教授。1946 至 1973 年凡 27 年间，以助手、共同研究员等身份参加京都大学人文科学研究所、文部省赞助的各类共同研究班，如 1955 至 1956 年为“古典的校注与索引编纂班”之一员(班长为平冈武夫教授)，1959 至 1960 年为“《古诗纪》考证”共同研究(与京都大学吉川幸次郎教授、广岛大学小尾郊一教授、东京教育大学铃木修次副教授一起)之一员，等等。1974 年获文部省科学研究经费赞助，作为“东洋学丛书”之一种，于东京创文社出版博士论文《乐府的历史性研究》。

位于日本西部的广岛大学文学部中国文学语学研究室，素为研究中国六朝、隋唐文学的重镇，据佐藤利行、李均洋编译的《日本乐府研究著述目录》(载《乐府学》第十辑，社会科学文献出版社，2014 年)的不完全统计，可以发现，这一领域很多研究者都出自该大学，或于此取得学位，或供职于此。如该校教育学部的冈村贞雄教授，自 20 世纪 50 年代开始便发表了诸如《折杨柳考》(载广岛中国学会编《中国学研究论集》十七,1957 年)、《艳歌考》(载《中国学研究论集》二十四、二十五,1960 年)、《梁武帝与乐府诗》(载日本中国学会编《日本中国学会报》二十五,1973 年;次年获日本学会赏)等论文,并于 1976 年以《古乐府的起源和继承》(全四册)获广岛大学博士学位。中国文学语学研究室一直有汇读乐府诗的传统,常年组织如"汉文研究会读诗班"(载广岛教育研究会编《汉文教育》二十六,2001、2002 年)、"读乐府会"(载广岛中国学会编《中国学研究论集》九,2002 年)等研究活动,其中的小川恒男教授,一直在广岛中国学学会编的《中国学研究论集》《中国中世文学研究》等刊物上连载其关于六朝乐府的译注稿(截止目前已有 27 篇,2006—2022 年),并协同角川聪、佐伯雅宣一起编纂了《六朝乐府诗解释鉴赏总览》(载广岛大学中国古典文学项目研究中心编《中国古典文学研究:广岛大学中国古典文学项目研究中心研究成果报告书》,2006 年)等。还有至今仍活跃在乐府研究一线的佐藤大志教授,陆续发表有《六朝乐府诗的展开与乐府题》(载日本中国学会编《日本中国学会报》四十九,1997 年)、《汉魏晋南北朝乐府文献研究目录》(载安田女子大学日本文学会《国语国文论集》编集室编《国语国文论集》三十,2000 年)、《六朝乐府文学的展开与声律论》(载中文研究会编《未名》二十三,2005 年)多篇论文,并出版有专著《六朝乐府文学史研究》(溪水社,2003 年)。其他如森野繁夫、神鹰德治、藤井守、佐藤利行、松崎治之、牧角悦子、柳川顺子等广岛大学的学者也各有研究六朝隋唐乐府方面的论文发表,可以说,他们的研究,代表了广岛大学中国文学语学研究室较为悠久的学术传承,在这一学术风潮的熏染下,本科就读于该大学的增田清秀,又以"乐府"为题撰写一系列的学术论文,并最终取得广岛大学的文学博士学位,应该是一种自觉且自然的学术选择吧。

据《增田清秀博士著作目录》(见本书附录四,原载大阪教育大学国语文学研究室编《学大国文》第 24 号《增田清秀博士退官纪念论文集》,1981 年),增田清秀自 1952 年开始发表第一篇《郭茂倩〈乐府诗集〉的编纂》(载东方学会编《东方学》第三辑),至 1967 年为止,一共发表了 23 篇乐府研究论文,并以此申请了广岛大学的博士学位,1975 年以"乐府的历史性研究"为名集结出版。该书分论文篇和资料篇,作者娴熟地运用历史学和文献学的方法,探讨了中国的乐府从汉代的产生到唐宋的沿革历史过程中的诸如各朝代乐府制度，乐府演奏的实态，不同朝代人们对于乐府的观念，各朝代乐府歌诗的制作背景、主题与特色，以及历史上各类乐府总集的编纂情况及文献辑佚等诸多方面，其中很多细节的考证，体现了日本学者一贯精细绵密的研究风格，就是在今天看来，仍不失为一部高水平的乐府学研究著作。已故著名汉学家、九州大学文学部的冈村繁教授评价此书说："十分遗憾的是，说我国（日本）这方面（乐府）真正意义上的研究基本上处于从来没有的状态并非过言。……有幸的是，这部著作正好是在探明这种乐府制度史方面下了大力气，能充分满足学术界之渴望的具有时代意义的劳作。""通读本书之后，给我印象最深刻最受感动的是著者对于前汉以来有关乐府的庞大的文献资料、零星的片段记事都过了目，不留任何疑点，极为细小的问题上也倾注了心血，真是极为诚实地始终如一地采取实证的态度的治学精神。"（《增田清秀著〈乐府的历史性研究〉》，载《中国文学论集》五，1975 年）。金泽大学李庆教授认为此书在日本当时的研究中，"可说是最有代表性的作品"（《日本汉学史》第三卷，上海人民出版社，2010 年）；而出版方创文社对此书的评价是："真正当行本色地研究乐府的书是从来没有的，本书则运用了从汉代到唐代所残存的资料，试图对乐府的历史进行体系化的研究，取得了划时代的业绩。"以上这些评价，笔者在翻译的过程中也深感并非过誉。

取得出色研究业绩的同时，增田清秀在大学教育方面也投入了大量精力。可能是因为出生于奈良的原因，他并没有留在九州地区工作，而是自 1947 年便回到同属关西的大阪，任大阪第一师范学校勤务（文部教官三级），此后的三十余年，一直服务于改名后的大阪学艺大学、大阪教育大学。特别是他带着新的自觉，创建了大阪教育大学国语国文学教研室并出任室主任。据他的接任者小田迪夫教授回忆，"（增田清秀博士）学位论文《乐府的历史性研究》刊行之时，也向年轻且不成熟的我这样的人征求论文是否适当的意见，为自己的论述做了万全的准备。就是这样对学问之道始终谦虚、对自己严格要求的博士，一旦移至宴席的场合，其谈笑风生、洋溢着幽默的谈话技巧，使在座之人无不如沐春风。听说研究室的少数对象授课、演习，先喝茶小聚片刻，使学生心平气和之后，被迫进行了艰苦的学习。他那混合了谦虚、严格、温柔的研究、指导,可以说是向从学者们一一展示了学问和教育的真正方法”(《在增田清秀博士荣休之际》,载《学大国文》第24号《增田清秀博士退官纪念论文集》,1981年)。

坦白地说,选择翻译增田先生的这部学术名著,也出于我一点小小的“私心”。2009年考入扬州大学,跟从王小盾老师在职攻读博士学位,当时报考和录取的方向是“中国古代音乐文学”,这也是扬大文学院任中敏先生、王小盾老师开创并努力延续的辉煌学术传统,但入学后,王老师并未让我像此前的同门一样选择音乐文学或文献的题目,因此直到毕业,我也再没有机会接触这一领域。但出于兴趣和平时的工作,我对音乐文学的研究动态以及海外汉学家的情况一直多所留心与关注,在阅读这一领域的研究著作时,便发现增田清秀先生的这部书的引用率极高,进而开始注意收集他本人及其研究成果。后来承天津师范大学王晓平先生赠予该书的高清扫描本,我又拜托当时在立命馆大学做交换研究的杨月英博士从日本的古本屋上购买了一册,便开始了本书的阅读,随着阅读的深入,将此书翻译出来以供中国学界参考这一念头就越发强烈起来。2018年6月借去四川大学参加师兄孙尚勇教授主持的国家社科基金重大项目“中国古代音乐文学通史”开题报告会的机会,我向会议组提交了该书第一章“乐府的定义”的翻译文本,并得到与会老师和同门的肯定与支持。回到南京后,我利用业余碎片时间开始翻译,然时作时辍,持续了将近一年,终于2019年5月完成了全书的初译,后虽因版权问题及其他书稿的介入,此书的出版便一度被搁置,但在某种程度上也算是弥补了当年未能将音乐文学研究作为博士论文选题的一种遗憾吧。

在本书的版权获取和出版过程中,承蒙京都大学川合康三先生,同志社大学李长波教授,广岛大学富永一登教授、陈翀教授的鼎力相助;感谢天津师大王晓平先生、京都大学道坂昭广教授多次为我解答翻译中的疑难问题,并赠送相关文献资料;南京大学程章灿教授、北京大学张剑教授曾热情向国内的出版社推荐;南京大学徐兴无教授特惠予题签;金泽大学李庆先生、山东大学龚影教授、华南师范大学蒋寅先生、上海古籍出版社查明昊编审都为本书的出版提供了不少建议和帮助。还要特别感谢我的师兄孙尚勇教授及其所在的四川大学中国俗文化研究所，如果不是他将此书纳入“中国音乐文学通史”的子项目“海外音乐文学研究译丛”，并慷慨提供出版经费，本书可能永无付梓之日。这部在西日本取得博士学位的名著，能在同属于中国西部的巴蜀书社出版，不能不说也是一种奇妙的学术因缘，同时也感谢张照华先生的费心编排。一部书前后共花去我五年的时间，个中甘苦，又非这篇“译后记”可尽述。

需要说明的是，原书中增田先生对于一些文献中曲名的理解与国内不尽相同，因而造成标点上的歧异，如第九章在讨论北魏乐府时，引《北史》卷四十八《尔朱荣传》“唱虏歌为《树梨》《普梨》之曲”，增田先生认为是一曲，曲名作“为树梨普梨”，并将此曲纳入附录的“歌曲名索引”中；这显然是将“为”字后属而两曲误作为一曲名了，诸如此类问题，我在翻译时都作了适当的调整，为避免烦琐，并未加按语说明，请读者鉴宥。另外，为便于核验，将原著各章末尾的尾注调整为当页脚注。书中的引文，也尽量查找并恢复为原文，少量未能查到原文者则译为白话。因译者的日语水平与学识有限，译文中一定存在不少错误，敬请海内方家赐正，匡我不逮。

樊　昕

壬寅初冬于古秣陵缺甃室